6인의 용의자

SIX SUSPECTS
by Vikas Swarup

Copyright ⓒ Vikas Swarup, 2008

Korean Translation Copyright ⓒ MUNHAKDONGNE Publishing Corp., 2009

This Korean edition is published by arrangement
with THE BUCKMAN AGENCY through Eric Yang Agency.
All Rights Reserved.

이 책의 한국어판 저작권은 에릭양 에이전시를 통해
THE BUCKMAN AGENCY사와 독점계약한 (주)문학동네에 있습니다.
저작권법에 의해 한국 내에서 보호를 받는 저작물이므로
무단 전재 및 무단 복제를 금합니다.

이 도서의 국립중앙도서관 출판시도서목록(CIP)은
e-CIP 홈페이지(http://www.nl.go.kr/cip.php)에서 이용하실 수 있습니다.
(CIP제어번호: CIP2009001511)

6인의 용의자

six suspects

비카스 스와루프 장편소설
조영학 옮김

문학동네

아파르나를 위하여

차례

살인
드러난 진실 _011

용의자들
1. 관료 _021
2. 여배우 _039
3. 원주민 _057
4. 도둑 _070
5. 정치가 _085
6. 미국인 _101

동기
1. 모한 쿠마르의 신내림 _113
2. 메라울리에 피어난 사랑 _188
3. 작전명 '체크메이트' _256
4. 통신판매 신부 _298
5. 옹코보크웨의 저주 _381
6. 신데렐라 프로젝트 _472

증거

1. 복귀 _529
2. 면소 _538
3. 희생 _546
4. 복수 _548
5. 회수 _556
6. 피신 _562

해결

1. 드러난 진실 _573
2. 속보 _577
3. 속보 _580
4. 속보 _584
5. 드러난 진실 _588
6. 속보 _597
7. 함정수사 _601

고백

진실 _611

작가의 말 _621
옮긴이의 말 _623

살인

살인은 예술과 마찬가지로 해석을 유발하며 설명에 저항한다.
-미셸 드 크레처, 『해밀턴 사건』

드러난 진실

아룬 아드바니 칼럼
3월 25일
여섯 개의 총과 하나의 살인

죽음이 다 같은 것은 아니다. 살인에도 카스트제도가 적용된다. 가난한 인력거꾼의 피살 사건은 하나의 통계 수치에 불과하며 신문 한 귀퉁이에 묻혀버릴 뿐이다. 헤드라인을 장식하는 건 유명 인사의 피살 사건이다. 왜냐하면 살해된 부자와 유명 인사 이야기는 희귀 상품이기 때문이다. 코카인을 과용하거나 재수 없는 사고만 당하지 않는다면, 그들은 별 다섯 개짜리 삶을 살면서 혈통과 재산을 잔뜩 불린 다음, 인생의 황혼 녘에 가서야 별 다섯 개짜리 화려한 죽음을 맞이하는 법이다.

32세의 비벡 비키 라이의 피살이 지난 이틀간 끊임없이 관심을 끈 것도 그 때문이다. 그가 누구였는가. 라이 그룹의 소유주이자, 우타르프라데시 주(州) 내무 장관의 자제분이 아니었던가.

조사기자로 오랜 경력을 쌓아오면서 나는 고위 관료의 부패에서 콜라병의 오염 실태에 이르기까지 수많은 일들을 폭로해왔다. 내 폭로로 인해 정부가 바뀌고 다국적 기업들이 문을 닫기도 했다. 그 과정에서 인간의 탐욕과 악의와 착취가 아주 가까운 곳에 있음을 봐왔지만, 맹세코 비키 라이의 모험담만큼 역겨운 경우는 없었다. 그는 이 나라의 저속함의 대명사였다. 나는 불꽃에 달려드는 나방처럼 지난 10년간 그의 삶과 범죄 행각을 추적했다. 그 일에는 공포영화에 버금가는 병적인 매력이 있었다. 곧 끔찍한 일이 일어날 것임을 예감하곤 숨을 죽인 채 그 불가피한 상황을 기다리는 것. 그동안 무시무시한 경고와 살해 협박도 수차례 받았다. 나를 신문사에서 해고시키려는 시도도 적지 않았다. 하지만 결국 나는 살아남았고 비키 라이는 그러지 못했다.

그의 피살은 TV 드라마의 마지막 반전만큼이나 유명해졌다. 그는 지난 일요일 새벽 12시 5분, 델리 외곽의 메라울리에 있는 자신의 농장에서 익명의 암살자에게 총격을 당했다. 법의학 보고서에 따르면, 직사 거리에서 발사된 단 한 발의 총알에 목숨을 잃었다. 총알은 가슴과 심장과 등을 깨끗하게 뚫고 나가 나무로 된 바 카운터에 박혔고, 그는 즉사했다.

비키 라이한테는 적이 많았다. 당연한 일이다. 그는 오만 방자했고, 파렴치한 불법, 탈법 행위들을 저질러도 너무 많이 저질렀다. 그는 거의 무임승차로 자신의 산업 제국을 건설했다. 세상에, 그런 막무가내 거저먹기도 없었다. 내 칼럼을 읽는 독자들은 비키 라이가 어떤 식으로 내부자거래를 했으며, 투자자를 사취하고, 공무원을 매수하고, 세금을 포탈했는지 폭로한 내용들을 기억할 것이다. 그러나 그는 한 번도 체포된 적이 없었다. 그는 어떻게든 교묘히 법망을 빠져나갈 구멍을 만들어냈다.

그건 그가 아주 어린 나이에 배운 기술이다. 처음 법정에 끌려 나갔을 때 그의 나이는 겨우 열일곱이었다. 아버지 친구가 그의 생일에 잘빠진 BMW 5 시리즈 신차를 선물한 것이 화근이었다. 그는 친구 셋을 태우고 드라이브에 나섰다. 그들은 잘나가는 술집에서 뻑적지근하게 놀았다. 그리고 새벽 3시, 짙은 안개가 낀 귀갓길에 비키 라이는 도로에서 잠을 자던 노숙자 여섯을 깔아버렸다. 그는 완전히 술에 절어 있었다. 그는 난폭 운전과 운전 부주의로 기소되었다. 하지만 재판에 회부될 무렵 여섯 가족 모두가 매수되었고, 그날 밤 BMW를 본 사람은 하나도 남지 않았다. 그들이 기억하는 건 트럭 한 대뿐인데 그것도 구자라트 주의 번호판을 달고 있었다. 비키 라이는 판사로부터 음주 운전의 위험에 대한 훈계를 받고 곧바로 풀려났다.

3년 후, 그는 다시 법정에 선다. 이번에는 라자스탄 주의 야생보호구역에서 인도영양 두 마리를 사냥한 혐의다. 그는 그 짐승들이 보호종이라는 사실을 몰랐다고 우겼다. 지참금 때문에 신부를 불태우고 소녀들을 납치해 창녀로 팔아치워도 꿈쩍 않는 나라가, 영양 한두 마리 죽였다고 나리법석을 떠는 게 우습기 짝이 없다고 따지기도 했으나 어쨌든 법은 법이다. 결국 그는 체포되어 2주간 감옥 생활을 하고 간신히 보석으로 풀려났다. 그다음 상황은 뻔했다. 6개월 후 이 사건의 유일한 증인인 키쇼레(그는 무개형 지프를 타

드러난 진실 13

고 다니는 삼림 감시원이었다)가 의문의 죽음을 당했다. 사건은 2년을 끌었으나 끝내 비키 라이의 방면으로 종결되었음은 말할 필요도 없다.

이런 선례를 감안한다면 그의 악행이 공개 살인으로 진화하는 건 시간문제에 불과했다. 7년 전 더운 여름밤의 일이다. 그는 델리 자이푸르 고속도로변에 있는 현대식 레스토랑에서 스물다섯 살 생일을 맞아 떠들썩하게 파티를 벌이고 있었다. 파티는 오후 9시에 시작해 순조롭게 자정을 넘겼다. 라이브 밴드가 최신 히트곡들을 연주해댔고 수입 양주가 넘쳐흘렀다. 정부 고위 관료, 유명 인사, 현재와 과거의 여자친구들, 그리고 영화계 인사 몇 명과 두 명의 스포츠 스타로 구성된 손님들도 즐거운 시간을 보내고 있었다. 비키는 많이 취해 있었다. 새벽 2시경, 그는 비틀거리며 바로 건너가 바텐더한테 테킬라 한 잔을 요구했다. 흰색 티셔츠와 데님 청바지 차림의 미인 바텐더 루비 질은 가족을 부양하기 위해 아르바이트를 하는 델리 대학의 대학원생이었다.

"죄송합니다만 더이상은 곤란합니다, 손님. 문 닫을 시간이거든요." 그녀가 말했다.

"알아, 알아. 그냥 딱 한 잔만 더 하고 우리 모두 집에 갈 거야." 그가 특유의 화려한 미소를 지어 보였다.

"죄송합니다. 저희도 규정 때문에 어쩔 수 없습니다." 그녀가 말했다. 이번엔 좀더 단호한 태도였다.

"규정은 무슨 빌어먹을 규정. 너 내가 누군지 몰라?" 비키가 그녀에게 으르렁댔다.

"네, 모릅니다. 그리고 손님이 누구시든 마찬가집니다. 규칙은 누구에게나 동등하게 적용되니까요. 더이상의 술은 안 됩니다."

비키 라이는 꼭지가 돌았다.

"이런 씨발년! 어디다 대고 함부로 아가리를 놀려!" 그는 버럭 악을 쓰더니 정장 주머니에서 리볼버를 꺼내 그녀에게 두 발을 쏘았다. 얼굴과 목에 한 발씩. 그것도 최소한 50명의 손님이 있는 자리에서. 루비 질은 죽고 레스토랑은 아수라장이 되었다. 들리는 이야기에 따르면, 비키의 친구 하나가 그를 끌고 나와 메르세데스에 태웠다고 한다. 15일 후 비키 라이는 러크나우에서 제모뇌어 치안 판사 앞에 끌려 나왔지만 이번에도 용케 보석으로 풀려났다.

단순히 술 판매를 거부했다는 이유로 저지른 살인은 전 국가적인 양심을 건드렸다. 게다가 비키 라이의 악행들과 루비 질의 미모가 빚어낸 묘한 대비로 몇 주 동안 그 사건은 헤드라인에서 내려올 줄을 몰랐다. 여름이 지나고 가을이 오면서 사건은 새로운 국면을 맞게 된다. 드디어 재판이 시작됐는데, 두 개의 총탄이 각각 다른 총에서 발사되었다는 탄도 보고서가 나온 것이다. 경찰의 증거물 보관실에 있던 살인 무기도 귀신같이 사라져버렸고, 비키 라이가 총을 뽑는 것을 봤다고 증언한 증인 여섯이 모두 진술을 번복했다. 5년을 끈 재판에서 비키 라이가 면소 판결을 받은 것이 불과 한 달 전인 2월 15일의 일이다. 그는 판결을 축하하기 위해 메라울리 농장에서 파티를 열었고 바로 그곳에서 종말을 맞이한 것이었다.

혹자는 이것이야말로 권선징악이라고 부르짖었지만, 경찰은 인도 형법 302조, 즉 고살(故殺) 사건으로 규정하고 전국에 살인자 수배령을 내렸다. 경찰국장이 직접 수사를 지휘했는데, 물론 이 사건을 날려먹을 경우 명예직인 델리 부지사 자리로의 승진이 물거

품이 될지도 몰라 단단히 열을 올리는 터였다.

그가 열심히 부하들을 다그친 덕분에 성과는 상당했다. 내 정보원에 의하면 비키 라이를 살해한 용의자는 여섯 명으로 추려졌다. 비제이 야다브 경감은 살인 사건이 있을 당시 농장 부근에서 교통정리를 하고 있었다. 그는 즉시 현장을 봉쇄하고, 손님과 웨이터는 물론, 주변을 어슬렁거리던 불청객과 식객 모두의 몸수색을 지시했다. 300명이 넘는 사람들이 있었던 탓에 그곳은 무기로 넘쳐났다. 수색이 모두 끝난 후 총을 가지고 있던 여섯 명이 억류 조치되었다. 물론 그들도 항변했을 것이다. 허가받은 총을 소지하는 것은 불법이 아니다. 하지만 주인이 총격을 당한 파티에서 총을 갖고 있었다면 당연히 용의자가 될 수밖에 없다.

용의자의 직업도 각양각색으로 악당, 미인, 추물이 고루 섞여 있었다. 우선 우타르프라데시의 전 수석 차관 모한 쿠마르가 있다. 부패와 추문에 관한 한 인도 행정부 사상 추종을 불허하는 자다. 두번째는 할리우드의 제작자를 자처하는 얼간이 미국인이다. 그 잡탕에 조미료를 치는 인물이 유명 여배우 샤브남 삭세나. 영화 잡지의 가십 기사를 믿는다면 비키 라이가 홀딱 빠졌던 여성이다. 심지어 자르칸드 오지의 150센티미터짜리 검둥이 원주민도 끼어 있었다. 그는 전국 각지에서 테러를 일삼는 낙살라이트*의 일원으로 분류되어 멀찌감치 격리되어 취조를 받아야 했다. 다섯번째 용의자는 부업으로 휴대폰 절도를 하는 문나라는 이름의 실업자이며, 용의 선상에 오른 마지막 인물은 다름 아닌 우타르프라데시 주의

---

* 인도의 극좌 혁명 단체.

내무 장관 자간나트 라이, 즉 비키 라이의 부친이다. 아버지가 아들을 죽일 수도 있는 걸까?

압수된 총도 마찬가지로 다양했다. 영국제 웨블리 & 스콧, 호주산 글록, 독일제 발터 PPK, 이탈리아의 베레타, 중국산 블랙스타 피스톨, 그리고 카타라는 이름의 국산 사제 리볼버까지. 경찰은 이 여섯 개 중에 범행 무기가 있을 것으로 확신하고, 총과 범인을 지목해줄 탄도 보고서를 기다리는 중이다.

바르카 다스는 어제 그녀의 TV 쇼에서 나를 인터뷰했다.

"선생님은 칼럼을 통해 비키 라이의 비행을 파헤치고 고발하는 데 많은 노력을 하셨습니다. 현재 그가 피살된 상황에서 특별한 계획이라도 있으신지요?"

"살인자를 찾아야죠." 내가 대답했다.

"이유는요? 비키 라이의 사망 소식에 만족하신 게 아닌가요?" 그녀가 물었다.

"천만에요. 비키 라이를 징계하기 위해 싸웠던 게 아닙니다. 부자와 권력자 들이 스스로 법 위에 군림한다는 생각을 갖도록 부추기는 시스템을 고발하는 거죠. 비키 라이는 우리 사회를 오염시킨 악의 일부일 뿐입니다. 정의가 죽은 게 아니라면, 비키 라이의 살인자 역시 비키 라이만큼이나 책임을 면하기 힘들 겁니다."

독자들에게도 똑같은 말을 하고 싶다. 난 비키 라이의 살인자를 추적할 생각이다. 진정한 조사기자라면 결코 개인적인 편견에 휘둘려서는 안 된다. 취재가 어느 곳의 누구한테 이어지든, 끝까지 냉철한 논리로 공평무사하게 순수한 진실만을 가려내야 한다.

살인이 추악하다면 진실은 더 추악하다. 미완의 실마리들을 꾸리는 것도 쉬운 일은 아니다. 여섯 용의자의 삶을 샅샅이 파헤쳐 동기를 찾아내야 하며, 증거 또한 확보해야 하기 때문이다. 그리고 그때가 되면 비로소 진짜 범인을 찾아낼 수 있을 것이다.

그 여섯 중에 범인은 누구일까? 관료? 건달? 외국인? 아니면 원주민? 거물이나 피라미?

이 시점에서 독자 여러분에게 할 수 있는 말은 이것뿐이다. 지켜봐달라.

용의자들

피고인은 언제나 가장 매력적인 존재다.
—카프카, 『심판』

1
관료

모한 쿠마르는 손목시계를 확인하고 정부의 품에서 빠져나와 침대에서 일어난다.

"벌써 세시야. 가야겠어." 그가 침대맡에 어지럽게 널려 있는 옷가지 속에서 자기 속옷을 골라내며 말한다.

갑자기 에어컨이 작동하더니 미적지근한 바람을 컴컴한 방 안에 토해낸다. 리타 세티가 한심하다는 듯 기계를 건너다본다.

"저 고물이 돌아가긴 하나보네요. 내가 화이트 웨스팅하우스 제품을 사달라고 했잖아요. 인도 제품으로는 여름을 날 수도 없다구요." 창문 셔터는 내려져 있지만, 답답한 열기가 침실 안으로 비집고 들어와 시트가 마치 담요처럼 느껴진다.

"수입산 에어컨은 열대 기후에 맞지 않아." 모한 쿠마르가 대답한다. 그는 협탁 위의 시바스리갈에 구미가 당기지만 포기하기로 마음을 정한다. "가야겠어. 네시에 위원회가 있어."

리타가 두 팔을 뻗으며 하품을 하고는 베개 위로 풀썩 파묻혀버린다.

"아직도 일 타령이에요? 이젠 수석 차관도 아니잖아요. 설마 잊은 건 아니죠, 모한 쿠마르?"

그가 인상을 찌푸린다. 리타가 상처를 건드리기라도 했다는 듯.

그는 아직 은퇴에 적응하지 못했다.

지난 37년 동안 공직에 있으면서 그는 정치가들을 주무르고 동료들을 요리하며 은밀한 거래를 이끌어냈다. 그 과정에서 일곱 개 도시에 집을 마련했으며, 노이다*의 쇼핑몰과 스위스 은행 계좌까지 확보했다. 세력가 노릇도 마음에 들었다. 전화 한 통으로 국가 조직을 흔들 수 있는 사나이. 친분만으로 닫힌 문을 열고, 애꿎은 화풀이로 사람들의 인생과 기업을 무너뜨리며, 사인 하나로 수백만 루피의 뒷돈을 챙길 수 있는 사내. 순조로운 계급 상승에 너무 방심했던 것도 사실이다. 이런 식으로 끝날 거라고는 생각조차 해보지 않았다. 하지만 제아무리 그라도 세월을 이길 수는 없었다. 60세 정년이라는 냉혹한 시계는 예외 없이 흘러갔고 권력은 한 방에 날아가고 만 것이다.

동료들의 관점에서 보면 그는 성공적인 은퇴 케이스였다. 지금도 라이 그룹 산하 대여섯 개 기업의 위원회 일을 봐주고 있고, 수입도 공무원 봉급의 열 배에 달했다. 루티엔스 델리**에는 회사가

---

* NOIDA. 뉴오클라 산업개발청(New Okhla Industrial Development Authority)의 줄임말로 뉴오클라는 뉴델리 인근의 신도시이다.
** 건축가 에드워드 루티엔스가 1920년에 세운 뉴델리의 제한구역으로 대통령 및 장관들의 관저가 있다.

제공한 빌라도 있고 회사 차도 한 대 있다. 하지만 이런 특혜들도 관직과 권력의 상실을 보상할 수는 없었다. 권력의 후광이 없는 한 그는 결국 2인자이자 왕국 없는 왕 신세에 불과했다. 퇴직 후 두 달 동안은 한밤중에 식은땀을 흘리며 깨어나 황급히 휴대폰을 확인하곤 했다. 행여 주 총리실 전화를 놓친 게 아닌가 하는 불안감 때문이었다. 대낮에도 다르지 않았다. 자기도 모르게 대문 앞을 보며 청색 경광등이 달린 흰색 앰버서더* 승용차가 있는지 확인한 것도 여러 번이었다. 권력의 상실은 이따금 신체 일부가 없는 것 같은 느낌을 주기도 했다. 그러니까 절단된 수족의 말단 신경에서 아스라하게 느껴지는 아픔 같은 것 말이다. 그런 위기감으로 인해 그는 고용주에게 사무실을 하나 부탁했고 비키 라이는 비카지 카마 광장에 있는 라이 그룹 본사에 방을 마련해주었다. 이제 그는 그곳에 매일 출근해 9시부터 5시까지 죽치고 있다. 이따금 프로젝트 보고서를 검토하기도 하지만, 대개는 노트북으로 스도쿠 게임을 하고 포르노 사이트를 뒤지는 게 고작이다. 그런 일상은 그가 여전히 유용한 직장을 갖고 있다는 생각을 하게 해주고, 또 집과 마누라한테서 벗어날 구실을 제공해주었다. 오늘 오후처럼 정부와 밀회를 즐길 수 있는 것도 바로 그 덕분이다.

적어도 리타는 아직 있어. 그는 넥타이를 매며 그녀의 나신을 바라본다. 그녀의 검은 머리가 베개 위에 부채처럼 펼쳐져 있다.

그녀는 이혼녀다. 자식은 없고, 일주일에 3일만 출근하면 되는

---

* 인도의 힌두스탄 모터스가 제조한 자동차 모델로 장관 및 고위 관료들에게 공용차로 제공되었다.

썩 괜찮은 직업이 있다. 27년이라는 나이 차에도 불구하고 두 사람은 취향과 성격이 거의 일치한다. 가끔은 그녀가 그의 거울에 반사된 이미지이며, 성(性)으로 분리된 하나의 영혼이라는 생각도 든다. 그렇다고 다 마음에 드는 건 아니다. 요구가 너무 많다. 툭하면 다이아몬드와 금을 선물해달라고 다그친다. 집에서 날씨에 이르기까지 사사건건 불만도 많고 성격도 모질기 짝이 없다. 그녀가 자기와 어떻게 해보려던 예전 사장의 뺨을 때린 일화는 유명하다. 하지만 침대에서의 기교는 이 모든 결함을 상쇄하고도 남는다. 그도 그녀에게 만족을 주고 있다고 믿고 싶다. 60이라는 나이에 비해 아직은 정력이 넘치는 편이다. 큰 키, 말끔한 피부, 그리고 2주마다 열심히 염색하는 숱 많은 머리만으로도 여자들의 눈길을 끌 수 있다. 리타와 영원히 이어질 거라고는 생각하지 않는다. 어느 시점이 되면 향수와 진주 선물도 매력을 잃고, 그녀는 더 젊고 돈 많고 힘 있는 사내한테 옮겨갈 것이다. 그때까지는 일주일에 두 번 있는 이 밀회에 만족하고 살 생각이다.

리타는 베개 밑을 뒤져 버지니아슬림과 라이터를 꺼내더니, 익숙한 동작으로 담배에 불을 붙여 한 모금 깊이 빨아들이고는 연기 고리를 내뱉는다. 고리는 즉시 에어컨의 냉기에 빨려 들어가 버린다.

"화요일 쇼 티켓은 구했어요?" 그녀가 묻는다.

"무슨 쇼?"

"마하트마 간디 탄생 기념일에 강령회가 있어요. 그의 영혼과 접선할 수 있대요."

모한이 신기하다는 듯 그녀를 바라본다.

"언제부터 그따위 미신 나부랭이를 믿기 시작했지?"

"강령회는 미신이 아니에요."

"나한텐 미신이야. 영혼이니 귀신 같은 건 안 믿어."

"신도 안 믿잖아요."

"그래, 난 무신론자야. 삼십 년 동안 사원에 가본 적도 없어."

"음, 나도 그래요. 하지만 그래도 신은 믿어요. 게다가 아고리 바바*는 위대한 심령술사래요. 정말로 영혼과 대화를 한다던데?"

"흠! 바바는 심령술사가 아냐. 사람들의 살을 뜯어먹고 사는 일치기 무당일 뿐이지. 게다가 간디는 세계적인 팝스타가 아니라 국가의 아버지란 말이야. 세상에, 그런 분을 그따위로 능멸하다니."

"그분의 영혼을 뵙는 게 왜 능멸하는 거예요? 오히려 외국 회사가 간디를 상표로 내걸기 전에 인도 회사가 떠맡은 게 다행 아닌가? 바스마티 쌀이 그렇잖아요. 화요일에 같이 가요, 응?"

그가 그녀의 눈을 바라본다.

"전직 수석 차관이 강령회 같은 데나 쫓아다니면 사람들이 뭐라고 하겠어? 나도 아직 체면이라는 게 있어."

리타가 연기 고리를 허공으로 내뿜고는 간드러지게 웃는다.

"에이, 아내와 다 자란 아들이 있는 남자가 오후의 밀회는 실컷 즐기면서 강령회는 안 된다는 게 말이 돼요?"

리타는 가볍게 말하지만 그는 상처를 받는다. 수석 차관으로 있던 6개월 전이라면 그런 말은 꺼내지도 못했을 터였다. 이제 정부년까지 능멸하려 드는군. 섹스마저도 예전 같지가 않다. 그녀의

---

* 힌두교 도사의 칭호.

청탁을 들어주던 힘이 꺾이면서 리타가 성의를 다하지 않기 때문이다.

"이봐, 리타, 난 안 가. 하지만 티켓은 구해주지." 그는 상처받은 자존심을 억누르며 재킷을 걸친다.

"굳이 강령회라고 강조할 필요 없잖아요? 그냥 영화 시사회라고 생각해요. 내 친구들도 다들 간단 말이에요. 사회면에 실릴 행사랬어요. 그날 저녁에 입으려고 시폰 사리까지 새로 샀단 말이에요. 자기, 고리타분하게 굴지 말아요, 네?" 그녀가 입을 삐죽 내민다.

리타의 고집은 익히 알고 있다. 무언가에 꽂히면 아무도 못 말린다. 서른두 살 생일엔 탄자나이트* 목걸이까지 손에 넣지 않았던가.

그는 사내답게 항복하는 쪽을 택한다.

"좋아, 두 자리를 예약하지. 하지만 아고리 바바가 사기꾼으로 드러나더라도 날 원망하지는 말아."

"절대 안 그래요!" 리타가 그에게 달려들며 키스한다.

그게 10월 2일 오후 7시 25분의 일이다. 모한 쿠마르는 마지못해 현대 소나타를 타고 운전사에게 시리포트 공회당으로 가자고 한다.

강령회장은 포위당한 요새를 방불케 한다. 완전무장한 경찰 병력이 분노한 시위대를 통제하느라 진땀을 뺀다. 시위대가 다양한 플래카드를 흔들며 구호를 외치고 있다. '건국의 아버지 상품화

---
* 자줏빛을 띤 청색 보석.

반대.' '사기꾼 아고리 바바를 처단하라' '유나이티드 엔터테인먼트는 자폭하라' '국제화 결사 반대.' 길 반대편엔 수많은 TV 카메라들이 진을 치고 생방송 중인 앵커들을 열심히 찍어대고 있다.

모한 쿠마르는 아수라장을 그대로 통과한다. 한 손으로는 은색 정장 안쪽에 든 지갑을 만지작거린다. 검은색 시폰 사리와 코르셋 블라우스를 입고 뾰족구두를 신은 날씬한 리타가 쫓아오고 있다.

입구 바로 앞에 인도 최고의 TV 기자 바르카 다스가 나와 있다. "인도 지도자들의 신전에서 가장 많이 회자되는 이름이 바로 모한다스 카란찬드 간디입니다. 그분의 숭고한 탄생 기념일에 그의 영혼과 만나겠다는 유나이티드 엔터테인먼트의 계획은 일단 전국적인 관심을 이끌어내는 데 성공한 것으로 보입니다. 마하트마 간디의 유족들은 이를 국가적인 불경이라고 비난했죠. 하지만 대법원이 개입을 거부한 이상, 오늘 자본의 탐욕이 만들어낸 이 제단에서 가장 숭고한 분의 이름이 농락당하는 불상사를 막을 방법은 없어 보입니다." 그녀는 마이크에 대고 한바탕 떠들어댄 후 입술을 삐죽 내민다. 황금 시간대의 시청자들한테는 매우 익숙한 표정이다.

모한 쿠마르는 고갯짓으로 무언의 동의를 표하고 금속 탐지기를 통과하기 위해 입장객들의 길고 긴 줄 뒤에 붙어 선다.

기대감에 잔뜩 들뜬 사람들을 둘러보며 모한은 막연한 불안감을 느낀다. 인도 사람들의 저 대책 없는 어수룩함은 늘 그를 당혹스럽게 만든다. 줄이 더디게 움직이는 것도 답답하기는 마찬가지다. 지난 37년 동안 한 번도 줄을 서본 적이 없는 그였다.

지루하기 짝이 없는 기다림이 끝난 후에도, 3회에 걸쳐 각기 다른 검표원에게 입장권을 보여주고 금속 탐지기를 통과하고 휴대폰을 압수당한 다음에야(공연 후 반납해준단다) 둘은 간신히 조명이 환하게 밝혀진 공회당으로 들어선다. 정복 차림의 웨이터들이 돌아다니며 음료와 야채 카나페를 제공하고 있다. 맨 구석의 연단에선 한 무리의 가수들이 전통 타악기 타블라와 오르간 반주에 맞춰 마하트마 간디의 애창곡 〈바이슈나브 자나토〉를 부르고 있다. 그래도 몇몇 유명 인사의 모습이 보여 다행이다. 감사, 경찰부국장, 주 의원 대여섯 명, 은퇴한 크리켓 선수, 골프클럽 회장, 기자, 사업가, 그리고 관료 몇 명. 리타가 그와 헤어져 자기 친구들한테로 가자 그들이 과장된 표정으로 그녀를 반겨준다.

중년의 직물공장 사장(언젠가 그에게서 짭짤한 뇌물을 얻어먹은 바 있다)이 그를 지나치며 노골적으로 시선을 피한다. '육 개월 전만 해도 온갖 알랑방귀를 다 뀌던 놈이.'

15분쯤 지나자 강당 문이 열리고 안내원이 그를 앞쪽으로 안내한다. 그가 구한 자리는 첫번째 줄 한가운데의 특석이다. 이사로 있는 IT 회사의 배려인데 리타도 꽤나 감동한 듯 보인다.

강당은 금세 델리의 명사들로 가득 찬다. 모한은 주변 사람들을 돌아본다. 여자들은 화려한 수가 놓인 실크 옷에 파마머리를 하고 있고, 남자들도 파빈디아 쿠르타*에 나그라 주티스** 차림인데, 한결같이 천박하고 멍청해 보인다.

"봐요, 올 사람은 다 올 거라고 했잖아요." 리타가 모한에게 읭

---

* 남녀 공용의 펑퍼짐한 셔츠. 파빈디아는 전통 의상을 취급하는 체인점이다.
** 부드럽고 질 좋은 가죽으로 만든 단화. 정교한 수가 놓여 있다.

크를 한다.

관중들이 쇼를 기다리며 헛기침을 하고 몸을 비틀어보지만 벨벳 커튼은 꼼짝도 하지 않는다.

8시 30분, 예정보다 한 시간이 지난 후, 조명이 흐려지더니 강당은 칠흑 같은 어둠에 갇힌다. 다음 순간 시타르의 연주가 장내를 채우고 커튼이 올라간다. 스포트라이트 한 줄기가 무대를 비추고 있다. 무대 위엔 밀짚 매트리스 한 장이 깔려 있고 그 앞에 몇 가지 소품이 전시되어 있다. 수동으로 작동되는 물레, 안경 하나, 시팡이, 편지다발. 뒷벽에 걸린 플래카드가 유나이티드 엔터테인먼트의 화려한 흑백 로고를 자랑한다.

무대 양쪽에 매달린 검은색 대형 스피커에서 귀에 익은 바리톤 음성이 터져나온다.

"안녕하십니까, 신사 숙녀 여러분. 오늘 저녁 여러분을 모시게 된 비르 베디 인사드립니다. 네, 맞습니다, 은막에서 여러분을 뵙던 그 비르 베디입니다. 직접 모습을 뵐 수는 없지만 제가 무대 뒤에 있다는 사실만은 분명합니다. 영혼도 그와 비슷하죠. 눈으로 볼 순 없어도 늘 우리 주변에 있으니까요.

지금부터 몇 분 후, 우리는 세상에서 가장 유명한 영혼 한 분을 뵙게 됩니다. 한 손으로 20세기의 역사를 바꾼 분이시죠. 일찍이 아인슈타인은 이분을 일컬어 '미래 세대는 이런 분이 인간의 몸으로 지상을 걸었다는 사실을 믿지 못할 것이다'라고 극찬한 바 있습니다만, 네, 제가 말씀드리고자 하는 분이 바로 그분입니다. 모한다스 카란찬드 간디. 우리의 자랑스런 바푸*이시며 1869년 바로 오늘 태어나셨죠.

바푸는 거의 육십 년 전에 순교하셨습니다. 이곳에서 몇 킬로미터 떨어지지 않은 곳에서요. 그리고 오늘 그분께서 드디어 부활하십니다. 우리는 세계적인 심령술사 아고리 프라사드 미슈라를 영매로 하여 마하트마 간디의 목소리를 직접 듣게 될 겁니다. 아고리 바바는 초능력자입니다. 요가를 통해 체득한 신의 에너지로 현세와 내세의 장막을 꿰뚫고 영혼과 대화할 수 있습니다.
바푸와의 만남이 날조라고 생각하시는 회의주의자들도 일부 참석하신 것으로 압니다. 저 역시 예전엔 불신자였지만 지금은 아닙니다. 잠시 개인적인 얘기를 해도 되겠습니까? 전 오 년 전 교통사고로 여동생을 잃었습니다. 우린 사이좋은 오누이였기에 당연히 전 누이가 많이 그리웠죠. 그리고 두 달 전 아고리 프라사드 미슈라 바바께서 그녀와 만났습니다. 그리고 그를 통해 전 동생과 대화를 했고 사후의 삶에 대해 많은 것을 알게 되었습니다. 오늘 제가 여기 와 있는 것도 아고리 바바께 개인적으로 은혜를 입었기 때문입니다. 오늘 여러분이 목격하실 광경이야말로 일생일대의 경험이 될 것이며, 여러분의 인생을 송두리째 바꿀 위대한 역사임을 장담합니다."
여기저기에서 웅성대는 소리가 들려온다. 주로 긍정의 울림이다.
"여러분께서 잘 아시다시피, 마하트마 간디의 유족들도 오늘 우리와 함께하시기를 간절히 바랐습니다만, 그분들은 이 기념비적인 역사와 거리를 두는 쪽을 택하셨습니다. 하지만 다행히 마하트마와 아주 가까웠던 분의 도움을 받을 수 있었습니다. 지금 무대

---

* 국가의 아버지.

중앙에 진열해놓은 소품들이 바로 그분께서 빌려주신 것입니다. 우선 나무로 만든 물레가 있습니다. 우리의 바푸께서는 이 기계로 손수 면옷을 지어 입으셨습니다. 그 옆에 있는 물건은 평소에 즐겨 쓰시던 지팡이입니다. 그리고 그분의 트레이드마크인 안경도 보이는군요. 마지막으로 위대한 마하트마께서 직접 쓰신 편지 몇 장이 있습니다.
아고리 프라사드 미슈라 바바를 무대 위로 모시기 전에 먼저 몇 가지를 부탁드리겠습니다. 영혼이 영매와 결합하는 순간은 예민하고도 위험한 순간입니다. 당연히 소음을 비롯한 어떤 방해도 있어서는 안 되겠죠. 여러분의 휴대폰을 잠시 맡아둔 이유도 그 때문입니다. 공연이 끝날 때까지 조용히 해주시기를 간절히 부탁드립니다. 유나이티드 엔터테인먼트를 대신해 오늘 밤 행사를 후원해주신 여러분께 감사드립니다. 미백의 치아를 자랑하는 솔리드 치약, 그리고 가자! 야마치 모터사이클에 감사드립니다. 또한 미디어 파트너, 시티 TV에도 감사드려야겠군요. 지금 인도뿐 아니라 전 세계 수백만 시청자를 위해 이 행사를 중계하고 있습니다. 잠시 광고가 있습니다. 멀리 가지는 마십시오. 이제 곧 아고리 프라사드 미슈라 님이 등장하십니다."
공회당이 온통 웅성대는 소음으로 가득해진다. 누군가가 큰 소리로 "난 죽은 사람을 볼 수 있어요"라고 외치는 통에 관객들이 킥킥거리며 웃기도 한다. 소란은 한참 계속되다 결국 초조한 기대감의 무게에 짓눌리고 만다. 정확히 5분 후 비르 베디의 목소리가 돌아온다.
"유나이티드 엔터테인먼트의 '바푸와의 만남' 행사에 오신 것을 환영합니다. 신사 숙녀 여러분, 여러분이 기다리던 순간이 왔습니다. 잠시 마음을 가다듬으십시오. 여러분은 이제 인류 역사상 가장 위대한 순간을 목격하게 될 겁니다. 그 기적을 이룰 장본인, 아고리 프라사드 미슈라 바바 님을 소개합니다!"

무대 위로 드라이아이스가 피어오르며 기이한 분위기를 고조시킨다. 그리고 그 속을 뚫고 그림자가 하나 나타난다. 흰색 도티*에 사프란색 쿠르타를 입은 남자다. 아고리 프라사드 미슈라는 40대 후반으로, 보통 키에 몸매는 호리호리하다. 검은 머리는 정수리에 쪽졌고, 짙은 턱수염에 날카로운 갈색 눈을 갖고 있다. 세상의 이치를 깨닫고 모든 두려움을 극복한 사람의 인상이 바로 저럴 것 같다.

바바는 무대 가장자리로 걸어와 관객에게 인사를 한다. 두 손을 공손히 앞으로 모아 쥐고 있다.

"아고리 프라사드 미슈라입니다. 여러분을 영적인 여행으로 모셔갈 장본인이죠. 우리의 성스러운 책 『바가바드 기타』**의 진리부터 시작해볼까요? 이 세상엔 두 가지 존재가 있습니다. 소멸하는 존재와 영생하는 존재죠. 무기는 영혼을 가를 수 없으며 불은 영혼을 태우지 못하고 물은 영혼을 적시지 못합니다. 그리고 바람으로 영혼을 말릴 수도 없죠. 영혼은 영원불멸합니다. 삼라만상에 편재하며, 불변, 부동, 불후의 존재입니다.

하지만 다시 『바가바드 기타』를 인용한다면, 영혼에 있어서 가

---

* 인도 남자가 허리에 둘러 입는 면포.
** 인도의 종교철학 서사시.

장 중요한 것은, 공기가 꽃으로부터 향기를 취하듯 영혼 또한 육신으로부터 육감의 기능을 온전히 인수한다는 겁니다. 다시 말해 영혼은 청각, 촉각, 시각, 미각, 후각 그리고 정신의 기능을 모두 지닙니다. 영혼과의 대화가 가능한 건 바로 그 덕분이죠.

전능자의 은총으로 지난 몇 년간 여러 영혼과 소통하는 특권을 누릴 수 있었습니다만, 마하트마 간디의 영혼만큼 제 심금을 울린 존재는 없었습니다. '마하트마'라는 단어는 그 자체로 '위대한 영혼'이라는 뜻입니다. 바푸께서는 지난 오 년간 저의 영혼을 이끌어주셨으며, 전 지금도 매분 매초 그분의 존재를 느낍니다. 물론 지금까지는 그분과 저의 비밀 대화로 남았으나, 오늘 전 그분의 축복을 전 세계와 나누고자 합니다. 따라서 오늘 우리가 떠날 여행은 매우 중요한 여행이 될 겁니다. 영혼의 여행이니 당연하겠죠. 이 여행은 또한 희망의 여행이기도 합니다. 여러분은 이 여행의 끝에서 죽음이 삶의 끝이 아니라 또다른 삶의 시작이라는 사실을 깨닫게 될 겁니다. 영혼은 영원불멸하니까요.

이제 제가 명상을 시작하면 곧 바푸의 영혼이 저를 통해 말씀하실 겁니다. 바푸께서 오늘 저희한테 주실 메시지에 귀 기울여주실 것을 간곡히 부탁드립니다. 하지만 잊지 마십시오. 대화가 중간에 끊기면 엄청난 피해가 따르게 됩니다. 영혼에게는 물론 제게도 마찬가집니다. 따라서 비르 베디 씨의 부탁대로 반드시 조용히 해주시기 바랍니다."

드라이아이스가 다시 한번 피어오르며 바바의 모습이 잠시 안개에 갇힌다.

안개가 사라지자, 매트리스에 가부좌를 틀고 앉아 산스크리트 비슷한 언어로 주문을 외우는 바바의 모습이 나타난다. 스포트라이트가 흰색에서 붉은색으로 바뀐다. 주문이 잦아들더니 바바가 두 눈을 감는다. 황홀경에 빠진 듯 너무도 고요하고 평온한 표정이다.

갑자기 무대에서 빛이 번쩍하더니 흰 연기가 홀을 가득 채우기 시작한다. 관객석 여기저기에서 헉 하고 숨 삼키는 소리가 들린다.

"화약 가루로군." 모한 쿠마르가 코웃음을 친다.

물레가 갑자기 작동하기 시작한다. 외부 전원이 공급된 것 같지도 않고, 바바도 물레에서 2미터 정도 떨어져 있다. 관객들은 점점 더 빠르게 돌아가는 물레를 신기한 듯 바라보기만 한다.

"무전으로 작동하는 거야. 비르 베디가 들고 있겠지." 모한 쿠마르가 중얼거리지만 리타는 그의 말을 듣고 있지 않다. 그녀는 완전히 몰입해, 상체를 내밀고 팔걸이를 꽉 움켜쥐고 있다.

물레가 돌아가는 동안 지팡이와 안경도 꿈틀거리며 바닥에서 일어선다. 그것들은 점점 천장을 향해 공중 부양을 시작한다. 마치 초자연적 연기를 뿜내는 싱크로나이즈드스위밍 듀엣 같다. 관객석에서 탄성이 터져나온다.

모한 쿠마르는 손바닥이 따끔거리는 기분이다.

"투명한 선을 천장에 매달아놓았어." 그가 중얼거렸지만 확신은 없다. 리타는 그저 입만 벌리고 있다.

이번에는 물레가 뚝 하고 갑작스레 멈춘다. 지팡이가 추락해 덜거덕 소리를 내고 안경도 바닥에 떨어져 박살난다.

한참 동안 아무 일도 없다. 모한은 바바가 잠든 모양이라고 비아냥거린다. 그때 바바가 간질에라도 걸린 듯 미친 듯이 발작하기 시작한다.

"오, 세상에, 너무 끔찍해요." 리타가 울부짖는다. 그리고 바로 그 순간 기이한 목소리가 들려온다. 모한 쿠마르가 한 번도 들어보지 못한 종류의 목소리다.

"이곳에 오는 데 너무 오래 걸린 듯하군. 내 보잘것없는 사과를 받아주시게나. 다들 이해하리라 믿네만, 이리 늦은 건 내 탓도, 인간 영매의 탓도 아니라네."

철판을 긁는 듯하면서도 묘한 여운을 남기는 깨끗한 목소리가 쩌렁쩌렁 울린다. 두 개의 목소리가 섞인 것 같은데 그 바람에 남자인지 여자인지 불분명하다. 목소리는 아고리 바바의 입에서 나오고 있으나 그의 원래 목소리와도 사뭇 다르다.

죽음 같은 침묵이 장내를 뒤덮는다. 모두가 초자연적 힘의 존재를 느끼는 표정이다. 볼 수도 이해할 수도 없는 존재.

"나를 서커스 동물로 생각지는 말게나. 나도 그대들과 마찬가지야. 그래, 오늘은 그대들에게 불의에 대한 얘기를 하고 싶군. 그래, 불의 말이야. 난 늘 비폭력과 진리가 내 폐 두 쪽인 것처럼 얘기했지. 하지만 비폭력이 비겁자의 방패로 쓰이는 건 곤란해. 그건 용자(勇者)의 무기지. 불의와 억압이 판을 치면 용자들의 역할은……"

그 말이 끝나기도 전에 쾅 소리와 함께 강당 뒷문이 열리며 흰색 쿠르타 차림의 남자가 성큼성큼 들어온다. 산발을 하고 두 눈이 초자연적인 빛으로 번들거리는 사내다. 그가 무대로 달려가고 그 뒤를 경찰 둘이 곤봉을 휘두르며 쫓는다. 아고리 바바는 이 갑작스런 침입에 아무 말도 못한다.

"이건 사기야! 이따위 장삿속으로 감히 바푸에 대한 기억을 더럽히다니. 바푸는 우리 유산이다! 네놈이 감히 그분을 치약과 샴푸 브랜드로 만들어버려?" 그가 아고리 바바한테 비난을 퍼붓는다.

"진정하세요. 동요하실 필요 없습니다. 이 상황을 처리하는 동안 짧은 광고를 보내드리겠습니다." 비르 베디가 마술사의 토끼처럼 무대에 나타나 이렇게 외친다. 특별히 누구에게랄 것도 없이.

침입자는 그를 거들떠보지도 않는다. 그는 쿠르타 안에 손을 넣더니 검은색 리볼버를 꺼내 아고리 바바를 겨눈다. 비르 베디가 침을 꿀꺽 삼키더니 황급히 무대 뒤로 숨는다. 경찰들은 멈칫하고, 관객들은 아연실색한다.

"넌 나투람 고드세*보다 나쁜 놈이야! 고드세는 그분의 몸을 죽였을 뿐이지만 네놈은 그분의 영혼을 더럽히고 있어!" 그가 아고리 바바에게 외친다. 바바는 아직 두 눈을 감고 있으나 숨을 몰아쉬는지 가슴이 크게 오르내린다. 그리고 연거푸 세 발을 맞는다.

총성이 거대한 파도처럼 공회당을 휩쓴다. 무대 위로 또다른 빛줄기가 쏟아지면서 그 조명을 통해 고개를 떨구는 아고리 바바가 보인다. 사프란색 쿠르타가 진홍빛으로 물들고 있다.

공회당은 그야말로 아비규환이다. 출구를 향해 달아나는 사람들의 비명 소리가 좁은 통로를 쓸어버린다.

"도와줘요, 모한!" 리타가 등 뒤의 무리들한테 떠밀려 의자에서 떨어진다. 그녀가 애써 손을 내밀어보지만 핸드백은 거대한 파도처럼 밀려드는 인파 속으로 빨려들고 만다.

모한 쿠마르는 당혹감에 멍하니 의자에 앉아 있다. 문득 무언가

---

* 간디의 암살범.

가 가볍게 얼굴을 스친다. 솜처럼 부드럽고 뱀의 비늘처럼 미끄러운 감촉.

"그래, 가자." 그가 멍하게 중얼거린다. 하지만 그녀는 보이지 않는다. 그리고 그 순간, 그가 입을 다물기도 전에 어떤 이물질이 쏜살같이 입 안으로 들어와버린다. 그가 숨을 삼키자 이물질은 혀에 쓴맛을 남기곤 곧바로 목구멍을 타고 넘어간다. 마치 벌레라도 삼킨 듯 불쾌한 느낌이다. 그는 두어 번 침을 뱉어 쓴맛을 털어내본다. 이윽고 가슴이 저항하듯 가볍게 푸드덕거리더니 온몸에 불이 붙은 듯 뜨거워진다. 용암 같은 에너지가 꿈틀대며 머리에서 발끝까지 전신을 꿰뚫기 시작한다. 그 힘의 원천이 외부 혹은 내부에서 비롯된 것인지, 아니면 위쪽 또는 아래쪽에서 비롯된 것인지조차 알 수 없다. 힘은 고정된 중심 없이 모든 것을 휩쓸면서 그의 내부를 향해 점점 더 깊이 파고든다. 그는 간질에라도 걸린 듯 온몸을 떤다. 급기야 죽음과도 같은 고통이 시작된다. 머리를 홍두깨로 두들겨 패고 뭉툭한 바늘로 심장을 찔러대는 것만 같다. 거대한 두 손이 가슴을 부여잡고는 두 조각으로 찢어버리려 한다. 고통이 어찌나 끔찍한지 그는 죽음을 생각한다. 고통과 공포의 비명을 질러도 보지만 공회당의 소음에 묻혀버린다. 눈에 보이는 건 그저 모호한 움직임들뿐이다. 사람들이 비명을 지르며 쓰러진다. 그도 의식을 잃는다.

눈을 떠보니 공회당은 텅 빈 채 고요하기만 하다. 아고리 바바의 시체는 밀짚 매트리스 위에 쓰러져 있다. 피의 바다에 떠 있는 암초 같다. 마룻바닥은 구두, 운동화, 샌들, 하이힐 등으로 어지럽다. 그때 누군가가 어깨를 두드린다. 돌아보니 경찰이 곤봉을 들고 노려보고 있다.

"이봐요, 뭐 하는 겁니까? 무슨 일이 있었는지 몰라요?" 모한이 멍하니 그를 바라본다.

"벙어리요? 당신 누구야? 이름을 대보슈."

그는 입을 연다. 그러나 말을 하기가 쉽지 않다. "내…… 내…… 내…… 이름…… 은……"

"그래, 당신 이름이 뭐요? 말해봐요." 경찰이 다그친다.

그는 '모한 쿠마르'라고 말하고 싶지만 입술이 거부한다. 누군가가 후두를 움켜쥐고 언어에 차꼬를 쳐놓은 것만 같다. 누군가가 식도를 비틀어 다른 누군가의 목으로 바꿔놓은 것 같은 기분이 든다.

"내 이름은 모한…… 모한다스 카란찬드 간디라네." 놀랍게도 그는 그렇게 말한다.

경찰이 곤봉을 치켜든다.

"이런, 겉은 멀쩡한 사람이. 지금 농담할 때야? 다시 묻겠다. 이름이 뭐야?"

"말했잖나, 나는 모한다스 카란찬드 간디라네." 이번엔 보다 자연스럽고 단호한 목소리다.

"이런 개자식, 감히 경찰을 놀려? 네놈이 마하트마 간디라면, 난 히틀러의 아버지다." 경찰이 구시렁거리며 곤봉을 휘두르고, 모한 쿠마르의 어깨에 통증이 폭발한다. 그가 다시 의식을 잃기 전 마지막으로 들은 것은 왱왱거리는 경찰 사이렌 소리였다.

2
여배우

3월 26일

스크린의 여신이 되는 건 고된 일이다. 예를 들어, 내내 품위를 유지해야 하는 것이 그렇다. 방귀를 뀌어서도 안 되고 침을 뱉거나 하품을 해서도 안 된다. 그러지 않을 경우, 다음 순간 〈맥심〉이나 〈스타더스트〉에서 쩍 벌어진 자신의 아가리를 보게 될 것이다. 어디를 가든 파파라치들이 잔뜩 따라붙는 것은 말할 것도 없다. 하지만 유명 여배우의 가장 큰 고통은 무엇보다 말도 안 되는 질문에까지 꼬박꼬박 대답해야 한다는 것이다.

어제 런던에서 돌아오는 비행기에서 일어난 일을 예로 들어보자. 암녹색 데님 청바지에 베르사체 재킷을 걸치고 짙은 디오르 선글라스를 쓴 채 에어 인디아 777의 일등석에 막 올라탔을 때였다. 난 언제나처럼 1A석에 앉은 다음 루이비통 악어가죽핸드백을 바로 옆자리에 내려놓았다. 늘 그렇듯 1B는 빈자리다. 두바이 행 비행기에서 술 취한 승객이 집적거린 사건이 있고부터 제작자들에게 일등석 두 자리를 예약하게 했다. 하나는 내 자리고 다른 하나는 내 프라이버시를 위한 자리다. 나는 마놀로블라닉 구두를 벗어 던지고 아이팟 이어폰을 낀 다음 느긋하게 누웠다. 성가신 팬들, 사인을 졸라대는 승무원과 파일럿을 무찌르는 데는 이어폰이 최고의 무기다. 그건 주변 환경에 반응할 필요를 없애주고, 사람들을 관찰할 수 있게 해주기도 한다.

아무튼 여승무원이 어떤 여자와 어린아이를 달고 들어왔을 때 나는 나만의 디지털 세계에 빠져 있었다.

"방해해서 죄송합니다, 미스 샤브남. 여기 다루왈라 부인께서 급히 드릴 말씀이 있다고 하셔서요." 승무원은 승객의 협조를 구할 때의 전형적인 어투로 말했다. 그러니까 자리를 양보해달라고 할 때처럼.

나는 다루왈라 부인이라는 여자를 힐끔 보았다. 그녀는 영화에 나오는 파르시교도*처럼 보였다. 아름답고 화려했다. 자홍색 사리를 입은 그녀에게서 짙은 분 냄새가 났다. 이코노미클래스에서 건너온 게 분명했다.

"샤브남 양, 오, 이렇게 만나다니 정말 영광이에요." 그녀가 낭랑한 목소리로 지껄여댔다.

나는 공손하면서도 냉담한 태도를 잃지 않았다. '당신한테 관심

---

* 페르시아 조로아스터교의 후손으로서 천여 년 전에 인도로 이주해와 공동체를 이루었다.

은 없지만 참아주죠. 하지만 빨리 끝내요' 라는 뜻이다.

"이앤 내 아들 소라브랍니다. 이 세상에서 샤브남 양을 제일 좋아하는 팬이죠. 당신이 나오는 영화는 모두 봤답니다." 그녀가 아이를 가리키며 말했다. 나비 넥타이를 매고 어울리지 않는 남색 정장을 차려입은 아이였다.

나는 눈썹을 치켜떴다. 내가 출연한 영화의 절반은 미성년자 관람불가이기 때문에 엄마가 거짓말쟁이거나 꼬마가 변태라는 얘기다.

다루왈라 부인의 얼굴이 어두워졌다.

"불행하게도 이 아이는 만성 백혈병 환자랍니다. 혈액암이죠. 슬론캐터링 암센터*에서 치료를 받기도 했는데 지금은 의사들도 포기 상태예요. 이제 몇 달밖에 살지 못한다는군요." 그녀의 목소리가 갈라지고 눈물이 두 뺨 위로 흘러내리기 시작했다. 나는 급히 대본을 수정해 근심과 위로의 장을 펼쳤다. 암 환자와 에이즈 환자 수용소를 공식 방문할 때 써먹는 표정이다.

"오, 정말 안됐군요. 소라브, 나와 얘기하고 싶은 거니? 그럼 이리로 건너와 내 옆에 앉아도 돼." 나는 다루왈라 부인의 손을 잡고, 그녀의 아들을 향해 아름다운 미소를 지어 보인 다음, 옆자리의 핸드백을 집어 발밑에 내려놓았다.

소라브는 즉시 제안을 받아들이고, 일등석은 평생 처음인 아이답게 잽싸게 주저앉았다. 그리고 마치 비서를 물리듯 엄마를 내몰기까지 했다.

---

* 전 세계에서 가장 크고 오래된 암 치료 센터로 뉴욕에 있다.

"엄마, 가 있어요. 이따 갈게요."

"그래, 그러마. 하지만 샤브남 양을 괴롭히면 안 돼." 다루왈라 부인이 눈물을 훔치며 내 눈치를 보았다. "아들의 꿈이 이루어진 거랍니다. 그저 잠깐만 시간을 내주세요. 죄송합니다."

그리고 그녀는 자기 자리로 돌아갔다. 소라브는 입을 다물지 못하고 나를 쳐다보았다. 스토커처럼 강렬한 시선이 다소 불편했다. 도대체 어떤 골칫거리를 만난 거람.

"그래, 넌 몇 살이니, 소라브?" 내가 물었다. 난감한 분위기를 털어내기 위한 시도였다.

"열둘이에요."

"좋은 나이구나. 많은 것을 배우고 바라는 것도 많을 나이잖니?"

"바라는 게 없는걸요. 어차피 열세 살이 못 될 텐데요, 뭐. 이제 세 달 후면 죽는대요." 아이는 대수롭지 않게 대답했다. 감정이라곤 하나도 없는 게 프랑켄슈타인이 따로 없었다.

"오, 그런 말 하지 마. 넌 좋아질 거야." 나는 이렇게 말하며 부드럽게 아이의 손을 토닥였다.

"좋아질 일은 없지만 상관없어요. 나한테 중요한 일이 있다면 죽기 전에 궁금증 하나를 해결하는 거예요." 소라브가 대답했다.

"그래? 궁금한 게 도대체 뭔데?"

"대답해주겠다고 약속하세요."

"물론, 약속하마." 나는 그에게 환한 빛을 뿜어주었다. 그 정도면 얼마든지 참아줄 수 있다. 어린 팬들을 다루는 정도야 식은 죽 먹기 아닌가. 아이들의 질문은 고작해야 내가 제일 좋아하는 영화가 뭔지, 새로 나올 영화의 내용이 뭔지, 아니면 자기들이 좋아하는 남자배우와 공연할 생각이 있는지 따위다. 나는 짝 소리가 나도록 손뼉을 쳤다. "그래, 어서 물어보렴, 소라브."

소라브가 내 쪽으로 상체를 기울였다.

"처녀 맞아요?" 그가 조용히 물었다.

내 옆에 앉아 있는 이놈은 어린 사이코가 분명했다.

물론 어린 변태놈하고의 대화는 그것으로 끝이 났다. 나는 당장 놈을 쫓아내고 승무원도 따끔하게 혼을 내주었다. 물론 그후로는 구제 불능의 사이코 승객이 여행을 방해하는 일은 없었다.

화가 가라앉은 뒤 나는 소라브의 질문을 곰곰이 생각해보았다. 그런 질문을 던진 건 무례한 짓이지만, 나와 사랑에 빠졌다고 주장하는 2천만 인도인이 그 대답을 듣기 위해 안달할 것이다.

인도 남자들은 여자를 두 부류로 나눈다. 손에 넣을 수 있느냐 없느냐, 신성한 암소는 그들의 어머니이자 여동생이다. 나머지는 관음증적 욕망과 마스터베이션의 환상을 위한 먹이에 불과했다. 이 나라에서 티셔츠 차림의 소녀는 누구나 헤픈 여자가 된다. 몸매가 그대로 드러나는 옷을 입고 카메라에 가슴을 들이대며 엉덩이를 흔들고 돌리는 게 직업인 탓에, 내가 몽정의 절정으로 여겨지는 건 당연한 일이다. 내가 그들의 손아귀에서 멀어질수록 욕망은 더욱 커질 것이다. 사인이 들어간 사진을 보내주지 않으면 죽어버리겠다는 내용의 혈서를 보내는 사람도 있다. 어떤 놈들은 티슈에 정액을 묻혀서 보내기도 한다. 시골 얼간이에서 고독한 콜센터 사장까지 도저히 헤아릴 수 없이 많은 남자들에게 청혼을 받기도 했다. 남성 잡지는 내 누드 사진을 게재하자고 집요하게 요구하며 백지수표를 보낸다. 심지어 여자들조차 라키*를 보내며 자기 남편의 바람기를 막도록 도와달라고 부탁하는가 하면, 아직 사춘기도 안 된 여자애들은 자신도 나와 비슷해질 수 있게 기도해달라고 떼를 썼다.

38-26-36. 내 마법의 숫자다. 실리콘 합성 시대에 나는 자연미를 상징한다. 나는 순수 미인이며 내 매력은 육체의 해부학적 구조를 초월한다. 나는 오르가슴의 향기를 발산해 남자들을 뜨겁게 달구며 흥분하게 만든다. 그들은 나를 보지 않는다. 그들은 내 가슴에서 눈길을 떼지 못한 채, 말까지 더듬으며 내 변덕스런 요구에 굴복한다. 그걸 억압된 본성의 가학적 착취라고 해도 좋고 유명인의 부당한 특혜라고 불러도 좋다. 어쨌든 그들을 통해 난 필요한 모든 것을 얻어냈다.

외모의 변화에도 불구하고 인생은 철두철미하게 강력하고 유쾌하다. 이는 나의 스승, 프리드리히 빌헬름 니체 씨의 말씀이시다. 나는 지난 3년 동안 인생의 모든 쾌락을 뽑아냈다. 하지만 그런다고 이것이 지난 19년간의 불행에 대한 보상이 될 수 있을까?

3월 31일

오늘 '비극의 여왕' 미나 쿠마리를 추모하는 행사의 주빈으로 초대받았다. 그녀의 35주기라지만, 여느 시상식과 마찬가지로 번드르르한 찬사로 가득했고 소름 끼치도록 지루했다. 배우의 페르소나는 은막에 비춰진 데로만 존재하는 것일까? 영화는 오직 빛줄

---

* 남매의 유대를 상징하는 끈으로, 화려하게 장식되어 있다.

기로만 이루어진 일차원적 현상이다. 장 폴 사르트르는 이를 가리켜 "전부, 전무로 귀결된 전부이자 전무"라고 하지 않았던가. 내가 영화로만 평가된다면 역사는 나를 얼빠진 글래머 인형으로 기억할 것이다. 하지만 나는 스크린의 하찮은 꿈 그 이상이다. 그리고 내 일기가 출판되는 날(물론 적절한 편집이 있어야겠지만) 세상은 그 사실을 알게 될 것이다. 나는 이미 끝내주는 제목까지 정해놓았다. '실존의 여인 샤브남.'

4월 19일

아이슈와리아 라이*가 오늘 결혼했다. 오, 세상에! 그녀는 은막을 떠날지도 모른다. 그건 경쟁자가 하나 줄지도 모른다는 의미이기도 하다. 지난해, 나는 〈트레이드 가이드〉지가 선정한 인도 영화산업의 10대 여배우 가운데 아이슈와리아, 카리나, 프리앙카 다음으로 4위에 올랐는데, 오늘 자로 3위가 된 것이다.

하지만 내 팬들의 눈에 난 이미 랭킹 1위다. 그들은 내가 스스로의 힘으로 여기까지 올라왔다는 사실을 알고 있다. 미스 유니버스가 된 적도 없고 발리우드의 지원 역시 전혀 없었는데 말이다.

어쨌든 올해의 목표는 분명하다.

넘버원이 되는 것.

넘버원이 되는 것.

넘버원이 되는 것.

---

* 발리우드의 유명 여배우. 1994년 미스 월드에 선발되었다.

5월 20일

오늘 아침 집에서 소동이 있었다. 파란색 작업복 차림의 일꾼 여섯이 내 침실과 욕실을 침범해 열성적으로 나의 평화를 유린했던 것이다. 이들을 감독한 볼라는 마치 시청 엔지니어라도 된다는 듯 이런저런 지시를 남발했다. 욕실에 조명을 새로 하는 것도 그의 생각이었다. 조명이 구석까지 미치지 않는다는 이유였다. 전구들은 너무 예뻤다. 특히 흐릿하게 켜두면 밤하늘의 별처럼 보였다. 침실에 있던 피로자바드*의 샹들리에는 스와로브스키의 화려한 샹들리에로 교체하고 일부 잘못된 전선도 손봤다.

솔직히 말해 볼라에게 살짝 놀라기도 했다. 스타덤에 오르면 생기는 부산물 중 하나는 오래전에 잊었던 이모와 삼촌, 먼 사촌 등 한 번도 본 적 없는 친척들이 등장한다는 것이다. 볼라는 그렇게 만난 먼 사촌이다. 어느 날 아침 내 아파트에 나타나 마인푸리에 사는 자이슈리 이모의 아들이라고 주장하면서 영화에 출연시켜달라고 떼를 썼다. 나는 그를 힐끔 보고는 웃음을 터뜨리고 말았다. 기름을 잔뜩 바른 머리카락에 툭 불거져 나온 똥배, 무대보다는 무밭에 어울릴 것 같은 촌스런 태도. 하지만 나는 그 촌스러움을 불쌍히 여겨 그를 비서 겸 충복으로 고용했다. 일을 잘하면 영화에 출연시키는 것도 고려해보겠다고 약속했다. 그게 벌써 2년 전이니, 지금은 그도 배우가 되는 꿈을 포기했을 것이다. 어쨌든 하인으로서는 정말 기가 막혔다. 성가신 팬들과 사인 사냥꾼들을 떼어

---

* 유리공업으로 유명한 인도 북부의 마을.

내는 데도 유용했고 배선이나 컴퓨터(첨단 기술은 늘 나를 애먹인다)에도 쓸모가 컸다. 게다가 재정 관리에도 탁월한 능력을 발휘해 지금은 계좌 관리까지 맡길 정도다. 아직 일정 관리까지는 아니다. 그 일은 여전히 라니와 나의 공동 비서인 라케시한테 맡기고 있다.

볼라는 특별한 재능이 없다. 완전 평범하다는 뜻이다. 그러나 결국 세상은 보통 사람들로 이루어져 있지 않은가? 특별하고, 소중하고, 영예로운 사람들에게 봉사하는 게 본분인 진짜 보통 사람들 말이다.

5월 31일

손가락이 아프다. 지금 막 거의 100통의 편지에 사인을 한 탓이다. 이는 1년에 네 번 수행하는 의식이자 스타로서 치러야 할 또 하나의 작은 대가다.

아그라에서 잔지바르에 이르기까지 전 세계에서 보내온 팬레터에 대한 답장이 매주 4천 통, 한 달이면 2만 통이다. 그중에서 홍보 담당인 로지 마스카레나스가 답장의 은총을 받을 천 통 정도를 골라낸다. 물론 답장은 편지를 받고 기뻤다는 얘기, 다음 촬영 계획 따위 등을 늘어놓고 마지막으로 팬의 건강과 행복과 발전을 비는 틀에 박힌 내용이다. 편지엔 늘 내 확대 사진이 동봉되는데, 여성 팬과 아이들한테는 얌전한 사진, 성인 남성한테는 적당하게 야한 사진이 들어간다. 로지는 자동 사인 장치를 제안했다. 그러니까 기계가 편지마다 내 사인을 그려 넣는다는 얘기다. 그렇게 하면 사인의 고통에서 해방될 수야 있겠지만 난 그녀의 제안을 거절했다. 나는 모든 것이 거짓뿐인 비현실적인 영화 세계에 속해 있다. 최소한 사인만은 진짜이고 싶다. 내 답장을 받고 내 사진을 볼 때 팬들의 얼굴에 떠오를 환한 빛을 생각해본다. 편지는 가족과 친구와 친척한테 자랑거리가 되어줄 것이며, 이웃들도 한동안 그 후광 속에 푹 빠질 것이다. 며칠 동안 그 얘기를 하고, 논쟁도 하고, 키스도 하고, 기뻐서 훌쩍거리기도 하며, 복사하고 코팅하여 액자에 끼워 넣는 것은 물론 심지어 신주 단지 모시듯 할 것이다.

그러니 이따위 손가락 통증이 무슨 대수겠는가.

하지만 로지도 '친전(親展)'이나 '비밀'이라고 적힌 편지는 개봉하지 않는다. 그런 편지는 내게 직접 전해주는데 그럼 난 몇 시간 동안 그 편지들로 즐거워한다. 인도는 지구상에서 가장 스타에 열광하는 나라다. 매 순간 사람들은 배우가 되고, 발리우드에서 성공하기 위해 뭄바이로 달려든다. 더러운 오지, 구장열매* 상점, 말라리아에 찌든 늪지 마을과 작은 어촌 등지의 배우 지망생들도 내게 편지를 보내온다. 엉터리 힌두어에 짬뽕 영어에다, 문장은 버벅대고 구문도 엉망이지만, 그래도 그들은 나와 꿈을 공유하려 하고 충고와 도움과 때때로 금전적 지원을 요청하기도 한다. 대부분의 편지엔 사진이 들어 있다. 잔뜩 치장하고, 샐쭉거리고, 억지웃음에 억지스런 표정까지, 그야말로 우습기 짝이 없는 사진들이건만, 그들은 은막을 향한 끼와 갈망과 절박함 따위를 모두 그 사진에 우겨 넣고 제작자의 심장을 녹일 수 있기를 바란다. 하지만 아무리 노력한

---

*열대 아시아에 자생하는 빈랑나무의 열매로 각성제로 사용하기도 한다.

다 해도 그들의 거친 선을 냉혹한 카메라 렌즈가 놓칠 리는 없다. 그들의 본질적인 조잡함과 천박함은 그들의 겉치레에서 삐져나와 어리석은 자아뿐 아니라 저급한 욕망까지 고발하고 말 것이다.

여자애들의 편지는 더욱 당혹스럽다. 이제 열세 살밖에 안 된 아이들이 15분의 출연을 위해 가족을 버리고 가출을 하려 든다. 뭄바이에서 성공하기 위해 어떤 대가가 따르는지에 대해서는 전혀 모른다. 자칫 잘못하다가는 몸을 팔아 배역을 따내기도 전에 추잡한 사진사나 에이전트한테 걸려 뜨거운 터키탕이나 싸구려 매음굴에 팔려나가고 말 것이다. 스타를 향한 그들의 아슬아슬한 꿈은 섹스 노예의 악몽에 부딪쳐 완전히 박살나고 마는 것이다.

하지만 나 자신의 과거를 더듬으면서까지 이애들한테 답장을 보낼 생각은 없다. 그들의 유감천만한 인생에 개입하고 싶지도 않고, 그들의 저주받은 인생의 궤도를 고쳐줄 힘도 없다. 그건 정글의 법칙이다. 적자생존의 법칙. 나머지는 역사의 쓰레기통에 버려지게 되는 것이다. 아니면 사회의 시궁창이나.

6월 16일

비키 라이가 오늘 또 전화했다. 진짜 기생충 같은 인간으로 벌써 2년째 쫓아다닌다. 라케시는 그에게 잘해주라고 한다. 결국 그는 제작자인 데다 힘이 있는 남자가 아닌가.

"왜 나를 피하는 거지?" 비키 라이가 물었다.

"할 말이 없으니까요. 그런데 바뀐 휴대폰 번호는 어떻게 아셨어요?" 내가 투덜댔다.

"석 달마다 휴대폰을 바꾼다는 사실도 알지. 하지만 나도 한가락 하는 남자야. 샤브남, 당신은 내 힘을 과소평가하는 게 문제야. 내가 해줄 수 있는 게 엄청난데."

"뭐가 있는데요?"

"예를 들어, 내셔널 어워드 같은 거. 아버지가 그쪽에 연줄이 좀 닿잖아. 설마 내셔널 어워드를 마다하진 않겠지? 필름 페어 어워드와 히로혼다 트로피도 나쁘진 않지만 명배우라면 당연히 내셔널 어워드 아냐? 그야말로 최고의 상이잖아."

"글쎄요, 지금은 상에 별로 관심 없어요."

"좋아, 내 다음 영화 주연은 어때? 〈플랜 B〉라는 제목인데 아크샤이는 벌써 사인했지. 이번 6월에 제작에 들어갈 텐데."

"7월에 바빠서 안 돼요. 다완 씨와 스위스에서 촬영이 있어요."

"한 달이 어렵다면, 하룻밤이라도 괜찮아. 단 하룻밤."

"뭐 하시게요?"

"그걸 얘기해야 아냐? 델리에서 만나기만 하면 모든 게 만사형통이라니까 그러네. 아니면 내가 뭄바이로 날아가도 좋고."

"그냥 전화 끊고 다시는 날 괴롭히지 마세요, 비키 라이 씨." 난 단호하게 휴대폰을 꺼버렸다.

이 개자식은 도대체 무슨 생각을 하는 걸까? 내가 돈만 내면 살 수 있는 일용품인줄 아냐? 루비 질의 살인으로 기소되어 평생을 감옥에서 썩으면 좋을 텐데.

7월 30일

제이 차테르지는 참으로 난감한 사람이다. 지금 난 머리카락을 쥐어뜯고 싶은 심정이다. 그는 영화계의 가장 촉망받는 감독이자 가장 괴팍한 사람이다. 오늘 RK 스튜디오에서 만났는데, 나를 자신의 새 영화에 캐스팅하겠다고 말했다.

나는 흥분으로 몸이 떨리기 시작했다. 제이 차테르지 필름이라는 이름은 영화의 대히트를 의미하는 동시에 상복도 터진다는 의미였기 때문이다. 발리우드의 스티븐 스필버그라는 이름이 괜히 붙은 것이 아니다.

"어떤 내용인데요?" 내가 뛰는 가슴을 진정시키며 물었다.

"한 소년과 소녀의 이야기야." 그가 대답했다.

"어떤 소녀죠?"

"아름다운 부잣집 소녀지. 예를 들어 찬드니라고 해보자고. 찬드니의 부모는 딸을 기업가의 아들과 결혼시키려 하지만, 소녀는 그만 K라는 이름의 떠돌이와 사랑에 빠지게 되지."

"너무 멋져요!" 내가 탄성을 질렀다.

"그래. K는 이 세계에 속하는 동시에 다른 차원의 존재이기도 해. 그에겐 힘이 있어. 그러니까 찬드니를 꼼짝 못하게 만드는 저항할 수 없는 힘이라고나 할까? 결국 그녀는 그의 마력에 무릎을 꿇고 노예가 되고 말아. 그러고 나서야 비로소 그 이방인이 실제로는 어둠의 왕자라는 사실을 깨닫게 되지."

"와우, 악마라고요?"

"그렇지! 내 계획은 그 이야기를 두 가지 목소리로 서술하는 거야. 찬드니와 K의 목소리. 요컨대 두 이야기의 상호작용을 유도해내고 그 관계 속에서 극적 긴장을 찾아 내러티브를 강화하는 거지. 그래, 자네 생각은 어때?"

나는 깊은 숨을 내쉬었다. "엄청나요. 인도 영화에선 전례가 없는 시도잖아요. 제이 차테르지의 또 하나의 걸작이 될 거예요."

"그럼, 하겠나? 내 찬드니가 될 생각이 있어?"

"당연하죠! 언제 촬영이 시작되죠? 당장이라도 일정을 맞출게요."

"K를 캐스팅하자마자 곧바로 들어갈 거야."

"그게 무슨 말씀이세요?"

차테르지는 잠시 머뭇거리며 덥수룩한 턱수염을 어루만졌다. "이 분노의 젊은이에게 새로운 패러다임을 만들어주고 싶어. K에 대한 내 생각은 이래. 도대체 언제까지 천편일률적인 근육질 액션 히어로나 갈색 피부의 카사노바를 내세워 로맨스의 황제라는 착각을 불어넣어야 하는 거지? 사람들은 변화를 원해. K는 궁극적인 다중형 주인공이 될 거야. 영웅과 악당의 페르소나를 동시에 갖춘 인물이지. 강하면서도 부드럽고, 야만적이면서도 자애로운 인물. 가슴을 녹일 외모에 피를 얼릴 정도의 분노를 동시에 지니고 있고."

"살림 일리아시가 어울릴 것 같지 않으세요?"

"내 생각도 그래. 문제는 살림이 나하고 같이 일하지 않는다는 거지." 차테르지가 시무룩하게 대답했다.

"세상에, 왜요?"

"내가 어느 인터뷰에서 실수로 그의 스승인 람 모하마드 토머스를 모욕했거든."

"그럼 어떻게 하시게요?"

"제2의 살림 일리아시를 찾아야겠지. 그때까진 영화도 대기상태야."

그런 얼빠진 얘기를 들어본 적이 있는가? 영화가 대기 상태라니. 그것도 대본이나 감독이나 돈이 없어서가 아니라, 존재하지도 않는 주인공 때문에. 하지만 그게 또 제이 차테르지다. 그가 기다리라고 하면 기다려야 한다. 그래서 난 기다리기로 한다.

8월 2일

오늘 편지가 한 통 왔다. '친전.'

존경하는 샤브남 언니,

신의 은총이 함께하길 빌어요. 전 언니를 숭배하는 람 둘라리랍니다. 마이틸 브라만*이고, 나이는 열아홉이에요. 시타마리 구 소네바르사 거리의 가우라이 마을에 살고 있는데 여기에선 6학년을 마친 유일한 여자애이기도 해요.

전 지금 큰 곤경에 빠져 있답니다. 엄청난 홍수가 마을의 모든 것을 쓸어버렸어요. 우리집과 소들도 다 쓸려가고 아빠와 엄마도 비참하게 돌아가셨어요. 전 육군 보트에 간신히 구조되었구요. 처음엔 시타마리의 다 쓰러져가는 텐트촌에서 지내다가

---

* 브라만 중에서도 가장 높은 카스트 계급의 하나.

여배우 53

지금은 파트나에 있는 절친한 친구 닐람의 집에서 살고 있어요.

사실 언니에 대해선 아는 게 하나도 없어요. 우리 마을엔 파트나에 있는 것과 같은 커다란 극장이 없었거든요. 하지만 닐람은 언니 영화를 많이 봤다며 내가 언니의 여동생처럼 생겼다고 했답니다. 그애는 자기 카메라로 사진을 찍어 언니한테 보내보자고 했어요.

전 요리를 무척 잘해요. 굴랍자문과 수지카할와*를 포함해 못하는 요리가 없답니다. 뜨개질 솜씨도 좋아 스웨터는 이틀 만에 짤 수 있어요. 마이틸 브라만인 덕에 제사 음식도 완벽하게 하고요. 철저한 채식주의자에 금식과 축일도 적절하게 지킨답니다.

제발 연락주세요. 저를 뭄바이로 불러 묵을 곳과 일자리를 얻게 도와주세요. 신께서 언니에게 모든 축복을 내려주시길.

가족의 어른들께는 공경을, 아이들한테는 사랑을.

언니의 여동생
람 둘라리 올림

편지 내용엔 특별한 게 없었다. 소년 소녀로부터 이런 제안은 수도 없이 받는다. 나와 한집에서 사는 특권만 얻을 수 있다면 하인으로라도 일하겠다는 제안들이다. 하지만 나는 자신을 내 여동생으로 소개하는 람 둘라리의 말에 매료되었다. 친여동생 사프나 생각이 나서였다. 그애도 이제 열아홉 살이 된다. 아마도 부모님과

---

* 둘 다 인도식 디저트 종류.

아잠가르에서 살고 있겠지만 지난 3년간 그 누구도 내게 연락을 해오지 않았다. 자신들의 삶에서 나를 완전히 지워버린 모양이다. 하지만 내 마음에서 가족을 지울 수는 없었다.

그래서 난 봉투에서 사진을 꺼냈다. 6×4 크기의 표준 인화지들. 나는 첫번째 사진을 보곤 의자에서 떨어질 뻔했다. 나를 바라보는 얼굴이 나의 얼굴이었기 때문이다. 크고 검은 눈, 작은 코, 도톰한 입술과 둥그런 턱.

나는 재빨리 두번째 사진을 보았다. 싸구려 녹색 사리 차림의 람 둘라리가 나무에 기대어 있었는데, 얼굴뿐 아니라 체형까지도 완전히 나와 같았다. 유일한 차이는 머리카락뿐이었다. 그녀는 윤기나는 흑발을 길게 땋았으나, 내 헤어스타일은 턱까지 내려오는 단발에 앞머리는 지금 한창 유행하는 비대칭형이었다. 아무튼 그건 무시해도 좋을 차이다. 난 분명히 나 자신의 모습을 보고 있었으니까. 람 둘라리는 내 도플갱어가 분명했다.

기이할 정도로 닮았다는 것 외에도 사진은 또다른 흥밋거리를 제공했다. 람 둘라리는 너무도 자의식이 없어 보였다. 나처럼 보이겠다는 꾸밈도, 의지도, 노력도 전혀 보이지 않았다. 그녀는 그저 그렇게 만들어졌을 뿐이었다. 자신의 아름다움을 전혀 깨닫지 못하고 있었다. 나는 즉시 그녀와 유대감을 느꼈다. 여기 내가 있다. 인도 최고의 도시에서 방 다섯 개짜리 최고급, 최고층 아파트에 사는 여배우. 그리고 그녀가 있다. 약탈자들로 무법천지인 비하르 한가운데에서 생존하기 위해 안간힘을 쓰고 있는 불운한 고아 소녀. 나는 그 순간 그녀를 돕기로 결심했다. 내일 아침 볼라를 파트나로 보내 람 둘라리를 뭄바이로 데려올 것이다.

그녀를 어떻게 할지는 아직 모르겠다. 이미 하인은 충분하고, 브라만 계급도 충분하다. 내가 아는 거라곤 그 불쌍한 소녀를 버려둘 수도, 그녀의 고통을 외면할 수도 없다는 것뿐이다. 그래서 난 그녀의 운명에 뛰어들어 방향을 틀어줄 작정이다.

하지만 그러다 내 운명까지 바뀌는 것은 아닐까?

3
원주민

울음소리가 개간지 한가운데 누옥에서 들려왔다. 한 번의 기다란 울부짖음이 두 번의 짧은 울음으로 방점이 찍히는 게 마치 곡소리 같았다. 슬픔의 곡선이 최고조로 치솟았다가 끝이 꺾이고는 다시 올라갔는데, 저만치 떨어진 바다의 암초를 부딪는 파도의 리듬을 닮았다는 생각도 들었다.

10월 초하루였다. 남서 계절풍 콸라캉그네의 분노는 잦아들었고 이제 날씨는 다시 더워질 것이다. 정오의 이글거리는 햇볕 속에 나서는 데는 체력과 불굴의 의지가 필요했다.

멜라메와 펨바가 누옥 앞에 서 있다가 서로를 쳐다보았다.

"이번 계절에만 벌써 세번째야. 떠도는 영혼의 수가 늘어나고 있어."

연장자인 멜라메의 목소리가 떨려 나왔다.

펨바도 우울하게 고개를 끄덕였다.

"악령이 증가하면 상황은 더 나빠질 수밖에 없어요. 이대로 가면 우리 부족은 곧 듀공*처럼 멸종하고 말 거예요."

"아, 듀공! 이젠 맛이 어땠는지도 기억이 안 나." 멜라메가 아쉬운 듯 마른 입술을 적셨다.

"펨바는 아직 기억해요. 성인식 때 듀공을 창으로 잡은걸요." 펨바가 말했다.

"넌 위대한 사냥꾼이다. 최고 중 최고지. 하지만 요즘 젊은 것들을 봐라. 성인식을 맥주와 코카인으로 축하하고 있어. 그것도 외국인들이 만든 게 아니더냐!" 멜라메가 분통을 터뜨렸다.

"맞아요, 추장님. 저도 할 말이 없어요. 에케티도 마찬가지니까요. 그앤 하루 종일 복지관을 기웃거려요. 사람들 말로는 복지관에 꿀과 용현향**을 주고 담배를 얻는대요. 담배 피는 현장을 저도 몇 번이나 잡았죠. 창피해서 목이라도 매고 싶은 심정입니다요." 펨바가 작은 목소리로 대답했다.

"아무래도 주술사를 부를 때가 된 것 같다. 오늘은 탈라이의 장례로 바쁠 테니 내일 아침 총회를 열기로 하자. 이 소식을 얼른 알려라. 숲 속 노카이의 오두막으로 오라고. 거기라면 복지관의 감시를 벗어날 수 있을 테니까. 그 관리 말이야. 아쇼크라고 했던가? 그 친구가 제일 골치야."

"맞습니다, 추장님. 우리 부족에게 지나친 관심을 보이고 있죠. 어찌나 우리를 훔쳐보는지 아이들이 그자의 별명을 관음돌이라고

---

* 인도양에 사는 포유동물.
** 향유고래의 내장으로 만든 연고. 향수에 첨가되어 증발을 억제하는 기능을 한다.

지었다더군요."

"그자는 뱀보다 더 위험해. 계획이 그자 귀에 들어가지 않게 조심해."

"네, 추장님." 펨바가 고개를 숙였다.

숲은 녹색의 팔레트였다. 분홍색과 흰색으로 점점이 붓질한 난초꽃들이 가지에서 터져나오고, 분홍 백합도 개미탑처럼 여기저기 비어져 나와 있었다. 삼각형의 히말라야 삼목들은 초병처럼 하늘을 등지고 서 있었으며 정글은 생명의 맥박과 호흡으로 맥동하고 있었다. 모기들이 구름처럼 몰려들어 단조로운 노랫가락을 들려주었다. 잉꼬와 앵무새도 나뭇가지 어딘가에서 조잘대고 덤불숲과 관목들에서는 시원한 매미 소리도 들렸다. 왕도마뱀과 독사들이 정글의 바닥을 몰래 기어 다녔다.

멜라메는 작은 공터의 키 큰 가르잔나무 그늘 아래 멈춰 서서 양 떼를 잠시 바라보았다. 주술사의 오두막 바로 앞이다. 여자들은 언제나처럼 분주히 견과와 조개껍데기로 술 장식을 만들고, 장작을 모으거나 상대의 머리를 땋아주었다. 남자들은 카누를 만드느라 자귀로 통나무를 열심히 두드려대고 있었다.

멜라메는 신선한 공기를 허파 가득 들이마셨다. 신선한 공기에선 아침 이슬의 향이 느껴졌다. 이 작은 숲은 유일하게 남은 초지다. 듀공 크릭에 자리 잡은 부라은 통나무들로 어지럽기 짝이 없었다. 재목을 잔뜩 짊어진 트럭들이 덜커덕거리며 하루도 빠짐없이 소(小)안다만제도의 간선도로를 오갔다. 해변을 수놓았던 숲을 갈아엎어 만든 길이다. 이제는 섬 어디에나 논과 코코넛 농장이 생겼다. 이곳은 섬 주민의 최후의 도피처다. 벌거벗은 채 자유롭게 숨 쉬고 새소리를 들으며 자연과 하나가 될 수 있는 곳.

"미끼는 준비되었나?" 추장이 펨바에게 물었다. 그는 고개를 끄덕이며 발밑에 놓인 커다란 항아리를 가리켰다. 멜라메는 만족스런 표정을 짓고는 원추 모양의 오두막 문을 두드렸다. 초가지붕을 어찌나 낮게 이었는지 기어 들어가야 할 정도였다.

"가라! 노카이는 악몽을 꾸었다. 오두막을 벗어나지 않는다!" 안에서 주술사의 고함 소리가 들려왔다.

멜라메는 한숨을 내쉬었다. 주술사는 음울한 은둔자라 숲에서 거의 나온 적도 없고, 또 비위를 맞추기도 끔찍하게 어려운 사람이다. 하지만 그의 치유력과 마법이 없으면 부족의 생존은 불가능하다. 짓이긴 나뭇잎을 해변의 돌 밑에 조금 넣어두는 것만으로도 태풍을 멎게 하고, 인간의 주름살로 질환을 알아내고, 여인의 배를 두드리는 것만으로 남아인지 여아인지 알아맞히는 자가 아니던가. 주술사는 악령을 추방하고 수호 정령을 달래며 월식 중에 부족을 보호하고 저주를 씻어낼 수 있는 유일한 존재다. 죽은 자를 되살리는 것 외에 노카이가 이루지 못할 기적은 세상에 없으리라. 멜라메는 항아리를 집어 들며 끈질기게 말했다.

"현자여, 우리가 무엇을 가져왔는지 보시구려. 아주 신선한 거북이고긴데 펨바가 어제 잡은 거라오."

멜라메는 뚜껑을 열어 고기 냄새가 오두막 안으로 흘러들게 했다. 노카이의 약점이 있다면 바로 거북이고기다.

미끼는 효력이 있었다. 즉시 오두막 문이 열리고 쭈글쭈글한 손이 밖으로 기어 나와 항아리를 잡아챘으니 말이다. 한참 후, 문이

다시 열리더니 주술사가 투덜대며 그들을 불러들였다. 멜라메와 펨바가 입구를 헤집고 들어갔다.

오두막 안은 꽤 넓었다. 가운데에 침상이 하나 놓여 있고 천장에는 온갖 잡다한 물건들이 주렁주렁 매달려 있었다. 동물 가죽, 앵무조개 껍데기, 활과 화살, 색색의 옷감. 바닥에 놓인 나무 그릇 안에 가득 담긴 말린 멧돼지고기와 뱀고기도 보였다. 한쪽 구석에 놓인 항아리에서는 불꽃이 활활 타오르고 있었다. 노카이는 오두막 한가운데에 펼쳐둔 거대한 호피 깔개 위에 앉아 있었다. 언젠가 벨기에 왕의 치명적인 흑수열을 치료해주고 받은 선물이라고 들었다. 그들의 항아리는 그 앞에 놓여 있었는데 이미 깨끗이 빈 상태였다.

주술사는 공허한 눈빛으로 두 사람을 뚫어지게 쳐다보았다. 오두막 구석에 고여 있는 웅덩이만큼이나 번들거리는 눈이다.

"왜 괴롭히는 거야?" 그가 퉁명스럽게 따져 물었다.

"부족이 어려움에 처해 있소. 멧돼지들이 사라지고 거북이도 듀공만큼 귀해진 데다 부족민들도 파리처럼 죽어나가고 있단 말입니다. 탈라이가 세번째로 희생됐어요. 현자여, 도대체 어떤 영이 분노한 겁니까?" 멜라메가 물었다.

"이게 모두 신성한 돌 잉게타이를 빼앗겼기 때문이다. 잉게타이는 최초의 인간 타와모다가 조각한 돌로, 위대하고 위대하신 토미티의 유산이야. 우리한테 신성한 돌이 있는 한 부족은 보호받을 수 있다. 심지어 죽음의 쓰나미도 우리 부족을 어쩌지 못해. 어린 소녀의 축복을 받고 있으니까. 부족이 어려움에 처한 건 잉게타이가 사라졌기 때문이야. 도대체 어떻게 가장 신성한 유산을 도난당할 수 있는 거지?" 노카이가 화난 목소리로 말했다.

"모르겠소, 현자여. 분명 여울 맨 끝의 검은 동굴 안에 깊숙이 감춰두었소. 외국인은 아무도 거기까진 가지 못하는데, 도무지 누가 가져갔는지 알 도리가 없구려." 멜라메의 목소리에는 수심이 가득했다.

노카이가 다시 트림을 하더니, 호피 깔개 위에 잔뜩 흩어진 뼈와 조개껍데기와 부적 등을 뒤져 커다란 굴 껍데기 하나를 집어 들었다.

"이걸 봐라. 한때는 생명체였지만 지금은 완전히 죽은 껍데기에 불과해. 그건 조개 안에 거주하던 영혼이 떠났기 때문이다. 풀루가*는 잉게타이 안에 거주했다. 잉게타이가 가우볼람베**를 떠났으니 풀루가도 떠난 거야. 우린 이제 그분의 보호를 잃었다. 그리고 신을 떠나보냈기 때문에 수호령들도 화가 나 있지. 바로 그 수호령들이 이 위기와 죽음을 일으키는 거다. 수호령의 저주란 말이다. 신성한 돌을 훔친 놈은 저주를 받을 게다. 정령들께서 용서하실 리 없으니까. 하지만 잉게타이를 잃어버린 우리도 용서받을 수 없어."

"그럼 어떻게 해야 하오? 어떻게 해야 우리 자신을 보호할 수 있겠소?"

"방법은 하나뿐이다. 잉게타이를 찾아와라." 노카이가 대답했다.

"하지만 그러려면 먼저 누가 훔쳐갔는지, 어디 있는지부터 알아

---

* 안다만제도의 토착 신화에 등장하는 창조신.
** 소안다만제도의 별칭.

야 하오. 그걸 알 수 있는 이는 오직 현자뿐이오." 멜라메가 외쳤다.

"그래, 노카이가 잉게타이의 위치를 알려줄 것이다. 하지만 그 대신 우기를 버틸 만큼의 거북이고기가 필요해. 최소한 꿀통 하나와 멧돼지 두개골 다섯 개 분량은 되어야 한다." 주술사가 고개를 끄덕이며 말했다.

"그렇게 하겠소, 현자여. 이제 신성한 돌을 훔쳐간 자가 누군지 말해주시오."

노카이는 불꽃이 타오르는 항아리를 가까이 끌어당기더니 깔개 위에 여러가지 물건들을 늘어놓았다. 그런 다음 그 속에서 커다란 찰흙 덩어리와 갈색 씨앗 몇 개를 골라냈다. 그가 씨앗을 화로 속으로 집어던지자 펑 소리를 내며 불꽃이 튀었다. 그리고 나서 그는 얼굴과 몸에 흙을 바르고 침상으로 다가가 얇은 매트리스를 들어올렸다. 그 아래에 커다란 뼛조각 네 개가 들어 있었다.

"이건 내가 가장 아끼는 물건이다. 위대한 토미티의 유골이지."

멜라메와 펨바는 위대한 조상에게 경의를 표하기 위해 무릎을 꿇었다. 노카이는 다시 깔개에 앉아 뼈를 주변에 늘어놓고 무릎 사이로 고개를 숙였다. 마치 잠이라도 자는 듯했다. 멜라메와 펨바는 묵묵히 기다렸다. 주술사의 의식엔 익숙했다. 지금 그는 영적 세계에 들 준비를 하고 있었다. 찰흙과 갈색 씨앗은 악령을 몰아내고 조상의 유골은 수호신을 불러들인다. 신들은 오두막으로 들어와 그의 의식에 차가운 공기를 불어넣어줄 것이다. 눈이 보이지 않는 수호 정령들은 주술사의 몸을 더듬어 그를 추위에 떨게 만들고, 그를 돼지처럼 묶어 등에 지고는 하늘로 날아오르리라.

멜라메와 펨바는 여덟 시간 가까이 죽은 거북이처럼 꼼짝도 않는 노카이를 지켜보았다. 오두막 밖으로 그림자가 상당히 길어졌다. 마침내 현자가 눈을 뜬 것은 늦은 저녁이 되어서였다. 그는 지치고 혼란스러워 보였다. 두 눈은 몽롱했으며 온몸에 작은 자상과 타박상 자국이 무수히 나 있었다.

"물, 어서 물을 갖다줘!" 그가 외쳤다. 펨바가 가까운 곳에 있는 물 항아리를 내밀자 주술사는 벌컥벌컥 한참을 들이켰다. 거의 반은 턱으로 흘러내리는 듯했다. 마침내, 그가 숨을 삼키며 흥분한 목소리로 외쳤다. "잉게타이 아-티-에-베. 노카이가 신성의 돌을 봤노라!"

그후 호된 여행에 지친 노카이가 두서없이 얘기를 늘어놓는 바람에 펨바와 멜라메는 중간중간 끼어들어 되물어야 했다. 그의 말마따나 이는 지금껏 가장 길고 오랜 여행이었다. 네 개의 바다를 건너 외국인의 땅까지 갔으니, 당연했다. 그는 하늘 높이 치솟아 눈으로 뒤덮인 산들과 길게 굽이치는 강들을 건너고, 황량한 사막과 푸르른 계곡도 지났다. 하늘을 날아다니는 금속 새들과, 머리에서 연기를 뿜어내며 땅 위를 기어다니는 기다란 강철 뱀들도 보았다. 토미티의 정령이 다시 잉게타이의 흔적으로 이끌어, 그는 맹그로브 늪지를 지나 사람들로 가득한 거대한 도시에 접어들었는데, 가장 높은 산보다 더 높은 콘크리트 집들이 서 있고 밤하늘엔 수천 개의 태양이 떠 있는 곳이었다. 그는 작은 연못 옆 녹색 지붕의 작은 집으로 곤두박질했다. 그리고 그곳의 작은 방에 잉게타이가 있었다! 외국인의 수많은 신들과 함께 주춧대 위에 전시된 신성의 돌.

"누가 사는 집인지 말해주시오, 현자여. 그가 신성한 돌을 훔친

자가 분명하오." 멜라메가 재촉했다.

"그 집에서 본 사람은 단둘이다. 하얀 드레스를 입은 노파와 키 작은 대머리 사내. 사내는 눈썹이 짙고 얇은 입술에 주먹코를 가졌군. 그래, 안경도 꼈어." 노카이가 대답했다.

"바네르지!" 멜라메와 펨바가 동시에 외쳤다. 두 달 전에 허겁지겁 섬을 떠난 복지관의 고위 관리가 분명했다.

"풀루가에게 영광을. 고통은 끝날 것이다. 신성한 돌을 되찾는 순간 신들도 노여움을 푸실 테니까. 그럼 꿀과 돼지와 매미와 거북이도 넘쳐나고 그 누구도 죽어서 떠도는 영혼이 되지 않을 거야."

셋은 오두막에서 나왔다. 멜라메는 그 소식을 장로들한테 전했다. 다들 아침부터 끈기 있게 기다린 터였다.

"이제 남은 문제는 누가 그 임무를 맡느냐입니다. 누가 외국인의 땅으로 떠나 신성한 돌을 찾아오죠?" 펨바가 질문을 던졌다.

장로들은 서로 쳐다보다 얼른 시선을 돌렸다. 무거운 침묵이 내려앉았다. 심지어 바람도 자고, 장난감 활과 화살을 들고 뛰놀던 아이들도 놀이를 멈추고 그 자리에 멈춰 섰다. 다들 초조하고 당혹스러운 표정이었다. 유일한 소리라고는 암초에 부딪는 파도 소리뿐이었다. 대기는 긴장으로 무겁고 어둡기만 했다.

그 순간 빈 맥주병이 하늘에서 떨어져 멜라메의 발 옆에 꽂혔다. 하마터면 아기에게 젖을 물리고 있던 투미가 맞을 뻔했다. 모두 놀라 하늘을 바라보았다. 도대체 하늘의 정령들이 또 어떤 징벌을 내리려 한단 말인가? 그들은 가르잔나무 위에서 쉬고 있는 에케티를 발견하고 인상을 찌푸렸다. 펨바가 손을 흔들었다.

"이 건방진 놈. 당장 내려오지 못해! 아니면 노카이 님께 자기 아들을 개로 만들어달라고 부탁하는 최초의 아버지가 될까!"
 에케티는 마지못해 키 큰 나무에서 미끄러져 내려왔다. 몸놀림이 원숭이처럼 민첩하고 유연했다. 그는 아버지 앞에 섰다. 얼굴엔 멋쩍은 미소를 걸어둔 채였다. 펨바의 아들은 여기저기 찢어진 붉은색 반바지에 댈러스 카우보이 로고가 찍힌 더러운 흰색 티셔츠 차림이었다. 목에는 씹는담배를 담은 작은 플라스틱 병이 매달려 있었다.
 "우리 부족 최고의 위기다. 그런데 아직 질문에 대답하는 사람이 없군. 누가 자원해서 신성한 돌을 찾으러 떠나겠는가?" 멜라메가 장로들을 다그쳤다.
 그러나 아무도 그 질문에 답하지 않았다.
 "당신들 모두 어떻게 된 건가? 부족의 명예를 구할 사람이 아무도 없다는 거야?" 노카이가 멜라메를 꾸짖었다.
 멜라메는 훈시받는 죄수처럼 조용히 서 있었다. 이 곤경에서 그를 구해준 건 다름 아닌 에케티였다.
 "에케티가 갑니다." 그가 차분한 목소리로 말했다.
 멜라메가 의심스런 표정으로 그를 바라보았다.
 "네가 어떻게 이 일을 감당하겠느냐? 하루 종일 해변에 누워 맥주와 코카인만 들이켜고, 외국인의 돈이나 뜯어먹고 다니는 놈이."
 노카이가 끼어들었다.
 "풀루가에게 영광을. 에케티는 당신 생각보다 총명하다. 계절이 세 번 바뀌는 동안 저 아이한테 내 비밀을 전수해봤지만 불행히도 주술에는 관심이 없더군. 저애는 세상을 정복하고 싶어해. 노카이가 이르노니 아이한테 기회를 줘라."

멜라메가 펨바를 쳐다보았다. "넌 이 아이의 아버지다. 어떻게 하겠느냐?"

펨바가 생각에 잠겨 고개를 끄덕였다.

"노카이 님 말씀이 맞습니다. 에케티가 이곳에 머무른다면 복지관의 노예가 될 겁니다. 평생 외국인 밑에서 허드렛일이나 하겠죠. 이 임무가 에케티의 통과의례가 될 겁니다."

"그렇다." 노카이가 말했다. "이것은 완벽한 성인식이 될 것이다. 부족원들은 모두 원기를 회복하게 될 것이다. 에케티가 신성한 돌을 가지고 돌아오면 우리는 그를 영웅으로 맞을 것이다. 토미티가 바라탕 섬에서 처음 그 돌을 가져왔을 때 우리 조상들이 그랬던 것처럼."

멜라메가 에케티를 돌아보았다.

"위험한 여행이라는 건 알고 있겠지?"

"에케티는 위험을 각오하고 있습니다. 그건 부족에게 닥친 위험이고 부족의 미래가 걸려 있지 않습니까." 에케티가 대답했다. 나이보다 의젓한 목소리였다.

"걱정하지 마라. 노카이가 너를 보호해주마. 수호 정령이 깃든 송로와 어떤 고통이라도 치유할 수 있는 약을 선물로 주마."

그는 오두막으로 들어가 검은 줄로 꿴 장식 턱뼈를 갖고 나왔다.

"이 신성한 뼈를 목에 걸거라. 아무도 너를 해치지 못하도록 풀루기가 지켜줄 것이다."

에케티가 주술사 앞에 무릎을 꿇고 축복을 받았다. 그리고 티셔츠를 벗고 목에서 담배 케이스를 떼낸 다음 턱뼈 목걸이를 걸었다. 그의 칠흑같이 검은 피부 위로 뼈 목걸이가 인광 같은 빛을 내

뽑었다.

펨바의 얼굴에 걱정스러운 빛이 떠올랐다.

"복지관 직원들이 내 아들을 잡으면 어쩌지? 코라가 허락 없이 스피드보트에 타려 했다가 얼마나 심하게 매질을 당했는지 너도 알지 않느냐? 아쇼크란 자는 아주 교활해. 우리 부족의 언어까지 할 수 있다."

에케티는 아버지의 말에 손사래를 쳤다.

"그게 어때서요? 난 그자보다 영어를 더 잘해요. 복지관 직원들은 모두 멍청이예요, 아버지. 오직 돈벌이에만 환장한 자들이죠. 나한텐 관심도 없어요. 그런데 인도에는 어떻게 가죠? 에케티는 노카이처럼 날 수가 없는데요?"

"너를 위해 카누를 만들어주마. 우리 역사상 가장 좋은 배가 될 거다. 그믐밤에 떠나면 아무도 너를 보지 못한다. 며칠 후면 외국인의 땅에 닿을 것이다. 그럼 바네르지라는 악당을 찾아 잃어버린 돌을 찾아오면 된다." 멜라메였다.

"하지만 에케티는 바네르지를 어떻게 찾죠?"

"녹색 지붕을 찾아라."

"인도가 얼마나 큰지 아세요? 거긴 하늘보다 더 넓어요. 녹색 지붕을 찾는 건 모래 속에서 곡식 낱알 찾는 격이라고요. 주소라는 게 있어야 해요. 인도 사람들은 누구나 그런 걸 갖고 있다고 무르티 선생님이 그랬어요. 바네르지의 주소는 누가 갖고 있죠?" 에케티는 기가 막혔다.

"오, 그 생각은 못해봤구나."

멜라메는 머리를 긁었고 다른 사람들은 다시 입을 다물었다.

"풀루가에게 영광을. 내가 도움이 될 수 있을 거다."

한 목소리가 들려왔다. 뒷마당의 숲에서 그림자가 뚝 떨어져 나오더니 앞으로 한 발짝 나왔다.

섬의 원주민들은 경악하고 말았다. 아쇼크, 복지관 하급 관리가 나타난 것이다.

"다툴 생각으로 온 게 아니다." 아쇼크가 무리에게 다가가며 유창한 옹게어로 말했다. 면도를 깨끗하게 한 30대 초반의 남자로, 마른 체구에 짧은 흑발, 보통 키였다.

"에케티를 인도로 데려가겠다. 바네르지의 콜카타 주소를 알고 있다. 신성한 돌을 찾는 걸 돕겠다. 모양을 설명해줄 수 있나?"

그가 셔츠에서 펜을 꺼내고 검고 얇은 다이어리를 펼쳤다.

4
도둑

6분 후, 나는 죽을 것이다.

쥐약 한 병을 다 마셨다. 강력한 독이 혈관을 흘러다니고 있다. 쥐 한 마리를 죽이는 데 3분이 걸리고 사람은 그 두 배가 걸린다고 했다. 몸이 먼저 마비되고 그다음엔 파랗게 질릴 것이며 심장박동이 불규칙해지다가 완전히 멎고 말 것이다. 21년의 삶이 그렇게 종지부를 찍고 마는 것이다.

엄마라면 지금이야말로 신께 속죄할 시간이라고 하겠지만, 난 모르겠다. 시바 신이 카일라시 산을 내려와 이 지옥에서 나를 빼내 줄 리 없지 않은가. 그가 우리 같은 가난한 자들을 돕는 경우는 없다. 부자를 위한 신일 뿐이다. 신전에서 사는데도 내가 신을 믿지 않는 이유가 그 때문이다.

죽은 친구 랄란이라면 내가 여자애들을 꼬드기기 위해 자살 소동을 벌이는 거라고 우기겠지만 이건 연속극이 아니다. 게다가 자살도 아니다. 이건 살인이다.

디네시 프라타프 부시야가 앞에 서서 내 배에 리볼버를 똑바로 겨누고 있다. 값비싼 수입 총. 내게 쥐약을 마시라고 명령한 장본인이다. 총과 독약 중에 선택하라기에 후자를 골랐다. 비록 진득한 갈색 액체는 진흙만큼이나 맛이 형편없었지만, 그래도 고통은 없을 것이다.

내가 죽어가는 모습을 지켜보는 디네시 부시야의 눈이 광인처럼 번들거렸다. 부시야 형제 중에서도 가장 위험한 놈이다. 언젠가 그를 봤을 때도, 그는 애완견의 눈에 뾰족한 막대기를 쑤셔 넣고 있었다. 사실 부시야 일가는 누구 할 것 없이 광기가 있다. 그의 형 라메시는 상습 강간범이다. 뚱땡이 와이프가 미용실에서 시간을 때우는 동안 이웃 여자들을 건드릴 생각만 하는데, 청소부에서 세탁부까지 가리는 법이 없다. 동생 수레시는 불량식품을 제조해 나사 빠진 인간들한테 팔아치우는 사기꾼이다. 안데리아 교차로에 있는 그의 창고에는 불순 혼합품이 넘쳐난다. 콩에는 자갈을 갈아 넣고, 쌀에는 모래를, 양념에는 인공색소를, 밀가루에는 분필 가루를 섞는다. 그자는 가짜 우유, 가짜 설탕, 가짜 약, 가짜 콜라, 심지어 가짜 생수까지 판다. 한번 생각해보라. 솔직히 어떤 놈이 더 나쁜 놈인지 어떻게 구분하겠는가. 셋이 찍어낸 붕어빵처럼 똑같이 생겼다는 점도 판단을 흐리게 한다. 이따금 세 형제 중 누구와 얘기하는지 헷갈릴 때도 있다. 그들의 아버지 자이 프라타프 부시야도 조금 늙기만 했을 뿐 생김새는 완전히 똑같다. 어쩌면 부시야 집안의 여자들이 공장에 주물을 설치하고 세대가 지날 때마다 판박이 부시야들을 찍어내는 건지도 모르겠다. 행여 거리에서 그 가

도둑 71

족 중 하나를 만나게 되면 사람들은 '저기 부시야가 간다'고 말한다. 그러니까 소 떼에 검은 버팔로가 하나 섞인 것처럼 종족 자체가 다르다는 얘기다.

부시야 집안 여인들이 남자들만큼 추물이라면 나도 이 지경에 처하지는 않았을 것이다. 내가 이 집에서 일하게 된 큰 이유도 세 형제의 유일한 여동생 핑키 부시야 때문이었다. 그녀는 벌꿀 같은 피부에 BMW 같은 몸매를 지녔다. 잘빠진 차체에 부드러운 실내 쿠션까지 장착한 BMW! 그런데 어느 날 사원에서 그녀를 보고는 멍청하게도 꽃 파는 자구와 천 루피의 내기를 걸고 만 것이다. 6일 이내에 그녀와 연애를 시작하겠다는 내기.

나 같은 대학 졸업자가 하인 일을 하는 건 굴욕이었으나, 부시야 집안에 들어가기 위해서는 어쩔 도리가 없었다. 다행히 부시야 집안에 하인이 필요할 때였다. 아니, 수도의 부자들은 늘 하인이 필요하다. 요즘 좋은 하인 구하기가 단종된 대우 마티즈의 스페어 타이어를 찾는 것만큼이나 어렵기 때문이다. 부시야 가족은 사원에 살고 있다는 사실을 정직하고 신을 두려워한다는 보증서쯤으로 여기고, 월급 3천 루피에 나를 고용했다.

때늦은 후회지만 그건 내 생애 최대의 실수였다. 노키아와 삼성을 취급하던 전직 고가 휴대폰 도둑이 식기세척기와 비누를 들고 씨름했어야 했으니 말이다.

그리고 부시야 가족도 문제 해결에 도움이 되지 못했다. 겉만 본다면, 그들은 준법정신이 투철한 시민에 독실한 신자 타입이다. 매주 월요일이면 사원에 나가고 시바 신 앞에 거액의 헌금을 내놓았다. 그들이 초특급 사기꾼에 날도둑이라는 사실을 안 것은 그 집에서 일하고 난 뒤부터였다. 교양 빵점의 사이코 야만인이나 다름없는 그들은 내가 일을 못한다고 사정없이 타박했다.

그래도 그 정도의 야비함이라면 참을 수도 있었다. 나를 열받게 만든 건 부시야 여자들의 오만함이었다. 그들은 나를 노예 취급했다. 라메시와 수레시의 여편네가 동시에 비디오점에서 DVD를 빌려오고 세탁소에서 옷을 찾아오라고 시키는 식이었다. 설상가상으로 핑키 부시야도 내 매력에 완전히 무감했다. 그 정도 여자면 쉽게 낚을 줄 알았다. 옷 입는 것만 봐도 그렇다. 그녀는 날라리도 아니고 범순이도 아니었다. 세상사에 빠삭하지도 못하지만 그렇다고 맹문이라고 할 수도 없었다. 나는 핑키의 관심을 끌기 위해 몇 가지 영웅 역할을 시도했다. 섬세한 연인에서 황금 심장을 지닌 고귀한 하인의 역할까지 다 해보았다. 휴대폰에 대한 폭넓은 지식과 국가 정세에 대한 심오한 식견을 과시해보기도 했지만 아무것도 먹히지 않았다. 그녀에게 난 하인에 불과했다. 신경질을 부렸다가 이따금 친절을 보여주기도 했지만 나를 남자로 본 적은 한 번도 없었다. 그녀의 관심은 오직 멍청한 여자친구들과 시디플레이어뿐이었다. 집 안의 욕실들은 모두 요새 같아 그녀를 훔쳐보는 건 꿈도 꾸지 못했다. 결국 한 달이 채 못 되어 난 시간 낭비라는 결론을 내리고 말았다.

일을 그만두고 자구한테 기꺼이 패배를 인정한 다음 돈을 내줄 생각이었다. 그런데 그때 극적인 상황 반전이 생겨서 난 다시 주저앉고 말았다. 아샤, 그러니까 디네시 부시야의 아내가 대신 걸려든 것이다. 어느 후텁지근한 오후, 나는 화장지를 갖다두기 위해 그녀의 침실에 들어갔다. 그런데 그녀가 내 셔츠를 붙들더니 키스를 퍼붓는 것이 아닌가! 이른바 새로운 관계의 시작이었다.

하인이란 세상에서 가장 하찮은 계급이다. 그들은 고용주의 애정이나 동정을 요구하지 않는다. 그들이 원하는 건 오로지 존중뿐이다. 일이 아니라 그들이 알고 있는 내용에 대한 존중이다. 새벽 6시에 마더 낙농 상점 앞에 모인 하인들의 얘기를 들어보라. 그럼 TV 속보보다 더 많은 가십과 내막을 알게 될 것이다. 비록 황소처럼 굼떠 보이지만 하인들은 모든 것을 보고 듣는다. 그들의 삶이라는 게 너무 따분한 탓에 주인을 염탐하는 데에서 짜릿한 재미를 찾을 수밖에 없다. 가족들이 연속극을 보는 동안 하인들은 그들을 지켜본다. 그들은 가족 구성원이 놓치는 세세한 제스처와 뉘앙스까지 잡아낸다. 주인의 파산과 주인집 딸의 혼전 임신을 누구보다 빨리 아는 것도 그들이다. 물론 가족 내에서 벌어지는 암투에 정통한 것도 역시 그들이다. 누가 누구를 괴롭히고, 누가 누구를 속이느냐 하는 문제들 말이다.

하인의 복수를 조심하라. 비하리 출신의 요리사와 네팔인 경호원한테 목이 잘린 델리의 부자 양반들이 어디 한둘인가. 이유? 주인들이 그들을 극한까지 내몰았기 때문이지 뭐겠는가? 나도 부시야 가족에게 복수했다. 예를 들어 수레시 부시야는 저녁 때 먹은 치킨 카레에 불순물이 섞였다는 사실을 모른다. 테이블에 올리기 전에 나는 한바탕 침을 뱉었다. 그리고 형 부시야! 맛과 냄새에 무심한 그 인간은 새똥을 곁들인 야채수프를 맛있다고 먹더니 한 그릇 더 달라고까지 하지 않았던가!

하지만 무엇보다도 짜릿한 복수는 디네시 부시야를 오쟁이진 남편으로 만든 일이다. 그는 불도그처럼 거친 척했으나, 그의 여편네는 그가 침대에서는 쥐새끼이며 필름 없는 카메라만큼이나 무용지물이라고 비난했다. 완전 고자라는 것이다. 그녀와의 관계는 두 달 정도 이어졌다. '행위'가 있을 때마다 그녀가 챙겨주는 용돈도 쏠쏠했다. 디네시 부시야가 기토르니의 벽돌 가마에서 땀을 빼는 동안, 난 그의 침대에서 아샤와 뒹굴며 백 루피의 부수익을 챙겼던 것이다.

오늘 오후에도 그의 침대에 있었는데 그가 예고도 없이 들이닥쳤다. 딱 영화에서 보던 그대로다. 집에 돌아와 침실 문을 여는 남편. 아내가 외간 남자, 아니 그의 하인놈과 붙어먹는 모습에 입을 쩍 벌리고……

"이런, 미친년!" 나는 그의 고함 소리를 듣자마자 침대에서 기어 나와 옷을 벗어둔 화장실로 후닥닥 달려 들어갔다. 한바탕의 욕설과 아샤가 매맞는 소리가 이어졌다. 그리고 2분 후 디네시 부시야가 욕실 문을 발로 걷어차고 안으로 들어왔다. 그의 한 손엔 리볼버가, 다른 손엔 약병이 들려 있었다.

"개자식, 이제 네놈을 처리해주마." 그가 씩씩거리며 총 끝으로 내게 밖으로 나오라고 지시했다.

그는 나를 지상 차고로 끌고 가 모퉁이에 몰아넣고는 쥐약 한 병을 마시게 했다. 바로 지금 상황이다. 곧 죽을 순간을 초 단위로 계산하고 있지만 그래봐야 결국 자살로 판명되고 말 것이다.

나는 넓은 차고를 둘러보았다. 윤활유 얼룩이 밴 이곳에 오늘 저녁 라메시 부시야의 은색 도요타 코롤라가 주차될 것이다. 구석에는 수레시 부시야가 불량식품을 만들 때 쓰는 양념과 콩을 담은 상자들이 잔뜩 쌓여 있고, 철제 사다리, 반쯤 빈 플라스틱 냉각수 병과 엔진오일이 나무 선반에 놓여 있었다. 나는 엄마와 참피 생각을 하지 않으려고 무지 애써야 했다.

디네시 부시야는 초조한 듯 손목시계를 확인했다. 병을 비운 지 20분이나 지났으니 효력은 이미 나타났어야 했다. 하지만 소름 끼치는 마비 대신, 내 뱃속에선 코카콜라를 마실 때처럼 무언가가 부글거리다 목구멍으로 넘어오려 할 뿐이었다. 잠시 후 입에서 토사물이 터져나와 디네시 부시야의 하얀 셔츠로 날아갔다.

그는 얼마나 황당했는지 그만 리볼버를 놓치고 말았다. 바로 그 찰나가 나한테 필요한 전부였다. 나는 총을 멀리 차버리고 차고에서 달려나갔다.

죽음의 공포는 인간의 육신에 어떤 영향을 미칠까? 나는 올림픽 출전 선수처럼 달리며 이따금 디네시 부시야가 쫓아오는지 돌아보았다.

사원에 가까워질수록 이 엄청난 행운이 더욱더 실감나지 않았다. 나는 눈앞에서 죽음을 보았고 죽음은 내게 윙크까지 했다. 그런데 상황이 이렇게 극적으로 변하다니. 지금은 내 죽음 자체가 처음부터 가짜였다는 생각이 들었다. 디네시 부시야가 동생의 가게에서 얻어온 쥐약이 가짜였으니 말이다!

하지만 사원 문을 지나며 터뜨린 웃음은 전혀 가짜가 아니었다. 뒷마당의 굴모하르나무 아래 벤치엔 언제나처럼 참피가 앉아 있었다. 나는 그녀에게 달려가 내 인생 최대의 힘을 발휘해 끌어안았다.

"이런, 무슨 일이야? 마치 복권에라도 당첨된 사람 같아."
"틀린 말은 아니야. 아무튼 난 오늘 두 가지를 결심했어."
"뭔데?"
"하나, 다시는 하인 일을 하지 않을 거다."
"그럼 두번째는?"
"옛날 직업으로 돌아가야지. 휴대폰 도둑. 엄마한테 이르진 마."

내 이름이 마음에 들 때도 있었다. 시골 여자애들한테는 정말 짱이었다. 이름이 귀엽다고 생각했기 때문이다. 비천한 사환이나 불만투성이의 자동차 정비공에게 걸맞은 이름인 그냥 '문나'에서 상당히 발전한 셈이다. 문나 모바일이라는 이름엔 뭔가 분위기도 있고 매력도 있다는 얘기였다. 그러나 그건 다 휴대폰이 상류층의 아이템이었을 때 얘기다. 지금이야 개나 소나 다 들고 다니는데, 도대체 어떤 젊은 놈이 문나 모바일이라고 불리길 원하겠는가? 그보다는 차라리 보더폰이나 에릭슨이 낫겠다.

내가 그 별명을 얻은 건 4년 전 처음 휴대폰을 꼽쳤을 때다. 흰색 오펠 아스트라를 타고 사원으로 가던 어느 뚱뗑이 여편네에게서였다. 그 여자는 하루에 처리해야 할 심부름이 50개쯤 되는 것처럼 서두르며 계단을 정신없이 뛰어올랐다. 뻔한 일 아닌가? 바쁘다는 핑계로 신을 영접하는 시간을 아끼면 뭔가 사소한 사고가 터지기 마련이다. 예를 들어 차문을 잠그지 않고 소니 에릭슨 T100 최신형을 운전석에 두고 내리는 것 같은 실수.

그건 내가 만져본 최초의 휴대폰이었다. 그전에는 구두나 슬리퍼를 훔쳤다. 노파한테 잔돈 몇 푼 주고 신발을 맡기는 대신 계단

밑에 벗어놓고 다니는 신자들이 먹이였다.

솔직히 말해 슬리퍼 도둑의 무용담은 늘어놓을 것이 별로 없다. 이따금 산 지 얼마 안 된 리복과 나이키가 걸릴 때도 있었지만 수입이 별 볼일 없었다. 사이즈가 9와 10이라면, 장물애비한테 10분의 1 가격에 넘기느니 내가 챙기는 게 나을 정도였으니 말이다.

나는 뚱땡이 여편네의 휴대폰을 사원 바로 밖에 있는 휴대폰 취급점인 델리트 모바일 마트에 가져갔다. 주인인 마단은 2백 루피를 내주었는데 그건 쓸 만한 슬리퍼 한 켤레의 열 배에 달하는 액수였다. 최초의 휴대폰은 나를 SIM 카드와 PIN 넘버라는 완전히 새로운 세계로 인도했다. 바타 슈즈와 액션 샌들은 곧 노키아와 모토롤라에 항복해야 했다. 가장 친한 친구 랄란과 동업자가 된 것도 그 시점이다. 휴대폰 절도는 구두 절도보다 훨씬 더 복잡한 협조 체제와 계획을 요구하기 때문이다. 우리의 주된 먹잇감은 붉은 신호등에 멈춰 선 자동차들이었다. 창문을 내리고 휴대폰을 계기반에 방치해둔 경우, 랄란이 먼저 운전사의 관심을 다른 데로 돌리면 내가 반대쪽에서 기어 들어가 휴대폰을 낚아챘다. 그다음엔 꼬불꼬불한 골목과 샛길을 통해 죽어라 토끼면 그만이었다. 물론 우리가 손바닥처럼 잘 아는 길들이다.

나는 지난 3년 동안 훔친 휴대폰을 모조리 기록해두었다. 모두 99개. 꽤나 짭짤했다는 얘기다. 그 덕분에 난 윤택한 생활을 만끽했고 괜찮은 옷들을 샀으며 시골 여자 둘과 신나게 즐기기도 했다. 웃기는 일은 여자애들한테 의료 마케팅 같은 개소리를 지어낼 필요가 없었다는 사실이다. 그들은 휴대폰 절도범의 모험담을 신이 나서 들어주었다. 게다가 휴대폰은 죽이는 선물이 되기도 했다. 모토롤라 C650이면 여자들은 가슴을 내주고 노키아 N93엔 다리까지 벌려주었다.

그렇다고 내가 그런 쾌락에만 탐닉한다는 얘기는 아니다. 하녀나 베이비시터로 일하는 시골년들은 걸레다. 천박하기 짝이 없어 그저 욕구 해소 외에는 달리 써먹을 데도 없다. 내가 정말로 원하는 건 부잣집 계집애들이다. 영어식 악센트에 청바지를 엉덩이에 걸치고 다니는 아씨들 말이다. 난 그들의 깨끗한 얼굴과 고운 피부를 갈망한다. 살랑살랑 물결치는 가슴과 돈으로 처바른 섬세한 얼굴선에 환장한다. 그들이 뿌린 고급 향수를 호흡하고 엉덩이의 유혹적인 굴곡을 훔쳐보며 정신이 아찔해진다. 하지만 그런 여자들은 기껏 몽정 상대일 뿐이다. 나 같은 놈한테 그들은 샤브남 삭세나만큼이나 그림의 떡이었다. 그래도 사원을 찾는 수석 엔지니어 같은 중류층의 따님 정도는 후릴 꿈을 꾸고 있었건만, 휴대폰 도둑으로서의 전성기가 갑자기 비극적 종말을 맞이하고 말았다.

우리는 쿠트브 미나르 근처에 정차한 메르세데스에서 삼성 하나를 낚았다. 나는 휴대폰을 들고 가볍게 탈출에 성공했지만 랄란은 그만 걸리고 말았다. 죽어라 달아나던 랄란은 운전사한테 잡혀 경찰서로 넘겨졌다. 그런데 하필 그를 신문한 사람이 비제이 싱 야다브였다. 메라울리의 도살자로 악명 높은 자다.

랄란과는 어릴 때부터 함께 자랐다. 나는 엄마와 함께 사원 경내에서 살고, 그는 사원 인근의 산제이 간디 슬럼에서 지냈다. 우리 길가에서 함께 축구와 크리켓을 했고, 같은 시립학교를 다녔으며(나는 중학교에 진학했지만 랄란은 6학년 때 학교를 그만두었다), 사원에서 구두를 슬쩍하는 것부터 동네 여자애들을 꼬시는 것까지 모든 것을 함께했다. 나는 그를 제일 친한 친구라고 불렀지만 사실 형제 이상의 존재였다. 다른 사람 같았으면 메라울리의 도살자 앞에서 있는 대로 까발렸을 것이다. 하지만 랄란은 의리를 지켜 끝까지 입을 다물었다.

그후 경찰서 유치장에서 일어난 일은 그야말로 끔찍한 악몽이었다. 랄란은 알몸으로 묶인 채 사흘 동안 발과 주먹과 채찍으로 죽도록 얻어터졌고, 그동안 그의 늙은 아버지는 경찰서 앞에 넙죽 엎드려 비탄의 울음을 터뜨리며 간청하고 사정했다. 그래도 랄란은 배신하지 않았다.

나흘째 되는 날 랄란이 실종되었다. 경찰은 그를 풀어주었다고 주장했다. 우리는 병원과 숙박업소를 있는 대로 뒤졌으나 흔적조차 발견하지 못했다.

그리고 사흘 후, 난도질당한 채 퉁퉁 불어 있는 그의 시체를 찾아냈다. 안데리아 바그 근처의 얕은 도랑에서였다. 가슴의 상처마다 파리들이 날아다니고 고름으로 가득한 눈에선 구더기들이 기어 나왔는데, 슬럼 똥개도 그런 식으로 내버려지지는 않을 것이다.

랄란의 죽음에 나는 정신이 번쩍 들었다. 난 살아 있다는 사실조차 당연한 것이 아니라는 엄격한 현실을 깨닫게 되었다. 물론 휴대폰 절도를 포기하고 뭔가 가치 있는 일을 할 생각도 해보았다. 하지만 인생이란 결국 신분의 문제다. 내가 명문가 출신에 정치적 연줄이 있다면, 대학 졸업장만으로도 에어컨 빵빵한 사무실에서 짭짤한 연봉을 챙기거나 하다못해 공무원 자리라도 하나 꿰찼을 것이다. 하지만 내 어머니는 한 달에 1200루피를 버는 청소부고 나는 전직 도둑이다. 인생이 잘 풀릴 리 없었다. 잠깐 동안 잡화상에서 경리일을 보기도 했고 운송회사에서 배차 담당으로 일하기도 했다. 부시야 가문의 하인이 그 종점이었지만 결국 셋 다 완전 실패였다. 휴대폰 도둑의 나태한 삶이 나를 망쳐놓은 덕분이다. 먹고산답시고 상자를 세거나 기름 냄새를 맡거나 커피를 나르는 건 생각만 해도 끔찍했다.

그래서 내가 잘하는 유일한 직업으로 돌아가기로 한 것이다. 휴대폰 절도.

휴대폰을 훔치는 일도 쉬운 건 아니다. 그건 정말로 고급 기술이다. 휴대폰 도둑은 소매치기가 코밑에서 지갑을 빼가듯 휴대폰을 채간다. 조잡한 잡아채가기와는 근본적으로 다르다. 오히려 손재간을 이용한 증발 마술에 가깝다. 방금까지 눈앞에 있던 휴대폰이 순간 사라져버리는 것이다. 마술처럼.

그건 또한 영원히 잃지 않을 기술이기도 하다. 크리켓 선수는 종종 기술을 잃기도 한다지만 절도는 아니다. 백 루피를 위해 또다시 휴대폰에 손을 대는 건 사실 처음부터 시간문제에 불과했다.

오늘은 1월 26일, 공화국 건국 기념일이다. 그리고 나는 지금 메라울리 바다르푸르 로드의 HP 급유 펌프 뒤에 숨어 숨을 몰아쉬고 있다. 지금 막 1년 만에 처음으로 휴대폰을 훔친 것이다.

스타 멀티플렉스 뒤에 사는 친구 집에 갔다가 정류장으로 돌아오는 길이었다. 늦은 저녁이었고 거리의 네온사인이 겨울의 장막에 모호한 빛을 뿜어내고 있었다. 붉은 신호등 앞에서 곱은 손을 문지르고 있는데 내 앞에 붉은색 마루티 에스팀 한 대가 멈춰 섰다. 운전사는 곱슬머리에 턱이 각진 강인해 보이는 사내였다. 나는 그가 운전대를 잡은 방식에 깜짝 놀랐다. 당장이라도 핸들을 뽑아 낼 것만 같았다. 한겨울인데도 사내는 돼지처럼 땀을 흘렸고 헤어드라이어처럼 긴장을 토해냈다. 그 순간 계기반 위에 놓인 휴대폰이 눈에 들어왔다. 문도 반쯤 열린 채였다. 그때부터 본능이 나를 지배했다. 신호등이 녹색으로 바뀌는 순간 내 손이 총알처럼 안으로 튀어 들어갔다. 손가락이 하얘지도록 운전대를 움켜쥐고 앞만 죽어라 노려보던 사내가 기어를 바꾸자 차가 앞으로 튀어 나갔다. 나는 기가 막힌 휴대폰 한 대를 손에 들고 인도에 서 있었다. 최신형 노키아 E61. 아직 액정 화면의 비닐도 떼지 않은 새 물건이었다. 장물 시장에 가면 꽤나 대접받을 물건이었다.

에스팀 바로 뒤에 서 있던 포드 이콘에 타고 있던 여자가 그 장면을 목격한 모양이었다. 그녀가 차를 몰고 가며 나를 노려보았다. 하지만 그녀가 경보를 울리기도 전에 난 이미 현장에서 벗어났다. 그다음부터는 거의 2킬로미터를 죽어라 달려 급유 펌프에 안전하게 다다랐다.

숨을 잔뜩 몰아쉬며 회색 차양 밑에 서 있는데 휴대폰이 울렸다. 발신자명은 '비밀번호'다.

나는 거의 무의식적으로 통화 버튼을 눌렀다.

"어이, 브리제시? 회수 장소를 알려주겠다. 듣고 있나?" 거칠고 쉰 목소리다. 카리스마가 있는 목소리. 이런 목소리는 무시해서는 안 된다. 나는 대답하기로 했다.

"네." 나도 똑같이 쉰 목소리를 흉내 냈다. 그 어떤 것도 드러내지 않는 단음의 모호한 대답.

"라모지 로드에 있는 고엥카 초등학교 옆 골목으로 가라. 시청 쓰레기통의 검은색 가방이다. 말(maal)은 그 안에 있다. 30분 안에 회수하라, 알겠나?"

"네." 내가 다시 대답한다.

"좋아. 회수한 다음 다시 통화하지. 수고."

말. 그 단어가 알람 시계처럼 머릿속을 헤집는다. 말은 무한한 뜻을 지닌 단어다. 문자대로라면 그건 '물건'을 뜻한다. 옛날 힌두 영화의 조폭들은 뭄바이의 베르소바 비치에 내릴 마약과 금괴 밀수품을 말이라고 칭했다. 미인도 말이라 부르긴 하지만 사람이 서류가방에 들어갈 것 같지는 않다. 저장실의 야채를 말이라 부르기도 한다. 방법은 하나뿐이다. 그 말의 정체를 직접 알아내는 것.

나는 각오를 다졌다. 라모지 로드는 급유 펌프에서 차로 5분, 도보로 20분 거리. 나는 걷기로 했다.

고엥카 초등학교는 메라울리의 최고 사립학교 중 하나다. 아이들의 등하교 시간에는 늘 가벼운 교통 체증이 생기는 곳이다. 아이들을 학교에 맡긴 부자 사업가들의 자가용 때문이다. 하지만 지금 시각은 오후 8시. 거리는 텅 비어 있다. 총을 든 경비 둘이 위압적인 대문 앞에 서 있을 뿐이다. 나는 학교를 지나 좁은 골목으로 들어갔다. 가로등의 노란 불빛이 골목을 희미하게 비추고, 그 옆에 개 한 마리가 잠들어 있다. "쉿!" 내 위협에 개는 귀를 쫑긋거리며 일어나더니 그림자 속으로 들어가버린다. 쓰레기통 안에는 쓰레기들만 가득하다. 나는 손을 깊숙이 집어넣고 휘저어보았다. 걸리는 거라곤 두툼한 비닐봉지, 유리병, 그리고 빈 통조림 깡통뿐이다. 그래서 아예 쓰레기통을 비우기로 하고 비닐봉지들을 꺼내 통 옆에 쌓기 시작했다. 썩는 냄새에 욕지기가 날 것 같다. 축축한 쓰레기통 안에는 온갖 쓰레기가 들어 있다. 심지어 더러운 기저귀에 부서지고 고장난 라디오까지 있다. 드디어 제일 밑바닥에서 서류가방이 나왔다. 하얀 비닐봉지로 감싼 가방이다. 나는 상체를 거의 쓰레기통 안으로 집어넣고서야 물건을 꺼낼 수 있었다. VIP사의 최고급 검은색 하드탑 가방이다. 비닐 포장을 찢어내고 양쪽 걸쇠를 누르자 가방이 딸깍 하고 열렸다. 놀랍게도 가방은 천 루피 지폐로 가득 채워져 있다. 세상에, 이거야말로 로또 광고가 아닌가! 현찰이야말로 최고의 말이라는 사실을 어찌 잊을 수 있겠는가! 나는 서둘러 가방을 닫았다. 평생 보았던 돈보다 많다는 사실을 확인하기 위해 지폐를 일일이 셀 필요도 없었다.

한참 주변을 살펴보았지만 부근엔 아무도 없는 게 분명했다. 나는 비닐봉지들을 모두 쓰레기통에 다시 담았다. 그리고 막 떠나려는데 훔친 휴대폰이 다시 진동하기 시작한다. 벨소리에 몸이 마비될 것만 같다. 나는 떨리는 손으로 휴대폰 전원을 끄고 쓰레기통 깊숙이 밀어 넣었다. 그런 다음 서류가방을 안고 미친 듯이 뛰는 가슴을 누르며 대로를 향해 걸음을 재촉했다.

5
정치가

"여보세요. 마투라 명상센터죠?"

"네."

"스와미 하리다스 좀 바꿔주세요. 바이이야[*]께서 통화하고 싶어 하십니다."

"바이이야? 그게 누구죠?"

"당신 처음이오? 우타르프라데시의 바이이야가 자간나트 라이 내무 장관 말고 또 있소?"

"오, 내무 장관 각하 전화신가요? 하지만 구루[**]께서는 지금 상담 중이십니다. 방해하면 안 됩니다."

"가서 급한 일이라고 해요. 한 번도 바이이야의 통화를 거절한

---

[*] '대형(大兄)'이라는 뜻이나 여기서는 자간나트 라이의 별명으로 쓰였다.
[**] 힌두교의 정신적 지도자.

적이 없으니까."

"알았습니다. 잠깐만 기다리세요. 강의실에 다녀오겠습니다."

잠시 후.

"전화를 구루께 돌려드리죠. 내무 장관 각하를 연결하세요."

삐. 삐. 삐.

"안녕하세요, 구루. 나 자간나트입니다."

"맙소사! 무슨 일이기에 상담까지 중단시킨 겁니까, 자간나트."

"구루, 골치 아픈 일이 있어서요. 구루의 조언이 필요해요."

"비키 때문입니까? 이제 판결이 얼마 남지 않았죠?"

"아뇨, 구루. 비키의 소송 문제는 해결했어요. 걱정거리는 내 소송 문젭니다."

"원래 소송이 많은 분 아니었습니까? 어떤 소송 말씀입니까?"

"옛날 살인 사건이오. 2002년 얘기죠."

"누굴 죽이셨는데요?"

"모하마드 무스타킴. 겁 없이 나를 물려고 한 쓰레기였죠. 당시는 상황증거뿐이라 공소도 흐지부지 끝나버렸어요. 그런데 갑자기 프라디프 두베이라는 새 증인이 나타나 내가 무스타킴을 쏘는 걸 봤다는 겁니다. 심리가 내달 5일입니다. 판사가 유죄를 인정하면 내 정치 경력도 끝장나고 맙니다. 구루도 알다시피, 지금 주 총리도 날 색안경을 끼고 보는 형국이잖습니까."

"천궁도에 따르면 이 모든 게 다섯번째 방에 토성이 앉아 있기 때문입니다. 악운은 앞으로 사 개월은 지속될 겁니다. 그후에는 모든 근심이 사라지죠."

"그럼 그동안 어떻게 하면 좋겠습니까."

"허허, 몰라서 물으십니까? 결국 경찰력은 모두 장관님 손안에 있잖습니까? 사파이어를 지니고 다니세요. 토성의 나쁜 기운을 막아줄 겁니다."

"구루하고 얘기하면 마음이 편해져요. 모든 근심이 사라질 거라는 말 믿겠습니다."

"그래서 구루가 필요한 겁니다. 아무튼 저도 사소한 문제가 하나 있는데 말씀드려도 되겠습니까?"

"말해보세요, 구루. 내 손수 챙기겠습니다."

"칸푸르에 땅뙈기를 조금 샀습니다. 이십 에이커 정도. 그런데 그 땅 한곳에 인근 슬럼의 불법 거주자들이 오두막을 지었다는군요. 곧 외국으로 강연을 떠날 계획인데 떠나기 전에 해결할 수 있다면야……"

"물론입니다, 구루. 내일 불도저를 보내겠습니다."

"고맙습니다. 비키한테도 안부 전해주세요. 제가 특별히 만들어드린 산호 반지는 끼고 다니겠죠?"

"물론입니다, 구루. 사건이 해결되기 전엔 지시를 어길 수 없죠."

"잘됐군요. 자간나트, 이제 끊어야겠습니다. 리처드 기어가 와 있거든요."

"그게 누구쇼? 자동차 부품업자입니까?"

"아뇨, 미국 배우입니다. 그럼, 신의 가호가 있길."

"신의 가호가 있길."

☎

"그래, 트리푸라리 샤란, 네놈이 내 꼬붕이냐, 아니면 내가 네놈 꼬붕이냐?"

"왜 그런 이상한 생각을 하셨습니까, 바이이야? 제가 무슨 잘못이라도?"

"여덟시부터 네 새끼 전화를 기다렸다. 네놈하고 증인하고 얘기할 수 있는지 궁금해서. 왜 전화하지 않은 거야? 내가 이런 전화까지 해야겠냐?"

"아침에 전화드릴 생각이었습니다. 주무시는 데 방해하고 싶지 않을 뿐입니다."

"그래, 좋은 소식이야 아니야? 어떻게 된 거야? 프라디프 두베이를 만나긴 한 거냐?"

"네, 만났습니다. 얼빠진 이상주의자더라고요. 입을 닫는 조건으로 거액의 돈을 제시했는데 백만까지 올려도 꿈쩍 안 해요. 목숨을 걸고서라도 반대 증언을 하겠답니다. 아무래도 라칸 타쿠르의 조종을 받는 것 같습니다."

"흠…… 그래, 라칸이 또 장난을 치고 있다? 내 경고를 씹겠다 이 얘기로군."

"왜 아니겠습니까? 차기 자간나트 라이를 꿈꾸는 자인걸요. 오년 전만 해도 동네 양아치였던 인간이 갑자기 주 의원이 되더니 인기가 하늘 높은 줄 모르고 치솟고 있습니다. 소문에 따르면 사하란푸르의 목재공장 반이 그 인간 거랍니다. 아무튼 지금은 장관님과 마찬가지로 주 총리를 꿈꾸고 있죠."

"내가 있는 한은 안 돼. 그놈은 적절한 때에 손봐주기로 하자. 지금은 두베이 놈 처리가 더 시급해. 어떻게 하면 좋겠나?"

"두베이가 찍 소리만 해도 장관님은 끝장입니다. 무슨 수를 써서라도 증언을 막아야 합니다."

"그럼 증언하지 못하게 해. 그리고 무크타르한테 나 좀 보자고 전해."

"무크타르 소식을 못 들으셨군요. 어제 가지아바드에서 경찰에 체포됐습니다."

"뭐? 어떻게 무크타르를 건드릴 수 있지?"

"강간 때문이겠죠. 무크타르를 아시잖습니까. 어린 여자애들 쫓아다니느라 도무지 바지 끈을 묶을 시간이 없는 인간이죠."

"무크타르를 잡은 짭새는 누구야?"

"가지아바드의 신임 서장입니다. 나브니트 브라르라는 젊은 놈인데 꽤 설치고 다니죠. 세상의 모든 범죄를 박멸하고 싶어하는데 이번에도 그놈 짓일 겁니다."

"아냐, 다 별자리 때문이다. 구루 말이, 별들의 배열이 불길하다더라고. 하지만 그의 축복을 받는 한 난 끄떡없어. 트리푸라리, 네 놈은 증인을 요리하지 못했지? 이제 내가 서장놈을 어떻게 다루는지 잘 봐둬라. 그 새끼 휴대폰 번호나 당장 알아내."

☎

"여보세요. 나브니트 브라르입니다."

"나브니트, 나, 내무 장관 자간나트 라이일세."

"무슨 일이십니까, 장관님."

"아무래도 자네가 내 사람을 잡고 있는 것 같아서 말이야. 무크타르 안사리라는 친구인데."

"네, 장관님. 미성년자 강간죄로 체포했습니다. 보석도 허용되지 않는 범죄죠. 형법 366조와 376조에 따라 정상참작이 불가능합니다."

"정상참작을 부탁하는 게 아냐. 즉시 석방하라는 거지."

"장관님께선 그런 명령을 내리실 수 없습니다. 그 권한은 판사에게 있고 석방은 오직 법원 명령으로만 가능합니다."

"감히 내무 장관의 명을 거역하겠다는 건가?"

"죄송합니다, 장관님. 불법적인 명령에는 따를 수 없습니다."

"그래서 거부하겠다?"

"범죄를 부추기는 명령에 따를 수는 없습니다."

"자넨 젊어, 나브니트. 그래서 성급하지. 지금 자네 경력에 치명적인 실수를 저지르고 있다는 생각 안 드나?"

"결과에 대한 책임은 제가 집니다."

☎

"인도 만세. 청장 관저, 람 아브타르 경관입니다."

"청장님 계십니까?"

"누구십니까?"

"내무 장관께서 통화를 원하십니다."

"자정이 지났습니다. 청장님께선 주무시는데요."

"당장 깨워요! 안 그러면 청장은 물론 당신도 목이 날아갈 테니."

"하지만 방해하지 말라는 분부가……"

"바이이야의 분노를 겪어보지 못한 모양이군. 람 아브타르, 십 초 안에 청장을 대령하지 않으면 당신은 내일부터 하즈라트간지 시장에서 바나나를 팔게 될 거요. 알았소?"

"죄송합니다. 당장 청장님 침실로 전화를 돌리죠."

삐. 삐. 삐.

"이 시간에 어떤 새끼야?"

"자간나트 라이 내무 장관님이십니다. 전화를 연결하겠습니다."

삐. 삐. 삐.

"잘 있었나, 마우리아?"

"안녕하십니까, 장관님. 이 시간에 전화를 다 하시다뇨? 부르시면 당장이라도 달려갈 텐데요."

"마우리아, 경찰청장이 된 지 얼마나 됐지?"

"팔 개월입니다, 장관님."

"누구 덕이지?"

"당연히 장관님이죠."

"그런데 내가 그 결정을 후회하도록 만드는 일을 하는 이유가 뭐야?"

"에…… 무슨 말씀입니까? 무슨 일이 있습니까?"

"당신 부하가 가지아바드에서 무크타르 안사리를 체포했어. 무크타르가 내 오른팔인 줄 몰라서 그래? 일을 어떻게 그따위로 처리하나?"

"처음 듣는 얘기입니다, 장관님. 그냥 관할서에서 자체적으로 처리한 모양입니다."

"가지아바드 관할이야. 나브니트 브라르라는 놈이 책임자더군. 똑바로 들어. 내일 아침 제일 먼저 무크타르를 풀어줘. 그리고 내무 장관을 모욕한 죄로 브라르 놈을 파면시켜버리라고."

"음…… 그냥 전근을 보내는 건 어떨까요."

"좋아, 그럼 전근시켜…… 바라이크로. 아무래도 가지아바드가 너무 편한 모양이니까 산간벽지에 가서 머리 좀 식히라고 해."

"지시대로 하겠습니다, 장관님."

"좋아. 당신만 믿겠어, 마우리아."

"괜찮으시다면, 장관님, 약속을 상기시켜드려도 되겠습니까? 제 여편네 니르말라한테 바다움 의회의 한 자리를 주는 문제를 지도부와 상의하시겠다는…… "

"그래, 잊지 않았어. 하지만 아직 주 선거는 이 년이나 남았잖나."

"하지만 준비는 착실하게 해둬야죠. 니르말라야말로 가장 성실한 당원이 될 겁니다. 물론 저도 마찬가지입니다만, 장관님, 공직에 있는 몸이라 공개적으로 말할 수 없을 뿐이죠."

"알아, 마우리아. 이제 다시 자라고."

"안녕히 주무십시오, 장관님."

☎

"무크타르?"

"대장님? 신의 가호가 있으시길! 빨리 빼내주셔서 고맙습니다. 이제 그 빌어먹을 서장놈을 손볼 생각입니다."

"그런 건 잊어버려. 브라르는 이미 바라이크로 보내버렸다."
"개새끼! 운 좋게 살아남았군요."
"어떤 여자애야?"
"대장은 모르는 앱니다. 그냥 동네 꼬마예요."
"언제 정신 차릴래? 네가 건드린 여자애들이 다 임신했다면 우타르프라데시 인구 절반이 네 사생아일 거다."
"죄송합니다, 대장. 다음번엔 좀더 조심하겠습니다."
"길 들이, 무그다드."
"네."
"프라디프 두베이란 놈이 있다. 무스타킴 살인 사건과 관련해 내게 불리한 증언을 하겠다니까 그놈 힘 좀 빼줘야겠어. 그리고 두베이 다음엔 그자 스승이라는 라칸 타쿠르도 손 좀 봐줘."
"라칸 타쿠르? 사하란푸르의 주 의원 말입니까?"
"그래. 왜 힘들어?"
"아니요, 대장님. 나한테 어려운 일은 없습니다. 다만 타쿠르를 제거하는 건 좀 복잡한 일이라서요. 늘 경호원 다섯이 따라붙거든요."
"그럼 다 없애버려. 내일 집에 오면 트리푸라리가 돈을 줄 거다."
"그렇게 하겠습니다, 대장. 신의 가호가 함께하기를!"
"신의 가호가 함께하기를!"

☎

"여보세요."

"프렘 칼라 바꿔."

"제가 프렘 칼라입니다만."

"똑바로 들어, 개자식아. 난 자간나트 라이고 이건 최후통첩이다. 〈데일리뉴스〉에 한 번만 더 나를 비난하는 기사를 실으면 너와 네 계집은 죽은 목숨이야."

"한 주의 내무 장관께서 하실 말씀은 아닌 듯싶군요."

"그럼, 사람을 비난하는 건 기자의 특권이냐? 오랫동안 네놈의 개소리를 참았다. 더이상은 못 참아."

"무엇 때문에 그렇게 화가 나셨는지 여쭤봐도 되겠습니까?"

"네놈의 마지막 기사. 내가 프라디프 두베이를 죽이도록 사주했다고? 그자는 교통사고로 죽었다고 경찰도 확인했어. 도대체 어떻게 그런 터무니없는 혐의를 씌우는 거냐? 네놈을 인격 모독으로 고소할 수도 있어."

"하지만 그 얘기는 내가 한 게 아닙니다, 장관님. 라칸 타쿠르가 의회에서 한 거죠. 난 단순히 베낀 것뿐입니다."

"그리고 그 과정에서 네놈이 반대파의 대변인이 되었겠지. 라칸 타쿠르가 얼마나 주더냐?"

"돈 받고 일하지는 않습니다. 제가 하는 일은 사회봉사죠."

"우리 정치인보다 사회봉사를 많이 하는 사람은 없어. 그런데도 네놈들 매체는 배은망덕하게……"

"감사 인사는 약속할 수 없지만, 절제는 약속하죠. 안녕히 계십시오."

☎

"여보세요. 내무 장관 관저죠? 총리께서 장관님과 통화하시겠답니다."

"연결해주세요."

"아니, 장관님을 먼저 연결해요. 총리가 내무 장관보다 높지 않습니까?"

"좋아, 좋아요. 회낼 필요는 없잖아요? 바이바이에 넌설아쇼."

"여보세요?"

"잘 있었나, 자간나트?"

"안녕하십니까, 각하."

"골치가 아파서 전화했네, 자간나트."

"또 무슨 일이 있습니까? 저에 대한 기소는 기각된 걸로 아는데요."

"비키 문제야. 지도부에선 루비 질 살인 사건 때문에라도 자네가 내려와야 한다고 난리야. 행여 유죄판결이 나올 경우 당의 이미지가 크게 손상될까봐."

"왜요? 서른두 건의 불법 행위로 기소 중인 저를 내무 장관에 올려준 게 지도부 아닙니까? 그때도 당의 이미지는 끄떡없었죠. 그리고 제가 단 한 건의 유죄판결이라도 받은 게 있습니까? 아니, 아니죠. 그런데 아직 판결도 나오지 않은 사건을 갖고 왜들 난립니까?"

"이건 보통 사건이 아니야, 자간나트. 나라가 들썩일 정도의 대형 사건이라고. 모든 방송국이 오직 이 사건만 다루고 있잖나."

"그래서 매체에 휘둘려도 된다는 겁니까? 각하께서도 변호사셨으니 무죄추정주의라는 법의 기본권 정도는 아시잖습니까? 단순 고발만으로 관료들이 사임한다면 내각의 삼 분의 이가 공석이 되고 말 겁니다. 일단 아들의 판결을 지켜보는 게 순리입니다. 그다음 일은 그러고 나서 처리하죠."

"지방선거까지만이라도 기다려달라고 지도부를 설득해놓긴 했네. 하지만 아룬 아드바니 기자가 자꾸 문제를 일으켜. 최근 칼럼 읽어봤나? 자네가 판사를 매수하려 했다고 주장하더군. 그 때문에 평판이 아주 안 좋아지고 있어."

"멋대로 쓰라고 하세요. 어차피 우리 유권자 중에는 영어를 아는 사람도 없지 않습니까? 그렇잖아도 교육부 장관한테 전국의 영어 학교를 모두 폐쇄하라고 말하려는 참입니다. 아이들은 힌두어로만 가르쳐야죠. 대나무를 없앴는데 어떻게 피리를 연주하겠습니까?"

"우르두어*도 가르쳐야지. 무슬림 유권자들을 잊으면 안 되지."

"네, 물론입니다. 우르두어도 마찬가지로 중요하죠. 요즘 우르두어를 공부하는 중입니다. 이크발 미안한테 갈리브**의 시도 배웠죠. 몇 소절 들어보시겠습니까?"

"아니, 아냐. 지금은 초등학교 개교식에 가야 해. 잊지 말라고, 자간나트. 지금도 간신히 버티는 판이야. 비키가 기소되면 나도 더 이상 막을 수 없어."

"걱정 마십쇼. 그런 일은 일어나지 않을 테니."

---

* 인도 이슬람교도가 쓰는 말.
** 저명한 우르두어 시인. 이행시로 잘 알려져 있다.

"내일 각의 때 보자고."
"네, 감사합니다, 각하."

☎

"안녕, 루크사나?"
"당신하고 얘기하고 싶지 않아요. 메시지를 오백 통은 보냈을 기예요. 어떻게 한 번도 답장을 안 할 수 있죠?"
"오, 난들 어쩌겠나? 하루 종일 그 망할 국가발전위원회에 묶여 있었는걸. 그놈의 총리가 좋아하는 회의라서 말이야."
"무슨 회의가 하루 종일 걸려요?"
"최고 얼간이 관료들을 한 방에 모아놓으면 그럴 수 있어. 도로와 다리와 학교와 고아원에 대해 개나 소나 몇 시간씩 지껄여대니까. 이따금 정치판에 들어온 걸 후회할 때가 있다니까. 하루도 빠짐없이 지저분한 마을들을 찾아 몇 백 킬로미터씩 돌아다녀야 하잖아. 어디 그뿐인가? 몬순으로 농사를 망치지 않게 해달라고 달라붙는 무식한 농사꾼놈들을 상대해야지. 재미라고는 눈곱만큼도 없는 보고서에 밑도 끝도 없이 사인해야지. 정치가들이 지불해야 할 대가가 너무 커."
"그럼 그만두지 그래요?"
"말이야 쉽지. 정치는 화냥년이야. 그 점은 애인도 마찬가지라네. 불평불만이야 많겠지만 없이 살 수는 없는 거니까."
"나는 어때요? 나 없이 살 수는 있죠?"
"이런, 당신은 내 마약이야. 당신을 위해 지은 이행시가 있는데 들어보겠어?"

　　사랑의 발톱이 아무리 치명적인들 빠져나갈 방법은 없다네.
　　사랑 없인 이 가슴도 슬퍼하리. 슬퍼할 대상을 잃은 탓에.

　"와, 진짜 시인 나셨네. 내 사랑이 당신을 마주누*로 만든 모양이에요."
　"그래…… 사랑은 나를 멍청이로 만들었어. 그렇지 않았다면 난 꽤나 쓸모 있는 남자였을 텐데 말이야."
　"감동 먹었어요, 자기. 조금 전의 우르두 시는 마치 총알처럼 가슴을 찌르네요."
　"총알 얘긴 하지도 마. 이건 내 인생 얘기야. 내가 조금이라도 낭만적이 되려고 하면 누군가 총 얘기를 꺼내 찬물을 끼얹으니, 쯧."
　"오, 미안해요."
　"잊어버려. 그래, 오늘은 어땠나?"
　"잘 지냈어요. 미용실에 가서 제모를 했죠, 얼굴까지. 지금 내 몸은 비단결 같답니다. 만져보면 당신도 알 거예요."
　"나도 미치겠어. 수미트라가 금요일에 파루카바드에 갈 거야. 토요일에 갈 테니 함께 밤을 보내자고."
　"도대체 그 여자와 헤어지지 않는 이유가 뭐죠? 골칫거리라면서요?"

---

　* 유명한 러브스토리의 주인공. 라일라를 사랑했던 남자 마주누의 본명은 카이스이나 라일라에 대한 집착 때문에 '집착하는 사람'이라는 뜻의 마주누라는 별명을 얻게 되었다.

"애새끼들도 마찬가지야. 아들놈 하나는 사고치는 데 천부적이지, 딸년은 죽어도 결혼하지 않겠다고 우겨대지. 간신히 좋은 애하고 약혼을 시키기는 했어. 같은 카스트에 귀족 가문인 프라타프가르의 타쿠르*야. 그런데 딸년이 계속 결혼식을 미루고 있다니까. 하는 짓이라곤 집 뒤에 사는 청소부나 세탁부 애새끼들하고 노닥거리는 것밖에 없으면서 말이야. 이러다가 어느 날 갑자기 건달 하나 달고 들어와서 우리 집안을 똥통에 처박을까봐 불안해 미치겠어."

"일어나지도 않을 일 갖고 괜한 걱정 하지 말아요."

"구루도 같은 말을 하더군. 당신과 구루는 날 이해하는 유일한 사람들이야."

"하지만 당신은 날 이해 못하잖아요. 몇 달 전부터 해외여행 한번 가자고 했는데 꿈쩍도 않으시고선."

"오, 이 빌어먹을 나라엔 처리해야 할 현안이 너무나 많아. 외국 생각 할 겨를이 어디 있나? 그게 당신 문제라고. 도무지 만족할 줄을 모른단 말이야."

"흑흑흑……"

"이봐, 화난 거야? 내가 키스해줄 테니 기분 풀어."

☎

"아버지?"

---

* 상위 카스트. 대부분 인도 북부에 거주한다.

"왜?"

"다 끝났어요?"

"그래. 판사한테 2월 15일까지만 연기해달라고 부탁해뒀다. 구루 말이 그날 내 악운이 끝난다는구나."

"그럼, 걱정 안 해도 되는 거죠?"

"내가 살아 있는 한은. 아무튼 네놈이 애비를 얼마나 슬프게 하는지 알고는 있는 거냐? 언제까지 네 뒤치다꺼리를 해야 하는 거야?"

"아버지들이 다 그런 거죠."

"비키, 넌 진짜 개자식이다. 그 정도는 알고 있겠지, 응?"

"네, 솔직히 말하면, 아버지가 개니까 당연하겠죠."

"이런, 망할……"

6
미국인

오늘은 평생 가장 행복한 날이다. 텍사스 롱혼스를 이끄는 빈스 영이 마지막 순간 56야드 터치다운을 기록해 USC를 박살내고 로즈볼 역사상 가장 위대한 승리를 안겨줬던 그날보다 훨씬 더 행복하다.

마침내 인도에 가게 된 것이다. 토후와 양고기 카레의 나라. 코끼리와 캥거루의 고향. 무엇보다 세계 최고의 미인이자 두 주 후면 내 아내가 될 사프나 싱의 모국이 아닌가.

인도식 결혼식은 정말로 맘에 든다. 어젯밤 〈몬순 웨딩〉 비디오를 빌려 보았는데 인도 여자들이 춤추는 모습과 열정적인 음악은 거의 나를 미치게 한다.

엄마는 결혼 신봉자다. 벌써 네 번이나 해치웠을 정도니 더 말해 무엇하랴. 그런데도 인도 여자와 결혼한다니까 시큰둥해했다. "더럽고, 냄새나고, 영어도 잘 못한다"는 게 엄마의 판결이었는데 내가 사프나의 사진을 보여주자 태도가 180도 바뀌었다. 지금은 아들이 미스 유니버스와 결혼한다면서 동네방네 광고를 하고 다닌다.

나와 엄마는 똥개 몸의 진드기보다 더 가깝게 지낸다. 아버지가 우리를 버리고 떠난 후로는 늘 그래왔다. 슬프고 외로운 데다 오줌 눌 요강 하나 사지 못할 정도로 가난했기 때문이다. 아버지가 달아나자 우리는 목장과 소를 모두 팔아버리고 고장난 트레일러로 이사해 그곳에서 6개월을 살았다. 그후 엄마가 사회 복지관의 착한 남자와 재혼하는 바람에 우린 시더 드라이브에 있는 그의 집으로 들어갔다. 솔직히 아버지 걱정은 하지도 않는다. 그 인간 몸에 불이 붙는다 해도 오줌 한 방울 보태줄 생각 없다. 솔직히 화를 낼 생각도 없다. 특히, 사프나를 마침내 만나는 날에는 더더욱 아버지에 대해 생각하지 않을 거다.

꿈에 그린 여인을 만난 얘기를 하자면 한세월이 걸릴 것이다. 난 모든 결혼이 천국에서 계획된다고 믿는다. 누가 누구와 언제 결혼할 것인지 결정하는 것은 하느님이다. 하느님은 학교 동창 랜디얼처럼 여자한테 완전 무관심한 사내를 만들기도 한다. 그리고 나처럼 부끄러움이 많아 여자 만날 엄두도 못 내는 놈들도 만들어낸다. 아무튼 난 그런 놈이었다. 우리 공장장처럼 얼굴이 못생긴 것도 아니다. 그 사람은 제 엄마가 돼지고기 토막으로 목걸이를 만들어줘야 개라도 같이 놀아줄 얼굴이다. 난 그냥 보통 사람이다. 170센티미터짜리 어중이떠중이. 사촌 샌디는 내가 얼굴이 좀더 둥글고 코가 작고 머리칼이 약간만 더 검고 몸무게가 20킬로그램만 덜 나가도 마이클 제이 폭스와 비슷할 거란다! 하지만 걱정하지는 않는다. 안 그래도 지금 키와 몸무게로 씨름하는 중이니까. 6개월 안에 키를 7센티미터 이상 키워준다는 카와타 박사의 과학적 키크기 프로그램 '키미'도 열심히 따라 하고 인터넷으로 주문한 중국산 살빼기 분말도 복용하고 있다.

어쨌든 엄마는 내가 스물여덟 살이 되었는데도 독신으로 있자 혹시 게이가 아닌가 의심까지 했다. 그 문제를 일거에 해결해준 건 국제 펜팔 회사다. 그들은 39.99달러짜리(네 번에 걸쳐 9.99달러씩 분납도 가능하다) 정기 회원인 나와 친구가 되기를 원하는 미녀 7명의 주소를 주었다. 그거야 땅 짚고 헤엄치기가 아닌가. 그러니까 7명의 여자를 두고 저글링을 하면 되는 것이다. 여자들은 처음 들어본 나라까지 포함해 전 세계에 흩어져 있었다. ABC 순으로 보면, 아프가니스탄의 알리파, 동티모르의 플로리스, 피지의 제니퍼, 이란의 라일라, 라트비아의 롤리타, 코소보의 라가드, 그리고 인도의 사프나였다. 나는 그들에게 편지를 보냈다. 그리고 모두에게서 답장을 받았다. 문제는 있었다. 그중 셋이 영어를 잘 못했던 것이다. 그러니까 "치내나는 래리, 반가워서 맛나는 당신. 암말은 깡충깡충 계획 있다. 미쿡 사기 좋은 세상. 사랑유"라는 편지의 주인공과 어떻게 정상적인 교신이 가능하겠는가. 또 난감한 편지도 있었다. 아프가니스탄, 동티모르, 이란의 여자들은 자기 나라의 정세에 대해서만 잔뜩 늘어놓았고, 피지 여자는 대뜸 신용카드 번호를 요구했다. 그곳에선 데이트도 선불 시스템인가? 라트비아 소녀는 그나마 조금 나았다. "안녕 래리, 롤리타예요. 난 열여섯 살이고 당신하고 친구가 되고 싶어요. 전화주세요. 011-371-7521111." 너무 어리다는 생각이 들긴 했지만, 펌프질 몇 번 했다고 우물의 깊이를 알 수 있는 건 아니지 않은가. 그래서 롤리타에게 전화를 걸었다. 난 그녀가 천식에 걸린 줄 알았다. 내가 들은 소리라고는 거친 숨소리뿐이었으니 말이다. 5분 정도? 그리고 나중에 전화 비용이 57.49달러 청구되었을 땐 미치는 줄 알았다. 롤리타와의 관계는 그렇게 끝났다. 결국 마지막 남은 여자가 인도의 사프나 싱이었다. 냉혹하고 억압된 사회에 대한 나름대로의 투쟁을 기록한 편지가 아름다웠다. 너무 가난해 전화도 없다는 얘기엔 눈물이 나왔다. 텍사스 최고의 지게차 운전사가 되기 위해 고생하던 옛날 생각이 나서였다. 나는 답장을 보냈고 그녀도 다시 답장을 보내왔다. 2개월 후 우리는 사진도 교환했다. 그 전까지 내가 생각했던 최고의 미인은 티나 가발던과 2003년도 인터내셔널 미스 후터스 정도였다. 하지만 사프나의 사진을 보는 순간 기록은 깨졌다. 그녀는 우주 역사상 최고의 미녀였던 것이다! 난 그대로 사랑에 빠지고 말았다.

  올해 6월 모든 용기를 짜내 그녀에게 프러포즈했다. 그리고 놀랍게도 그녀의 허락을 얻어냈다. 물론 내가 암탉들 속에 던져진 수탉처럼 좋아 날뛴 건 두말할 필요도 없다. 나는 인도 말을 배우기 시작했고 그녀는 내가 제일 좋아하는 디저트인 초콜릿 브라우니 만드는 법을 배우기 시작했다. 그녀는 결혼 준비를 위해 5천 달러가 필요하다고 했다. 나도 찢어지게 가난하기는 마찬가지였으나, 구걸하고 절약하고 융통해서 돈을 마련해 부쳐주었다. 3주 전 그녀가 청첩장을 보내왔다. 그리고 난 꿈의 여인과 결혼하기 위해 델리로 출발했다.

"안녕들 하세요, 예!" 나는 인도행 유나이티드 에어라인의 예쁜 여승무원 둘에게 인사를 건넸다. 비행기는 무지 컸다. 와코에 있는 스타플렉스 시네마 정도 되는 것 같았다. 또다른 키 큰 여승무원이 나를 자리로 안내했다. 116B. 오른쪽 후미. 제일 좋은 자리 중 하나였다. 게다가 뒷간 바로 옆이라 편리하기도 했다.

나는 발밑에 가방을 내려놓고 자리에 앉았다. 오늘은 정말 행운의 날 같았다. 가운데 자리였는데 왼쪽엔 금발 여자, 오른쪽엔 힐끗 봐서 티셔츠에 나서스 야구 모자를 쓴 인도인이 있었으니 말이다.

금발은 '타임'이라고 씨 있는 잡지를 읽고 있었다. 나는 모자를 벗고 그녀의 팔을 두드렸다.

"죄송하지만, 어디로 가시는 길입니까?"

그녀는 내가 문둥병 환자라도 된다는 듯 몸을 움츠리더니 잔뜩 인상을 찌푸리고 눈까지 흘겼다. 나는 왼쪽의 젊은 남자한테 관심을 돌렸다. 좀더 사교적으로 보이는 친구였다.

"댁내 무고하신감요?" 그가 나를 돌아보고는 외양간 황소처럼 눈을 끔벅였다.

"죄송합니다만, 뭐라고 하셨죠?"

"아아프 케세 하인(안녕하세요)?" 내가 물었다.

"네, 안녕하세요." 그가 영어로 대답했다.

"키아 아아프 비 인디아 자아 라에 하인(인도에 가시는 길입니까)?"

"이봐요, 도대체 왜 이상한 말을 하고 그러는 겁니까? 난 인도 말 몰라요."

"그럴 리가…… 인도 사람이잖아요!" 나도 모르게 불쑥 말을 내뱉었다.

"그런 터무니없는! 난 미국인이에요." 그는 이렇게 말하고는 앞 주머니에서 파란 여권을 꺼냈다. "여기 표지에 대머리독수리 보여요? 그건 미국인, 바로 나를 뜻한다고요."

"오!" 나는 한 마디 내뱉고는 그만 입을 다물고 말았다.

비행기가 이륙하기 전 여승무원이 잠시 손으로 몇몇 동작을 해 보이더니 안전 비디오를 틀어줬다. 나는 부지런히 좌석 주머니에서 안전 수칙이 적힌 카드를 꺼내 암기했는데, 아무래도 다른 승객들은 비행기가 바다에 추락할 경우 벌어질 일에 대해 관심이 없는 것 같았다. 게다가 수칙을 모두 읽기도 전에 비행기가 이륙해 버렸다.

한참 후, 여승무원이 병과 캔으로 가득한 카트를 밀며 돌아왔다.

"어떤 음료를 드릴까요, 손님?" 그녀가 부드러운 목소리로 물었다.

"코크면 좋겠습니다." 내가 대답했다.

"죄송합니다, 손님. 코크는 다 떨어졌군요. 펩시도 괜찮으시겠어요?"

"네, 그것도 코크*니까. 얼마죠?"

"이건 서비스예요, 손님." 그녀가 미소 지었다.

짝퉁 인도인이 나를 이상하다는 눈초리로 바라보았.

"비행기 처음 탑니까?" 그가 물었다.

"네. 인사는 나눴지만 악수는 못 했죠? 안녕하세요, 래리 페이

---

* 텍사스 주민에게 소프트드링크는 모두 코크로 통한다.

지입니다."

"래리 페이지? 혹시 구글 개발자와 동명이인이라는 건 아세요?" 그가 재미있다는 표정을 지었다.

"네, 다들 그렇게 얘기하니까요. 구글이 컴퓨터와 관계있는 것 맞죠?"

"맞습니다. 인터넷 검색엔진이죠."

"우리 회사 현장감독인 조니 스카페이스는 늘 컴퓨터를 끼고 살더라고요. 난 돼지 새끼가 피아노 치는 것만큼도 컴퓨터를 모르는데."

"걱정 안 해도 됩니다. 만나서 반가워요, 래리. 제 이름은 랄라 텐두 비디아다르 프라사드 모하파트라입니다. 간단히 비디라고 부르죠."

"직업이 뭐예요, 비디? 대학생처럼 보이는데."

"네. 일리노이 대학 2학년이에요. 마이크로선사공학과 나노 기술을 복수 전공하고 있죠. 뭐 하시는 분이세요?"

"텍사스 라운드록의 월마트에서 지게차를 운전해요. I-35 도로 251번 출구에 있죠. 지나갈 일이 있으면 잠깐 들러 날 찾아요. 잘해 드릴게요. 어쩌면 오 퍼센트 디스카운트도 해줄 수 있을 거예요."

그 말에 우리 사이의 서먹함은 완전히 사라졌다. 10분 후 우리는 10년 만에 재회한 동창처럼 떠들고 있었다. 비디는 과냉각 전도체가 어쩌고 하며 자신의 프로젝트에 대해 지껄여댔고, 나도 부지불식간에 인도 여행과 사프나에 대한 얘기를 까발리고 있었다.

"약혼녀가 진짜 기막힌 인도 여자인가봐요." 그가 말했다.

"사진 볼래요?" 내가 물었다.

"아, 좋죠."

나는 가방에서 온갖 옷차림의 사프나 사진으로 가득한 폴더를 꺼냈다. 사진들을 넘겨보는 비디의 얼굴을 지켜보았는데, 아니나 다를까 그 역시 크게 놀란 눈치였다.

"사프나 싱 사진이라고 하셨나요?" 그가 한참 후에 물었다.

"네, 그래요."

"실제로 만나본 적은 있어요?"

"아니요. 하지만 뉴델리 공항에서 기다린다고 했어요."

"결혼 비용으로 오천 달러를 보냈다고요?"

"네, 꼭 필요한 돈이었거든요. 집이 가난해요."

"그리고 이 여자랑 결혼하실 생각이고요?"

"물론이요. 두 주 후, 10월 15일에. 백마 한 필까지 모든 준비가 끝났어요. 비디, 솔직히 말해서 나도 내 행운을 믿을 수 없다니까요!"

그가 입술을 내밀었다.

"이런 말 해서 안됐지만 당신은 속은 거예요."

"무슨 얘기예요?"

"인도 사람은 모두 그녀를 알아요. 이 사람은 유명한 여배우 샤브남 삭세나예요. 내 기숙사에도 그녀의 포스터가 걸려 있어요."

"아니, 그럴 리가 없어요. 이 여잔 내 약혼녀야. 샤브남이라는 여자가 우연히 사프나를 닮은 거겠지."

비디는 월급 인상을 요구했을 때 조니 스카페이스가 짓는 표정으로 나를 물끄러미 바라보기만 했다.

"뭔가…… 뭔가 오해가 있을 거야." 나는 더듬거리며 따졌다.

"오해가 아니에요. 샤브남 삭세나가 맞아요. 사진 하나는 아예 〈인터내셔널 몰〉이라는 영화의 스틸 컷이네요. 그녀의 빅히트작이죠. 래리, 내가 인도 속담 인용해도 용서하세요. 나이 나 데쿠누 랑 갈라. 강을 보기 전엔 목욕 준비를 하지 말라."

비행기가 갑자기 곤두박질치는 기분이었다. 갑작스런 현기증에 나는 팔걸이를 단단히 움켜쥐었다.

나는 비디에게서 폴더를 빼앗았다.

"그년 개 같은 소리는 생전 처음이고, 이기 원진히 맛이 간 놈 아냐!" 나는 그렇게 말하고는 한마디도 하지 않았다.

마음 깊은 곳에선 울고만 싶은 심정이었다.

동기

동기를 알기 전엔 절대 사람의 행동을 판단하지 말라.
-작자미상

1
모한 쿠마르의 신내림

시리포트 공회당에서 모한 쿠마르가 정신을 차린 것은 밤 11시나 되어서다. 어깨가 뻐근하고 머리도 깨지는 것 같다. 마당으로 나온 그는 놀란 눈을 끔벅이며 주변을 둘러본다. 간디 강령회장은 마치 전쟁터를 방불케 한다. 나무 책상과 의자 들이 장작처럼 쪼개져 있고, 바닥은 옷, 구두, 양말, 가방, 전선 등으로 어지럽다. 사방은 기괴할 정도로 고요하다. TV 카메라와 시위 군중은 경찰과 저지선에 막혀 있다. 한 경찰이 경첩이 뜯겨나간 철문으로 어서 빠져나가라고 손짓하고 있다.

그는 비틀거리며 주차장으로 향한다. 주차장에 남아 있는 개인 승용차는 그의 은색 현대 소나타뿐이고, 나머지는 다 적색과 청색 경광등이 달린 경찰 지프이다.

염소수염에 키가 크고 마른 사내가 달려온다.

"주인님, 나오셨군요. 안에서 살인 사건이 있었다면서요. 사람들이 밖으로 달려나오는 거 보셨죠? 밟혀 죽은 자가 둘이나 됩니다. 주인님은 괜찮으세요?"

"물론 괜찮다, 브리즐랄. 리타는 어디 있지?" 모한 쿠마르가 무뚝뚝하게 되묻는다.

"다른 여자와 함께 검은색 메르세데스를 타고 떠나던데요."

"이상하군. 왜 날 기다리지 않았지? 어쨌든 어서 여길 빠져나가자."

운전사는 황급히 자동차 뒷문을 연다. 모한 쿠마르는 차에 타려다가 손잡이 부근에서 뭔가를 발견한다.

"이게 뭐냐, 브리즐랄? 언제 이렇게 큰 흠집이 났지?" 그가 묻는다.

"경찰이 곤봉으로 긁은 모양입니다. 죄송합니다. 주인님을 찾으러 잠시 자리를 비웠습니다. 용서하십시오." 그가 고개를 숙인다.

"도대체 얼마나 용서해야 하는 거냐? 네놈의 일하는 태도는 점점 더 개판이 되고 있잖아. 네놈 봉급에서 수리비까지 떼어야 정신을 차릴 셈이냐?"

브리즐랄은 아무 말도 못한다. 주인의 더러운 성질은 우타르프라데시 전역에 널리 알려질 정도였다.

그는 지난 27년간 하누만 신을 섬기듯 모한 쿠마르를 모셔왔다. 그의 세계에서 모한 쿠마르는 신이나 다름없었다. 그야말로 행복과 안녕의 열쇠를 거머쥔 강력한 수호신이 아니던가! 국가 전력국에 처음 취직시켜준 것도 그였고 그후 고정직인 전국 사탕수수 협동조합의 노동자로 승격시켜준 것도 그였다. 운전을 배우라고 독려한 것도 그였는데, 덕분에 봉급이 높으면서 여가도 많은 러크나우의 사무국 운전사로 채용될 수 있었다. 지난 20년간 그는 모한 쿠마르의 흰색 앰버서더 공용차를 몰았다. 그리고 6개월 전 모한이 퇴직한 후엔 그의 개인 운전사가 되었다. 물론 나으리에게 절대적인 헌신의 예를 다하기 위해서였다.

브리즐랄은 조기 은퇴를 감내해야 할 처지에 그 정도면 최선의 선택이라고 믿어 의심치 않았다. 또한 주인이 아직 자신과 자기 가족을 위해 힘써줄 일이 많을 거라고 확신했다. 특히 바라는 게 하나 있다. 아들 루페시를 공무원으로 만드는 일. 브리즐랄에게 공무원이란 안정된 지위와 더불어 빈곤의 문제를 일거에 해결해줄 만병통치약이다. 그래서 루페시를 델리 정부의 운전사로 취직시키는 게 그의 꿈이다. 루페시가 운전면허를 따면 손을 써주겠다는 모한 쿠마르의 약속도 있었다. 루페시가 공무원이 되는 것, 그리고 열아홉 살인 딸 라노에게 좋은 배필을 구해주는 것, 그 두 가지야말로 브리즐랄의 꿈이자 바람이있다. 그 목표를 이룰 수만 있다면 주인의 모욕과 학대 정도는 얼마든지 참을 수 있다.
"그렇게 멍청이처럼 서서 발만 동동 구를 거야, 아니면 날 집에 태워다줄 거야?" 모한 쿠마르가 뒷좌석으로 미끄러져 들어가며 다그친다.
브리즐랄은 뒷문을 닫고 운전석에 오른다. 그리고 차를 출발하기 전에 휴대폰부터 끈다. 운전 중에 벨이 울리면 주인이 역정을 내기 때문이다.
차가 움직이면서 백미러에 비친 공회당도 점점 멀어진다. 모한 쿠마르는 뚫어지게 창밖만 내다보고 있다. 하늘 높이 걸린 유령 같은 달이 도시 위로 창백한 빛을 뿌려댄다. 이미 시내버스도 끊긴 터라 거리는 텅 비어 있다. 자동차는 20분도 채 안 걸려 집에 다다른다. 차가 54번가 아우랑제브 로드의 철문을 들어서자 브리즐랄의 가슴이 자긍심으로 잔뜩 부푼다.

모한 쿠마르의 저택은 장엄한 2층짜리 신식민지풍 빌라다. 흰색 대리석 외관에 기둥이 죽 늘어선 현관, 그리고 망루가 설치된 거대한 잔디밭이 있고, 하인 숙소가 들어 있는 부속 건물도 한 채 있다. 브리즐랄 가족, 요리사 고피, 정원사 비슈누가 사는 곳이다. 브리즐랄을 가장 흥분시키는 건 아무래도 집세다. 그 지역의 월세는 40만 루피에 달한다는 얘기를 들은 적이 있다. 생각만 해도 소름이 끼친다. 그에게 이 액수는 성공의 척도이자 아들에게 해주는 충고의 실질적인 근거가 된다.

"열심히 일해라, 아들아. 그럼 너도 주인님처럼 될 게야. 한 달 월세가 네 애비 팔 년치 봉급인 집을 가질 수도 있을 거다."

모한 쿠마르의 아내 샨티가 붉은색 면 사리 차림으로 주랑현관에서 기다리고 있다. 그녀는 색 바랜 머리카락 때문에 실제보다 더 나이 들어 보이는 자그마한 중년 여인이다. 평소 웃을 때도 보면 주름이 자글자글하다.

"브리즐랄이 전화로 당신이 그 공회당 안에 있다고 알려줬어요. 불안해서 미치는 줄 알았잖아요." 그녀는 차가 멈춰 서자마자 우는소리부터 낸다.

모한이 화난 표정으로 운전사를 쏘아본다.

"얼마나 말해야 알아들을 거냐, 브리즐랄. 내 일정을 떠들고 다니지 말라고 했잖아? 샨티한테 전화는 뭐하러 해?"

"죄송합니다, 주인님. 그저 걱정이 되어서요. 마님께서 아셔야 한다고 생각했습니다."

"다시 한번 그따위 짓을 하면 끝장인 줄 알아." 그가 차 문을 쾅 닫고는 성큼성큼 집 안으로 들어간다. 샨티가 그 뒤를 쫓는다.

"도대체 그 끔찍한 공회당엔 왜 간 거예요?" 그녀가 묻는다.

"신경 끊어." 그가 퉁명스럽게 내뱉는다.

"다 그년 때문이죠? 도대체 당신을 뭘로 꼬셨는지 모르겠어요." 샨티가 중얼거린다.

"이봐, 샨티. 그 얘기 한두 번 한 거 아니잖아. 그 일로 흥분해봐야 당신이 얻는 건 아무것도 없어. 침실에 얼음과 소다를 갖다놓으라고 지시는 한 거야?"

그녀가 한숨을 내쉰다. 아마도 실패한 결혼에 대한 체념 같은 것이리라.

"그래요. 당신 간을 당신이 망가뜨리겠다는데 어쩌겠어요? 원 없이 마시구려."

"그러지." 그는 이렇게 말하고 위층으로 올라간다.

3주쯤 후. 공회당 사건도 모한 쿠마르한테는 이미 옛날 얘기다. 그는 일상으로 돌아가 위원회 모임에 참석하고 프로젝트를 점검하고 고객들과 상담한다. 다른 기업의 상담 요청도 받아들이고, 일요일마다 델리 골프클럽에서 라운딩을 하고, 매주 두 번은 정부의 집에서 오후를 보낸다. 그는 애써 모든 것이 정상이라고 믿으려 하나 마음 한구석에서 꿈틀거리는 의심을 떨쳐낼 수가 없다. 그건 구체성이 결여된 모호한 그림과도 같다. 의식의 표피를 뚫고 나오려 애쓰는 고집스러운 기억. 밤이면 잠을 못 이루고 뒤척이기 일쑤다. 가끔 마룻바닥이나 목욕탕에서 깨어나기도 하는데 어떻게 그곳에 간 건지 도통 기억이 없다. 위원회 연설 도중 말문이 막히는 경우도 있다. 단어와 구문이 혀끝에서 맴돌기만 할 뿐 도무지 입 밖으로 나올 생각을 않는 것이다. 리타와 누우면 왠지 늙은 짐승 같다는 생각에 종종 욕구를 잃고 만다. 분명 무언가가 어긋났건만 그게 뭔지 알 도리가 없으니 미칠 노릇이다.

주치의 소니 박사도 문제를 파악하지 못한다.

"활력징후는 좋아요, 모한. MRI도 완벽하게 정상이고. 제가 보기엔 외상 후 스트레스 장애 같군요."

"그게 뭡니까?"

"살인 사건 같은 충격적인 사건을 직접 목격할 경우 심각한 정신적 쇼크를 받을 수 있는데, 그럴 때면 뇌가 심리적 스트레스를 치유하려고 애쓰게 되죠. 그럼 이따금 악몽, 환각, 불면증 등의 증후가 나타나기도 합니다. 수면제를 조금 처방해드리죠. 일주일 정도 지나면 괜찮아지실 겁니다."

4일 후 모한이 아침 식사를 하는데 브리즐랄이 부엌으로 들어온다. 그는 요구르트를 젓느라 바쁜 샨티에게 곧장 다가가 그녀의 발에 입을 맞춘다.

"마님, 축복해주십시오. 어제 한 청년이 딸을 만나러 왔습니다."

"오, 그럼 라노가 결혼하는 건가?" 샨티가 반색하며 묻는다.

"네, 마님. 그는 델리 출신이고 저희와 같은 카스트입니다. 더 중요한 건 집안에 공무원이 넷이나 되는데 그 청년도 철도청에서 일한다는군요. 지참금을 너무 많이 요구하지 않았으면 좋겠습니다. 최선의 제안을 넣었으니 기다려봐야죠."

"다 잘될 거야, 브리즐랄." 샨티가 말한다. 그러고는 식탁에 앉아 있는 모한을 훔쳐보고 얼른 브리즐랄에게 속삭인다. "오늘 주인님이 리타 년을 만나러 가는 날이지?"

"네, 마님." 브리즐랄이 어두운 표정으로 대답한다. 그도 미안한 것이다.

"잘 지켜봐드려. 제대로 드시는지도 확인하고, 아무래도 긴장이 염려되는구나. 요즘엔 예전 같지 않으셔."

"네, 마님. 제가 보기에도 가끔 이상하세요." 그가 고개를 끄덕이며 동의한다.

"저이가 리타만 안 만나면 정말 좋을 텐데…… 그 여자 집에 찾아가서 왜 우리 가족을 괴롭히는지 묻고 싶은 생각이 들곤 해." 샨티가 쓸쓸하게 내뱉는다.

"그 여자를 상대해봐야 마님 체면만 망가질 겁니다. 신의 왕국에서 정의가 늦을 때도 있습니다만 결코 죽지는 않습죠. 결국 그 여자는 천벌을 받고 말 겁니다."

"자네 말대로 되면 좋으련만." 샨티는 잠깐 천장을 바라보다 다시 요구르트를 젓기 시작한다.

모한의 사무실이 있는 암회색 건물은 사무실과 상점이 즐비한 비카지카마 광장에 있다. 브리즐랄에게는 주차 공간을 찾는 일이 매일의 골칫거리다. 오늘은 여권국 뒤쪽 좁은 골목을 고른다. 차를 세워둔 후 그는 주변을 어슬렁거리며 다른 운전사들과 농담도 하고, 카드 게임도 하고, 치솟는 물가와 곤두박질치는 도덕성에 대한 불평도 늘어놓는다. 점심 무렵 휴대폰이 울린다. 사윗감의 아버지다. 라노를 받아들이겠다며 지참금으로 2만 5천 루피를 더 요구한다. 브리즐랄은 "알겠다"고 말하고는 가까운 사원으로 달려간다.

모한은 오후 3시에 사무실을 나온다. 정부와 오후의 정사를 즐기기 위해서다. 그가 차에 오르자마자 브리즐랄이 사탕 상자를 내민다.

"무슨 일이냐, 브리즐랄?" 그가 미소 짓는다.

"주인님의 축복 덕분에 딸년 라노가 좋은 청년을 만났습니다요."

"잘됐군. 네가 사윗감을 찾는다는 얘기는 샨티한테 들었다."

"공무원입니다, 주인님. 하지만 문제가 있습니다요."

"뭔데?" 모한이 의심쩍은 눈초리로 되묻는다.

"지참금으로 삼만 루피를 더 달라는군요. 죄송하지만 그 정도만 더 융통해주실 수 있으신지요."

그가 고개를 젓는다.

"브리즐랄, 이미 만 오천을 가불해줬다. 더이상은 어려워."

"신께선 주인님께 아주 많은 것을 주셨습니다. 제 부탁은 그에 비하면 아주 미미한 수준입죠."

"그런 식으로 돈을 줘봐야 버릇만 나빠져. 네놈들이 왜 그렇게 결혼에 돈을 처바르는지 이해가 안 가. 이제 괴롭히지 마라. 보고서를 검토해야 하니까." 그는 가방을 열고 고리로 묶은 폴더 하나를 꺼낸다. 브리즐랄의 표정이 어두워진다.

바산트 비하르 근처에서 작은 결혼 행렬 때문에 잠시 발이 묶인다. 싸구려 트럼펫으로 무장한 악대가 무리를 이끌며 불협화음의 필미*를 불어댄다. 20여 명의 손님은 다소 남루한 옷차림인데 일부는 심지어 샌들을 신기도 했다. 번지르르한 셰르와니**를 차려입은 무기력해 보이는 신랑이 자신만큼이나 기운 없는 말 위에 앉아 있다. 브리즐랄은 가난한 자가 더 가난한 자들한테 보내는 특유의 혐오감으로 행렬을 지켜본다. 딸년의 결혼은 버젓하게 치러주고 말겠어. 어떻게든 2만 5천 루피를 마련하고, 주인을 설득해 쿠르존 로드의 장교 클럽을 예약할 생각이다. 장교 클럽에는 노래를 직접 부를 가수뿐만 아니라 제복을 차려입은 브라스밴드도 있을 것이다. 한 줄로 늘어선 사람들이 페트로맥스 랜턴을 들고 밤을 밝힐 것이다. 벌써부터 신랑이 장교 클럽 문을 통과해 입장하는 장면이 눈에 선하다. 장교 클럽은 성처럼 화려한 곳이다. 셰나이***의 감미로운 소리가 밤하늘을 수놓고, 홀 안으로 들어가면 향긋한 재스민과 금잔화가 가득하다. 손님들은 화려하고 고급스럽게 장식된 예식장에 눈이 휘둥그레질 것이다. 사돈 영감이 고개를 젓는다. "여기가 도대체 어디요, 브리즐랄? 정말로 이곳이 예식장이 맞는 거요?" "네, 맞습니다. 내 딸 라노가 아드님과 바로 여기서 결혼할 겁니다. 모두 주인님의 축복 덕분이죠. 아, 저기 오시는군요." 그가 모한 쿠마르를 가리킨다. 크림색 셰르와니 정장에 분홍색 터번을 두른 주인은 제왕다운 분위기를 내뿜는다. 그때 신호라도 받은 듯 악대가 노래를 연주하기 시작하는데 웬일인지 주인이 그에게 비명을 질러댄다. "이런 어디로 가는 거야, 이 멍청아…… 스토오

---

* 일종의 인도 팝송.
** 인도 남성이 즐겨 입는 코트.
*** 오보에처럼 리드가 두 개 달린 플루트의 일종.

오옵!" 그리고 순간 거대한 트럼펫이 그의 면전에서 팡파르를 울리며 그를 두드려댄다.

몽상에서 깨어났을 때는 이미 늦었다. 그는 운전대에 머리를 처박고 있고 자동차는 기이한 각도로 꺾인 가로등을 올라탄 상태다. 차창 왼쪽 모퉁이에 작은 거미집 모양의 흠집이 나 있다. 운전대에서 뭔가 끈적한 액체가 만져진다. 백미러를 올려다보니 입 가장자리에서 피가 흘러내리는 게 보인다. 입술을 깨문 모양이다. 그는 정신을 차리려고 세차게 고개를 저은 다음 상태를 살피러 차 밖으로 나선다. 차 정면엔 충돌의 참상이 그대로 기록되어 있다. 범퍼가 움푹 들어가고 차체가 우그러졌다. 아무래도 라디에이터까지 손상이 있을 듯하다.

브리즐랄이 몸을 부르르 떤다. 20년 운전 경력에서 이런 실수는 처음이다. 이제 모든 게 끝났다. 주인은 그를 내칠 것이다. 운전 경력도 끝이고, 라노의 결혼도 끝이며, 루페시의 공무원직도 물 건너간 것이다.

그는 뒷좌석의 모한 쿠마르를 돌아본다. 두 눈을 감고 미동도 않는 모습이 아무래도 죽은 모양이다. 브리즐랄의 머리에 가장 먼저 떠오른 생각은 달아나는 것이다. 아내와 루페시와 라노를 데리고 러크나우 우편열차로 고향에 내려가 사건이 잠잠해질 때까지 몇 주 동안 숨어 지내자. 그런 다음 다른 도시에 정착해 다른 직업을 구하고 다른 신랑을 물색하면 되리라.

어느새 결혼 행렬이 자동차 주변으로 몰려들었다. 트럼펫 연주자가 그의 팔을 건드린다. "무슨 일이죠?" 신랑도 말에서 내려 자동차를 살펴본다. 경찰이 땀을 뻘뻘 흘리며 나타나 곤봉으로 사람들을 밀쳐내기 시작한다. "자, 자, 떨어져."

브리즐랄은 구경꾼들 바깥으로 조금씩 빠져나가면서도 모한 쿠마르한테서 눈을 뗄 수가 없다. 신랑이 뒷문을 열더니 모한의 얼굴에 생수를 조금 뿌려준다. 모한이 꿈틀거리며 신음한다.

"여기가 어디요?" 모한이 힘없이 묻는다.

"선생님 차 안입니다. 바산트 비하르 경찰서 근처죠. 교통사고가 났어요. 앰뷸런스를 부를까요?" 경찰이 그에게 묻는다.

"사고?" 모한이 되묻는다. 그가 비틀거리며 자동차 밖으로 나온다.

브리즐랄도 더이상 어쩔 도리가 없다. 그는 무리를 뚫고 들어가 모한의 발밑에 엎드린다.

"죄송합니다, 주인님. 제발 용서해주십시오. 제가 죽을죄를 졌습니다." 그는 어린아이처럼 울부짖는다.

모한이 운전사의 어깨를 잡아 일으킨다. 브리즐랄은 호된 매질을 각오하고 두 눈을 질끈 감는다. 하지만 놀랍게도 모한이 자신의 손으로 부드럽게 운전사의 눈물을 닦아주는 것이 아닌가!

"그런데, 뉘신가?"

"브리즐랄입니다, 주인님. 주인님의 운전삽니다."

"이분이 기억을 잃으신 건가?" 경찰이 신랑한테 묻는다.

"아니, 내 기억은 완벽하네." 모한이 대답하고는 경찰을 가만히 노려본다. "그래, 당신이 그 곤봉으로 나를 때린 건가?"

"때려요? 당신 정신 나갔소? 내가 당신을 언제 봤다고……"

"무력 사용은 옳지 못해. 게다가 당신은 법의 수호자가 아닌가."

"당신 주인 완전히 맛이 갔구먼, 응?" 경찰이 황당하다는 듯 브

모한 쿠마르의 신내림 123

리즐랄한테 말한다.

"다 제 불찰입니다요." 브리즐랄이 울부짖는다.

"자네 탓이 아니야, 브리즐랄. 모든 물리적 재앙엔 신성한 목적이 숨어 있어. 차가 움직이는지 확인해보겠나. 아니면 택시라도 타고 가야 할 테니까." 모한이 말한다.

브리즐랄은 울어야 할지 웃어야 할지 갈피를 잡지 못한다.

"네, 물론입니다요, 주인님." 그는 훌쩍이면서 운전석으로 들어간다. 떨리는 손으로 시동을 걸자 놀랍게도 엔진이 부드러운 소리를 내며 돌아간다. 그는 차를 후진해서 빼낸 다음 브레이크를 걸고 차에서 뛰어내린다. 그가 신이 나서 외친다. "움직입니다요, 주인님!"

구경꾼도 흩어진다. 사고 차에 대한 관심이 지체된 시간에 대한 자각으로 옮겨간 것이다.

브리즐랄이 뒷문을 열자 모한이 올라탄다.

"우리가 어디로 가던 중인지 말해주겠나?"

"리타 마님 댁입니다요."

"그게 누군데?"

"만나면 알아보실 겁니다요, 주인님. 분명히."

리타의 집 앞에 내린 모한 쿠마르는 당혹스러운 표정이다. 브리즐랄은 그를 1층으로 데려가 초인종을 누른 다음 멋쩍은 기분에 얼른 자동차로 달아난다.

리타가 문을 연다. 분홍색 나이트가운 차림이다. 모한은 그녀의 강한 향수 냄새에 질리고 만다.

"늦었네요, 자기." 그녀가 중얼거리고는 그의 입술에 키스하려 한다.

모한 쿠마르는 벌에 쏘이기라도 한 듯 뒷걸음친다.

"아니, 안 돼. 날 건드리지 마시오."

"갑자기 왜 그래요?" 리타가 눈썹을 치켜뜬다.

"당신은 누구요?"

"하, 이젠 아예 모르는 척하겠다는 건가요?" 그녀가 코웃음을 친다.

"정말 모르오. 운전사가 이리로 데려왔더군."

"그렇군요. 음, 쿠마르 씨, 제 이름은 리타 세티랍니다. 어쩌다 보니 당신 정부가 되었고, 당신은 매주 두 번 우리 집에 와서 나와 섹스를 했죠." 리타가 과장되게 공손히 대답한다.

"여자하고 섹스를 해! 오, 맙소사!"

"재미없어요, 모한. 그만해요."

"이런, 이런…… 이봐요, 세티 양. 난 완전한 금욕을 요하는 정화 서약을 한 몸이오. 어느 여자와도 관계를 가질 수가 없소."

"어디 극단에라도 들어갔어요? 도대체 왜 마하트마 간디처럼 행동하는 거예요?" 리타가 불안한 기색으로 묻는다.

"하지만 내가 간디라오."

리타가 웃음을 터뜨린다. "간디? 내가 간디의 정부라면 기분은 좋겠네요."

"음, 아무래도 오래전에 이 말을 했어야 했나보오. 세상엔 일곱 가지 사회악이 존재한다오, 리타 아가씨. 원칙 없는 정치, 노동 없는 부, 지혜 없는 지식, 도덕성 없는 상거래, 인문 없는 과학, 희생

없는 숭배, 그리고 양심 없는 쾌락이라오." 그는 손가락을 꼽아가며 열거해나간다. "마지막 악은 남자와 정부 사이의 관계를 뜻하오. 내 말의 중요성을 아가씨께서 이해하면 좋겠소만."

"물론 이해하죠. 사랑 없는 섹스라는 뜻 아닌가요? 당신은 나를 사랑하지도 않으면서 내내 이용만 해왔어요. 그런데 이제 싫증이 나니까 떠나겠다는 거예요? 그래서 이 난리까지 부려요? 좋아요, 떠나요. 언제나 자기만 아는 개자식이었으니까. 도대체 당신 같은 인간한테 뭘 기대하고 인생을 낭비했나 몰라. 나가!" 리타가 열린 문을 앙칼지게 가리킨다.

"떠나기 전에 조언 하나만 더 해도 되겠소? 부디 정숙하시길 빌겠소. 정숙은 가장 위대한 원리에 속한다오. 정숙하지 않으면 정신은 이내 긴장을 잃고 흐트러지고 말 거요." 그가 말한다.

리타가 입을 쩍 벌리곤 그를 바라보더니 이내 얼굴빛을 흐린다.

"돼지 같은 놈." 그녀가 씩씩거리다 그의 왼쪽 뺨을 갈긴다.

모한 쿠마르는 뒷걸음치다 문틀에 어깨를 부딪힌다.

"이럴 필요까지는 없는데. 아무튼 이렇게 해서 아가씨 맘이 편하다면 내 오른쪽 뺨에 그 격렬한 본성을 해소해도 개의치 않으리다." 그가 다른 쪽 뺨을 내민다.

리타는 말 그대로 그를 계단까지 밀어버린다.

"잘 가요, 모한 쿠마르 씨." 그녀가 냉정하게 외치곤 문을 쾅 닫아버린다.

"틀렸소, 아가씨. 내 이름은 모한다스 카란찬드 간디라오." 그는 계단을 내려가며 중얼거린다.

"무슨 일입니까, 주인님. 오늘은 무척 빨리 나오셨네요." 브리즐랄이 묻는다.

"다시는 이곳에 오지 않을 걸세, 브리즐랄."
"샨티 마님께서 기뻐하시겠군요."
"샨티 마님이라니?"
"주인 마님 말씀입니다요."
"주인 마님? 나한테 아내가 있단 말인가?"

모한 쿠마르는 과거의 퍼즐을 맞추려는 기억상실증 환자처럼 집 안을 방황한다. 그가 만난 최초의 인물은 당연히 샨티다. 그녀는 새 신부처럼 생생한 빛을 내뿜고 있다.

"브리즐랄 말이 당신이 리타 년하고 헤어졌다는데, 사실인가요?"
"그렇소, 리타 세티 양한테는 다시 가지 않을 거요."
"그럼, 잠깐만 기다려요." 그녀는 남편의 달라진 말투를 신기해하며 부엌 옆의 작은 방으로 사라진다. 제단으로 개조한 방이다. 그녀가 작은 강철판을 들고 돌아온다.

"기도 좀 하려고요." 그녀는 가운뎃손가락에 묻힌 주홍색 반죽을 그의 이마에 묻힌다.

모한은 당혹스러운 표정이다.

"이건 뭐 하는 거요?"

그녀가 얼굴을 붉힌다.

"오늘부터 우리 결혼 생활을 새롭게 한다는 뜻이에요."

그가 움찔하며 물러선다.

"한마디만 하리다, 샨티. 난 철저한 금욕의 맹세를 한 몸이오. 내게서 기혼 남자의 의무를 기대해서는 안 될 것이오."

"당신 방에서 자도 상관없어요. 이 집에서 그 마녀의 그림자를 몰아낸 것만으로도 충분한 보답이니까."

그가 선생처럼 손가락 하나를 들어 보인다.

"나는 이제 불의와 싸우는 데 평생을 바칠 것이오. 이를 위해 진리를 모루로, 비폭력을 망치로 이용하겠소."

"어머나, 도대체 뭐에 홀린 거래요? 정말 간디처럼 말하네."

"그럼 당신을 바*라고 불러도 되겠소?"

"뭐라고 불러도 상관없어요. 그 나쁜 년만 부르지 않는다면야."

모한 쿠마르는 엄격한 새 일상을 시작한다. 매일 아침 샨티와 사원을 찾아가 기도하고 신을 찬양한다. 정장과 셔츠도 버리고 면으로 된 검소한 쿠르타를 입고 새로 만든 간디 모자도 쓴다. 이제는 머리 염색도 안 하고 채식만 하고 철저한 금주를 행하며, 설탕 대신 자그리**를 사용하고 매일 염소젖을 1리터씩 마신다.

그는 휴대폰도 버리고 사무실에도 나가지 않는다. 그 대신 『바가바드 기타』를 비롯한 성전들을 읽고 부패와 비도덕성에 관한 글을 써서 신문사에 보낸다. 물론 신문에 실릴 리 없다. '모한다스 카란찬드 간디'라고 사인해서 보내기 때문이다. 하지만 무엇보다 그가 좋아하는 소일거리는 루비 질 살인 사건의 정보를 수집하는 일이다. 그는 자료들을 정성껏 스크랩까지 해둔다.

"갑자기 왜 그렇게 루비 질에게 관심을 가져요?" 샨티가 묻는다.

---

* 간디가 아내 카스투르바에게 붙여준 애칭.
** 정제되지 않는 인도산 흑설탕.

"가장 훌륭한 제자였다오. 그렇게 갑자기 죽기 전엔 내 가르침에 대해 박사 논문을 쓰고 있었소."

"모든 사람들이 주인님의 변화에 대해 떠들고 있어. 완전히 미쳤다고. 자신을 마하트마 간디라고 생각하니 당연하겠지. 마님은 왜 주인님을 정신병원에 데려가지 않는 걸까?" 브리즐랄이 고피의 집에서 투덜댄다.
"거지들은 더 일찍 미쳤대요, 브리즐랄. 게디가 마님도 지금의 모습을 더 좋아하시잖아요." 요리사가 대답한다.
"하지만 광기는 심각한 질병이야, 고피. 지금은 자기가 마하트마 간디인 줄 알지만 또 언제 아크바르 황제라고 주장할지 모르잖아."
"어허, 그가 자신을 뭐라 부르든 무슨 상관이에요. 최소한 옳다고 생각되는 일을 하잖아요. 더군다나 우릴 괴롭히지도 않고." 고피가 말한다.
"그래, 그건 맞아. 그럼 난 어떻게 하지?"
"간디의 운전사인 척해요. 마님도 간디 부인 행세를 하잖아요."

빛의 축제 디왈리. 모한 쿠마르의 집도 작은 깜빡이 조명을 줄줄이 밝힌다. 밤하늘은 붉은 분홍빛으로 색의 향연을 이루고 녹색 꽃들도 제멋대로 터지고 있다. 몇 초마다 로켓이 비명을 지르며 치솟아 올라 천둥 같은 폭죽 소리를 내며 대기를 흔든다.

정원은 이미 아이들 차지다. 아이들은 손뼉을 치며 즐거움의 환호성을 내지른다.

이웃 청소부의 일곱 살 난 아들 분티도 구두 수선공의 아들인

여덟 살짜리 아주와 함께 로켓포를 쏘아올리느라 바쁘다. 로켓 하나가 빈 콜라병에 꽂혀 있다.

"야, 아주, 병을 세우지 않고 눕히면 어떻게 되는지 보지 않을래?" 분티가 묻는다.

"로켓이 위로 안 가고 옆으로 가겠지, 뭐." 아주가 대답한다.

"그럼 대문으로 한번 날려보자. 내가 병을 기울일 테니까 네가 불을 붙여."

"좋아."

분티가 유리병을 들고 입구 쪽으로 기울이자, 아주가 성냥불을 심지에 갖다 댄다. 로켓이 작은 불꽃을 터뜨리다가 병 안에 짙은 연기구름을 남기고 문을 향해 날아간다. 그런데 갑자기 로켓이 방향을 틀더니 집을 향해 날아가는 것이 아닌가! 분티와 아주는 2층의 열린 창으로 곧장 날아가는 로켓을 겁에 질린 눈으로 지켜본다.

"세상에, 분티, 너 이제 큰일났다." 아주가 손으로 입을 막으며 걱정을 한다.

"쉿! 아무한테도 말하지 마. 잡히기 전에 폭죽 갖고 튀자." 분티가 속삭인다.

잠시 후 샨티가 고피와 함께 밖으로 나온다. 요리사의 손에는 불 밝힌 램프 접시와 사탕과자 한 상자가 들려 있다. 그녀는 접시에서 램프를 집어 망루의 콘크리트 바닥에 내려놓는다. 그녀가 직접 그린 화려한 패턴의 중앙 부분이다.

정원의 서쪽 구석에서 폭죽이 굉음을 터뜨린다. 요리사는 잔디 위에서 신나게 놀고 있는 아이들을 못마땅한 눈초리로 흘겨본다.

"저 바보들 좀 보세요, 마님. 저놈들이 터뜨리는 건 폭죽이 아니라 돈이에요. 그것도 우리 돈이죠. 한 방에 백 루피가 연기처럼 사라지는 거란 말입니다."

샨티가 화약 연기에 쓰라린 눈을 비비며 짧은 기침을 내뱉는다.

"나는 그냥 불꽃놀이가 더 좋아, 고피. 저런 시끄러운 폭죽은 나 같은 할머니한텐 맞지 않아."

"주인님께서 동네 아이들을 모두 불러들여 오천 루피나 되는 폭죽을 나눠주신 이유를 알다가도 모르겠구면요. 놈들이 잔디까지 짓밟고 있잖습니까. 내일이면 청소하느라 등골이 휠 겁니다." 그녀가 투덜댄다.

"어허, 고피, 자비심을 가져. 저 가난한 아이들은 평생 저렇게 마음껏 폭죽놀이를 해본 적이 없을 거야. 모한이 아이들을 불러들여 디왈리를 축복하게 해준 게 난 고맙기만 한걸. 네 주인이 이런 일을 한 건 삼십 년 만에 처음이구나." 샨티가 말한다.

"네, 그건 맞아요. 작년만 해도 주인님께서는 러크나우에서 도박을 하며 디왈리를 보내셨죠. 오늘은 마님과 함께 사원에 앉아 부의 여신 락슈미 님을 경배하시네요. 심지어 평생 처음으로 단식도 지키셨어요. 도무지 제 눈을 믿을 수가 없구면요." 고피가 감탄하듯 중얼거린다.

"그래, 늘 이러셨으면 좋겠구나. 사사, 이 음식 좀 받거리." 샨티가 아이들한테 사탕을 나눠주기 시작한다.

브리즐랄과 아들 루페시도 정원에 있다.

"그래, 라노의 결혼식은 잘돼가나?"

"덕분에요, 마님. 결혼식은 12월 2일 일요일로 정해졌습니다. 마님과 주인님께서 참석해주시면 정말 좋겠습니다." 브리즐랄의 표정이 환해진다.

"물론 갈 거야, 브리즐랄. 라노는 우리 딸이나 마찬가진걸." 샨티가 대답한다.

"저게 뭐죠, 마님?" 루페시가 놀라 외친다. 그의 손이 가리키는 2층 창문에서 검은 연기가 꾸역꾸역 밀려나오고 있다.

샨티가 고개를 들더니 사탕 상자를 떨어뜨린다.

"오 맙소사, 모한의 침실에 불이 났나봐! 지금 주무시는 중인데! 어서 달려가 주인을 구해!" 그녀는 비명을 지르며 집을 향해 달리기 시작한다.

고피, 브리즐랄, 루페시, 샨티는 2층 모한의 침실까지 달려간다. 그러나 문이 안쪽에서 잠겨 있다.

"문 여세요, 주인님!" 브리즐랄이 고함을 지르고 문을 두드려보지만 모한의 대답은 들리지 않는다.

"오, 맙소사, 이미 연기에 질식하셨나봐!" 샨티가 떨리는 목소리로 외친다.

"문을 부숴!" 고피가 외친다.

"물러나요, 물러나!" 루페시가 외치고는 문을 향해 돌진하려는데 갑자기 문이 열린다. 열기가 한꺼번에 그를 휩싼다. 그리고 연기 속에서 모한 쿠마르가 비틀거리며 걸어나온다. 얼굴은 벌겋게 상기되고 옷과 손은 온통 검댕이로 덮여 있다.

고피, 브리즐랄, 루페시가 침실로 달려 들어가 불을 끄는 동안 샨티가 남편을 돌본다. 그는 숨을 몰아쉬며 연신 캑캑거린다.

"아아…… 아아." 그가 입을 벌리고 공기를 한껏 들이마신다.

루페시가 검은 재를 뒤집어쓴 채 침실에서 뛰쳐나온다.

"불은 껐습니다, 마님. 다행히 커튼 쪽으로는 번지지 않았습니다." 그가 외친다.

"신께서 당신을 제때 깨우신 거예요." 샨티가 모한에게 말한다. 그는 계속해서 눈을 깜빡인다.

"무슨 일이지?"

"당신 방에 불이 났어요."

"불? 누가 그런 짓을?" 그가 놀란 눈으로 사방을 둘러본다.

"아이들이 정원에서 놀다 실수를 저지른 모양이에요." 고피가 말한다.

"아이들? 도대체 애새끼들이 내 집에서 뭘 한다는 거냐?" 모한이 기가 막힌다는 듯 묻는다.

고피와 마님이 불안한 눈으로 서로를 마주 본다.

잠시 후 모한이 깨끗한 옷으로 갈아입고 식당으로 내려온다.

"배고파. 내 식사는 어디 있냐, 고피?" 그가 요리사한테 묻는다.

"준비되어 있습니다, 주인님. 지시하신 대로 만들었습니다." 고피가 식탁 위에 접시를 내려놓는다. 로티*를 담은 커다란 찜냄비도 함께다.

모한이 한 조각 씹더니 곧바로 내뱉는다.

"미트볼 카레가 아니잖아. 도대체 이따위를 어떻게 먹으라고 내놓은 거냐?" 그가 역겹다는 듯 입을 비틀기까지 한다.

"호리병박 카레입니다. 특별히 양파와 마늘 없이 요리했는데요."

---

* 발효하지 않은 빵.

"지금 나랑 농담 따먹기 하자는 거냐? 내가 호리병박을 얼마나 싫어하는지 몰라서 그래?"

"하지만 지금은 채식만 하시는걸요."

"고피, 대가리가 먹통이더니 이젠 귀까지 제멋대로 노는 거냐? 내가 미쳤다고 이런 개똥 같은 음식을 해달라고 해? 당장 가서 미트볼과 치킨 요리를 가져와. 아니면 당장 짐 싸서 나가든지!"

잠시 후 고피가 머리를 긁적이며 샨티와 함께 돌아온다.

"그래서 이젠 더이상 채식을 안 하신다는 건가요?" 그녀가 초조한 목소리로 묻는다.

"내가 언제 채식했다고 그래?" 그가 코웃음을 친다.

"두 주 전에요. 고기도 그만 드시고 술도 끊겠다고 선언했어요."

그가 웃는다.

"하! 내가 미쳤냐? 그런 선언을 하게?"

"이 집에서 살다보니 저도 미친 것 같은걸요." 고피가 식탁의 접시들을 치우며 중얼거린다.

모한이 갑자기 인상을 찌푸리며 샨티를 본다.

"술이 어쨌다고? 설마 내 위스키 컬렉션을 건드린 건 아니겠지?"

"두 주 전에 당신이 술병을 전부 없애라고 했어요." 샨티가 담담하게 대답한다.

그는 소 모는 전기 막대기에라도 맞은 듯 벌떡 일어서더니 임시 와인 저장실로 쓰던 식료품 창고로 달려간다. 잠시 후 사색이 되어 돌아온 그가 다시 허겁지겁 부엌을 뒤지기 시작한다. 찬장을 닥치는 대로 열고 선반을 들쑤시고 심지어 오븐까지 뒤진다. 그러다 결국 의자에 털썩 주저앉고 만다.

"술병이 하나도 남지 않다니. 어떻게 그런 짓을 할 수 있나? 이십여 년 동안 죽어라고 모은 술이란 말이야. 그게 얼마나 비싼 건지 나 알고 그런 거야?"

"음, 그렇게 하라고 시킨 건 당신이에요."

"개똥 같은 소리 집어치워. 내가 없앤 거야, 아니면 나 모르게 네년이 해치운 거야? 사실대로 말하는 게 좋을 거다." 그가 씩씩거린다. 두 눈이 악의로 번들거린다.

"내가 그럴 이유가 없잖아요? 이재피 십십 년 동인이나 모은 건데. 오늘 아침에만 해도 지혜로운 자라면 결코 알코올이나 중독성 물질을 가까이하지 않는다고 말한 사람도 바로 당신이에요." 샨티가 잔뜩 주름을 잡으며 말한다.

"너 미쳤냐? 지혜로운 자라면 결코 그 소중한 수입 양주 컬렉션을 건드리지 않는다고 했겠지. 술을 지하실에서 들어낸 놈이 누구야?"

"브리즐랄이에요."

"그 개새끼 불러와."

브리즐랄이 불려와 신문을 받는다. 그는 2주 동안 연습해온 이야기를 되풀이한다. 술병을 모두 없애라는 사모님의 지시를 받은 후 모든 술병을 시청 하수구로 가져가 콘크리트 바닥에 하나하나 박살냈으며, 유리 조각은 쓰레기봉두에 담아 청소 트럭이 가져가도록 해두었다는 얘기.

"먼저 내 확인을 받았어야지, 이 병신아."

"그게, 사모님께서 주인님 지시라고 했는걸요. 제가 어찌 감히 마님 분부를 어기겠습니까?"

"그럼, 그 마님이라는 여자가 이 집안의 골칫덩어리로군. 우선 지금 당장 뭘 좀 마셔야겠다." 그가 이를 부드득 갈며 지시한다.

"술을 끊겠다고 했잖아요. 그 좋은 결심을 왜 하루아침에 걷어 차려는 거죠? 지난 세월 내내 저는 당신의 그 나쁜 버릇을 버리게 해달라고 금식일을 지켜왔어요. 술을 끊겠다고 했을 때 신께서 드디어 당신의 눈과 지혜를 열어줬다고 기뻐했는데."

"지혜가 필요한 건 네년이다." 그가 소리치고는 브리즐랄을 돌아본다. "당장 칸 마켓으로 가자. 술 한잔 해야 잠드는 거 알고 있지."

"하지만 오늘은 디왈리입니다, 주인님. 칸 마켓도 문을 닫았습니다."

"그럼 아무 데든 가서 한 병 훔쳐와." 그가 운전사를 다그치더니 조리대 위의 접시를 들어 벽을 향해 내던진다. 접시는 벽에 부딪혀 산산조각나고 만다.

"모셔가라, 브리즐랄. 모두 때려 부수기 전에 아무 술집에나 모셔다드려." 샨티가 울부짖는다.

"이런 집구석엔 더이상 있기도 싫다!" 모한이 선언하고는 성큼성큼 부엌을 빠져나간다.

다음 날 아침, 그는 브리즐랄을 불러 칸 마켓의 주류 전문점으로 간다. 주인 아가르왈 씨가 그를 반갑게 맞이한다.

"어서 오십시오, 쿠마르 님. 아직 처분하실 술이 더 남았나요?"

"무슨 말인가?"

"몇 주 전에 빈티지 컬렉션을 모두 파셨잖습니까. 아직 더 있나 해서요. 있으시다면 모두 최고가로 해드리죠."

"잘못 알고 있군. 내 술은 모두 없애버렸어."

"그럼 누군가에게 속으신 겁니다. 그 컬렉션에 이만 오천 루피나 지불했는걸요."

쿠마르는 턱을 만지작거리다가 브리즐랄을 가게로 불러들인다.

"그래, 술병을 판 게 이놈인가?" 그가 주인한테 묻는다.

"맞습니다, 쿠마르 님. 바로 이 사람입니다."

"브리즐랄, 내 술에 대해 솔직하게 털어놓을 때가 된 것 같은데?" 모한이 차갑게 몰아붙인다.

운전사는 벌벌 떨며 순순히 고백한다.

"그 돈을 모두 어떻게 했지?" 모한이 묻는다.

"딸년의 지참금으로 썼습니다, 주인님."

모한은 분노가 폭발해 운전사의 뺨을 갈긴다.

"이런 배은망덕한 놈 같으니! 이제껏 먹여 살렸더니 내 뒤통수를 쳐? 가서 돈을 모두 가져와! 한 푼도 빠짐없이. 이만 오천 루피를 모두 갚지 않는 날엔 네놈을 경찰에 넘기고 말겠다!"

브리즐랄이 모한의 발에 매달린다. 눈물이 폭포처럼 흘러내린다.

"주인님, 그럼 제 딸의 결혼식이 망가지고 맙니다. 매달 봉급에서 제하시더라도 부디 제 딸의 가슴을 찢지는 말아주십시오."

"그럼 그따위 암거래를 하기 전에 잘 생각했어야지. 오후까지 돈 가져와. 아니면 오늘 밤부터 감옥에서 자게 될 게다."

브리즐랄은 정오에 모한의 서재로 들어가 갈색 봉투를 건넨다.

모한은 돈을 세어보고는 흡족한 웃음을 짓는다.

"좋아, 이만 오천 루피. 이제 다 갚았다, 브리즐랄. 이번 일을 교훈으로 삼아라. 한 번만 더 이런 일이 있을 땐 당장 해고다. 그럼 네놈은 집도 절도 없는 알거지가 되는 거야, 알아들었어?"
 브리즐랄은 아무 말도 않고 얼빠진 사람처럼 방을 나온다.

 일주일 후. 모한 쿠마르는 다시 술과 고기에 빠져 있다. 거의 집착에 가까운 탐닉이라 식구들은 그간의 금주 생활은 알코올중독에 따른 일탈 행동이었다고 치부한다. 모한 쿠마르는 샨티와 한마디도 하지 않고 아예 그녀를 인간 취급도 하지 않으려 든다. 그녀 역시 가급적 그와 마주치지 않으려 애쓴다. 고피는 호리병박을 집안으로 들여 요리했다는 이유로 징계를 당한다.
 모한은 다시 사무실에도 나가고 정부와의 재회도 시도한다. 하지만 리타 세티가 단호하게 그의 전화를 거부하자 당혹감에 빠진다. 그러던 중 그는 은행 계좌 통지서를 받고 뇌졸중 발작을 일으키고 만다.

 굳은 표정 때문인지 카말라 수녀는 왠지 사감 선생처럼 보인다.
 "그러니까, 간단히 말해서 저희가 선생님의 HSBC 은행 계좌에서 이백만 루피를 불법 인출했다는 말씀인가요?"
 모한 쿠마르는 파란색 손수건으로 연신 이마의 땀을 훔치다 종이 한 장을 내민다. "바로 그거요. 오늘 이 통지서를 우편으로 받았소. 이백만 루피에 해당하는 일련번호 00765432의 수표가 사랑선교회로 이체되었다고 나와 있잖소. 난 그런 수표를 넘긴 적이 없어. 그러니까 뭔가 농간이 있는 게 분명하다는 얘기지."
 카말라 수녀는 희고 깨끗한 사리의 허리띠를 가다듬는다. 잘 훈련된 몸가짐이다.

"아무래도 기억을 되살려드려야겠네요. 비믈라 수녀, 서류를 갖다주겠어요?" 수녀가 옆에 서 있는 같은 복장의 안경잡이 수녀에게 지시한다.

비믈라 수녀는 둥근 안경을 코 위로 살짝 밀어 올리고는 녹색 고리의 바인더를 테이블 위에 내려놓는다.

카말라 수녀가 바인더를 펼친다.

"쿠마르 씨, 죄송하지만 여기 좀 봐주시겠습니까? 이건 선생님께서 열흘 전 저희한테 주신 수표의 사본입니다. 11월 7일이었죠. 이 사인이 선생님 것이 아닌가요?" 그녀가 묻는다.

모한 쿠마르는 유서를 검토하는 변호사처럼 꼼꼼하게 서류를 살핀다. 한참 후 그가 숨을 내쉰다.

"내 사인은 맞는 것 같군. 아주 정교하게 위조했어. 이봐요, 내 한마디만 하겠소. 아시겠지만 이건 심각한 문제요. 잘못하면 당신들 모두 감옥에 갈 수 있다고."

"사인이 위조됐다고 말씀하시는 거라면 좋습니다. 그럼, 이 사진도 봐주시겠어요? 선생님 맞죠? 아니면 사진도 위조된 건가요?"

모한 쿠마르가 비닐 시트에 끼어 있는 컬러사진을 들여다본다. 다시 한참 동안 침묵이 이어진다.

"이…… 이것도 나 같군." 그가 힘없이 말한다.

"네, 쿠마르 씨, 바로 선생님이세요. 수요일에 저희를 찾아오셨죠. 바로 이 방 그 의자에 앉아서 수표를 주셨습니다. 테레사 수녀님과 그분의 위업을 매우 존중한다고 하시면서요. 개인의 과도한 소유는 인류에 대한 범죄라는 말씀과 함께 수표에 이백만 루피를 적어주신 겁니다. 이 사진은 비믈라 수녀가 월간 회보에 싣기 위해 찍은 거예요. 우리 선교회가 받은 단일 기부금으로는 사상 최고 액수니까요."

"하지만…… 난, 난 여기에 온 기억이 없소."

"하지만 우린 확실하게 기억합니다. 증거도 있고." 카말라 수녀는 의기양양했다.

"돈을 돌려받을 방법은 없겠소?" 그가 애원한다.

"수표는 이미 현금으로 바꿨습니다. 선생님의 기부금은 수용소의 병자들을 돕고, 고아원을 확충하고, 또 아이들을 6학년까지 교육하는 작은 학교를 여는 데 쓰일 겁니다. 그 돈이 선생님의 기부로 도움을 얻게 될 모든 사람들의 기쁨과 축복으로 돌아온다는 걸 생각해보세요."

"하지만 난 축복 같은 건 필요 없어. 내 돈을 돌려받고 싶을 뿐이라고. 난 인도 행정부의 고위 관료요."

"그것도 매우 타락한 관료셨죠. 비믈라 수녀가 선생님의 배경을 조사했답니다. 우타르프라데시의 공무원 조합이 가장 타락한 관료로 지목하신 분 아니신가요?"

"그런 헛소리를! 내 돈을 빼앗더니 이젠 모욕까지 해? 내 돈을 돌려줄 거야, 아니면 경찰을 부를까?"

"경찰을 부를 필요는 없을 거예요, 쿠마르 씨. 오히려 의사를 만나는 게 좋을 듯하군요. 그리고 죄송하지만, 지금 기도 시간이라 가주셔야겠습니다." 카말라 수녀가 단호하게 말한다.

"하지만……" 모한이 항변하려 한다.

카말라 수녀는 문을 닫고 보좌 수녀를 돌아보더니, 검지를 들어 오른쪽 귀에 한 바퀴 원을 그린다.

"미쳤어. 완전히 미친 거야."

디펜스 콜로니에 위치한 M. K. 디완 박사의 병원에는 파란색 등받이가 달린 카우치와 안락의자 몇 개가 보기 좋게 배열되어 있다. 설화석고 벽에는 추상화들이 걸려 있고 모퉁이에 놓인 인조 무화과나무는 놀랍도록 진짜처럼 보여 진찰실이라기보다는 화실 같다. 그에 반해 40대 후반의 껑다리 디완 박사는 무뚝뚝한 태도에 여쌀배기 엉큭 믿음으로 빌한다.

"구두를 벗고 카우치에 누우시죠." 그가 벽 근처에 어정쩡하게 서 있는 모한 쿠마르에게 말한다.

모한이 지시에 따라 머뭇머뭇 카우치에 누워 덧베개를 벤다. 디완은 카우치 가까이로 안락의자를 잡아당겨 앉는다. 손에는 가죽 장정의 다이어리와 은색 펜을 들고 있다.

"좋습니다. 문제가 뭔지 먼저 들어볼까요?"

"아무래도 나도 모르는 존재가 내 몸속에 박힌 모양이오. 이따금 다른 사람처럼 걷고 얘기하고 행동한다는 얘기요."

"그 다른 사람이 누군지는 아세요?"

그가 멈칫한다.

"믿지 못할 거요."

"얘기해보시죠." 의사가 담담하게 말한다.

"간디…… 마하트마 간디."

그는 디완 박사가 웃을 거라고 생각했으나 델리 최고의 심리학자는 눈썹 하나 찡그리지 않는다.

"흠, 그럼 지금 말씀하시는 건 어느 분이신가요?" 그가 펜을 만지작거리며 묻는다.

"지금은 모한 쿠마르요. 인도 행정부 우타르프라데시의 전직 수석 차관. 하지만 언제 모한다스 카란찬드 간디처럼 말할지 몰라요. 이게 다 간디 강령회에 다녀온 후부터였소. 가지 말았어야 했는데. 이게 신내림 같은 거요?"

"신내림은 영화에나 있는 얘기이고, 영화는 현실이 아닙니다."

"그럼 내가 미친 거요?"

"아니, 아니에요. 아무리 건강한 사람이라도 가끔 이상하게 행동하는 경우가 있죠."

"이해를 못하시는군, 박사. 증세가 무척 심각해요. 사람을 아주 이상하게 만들어버린다니까. 바보 같은 카디*나 간디 모자를 쓰게 만들고, 위스키 컬렉션을 모두 없애버리라고 하는가 하면, 채식주의자 흉내를 내게 만든단 말이오. 벌써 사랑 선교회 같은 데다 아까운 돈 이백만 루피를 날려버렸다 이거요."

"네, 알겠습니다. 그런 일들이 정확히 언제 일어난 거죠?"

"솔직히 잘 모르겠소. 난…… 난 어느 순간 나 자신이었다가 갑자기 다른 사람이 되어 신과 종교에 대해 개똥 같은 소리를 지껄여대니까."

"그럼 자기 모습으로 돌아왔을 때 타인으로서 했던 일을 정확히 기억하고는 있습니까?"

"처음엔 아무 기억도 없이 텅 빈 공백뿐이었소. 그러다가 천천

---

* 손으로 짠 펑퍼짐한 면옷으로 간디가 즐겨 입었고, 인도 저항운동의 상징으로 여겨진다.

히 간디로서 행한 멍청한 일들을 해독하기 시작하는 거지."

디완 박사는 그를 30분 정도 더 문진한 다음에야 처방을 내린다.

"해리성 정체 장애 같습니다. 영화에서는 다중 인격이라고 부르기도 하죠."

"그러니까 내 자아가 둘로 갈라졌다는 얘기요? 모한 쿠마르와 모한다스 카람찬드 간디로?"

"비슷하죠. 해리성 정체 장애에서는 통합된 자아가 분열되어 둘 또는 그 이상의 독립적인 성격이 나타닙니다. 환자는 성격이나 자아의 한쪽 양상은 정확히 의식하는데 다른 측면은 전혀 의식하지 못하거나 그것에서 완전히 분리되고 말죠. 임상 최면을 한번 받아 보시겠습니까?"

"그건 뭐요?"

"선생님의 무의식을 탐구해 과거의 사건과 경험이 현재의 문제와 어떤 관계가 있는지 이해하고자 하는 겁니다."

"아주 개인적인 질문도 하는 건가?" 그가 불안한 표정으로 묻는다.

"그렇습니다. 최면의 개념은 의식의 통제를 피하자는 거니까요."

"아니, 최면은 싫소." 그가 단호하게 말한다.

디완 박사가 한숨을 내쉰다.

"제 치료를 원하신다면 적어도 저한테는 솔직하셔야 합니다, 쿠마르 씨. 어린 시절에 학대받은 경험이 있으십니까?"

모한 쿠마르가 일어나 앉더니 디완 박사를 노려본다.

"프로이트 같은 개소리는 집어치웁시다. 내가 알고 싶은 건 어떻게 하면 마하트마 간디로 변하지 않느냐는 것뿐이니까."

디완 박사가 미소를 짓는다.

"마하트마 간디가 될 수 있다면 무슨 짓이든 할 사람도 세상엔 많답니다."

"얼간이들이지. 박사, 당신이 모를까봐 하는 얘긴데 사람들은 간디를 좋아한 게 아니라 두려워한 거요. 그 인간이 감추고 싶은 본성을 건드렸기 때문이지. 섹스, 술, 돈에 반대했잖소. 그런 게 없으면 세상 사는 맛이 뭐가 있겠소?"

"세상엔 더 중요한 일도 많답니다, 쿠마르 씨."

"이봐요, 간디 철학에 대해 떠들려고 여기 온 게 아니오. 어쨌든 이놈의 간디 성격으로 갑자기 전이되는 이유를 얘기해준다면 돈은 드리리다." 모한이 구두끈을 매기 시작한다.

"음, 해리성 정체 장애를 알려주는 생물학적 징후는 없습니다. 내가 지켜본 거의 모든 경우, 성격의 전이는 스트레스가 원인이었죠."

"그래서 스트레스를 피할 수만 있다면 전이도 막을 수 있다?"

"이론적으로는요. 하지만 대체 자아가 언제든 개인의 행동을 제어할 수 있다는 걸 잊지 마십시오. 게다가 더욱 중요한 건, 시간이 지날수록 더 지배적인 성격이 다른 자아를 누르게 될 수도 있다는 겁니다."

"장담하겠소, 박사. 내 절대 마하트마 간디한테 지배당하지 않겠소. 아무튼 수고했수다." 그가 일어난다.

"만나 뵈어 반가웠습니다, 쿠마르 씨. 비록 눈을 맞대고 치료하지는 못했지만 그래도 현재 상황을 조금이나마 이해하셨으면 좋겠군요."

"눈에는 눈으로 대하면 세상은 장님이 되고 만다오, 박사." 쿠마르가 이렇게 말하며 의사의 팔을 부드럽게 톡톡 친다.

"오, 세상에!" 디완 박사가 경악한다.

모한이 키득거린다.

"농담이오. 하지만 간디로 변하면 늘 이런 말을 하지. 이제 끝난 일이긴 하지만. 잘 있어요, 박사." 그는 진찰실을 나간다.

디완 박사가 당혹스런 표정으로 그의 뒷모습을 지켜본다.

모한 쿠마글은 병원에서 돌아온 순간부터 세무서 직원을 만난 회계사만큼이나 조심스럽게 행동한다. 발레리나처럼 까치발로 집 안을 돌아다니고, 문이나 벽에 부딪히지 않도록 조심하며, 제단으로 개조한 방은 최소한 5미터씩 둘러 간다. 집 안에서 모든 폭죽을 금지하고 브리즐랄한테는 시속 40킬로미터 이상 달리지 말 것과 급브레이크를 절대 삼갈 것을 엄중히 지시해놓는다. 심지어 서재의 책을 모조리 뒤져 간디와 조금이라도 연관이 있는 것은 모조리 불태워버리는데, 그 와중에 『내가 꿈꾸는 인도』의 초판 희귀본은 물론 '미국의 간디'라는 부제가 붙은 마틴 루서 킹의 전기도 잿더미가 되고 만다. 꿈속에서조차 간디가 접근하지 못하도록 음주량도 하룻밤에 세 잔으로 늘린 데다, 잠들기 전에 발륨까지 몇 알 복용한다.

샨티는 순교자다운 결연함으로 과거의 까탈스러운 자아로 회귀한 남편을 받아들인다. 고피는 다시 고기 요리를 만들고 밤이면 주인의 방에 얼음과 소다를 갖다놓는다.

모한은 침실에서 라이 텍스타일 사와 관련된 서류를 검토하고 있다. 손에는 두번째 위스키 잔이 들려 있다. 창밖으로 때 이른 뇌우가 으르렁거리더니, 이윽고 장대비가 내리고 천둥이 지붕을 흔들기 시작한다. 그때 전화벨이 울린다.

"여보세요?"

"나예요, 쿠마르." 비키 라이가 그의 성을 부를 때마다 아련한 반감이 심장을 찔러댄다. 하지만 그에게도 실용주의 관료로서 자존심 정도는 구겨버릴 수 있는 능력이 있다.

"네, 사장님." 그가 대답한다.

"내일 위원회에 대해 상기시켜드리려고 전화했습니다."

"네, 사장님. 오늘 라하의 보고서를 받았습니다. 지금 검토 중입니다." 그가 말한다.

"구조 조정을 밀어붙이는 건에 있어 이사님한테 거는 기대가 커요. 아시겠지만, 인력 감축은 회사 재편의 가장 핵심적인 작업이니까."

"물론입니다. 최소한 백오십 명은 잘라야 할 겁니다. 걱정 마세요. 구조 조정안은 어려움 없이 통과될 겁니다. 물론 만장일치까지는 어렵겠죠. 노조에서 필사적으로 저항해올 테니, 어차피 어느 정도의 조정은 불가피할 겁니다. 그래도 노조원 하나가 경영진 다섯을 이길 수는 없지 않겠습니까? 그놈 하나 정도는 충분히 구워삶을 수 있습니다."

"그놈은 이사님이 알아서 해주세요. 잘 자요, 쿠마르."

모한이 전화를 내려놓자 이번엔 누군가 문을 노크한다. 처음에는 그 소리를 듣지 못한다. 창밖의 빗소리가 그만큼 거센 탓이다. 하지만 노크는 집요하다. 그는 인상을 잔뜩 찌푸리며 일어나 슬리퍼를 신고 문을 연다.

브리즐랄이 앞에 서 있다. 두 눈은 충혈되고 옷은 완전히 비에 젖은 모습이다.

"도대체 여기서 뭐 하는 거냐?" 모한이 묻는다.

"다 끝났습니다…… 다 끝났어요." 브리즐랄이 가볍게 몸을 떨며 중얼거린다.

모한이 짜증을 낸다.

"돼지 새끼처럼 꽂있고. 취한 기냐?" 운전사가 증이한 웃음을 흘린다.

"네, 주인님. 취했습죠. 시골 밀주가 다 그렇지 않습니까? 냄새도 독하고. 하지만 주인님의 그 값비싼 수입 양주에는 없는 한 방이 있죠." 그가 방 안으로 들어오려 한다.

"나가! 어딜 들어와? 카펫 젖는단 말이다!" 모한이 개를 나무라듯 운전사를 밀어낸다.

브리즐랄은 그의 지시를 무시하고 침대 쪽으로 향한다.

"나야 카펫을 망칠 뿐이지만 주인님은 내 인생을 망가뜨렸습니다. 오늘이 무슨 날인지 아십니까?" 그가 혀짤배기소리로 중얼댄다.

"그래. 오늘은 일요일이지. 12월 2일. 그래서 어쨌다는 거야?"

"원래는 라노의 결혼식이었죠. 셰나이 연주를 듣고 내 집이 웃음과 행복으로 들썩였어야 하는 날 말입니다. 하지만 내가 들은 건 아내와 딸의 울음소리뿐이랍니다. 다 주인님 덕분이죠."

"내가? 내가 뭘 어쨌게?"

"칸 마켓 앞에서 나를 도둑놈 취급하고 몰아붙이셨죠. 돈을 반

환하라고 협박도 하셨고요. 그래서 전 신랑 집에 가서 지참금을 돌려달라고 해야 했습니다. 평생 그렇게 수치스러웠던 적은 없었습니다. 내가 뭘 잘못한 겁니까? 어쨌든 그 술병들은 모두 파기될 운명이었다구요. 그걸로 돈을 조금 융통했다고 해서 피해 본 사람이 있나요? 위대하신 주인 나리께서는 마님을 배신하고 다른 여자들과 바람을 피웠잖습니까? 술 마시고 노름하고 심지어 탈세까지 하셨지요. 하지만 언제나 모욕당하고 붙잡혀가는 건 나 같은 가난뱅이뿐이라구요."

"그만. 네놈이 아주 미쳤구나." 모한이 참다못해 끼어든다.

하지만 운전사는 못 들은 척 계속한다.

"주인과 하인의 관계는 아주 미묘한 법입니다. 하지만 주인님은 선을 넘었어요. 신랑의 가족이 파혼을 선언했습니다. 제가 뭘 어떻게 해야 하는 겁니까? 라노 년한테 평생 노처녀로 살라고 해야 하나요? 밤낮으로 결혼만 생각하며 안절부절못하던 아내, 내가 어떻게 아내의 얼굴을 볼 수 있겠습니까?"

"경고했다, 브리즐랄. 분수를 모르고 까불어도 유분수지."

"주제넘은 행동이라는 것도 압니다. 하지만 주인님, 주인님은 이미 갈 데까지 가신 분 아닌가요? 벌거벗기고 거꾸로 매달아 지금 제 고통을 똑같이 느낄 때까지 채찍질을 받아야 마땅한 분이십니다."

"이런 개자식이! 당장 나가지 못해!" 그가 악을 쓴다.

"갈 겁니다, 주인님. 하지만 셈은 치러야지요. 주인님한테는 부와 권력이 있습니다. 하지만 나한텐 이게 있습죠." 그가 쿠르타 안으로 손을 집어넣더니 낡은 칼을 끄집어낸다. 어찌나 칼날이 무딘

지 샹들리에 불빛조차 반사되지 않을 정도다.

모한 쿠마르가 칼을 보고는 헉 숨을 삼킨다. 브리즐랄이 방 안으로 한 걸음 더 들어오자 모한은 뒷걸음친다. 이내 그의 등이 창에 닿는다. 정원이 내려다보이는 창문이다. 때마침 번개가 하늘을 가르고 창유리를 흔든다.

"넌 취했다, 브리즐랄. 바보 같은 짓을 했다간 나중에 크게 후회할 거야."

"어차피 막장 인생인걸요, 주인님. 이디 믹징이 막장 격정합니까? 어차피 아내와 딸년도 자살할 겁니다. 아들은 어딘가에서 일자리를 구하겠죠. 저요? 난 주인님을 죽이고 따라 죽을 생각이랍니다."

이제 브리즐랄이 얼마나 절박한 상황인지 모한도 어느 정도 실감하기 시작한다.

"그래, 알았다, 브리즐랄. 내가 직접 라노의 결혼을 성사시켜주마. 결혼식은 내 집에서 해도 좋고 아니면 셰러턴 무도회장을 예약해주마. 아니, 아니, 라노한테 유산을 물려줄 수도 있다. 그앤 내 딸과 마찬가지니까." 그의 입에서 빈말이 봇물처럼 터져나온다.

브리즐랄은 코웃음을 친다.

"히, 궁지에 몰리면 딩나귀한테도 아버지라 부른다더니. 아니, 주인 나리, 다시는 당신의 덫에 빠지지 않을 거요. 나도 죽겠지만 그 전에 당신이 먼저 죽을 테니까." 그는 오른손으로 칼을 단단히 쥐고 팔을 들어올린다. 모한이 두 눈을 질끈 감는다.

칼이 허공을 가르며 모한의 가슴으로 떨어진다. 드디어 수세기에 걸친 낡은 장벽을 부수고 계급과 지위의 지난한 난맥을 가르는 순간이다. 하지만 모한의 가슴을 꿰뚫으려는 찰나 브리즐랄이 멈칫한다. 결국 충성의 마지막 연을 끊어낼 수 없었던 것이다. 칼이 손에서 떨어지고 두 손도 축 늘어진다. 그는 카펫에 주저앉아 고개를 쳐들고는 비탄의 절규를 터뜨린다. 좌절된 저항을 위한 장송곡인 셈이다.

그동안 모한 쿠마르도 조금씩 변화한다. 마치 그림자가 걷히듯 얼굴의 긴장이 풀린다. 그가 두 눈을 뜨더니 발밑에서 통곡하는 브리즐랄을 본다.

"아니, 브리즐랄, 자네 여기 웬일인가?" 그가 조심스러운 태도로 묻는다. 그러고는 뭐가 기억난다는 듯 이번에는 이마를 가볍게 때린다. "아, 그래, 자네 딸의 결혼식에 날 초대하려고 온 게로군. 아, 바도 오는군그래."

샨티가 방 안으로 뛰어 들어온다.

"무슨 일이에요? 비명 소리를 들었는데?" 그녀가 다급하게 묻는다.

"비명? 무슨 비명 말이오? 환청을 들은 모양이구려, 바. 난 단지 브리즐랄과 그의 딸 결혼식에 대해 이야기하던 중이라오. 오늘이 아니었던가?"

샨티가 브리즐랄을 내려다본다. 그는 카펫에 여전히 주저앉은 채 훌쩍거리고 있다. 그녀가 두 손을 비꼰다.

"도대체 당신한테 무슨 일이 생긴 건지 모르겠군요. 갑자기 성인이 되었다가 어느 순간 악마로 돌변하더니, 이제 또 성인인가요? 브리즐랄의 딸이 파혼당한 사실은 알고 있어요?"

"정말? 어쩌다 일이 그리 되었나, 브리즐랄? 내게 잘못이 있다면 진심으로 용서를 빌겠네." 그가 두 손을 합장한다.

브리즐랄이 모한의 두 발을 잡는다.

"제발, 그런 말씀 마십시오, 주인님. 용서를 구할 자는 바로 접니다. 주인님을 해치려고 한 저를 용서하시다니요. 주인님은 사람이 아니라 신입니다." 모한이 그를 일으켜 세운다.

"아닐세, 브리즐랄. 신은 바다만큼 넓고 무한하신 분이라네. 나 같은 미물은 그저 작은 물방울에 불과하지. 그런데 나를 해치려 하다니 그게 다 무슨 말인가? 자네도 환각을 보기 시작한 건가? 오, 그런데 칼은 여기 왜 있는 거람?"

정각 4시. 메라울리의 라이 텍스타일 사에서 위원회가 열린다.

새로 광을 낸 듯 회의실에서는 금속 냄새가 풍긴다. 거대한 타원형 티크나무 테이블에 녹색 펠트가 덮여 있고 벽엔 회사 제품을 소개한 액자들이 걸려 있다.

모한 쿠마르가 하얀 도티 쿠르타 차림에 간디 모자를 쓰고 안으로 들어온다. 세로줄 무늬 정장 차림의 비키 라이가 문 앞에서 그를 맞이한다.

"기막히네요, 쿠마르. 복장만으로도 조합 놈들이 뻥 가겠어요."

"내 자리는 어디입니까?" 모한 쿠마르가 묻는다.

"내 오른팔이시니 당연히 오른쪽에 앉으셔야죠. 그리고 이사님 옆에 두타의 자리를 배치했습니다." 비키 라이가 윙크를 한다.

남자 다섯과 여자 하나가 테이블에 둘러앉는다. 비키 라이는 프로젝터 스크린 앞의 테이블 상석에 앉는다.

"음, 이사 여러분, 오늘 모임의 의제는 하나입니다. 라이 텍스타일 사의 구조 조정 문제. 아시다시피 이 년 전 정부한테서 이 공장을 사들일 때부터 운영 상태가 최악이었죠. 다시 건강한 기업으로 만들기 위해선 특단의 조치가 필요합니다. 우선 CEO이신 프라빈 라하 씨로부터 새로운 경영전략에 대해 듣고 이사회의 동의를 구하겠습니다." 그가 왼쪽에 앉은, 금속테 안경을 쓴 키 작고 인상 좋은 남자를 가리킨다.

라하가 안경을 고쳐 쓴 다음 노트북의 자판을 두드리자 차트와 그래프로 가득한 컬러사진이 스크린에 나타난다.

"존경하옵는 이사 여러분, 우선 혹독한 현실부터 보시겠습니다. 지난해 회사는 삼억 오천만 루피의 순손실을 입었습니다."

"거짓말이오. 노조에서 정리한 생산성 자료에 따르면 회사는 2천만 루피의 흑자를 낸 것으로 되어 있소." 모한 옆에 앉은 깡마른 남자가 말한다. 쿠르타에 검은 뿔테 안경을 쓴 그 사내의 목소리는 아주 진중하다.

라하가 그를 향해 얼굴을 찌푸리고는 노트북의 자판을 두드린다. 새로운 차트가 스크린에 나타난다.

"음, R. R. 할다르가 인증한 회계 자료는 당신 주장과 다르오, 두타 씨."

"회계 보고서도 사장님처럼 사기꾼이니까요." 두타가 으르렁거린다.

라하는 두타의 질타를 무시하기로 한다.

"아무튼, 말씀드렸듯이 현재의 경영 환경은 여전히 난맥상을 드러내고 있습니다. 지난 5월 노동자들의 불법 파업으로 삼십오 일간의 생산 손실이 있었죠."

"파업을 노동자의 책임으로 돌리지 마세요. 독단적으로 교통비 지급을 철회한 회사 결정이 파업을 초래한 겁니다." 두타가 다시 끼어든다.

라하는 두타의 말을 못 들은 척하며 계속 말한다.

"공장을 인도의 방직 분야에서 가장 큰 회사로 키우는 것이 회장님의 꿈이십니다. 우리의 궁극적인 목표는 최첨단 기계 설치를 필두로, 2단계에 걸쳐 공장을 현대화하는 것이죠. 생산성 향상을 위해 비효율적인 예산과 이자 부담이 큰 부채를 최대한 줄일 필요가 있습니다. 아무래도 자본집약적 기계의 사용을 극대화하고, 다른 매개 변수들의 규모를 합리적으로 줄여야 할 듯합니다."

"도대체 다른 매개 변수들이라는 게 뭡니까, 라하 사장님." 두타가 묻는다.

"노동력을 적정 수준까지 축소해야 한다는 이야깁니다."

"오, 그러니까 기계를 늘여오고 사람을 자르겠다 이 말씀이군요."

"음, 두타 씨, 꼭 그렇게 단정할 수는 없어요. 게다가 어떤 경우에든 구조 조정안은 경쟁력 제고를 위한 내부 성과급제 도입을 전제로 하고 있소. 동기 유발 지급금도 확충할 것이고 생산성과 연관된 상여금도 계획하고 있소. 물론 여타의 복지 제도 또한……"

"딴소리할 것 없습니다. 조합을 대표해 이번 구조 조정안을 전면 거부합니다." 두타가 의자를 밀어내고 일어선다.

실내가 웅성거리기 시작한다. 모두 비키 라이를 보고 있다. 손가락으로 테이블을 두드리는 그의 얼굴에선 아무 표정도 읽어낼 수 없다.

"음, 이럴 경우 의안을 표결에 부치도록 되어 있죠. 찬성하는 사람은 '예'라고 대답해주십시오." 그가 왼쪽에 앉은 코가 긴 중년 남자를 가리킨다.

"아로라 씨?"

"예."

"이슬라미아 부인?"

"예."

"싱 씨?"

"예."

"빌모리아 씨?"

"예."

"두타 씨?"

"당연히 아니오."

"쿠마르 씨?" 모한이 개구쟁이 같은 미소를 짓는다.

"음, 우선 이 상황이 매우 매혹적이고 사고를 자극하는 토론이라는 말을 해야겠군요. 전 세 가지를 제안하고 싶습니다. 첫째, 다수의 원칙은 근본적인 차이가 개입될 경우 타당성이 없습니다." 그가 비키 라이를 쳐다보자 비키는 눈썹을 아주 살짝 추켜올린다.

"두번째 제안은 여기 계신 분들 모두 자기 이익이 아닌 동료 노동자들의 복지를 책임지는 피신탁인임을 명심해야 한다는 겁니다. 게으른 노동력이 수천억이나 되는 곳에서 노동 생산성을 아무리 외쳐봐야 무슨 소용이 있겠습니까. 탐욕을 원동력으로 삼아 성공하는 회사는 어디에도 없습니다. 당연히 보다 높은 목표를 위해 헌신해야죠. 세번째 제안은 바로 이 두번째와 깊은 연관이 있습니다."

비키의 얼굴은 이제 근심의 주름살로 가득하다.

"쿠마르가 지금 뭐라는 거요? 우리 편이라는 거야, 아니야?" 그가 라하에게 속삭인다.

모한 쿠마르는 고개를 테이블 아래로 숙이더니 갈색 종이로 감싼 커다란 물건 하나를 들어올린다. 그가 포장을 풀자 나무로 만든 물레가 드러난다.

"세번째 제안은 이겁니다. 신사 숙녀 여러분, 물레를 소개합니다."

위원회 이사들이 모두 허 하고 숨을 삼킨다.

"물레는 섬유에서 실을 자아내기 위한 도구로 발명되었죠. 이걸 찾기 위해 찬드니 초크 시장에 있는 가게를 오십 군데나 뒤졌답니다. 우리가 물레를 잃어버린 건 왼쪽 폐를 잃은 것이나 다름없습니다. 이 물레에서 자아낸 털실로 인생의 끊어진 날줄과 씨줄을 이어왔듯, 물레는 이 회사를 괴롭히는 모든 질환을 고치는 만병통치약이 되어줄 겁니다. 물론 이 나라도 마찬가지겠죠. 물레를 향한 호소는 노동의 존엄성을 소중히 하자는 호소입니다. 물론 조합에서 오신 친구분은 제 말에 동의하리라 믿습니다." 그가 두타를 가리킨다. 그러나 정작 당사자는 입을 쩍 벌린 채 그를 바라보기만 한다.

"무…… 물론입니다. 죄송합니다, 모한 쿠미르 씨. 지금껏 당신을 악당이라고 생각해왔는데 이제 보니 구세주시군요." 두타가 중얼거린다.

웅성거리는 소리가 장내를 뒤덮는다. 긴급 협의가 이루어지고 급기야 비키 라이가 자리에서 일어난다.

"구조 조정안에 대해 만장일치를 이끌어내지는 못했군요. 라하

모한 쿠마르의 신내림 155

사장님께 안을 좀더 다듬어주실 것을 요청합니다. 다음 이사회 일정은 따로 통보하기로 하죠. 감사합니다."

그는 모한 쿠마르를 한번 노려보고 곧바로 방을 나선다. 문 닫는 소리가 쾅 하고 천둥처럼 회의실을 흔든다.

다음 주 내내 모한 쿠마르는 다양한 시위에 참여한다. '루비에게 정의를' 캠페인에 참여하고, 환경주의자들과 함께 대법원 밖에서 사르다르사로바르 댐의 확장 공사에 반대하는 연좌시위를 벌이고, 인도와 파키스탄의 평화를 기원하는 철야 촛불 농성을 위해 인디아 게이트로 달려가기도 하고, 심지어 술집 봉쇄를 요구하는 분노한 여성 그룹을 이끌기도 한다. 독서 안경까지 둥근 금속테의 간디 안경으로 바꿔, 언론 매체는 즉시 그에게 '간디 바바'라는 작위를 수여한다.

일요일, 경제특구 지정에 반대하는 시위 현장으로 가는 도중 모한의 차가 코너트 광장의 교통 체증에 묶여버린다. 차가 붉은 신호등을 향해 거북이처럼 기어가는데, 문득 왼편으로 극장을 도배한 영화 포스터들이 그의 눈에 들어온다. 반라 여인들의 야한 사진으로 가득한 포스터들은 제목도 〈뼈와 살이 타는 밤〉〈처녀를 사가세요〉〈물개 부인〉 등으로 희한하기 짝이 없다. 포스터에 적힌 광고 문구들도 기가 막히다. '사랑과 섹스로 가득. 조조할인, 오전 10시.' 그 아래 적힌 문구는 더 가관이다. '섹스엔 말이 필요 없답니다.'

"오 라마여, 라마여. 정부가 어이하여 공공장소에 저런 외설물을 허용한단 말인가." 모한이 중얼거린다.

브리즐랄이 이해한다는 듯 한숨을 내쉰다.

"루페시 놈도 이 조조 상영을 보러 온답니다. 포스터는 아무것도 아닙니다. 영화에 벌거벗은 여자들이 잔뜩 나온다는 얘기도 들었습니다."

"그게 정말인가? 그렇다면 차를 세우게."

"네? 여기서 말입니까, 주인님?"

"그래, 여기."

브리즐랄이 차를 영화관 옆에 세우자 모한이 내린다.

극장은 회랑이 있는 낡고 곰팡내나는 잿빛 건물이다. 페인트는 벗겨지고 바닥 타일도 심하게 떨어져 나갔다. 천장의 프레스코화와 안뜰의 코린트식 기둥은 비록 과거의 영예를 잃기는 했으나 비교적 깨끗한 편이다. 조조 상영이 시작될 시간이라 매표구에 꽤 많은 사람이 모여 있다. 모두 호르몬에 내몰린 채 즉각적인 쾌락만 추구하는 불쌍한 중생들이다. 심지어 열둘이나 열셋밖에 안 된 어린아이들도 눈에 띈다. 초조한 표정으로 가슴을 잔뜩 내밀고 선 폼이 아무래도 조금이라도 더 나이 들어 보이고 싶어하는 듯하다. 모한 쿠마르는 줄을 선 사람들의 항의를 무시하고 곧바로 매표구로 향한다. 좁고 답답해 보이는 공간에 염소수염을 기른 중년의 매표원이 앉아 있고 그 앞에 분홍색, 녹색, 흰색의 영화 티켓 뭉치가 놓여 있다.

"특등석 백 루피, 이층석 칠십오 루피, 일층석 오십 루피. 뭘로 드릴까요?" 그가 따분한 목소리로 묻는다. 아예 고개도 들지 않는다.

"티켓을 모두 사겠소."

"모두요?" 매표원이 그제야 고개를 든다.

"그래요."

"단체 예약은 조조할인이 적용되지 않습니다. 학생 단체 관람입니까?"

"아니, 티켓을 모두 사서 태워버릴 참이오."

"뭐요?"

"들었잖소. 티켓을 모두 태워버리겠다고. 저런 더러운 것들을 상영하다니, 부끄럽지도 않소? 이 나라 젊은이들의 영혼을 얼마나 더 망가뜨릴 참이지?"

"이봐요, 나하곤 상관없는 일이에요. 얘기하려면 매니저한테 가요. 다음 손님."

"그럼 매니저를 불러오시오. 매니저가 오기 전에는 가지 않을 거요."

매표원은 그를 노려보다 할 수 없이 일어나 녹색 문으로 사라진다. 잠시 후 뚱뚱한 남자가 문으로 들어온다.

"아, 무슨 일이죠? 제가 매니저입니다만."

"얘기 좀 하고 싶소." 모한이 말한다.

"그럼 제 사무실로 오시죠. 계단으로 올라오시면 오른쪽 첫번째 방입니다."

매니저의 방은 조금 더 넓다. 바랜 녹색 의자와 나무 책상이 가구의 전부인데 책상 위에도 달랑 전화기 한 대뿐이다. 벽은 온통 한물간 영화 액자들로 가득하다.

매니저는 모한 쿠마르의 얘기를 참을성 있게 듣고 나서 이렇게 되묻는다.

"이 극장 소유주가 누군지는 아십니까?"

"아뇨." 모한이 대답한다.

"자그담바 팔. 이 지역 주 의원입니다. 괜히 그분 심기 건드리지 않는 게 좋을 겁니다."

"내가 누군지는 아시오?"

"아뇨."

"난 모한다스 카란찬드 간디요." 매니저가 터져나오는 웃음을 참지 못한다.

"이봐요, 간디가 나오는 문나바이 영화*는 이미 끝났어요. 그 내사는 일 년 전에 했어야 한다구요."

"마음껏 웃어요, 매니저 양반. 하지만 당신 아들이 저 회전문을 들어올 때 당신 표정이 어떨지 보고 싶구려. 당신네 영화가 자극하는 무분별한 열정이 결국 우리 젊은이들의 방종과 부패만 키운다는 걸 모르시오? 이 끔찍한 재앙을 도저히 눈 뜨고 볼 수 없어서 하는 말이오."

매니저가 한숨을 내쉰다.

"안타깝게도 세상 물정에 깜깜한 분이시구먼. 계속 이런 식으로 시비를 걸 생각이라면 결과도 각오해야 할 겁니다. 의원님한테서 해코지를 당하더라도 내 원망은 마시고."

"진정한 사티아그리하**는 두려움이 없소. 당신들이 저 더러운

---

* 2006년 인도의 라즈쿠마르 히라니 감독이 연출한 유명 코미디 영화. 조폭 출신 '문나바이(문나 형님)'가 사랑하는 여인을 위해 개과천선하려는데 갑자기 간디가 나타나 그를 도와주면서 벌어지는 소동을 다뤘다. 전작 《문나바이, 의대 가나》(2003)의 폭발적인 흥행에 힘입어 속편으로 제작되었다.

** 간디의 반식민 투쟁의 근본 사상으로 비폭력 저항운동을 말한다.

영화의 상영을 그만둘 때까지 저 밖에 앉아 단식을 할 거요."

"좋으실 대로." 매니저가 그렇게 말하고는 전화기를 든다.

다음 날 아침 모한 쿠마르는 흰색 도티와 쿠르타, 모자 등 간디 복장을 하고 극장에 온다. 그는 매표구 바로 앞에 자리를 잡고 앉아 플래카드를 들어올린다. '이 영화는 죄악입니다.'

줄 선 남자들이 그를 미친놈 보듯 한다. 그에게 고개를 꾸벅 숙이는 사람도 있고 발밑에 동전을 던지는 사람도 있지만 줄을 벗어나는 사람은 없다. 9시 30분에 매표 창구가 닫히고 '매진'이라는 표지판이 내걸린다.

샨티가 잠시 후에 달려온다.

"이제 집에 가요. 영화가 벌써 시작했잖아요." 그녀가 불안한 표정으로 사정한다.

그가 그녀에게 건조한 미소를 보낸다.

"곧 다른 영화가 시작될 거요. 누군가는 내 말을 듣겠지. 한 사람이라도 자신의 잘못을 깨닫는다면 내 사명은 다한 거라오."

"하지만 당신이 단식 중이라는 걸 아는 사람도 없는데 누가 뭘 깨닫겠어요."

"단식은 신과 나와의 약속일 뿐이오. 하지만 걱정할 필요 없소. 어느 정도 시간이 지나면 다른 사람들도 성전(聖戰)에 참여할 테니까."

"그럼 주스를 가져왔으니까 이거라도 좀 마셔요." 샨티가 병을 하나 내민다.

"남자가 단식을 할 때 그를 지탱해주는 건 마실 물이 아니라 신이오, 바. 그러니 집으로 돌아가시오."

샨티는 마지막으로 측은한 눈길을 던지고는 브리즐랄과 함께 떠난다. 모한은 계속 땅바닥에 앉아 코너트 광장의 인파를 지켜본다. 재킷과 타이 차림의 핼쑥한 직장인, 쇼핑하러 가는 밝고 행복한 표정의 아가씨, 벨트와 선글라스 그리고 해적판 서적을 파는 행상인. 귀가 멍멍할 정도로 시끄러운 자동차 소리.

두 시간 후에 샨티가 돌아와보니, 놀랍게도 모한은 한 남자와 함께 쿠션까지 등에 대고 나무 연단 위에 앉아 있다. 뿐만 아니라 거의 2백 명에 가까운 군중이 곁에서 플래카드를 들고 구호를 외치고 있다. "포르노는 죄악이다!" "간디 바바 만세!" "자그담바 팔은 자폭하라!"

모한은 만족스런 표정이다.

"어떻게 된 거죠?" 샨티가 묻는다.

모한이 흰색 쿠르타 차림의 옆 사람을 가리킨다. 계란형 얼굴에 뾰족한 코, 날카로운 턱선, 그리고 음흉한 눈매를 지닌 사내다. 샨티 눈에도 영 탐탁잖은 인상이다.

"아와데시 비하리 씨요. 한 시간 전에 우연히 만났는데, 바로 이 운동을 지지해주겠다고 했소. 시위대를 조직하고 피켓과 플래카드를 준비해준 게 이분이라오."

"안녕하세요, 부인. 부군처럼 위대한 분을 만난 건 행운이랍니다. 지금 부군께 자그담바 팔이 얼마나 나쁜 인간인지 설명해주는 중이에요. 이 추악한 극장의 주인일 뿐만 아니라 매음굴도 여러 곳 굴리는 사람입니다." 비하리한테선 사기꾼 특유의 기름기가 그대로 묻어난다.

"그런데 뭘 하시는 분이세요?" 샨티가 묻는다.

"도덕재활당의 정치가입니다. 지난번 선거에서 자그담바 팔에게 대항해 출마했죠. 유권자들도 저를 지지했습니다만 그자가 선거 결과를 조작해 승리했답니다." 그가 얼굴을 찌푸린다.

"그러니까 유권자의 표를 얻기 위해 이 일을 하시는군요."

"무슨 말씀입니까, 부인? 아이들의 타락을 막는 건 저희의 신성한 임무입니다. 도덕재활당은 인도 문화의 수호자를 자처하고 있죠. 몇 년 전에 있었던 레즈비언 영화 〈여친들〉에 대한 반대 캠페인을 기억하실 겁니다. 우린 법원의 명령까지 어겨가며 포스터를 모두 찢어버리고 영화 상영을 막았죠. 이 추한 영화들은 우리 문화에 대한 모독입니다. 어떠한 역경이 있더라도 부군과 함께할 겁니다. 단식도 하고 지원도 하겠습니다."

"극장주가 까딱도 하지 않으면요?"

"그렇게는 안 될 겁니다. 그가 대답하도록 만들 테니까요. 하지만 먼저 사람들의 이목을 끌어야겠죠. 지금 막 TV 방송국에 전화를 걸어 우리의 운동을 다루도록 했답니다."

샨티는 남편의 이마를 짚어보고 열이 있는지 살핀다.

"당신이 정말 걱정되요. 아무것도 안 먹고 얼마나 견디시려구요?"

"두고 봐야지. 걱정 말아요. 여기 아와데시가 날 돌봐줄 거요." 그가 미소를 짓는다.

샨티의 걱정과 비하리의 자신감으로 배를 채운 모한 쿠마르는 그렇게 아무것도 먹지 않고 이틀을 더 버티다가, 단식 사흘째에 들어 상태가 급격히 악화된다. 소니 박사가 맥박과 혈압을 재보더니 불안한 표정을 짓는다. 샨티도 안절부절못한다. 극장주는 여전히 아무런 반응이 없다.

그날 오후 밴 한 대가 극장 앞에 서더니 청바지 차림의 여인이 내린다. 굳은 표정에 차갑고 계산적인 눈을 한 여자다. 무거운 비디오카메라를 든 키 큰 남자가 그녀의 뒤를 따른다.

아와데시 비하리가 재빨리 일어서서 쿠르타의 먼지를 털어낸다. 리포터가 정치가에게 인사한다.

"아와데시 비하리 씨, 이번엔 믿기 행동으로 옮길 건가요? 지난번 시위는 아주 온건했는데."

정치가가 약빠른 미소를 짓는다.

"두고 봐요. 이번에는 간디 바바까지 나섰으니까. 자그담바 팔은 지금쯤 방구석에 처박혀 얼굴도 못 들고 있을 거요."

기자가 연단에 누워 있는 모한 쿠마르를 내려다보고는 비하리에게 고갯짓을 한다.

"간디 바바의 앵글이 좋네요. 저녁 뉴스에서 다룰 수 있겠어요." 그러고는 목소리를 낮추고 말한다. "저 사람이 죽으면 헤드라인으로 뽑을게요."

비하리가 고개를 끄덕인다.

"모노, 일단 찍기부터 해요." 그녀가 카메라맨에게 지시한다.

'간디 바바 생명 위독.'

다음 날 아침 신문의 헤드라인이다. 10시. 마침내 주 의원이 스코르피오의 청색 경광등을 번쩍이며 나타난다. 스텐 경기관총을 든 특공대원 네 명과 함께다. 의원은 각진 얼굴에 새까만 머리, 야비한 눈매를 지닌 거구의 사내다. 그가 모한 쿠마르 옆에 앉아 이렇게 속삭인다.

"간디 바바, 도대체 왜 이러는 겁니까?"

"타락을 막기 위해." 모한이 대답한다. 아직 목소리에 힘이 있다.

"당신이 타락이라고 부르는 건 인간의 본능적인 욕구입니다. 아무리 감추려 해도 성은 어떤 형태로든 표면화될 수밖에 없어요."

"성을 반대하는 게 아니오. 성의 타락과 여성의 상업화를 막자는 거지."

"하지만 내 영화들은 전혀 문제될 게 없어요. 이미 검열을 통과했다구요. 정말로 여성의 상업화를 보고 싶다면, 오백 미터만 더 가보세요. 팔리카 시장 지하에는 백 루피만 있으면 얼마든지 살 수 있는 트리플엑스 영화*가 널려 있다구요. 십 킬로미터 떨어진 GB 로드**에선 백 루피로 진짜 젊은 여자도 살 수 있는데, 왜 그런 건 내버려두고 죄 없는 우리 극장 앞에서 시위를 하시는 겁니까?"

"정도가 약하다고 타락이 도덕이 되는 건 아니오. 내 단식은 이 사회에 죄악을 퍼뜨리는 모든 이에게 치명타가 될 거외다."

"이봐요, 간디 바바, 우린 쓸데없이 문제를 일으키고 싶지 않습니다. 난 정치가예요. 당신은 지금 부당하게 내 평판을 해치고 있단 말입니다. 북인도 배급사 연합을 대신해 제안 하나 하죠. 이 운동을 그만두신다면 이만 루피를 드리겠습니다."

모한 쿠마르가 웃는다.

---

* 미국 성인영화 등급의 하나로 성과 폭력의 노출 수위가 가장 심한 경우에 해당된다.
** 델리의 홍등가.

"이 투쟁은 돈을 위한 게 아니오. 동전 조각으로 나를 매수할 수는 없다오."

"좋아요. 그럼 이만 오천 루피 어떻습니까?"

모한 쿠마르가 고개를 젓는다.

"팔 선생. 나는 이미 서약을 한 몸으로 이 세상 어떤 힘으로도 내 길을 막을 수 없소."

의원은 점점 열을 받기 시작한다.

"뭐 이런 각지기 다 있어? 이봐, 이민큼 공손하게 얘기했으면 들어먹어야지. 진짜 마하트마 간디처럼 행동하면 다야? 객쩍은 연극 그만하고 당장 꺼져. 아니면 쫓겨날 줄 알어."

"사티아그라하는 무한한 인내와 타인을 향한 절대적인 신뢰, 그리고 크나큰 희망을 포함하오. 폭력에 대한 굴복 같은 조항은 없소."

"이런 빌어먹을 놈이!" 자그담바 팔이 모한 쿠마르에게 달려든다. 복서 출신의 주먹이 모한 쿠마르의 얼굴을 강타하자 전직 관료의 입에서 피분수가 터진다.

"오, 라마여!" 모한이 비명을 지르며 쓰러진다. 샨티도 비명을 지른다. 자그담바 팔은 한동안 서서 자기가 한 짓을 후회하다 황급히 자동차로 들어간다.

"간디 바바가 맞았다!" 고함 소리가 덤불숲에 번진 불처럼 군중 사이로 퍼져나간다.

"저 개자식을 죽여! 극장도 태워버려라!" 아와데시 비하리가 외친다. 그의 추종자들이 곧바로 의원의 승용차를 쫓고 극장을 향해 달려간다.

모한 쿠마르의 신내림

"잠깐…… 기다리시오!" 하지만 모한의 외침에 관심을 갖는 사람은 아무도 없다. 몇 초 후, 극장 문이 뜯기고 폭도들이 그 안으로 파도처럼 밀고 들어간다. 그리고 10분이 지나자 극장 안에서 검은 연기가 치솟는다. 관객들이 놀라 달려나온다. 곧이어 앰뷸런스와 소방차 사이렌이 울려 퍼진다.

경찰 밴이 끽 소리를 내며 극장 앞에 멈춰 서더니 경찰들이 토끼처럼 뛰쳐나와 카빈총을 모한 쿠마르에게 겨눈다. 그에게 다가오는 형사 옆에 극장 매니저가 붙어 있다.

"이자요?" 형사가 손가락으로 모한을 가리킨다.

"네, 형사님. 간디 바바라는 작자인데 극장을 파괴한 주동자죠." 매니저가 외친다.

형사가 곤봉으로 자기 손바닥을 두드린다.

"당신은 체포되었다. 간디 바바."

"체포? 무슨 이유로?" 모한이 묻는다. 그는 멈추지 않는 코피때문에 손수건으로 코밑을 틀어막고 있다.

"307조 살인 미수, 425조 사유재산 침해, 337조 타인의 안전을 위험에 빠뜨린 죄. 그리고 153조 폭동 주도. 이봐, 당신 어릿광대 짓도 그만하면 충분해."

"하지만 난 간디 바바가 아니라 모한 쿠마르다. 전직 수석 차관이란 말이야." 그가 거만하게 내뱉고는 자리에서 당당히 일어선다.

"당신이 누구든 상관없다. 어서 데려가." 그가 부하들한테 지시한다.

델리 서부의 티하르 구치소는 일곱 개의 감방 구역으로 이루어져 있다. 원래는 7천 명을 수용하게 되어 있으나 지금은 1만 3천 명의 죄수가 갇혀 있고 그중 9천 명은 재판을 기다리고 있다.

소장은 이중 턱에 머리는 백발에 가까운 뚱보다. 죄수복을 입고 그의 앞에 선 모한은 치솟는 분노로 어쩔 줄을 모른다. 소장이 교활한 미소를 짓는다.

"어서 오십쇼. 이곳에 고위 관료를 모시는 경우는 아주 드문데…… 영광입니다."

"자네도 알겠지만 여긴 내가 있을 곳이 아니네. 내게 사 개월 구금형을 내린 판사는 아무래도 정신감정을 받아야겠어. 어쨌든 내 친구인 경찰청장의 전화는 받았겠지?"

소장이 고개를 끄덕인다.

"네, 청장님께서 나리를 잘 모시라고 지시하셨습니다. 그래서 바블루 티와리와 함께 지낼 특수 감방을 마련해뒀답니다."

"바블루 티와리? 그 악명 높은 깡패 말인가?"

소장이 고개를 끄덕인다.

"어떻게 그게 선처라는 거지?"

"곧 아시게 될 겁니다. 이곳 티하르에선 모든 게 겉모습과 다르니까요. 자, 제가 직접 방을 안내해드리죠."

그는 모한을 데리고 좁은 복도를 지난다. 그의 손에서 무서운 열쇠꾸러미가 쩔겅거린다. 구치소는 깨끗하고 잘 정돈된 듯 보이지만 어디에서나 시큼한 냄새가 난다. 그러니까 병원의 톡 쏘는 냄새와 정육점의 쾌쾌한 냄새를 대충 버무린 듯한 냄새다. 그들은 죄수늘이 줄을 서서 운동 중인 안마당을 지난다.

"티하르에서는 죄수들을 교화하기 위해 최선을 다하고 있습니다. 비파사나 명상*과 요가 같은 프로그램도 도입했고 훌륭한 도서관과 독서실도 운영하고 있죠." 소장이 자랑스럽게 말한다.

감방은 구치소 남쪽 끝에 있다.

"감방은 모두 가로 이 미터, 세로 삼 미터 크기인데 이 방이 제일 크죠. 감방 두 개를 하나로 합했으니까요. 자, 시설을 보시죠." 소장이 철창문을 열고 죄수를 안으로 인도한다. 모한이 놀라서 눈을 깜박인다. 바닥에는 베이지색 카펫이 깔려 있고, 소형 컬러 TV에 미니바까지 갖춰져 있다. 2층 침대가 놓여 있는데, 아래 칸에 죄수복 차림의 남자가 갈색 담요를 둘둘 감고 잠들어 있다.

"VIP실에 오신 걸 환영합니다." 소장이 씩 웃는다.

"자네의 작은 친절에 감사하네만 이왕이면 혼자 있고 싶군그래. 이 티와리라는 친구를 다른 감방으로 보내주면 안 되겠나?" 모한이 좀체 내키지 않는 미소를 지어 보인다.

"보십쇼, 나리. 여긴 제 마음대로 방을 할당해주는 호텔이 아닙니다. 바블루 티와리가 이 특실에 있는 이유는 나리보다 더 든든한 연줄이 있기 때문이지요. 티와리, 잠깐 일어나보게."

죄수가 눈을 비비며 일어나 앉는다. 작은 키에 둥근 얼굴. 면도도 말끔하게 했다. 뻣뻣한 긴 머리칼이 이마 위로 흘러내려와 있다. 그가 두 팔을 뻗으며 기지개를 한다.

"무슨 일이오, 소장 나리?" 그가 졸린 목소리로 묻는다.

"자네 새 동료를 소개하러 왔네. 모한 쿠마르, 전직 수석 차관님

---

* 마음을 한 곳에 집중해 평화를 얻기보다는 여러 현상을 관조함으로써 통찰력을 얻는 수행법.

이셔."

바블루 티와리가 신기하다는 듯 그를 바라본다.

"사람들이 간디 바바라고 부르는 그 친구?"

모한은 아무 말도 않고 소장이 고개를 끄덕인다.

"맞아, 티와리. 이런 특별한 분을 모시는 것도 우리 구치소의 영광이지."

"나를 교화하려 달려들까봐 겁나는군. 어쨌든 소장님, 내 휴대폰에 넣을 SIM 카드는 구했습니까?"

"쉿. 벽에도 귀가 달렸다잖나. 내일 보내준다고 했네." 소장이 좌우를 두리번거리며 대답한다.

철문이 철그렁거리며 닫힌다. 그 진동에 모한의 머릿속은 소장이 떠난 후에도 오랫동안 흔들린다. 바블루 티와리가 코를 훌쩍거리며 오른손을 내민다.

"안녕하쇼?" 모한은 닻과 뱀으로 가득한 문신을 본다. 그뿐 아니라 그의 주름진 팔엔 찢기고 뜯긴 상처투성이다. 모한은 입만 삐죽일 뿐 손을 마주 내밀진 않는다.

"좋으실 대로 하시구랴." 바블루는 이렇게 말하고 앞주머니에서 노키아를 꺼낸다. 그리고 휴대폰 버튼을 누르더니, 사타구니를 긁적거리며 두 다리를 꼰 다음 이내 소곤소곤 얘기를 시작한다.

모한은 머뭇거리며 위층 침대로 오른다. 시트는 잔뜩 얼룩이 져 있고 매트리스도 군데군데 뭉쳐 있다. 방의 습도가 높아 벽 여기저기도 얼룩이 졌다. 문틈으로 들어오는 냉기 또한 만만치 않다. 담요를 잔뜩 끌어올려 덮어보지만 보풀이 심해 온몸이 가려워진다. 그는 울고 싶은 마음을 간신히 참아낸다.

무한 쿠마르의 신내림 169

정오에 철제 식판에 담긴 점심 식사가 배급된다. 두꺼운 로티 빵 네 조각과 야채 스튜, 그리고 달 수프* 한 그릇이다. 맛도 없고 식욕도 없는 탓에 모한은 로티 한 조각만 먹고 식판을 옆으로 밀어 놓는다. 아래쪽의 바블루 티와리는 아예 손도 대지 않는다.

모한은 침대에 누워 잡지를 읽는 척한다. 허기가 뱃속을 긁기 시작한다. 어느 순간엔가 잠이 들어 버터 치킨과 위스키를 먹는 꿈을 꾸는데, 눈을 떠보니 코앞에 황금주 한 잔이 떠다니고 있다. 몸에서 떨어져 나온 듯한 머리 하나가 잔 주변을 가득 채우고 있다. 바블루 티와리가 위를 엿보고 있는 것이다.

"한잔 안 드시겠소?"

"그게 뭐지?" 그가 자존심을 굽히고 되묻는다.

"스카치 이십오 년산."

그가 거의 무의식적으로 마른 입술을 핥는다.

"글쎄, 한 잔 정도라면." 그는 자신의 나약함을 나무라며 중얼거린다.

"그럼 건배하죠. 바깥에서야 얼마든지 간디주의를 외쳐도 좋수다. 난 상관 안 하니까."

두 사람이 잔을 부딪치자 얼음이 달그락거린다.

오후 4시. 감방이 다시 열린다.

"나가죠. 바람이나 쐽시다요." 바블루가 말한다.

두 사람은 안마당으로 나간다. 축구장 절반 정도의 크기인데

---

* 삶은 콩에 향료를 넣고 끓인 인도의 전통 음식.

50명 정도의 죄수가 어슬렁거리고 있다. 나이도 체격도 제각각이다. 쭈그렁 영감탱이도 보이고 열다섯 정도밖에 되지 않은 애들도 적지 않다. 배구를 즐기는 무리, 라디오 주변에 몰려 있거나 그냥 앉아서 잡담을 나누는 무리도 있다. 다른 죄수들이 바블루 티와리에게 인사하는 태도를 보니 그가 두목 대접을 받는 모양이다. 단지 구석에 모여 있는 세 명만이 모른 척할 뿐이다.

"저들은 누군가?" 모한이 묻는다.

"저자들한테는 얘기도 걸지 말고 가까이 가지도 마쇼. 그 지독한 라슈카르 에 샤하다트에 소속된 외국인이니까. 작년에 레드포트 성을 폭파하려고 했던 그 테러 단체 말이오."

"그렇게 위험한 테러리스트라면 다른 곳에 수감해야 하지 않나?"

바블루가 미소 짓는다.

"이봐요, 이젠 당신도 위험인물이오."

모한이 고개를 끄덕인다.

"그래, 그렇군. 자넨 왜 여기 들어와 있는 건가?"

"어디 한두 가지겠소? 인도 형법에 있는 거의 모든 조항을 어겼으니까. 현재 모든 사건이 계류 중이지만 그래봐야 아무것도 증명하지 못할 거요. 내가 티하르에 머무는 이유는 여기 있는 게 좋아서요. 바깥보다 안전하니까."

바블루가 거친 인상의 수감자 둘과 이야기를 하는 사이, 더러운 얼굴에 짧은 머리를 한 소년이 모한에게 다가와 그의 발에 코를 대고 냄새를 맡는다.

"아니, 넌 누구냐?" 모한이 깜짝 놀라 뒷걸음친다.

"간디 바바라는 말씀을 들었습니다. 나리께 존경을 바치고 은총을 얻기 위해 왔습니다. 전 구두라고 합니다." 소년이 머뭇거리며 말한다.

"여긴 왜 들어온 거냐?" 모한이 묻는다.

"빵집에서 빵 한 조각을 훔친 죄로 벌써 오 년째 여기 있습니다. 여기 사람들은 매일 저를 때리고 화장실 청소를 시킵니다. 엄마가 보고 싶어요. 너무나요. 나리만이 절 빼주실 수 있어요." 그가 말하고는 훌쩍인다.

"소용없다. 꼬마야. 난들 대수겠냐. 기껏해야 죄수 신세인데. 내 코가 석자다. 그리고 내가 간디 바바라는 헛소리를 퍼뜨릴 생각은 하지도 마라, 알겠냐?"

그가 다른 쪽으로 달아나려는 순간 반짝이는 잿빛 눈을 지닌 매부리코 노인이 따라붙는다. "야다 야다 히 다르마시아 글라니르바바티 바라타." 노인은 산스크리트어로 말한 다음 모한을 위해 번역까지 해준다. "정의가 패배하는 곳에 당신께서 나타나 악의 군대를 무찌르옵니다. 당신께 경배를 올리나이다, 오 위대하신 마하트마. 오직 당신만이 이 나라를 구할지어다."

"당신은 또 누구요?" 모한이 짜증 섞인 목소리로 묻는다.

"티루무르티 박사 인사드리옵니다. 마두라이의 산스크리트 학자입니다."

"그리고 전문 사기꾼이라는 말씀도 하셔야죠." 바블루가 등 뒤에서 끼어든다.

"가세, 바블루. 바람은 이만하면 충분해. 한 놈은 나한테 자기를 구해달라고 하고 한 놈은 나라를 구해달라고 하고, 도대체 여기가 감옥이야 정신병원이야?" 모한이 깡패의 소매를 당기며 투덜댄다.

바블루가 키득거린다.

"사실 둘의 차이야 없죠. 광인 집단에 끼고 싶지 않으면 내 옆에 꼭 붙어 있으슈."

저녁 식사도 형편없기는 마찬가지이나 모한은 이미 허기를 견딜 수 없는 상태다. 그는 로티 네 조각을 모두 해치우고 차가운 야채 스튜도 허겁지겁 들이켠다. 바블루는 코만 킁킁거릴 뿐 거의 손대지 않는다.

"그렇게 안 먹고 어떻게 견디나?" 그가 깡패한테 묻는다.

바블루가 교활한 미소를 짓는다. 그는 쿠르타 소매로 흐르는 콧물을 훔치더니 매트리스를 들어 피하주사기를 꺼낸다.

"내 식사는 이거요." 그는 주사기를 조절하더니 바늘을 팔에 찌른다.

모한이 움찔한다.

"그러니까 마약중독자라는 얘긴가?"

그는 투여를 끝내고 숨을 내쉰다.

"아니, 중독은 아니오. 내가 코카인을 통제하지 코카인이 나를 통제하는 건 아니니까. 아아…… 여기가 천국이 아니고 뭐겠소. 혈관을 타고 흐르는 약을 능가하는 쾌감은 없다오. 한번 해보시겠소? 스카치 정도는 비교도 안 되는데."

"아니, 사양하겠네."

"난 밤에 한 번만 써요. 그럼 그날 밤과 다음 날 내내 효력이 유지되거든."

"그럼 어떻게 잠을 자나?"

"수면제 몇 알을 삼키죠."

"다행이군. 나는 잠자는 데 수면제까지 필요할 정도는 아니니." 모한은 이렇게 말하곤 담요를 머리 위까지 끌어당긴다.

"좋은 꿈 꾸쇼." 바블루가 큰 소리로 외치고는 뜬금없이 발작적인 웃음을 터뜨린다.

구치소 생활에 적응하는 과정은 느리고도 고통스럽기만 하다. 그래도 이제는 새벽 5시 30분에 일어나 아침 점호를 받고, 악취나는 변기에 앉아서도 코를 틀어막지 않고, 맛없는 차와 딱딱한 로티를 견뎌내고, 기도 모임과 요가 강의에 참여하고, 심지어 TV 드라마까지 시청한다. 대부분의 수감자가 완전히 중독된 드라마라 그도 어쩔 도리가 없다. 그는 펀자브 살인자, 구자라트 방화범, 나이지리아 마약 밀매범, 우즈벡 위조범, 남인도 사기꾼과 북인도의 강간범과도 친해진다. 체스와 알까기 시합도 한다. 구치소 도서관에서 일주일에 세 권씩 책을 빌려 읽고 일기를 쓰기 시작한다.

구치소에 머무는 동안, 그는 바블루의 스카치위스키, 매주 수요일 샨티가 싸오는 양고기 카레와 닭고기 비리아니*, 그리고 이제 곧 나가게 될 거라는 변호사들의 사탕발림으로 연명해나간다.

바블루 티와리와는 불편한 우정을 쌓아간다. 그의 우둔함과 세상사에 대한 무지에는 화가 나지만 구치소 내에서 휘두르는 권력에는 감탄하지 않을 수 없다. 바블루는 티하르에서 무관의 제왕이다. 간수들도 모두 매수나 협박을 당해 그에게 복종할 정도다. 그

---

* 볶음밥의 일종.

는 감방 안에서 자신의 제국을 통치한다. 그는 부하들의 보고를 받고 지시를 내리면서 한나절을 보내며, 납치를 계획하고, 몸값을 요구하고, 밀수 양주, 코카인, SIM 카드 따위를 접수하고, 융통성 있는 경찰이나 뇌물을 밝히는 공무원에게 배당금을 나눠준다. 그는 공무원들의 약점을 기가 막히게 잡아내며, 어떤 놈을 콜걸로, 또 어떤 놈을 현찰로 꼬셔야 하는지 정확히 파악하고 있다. 하지만 그도 송년의 밤에는 권력을 잠시 접어둔다. 구치소 간수들과 자신의 추종자들을 위해 '비밀 콘서트'를 열기 때문이다.

독서실 탁자와 의자가 모두 한쪽으로 치워지고 임시 무대가 벽에 비짝 붙여 설치된다. 독서실 가운데에 하얀 시트를 깐 다음 스티로폼 쿠션을 여기저기 놓아둔다. 한가운데에 조니워커 블랙라벨을 놓고 볶은 땅콩을 스테인리스 그릇에 담아 적당한 간격을 두고 배열하도록 미리 지시해둔 터다.

바블루는 덧베개에 기대 앉아 텀블러에 따른 위스키를 한 모금 마시고 캐슈 한 알을 입 안에 던져 넣은 후 무대의 아름다운 여자를 바라본다. 무릎 길이의 스커트와 꽉 끼는 블라우스를 입은 여자는 샤브남 삭세나의 히트 영화 모음집에 따라 동작을 연습하느라 바쁘다.

바블루의 왼쪽엔 소장이, 오른쪽엔 모한이 앉는다. 그 뒤에 구치소 간수들이 자리하고, 다시 그들 뒤로 특별히 초대받은 열다섯 명의 수감자가 앉는다. 여자가 커다란 가슴을 흔들어대자, 구경꾼들이 그녀를 바라보며 "사!" "여보" 등을 외치거나 손가락으로 추잡한 제스처를 취한다. 밤이 깊어가고 취기도 더해지면서 간수

몇이 무대에 올라가 함께 춤을 춘다. 여자의 펄럭이는 스커트를 잡으려던 간수 하나가 엉덩방아를 찧는다. 바블루도 무용수한테 달려가 백 루피 지폐를 뿌려댄다. 간수는 너그러운 표정으로 이를 지켜보다 이따금 팔목에 찬 롤렉스 시계를 힐끔거린다. 그날 아침 바블루가 준 선물이다.

"기가 막히군요, 바블루! 감옥 안에서 이런 장관을 보게 될 줄은 상상도 못했다오." 티루무르티 박사가 두목에게 아부를 떤다.

"내 인생관이 바로 '신나게 즐겨라' 아니오?" 바블루가 활짝 웃으며 모한을 바라본다. "그래, 쿠마르, 새해를 맞기에 티하르도 나쁜 곳은 아니지요?"

"그래, 자네 말이 맞는 것 같군. 건배!" 모한이 동의한다.

자정 직전, 모한은 화장실에 가려고 밖으로 나온다. 차가운 돌풍이 얼굴에 닿자 저도 모르게 파르르 온몸이 떨린다. 추운 밤이지만 하늘은 폭죽과 불꽃놀이로 화려하기만 하다. 안마당을 가로지르는데 희미하게 부스럭거리는 소리가 들리더니 갑자기 뒤에서 커다란 손이 나와 그의 입을 틀어막는다. 그는 죽을힘을 다해 빠져나오려 허우적댄다. 그 순간 차고 딱딱한 총구가 허리춤을 찌른다.

"한 번만 더 움직였다가는 내장이 모조리 날아갈 거다, 알았나?"

그림자 두 개가 어둠 속에서 빠져나와 그의 옆에 붙는다. 그들의 얼굴을 확인한 순간 입이 바짝 타들어간다. 그 지독하다는 라슈카르 에 샤하다트, 즉 순교단의 테러리스트들이 아닌가!

세 남자는 그를 정문 쪽으로 끌고 간다. 안마당은 텅 비어 있다. 보초병까지 모두 춤판에 가버려 정문에는 당번병 혼자만 남아 있다. 그는 라이플총을 다리에 기대놓고 하늘의 불꽃놀이를 넋 놓고 올려다보고 있다. 테러리스트 두목이 살금살금 다가가 능숙한 솜씨로 그의 목을 잡고 땅바닥에 처박는다.

"이…… 이…… 너희들 감방에서 나와 뭐 하는 거야?" 겁에 질린 당번병이 버벅거린다.

"닥치고 문이나 열어!" 두목이 으르렁댄다. 동료 하나가 라이플총을 집어 보초병을 겨눈다.

당번병은 벌벌 떨며 바지 주머니에서 열쇠꾸러미를 꺼내 맹꽁이자물쇠에 넣고 돌린다. 드디어 정문이 활짝 열린다. 그 순간 두목이 권총 손잡이로 당번병을 가격한다. 그가 맥없이 허물어진다.

무한이 온몸을 비르르 떤다.

"제발 살려만 주시오." 그가 사정한다. 두목이 웃는다. 그리고 곧바로 그의 머리에 끔찍한 통증이 일고 온 세상이 새까매진다.

의식을 찾고 보니 간호사가 그를 내려다보고 있다.

"여기가 어디요?" 모한이 묻는다.

"의무실이에요." 그녀가 대답한다.

그는 협탁 위의 신문을 집어 든다. 1면에 그의 사진이 실려 있다. '티하르의 대담한 탈옥─간디 바바 중상'이라는 헤드라인이다. 그는 그 밑의 기사도 읽는다. "악명 높은 3인조 테러리스트가 어떻게 정문을 뚫고 나갈 수 있었는지에 대해 간수들은 횡설수설로 일관했다. 모두 만취 상태였기 때문이다. 게다가 사건이 있던 시각, 그들은 구치소 안에서 가바레 쇼를 보고 있었다. 테러리스트들이 어떻게 감방을 빠져나왔고 티하르 내에 무기를 반입했는지에 대한 수사가 진행 중이며 구치소 운영에 대해서는 대쇄신 명령이 내려졌다."

정부의 조치는 신속하다. 소장은 정직당하고 구치소 간수 열여덟 명도 다른 곳으로 전속되고, 엄격하기로 소문난 소장이 새로 임명된다. 바블루 티와리와 모한 쿠마르 역시 호사스런 특실에서 좁은 일반 감방으로 밀려난다.

조폭 두목은 탈주자들을 원망한다.

"개자식들 때문에 이게 무슨 꼴이야. 이 새끼들한테 휴대폰도 빼앗겼는데 라디오와 TV까지 금지당하다니. 이런 시궁창에서 날더러 어떻게 살란 말이야!"

"『기타』에서는 집착을 버리고 신과 인류의 안녕을 위해 헌신하라고 말씀하신다네." 모한이 말한다.

"『기타』가 뭐요?"

"『기타』는 세상의 진리를 읽는 열쇠라네. 비폭력을 이해하고 육신을 통해 자아를 깨닫는 비밀을 가르치지."

"도대체 웬 개소리요, 모한?"

"진정한 진화는 우리 자신을 무로 환원하는 데서 비롯되는 걸세."

"이 양반 미친 거야?" 바블루가 티루무르티를 돌아본다.

"아뇨, 바블루. 그보다는 지금껏 감추고 있던 지식을 드러낸 것이라고 봐야 하오. 우린 지금 간디 바바의 부활을 목격하는 중이라오."

"아주 편리하군. 특실에서 내 위스키를 축낼 땐 양심의 가책 하나 없더니, 이제 똥구덩이에 빠지니까 간디 바바로 변신해? 장담하건대, 이 양반 진짜 사기꾼이야."

"이 기사 보셨소, 바블루? 비키 라이 사건의 판결이 2월 15일로 연기되었다는군요." 티루무르티가 신문의 한 곳을 가리킨다.

"판결을 언제 하든 그게 무슨 상관이야? 어차피 결과는 뻔한데." 바블루가 손짓으로 신문을 물리친다.

"이 나라에 정의가 없긴 하죠. 간디 바바 같은 성인은 감옥에 있고 살인자 비키 라이는 보석으로 풀려나는 판이니." 티루무르티가 한숨을 내쉰다.

비키 라이를 언급하자 모한 쿠마르가 갑자기 긴장하며 눈썹을 찡그리고 두 눈을 크게 뜬다.

"비키 라이…… 비키 라이…… 비키 라이……" 그가 말 그대로 비 맞은 땡중처럼 중얼거린다.

"이 사건에 전 재산이라도 걸겠수다. 비키 라이가 자유롭게 걸어 나가지 못하면 내 당신힌데 백만 루피를 주시." 바블루가 선언한다.

"내가 진 걸로 하죠." 티루무르티가 고개를 끄덕인다.

"그게 무슨 망언들이오. 인도가 아직도 영국의 지배를 받는 것처럼 말하다니. 물론 당시에는 십중팔구 정의가 거부되었소. 하지만 지금 이 나라의 주인은 바로 우리요. 비키 라이는 정당한 대가를 받을 거외다. 우린 법을 신뢰해야 하오."

"좋소, 간디 바바. 2월 15일에 누구 말이 맞는지 봅시다." 바블루가 말하며 가볍게 몸을 떤다.

"열이 있는가?" 모한이 걱정스럽게 묻는다.

"아니, 그냥 지나가는 한기일 뿐이오." 바블루가 대답한다.

그후 이틀 동안 바블루의 행동이 점점 이상해진다. 사소한 일에도 짜증을 내고, 구토 증세를 보이고, 시각 장애를 호소하거나 발작적인 경련을 일으키는가 하면, 느닷없이 티루무르티를 밀정으로 지목하며 그와 거리를 두라는 경고까지 한다. 이제는 아예 식사도 전폐하고 감방에서 한 발짝도 나가려 하지 않는다. 밤이면 잔뜩 웅크린 채 끔찍한 통증에 시달리는 사람처럼 돌바닥을 굴러다닌다.

티루무르티는 한눈에 증세를 알아본다.

"바블루는 금단현상에 시달리는 겁니다. 어떻게든 코카인을 구해줘야 해요. 안 그러면 죽고 말 거예요."

"내 생각은 다르오. 환자의 악에 영합하는 의사는 자신과 환자를 망칠 뿐이라오. 바블루한테 필요한 건 마약이 아니라 친절과 사랑이오." 모한이 단호하게 선언한다.

다음 날 모한은 기도회에 참석해 상당한 반향을 일으킨다. 그는 마약중독의 해악, 신앙의 중요성, 금욕의 은혜에 대해 길고도 감명 깊은 강연을 한 다음, 수감자 개개인과 인사를 나누고 그들의 생활과 구금 기간에 대해 일일이 묻는다. 특히 사람들의 건강에 관심을 갖고 복통을 호소하는 수감자한테는 몇 가지 민간요법을 소개하기도 한다. 그후 그는 도서관도 자주 이용하고, 바잔*을 들려주기 위해 음향 기기도 점검한다. 그리고 점심 시간에 염소젖을 먹게 해달라는 청원도 한다.

---

* 신을 찬미하는 노래.

그는 다시 바닥에서 잠을 자기 시작한다. 자기 변기뿐 아니라 다른 수감자의 변기까지 기꺼이 청소해주고, 일주일에 한 번은 철저히 금식을 지키며, 말을 삼가면 마음의 평화가 온다는 등의 진리를 설파하기도 한다.

감옥은 지도자가 탄생하기에 훌륭한 곳이다. 사회와 마찬가지로, 엄격한 감옥 생활을 견디기 위해 사소한 희망에 집착하는 경향이 있기 때문이다. 간디 바바는 빠른 속도로 내면보다 수행자들 서느리게 되는데, 그중 최고 제자는 단연 금단현상에서 완전히 벗어난 조폭 두목 바블루 티와리다.

"세상에서 사상 힘든 일이 뭔지 아십니까, 간디 바바?" 그가 어느 날 저녁 모한에게 이렇게 묻는다.

"뭐지?"

"종교를 버린 자의 신앙심을 일깨우는 겁니다. 신의 자비에 눈을 뜨게 해주신 것만으로도 스승님께 영원한 은혜를 입었다는 말씀입니다."

"그럼 내일 기도회에서 나와 함께 〈바이슈나브 자나토〉*를 불러 줄 텐가."

"그뿐이겠습니까. 이제 머리도 깎고 채식만 할 생각입니다."

"잘됐군. 이제 자네가 범죄행위만 그만둔다면……"

"이제 손 털었다고 생각해도 됩니다, 간디 바바. 조직폭력배 바블루 티와리는 죽었습니다. 더이상 총을 들지 않겠습니다."

---

* 간디가 제일 좋아했다는 성가.

몇몇 수감자들이 바블루를 따라 채식주의자가 되는 바람에 구치소 관리들은 결국 식단을 다시 짠다. 모한은 수감자들에게 그림을 그리도록 격려하고 그 그림을 티루무르티의 처남이 만든 웹사이트를 통해 팔게 한다. 여수감자 동에 연사로 초대받아서는, 그들에게 스낵과 간식거리를 만들어 '바푸의 선택'이라는 브랜드로 시장에 내놓게 한다.

신문들이 모한의 개혁에 대한 사설을 싣기 시작한다. 뒤늦게 그의 제자가 된 영국인 마약 밀매업자 마크와 앨런이 공저로 스승의 전기를 집필하기 시작한다. 첸나이 대학은 모한을 노벨평화상 후보로 추대하는 결의안을 만장일치로 채택한다.

2월 15일이 다가오면서 구치소의 대화 주제도 하나로 통일되는 분위기다. 비키 라이 사건의 선고 공판. 판결 바로 전날, 모한은 잠을 이루지 못하고 혼자서 감방 안을 어슬렁거린다.

다음 날, 점심 식사 직전 모한은 수감자 일행을 이끌고 소장실로 향한다.

"무슨 일인가? 무슨 일로 이렇게 떼거리로 몰려온 거야?"

"서커스를 보기 위해 왔소." 티루무르티가 대표로 말한다.

"무슨 서커스?"

"비키 라이 재판." 이번엔 바블루다.

"오, 상관없지. 나도 판결을 지켜볼 참이니까." 소장이 리모컨 버튼을 누르자 책장 위에 놓인 낡은 TV가 깜빡거리며 켜진다.

실제로 모든 채널이 델리 법정을 생방송하고 있다. 소장이 ITN

에 채널을 맞추자 바르카 다스가 화면을 가득 채운다. 그녀는 파란색 살와르 카미즈* 위에 황록색 사진기자용 조끼를 걸치고 있다.

"오늘은 인도 사법사의 이정표가 되는 날입니다. 미국이 O. J. 심슨의 판결을 숨죽여 기다렸듯이 인도 국민 또한 비키 라이 사건에 비상한 관심을 기울이고 있습니다. 제 뒤로 보이는 법원 안은 발 디딜 틈조차 없으나, 시청자 여러분께 생생한 소식을 전하기 위해 우리 ITN의 슈브란슈 굽타 기자가 안에 들어가 있습니다. 슈브란슈 기자, 판사가 선고문을 낭독했습니까?"

그녀는 고개를 기울여서 이어폰으로 소식을 전해 듣고 있음을 보여준다. 이윽고 그녀가 얼굴을 찡그리며 고개를 든다.

"지금 막 법정에서 전해진 소식에 의하면 비키 라이는 루비 질 살인에 대해 면소 판결을 받았습니다."

아! 하는 탄성이 무리에서 터져나온다. 소장이 TV를 끈다.

"늦었지? 만족하나? 자, 이제 모두 감방으로 돌아가." 그는 심기가 불편한지 퉁명스럽게 말한다.

바블루 티와리가 티루무르티에게 윙크를 한다.

"내가 뭐라고 했어요?"

"저자도 나오는데 우린 왜 여기서 썩어야 하는 거야?" 티루무르티가 투덜댄다.

"영감네 아버지는 우타르프라데시의 내무 장관이 아니잖소?"

모한은 현기증이 난다. 그는 넘어지지 않기 위해 바블루의 팔에 의지한다.

---

*미혼 여성의 활동복으로 애용되는 긴 상의와 품이 넓은 바지 차림.

"한 말씀 하시죠, 간디 바바." 몇몇 수감자의 요청에도 그는 아무 말 하지 않는다.

3일 동안 모한은 식사도 거부하고 감방에서 나오지 않는다. 그저 하루 종일 침대에 누워 멍하니 천장을 바라볼 뿐이다.

"뭐라도 드셔야죠, 간디 바바. 스승님이 단식한다고 해서 루비 질의 복수가 이루어지는 건 아닙니다." 바블루가 애원을 한다.

"루비 질의 복수를 하는 방법은 하나밖에 없다." 그가 마침내 입을 연다.

"그게 무엇입니까?"

"비키 라이가 죽는 것." 그가 조용히 말한다.

바블루가 귀를 손가락으로 후빈다. 뭔가 잘못 들은 모양이라고 생각한 것이다.

"비키 라이가 죽어야 해." 모한이 반복한다.

"그런 말씀을 하시다니 의외입니다, 간디 바바." 바블루가 말한다.

"하지만 비겁과 폭력밖에 선택의 여지가 없다면 난 언제나 폭력을 선택해야 한다고 얘기했다. 살인자가 또 살인을 하도록 방치하는 것보다는 살인자를 죽이는 게 훨씬 낫지 않겠느냐? 불의를 용인하는 자 또한 불의를 행하는 자만큼 나쁘다. 나를 위해 마지막 일을 해주겠느냐?"

"스승님을 위해 제 목숨을 바칠 각오가 되어 있습니다. 그저 말씀만 하십시오."

"비키 라이를 죽여라."

"비키 라이를 죽이라고요? 제가 죽어야 할 이유는 많습니다만, 아직 누굴 죽여야 할 이유는 찾지 못했는데요, 간디 바바."

"내 가르침을 나한테 돌려줄 필요는 없다, 바블루."

"단순한 가르침이 아닙니다, 간디 바바. 그건 제 신념입니다. 스승님께서 저를 바꿔놓으셨잖습니까."

"네가 하지 못한다면, 내가 직접 하겠다."

"농담이시겠죠."

"나 지금 아주 진지하다. 너에게 총을 사용하는 방법은 가르쳐 줄 수 있겠지?"

"그건 어렵지 않습니다. 사격도 가르쳐드리고, 좋은 총도 구해 드리고, 때가 되면 티하르에서 나갈 수 있게 조치도 취해드리겠습니다. 하지만 두 달만 지나면 스승님의 분노도 가라앉지 않겠습니까?"

"그때까지 티하르에 남아 있을 생각은 없다."

"예? 설마 탈옥을 생각하시는 건 아니겠죠? 밤에 터널이라도 파 놓으셨습니까?"

"아니다. 탈옥에 꼭 터널이 필요한 건 아니야. 나는 정문을 통해 나갈 생각이다."

"특별한 계획이 있으십니까, 간디 바바?"

"두고 봐라, 바블루. 두고 봐. 하지만 우선 내가 수감자 모두와 회의를 할 수 있도록 주선해다오."

일주일 후, 티하르에서 대규모 비협조 운동이 일어난다. 수감자들이 요리와 청소와 목욕을 거부하고, 환경 개선, 인권 보장, 구치소 관리의 착취 금지를 요구하고 나선 것이다.

소장도 마음이 편치는 않다.

"왜 이러는 겁니까, 쿠마르 씨?" 그가 묻는다.

"국가가 무법과 부패의 온상이 될 경우 시민 불복종은 신성한 의무입니다." 모한이 대답한다.

소장은 강경책을 써보지만 수감자들은 꿈쩍도 하지 않는다. 파업이 열흘째에 접어들자 정원은 죽어가고 화장실은 악취가 진동한다. 안마당에도 쓰레기가 쌓이고 교실마다 먼지가 가득하다.

마침내 구치소 관리들과 고위 관리들의 긴급회의가 열린다. 그리고 일주일 후 모한 쿠마르는 티하르에서 조기 석방된다. 샨티가 구치소 밖에서 그를 기다리고 있다. 수백명의 지지자가 그를 향해 "간디 바바 만세!"를 외친다. 승용차, 버스, 자전거가 그를 호위하면서 집으로 가는 내내 경적을 울리고 차임벨을 딸랑거린다. 집에 다다른 그는 불의와의 전쟁에 대해 길고도 절박한 연설을 한다.

며칠 후, 애꾸눈 사내 하나가 꾸러미를 들고 그를 찾아온다.

"바블루 티와리 님의 심부름입니다. 조용히 얘기할 곳이 있습니까?" 사내가 모한에게 묻는다.

두 사람은 정원으로 나간다. 애꾸눈이 꾸러미를 풀고 반짝이는 피스톨을 꺼낸다.

"이건 발터 PPK 32구경입니다. 이쪽 계열에서는 최상품이죠. 제임스 본드가 사용한 것과 같은 종류입니다."

"값은 얼마인가?"

"돈을 받지 말라는 바블루 님의 엄명이 있었습니다. 이건 그분의 선물입니다."

"총알은?"

"탄창은 가득 차 있습니다."

모한은 오른손으로 총을 들고 무게를 가늠해본다.

"쏴봐도 되겠나?"

사내가 주위를 둘러본다.

"여기, 정원에서요?" 그가 이해할 수 없다는 표정을 짓는다.

"안 될 것 없잖은가?" 모한은 안전장치를 풀고 정자의 나무 난간에 놓인 빈 콜라병을 겨냥한다. 그가 방아쇠를 당기자 귀가 멍할 굉음과 함께 유리병이 박살난다. 그는 만족스러운 듯 고개를 끄덕이고는 연기나는 총구를 입으로 훅 분 다음 총을 쿠르타에 끼워 넣는다.

샨티가 정원으로 달려나온다.

"무슨 일이죠? 총소리가 나던데. 도대체 누가……"

"바, 당신은 너무 생각이 많아 탈이오. 죽음은 언제라도 축복을 받지만 전사가 대의명분을 위해 싸우다 죽으면 그 축복은 두 배가 된다오. 진실은 그런 것이오." 그가 차분하게 말한다.

그날 저녁 금박 카드가 도착한다. M. F. 후세인[*]의 그림이 그려진 카드다. 그 안엔 '비키 라이가 자축 디너쇼에 당신을 초대합니다. 3월 23일. 넘버 6'이라고 쓰여 있다.

그가 카드를 읽으며 음흉한 미소를 짓는다.

---

[*] 현존하는 인도 화가 중 가장 유명한 화가.

2
메라울리에 피어난 사랑

벼락부자가 되는 방법에는 세 가지가 있다. 집안의 유산을 물려받거나, 은행을 털거나, 난데없는 횡재를 하는 것이다. 횡재란 로또 복권에 맞는 경우, 아니면 포커 게임에서 기가 막힌 패를 건져내는 경우를 말한다. 난 이틀 전 쓰레기통에서 횡재를 만났다.

쓰레기통에서 서류가방을 회수한 후 나는 버스를 잡아타고 사원의 숙소로 돌아갔다. 엄마는 부엌에 있고 참피는 TV를 보고 있었다. 나는 방 안으로 들어가 가방을 감춰놓을 만한 장소를 찾았으나 코딱지만 한 단칸방에 적당한 곳이 있을 리 없었다. 결국 매트리스 밑에 넣을 수밖에 없었는데 그 때문에 매트리스 가운데가 임산부 배처럼 불룩해졌다.

그날 밤 늦게, 엄마와 참피가 잠이 들자 나는 가방을 꺼내 다리 사이에 끼운 채로 손전등의 도움을 받아 돈을 세기 시작했다. '1000'과 '500'이라고 적힌 지폐 뭉치가 스무 개, 모두 은행에서

막 찍혀 나온 새 돈이다. 나는 첫째 뭉치를 집어 들었다. 1000, 2000…… 10000, 15000…… 50000. 한 번도 써본 적이 없는 0의 개수에 머리가 돌 것만 같았다. 열두번째 다발을 마칠 즈음엔 손가락까지 욱신거렸다.

뿌듯한 행복감이 전신을 휘감았다. 최고급 헤로인보다 더 끝내주는 쾌감이었다. 이제 내 수중에는 7대 조상이 대대로 벌어놓은 재산을 다 합친 것보다 더 많은 돈이 있다. 어찌 이보다 더 기쁠 수 있겠는가? 하지만 이런 행운과 행복에도 불구하고 걱정거리가 없는 건 아니었다. 누군가가 가방 꺼내는 걸 목격하고 경찰에 신고했으면 어쩌지? 강도가 들어와서 가방을 훔쳐가면? 사람이 절박해지면 무슨 일이 벌어질지 모른다. 인근의 산제이 간디 슬럼엔 5천 루피만 줘도 사람의 목을 벨 살인청부업자가 부지기수다. 가방을 손에 넣을 수만 있다면 그들은 무슨 짓이든 할 것이다. 부자들이야 돈을 은행에 두고 집에도 24시간 경비와 경보 시스템을 갖추고 있으니 편히 잠을 자겠지만, 가난한 자가 무슨 재주로 돈을 감출 수 있단 말인가. 나는 초조해서 식은땀을 흘렸고 밤에는 잠을 이루지 못했다.

돈이란 참으로 기묘한 존재다. 너무 많아도, 너무 없어도 고민이니.

공립학교 시절, 하리 프라사드 사이니라는 선생이 있었다. 그는 학생들과 종종 심리 게임을 즐겼는데, 언젠가 "지금 당장 십만 루피가 생긴다면 어떻게 하겠니?" 하고 질문을 던진 적이 있었다. 랄란은 장난감 가게를 통째로 사버리겠다고 대답했고, 어떤 아이는 초콜릿을 사먹겠다고 했다. 그리고 난 엄마한테 모두 주겠다고 대답했다. 하지만 실제로 십만 루피보다 훨씬 많은 돈이 생긴 지금, 절대로 하지 않을 일이 바로 이를 엄마한테 알리는 것이다. 엄마는 나를 경찰서로 끌고 가 "형사 나리, 내 아들놈이 어디서 이 돈을 훔쳤는지 알아내주세요" 하고 고발하고도 남을 사람이다.

참피한테도 얘기하지 않을 생각이었지만 이틀이 지나자 그건 불가능하다는 사실을 인정해야 했다. 동생이 모르는 비밀을 만든 적은 한 번도 없었다. 그래서 엄마가 허드렛일을 하러 사원으로 갔을 때 난 참피를 방 안으로 불러들였다.

"네 수술을 할 수 있는 돈이 생겼어."

"얼마나?"

"병원비보다 훨씬 많이."

"난 수술 안 해. 지금 이대로가 좋아." 참피가 말한다.

거짓말이다. 자신이 아니라 엄마를 위해서라도 수술을 거부하진 않을 것이다. "누가 참피와 결혼하겠니? 저런 꼬락서니를 하고 있는데?" 엄마는 늘 이런 식으로 안달복달하지 않았던가.

엄마 말이 옳다. 누가 참피와 결혼하겠는가? 그녀는 걸어다니는 재앙이다. 세상에서 가장 상냥한 동시에 가장 못생긴 소녀. 얼굴의 아래쪽 반이 기이하게 일그러진 언청이에다 왼팔은 완전히 무용지물이고, 두 뺨은 곰보투성이이다. 불행 중 다행이라면 박쥐처럼 눈이 안 보여 자신의 모습을 볼 수 없다는 것이다. 그럼에도 그녀는 이 동네에서 가장 유명하다. 잡지와 신문에도 가끔 사진이 실리고 심지어 CNN에도 나온 적이 있을 정도다.

참피는 전 세계에 '보팔의 얼굴'로 알려져 있다. 20여 년 전 보팔에서 대형 산업재해가 있었다. 유니언 카바이드 공장에서 유출된 유독성 메틸이소시안 가스를 마신 사람들이 모두 죽거나 장님이 되거나 미쳐버린 사건이다. 당시 보팔에 살던 참피의 엄마 파티마 비도 중독되었는데, 그녀는 그 사실을 몰랐다. 참피가 태어난 건 그로부터 5년 후였다. 의사들은 파티마 비에게 가스 중독으로 인해 아이가 장님에 기형이 되었다고 말해주었다. 그놈의 가스가 5년 동안이나 몸 안에 있으면서 어떻게 파티마 비를 건드리지 않았는지는 여전히 의문이지만, 어쨌든 불쌍한 참피가 태어나는 순간 가스가 그녀에게 공습을 가한 건 틀림없는 사실이다.

  사건 당시 가스에 중독된 사람들한테는 정부의 보상이 따랐으니, 이후에 피해를 입은 파티마 비 같은 사람은 그에 해당되지 않았다. 그래서 그녀는 보상을 받기 위해 '보팔의 성전(聖戰)'이라는 조직에 가입했다. 이 나라 돌아가는 꼴이 다 그렇지만, 그 사건도 기적적 결과 없이 20여 년을 끌고만 있다. 그 바람에 파티마 비는 석 달에 한 번씩 델리로 와서 대법원을 순회하고 한두 건의 집회에 참여하고 다시 보팔로 돌아가곤 했다. 그리고 10년 전에 남편 안와르 미안과 참피를 데리고 델리로 아예 이사 오기로 결심했다. 그들이 정착한 곳은 메라울리의 산제이 간디 슬럼으로 지금도 방글라데시 난민들이 득시글거린다. 안와르 미안은 마히팔푸르의 시멘트 공장에 취직했다. 음울한 성격인 그는 사람들과 거의 말도 섞지 않았으며, 하루도 거르지 않고 말술을 들이켜고 줄담배를 피웠다. 어느 화창한 날, 평소처럼 회사에 출근했다가 집에 돌아온 그는 그만 그날 밤을 넘기지 못했다. 의문의 심장마비.

  참피를 혼자 키우는 건 파티마 비에게 큰 부담이었다. 그녀는 생계를 위해 바느질을 시작했는데 엄마와 연이 닿은 것도 그 때문이다. 엄마는 그녀한테 내 셔츠 두어 벌을 주문한 적이 있었다. 그녀는 훌륭한 재단사였다. 그녀가 만든 셔츠는 그 어떤 옷보다 내 몸에 잘 맞았다. 하지만 불행히도 파티마 비는 끊임없이 병에 시달려야 했고, 결국 3년 후 참피만 남긴 채 결핵으로 세상을 떠났다. 보팔의 성전 조직원들이 사원에 온 것도 그쯤이었다. 한 달에 3백 루피(차후에 4백 루피로 인상되었다)를 받고 참피를 맡아줄 가족을 찾기 위해서였다. 아무도 선뜻 나서지 않던 그때 엄마가 참피를 맡겠다고 했다. 병든 뱀이라도 데려다 키울 만큼 천사표인 엄마는 그녀를 보자마자 친딸처럼 안아주었다. 사원 당국에서 약간 불만을 갖기는 했다. 헌금을 빼내곤 하는 치사한 중놈이 하나 있었는데, 그는 힌두 사원이 이슬람 소녀의 피난처가 될 수 없다는 이유를 들어 난색을 표했다. 하지만 엄마의 결심은 단호했다. "무슨 종교인이 그래요? 인간의 도리에도 종교가 있답니까?" 엄마의 호통에 그자도 입을 다물었다. 그후로 참피와 엄마와 나는 사원 뒤의 집에서 함께 살았다. 나는 그녀를 동생으로 여기기로 했다. 보팔의 성전 조직원들은 엄마에게 매달 양육비를 지급하고, 매년 12월 3일에 참피를 어디론가 데려간다. 소위 보팔의 성전일이다. 그들은 어마어마한 규모의 집회를 개최해 참사에 대한 관심을 환기시킨다. 그래서 이따금 끔찍한 의상을 선보이기도 했는데 지난해엔 해골 복장이 등장했다. 어쨌든 어떤 경우에도 행사의 스타는 늘 참피다. 사람들에게 보팔의 공포를 상기시키는 데 어떤 분장도 필요 없는 소녀.

 참피가 처음 우리와 살기 시작했을 때 엄마는 언젠간 얼굴을 고쳐주겠다고 약속했다. 심지어 성형 전문의를 찾아가기까지 했다. 의사는 수술에 30만 루피라는 천문학적 비용이 들 거라고 말했고, 돈이라는 현실적인 장벽이 개입한 후로 우리는 참피의 얼굴에 대해 더이상 이야기하지 않았다. 우리가 그녀의 기형을 받아들였듯 그녀도 우리의 무력함을 이해해주었다.

이제 그 오랜 희망에 다시 불을 지피려 하는데 참피는 완고하기만 하다.

"악당의 돈으로 팔자 고치고 싶은 생각 없어." 돈가방은 손에 넣게 된 무용담을 모두 듣고 난 그녀의 반응이다.

"그게 악당 돈인지 어떻게 아냐?" 내가 항변했다.

"누가 그린 돈을 쓰레기통에 감추는데? 게다가 누군가 돈을 추적해서 오빠를 잡아가면 어쩌려고?"

"그렇게는 안 될걸. 이제 이 돈은 내 거야. 내 맘대로 쓰고 다닐 기다."

"나쁜 돈으로 행복을 얻을 순 없어. 오빠도 나중을 생각하는 게 좋을걸."

"미래를 걱정하기엔 인생이 무지 짧아."

"오빠야 천하태평이겠지. 하지만 나하고 엄만 달라. 엄만 매일 오빠 걱정만 한단 말이야."

"쓸데없는 걱정 좀 그만두시라고 전해드려. 엄만 이제 일할 필요 없어. 우리 셋이 백 년은 먹고살 만큼 많은 돈이라고."

"생각 좀 하고 살아. 그 헛된 꿈이 뻥 터지기 전에 조심하란 말이야."

맞는 말이다.

"그래, 네 말이 맞다. 이 가방에 대해 아무도 몰라야 해. 앞으로 일주일 동안은 손도 대지 않을게. 그때가 되어도 찾는 사람이 없으면 안심해도 될 거야. 콩고물 조금 떼서 네 수술 정도는 해도 돼."

"오빠 장물엔 눈곱만치도 관심 없네요. 아무튼 뭐든 하기 전에 시바 신께 축복이라도 빌어두지 그래? 최소한 오늘만이라도 신 앞에 절 좀 올려." 참피가 단호하게 말했다.

"신하고 돈가방하고 무슨 상관이냐? 그 양반한테 감사할 생각 하나도 없다." 나는 손사래를 쳤다.

참피가 한숨을 내쉰다.

"그럼 나라도 대신 용서의 신이자 은혜의 수여자이신 알라 신께 빌어야겠네. 라 일라하 일라 후와. 오직 그분만을 영접하오니." 그녀가 두 손을 얼굴까지 올려 합장했다.

나는 고개를 젓는다. 눈과 얼굴이 저렇게 된 걸 생각하면 참피의 신앙심은 눈물겨울 지경이다.

"엄마한텐 가방 얘기 꺼내지도 마라." 난 다시 한번 일러두고는 정문을 향해 걸어갔다.

마침 시바 신의 날인 월요일이라 사원은 신도들로 북적거렸다. 정오쯤 다르샨*을 위한 줄이 5백 미터는 늘어질 것이다.

메라울리의 볼레나트 사원은 20년도 채 안 되는, 비교적 최근에 지은 건물이다. 아마도 도시의 사원 대부분과 건립 목적이 다르지 않을 것이다. 바로 땅을 확보하려는 것. 하지만 사원의 명성은 빠

---

* 신 또는 성인이나 귀한 물건을 영접하는 일.

르게 퍼졌고 지금은 성지가 되었다. 소원을 빌면 잘 이루어진다는 믿음이 퍼지면서 하루 종일 사람들이 모여들어 크디큰 대리석 강당 바닥에 앉아 명상과 찬양을 거듭했다. 이 강당은 엄마가 아침에 일하는 곳이기도 하다. 엄마는 바닥을 걸레질하고 타일에 묻은 오물을 긁어내고 막힌 배수구를 뚫는다.

사원 경내에도 놀거리가 없지는 않지만 내 관심은 오직 하나였다. 여자 구경. 시바 신이 좋은 배필을 정해주는 신으로 알려진 덕분에 미혼 여성과 새새시 든이 자기한테 맞는 남편감과 행복한 결혼 생활을 빌기 위해 엄청나게 몰려든다. 진짜 끝내주는 남편감이 모퉁이 바로 돌아서 콜리 1번가에 숨어 있다는 사실을 저 아가씨들이 알아순다면!

여섯 살 때부터 사원은 내 삶의 터전이었다. 따라서 나는 사원의 성장과 확장의 산증인이기도 하다. 정원에 꽃이 피고 나무가 자라는 모습도 지켜보았다. 꽃과 사탕과자의 가격이 올라 사탕과자 제조업자와 승려 들의 허리띠가 늘어나는 것을 보며 나이를 먹고 성장했다.

사원은 우리에게도 복을 내려주었다. 우린 엄마가 이곳에서 일하기 전에는 산제이 간디 슬럼의 녹슨 양철판으로 만든 임시 가옥에서 지냈다. 전기는 물론 물도 나오지 않는 곳이다. 엄마는 진흙 화덕에 소똥 연료를 넣고 요리를 했는데, 연기가 방 안을 가득 채우는 바람에 나는 눈물을 줄줄 흘리곤 했다. 이제 우리는 넓은 방이 딸린 진짜 건물에 살고 있다. 벽돌 난로가 있고 천장에 선풍기노 달려 있고 심지어 케이블 TV(전선은 사원의 본선에서 몰래 따왔다)까지 있다. 물론 세 사람이 지내기엔 무척 좁다. 우리는 안방을 나무 파티션으로 나누어, 한쪽은 내가 사용하고(기껏해야 매트리스와 작은 나무 책상이 가구의 전부다), 다른 쪽은 엄마와 참피가 썼다. 내 쪽의 벽은 살림 일리아시와 샤브남 삭세나의 포스터로 장식했는데, 사실 벽걸이에 걸어놓은 바지와 셔츠 때문에 거의 보이지도 않는다. 엄마의 벽에는 남녀 신들이 그려진 달력 몇 개가 걸려 있다. 엄마한테는 옷가지를 담은 알루미늄 트렁크도 하나 있는데, 지금은 아버지의 흑백사진 액자를 올려놓는 받침대로 쓰면서 말린 장미꽃으로 장식까지 해두었다. 엄마의 가장 소중한 재산인 셈이다. 엄마는 그 사진에서 남편을 보겠지만, 내 눈에 보이는 건 순교자다.

엄마는 입을 다물고 있지만, 나는 아버지가 교통사고로 돌아가셨다는 걸 안다. 그때 겨우 여섯 살이었지만 하얀 시트에 싸여 우리 오두막 바로 앞에 놓여 있던 아버지의 시신을 기억하고 있다. 엄마는 팔찌를 모두 부수고 머리를 하염없이 벽에 찧었다. 일주일 후 흰색 쿠르타 차림의 건장한 사내가 엄마를 찾아왔다. 엄마는 냉담한 반응을 보였다. 남자는 억지 눈물을 몇 방울 흘리더니, 엄마한테 2만 5천 루피를 건네고 사원의 일자리와 이 집까지 얹어주었다. 아버지는 생전에 못 시켜준 호강을 죽어서야 시켜주었다.

"부시야 집안 일을 그만둔 지 벌써 한 달이다. 다른 직장을 찾아볼 거냐 말 거냐? 그렇게 게으름만 피우면 대학 나온 게 무슨 소용이란 말이냐? 어이구, 늙은 에미는 고사하더라도 네 동생 참피 생각은 해야 할 것 아냐? 네가 돈을 벌어오지 않으면 어떻게 그애를 결혼시키겠니? 오, 신이여, 어쩌자고 건달놈을 아들로 주셨나이까?" 저녁때 돌아온 엄마는 또 이런 식으로 나를 괴롭혔다.

나는 엄마에게 미소 지었다.

"그렇잖아도 엄마한테 얘기하려 했어요. 좋은 자리를 구했거든요. MG 로드에 있는 상자공장 매니저 자린데 월급이 무려 일만 루피나 돼요."

"일만 루피? 너, 이제 에미까지 가지고 놀 셈이냐, 응?" 엄마가 눈을 동그랗게 뜨고 나를 노려보았다.

"아버지한테 맹세해요, 거짓말 아니에요." 내가 진지한 표정으로 대답했다.

"시바 신이시여, 감사합니다…… 오 시바 신이시여." 엄마는 하늘을 올려다보나가 집을 뛰쳐나갔다. 사원 사람들한테 이 소식을 자랑하고 싶은 것이다.

참피는 기뻐하지 않았다.

"참 뻔뻔하게 거짓말도 잘한다. 오빠랑 결혼할 여자가 불쌍하다, 정말."

"엄마도 정직한 비렁뱅이보다는 백만장자 뻥쟁이를 좋아할걸."

데님 청바지에 날염 상의 차림의 젊은 여자가 참피를 인터뷰하기 위해 왔다. 짧은 머리에 갈색 눈, 무척 예쁜 여자다. 이름은 난디타 미슈라, 다큐멘터리영화 제작자란다.

"보팔 가스 참사를 영화로 만드는 중이에요. 발생 이십오 년 뒤의 이야기를 다룰 거라 참피의 견해가 필요해요." 그녀는 삼각대를 설치하며 이렇게 말했다. 참피는 재빨리 부엌으로 가서 세수를 하고 머리에 꽃까지 꽂은 후 다시 비디오카메라 앞으로 돌아왔다.

메라울리에 피어난 사랑 197

참피는 인터뷰에 능했다. '감염' '음모' '보상' 같은 단어로 문장을 장식할 수 있을 정도다.

참피와의 인터뷰가 끝난 후 여자가 나를 돌아본다.

"산제이 간디 슬럼에 아는 사람 있어요?"

"그건 왜 묻죠? 아가씨 같은 분이 그런 데 무슨 볼일이 있다고?"

"다음 프로젝트가 슬럼의 삶이거든요. 〈살람 봄베이〉*와 비슷한데 좀더 날카롭고 냉철하게 들어갈 거예요. 기차나 자동차를 타고 지나가며 멀리서 보기나 하지 실제로 몇 명이나 그 안에 들어가보겠어요? 내 다큐는 시청자들한테 슬럼을 정말로 경험하게 해줄 거예요."

"슬럼은 관광 코스가 아니에요, 아가씨. 슬럼을 경험하려면 그곳에서 태어나야 해요." 내가 코웃음을 쳤다.

그녀가 나를 노려보았다.

"아주 좋은 표현이네요. 카메라 앞에서 다시 한번 반복해줄래요?" 그래서 난생처음 인터뷰를 했다. 주제는 산제이 간디 슬럼의 생활상. 물론 너무나 잘 아는 얘기들이다. 빈민가는 내가 세 살 때부터 뛰놀던 고향이 아닌가. 가로 세로 2.5미터의 방에 여섯 식구가 끼어 살고, 수백 명이 사용하는 공중 수도에서 여자들은 어떻게든 목욕을 한다. 부부가 남들의 눈을 피해 어떻게 사랑을 나누는지, 남자 어른들이 기찻길 옆에 물소 떼처럼 줄지어 앉아 어떻게 똥을 누는지, 부잣집 개들이 모기 한 마리 없는 던롭필로 매트리스

---

* 1988년 미라 나이르 감독이 연출한 영화로 뭄바이 거리에서 살아가는 아이들의 일상을 담았다. 봄베이는 뭄바이의 영국식 지명이다.

에서 단잠을 자는 동안 가난한 사람들은 어떻게 모기들처럼 번식해서 똥개 새끼들처럼 살아가는지 등등……

이 모든 얘기를 해줄 수도 있었다. 문제는 카메라 렌즈를 들이대니 자꾸만 말이 꼬이고 헛나왔다는 것이다. 난디타가 끊임없이 위로하고 격려해주었으나 머릿속이 완전히 텅 빈 듯했다. 한참 후 그녀도 포기하고 장비를 챙기기 시작했다.

그녀가 떠난 후 내 실패에 대해 곰곰이 생각해보았다. 얼굴에 들이댄 카메라 때문이었을까? 아니면 매트리스 밑에 감춰둔 돈가방 때문이었을까? 돈이 생기면 슬럼의 거지 떼처럼 생각하는 것도 불가능해지는 걸까?

가방을 손에 넣은 지 열흘이 지났건만 아무도 찾으러 오지 않았다. 계획대로 사원 안에서는 예전처럼 살 것이다. 검소하고 금욕적으로 말이다. 하지만 밖에서는 완전히 다른 사람이 될 것이다. 나는 조금씩 돈을 써보기로 했다. 횡재의 열매를 즐겨볼 참이다. 우선 택시를 타는 것부터.

택시 승강장에 가려면 사원에서 길 두 개를 건너야 했다. 갓길에 노란색과 검은색을 칠한 택시 한 대가 서 있는 게 보였다. 운전사가 차 안에서 신문을 읽고 있었다. 나는 창문을 두드렸다.

"가요?"

시크교도로 보이는 지저분한 수염의 운전사가 창문을 내리더니 가래침부터 내뱉었다.

"누가 탈 건데?"

"저요."

그는 내 더러운 옷과 더러운 얼굴을 훑어보며 노골적으로 경멸하는 표정을 지었다.

"오, 평생 택시를 타보기는 해봤냐? 비용이 얼만지나 알고 그래?" 그가 퉁명스럽게 내뱉었다.

"평생 택시만 타고 다녔어요." 내가 으르렁거리며 천 루피짜리 지폐 두 장을 그의 면전에 흔들어 보였다. 내 목소리에 담긴 분노에 나조차도 깜짝 놀랄 정도였다. "그러니 안살 광장으로 데려다줘요. 당장."

"네, 손님. 어서 타십쇼." 운전사의 태도가 순식간에 180도 변했다. 그는 신문을 내던지고 미터기를 눌렀다.

난 고급 쇼핑몰에서 미친 듯이 쇼핑을 했다. 늘 갖고 싶었지만 지갑 사정으로 군침만 흘렸던 물건을 모조리 샀다. 막스 앤 스펜서 셔츠, 베네통 가죽재킷, 리바이스 청바지, 게스 선글라스, 라코스테 향수와 나이키 신발. 10년간의 윈도쇼핑을 불과 한 시간의 광적인 구매로 압축하여 불과 여섯 가게에서 2만 루피를 뿌려댄 것이다. 그리고 삐까뻔쩍한 화장실로 들어가 얼굴을 씻고, 청바지와 셔츠와 가죽재킷으로 갈아입고 새 구두를 신었다. 마지막으로 최고급 향수를 몸에 뿌리고 전신 거울 앞에 서니 잘생긴 이방인 하나가 나를 바라보고 있었다. 깨끗이 면도한 얼굴에 살림 일리아시처럼 헝클어진 단발머리를 한 키 크고 날씬한 청년. 나는 거울을 향해 손가락을 뚝뚝 꺾고 마이클 잭슨 같은 포즈도 취해본 다음, 헌옷과 낡아빠진 구두를 쇼핑백에 처넣고 검은 선글라스를 쓰고 화장실을 빠져나왔다. 멋깨나 부린 청바지 차림의 여자가 날 슬쩍 훔쳐본다. 10분 전이었다면 날 거들떠도 안 봤을 여자다. 옷이 날개라는 말이 너무도 실감나는 순간이다. 부자들이라고 별 게 있겠는가? 그저 더 좋은 옷을 입고 있을 뿐이다.

문득 춤도 추고 노래도 부르고 싶다는 생각이 들었다. "살라 마인 토 사하브 반 가야(드디어 신사가 되었어요)!" 문나 모바일이 신사가 되었다. 이제 부유한 여친만 있으면 된다.

나는 사우스익스텐션 마켓에 죽치고 앉아 화려한 옷차림의 여자들을 구경하며 저녁 시간을 보냈다. 여자들은 고급차에서 내려 디자이너 브랜드의 핸드백과 구두를 파는 고급 상점으로 들어갔다. 나는 한 무리의 여자를 따라 리복 상품 전시관에 들어가기로 했다. 입구의 경비가 인사하며 문을 열어주었다. 안으로 들어가자 매니저가 마실 것부터 권했다. 나는 여자 판매원들과 웃으며 잡담을 했다. 여자들은 열심히 내 비위를 맞추려고 애썼는데, 행복도 그런 행복이 없었다. 중앙냉방이 되는 전시관을 나온 다음엔 옆에 자리한 최고급 인도 요리 레스토랑에 도전해 버터 치킨, 시크 케밥*, 난**을 배터지게 먹고 8백 루피를 냈다. 다시 거리로 나온 나는 마지막으로 조명이 화려한 상점가를 돌기로 했다. 윈도엔 현란한 상품들이 가득 진열되어 있었다. 오늘은 이 잘나빠진 도시도 낯설어 보이지 않았다. 나도 상류사회의 일원이 된 것이다.

다음 목적지는 고급 클럽 인프라 레드였다. 밤이 내린 이 도시에서 가장 화려하고 부킹 건수도 많은 곳으로 알려져 있다. 그곳에

---

* 저민 양념고기로 만든 꼬치구이.
** 밀가루 반죽을 화덕에 구워 만든 인도 전통 빵.

메라울리에 피어난 사랑 201

서 잠깐 일한 적이 있는 슬럼 친구 디누한테 들은 바로는 진짜 쌈박한 퀸카들이 거의 반라로 춤을 추는 곳이다.

나는 네온 불빛이 작렬하는 클럽 입구 앞에서 택시를 내렸다. 겨우 9시밖에 안 되었는데, 벨벳 로프로 가로막힌 입구부터 선 줄이 장난 아니게 길었다. 검은색 정장을 똑같이 빼입은 빡빡머리 경비 둘이 문 앞에 서서 손님들을 검열하고 있었다. 거지 두 명이 인도에 서 있다가 차가 멈춰 설 때마다 쪼르르 그 앞으로 달려갔다. 경비 하나가 나를 재빨리 훑고는 파트너한테 고갯짓을 했다. 그러자 그가 '부킹 서비스 요금'이라며 3천 루피를 요구했다. "삼천 루피? 세상에 그런 말도 안 되는 억지가 어디 있어!" 난 그렇게 외치고 싶었으나 꾹 참고 돈다발에서 지폐 세 장을 꺼내 입장권과 교환했다. 벨벳 로프가 벗겨지고 나는 안으로 들어갔다. 계단을 스무 개쯤 내려가니 지하실 같은 곳에서 음악 소리가 희미하게 들려왔다. 또다른 문에 다다르자 쿵쿵거리는 소리가 더 커졌다. 유니폼을 입은 도어맨이 입장권을 확인하고 버튼을 눌러주었다. 문이 열렸다. 그리고 난 어두운 조명의 홀 안으로 들어갔다. 실내는 사람들로 북적거렸다. 음악 소리가 어찌나 큰지 귀청이 터질까봐 불안했다. 바로 오른쪽에 섬처럼 생긴 바가 있고 그 주변으로 작은 노란색 소파들이 늘어서 있었다. 왼쪽에는 댄스플로어가 있었다. 넓은 공간이 완전히 거울로 둘러싸여 있고, 샹들리에처럼 매달린 거대한 스트로보 조명이 녹색, 청색, 황색 불빛을 주기적으로 터뜨려댔다. 이미 플로어는 미친 듯이 몸을 흔들어대는 남녀로 가득했고, 분위기는 한껏 고조되어 있었다. 6~7미터쯤 위로 유리와 금속으로 만든 돌출형 발코니가 있고 그 안에 디제이가 앉아 있었다. 이따금 무대 한가운데에서 유령이 나오는 분수처럼 하얀 연기가 뿜어져 나오기도 했다.

디누의 말은 틀리지 않았다. 그곳의 여자들 중 둘에 하나는 몸에 꼭 끼는 드레스에 앞이 깊게 팬 홀터넥 차림이라 가슴이 절반은 드러나 보였다. 배를 훤히 드러낸 배꼽티에 팬티가 보일 정도의 초미니스커트도 많았다. 댄스플로어는 그야말로 패션 TV보다 더 많은 살을 드러낸 전시장이었다.

연기, 불빛, 음악 등 모든 것이 들뜬 분위기를 한층 더 고조시켰다. 마치 인도를 떠나 또다른 규칙과 법이 존재하는 새롭고 대담한 왕국에 들어와 있는 기분이었다.

반투명의 네온 장식과 희미한 소명에 눈이 익숙해지자 몇몇 유명 인사들이 바에 앉아 있는 것이 보였다. TV 탤런트 스므리티 바크시, 여배우 시미 타카아, 그리고 은퇴한 크리켓 선수 체탄 자데지. 머리에 젤을 바른 근육질 남자도 낯이 익었는데 외국인과 잡담 중이었다. 고급 청바지에 스틸레토 힐을 신은 한 무리의 여자들도 유명 모델인 듯했다. 덕분에 난 영화배우와 명사 들로 가득한 파티의 불청객 같은 기분이 들고 말았다.

젊은 바텐더가 뭘 마시겠는지 물어왔다. 기름 바른 머리에 나비 넥타이 차림이었다.

"뭐가 있지?" 내가 물었다.

"뭐든지 다 있죠." 그가 등 뒤에 진열된 온갖 술병을 가리켰다. 니는 모델들이 주문하는 내용에 귀를 기울였다. 그들은 롱아일랜드 아이스티, 피나 콜라다, 그리고 딸기 마르가리타 같은 칵테일을 주문하며 신용카드를 마구 긁어댔다. 물론 나로서는 듣도 보도 못한 이름들이다.

나는 갑자기 오줌이 마려워 남자화장실로 향했다. 문을 열자마자 이상한 소리가 들렸다. 화장실 세면대 주변에서 백인 소녀 둘이 코카인을 흡입하며 키득거리고 있었다. 그들은 내가 침입자라도 된다는 듯 노려보았다.

"꺼져, 짜샤." 그중 한 명이 으르렁거렸다.

나는 황급히 빠져나와 댄스플로어로 나갔다. 지금껏 영어 노래만 틀어대던 디제이가 영화 〈둠 2〉의 리믹스 앨범을 걸자 여기저기서 환호가 터져나왔다. 나도 너무나 잘 아는 노래다. 영화도 열두 번 이상은 본 터라 리틱 로샨의 현란한 춤동작 하나하나를 모두 외우고 있을 정도다. 물론 그건 나뿐이 아니다. 슬럼의 아이들은 누구나 할 것 없이 쨍 하고 해 뜰 날만 기다리는 마이클 잭슨이 아니던가. 언젠가 내가 가장 좋아하는 노래들을 틀어주는 클럽에 가서 지난 10년간 TV 댄스쇼를 통해 익힌 동작들을 선보이겠다는 게 나의 감춰둔 꿈 중 하나였다. 나는 문워크에서 브레이크댄스까지 모두 출 수 있다. 머리를 바닥에 대고 회전할 수도 있고 물구나무 춤을 구사할 수도 있다. 그런데 막상 멍석이 깔리니 어째 초조하고 불안하기만 했다. 내 춤이 나를 사기꾼으로 몰아세울 것만 같았다.

가슴이 답답했다. 댄스플로어도 더이상 흥미롭지 않았다. 바로 그때, 댄스플로어 뒤에 스크린으로 가려진 또다른 라운지가 있는 걸 발견했다. 나는 빽빽히 들어찬 고깃덩어리들을 밀치고 그쪽으로 빠져나갔다. 훨씬 자유로운 곳이었다. 소파와 의자 대신 카펫과 쿠션, 와이드스크린 TV, 그리고 몇 개의 조화 화분이 놓여 있었다.

작은 바가 있었지만 바텐더가 하품을 할 정도로 손님은 많지 않았다. 한쪽 끝에 앉은 연인들은 비밀 이야기를 속삭이고, 나이 든 남자와 동행한 한 소녀는 따분한 표정으로 휴대폰 문자를 보내고, 장발의 외국인 몇몇은 교대로 물담배를 빨아대고 있었다.

짝 없는 소녀도 있었다. 그녀는 나를 등지고 앉아 TV를 보는 중이었는데 MTV가 아니라 NDTV*였다. 검은 머리에 날씬한 소녀였다. 아마도 클럽 전체에서 인도 전통 의상인 파란색 살와르 카미즈를 입은 유일한 소녀일 것이다

나는 그녀에게 다가갔다. 그녀도 인기척을 느꼈는지 나를 돌아보았다. 계란형 얼굴, 매끄러운 콧날, 도톰한 입술, 언제라도 눈물을 터뜨릴 것만 같은 깊고 검은 눈. 내 평생 그렇게 아름다운 소녀는 처음이었다.

"하이!" 내가 인사를 건넸다. 부자들은 모두 영어로 인사하지 않던가!

그녀는 난감한 표정으로 나를 바라보다가 아예 입술까지 깨물었다.

갑자기 그녀 옆에 다른 소녀가 나타났다. 꽉 끼는 청바지에 넓은 벨트. 진홍빛 립스틱. 젖가슴 골짜기가 그대로 드러난 붉은 줄무늬의 브이넥 셔츠.

"리투, 너무 지루하지? 다 끝나가. 토니하고 두 번 정도만 더 추고 나가자." 그녀가 힌두어로 말했다. 그러더니 문득 리투 뒤에 서 있는 나를 알아채고는 다시 영어로 말했다. "이봐요, 내 친구한테

---

* 델리 TV. 24시간 뉴스 채널이다.

메라울리에 피어난 사랑 205

한잔 사줄래요?"

그때쯤 이미 알고 있는 영어도 동이 난 터였다. 내가 멋쩍어하며 말했다.

"힌두어로 하죠. 그게 편한데."

"좋아요. 내 이름은 말리니. 앤 내 친구 리투예요. 이애도 고상한 힌두어밖에 못해요." 그녀가 말하며 손을 내밀었다.

말리니가 댄스플로어로 돌아가자 나는 리투에게 악수를 청했다. 이번엔 그녀도 내 손을 잡았다. 부드럽고 섬세한 손이다. 나는 그녀 옆에 앉았다.

"그쪽은 내 이름 알잖아요. 이름이 뭐죠?" 그녀가 힌두어로 물었다.

문득 문나 모바일이 이런 고급 클럽에서 통할 이름이 못 된다는 생각이 들었다. 좀더 강렬한 이름이 필요했다. 지금 당장. 내가 아는 가장 강렬한 인물은 메라울리의 도살자, 비제이 싱 야다브 형사였다. 나도 모르게 그 이름이 툭 튀어나왔다.

"싱. 비제이 싱입니다."

그녀가 밝게 웃었다.

"나와 같은 타쿠르인가요?"

"네, 나도 타쿠르예요."

"무슨 일을 하죠, 비제이?"

그건 쉽다. 도시의 어중이떠중이가 다 하는 일.

"무역일."

"어디 살아요?"

이건 조금 어렵다. 콜리 1번가라고 말할 수는 없지 않은가?

"여기저기요." 나는 손을 휘젓고는 그녀가 다시 치고 들어오기 전에 공세를 취했다. "아가씨는요? 어디 살죠?"

"아, 전 델리에 안 살아요. 러크나우에 사는데 잠시 놀러온 거예요."

그녀의 옷차림과 언어가 그걸로 설명되었다.

"하는 일은?"

"러크나우 대학 졸업반이에요. 가정학과에 다녀요. 졸업은 언제 했어요?" 그녀가 물었다.

"2년 전에요."

"대학은요?" 그녀는 집요했다.

"델리 대학." 나는 시언스럽게 내답하며, 내 학위가 통신 교육으로 딴 것이며 졸업도 C학점으로 간신히 했다는 사실을 모두 덮어버렸다.

우리는 그런 식으로 두 시간 동안 이런저런 얘기를 나눴다. 그녀가 내게 무슨 책을 읽었는지 물어오면 난 노련하게 내가 본 영화로 화제를 돌렸다. 그녀는 러크나우에 대한 얘기를 해주었고 나는 델리에 대해 들려줬다. 둘은 공통점이 많았다. 정치가를 싫어했고 돈의 폭력을 비난했으며 샤브남 삭세나의 팬이었다.

11시쯤 리투가 떠날 채비를 했다.

"만나서 즐거웠어, 비제이. 다시 만나고 싶은데." 우리는 이미 말까지 튼 상황이었다. 그녀가 종이쪽지 하나를 건네주었다. 휴대폰 번호.

나는 리투와 그녀의 친구를 따라 클럽을 빠져나왔다. 문 밖의 줄은 아까보다 더 길어져 있었다. 검은색 BMW가 다가오자 AK-

메라울리에 피어난 사랑 207

47 소총으로 무장한 검은 수염의 특수부대원이 리투에게 문을 열어주었다. 리투는 의도적으로 내 시선을 피하며 말리니와 함께 뒷자리에 올라탔다. 차가 멀어져가는 동안 난 길에 멍하니 서 있었다. 리투는 저녁 내내 자기 가족에 대한 얘기는 어떻게든 피하려 했다. 하지만 세상에, 블랙캣 코만도*라니! 도대체 저 소녀는 누구이며, 또 왜 나한테 휴대폰 번호를 알려줬단 말인가?

그 문제를 더 생각하기도 전에 팔 병신에 악취나는 거지가 거머리처럼 달라붙었다. 다시 인도에 돌아왔다는 징표다.

"3일 동안 한 푼도 못 벌었습니다. 약간만 적선해줍쇼." 그가 애원했다. 나는 주머니를 뒤져 1루피 동전 몇 개로 그를 떼어내고 원래의 옷으로 갈아입기 위해 조용한 골목으로 들어갔다. 비제이 싱으로서 충분히 즐겼으니 이제 문나 모바일로 돌아가 잠자리에 들 시간이다.

나는 사원으로 가는 버스를 탔다. 엄마는 잠들었으나 참피는 아직 깨어 있었다.

"냄새가 다르네."

내가 들어가자 그녀가 말했다. 참피의 주 특기 중 하나다. 눈이 멀었음에도 두 눈이 멀쩡한 사람보다 더 많은 것을 본다.

"그래, 향수 좀 뿌려줬지."

"비싼 냄샌데? 돈도 좀 뿌렸나봐."

"음, 열흘이나 지났잖아."

"여자도 만났어?"

---

* 테러리스트에 대항하기 위해 창설한 인도 특수부대의 별칭.

"뭐?"

"오빠한테서 낯선 여자의 냄새도 난다고."

귀신 같은 계집애.

난 동생이 잠자리에 들 때까지 기다렸다 가방을 꺼냈다. 그리고 예의 그 특별한 전율을 느끼며 남은 지폐다발을 세기 시작했으나 또다시 실패하고 말았다. 셈을 못해서가 아니라 또다른 숫자가 머릿속을 헤집는 통에 집중력이 흐트러졌기 때문이다. 리투의 휴대폰 번호.

그녀의 미모에 뽕 간 건 사실이었다. 부잣집 딸을 유혹하겠다는 뿌리 깊은 갈망도 똬리 튼 뱀처럼 가슴속에서 꿈틀거렸다. 언제 전화하지? 내일 당장 하면 너무 조급해 보일 것이고, 그럼 보는 게 수포로 돌아갈 수도 있다. 반대로 너무 질질 끌면 나를 오만하고 무심한 놈으로 생각할지 모른다.

어떻게 해야 할까 망설이는 와중에 나한테 휴대폰이 없다는 사실을 깨달았다. 내일 아침 델리트 폰 마켓으로 가서 노키아 기본형 1110을 사야겠다. 쓸데없이 의심을 살 필요는 없다. 그건 시장통 담배 장수나 동네 세탁쟁이가 쓰는 싸구려 기종이다. 내 돈으로 휴대폰을 산다고 생각하니 기분이 묘했다. 음, 어쨌든 이제 내 돈이다, 안 그런가?

결국 리투한테 전화를 걸기로 했다. 아무리 애를 써도 욕망을 이겨낼 수가 없었다. SIM 카드를 넣은 후 10분이 채 되기도 전에 난 그녀의 번호를 누르고 있었다. 그녀도 전화를 기다렸는지 첫 벨 소리에 응답했다.

메라울리에 피어난 사랑 209

"안녕, 리투. 비제이 싱이야." 나는 다소 멋쩍어했다.

"안녕, 비제이." 그녀도 수줍은 듯한 목소리였다.

무슨 말을 해야 할지 난감했다. 전화로 부잣집 소녀와 통화해 본 적이 없었다. 그런 소녀들이 뭘 좋아하는지 고민했지만 머릿속에 떠오른 건 쇼핑뿐이었다.

"같이 쇼핑하지 않을래?" 내가 물었다.

리투가 나의 제안을 가늠해보는지 어색한 침묵이 흘렀다.

"그래, 그게 좋겠다. 어디로 갈 건데?"

"지금 어디에 있어?"

"메라울리."

놀랍게도 그녀는 그렇게 대답했다.

"세상에, 나도 멜라울리에 사는데! 그럼 암바와타 쇼핑센터에서 만날까? 고급 상점은 다 거기 있거든."

"아냐, 메라울리에서 떨어진 곳이 좋겠어. 코너트 광장은 어때?" 그녀가 잠시 머뭇거리다 이렇게 말했다.

"좋아, 내가 늘 가는 곳이야."

"잘됐네. 그럼 세시에 거기서 만나."

"어디?"

"내가 아는 덴 윔피뿐이야. 말리니가 한 번 데리고 갔었거든."

"좋아. 나도 거기 알아. 세시에 만나."

나는 통화가 채 끝나기도 전에 리투를 완전히 파악하고 유혹할 전략까지 짰다. 전화 통화로 가늠한 결과, 그녀는 부모의 감시가 없는 타락한 대도시에서 값싼 모험을 찾아나선 시골 소녀가 분명했다. 모르긴 몰라도, 타쿠르 계급 한량과의 가벼운 연애라면 마다하지 않을 것이다. 그런 미인이라면 나도 2만 루피 정도는 가볍게 투자할 의향이 있다. 함께 쇼핑을 다니며 후한 인심으로 마음을 녹인 후, 곧바로 침대로 유혹하면 되는 것이다!

나는 먼저 메트로폴리탄 쇼핑몰에 가서 새 플란넬 셔츠와 코르덴 바지를 샀다. 어젯밤과 똑같은 옷차림을 보여주고 싶지 않았다. 그리고 아무 생각 없이 극장에 들어가 영어 영화를 한 편 보았지만 아무 말도 귀에 들어오지 않았다. 그래도 말끔한 배우들이 줄곧 영어를 쏟아내는 1시간 30분 동안 느긋한 만족감을 느낄 수 있었다. 영화가 왠지 부잣집 딸과 연애하는 데 도움이 될 것 같았기 때문이다. 나는 극장을 나와 검은 선글라스를 끼고 오토릭샤*를 불렀다.

나는 3시 15분 전에 코너트 광장의 윔피 앞에 도착해 리투를 기다렸다. 그녀는 3시 조금 넘어 도착했다. 이번에는 다른 차였다. 날씬한 회색 메르세데스 SLK 350. 하지만 오늘도 어김없이 앞자리엔 검은 수염 경호원이 AK-47 소총을 들고 앉아 있었다.

그녀가 내려 경호원에게 뭔가 얘기하자 차는 어디론가 가버렸다. 오늘은 연회색 추리다르 바지**에 같은 색 카미즈 차림이었다. 붉은 춘니***는 가슴 위로 얌전하게 늘어뜨렸다. 밝은 대낮에 보니 정말로 눈부시게 아름다웠다. 부드러운 얼굴선과 섬세한 목선. 세상에, 그런 미녀를 만난다는 사실이 믿기지 않았다!

---

* 오토바이를 개조한 탈것.
** 남녀가 함께 입는 몸에 딱 맞는 바지.
*** 긴 스카프의 일종.

메라울리에 피어난 사랑   211

그녀는 곧바로 나를 찾아내곤 활짝 웃어 보였다.

"안녕, 비제이." 그녀는 인사와 함께 주변부터 살폈다. 아는 사람을 만날까봐 신경이 쓰이는 모양이었다.

아무래도 그녀의 가족에 대해 알아내야겠다.

"어제도 무장 경호원과 함께 왔었지? 어떻게 된 거야?"

"아빠 명령이야. 내 안전에 무척 신경을 쓰시거든."

"대기업 사장이신가보네."

"비슷해." 그러더니 그녀는 화제를 바꾸려 했다. "그래서, 코너트 광장에선 뭘 사게? 여기에선 쇼핑해본 적이 한 번도 없어."

"나한테 필요한 건 없어. 오늘은 리투가 쇼핑하는 날이야." 나는 이렇게 대답하고 값비싼 디자이너 의상을 파는 상점으로 들어갔다. 에어컨 바람이 시원했다. 리투는 옷걸이를 헤집어 가격표를 보더니 눈을 크게 떴다.

"너무 심하다. 러크나우에선 이 가격으로 열 벌은 살 수 있는데."

"여긴 델리랍니다, 아가씨. 델리에 왔으니 델리 가격을 내셔야죠. 걱정 말아, 오늘은 내가 계산할 테니까." 내가 큰소리를 쳤다. 이를테면 바지 주머니에 10만 루피가 있는 남자의 오만함 같은 것이다.

그녀가 우습다는 듯 나를 바라보았다.

"어머, 왜 비제이가 내? 내 오빠도 아니면서?"

'오빠'라는 단어에 왠지 신경이 쓰였다. 나는 그녀의 눈을 들여다보았다. 투명하고 진지한 눈빛. 이 여자를 잘못 파악한 건가? 설마 내가 심각한 판단 착오를 한 건 아니겠지?

"그럼 저 가게로 갈까?" 나는 가까운 가게를 가리켰다. 윈도에

'세일'이라고 쓰인 크고 화려한 포스터가 붙어 있었다.

리투가 고개를 저었다.

"저기 세일은 모두 사기랬어. 우리 팔리카 시장으로 가자. 시장에도 싸고 좋은 물건이 많다고 들었거든."

유혹의 비용을 반으로 깎아주겠다는데 마다할 이유는 없었다. 나는 공원 가운데에 있는 지하 시장으로 리투를 데려갔다. 옷과 값싼 장신구, 전자제품을 파는 작은 가게들로 북적거리는 곳이다. 시장은 중류층 손님과 대학생으로 비글거렸다. 우리는 들어가자마자 컴퓨터 CD와 DVD를 파는 주인들한테 붙들렸다. "블루 필름*, 포르노 다 있어요. 화면 죽여요." 칸막이를 지나갈 때마다 그자들은 내 귀에 그런 얘기들을 지껄였다. 시장의 답답한 분위기에 질식할 것만 같았는데 정작 리투는 조명을 환하게 밝힌 가게들이 맘에 드는 모양이었다. 그녀는 바로 시장 시찰을 하더니, 팔리카 시장이 러크나우의 아미나바드 시장보다 조금 더 비싸지만 상품이 더 다양하다는 촌평을 내놓았다. 작은 마을 출신답게 그녀는 티셔츠와 청바지 가게에는 눈길 한번 주지 않았다. 그리고 통로에 여성 의류를 내놓고 파는 모퉁이 장사치들한테 곧바로 다가가 살와르 한 벌을 두고 중년의 주인과 30분 가까이 실랑이를 벌였다. 그녀는 3백 루피에 사려고 했고 주인은 5백 루피를 받으려 했던 것이다. 결국 두 사람은 375루피에 합의를 보았다. 내가 5백 루피를 주었지만 리투는 단호히 거절했다. 그러고는 핸드백에서 낡은 지갑을 꺼내 자기 돈으로 값을 치렀다. 그녀의 신중함에 감동하기도 했지만 당

---

* 비밀리에 촬영하는 외설 영화.

메라울리에 피어난 사랑 213

황한 것도 사실이었다.
 3번 출구 근처에서 어깨에 벨트를 잔뜩 걸친 마른 청년이 나를 붙들었다.
 "수입산 고급 벨트예요. 코너트 광장에선 천 루피를 받지만 여기선 단돈 이백 루피면 돼요. 한번 보세요. 진짜 가죽이에요." 그가 'Lee' 버클이 달린 벨트를 건넸다. 나는 손으로 밀쳐내려 했지만 그도 꽤나 끈질겼다.
 "안 속아. 이건 싸구려 모조 벨트잖아." 내가 웃었다.
 "아닙니다요. 진짜 가죽이에요. 손님한테는 특별히 백 루피에 드릴게요."
 "관심 없어." 내가 말했다.
 "제발, 하나만 사주십쇼. 그냥 오십 루피에 드릴게요, 손님."
 "오십 루피? 그 정도면 괜찮네." 리투가 끼어들었다.
 "봤죠, 손님? 아가씨께서 하나 사고 싶어하시잖습니까. 하나 사주시면 신께서 두 분을 영원히 함께 지켜주실 겁니다요." 그가 철저한 거지 근성으로 한마디 내던졌다.
 리투가 얼굴을 붉혔다. 그녀의 홍조는 내게 오빠 이상의 관심이 있음을 보여주는 확실한 징표였다. 나는 씩 웃으며 50루피 지폐를 꺼냈다.
 "자. 이것도 갖고 벨트도 가져가라. 부자 손님을 만나 횡재했다고 생각하라고."
 벨트 장사는 놀란 표정으로 팁을 받았다. 리투가 내 팔을 건드렸다.
 "가난한 사람을 만날 때마다 이런 식으로 인심 써?"

"아니. 그의 축복이 맘에 들어서 그런 거야." 내가 장난스럽게 대꾸했다.

그녀가 다시 얼굴을 붉혔다. 순간 간절한 욕망이 척추를 훑고 지나갔다. 제대로 해나가고 있었다. 이 쇼핑 작전이 뭔가 기억할 만한 사건으로 이어질 전망이 보였다. 리투가 다른 옷가게로 들어가는 것을 지켜보며 난 그녀를 데려갈 만한 호텔을 고르기 시작했다.

그리고 그녀가 나오는 순간 본격적인 작업에 들어갔다.

"커피 한잔 안 할래?"

그녀가 고개를 갸웃했다.

"커피? 여기서?"

"아니. 가까운 호텔에서."

그녀가 머뭇거리다가 시간을 확인한다.

"오 맙소사. 벌써 다섯시 십오 분 전이네. 람 싱한테 다섯시까지 돌아가겠다고 했는데."

"람 싱이 누구야?"

"경호원. 윔피로 돌아가야겠어. 거기서 만나기로 했거든. 어서 가, 비제이."

나는 리투가 어쩌면 겉모습만큼 순진하지 않을 수도 있다는 생각을 했다. 미끼를 거절하는 태도로 보아, 신글라스 뒤에 숨긴 내 본심을 꿰뚫어본 건지도 모르겠다. 나는 기사도를 발휘함으로써 실망감을 감추었다.

"그럼 그렇게 해. 내가 내려다줄게."

그녀가 발밑을 내려다보았다.

"그냥 혼자 갈게."

메라올리에 피어난 사랑 215

"좋아. 그럼 또 언제 만나?"
"전화할게. 휴대폰에 자기 번호가 있으니까. 잘 가, 비제이."

그후 일주일 내내 리투에게선 연락이 없었다. 내가 전화를 걸면 가입자와 연결할 수 없다는 녹음 메시지만 흘러나왔다. 아무래도 델리를 떠나 러크나우로 돌아간 모양이었다. 하지만 난 공주처럼 여행하며 가난뱅이처럼 쇼핑하는 미모의 소녀에 대한 궁금증으로 미칠 것만 같았다. 그래서 사원 주변의 부자들 저택과 농장을 기웃거리기 시작했다. 어쩌다 리투의 자동차라도 발견할 수 있지 않을까 하는 바람에서였지만, 대부분의 건물이 높은 철문으로 막혀 있는 데다 경비원이 있어서 접근할 수가 없었다.

서서히 포기할 때쯤 리투가 전화를 걸어왔다.
"안녕, 비제이." 그녀의 부드러운 목소리에 기절할 것만 같았다.
"어떻게 된 거야? 연락이 안 돼서 미치는 줄 알았잖아."
"엄마하고 파루카바드에 갔다가 오늘 막 돌아왔어."
"보고 싶어."
"나도. 오늘 점심에 볼 수 있어?"
"점심? 그래, 물론이지."
"어디서?" 그녀가 물었다.

마음 같아서는 맛 좋은 가정식 인도 요리를 파는 카페 다 다바* 같은 인도 식당에 데려가고 싶었지만, 그녀 같은 명문가 규수는 달로티** 빼고는 뭐든지 파는 고급 레스토랑을 좋아했다. 문제는 인

---
* 뉴델리의 코너트 광장에 있는 유명한 식당.

도 식당 외에 내가 아는 맛집이라곤 사원 근처에 있는 기름진 야채 볶음면을 파는 모퉁이 분식점이 전부라는 사실이었다.

"중국 요리는 어때?" 내가 조심스럽게 물었다.

"중국 요리? 중국 요리 좋아해?"

"아주 어렸을 때부터."

"나도 아주 좋아해!" 그녀가 환호를 터뜨렸다.

"그럼 델리에서 가장 유명한 중국 레스토랑으로 가자. 별 다섯 개짜리 호텔 레스토랑으로."

"너무 비싸지 않을까?"

"돈 걱정은 마. 내가 계산할 테니까."

"좋아. 그럼 한시에 밍하우스에서 만나."

"그래, 한시에."

이 밍하우스가 어디 있는지 알아내는 데만도 30분이 걸렸다. 친절한 전화 교환수가 마침내 올바른 방향을 일러주었다. 그건 만싱 로드의 타지 호텔 안에 있는 고급 중국 레스토랑이었다.

1시 15분 전에 호텔 정문에 도착했다. 오늘은 반 휴센 셔츠에 리바이스 청바지를 입었다. 놋쇠 단추가 달린 흰색 유니폼에 화려한 터번을 쓴 꽃미남 경비가 인사하며 유리문을 열어주었다. 로비는 복잡한 디자인의 대리석 바닥으로 사치스럽게 치장되어 있었다. 우아한 차림의 사람들이 소파에 앉아 가벼운 담소를 나누고 있었다. 천장엔 대형 상들리에가 매달려 있고 스피커에선 감미로운 음

** 콩으로 만든 빵. 인도의 주식이다.

악이 흘러나왔다. 로비에는 작은 인공 연못까지 있었는데 물 위로 연꽃이 떠다녔다.

나는 현란한 실내장식에 압도당해 잠시 멍하니 서 있었다. 여종업원이 나를 레스토랑으로 안내했다. 레스토랑은 손님들로 붐볐다. 나무 천장엔 청동으로 된 조명이 매달려 있고 불을 내뿜는 황금색 용들이 벽을 장식하고 있었다. 가구들도 우아했다. 돌비늘로 덮인 테이블과 등이 높은 검은색 의자.

여종업원이 인심 후한 손님한테나 보임 직한 애교로 나를 맞아주었다. 용 무늬가 그려진 파란색 옆트임 롱드레스를 입은 중국인 특유의 실눈 미인이다. 그녀는 나를 조용한 구석 자리로 안내하고는 가죽장정의 두꺼운 메뉴판을 건넸다. 나는 가격대를 힐끗 훑어보며 헉 하고 숨을 삼켰다.

리투는 1시 정각에 도착했다. 여전히 총잡이 경호원과 함께였지만 그는 레스토랑 입구까지만 따라오고 곧바로 자리를 피했다. 그녀는 수가 놓인 우아한 하늘색 살와르 카미즈 차림이었다. 수많은 시선이 그녀를 따라다녔다. 인근 테이블의 몇몇 사업가들은 시기하는 눈빛으로 나를 노려보기까지 했다.

그녀는 내 맞은편에 앉아 핸드백을 옆에 내려놓았다.

여종업원이 다가와 주문을 받았다.

"뭐 먹을 거야?" 리투가 물었다.

"리투가 원하는 걸로."

"여기 와본 적 있어?"

"응, 두 번."

"그럼 비제이가 가장 즐겨 먹는 요리가 뭐야?"

갑자기 머리가 멍했다. 결국 내가 아는 유일한 중국 음식으로 난국을 빠져나갈 수밖에 없었다.

"소면!"

"말도 안 돼!" 그녀는 활짝 웃고는 수프 두 개와 이상한 이름의 요리 몇 가지를 주문했다.

종업원이 떠나자 그녀가 나를 쳐다보았다.

"그래, 비제이, 무슨 일을 한다고 했지?"

"말했잖아, 무역업이라고."

"아니, 정확히 어떤 상품인데?"

"상자."

"상자?"

"응, MG 로드에 상자공장을 갖고 있어."

"멋지다. 그럼 메라울리 어디에 살아?"

그 질문엔 비리 내비를 해두었다.

"라모지 로드에 방 네 개짜리 아파트가 있어."

"가족은?"

"어머니와 여동생."

"여동생은 결혼했어?"

"아니, 아직. 자 이제 내 신상조사는 그만해. 난 리투네 가족이 더 궁금하니까."

"알고 싶은 게 뭔데?"

"모두 다."

그녀가 반쯤은 난감하고 반쯤은 애원하는 눈빛으로 나를 바라보았다.

메라울리에 피어난 사랑 219

"다음에 하면 안 돼?"

"지금은 왜 안 되는데?"

"아직 말하고 싶지 않아. 하지만 약속할게, 비제이. 자기를 좀더 알게 되면 그때 다 얘기해줄게."

"좋아. 리투가 원한다면." 내가 어깨를 으쓱했다.

리투가 내 손을 잡고 만지작거렸다.

"이해해줘서 고마워."

여종업원이 정체 모를 만두 요리를 갖고 왔다.

"완탕 수프입니다." 그녀가 말했다.

"음, 자기가 제일 좋아하는 샤브남 삭세나 영화는 뭐야?" 리투가 수프를 마시며 물었다.

우리는 편안하게 식사하며 많은 얘기를 나누었고, 농담에 은근한 자극까지 곁들여 한바탕 웃기도 했다. 그 기막힌 점심 식사가 청구서 한 장 때문에 조금 망가지기는 했다. 팁 포함 9천 루피. 당연히 내 평생 가장 비싼 식사였다. 나는 리투의 근심스런 시선을 느끼며 빳빳한 천 루피 지폐 아홉 장을 꺼냈다. 그녀는 내가 돈을 지불하자마자 떠날 채비를 했다.

"가야 해, 비제이. 안 그러면 가족들이 의심할 거야."

"하지만 리투네 가족에 대해선 아무 얘기도 안 했잖아. 가까운 사이엔 비밀이 없는 건데." 내가 항변했다.

그녀가 다시 내 손을 잡았다.

"곧 다 얘기해줄게, 비제이."

그녀는 내게 키스도 하지 않고 악수도 청하지 않았다. 하지만 그녀의 표정은 갈망과 아쉬움으로 가득했고 덕분에 내 실망감도 바람처럼 씻겨나갔다. 그녀와 갈 데까지 가는 건 이제 시간문제였다.

리투가 그렇게 쉽게 넘어왔다는 게 정말 믿기지 않았다. 사실 시골 여자들이 잘 넘어오긴 했다. 그들은 집 밖으로 나와 모험을 감행하며 부모의 감시에서 얼마나 벗어날 수 있는지 시험해보려 했다. 그런 애들은 인생을 장밋빛 안경으로 바라보고, 〈러브 인 캐나다〉에 혹해서 메라울리로 건너와 비밀스런 로맨스를 만들고 싶어한다. 그럼 선글라스에 가죽재킷을 걸치고 히어로 혼다를 몰고 다니는 거리의 로미오가 그들을 유린하는 것이다.

나도 그렇게 할 생각이다. 다음 만남에서.

2월 16일. 나는 산제이 간디 슬럼으로 갔다. 바르카 다스가 ITN의 〈로드쇼〉를 찍기 위해 그곳에 와 있다는 얘기를 들었기 때문이다. 크리켓 월드컵에서 우승한 이후 인도 전체가 이렇게 들끓은 석은 없었다. 온 사원이 들썩였다. 비키 라이가 석방되자 슬럼의 친구들은 살해당한 루비 질이 자신의 동생이라도 된다는 듯 잔뜩 인상을 쓰고 돌아다녔다. 언론도 연일 울분을 터뜨렸다. 채널마다 판결에 대한 토론을 벌였고, 비키 라이의 농장 밖엔 아예 10여 대의 방송 차량이 진을 치고 있었다. 어제 이후 넘버 6으로 가는 도로는 승리를 자축하며 경적을 울려대는 차량 행렬과 녹색과 붉은색으로 치장한 당기를 흔들며 "자간나트 라이 만세" "비키 라이 만세"를 외치는 국민복지당 당원들로 완전히 막혀버렸다. 농장 입구에는 거대한 아치가 세워지고 지긴나드 라이의 신거용 미소를 남은 포스터가 내걸렸다.

메라울리에 피어난 사랑　221

나는 솔직히 비키 라이의 방면에 왜 이렇게 난리법석을 피우는지 이해할 수 없었다. 그자가 살인 혐의에서 벗어난 최초의 부잣집 자제는 아니지 않은가. 어쨌든 나도 바르카 다스를 직접 보고 싶기는 했다. 5백여 명의 군중이 그녀 주변에 몰려들어 TV에서 매일 보는 얼굴을 넋을 잃고 구경했다. 엄마까지도 이 유명인의 향기에 이끌려 나올 정도였다. 엄마는 늘 바르카의 깨끗한 얼굴과 트레이드마크인 사진기자용 조끼를 침이 마르도록 칭찬했다. 오늘은 검은색 바지에 흰 셔츠 차림이었다.

바르카는 핑크색 마이크를 들고 있었다.

"네, 루비 질 사건의 판결에 대해 의견을 말씀해주시겠습니까?" 그녀는 군중 속에서 아무나 골라잡고 물었다. 이마에 커다란 혹이 있는 검은 피부의 사내가 제일 먼저 대답했다.

"아주 나빠요. 이번 판결로 유전무죄 무전유죄라는 인식만 더욱 커질 겁니다." 사내는 TV에 나오는 시민 특유의 꽁꽁 얼어붙은 자세로 대답했다.

무리 속에는 샤카도 끼어 있었다. 공산당에서 한자리 차지하고 있음을 자랑하기 위해 장발을 하고 이마에 붉은 손수건을 두르고 다니는 친구였다. 그는 바르카가 다른 사람한테 가기 전에 그녀의 손에서 마이크를 낚아챘다.

"나라가 완전히 개판이에요. 돈 많은 제국주의자들이 제멋대로 법을 유린하고 있어요. 모두 총살시켜야 합니다. 오직 혁명만이 나라를 구할 수 있다! 오직 혁명만이! 인퀼라브 진다바드(혁명 만세)!" 그가 주먹을 휘두르며 외쳤다.

바르카 다스는 샤카에게서 마이크를 빼앗고 잠깐 그를 노려보았다.

"우리한테 혁명이 필요하다고 보세요?" 그녀가 갑자기 엄마한테 마이크를 들이댔다.

엄마는 놀라 뒷걸음쳤지만, 바르카는 포기하지 않고 집요하게 엄마를 밀어붙였다.

"대답하셔야 해요, 부인."

"혁명으로 문제를 해결할 수야 없죠. 사는 동안 열심히 일하고 선행을 많이 베풀면 신께서 전생의 죄목을 용서해주신다오. 그럼 내세에는 우리도 부자로 태어날 수 있겠지." 엄마가 특유의 심각한 어투로 대답했다.

나는 엄마를 보며 고개를 저었다. 그 문제는 우리 사이의 해묵은 갈등이다. 엄마는 선행과 윤회를 믿고 나는 태생의 우연성과 현실을 믿는다. 멍청이 샤카의 말도 틀렸다. 혁명은 없다. 부자들은 두 발 뻗고 잠을 잘 것이고, 먹을거리가 생기는 순간 혁명은 끝날 것이다.

물론 내가 이런 얘기를 떠벌릴 필요는 없다. 결국 나 역시 돈 많은 제국주의자의 반열에 올라서지 않았는가. 돈가방 만세!

리투는 다음 날 아침 전화를 걸어왔는데 약간 불편해하는 목소리였다.

"비제이, 오늘 만날 수 있어? 좀 조용하고 여기에서 멀리 떨어진 곳이면 좋겠는데."

"아는 데가 있어. 로디 가든 어때? 도시 반내쪽에 있는데."

"응, 로디 가든은 나도 알아. 거기서 두시에 만나."

메라울리에 피어난 사랑　223

오늘은 기필코 이 부잣집 따님을 확실하게 정복할 것이다. 그것도 델리에서 가장 아름답기로 유명한 공원에서.

나는 택시를 타고 로디 가든으로 가 입구 근처에서 그녀를 기다렸다. 그녀는 15분쯤 늦게 오토릭샤를 타고 나타났다. 분홍색 살와르 카미즈. 그녀가 고른 색도 맘에 들었지만 무엇보다 승용차와 경호원을 떼어놓고 온 것이 좋았다. 기막힌 징조다.

로디 가든은 무덤과 나무로 가득한 넓은 녹지다. 특히 두 가지로 유명한데, 바로 조깅과 애무다. 아침에는 몸을 만드는 데 열을 올리는 사람들이 젖은 티셔츠 차림으로 설치고 다니지만, 오후가 되면 완전히 연인들의 차지가 된다. 그들은 낡은 기념탑의 후미진 곳에 들어가 서로의 몸을 더듬고, 덤불숲 뒤에서 키스를 하고, 인적이 드문 공원 벤치를 찾아다닌다.

2시의 공원은 사랑에 굶주린 연인들의 동물원이나 다름없다. 공원 여기저기서 노골적인 애정 행각을 벌이는 남녀의 모습에 리투도 조금은 불편한 모양이었다. 작은 마을인 러크나우에서 저런 노골적인 애무를 했다간 곧바로 철창 신세가 될 것이다.

"다른 공원에 가면 안 돼?" 그녀가 당혹해하며 물었다.

"델리에서는 어느 공원을 가나 마찬가지야." 나는 이렇게 대답하곤 그녀를 구석진 벤치로 데려갔다.

우리는 나란히 앉았다. 그녀는 잔뜩 긴장한 모습이었다. 마치 아버지가 당장이라도 덤불숲에서 뛰쳐나오지나 않을까 걱정하는 것 같았다.

"걱정 마, 리투 가족은 아무도 안 올 테니까. 이 시간의 공원은 연인들 세상인걸, 뭐."

그녀가 얼굴을 붉혔고 나는 조심스럽게 그녀의 손을 잡았다. 그녀는 뿌리치지도 적극적으로 응하지도 않았다. 그녀가 공공장소에서의 키스를 허락할지 불안했지만 지금이 확인해볼 적기였다. 나는 고개를 숙여 그녀의 뺨에 가볍게 입술을 갖다 댔다. 솔직히 키스라기보다는 탐색용 미끼에 가까웠다. 그녀는 즉시 두 손으로 얼굴을 감쌌지만 내가 그녀의 두 손을 치우자 수줍은 듯 미소를 지어 보였다. 나는 그녀의 눈을 바라보고, 윙크를 하고, 다시 키스를 시도했다. 이번엔 입술이었다. 그녀도 내게 키스를 했다. 부자들은 키스도 달랐다. 리투의 따뜻하고 조심스런 키스는 동네 여자애들의 천박한 입술 박치기와는 완전히 차원이 달랐다. 입술로 전해진 감미롭고 부드러운 설렘은 곧바로 뇌로 전해져 모든 의혹을 씻우고 들뜬 승리감만을 남겨놓았다.

"사랑해, 리투." 나는 사랑에 빠진 주인공처럼 열정적으로 말했다.

"나도 사랑해, 비제이." 그녀가 속삭였다. 그 순간 벌떡 일어나 절을 하고 싶어졌다. 여자한테서 그런 말을 들은 게 처음은 아니었다. 그런 애정 표현은 수도 없이 들었지만, 모두 싸구려 분과 소독약 냄새가 진동하는 산제이 간디 슬럼의 더럽고 천박한 여자들한테서였다. 메르세데스를 몰고 특수부대원의 경호를 받는 절세미인의 입에서 흘러나온 애정 표현을 거기에 비할 수는 없다. 나는 좀더 밀어붙이기로 했다.

"우리 좀더 조용한 곳으로 갈까?" 내가 벤치에서 일어섰다.

"어디?"

"내가 좋은 곳을 알아."

로디 가든을 나와 택시 승강장으로 가는 동안에도 그녀는 이의를 제기하지 않았다. 물론 최고급 5성 호텔에 데려가는 건 일도 아니겠으나, 그런 호텔은 질문이 너무 많아 그녀가 겁을 집어먹을 수도 있었다. 이럴 때는 오히려 값싸고 특징 없는 호텔이 유리하다. 그곳 매니저들은 호들갑스럽지도 않고 숙박료도 시간으로 계산해주기 때문이다.

"파하르간지로 갑시다." 나는 운전사한테 목적지를 말했다.

'정숙한 호텔'은 파하르간지의 좁은 골목 안에 있었다. 기차역에서 멀지 않은 곳이다. 갈라진 간판이 걸리고 군데군데 석회칠이 되어 있는 3층짜리 낡은 회색 건물. 그 호텔에서 신뢰할 수 있는 게 하나 있다면 그건 이름일 것이다. 접수데스크는 곰팡이가 잔뜩 슨 벽에 밝은 분위기를 억지로 꾸며낸 듯한 느낌을 주었다. 벨보이들이 리투와 나를 곁눈질로 훑어보고는 저희끼리 숙덕거렸다. 마치 우릴 상대로 음모를 꾸미는 듯했다. 내가 방을 달라고 하자 지배인이 다 안다는 표정부터 지었다.

"한 시간? 하루?" 그가 물었다.

"한 시간." 내가 대답하자 그는 5백 루피라고 말하며 무거운 열쇠를 내밀었다.

"오층 515호실이에요. 엘리베이터는 모퉁이 돌아서 있고."

리투를 엘리베이터로 이끌면서 나는 그녀의 불안감이 커져가는 것을 느꼈다. 515호실은 복도 끄트머리에 있었다. 낡고 지저분한 붉은색 카펫 위로 바퀴벌레들이 분주히 돌아다녔다. 이런 쓰레기 호텔을 선택한 게 후회스러웠지만 이미 엎질러진 물이었다. 방문을 열자 놀랍게도 방 안은 산뜻하고 말끔하게 정리되어 있었다. 잘 마른 시트를 씌운 더블 침대에는 푹신한 베개가 놓여 있고, 리투의 옷과 비슷한 파스텔 톤의 핑크빛 벽은 델리의 풍경 사진들로 장식되어 있었다. 심지어 부지런히 초침을 재깍거리는 벽시계까지 있었다. 거친 소재로 만든 붉은 커튼은 새것 같았지만 자동차와 사람들의 소음을 막아줄 정도로 두껍지는 않았다. 은은한 장미향이 코끝을 간질였는데 이전 투숙객이 남기고 간 것이거나, 매니저가 낭만적인 분위기를 위해 뿌려놓은 것이리라. 결정적으로 침대 옆 협탁 아랫서랍에 니로드 콘돔 상자가 얌전히 놓여 있었다!

나는 문을 잠그고 리투를 끌어안았다. 그녀도 뿌리치지 않고 포옹을 받아들였으나, 몸은 더욱더 굳은 채였다. 내가 다시 좀더 열정적으로 입술에 키스할 땐 가볍게 인상을 찌푸리기도 했다.

나는 그녀의 춘니를 벗겨서 등 뒤로 미끄러뜨렸다. 카미즈의 얇은 천 아래로 그녀의 따뜻한 피부를 느낄 수 있었다. 셔츠가 머리 위로 벗겨지고 상체가 드러나자 그녀가 몸을 떨었다. 이제 하얀 레이스가 달린 브라만 남았고 그 모습에 난 더욱 불타올랐다. 리투가 묘한 행동을 시작한 건 바로 그때였다. 그녀는 나를 제지하지도 않고 두 손으로 가슴을 가리지도 않았다. 그러더니 갑자기 울기 시작했다. 여자의 눈물은 저항의 표현이 아니라 소중하게 대해달라는 호소라는 사실 정도는 알 만큼 여자를 겪어봤다. 어쩌면 그녀는 처음인지도 모른다. 머리가 복잡해졌다. 이런 사소한 문제는 무시하고 그녀를 정복하는 일을 계속할 수도 있었다. 하지만 리두는 완전히 무기력해 보였다. 표정도 너무나 진솔해 치솟는 나의 욕성을 어리석고 천박하게 만들어버렸다. 그런 그녀를 이용하는 건 눈먼 거지의 동냥을 훔치는 것만큼이나 역겨운 짓이 될 것이다. 그래서 난 그녀의 눈물을 닦아주고 카미즈를 입혀주었다. 그러고 나서 우리는 손만 잡고 침대에 앉았다. 얼마나 오랫동안인지 기억은 나지 않지만 그때 내게도 묘한 변화가 일었다. 조금씩 눈의 초점이 흩어지기 시작한 것이다. 더이상 침대도 침대 머리도 벽도 그림도 보이지 않았다. 두 귀 역시 모든 소리를 거부했다. 오토릭샤의 경적 소리도, 야채 장수의 고함 소리나 까마귀 울음소리도 들리지 않았다. 시간이 재깍거리며 지나는 동안, 나는 오직 내 살갗에 이는 가벼운 경련과 심장의 따뜻한 박동만을 느낄 수 있었다. 나는 리투의 촉촉한 두 눈을 바라보며, 온 세상이 그 반짝이는 깊은 눈 안에 들어 있다는 생각을 했다.

마법은 노크 소리로 깨져버렸다.

"시간 됐습니다, 손님. 방을 내주셔야겠습니다." 매니저의 목소리였다.

시계를 보니 놀랍게도 한 시간 이상 그 방에 있었다. 나는 재빨리 침대에서 일어나 문을 열었다. 매니저는 미안한 표정을 지었으나, 정작 나를 놀라게 한 건 새 시트를 잔뜩 짊어지고 나타난 하녀였다. 그때 엘리베이터 열리는 소리가 들리더니 중년의 커플이 복도로 나왔다. 이 방의 다음 손님인 모양이었다. 리투와 내가 지나가자 공무원처럼 입은 남자가 키득거렸다. 고급 바지와 셔츠 차림의 통통한 여자도 여학생처럼 키득거렸다. 그녀의 얼굴은 나사 풀린 욕정으로 번들거렸다.

이 욕정의 커플을 보자 난 더욱 수치스러워졌다. 그러나 리투는 내 손을 더 힘주어 잡았다.

거리로 나섰을 때는 벌써 어스름이 내려앉아 있었다. 오후의 조용한 속삭임은 저녁 무렵의 부산함에 자리를 내주었고, 퇴근 차량의 경적 소리와 버스 엔진 소리가 요란했다.

"늦었어. 지금 당장 돌아가지 않으면 람 싱이 찾아다닐 거야." 리투가 초조한 목소리로 말했다.

"또 만날 수 있지?"

"모르겠어. 오늘 밤 러크나우로 돌아가야 해."

"하지만 자기를 못 보면 나 살 수 없어." 내가 우는소리를 했다.

"보지 못한다고 사랑이 끝나는 건 아니야." 그녀가 대답했다.

"그럼 언제 델리로 돌아올지 그것만이라도 알려줘."

"삼 주 후에. 내 생일 바로 전이야."

"생일? 언젠데?"

"3월 10일."

"그럼 선물을 준비해야겠네."

"선물은 이미 받았는걸."

"그게 무슨 말이야? 난 아무것도 준 게 없는데?" 내가 되물었다. 그녀가 미소 지었다.

"나를 존중해줬잖아. 그게 가장 멋진 선물이야. 또 만나, 비제이." 그녀가 가볍게 내 손을 어루만지고는 오토릭샤에 올라탔다.

오토릭샤가 매연을 내뿜으며 떠나자 아련한 슬픔이 내 심장을 옥죄었다. 난 울고 싶어졌다. 그리고 깨달았다. 파하르간지에 올 때는 비속한 쾌락을 좇는 어린애였지만 이제 사랑에 빠진 어른이 되었다는 걸.

메라울리에 피어난 사랑　229

그날 밤 잠자리에서 나는 리투의 꿈에 시달렸다. 욕망의 대상이자 닿을 수 없는 환상이었던 그녀가 어느 순간 실제가 되어버렸다. 때문에 우리 사이의 메울 수 없는 간극을 의식하지 않을 수 없었다. 그녀는 상류 카스트에 실업계 거물의 딸이지만 난 사원 청소부의 천덕꾸러기 아들에 불과했다. 그 괴리감이 어찌나 크고 넓은지 꿈에서조차 메울 수 없었던 것이다. 하지만 리투가 내 사랑에 응답했다는 사실에 확신을 갖기로 했다. 그리고 힌두 영화 주제가에도 나오듯, 사랑에는 국경도 없다지 않은가. 우리는 사랑으로 간극을 메울 것이다. 물론 검은색 VIP 서류가방의 도움을 조금 받아서 말이다.

리투가 델리에 없는 3주 동안 나는 그녀에게 맞는 짝으로 나를 개조하기로 마음먹었다. 영어 개인 교습도 받고, 부동산업자를 만나 라모지 로드의 방 네 칸짜리 아파트를 임대하는 문제도 상의했다. MG 로드의 상자공장에 가서 공정을 유심히 살펴보기도 했다. 물론 그녀에게 줄 생일 선물도 살 생각이었다. 다이아몬드 약혼반지. 반지는 그녀의 가족에게 내 부를 증명하고 우리의 관계를 확고히 다져줄 최선의 방법으로 보였다.

나는 잔파트의 고급 보석상으로 갔다. 분홍색 배꼽티를 입은 여자가 나를 에어컨이 나오는 응접실로 데려가 커다란 반지들을 하나씩 보여주었다. 다이아몬드 반지는 모양도 크기도 다양했다. 소금 결정만 한 것에서 압정만 한 크기까지. 하지만 가격은 한결같이 상상을 초월해 그 가게에서 가장 싼 반지가 무려 5만 루피였다. 미치겠는 건, 잔파트의 노점상에선 그만큼 예쁘고 화려한 반지를 5백 루피도 안 되는 가격에 판다는 사실이었다.

"그런 건 다이아몬드가 아니에요, 선생님. 큐빅 지르코늄이라는 짝퉁이죠. 현미경으로 보면 그 차이가 단박에 드러나죠." 여직원이 키득거리며 웃었다. 잠시 짝퉁 다이아몬드 반지를 살까 하는 생각이 들었다. 작은 돌조각 하나에 그런 거액을 쏟아붓는다는 게 아무래도 멍청한 짓 같았다. 리투가 현미경으로 조사할 리도 없지 않은가. 하지만 다음 순간 나는 뿌리 깊은 거기근성을 떨치고 후덕탁 1캐럿짜리 반지 하나를 골랐다. 무려 12만 루피! 나는 현찰로 지불하고 예쁘게 포장을 한 다음 리투의 휴대폰 번호를 눌렀다.

"지기가 놀랄 만한 선물을 준비했어. 3월 10일에 만나."

"하지만 그날 델리에 도착하는걸. 부모님이 생일날 외출은 허락하지 않을 거야."

"안 돼. 꼭 만나. 세시에 네루 공원."

"어렵겠지만 노력은 해볼게." 그녀가 약속했다.

3월 10일. 나는 내 평생 가장 값비싼 선물을 주머니에 넣고 네루 공원으로 향했다. 손바닥이 땀으로 끈적였다. 리투는 정각에 혼자 나타났다. 우리는 나무 그늘 아래 있는 으슥한 벤치를 찾아 앉았다.

나는 상의 주머니에서 선물을 꺼내 그녀의 손바닥에 올려놓았다.

"열어봐." 그녀가 금박지 안에서 붉은색 벨벳 상자를 꺼내 조심스럽게 뚜껑을 열었다. 늘 식히 말해 반짝이는 다이아몬드를 보고 그녀의 얼굴에 놀라움과 기쁨이 동시에 나타날 거라고 기대했는데, 내가 본 건 고통과 안타까움뿐이었다.

"약혼반지 같네." 그녀가 가라앉은 목소리로 속삭였다.

"그래, 리투, 나와 결혼해주겠어?" 내가 말했다.

"하지만 난 이미 약혼한 몸인걸." 그녀가 중얼거렸다.

"뭐?"

"그래, 아버지 뜻이야. 프라타프가르 공국의 쿤와르 인데르 싱 왕자가 약혼자야. 간신히 졸업 때까지 결혼식을 늦추기는 했지만 약혼까지 거부할 수는 없었어."

"그래서 그자와 결혼하고 싶은 거야?"

"난 인데르가 싫어. 러크나우에 있을 때도 그가 너무 괴롭혀서 델리의 오빠 집으로 도망쳐 온 거야. 사랑해, 비제이. 하지만 자기하고 결혼할 수는 없어. 아버지를 거역했다가는 나뿐만 아니라 자기도 죽을 거야. 그래서 이 반지를 받을 수 없어." 그녀는 뚜껑을 닫고 벨벳 상자를 돌려주었다.

"아무래도 가족 얘기를 들을 때가 된 것 같다."

"응, 나도 그렇게 생각해. 난 자간나트 라이의 딸이야." 그녀가 이렇게 말하곤 한숨을 내쉬었다.

순간 강한 전류가 척추를 휩쓸고 지나갔다.

"맙소사! 우타르프라데시의 내무 장관? 그 끔찍한 마피아 두목 말이야?"

"그래." 그녀가 죽어가는 목소리로 대답했다.

"그럼, 지금 어디에 묵고 있는 거지? 정부 영빈관?"

"아니, 메라울리의 오빠 집. 넘버 6에 있는."

"그러니까 비키 라이의 동생이라는 거지?"

"오빠를 알아?"

"어떻게 모를 수가 있어? 루비 질을 살해하고 빠져나갔다는 뉴스가 하루 종일 흘러나오는데?"

"그래도 그 판결은 참을 수 있어. 내가 힘든 건 지금 집안이 온통 축제 분위기라는 거야. 그런 집안에 태어났다는 게 정말 역겨워 미치겠어."

"아버지, 오빠하고 사이가 좋지 않구나."

"한 번도 좋았던 적이 없어. 우리집엔 두 종족이 있어. 한쪽에 엄마와 내가 있고 반대쪽에 아버지와 오빠가 있지. 그리고 두 종족 사이엔 전쟁이 끊이지 않아. 물론 이기는 건 언제나 남자들이지만." 그녀가 고개를 숙이자 눈에서 눈물이 떨어졌다.

나는 키스로 눈물을 닦아주었다.

"자기 종족에 한 사람 더 넣어줘. 나도 자기 곁에 있을게. 영원히."

"나를 미워하지 않을 거야, 비제이?"

이번엔 내가 한숨을 쉴 차례였다. 그녀의 고백을 듣고 나 역시 내 비밀을 모두 털어놓을 때가 되었다고 느꼈다.

"나도 솔직하게 말할게, 리투. 그다음에 자기가 날 미워할지 말지 얘기해줘."

"수수께끼 같은 말은 싫어."

"그런 말은 안 할게. 지금부터는 진실만 말할 거야. 난 비제이 싱이 아니야. 진짜 이름은 문나이고 타쿠르 계급도 아니야. 방 네 개짜리 아파트도 없어. 시금 볼레나트 사원의 단칸방에 살고 있는데, 그것도 엄마가 사원 청소부인 덕분이야. 전에 자기한테 한 얘기는 모두 거짓말이야. 어쩔 수가 없었어. 자기를 미치도록 사랑하고, 잃고 싶지 않았으니까."

리투는 말 그대로 허물어지고 말았다. 내가 때리기라도 한 듯 고꾸라진 것이다. 그녀는 오랫동안 아무 말도 없었다. 이윽고 그녀가 나를 돌아보았다.

"공장 주인이 아닐지도 모른다는 생각은 했어. 그럼 하는 일이 뭐죠, 문나 씨? 거짓말하고 속이는 것 말고?" 그녀가 비난하듯 물었다.

리투에게 휴대폰 도둑질에 대해서도 말하려다 그만두기로 했다. 사랑은 사람의 눈을 멀게 할 수는 있어도 바보로 만들지는 못한다. 가족에 대해서는 사실대로 말해야 했다. 어차피 자간나트 라이 정도의 인물이라면 얼마든지 파헤칠 수 있는 얘기니까. 하지만 아무리 그라도 돈가방에 대해서는 알지 못할 것이다. 내 연애 사건도 이렇게 막을 내리는구나 하는 생각이 들었다. 아무리 서류가방의 돈이라도 리투의 신뢰를 되돌리지는 못할 테니까.

"상자공장에 매니저로 있어." 난 눈을 떨구고 대답했다.

"그럼 이 다이아몬드 반지는 어디에서 난 거야? 훔친 거야?" 리투가 물었다.

돈가방에 대해 말하지 않기로 한 이상 한 가지 선택만이 남았다. 내 사랑이 진짜임을 증명하는 것. 이를 위해 다이아몬드 반지는 가짜가 되어야 했다.

"진짜 아냐. 큐빅이지. 내가 줄 수 있는 건 그뿐이야."

리투가 다시 주먹을 쥐었다. 그녀의 내부에서 격렬한 감정이 용솟음치는 걸 느낄 수 있었다. 인도 영화에서는 이때쯤 여주인공이 일어나 사기꾼 남자 주인공의 뺨을 갈긴다. 나는 리투도 마찬가지

일 거라 생각하고는 움찔했다. 하지만 내 예상은 완전히 빗나갔다. 그녀는 내 손을 잡아주었다.

"나를 행복하게 해주려고 그 어렵게 번 돈을 쓴 거야? 고급 식당의 점심 식사…… 그것만으로도 한 달치 봉급이 모두 날아갔겠다, 그치?" 내가 고개를 끄덕이자 그녀의 두 눈에 다시 눈물이 맺혔다. "가난은 용서해도 거짓은 용서 못 해. 내가 자기를 미워할 거냐고 물었지? 이게 내 대답이야."

그녀는 이렇게 말하고는 내 뺨에 키스하면서 반지를 다시 빼았다.

이 기막힌 반전에 대해 신께 감사해야 할지 발리우드에 감사해야 할지 판단이 서지 않았다. 돈 많은 여자와 빈털터리 남자의 연애는 인도 영화가 좋아하는 주제다. 리투 라이가 배우에게 환장하는 골빈녀라 재미 삼아 가난한 남자와의 연애를 즐기려는 건지도 모르겠다. 또는 영화 제작사인 난디타 미슈라처럼 슬럼의 삶에 대한 다큐멘터리를 만드는 중일지도 모르겠다. 하지만 그녀의 두 눈에선 어떤 거짓도 찾아낼 수 없었다. 보이는 건 오직 진실함뿐이었다. 순간 안도감이 전신을 휩싸며 내 눈에서도 사랑의 감정이 분출하기 시작했다. 눈물은 벤치뿐만 아니라 내 가슴까지 적셔주었다. 나는 리투의 키스에 화답하고, 오직 이 세상에 우리 둘만 남기라도 한 듯 그녀를 열렬하게 끌어안았다.

포옹은 누군가가 내 어깨를 격렬하게 흔드는 바람에 중단되었다. 길고 곱슬거리는 콧수염을 기른 키다리가 나를 노려보고 있었다. 림 싱. 리투의 경호원이었다.

"아가씨, 댁에서 가족들이 기다리고 계십니다. 생일 케이크까지 준비했는데 여기서 이러고 계시면 어떡합니까? 나리께서 아시면 가만 계시지 않을 거예요. 당장 일어나세요, 어서." 그는 주인의 확고한 신뢰로 무장한 가신의 권세로 그녀를 몰아세웠다.

리투는 겁에 질려 비명을 지르며 벤치에서 일어섰다. 람 싱이 그녀의 손을 잡고 주차장 쪽으로 끌고 갔다. 그녀는 나를 돌아볼 엄두조차 못 냈다.

나는 혼자 남아 자간나트 라이의 세력에 대해 생각해보았다. 람 싱이 저 정도의 공포를 줄 수 있다면 그녀의 아버지는 과연 어떨까? 내가 자신의 딸과 이런 관계라는 사실을 안다면 과연 어떤 끔찍한 일을 저지르려고 할까? 가방을 도둑맞은 조폭들이 나의 행방을 찾지 못하듯 자간나트 라이 역시 나를 추적하지 못하기만을 바랄 뿐이었다.

집에 돌아오니 참피가 검은 피부의 이방인과 얘기하고 있었다. 그녀가 사원에서 누군가와 얘기하는 건 처음 본다. 나는 굴모하르 나무로 다가갔다. 벤치에 앉아 있는 그 사내는 이 세상 누구보다도 기이하게 생겼다. 키는 150센티미터에 불과했고 피부는 어찌나 검은지, 마치 표범 무늬 팬티 차림으로 여주인공과 야리꾸리한 춤을 추고 "후고 부구" 같은 이상한 노래를 부르며 허공에 창을 찔러대는 영화 속 검둥이 같았다.

"어제 얘기하던 남자는 누구야?" 다음 날 아침 내가 참피에게 물었다.

"내 친구. 옆집에 살아. 아, 참, 그 사람 어떻게 생겼어, 오빠?"

참피가 물었다.

나는 참피를 바라보았다. 그녀의 표정은 기대감으로 가득했다. 내 대답을 통해 자신이 상상한 바를 확인받고 싶어하는 듯했다. 게다가 그녀의 두 뺨엔 리투처럼 밝은 홍조까지 일었다. 어쩌면 참피가 그 사내와 사랑에 빠졌을지도 모른다는 생각이 들었다. 그녀의 외모 때문에 그런 가능성은 한 번도 생각해보지 못한 것이다. 이런 이기적이고도 둔감한 놈 같으니!

"그 사람 어떻게 생겼냐니까?" 그녀가 다시 물었다.

"검은 피부에 키도 크고 잘생겼더라." 내 대답에 참피가 미소를 지었다. 그녀의 로미오가 검둥이 난쟁이라는 사실을 밝혀봐야 무슨 소용이겠는가.

다음 한 주는 내 평생 가장 고통스런 시간이었다. 리투에게선 연락도 없었고 휴대폰도 꺼져 있었다. 오만 가지 걱정에 잠을 이룰 수가 없었다. 그리고 내 불길한 예감은 나이트클럽에서 만난 그녀의 친구 말리니로부터 화급한 전화가 걸려온 순간 확실해졌다.

"문나, 리투가 당신을 보고 싶어해요. 그애를 우리 집으로 데려오느라 얼마나 고생했다고요. 지금 당장 웨스트엔드로 올 수 있죠?"

나는 주소를 적고 그녀의 집으로 달려갔다. 교외에 위치한 진원풍의 깔끔한 집이었다. 말리니가 잔뜩 흥분한 표정으로 나를 방으로 데려갔다. 세상에, 그 충격이라니. 리투가 절뚝거리며 다가오는데, 말 그대로 TV에 나오는 매 맞은 가성주부 꼴이 아닌가! 이마와 턱은 멍이 들었고 두 뺨엔 손자국이, 그리고 두 눈 주위엔 다크서클까지 선명했다.

"도대체 어떤 놈 짓이야?" 내가 울부짖었다.

"생일날 집에서 큰 싸움이 있었어. 람 싱이 자기와의 일을 고자질한 거야. 아버지는 날 쏴죽이겠다고 펄쩍 뛰었지만, 정작 때린 건 오빠였어."

가슴속에서 분노의 불꽃이 치솟았다.

"감히 자기한테 이런 짓을! 그 자식을 죽여버리겠어!" 내가 펄펄 뛰었다.

"결국 집에 갇히고 휴대폰도 압수당했어. 다행히 말리니가 오늘 만나러 온 덕분에 간신히 여기로 빠져나온 거야. 자기한테 알려야 하니까. 목숨이 위험해질 수도 있어."

"하지만 자기 목숨은? 그 백정놈들이 자기를 죽일 수도 있어!"

"고통은 여인의 숙명 같은 거야. 최소한 나도 하나는 했어. 아버지한테 쿤와르 인데르 싱과 결혼하지 않겠다고 선언했거든. 차라리 죽이라고 했지. 아버지의 정치적 입지를 키우려는 정략결혼에 볼모가 되고 싶지는 않다고 했어."

"그럼 나와 결혼해줘."

"자기하고 결혼하도록 놔두진 않을 거야. 아무튼 다른 누구와도 결혼하지 않겠다고 말은 해뒀어."

"자기네 가족이 어떻게 나오든 상관없어. 당장 사원으로 가서 예식을 올리자. 법적으로 결혼하면 자기 아버지도 어쩌지 못할 거야. 경찰이 보호해줄 테니까."

그녀가 공허한 웃음을 흘렸다.

"아버지 이름만 듣고도 벌벌 떠는 경찰관이 한둘이 아냐. 그 사람들이 제일 먼저 나를 집으로 끌고 갈걸."

"그럼 어떻게 하려고, 리투?"

"아무것도. 책에서야 사랑과 전쟁에 있어선 모든 게 정당하다지만 내가 아는 한 정당한 건 어디에도 없어, 문나. 우린 금지된 사랑을 하는 거야."

"자기는 상위 카스트에 속하고 나는 아니기 때문에? 인정할 수 없어. 사십 년 동안 엄마와 난 하리잔*이었어. 사원에서도 받아주지 않는 계급이었지만 이젠 그곳에서 일할 뿐만 아니라 살기까지 하잖아. 이젠 아무도 우리를 하리잔이라고 부르지 않아."

"그럼 어머님께 우리 집에 가서서 결혼 신청을 해보라고 해봐. 어떻게 되나."

"어떻게 되긴. 기껏해야 안 된다고 하셨지."

"바보 같은 소리 하지 마, 문나. 콜카타의 기업 총수 딸한테 구혼한 가난한 무슬림 소년이 어떻게 되었는지 몰라서 그래? 그 사람들은 그를 죽였어."**

"하지만 난 무슬림이 아냐."

"그럼 이 신문 기사를 봐." 그녀가 핸드백에서 구겨진 신문 하나를 꺼낸다. 힌두어 신문이다.

"무슨 기산데?"

"우타르프라데시의 두 젊은 연인이 린치를 당했어. 서로 다른 카스트에 속한다는 이유로. 남자는 브라만인데 여자는 더 낮은 카스트였대. 사람들은 열아홉 살인 프리탐과 열여덟 살인 소누를 차

---

* 불가촉천민.
** 콜카타의 최고 기업가의 딸 프리앙카 토디와 결혼하려 했다가 살해된 리즈와누르 라만 사건을 말한다.

메라울리에 피어난 사랑　239

례로 지붕에 목매달았어. 둘이 매달리는 동안 수백 명이 구경을 했대. 더욱 소름 끼치는 건, 소년과 소녀의 부모도 징벌을 허락했을 뿐 아니라 아이들이 임시 교수대에 매달리는 장면을 지켜보기까지 했다는 거야." 그녀는 기사 내용을 설명하면서 몸을 부르르 떨었다.

"죽어도 상관없어. 그래도 난 자기와 결혼하겠어."

"난 상관 있어, 문나. 진심이야. 오빠가 친동생인 나한테도 이런 짓을 하는데 자기한테 무슨 짓인들 못하겠어?"

"괜한 걱정이야. 비키 라이 정도는 하나도 무섭지 않아." 내가 손사래를 쳤다.

바로 그 순간 휴대폰이 울렸다. 나 말고 이 번호를 아는 사람은 리투밖에 없었기 때문에 나는 깜짝 놀랐다. 통화 버튼을 누르자 낯선 목소리가 흘러나왔다.

"야, 임마, 내 말 잘 들어. 난 비키 라이다. 네놈이 감히 내 동생 리투를 노려? 이제 돼지 새끼처럼 네놈의 껍질을 벗기고 뼈란 뼈는 모조리 분질러 개 먹이로 던져주겠다, 알겠나?"

전화가 끊기자 방 안 공기가 끔찍할 정도로 차가워졌다. 리투는 내 표정으로 발신자가 누구인지 짐작해냈다.

"오빠지?"

"응. 어떻게 내 번호를 알았지?" 충격으로 내 몸은 여전히 떨리고 있었다.

"내 휴대폰에서 찾아냈을 거야. 뭐래?"

"나를 죽이겠다고 협박했어."

"오 맙소사!" 그녀가 비명을 지르곤 두 손으로 얼굴을 감쌌다.

잠시 방 안은 완전한 침묵에 휩싸였다. 이윽고 그녀가 고개를 들었다. 어려운 결심을 한 듯 아랫입술을 단단히 깨물고 있었다.

"이제 선택은 하나뿐이야. 우리, 달아나." 그녀가 선언했다.

"그러자. 이젠 함께 미래를 생각해야 할 때야." 내가 그녀의 손을 움켜잡으며 외쳤다.

"하지만 어떻게 살아가지? 나한텐 돈이 하나도 없어."

"우리 둘을 위한 돈 정도는 나한테 있어."

"얼마나?" 그녀가 물었다

"자기가 상상하는 것보다 많이. 절대 부족한 게 없도록 해줄게."

"어디로 달아나지?"

"자기가 원하는 곳을 골라봐."

"늘 뭄바이에 가고 싶긴 했어."

"나도 그래. 당장 역으로 가서 기차를 타자."

"안 돼. 지금 그러면 밀피니가 곤란해져."

"그럼 언제?"

"좋은 날을 알아. 오빠는 3월 23일에 석방 자축 파티를 크게 열 계획이야. 집에 오백 명 가까운 사람이 모이니까 그때 몰래 빠져나오면 돼. 넘버 6 뒷문에서 기다려. 대로와 직각으로 꺾이는 샛길에 있어. 정확히 밤 열한시에 만나. 그다음엔 함께 택시를 타고 기차역으로 가서 뭄바이로 달아나자."

"좋아. 뭄바이 티켓 두 장을 구해둘게."

약속은 정해졌다. 이제 내게도 새로운 삶이 시작될 것이다. 지금까지 모호히기만 했던 미래가 구체적인 형상을 그려가고 있었다. 어서 빨리 뭄바이에 갈 수만 있다면. 사람들은 그곳을 꿈의 도

메라울리에 피어난 사랑

시라고 부른다. 그곳은 버림받은 사람들을 영화 스타와 사업가로 만들어주는 곳이다. 내게는 어떤 선물을 준비하고 있을지 누가 알겠는가.

사원으로 돌아가는 길에, 문득 사원에 들러 시바 신께 기도를 드리고 싶다는 생각이 들었다. 지금이야말로 신과의 불화를 끊고 축복을 기원할 적기가 아니겠는가. 나는 심지어 대리석 계단까지 올랐다. 리투의 사랑을 받고 보니 발리우드의 노래들이 현실로 느껴지기 시작한 것이다. 어쩌면 이 세상에 정말로 정의가 있을지도 모를 일이다. 하지만 머릿속의 목소리는 계속해서 내 앞길을 막아서기만 했다. 젊은 연인들이 교수형을 당할 때 신은 어디에 있었지? 이젠 살인을 막을 힘도 없다는 얘긴가? 아니면 잔혹 행위를 그저 관망하겠다는 건가?

나는 기차역 예매 창구에서 뭄바이 행 일등석 티켓 두 장을 예매했다. 3월 24일 새벽 5시 30분, 펀자브 우편열차가 리투와 나를 뭄바이 중앙역으로 데려다줄 것이다.

참피와 엄마는 어떻게 하지? 참피는 원주민한테 완전히 **빠진** 듯했다. 내가 볼 때마다 그와 함께 벤치에 앉아 신나게 재잘대고 있었다. 생전 처음으로 그녀가 목청껏 웃는 소리까지 들었다. 그녀의 작은 행복까지 막고 싶은 생각은 없었다. 하지만 엄마한테는 내 계획을 말해야 할 것이다.

"삼 일 후 뭄바이에 갈 거예요." 내가 말했다.
"그렇게 갑자기? 일 때문이냐?" 엄마가 되물었다.

"아뇨. 솔직히 말하면 결혼 때문이에요."
"오! 신부감이 누군지 얘기해줄 거지?"
"이름은 리투예요."
"뭄바이에 사는 아가씨야?"
"아뇨. 델리에 살아요. 메라울리에요."
"그럼, 산제이 간디 출신이겠구나?"
"걔들은 천박한 쓰레기예요, 엄마. 그런 여자들하고 결혼할 생각은 해본 적도 없어요. 엄마의 며느릿감은 우리나라에서 가장 돈 많고 권세 있는 가문의 딸이에요."
"너 또 꿈꾸는 거니, 문나?"
"아뇨, 엄마. 사실이에요. 리투와 난 뭄바이로 가서 결혼할 거예요. 그곳에 정착하자마자 엄마와 참피를 부를게요. 참피도 수술을 받을 수 있고 엄마도 이젠 편안히 쉬실 수 있을 거예요."
엄마는 의심스런 표정을 지었다.
"그애가 델리 사람이라면서 왜 뭄바이로 가는 거니? 너희들 달아나는 거니?"
"비슷해요."
"얘야, 리투에 대해 얘기해다오. 아버지가 누구냐? 어느 집 딸이야?"
"그녀의 아버지는 자간나트 라이, 우타르프라데시의 내무 장관이에요. 오빠는 사업가 비키 라이고요."
엄마가 손으로 입을 막았다.
"안 돼…… 이냐, 이냐." 엄마는 밀까지 너믈었다.
"엄마는 항상 우리가 전생에 죄를 졌기 때문에 가난하다고 했

메라울리에 피어난 사랑 243

죠? 난 드디어 전생의 나쁜 카르마가 점지해준 운명을 탈출했어요. 그것도 바로 이 생에서." 내가 자랑스럽게 떠벌렸으나 엄마는 내 말을 듣지도 않았다. 이미 신들과 대화를 시작했기 때문이다.

"어찌하여 이런 잔인한 장난을 하시나이까, 신이시여?" 엄마가 벽의 달력에 대고 중얼거렸다.

"무슨 장난이요? 도대체 그게 무슨 말이에요?" 내가 물었다.

"넌 모른다, 아들아. 그 비키 라이라는 자가 아버지를 죽였다. 인도에서 자고 있던 아버지를 차로 치어버린 거야." 엄마가 노여운 목소리로 대답했다.

땅이 꺼지는 기분이었다.

"뭐라고요? 그게 정말이에요?"

"남편의 죽음을 잊는 아내는 없다. 지난 십오 년 동안 영화처럼 내 머릿속에서 계속 되풀이된 장면이야."

"왜 지금껏 아무 말도 하지 않았어요? 내 아버지잖아요."

"자간나트 라이가 침묵을 강요했어. 비키 라이를 고소하지 않는 조건으로 이 집을 구할 돈과 네 교육비를 받은 거란다."

과거는 예기치 않는 순간에 허를 찌르는 습성이 있다. 지금껏 아버지를 죽인 사고 운전자가 엄마한테 합의금을 지불했을 거라고 생각하긴 했지만, 그의 신분은 전혀 모른 채 태평하게 지냈다. 아니 어쩌면 의도적으로 그 문제를 회피해온 건지도 모르겠다. 살아 있는 사람의 삶이 더 중요하다고 합리화하면서 말이다. 아버지는 죽었고, 살아 돌아올 수 없었다. 하지만 지금 아버지가 돌아와 내 삶에 작은 폭탄 하나를 던지고 돌아갔다. 수많은 상념이 내 머릿속을 헤집었다. 슬픔과 분노와 좌절의 파편들.

"어쩌면 운명인지도 모르겠어요, 엄마." 내가 한참 생각한 끝에 입을 열었다.

"무슨 뜻이니, 문나?"

"모르세요? 이건 복수를 행하는 신의 방식이라고요. 오래전 비키 라이가 내게서 뭔가를 앗아갔죠. 이제 우리가 그의 것을 빼앗을 차례예요."

"그래서 그 사람 여동생하고 끝내 결혼하겠다는 거니?"

"그녀도 엄마만큼이나 그 가족을 증오해요. 그리고 우리는 서로를 너무 사랑하고요. 아버지도 그녀와의 결혼을 허락해주실 거예요."

"네 아버지는 이 일과 상관없다. 신도 그렇고. 내가 직접 비키 라이의 집에 가서 이 결혼을 막겠어." 엄마가 나를 노려보며 외쳤다.

나는 그녀의 길을 막았다.

"그건 절대 안 돼요. 비키 라이가 우리 계획을 알면, 리투를 죽이고 나까지 죽일 거예요. 엄만 우리 둘 다 죽었으면 좋겠어요?"

엄마는 한참을 노려보다 결국 울음을 터뜨렸다.

불편한 침묵이 집 안을 가득 채웠다. 엄마와 나는 그날 밤 식사를 하지 못했다. 참피는 시무룩해 있는 엄마를 달랬고 나는 아무 생각도 못한 채 멍하니 침대에 누워만 있었다. 그러다 잠이 들었는데 그때마다 수많은 악몽에 시달려야 했다. 아버지가 피 웅덩이에 누워 있고 비키 라이가 아버지의 시신을 바라보며 씩 웃는 꿈이었다. 하얀 수의를 입은 리투가 차가운 대리석 바닥에 누워 있는 꿈도 꾸

메라울리에 피어난 사랑　245

고, 구치소에서 채찍질을 당하는 랄란의 꿈도 꾸었다. 마침내 누군가가 내 머리카락을 잡아당겨 비명을 지르는 꿈을 꾸다가 깜짝 놀라 눈을 떠보니 방 안에 세 남자가 들어와 나를 에워싸고 있었다. 어떻게 들어왔는지 모르겠으나 어쨌든 꿈은 아니었다.

"일어나, 임마."

그중 하나가 소리치며 다시 내 머리채를 잡아당겼다. 내가 일어나 앉자 불이 켜졌다. 나는 눈을 비비며 세 침입자를 살펴보았다. 첫번째 사람은 목이 두꺼운 대머리로 꽉 끼는 청바지에 하얀색 리복 티셔츠 차림이다. 두번째는 땅딸보에 크림색 셔츠, 그리고 각진 턱에 키가 크고 강인해 보이는 세번째 곱슬머리는 검은 바지와 셔츠를 입었다. 그들 모두에게서 위험 인물이라는 냄새가 풍겼다.

"네가 문나 모바일이라는 놈이냐?" 대머리. 내 머리채를 붙들고 있는 자이기도 했다.

"그건 왜 묻죠?" 내가 되물었다.

대머리가 키다리를 돌아보았다.

"말해줘라, 브리제시."

"네놈이 내 차에서 휴대폰을 훔쳐갔잖아." 브리제시가 비난하듯 나를 보았다. 슬슬 기억이 나기 시작했다. 내가 노키아를 훔친 마루티 에스팀의 주인이 분명했다. 다시 과거에 발목이 잡힌 셈이다.

대머리가 위협적인 미소를 흘렸다.

"우리 물건 갖고 있지?" 나는 거짓말로 위기를 극복하기로 마음을 정했다.

"잘못 본 겁니다. 나 같은 가난뱅이한테 뭐가 있다고."

대머리가 손가락을 퉁기자 두 명의 졸개가 방을 뒤지기 시작했다. 둘은 벽에 붙은 포스터와 작은 책상 위의 손전등을 바라보더니 이윽고 매트리스에 시선을 고정했다. 서류가방 때문에 불쑥 튀어나온 것이 바로 눈에 띄었다.

"일어나."

땅딸보가 명령했다. 내가 자리에서 일어나자 그는 매트리스의 한쪽 끝을 잡고 들어올렸다. 서류가방이 드러났다. 마치 먼지 바다에 뜬 섬처럼 보였다.

"세상에, 이게 뭐야?" 대머리가 휘파람을 불며 서류가방을 집어 들었다. 브리제시의 손엔 어느새 피스톨이 들려 있었다.

그 순간 노란색 사리와 밤색 블라우스 차림의 엄마가 칸막이 뒤에서 나타났다.

"당신들 누구요? 남의 집에서 뭐 하는 거예요?"

대머리가 대답 대신 엄마를 구석으로 밀쳤다.

"질문은 사양한다, 할망구."

엄마는 쉽게 항복하는 사람이 아니었다.

"버르장머리 없는 놈들한테는 몽둥이가 약이야." 엄마가 한마디 내뱉더니 책상의 손전등을 집어 대머리가 들고 있는 가방을 향해 힘껏 휘둘렀다. 커다란 덩치에도 불구하고 사내는 날쌘 고양이처럼 민첩했다. 그는 발뒤꿈치를 축으로 한 바퀴 돌아 매끄러운 동작으로 손전등을 낚아챘다. 그다음엔 주먹으로 엄마의 얼굴을 힘껏 갈겼고 엄마는 바닥에 쓰러지고 말았다. 엄마의 입에서 피가 흘렀다. 엄마가 다시 일어서려 하자 이번에는 브리제시가 피스톨 손잡이로 엄마의 머리를 가격했다. 나는 엄마가 쓰러지는 것을 보며 비명을 질렀다. 아니, 어쩌면 잘된 일인지도 모르겠다. 그럼 적어도 그다음에 일어날 일들은 보시지 않아도 될 테니까.

대머리는 다시 가방을 집고 딸깍 하고 걸쇠 두 개를 풀어 가방의 내용물을 살펴보았다.

"흠…… 돈은 거의 그대로군. 두 뭉치 정도가 없을 뿐이야. 문나 모바일, 목숨은 건진 줄 알아라. 아, 물론 우리 물건에 손을 댄 것에 대한 대가는 별도야."

"도…… 도대체 무슨 짓을 하려는 겁니까?" 나는 벽 쪽으로 뒷걸음치며 더듬거렸다. 목소리가 갈라져 이상하게 들렸다.

"다시는 휴대폰을 훔치지 못하게 해줄 참이다." 대머리가 씩 웃고는 다시 손가락을 퉁겼다.

브리제시가 피스톨을 대머리한테 건네고 재빨리 내 두 팔을 잡았다. 나는 빠져나가려고 발버둥을 쳤지만 그의 힘이 너무 셌다. 땅딸보가 손을 들어 나를 때리려는 순간 누군가의 휴대폰이 울렸다. 세 악당은 이상하다는 듯 서로를 바라보았다. 대머리가 청바지 주머니에서 휴대폰을 꺼냈다. 그리고 재빨리 전화기를 귀에 대고 문 쪽으로 걸어갔다.

"네, 보스. 가방은 찾았습니다…… 거의 같습니다…… 지금 말입니까? ……네. 네. 브리제시와 나투를 남겨두죠…… 네, 곧 도착할 겁니다." 그는 전화를 끊고 부하들에게 돌아왔다. "보스다. 가방을 갖고 당장 오라신다. 너희들은 일을 마무리해라. 그럼 내일 만나자."

그는 내게 총 쏘는 시늉을 한 다음 문을 열고 사라졌다. 잠시 후 오토바이 엔진 소리가 들려왔다.

브리제시가 나를 구석에 몰아넣고 옴짝달싹 못하게 만들었다.

하지만 정작 나를 두려움에 떨게 한 건 땅딸보 나투였다.

"〈숄레이〉라는 영화 봤어?" 그가 얼굴을 바짝 들이대며 물었다. 악취나는 입김이 내 목에 닿았다.

"네."

"악당 가바르가 타쿠르 형사한테 손을 내밀라고 한 장면 기억나지? 하지만 손까지도 필요 없어. 손가락이면 충분하니까. 어디 한번 내밀어볼래? 열 손가락 모두." 그가 씩 웃는데 구장즙으로 얼룩진 이가 모두 드러났다.

흠뻑 젖은 등에 소름까지 일었다. 나투는 브리제시로부터 내 왼쪽 손목을 인계받고는 검지를 천천히 손등 쪽으로 젖히기 시작했다. 브리세시가 비명 소리를 막기 위해 손수건을 내 입에 밀어 넣었다. 손가락의 살과 뼈가 잡아당겨지면서 찢어지고 관절이 끊어져나갔다. 마치 커다랗게 부푼 물방울이 터지는 듯한 소리가 났다. 왼쪽 검지가 축 늘어지자 나투가 씩 웃으며 중지를 잡았다.

고통의 좋은 점은 아무 생각도 못하게 한다는 점이다. 사랑과 증오와 질투와 시기는 모두 씻겨나가고, 결국엔 참혹한 통증만이 머릿속과 땀구멍을 모두 채우기 때문이다. 그러고 나면 어느덧 고통도 사라지고 오직 먹먹하고 이련한 자극만 남게 된다. 나투가 왼쪽 엄지를 부러뜨릴 때쯤 난 이미 고통을 초월했다. 하지만 동시에 공포가 시작되었다. 참피가 방 안으로 들어왔기 때문이다. 연녹색 실와르 카미스만 입고 춘니는 쓰지 않은 채.

"무슨 일이야, 오빠?" 그녀가 솔린 목소리로 물었다.

브리제시가 참피를 보고는 얼른 고개를 돌렸다. 그녀의 기형적인 외모에 비위가 상한 것이다. 하지만 나투는 오히려 매료된 듯 보였다.

"오호, 이게 누군가?" 참피가 바뀐 방의 지형을 따라 더듬더듬 다가오는 모습을 보며 그가 음흉한 휘파람을 불었다.

"누구야? 네 여동생이냐?" 브리제시가 내 입에서 손수건을 빼내며 물었다.

"제발 그앤 건드리지 말아요. 이건 내 일이잖습니까, 저애가 아니라. 게다가 앞을 못 보는 아입니다." 내가 허겁지겁 공기를 들이마시며 외쳤다.

"장님이라고? 그렇게 안 보이는데?" 나투가 참피의 눈을 보며 되물었다.

"장님이에요. 말했잖아요." 나는 되도록 절박감을 드러내지 않으려 애를 썼다.

"좋아, 한번 실험해보지." 나투가 말하고는 그녀의 왼쪽 가슴을 건드렸다. 참피가 움찔하고는 고개를 좌우로 돌렸다. 자기를 괴롭히는 자의 방향을 찾기 위한 몸부림이었다. 나투가 박수를 쳤다. "재미있군. 젖꼭지가 바짝 서 있어. 이봐, 브리제시, 내가 재미 좀 봐도 되겠지?"

"내 동생 건드리지 마! 그애를 건드리는 순간 네놈은 죽은 목숨이야." 나는 나투를 노려보며 개 줄을 벗어나려는 사냥개처럼 버둥거렸다.

나투가 손바닥으로 내 얼굴을 때렸다. 브리제시는 손수건을 다시 내 입 안에 쑤셔 넣었다. 땅딸보는 이를 허락으로 받아들이고 더러운 손으로 참피의 입을 틀어막고 셔츠를 걷어올리기 시작했다. 참피가 도살장에 끌려가는 어린 소처럼 반항했다.

치통도 그렇지만 공포를 묘사하는 건 불가능하다. 그건 오직 경험으로만 알 수 있다. 나는 브리제시의 손 안에서 고깃덩어리처럼 떨며 참피가 농락당하는 광경을 지켜봐야 했다.

지구가 갈라져 나를 통째로 삼켜버렸으면 하는 생각뿐이었다. 이 상황은 온전히 나로 인한 것임을 너무도 잘 알고 있었다. 나투가 일을 끝내면 참피한테 어떤 일이 생길지 충분히 짐작할 수 있었다. 이미 앞을 보지 못하는 기녀는 귀머거리에 벙어리까지 되고 말 것이다. 멍한 표정으로 밖에 앉아 하루 종일 부채질만 하고, 밤이 면 갑자기 비명을 지르며 깨어날 것이다. 평생을 악몽에 시달려야 하는 것이다. 그건 최악의 적에게조차 권하고 싶지 않은 운명이다.

21년 동안 나는 종교적 신념 없이 살았다. 하지만 그 순간 난 누구보다도 절실하게 기도를 했다. 내가 알든 모르든 모든 신에게 단 한 가지만을 빌었다. 제발, 제발, 어린 참피를 구해달라고. 신이 기도에 응답해 기적을 행하는 모든 영화를 떠올렸지만 사원의 종은 울리지 않았고 지구도 흔들리지 않았다.

부정은 힘없는 자의 마지막 도피처다. 나투가 참피의 살와르 바지끈을 풀기 시작하자 내 머릿속에서 고장난 레코드처럼 반복되는 목소리가 들려왔다.

'저애는 내 동생이 아니야. 내 동생이 아니야. 내 동생이 아니야…… 그냥 천한 무슬림 창녀에 불과해.'

문득 잊있던 장면 하나가 떠올랐다. 메라울리의 도살자에게 고문당힌 채 경찰서 구치소에 서수로 매달린 랄란의 모습. 나는 그도 구해내지 못했다. 랄란이 형제 이상이라면, 참피 역시 여동생 이상

메라울리에 피어난 사람 251

이다. 마음의 유대는 핏줄보다 더 강하다.

나는 최후의 발악을 하는 부상병처럼 마지막 안간힘을 끌어모아 오른발을 힘껏 휘둘렀다. 발은 나투의 정강이에 그대로 박혔다. 그가 놀라 참피를 놓아주자 참피는 비명을 지르며 데굴데굴 굴렀다. 나투는 으르렁거리며 바지 주머니에서 자전거 체인을 꺼내 주먹에 감더니 내 얼굴을 향해 힘껏 휘둘렀다. 내가 얼굴을 피하는 바람에 체인은 뒤통수에 가서 박혔다. 그 순간 방문이 활짝 열리는 걸 본 듯도 했는데 나는 곧바로 깊은 망각 속으로 빠져들었다. 깊고도 어두우며, 너무나 달콤한 망각 속으로.

의식을 차리고 보니 병원이었다. 왼손은 깁스를 했고 뒤통수는 욱신거렸다. 나는 끈끈한 피가 만져질 거라 예상하며 뒤통수에 손을 가져갔지만 손가락에 닿은 건 부드러운 천이었다. 붕대를 감은 모양이었다. 엄마는 옆 침대에 누워 참피의 간호를 받고 있었다. 참피의 목에 검은 부적이 걸려 있었다.

"어…… 어떻게 된 거야?" 내가 힘없이 참피한테 물었다.

"기적이 일어났지." 그녀가 수수께끼처럼 대답했다.

의사가 들어와 살아 있는 게 기적이라고 말했다.

"심각한 뇌진탕에 왼쪽 손가락이 모두 부러졌더군. 최소 육 주 동안은 깁스를 해야 원래대로 회복될 걸세."

"엄마는 괜찮나요?" 내가 의사한테 물었다.

"걱정 안 해도 돼." 그는 이렇게 대답하곤 침대 옆에 꽂힌 차트를 살펴보았다.

"병원에 얼마나 있었습니까?"

"이틀."

"병원비는요?"

"무료일세. 여긴 자선병원이라 모두 무료라네. MRI 스캔, 엑스레이, 약까지 모두."

"감사합니다. 이제 퇴원해도 되겠군요." 내가 말했다.

나는 다야와티 병원에서 사원까지 걸어서 돌아왔다. 의사의 경고와 머리 통증은 무시해버렸다. 방은 마치 허리케인이 휩쓸고 지나간 것 같았다. 나무 책상도 박살난 채였다. 나는 베네통 재킷 주머니에서 일등석 기차표 두 장을 꺼내 기차역 매표소로 향했다. 환불할 생각이었다. 뭄바이엔 가지 않을 것이다. 델리와 마찬가지로 그곳도 메르세데스와 저택과 허세만 가득한 도시일 게 분명했다. 부자들만을 위한 공간. 이 나라 어디에도 가난한 자를 위한 도시는 없다. 아무리 성실하게 생계를 꾸려도 결국엔 절도 누명을 쓰고 감옥에 던져진다. 가난하고 힘이 없다는 이유만으로 말이다. 돈으로 가득한 가방을 갖고 있는 동안 나는 권력자였다. 리투를 돌볼 수도 있고 꿈을 이룰 수도 있었다. 가방을 잃은 지금 내 원대한 꿈도 사라졌다.

인생이 너무도 덧없고 무의미했다. 놀랍게도 니를 고문하고 가방을 가져간 자들에 대한 분노는 느낄 수 없었다. 처음부터 내 돈이 아니지 않았던가. 대신 내 분노는 비키 라이에게로 향했다. 리투에게 손찌검을 한 자. 아버지의 목숨을 앗아간 자. 사랑은 사람의 눈을 멀게 하나 절망은 그를 무모하게 만든다. 난 총을 사기로 했다.

그 지역에서 가장 큰 범죄 조직을 이끄는 수장은 비르주 페헬완이었다. 산제이 간디 슬럼을 어슬렁거리는 조폭 몇을 알고 있는데, 그들은 하나같이 리볼버를 액세서리처럼 차고 다녔다. 나를 망골푸리의 불법 무기상 지르다리한테 안내해준 건 최근에 조직에 새로 들어간 파푸였다.

무기상은 에어컨이 나오는 가게에 무기를 진열해놓지 않았다. 악취가 지독한 뒷골목으로 들어가 3층 계단을 오르니 어둡고 더러운 방이 나왔다. 그가 커다란 강철 금고 앞에 자리를 잡고 앉았다.

"값싼 총이 필요해요." 내가 말하자 그가 고개를 끄덕이며 데시카타를 꺼냈다. 위급시에 사용하는 단발용 사제 리볼버이다.

"천백 루피만 내." 그가 말했다.

"더 좋은 걸로 줘요." 내가 말했다.

"얼마 있는데?"

나는 기차역에서 환불 받은 4200루피를 보여주었다.

그는 금고를 열어 하얀 천으로 둘둘 말아놓은 물건 하나를 꺼냈다. 그 안에 검은색 총이 들어 있었다. 그가 총 손잡이를 앞으로 해서 내게 내밀었다.

"이것도 카타이긴 한데 아주 좋은 거야. 중국산 블랙스타 피스톨하고 비슷하지만 가격은 사천 루피밖에 안 돼. 자, 시험해보라고."

나는 총을 받아 무게를 가늠한 다음 길고 부드러운 총신을 들어보았다. 온몸에 소름이 돋았다. 그건 격렬한 죽음을 약속했고, 난 그게 맘에 들었다.

"이걸 살게요." 내가 말했다.

"안됐지만 총알은 없어. 지금은 카트리지 다섯 개가 전부인데 내일 다시 올 수 있지?" 무기상이 미안하다는 듯 얘기했다.
"아니, 다섯 발이면 충분해요. 사실 필요한 건 단 한 방이니까."

3
작전명 '체크메이트'

"여보세요."

"여보세요."

"내무 차관 댁인가요?"

"네."

"차관님 계십니까? 자간나트 라이 내무 장관께서 통화를 원하십니다."

"잠깐만 기다리세요. 연결해드리겠습니다."

잠시 후.

"여보세요. 바글레이입니다."

"잠깐만요. 장관님을 바꿔드리겠습니다."

삐. 삐. 삐.

"잘 있었나, 고팔?"

"안녕하십니까, 장관님. 죄송합니다, 팩스가 고장나는 바람에 아침에 연락드리지 못했습니다. 아무튼 데이터는 확보했습니다. 어제 이후로 살인이 모두 일곱 건이더군요. 그 밖에는 하르도이와 모라다바드에서 강도 사건이 발생했고 아잠가르와 바라 등에서 강간 사건이……"

"일일 범죄현황 보고를 듣자는 게 아냐. 그보다 훨씬 더 중요한 일 때문에 전화했네. 혹시 〈돈치〉라는 미국 영화를 아나?"

"〈돈치〉요?"

"그게 아니면 빈치…… 〈빈치 빈치코〉일기도 몰라."

"혹시 〈다빈치 코드〉 말씀이십니까?"

"그래, 그래. 그 영화야. 그거 본 적 있어?"

"네, 장관님. 괜찮은 영화입니다."

"그 영화를 즉시 우타르프라데시에서 상영 금지시켜."

"상영 금지요? 하지만 장관님, 그건 오래전 영화입니다. 벌써 옛날에 간판을 내렸습니다."

"상관없어. 그냥 금지시켜. 기독교를 모독했다는 얘기를 들었다. 예수가 어떤 창녀하고 그렇고 그런 사이였다는 등 온갖 해괴망측한 추측으로 가득하다더군. 어떻게 그런 영화가 들어올 수 있지?"

"금지시키기 전에 한번 보시는 게 좋지 않겠습니까?"

"상영 전에 영화를 봐야 한다는 법이 언제부터 생겼지? 책을 금지할 때도 다 읽고 결정했나?"

"하지만 다른 문제도 있습니다. 표현의 자유 같은. 헌법 19조에 따르면……"

"헌법은 집어치워, 고쌀. 이 나라에 그런 게 어디 있다고 그래? 있다고 읽는 사람도 없잖아? 자넨 헌법을 모두 읽어봤나?"

작전명 '체크메이트'

"아…… 아닙니다, 장관님. 한 가지 여쭌다면, 그 영화 얘기를 누구한테 들으셨습니까?"

"세바스찬 신부. 좋은 사람이야. 난 기독교인이 좋아. 선하고 온순하잖아? 늘 깨끗한 옷을 입고 영어도 잘하고 말이야. 그 영화를 금지시켜주면 우리 당이 지방선거에서 기독교 표를 많이 얻게 될 거라더군. 해로울 것 없는 거래야. 물론 그렇다고 다른 유권자를 잃을 수는 없겠지. 아, 그 영화를 금지시키면 힌두인이 싫어할까?"

"그렇지는 않을 겁니다, 장관님."

"무슬림은?"

"마찬가지입니다."

"시크교도가 싫어할까?"

"아닙니다, 장관님."

"그럼 아무 문제 없군. 그 망할 영화를 금지시켜. 명령이다."

"말씀대로 하겠습니다, 장관님. 오늘 중으로 관보에 게시하겠습니다."

"그리고 고팔?"

"네, 장관님."

"나브니트 브라르에 대한 지시는 아직 시행 중인 거지? 내가 내무 장관으로 있는 한 그자한텐 훈장도 표창도 없어."

"장관님, 그 문제를 상의드리고 싶었습니다. 나브니트 브라르는 매우 유능한 경찰입니다. 인도-네팔 국경에서 기승을 부리는 낙살라이트 일당을 일거에 무력화시키기도 했죠. 그런 자를 공화국 일일 서훈 명단에서 제외하면 경찰의 사기가 저하될 뿐 아니라……"

"고팔…… 고팔…… 장관이 누구야? 자네야, 나야?"

"물론 장관님이시죠."

"그럼 시키는 대로 해. 안 그러면 자넨 내일부터 내무 차관이 아니라 아동복지위원회 빈자리를 메우게 될 거야. 알겠어?"

"네, 장관님."

☎

"안녕하십니까, 장관님. 알로크 아가르왈입니다."

"어이쿠, 안녕하십니까. 회장님 같은 거물 기업인께서 삼사 개월마다 이런 천한 놈을 기억해주시다니 대단한 영광입니다그려."

"너무 몰아붙이지 마십시오, 장관님. 마음이야 늘 장관님 곁에 있지만 어쩌겠습니까? 제 일이 툭하면 외국으로 내몰리는 일이니. 어젯밤에 일본에서 돌아온 참이랍니다."

"아이고, 기업인이야 그래도 세계일주라도 하죠. 오늘은 일본, 내일은 미국. 저 같은 놈은 이 나라에 죽치고 앉아 곰팡내나 풀풀 풍기고 있는데 말입니다."

"그런 말씀 마십시오. 우타르프라데시 시민들의 복지를 위해 아주 많은 일을 하시는 분 아닙니까. 저도 장관님의 선거운동을 쫓아다녀봤습니다만, 늘 어마어마한 추종 세력을 거느리고 다니시던걸요."

"알아주시니 기쁘군요. 신문들은 온통 나를 까대느라 난리랍니다. 이젠 신문 읽는 것도 지쳤지 뭡니까."

"우리 마샬TV는 나릅니다. 제가 장관님의 선거운동을 모두 다루라는 지시를 직접 내렸으니까요."

작전명 '체크메이트' 259

"네, 네. 마샬 TV 덕은 많이 보고 있죠. 이름에 걸맞게 횃불 같은 방송 아닙니까. 진실의 횃불. 게다가 그 여기자도 대단해요. 이름이 뭐죠, 시마?"

"시마 비슈트? 네, 시마는 잘하죠. 올해의 기자상을 아깝게 놓쳤지만요."

"누구보다도 자격이 있는 기자입니다. 아주 미인이더군요. 정말 미인이에요. 한번 인터뷰하러 보내시지 그래요? 그냥, 그걸 영어로 뭐라고 하죠? 맨투맨?"

"그러죠, 장관님. 시마한테 얘기해서 장관실과 약속을 정하라고 하겠습니다."

"그래주면 고맙죠. 하지만 장관실은 빼기로 합시다. 제 휴대폰으로 직접 전화하라고 전해줘요. 그래, 내가 도와드릴 일이라도 있습니까?"

"네, 장관님. 저희가 금번에 다드리 근처 두번째 발전소에 입찰한 건 알고 계시죠?"

"네, 지난번에 이야기하지 않으셨습니까? 타타스, 암마니스와 경쟁한다고 했죠? JP 그룹의 싱가니아도 들어간 걸로 아는데."

"네. 그래서 부탁드리는 겁니다. 레와의 첫번째 발전소는 약속까지 해서서 거래가 성립된 것으로 알았는데 결국은 JP 그룹으로 넘어갔으니까요."

"그래요, 전직 수석 차관 모한 쿠마르가 최선을 다했지만, 마지막 순간에 총리가 틀어버렸죠. 총리가 싱가니아의 주머니 안에 있다는 건 누구나 아는 사실이라오. 이제 모한 쿠마르도 물러났으니, 우린 회장님 경쟁자들을 물리치기 위해 더 발악해야 할 판이랍니다."

"풍문으로 듣자니 싱가니아가 이미 발전소를 따낸 것처럼 군다는군요. 이번 계약까지 JP 그룹으로 가면 전 우타르프라데시에서 완전히 발을 뺄 수밖에 없습니다."

"아니, 이 나라가 어디 총리의 개인 소유랍니까? 아무리 총리라도 자기 사람한테만 넘길 수는 없어요. 우리도 전리품을 똑같이 요구할 자격이 있답니다. 걱정 마세요. 이번 건은 분명히 회장님 것이니까, 첫번째 발전수와 주거으 같으 건ㄱ 치죠, 괜찮겠고?"

"물론입니다, 장관님. 그럼 해외 거래처에 기계 선적을 준비하라고 해도 문제없겠습니까?"

"네, 문제없어요. 시바나 살 쟁겨 보내세요."

"걱정 마십쇼, 장관님. 곧 찾아뵙도록 하겠습니다. 이번 주에. 제가 직접 지시하죠."

"고맙습니다."

☎

"여보세요. 루크사나 아프사르입니다. 내무 장관님과 통화할 수 있을까요?"

"자간나트 님은 지금 출타 중이세요. 고피간지에서 선거 유세가 있거든요. 오늘이 지방선거 마지막 유세일이라서요."

"전화 받는 분은 누구시죠?"

"장관님 개인 비서예요."

"장관님이 휴대폰도 안 받으시네요. 무슨 일이 있나요? 지난 이

주 내내 전화를 피하시던데."

"부인, 부인의 헤어스타일보다 장관님의 애인이 더 자주 바뀐다는 거 모르세요? 지금쯤 그 정도는 눈치 채셨어야죠…… 여보세요…… 여보세요?"

☏

"아버지?"

"그래, 비키냐? 어째 목소리에 기운이 없구나."

"오늘 우체국에서 편지를 가져왔어요. 마오쩌둥 혁명위원회라는 낙살라이트 무리인데, 자르칸드의 경제특구 계획을 포기하지 않으면 살해하겠다네요."

"그래서 팬티에 오줌이라도 싼 게냐? 아니면 네가 자간나트 라이의 아들이라는 사실을 잊은 게야? 내 이름은 우타르프라데시에서 가장 두려운 이름이란 말이다."

"하지만 자르칸드에서 진행 중인 프로젝트가 있어요. 낙살라이트 놈들이 정말로 무슨 짓을 저지르면 어쩌죠?"

"걱정 마라. 네 집에 경찰을 배치해두마."

"아버지 경찰은 완전히 쓰레기 집단이에요. 델리 경찰서장한테 전화해서 특수부대원 경호를 요청하겠어요."

"과민 반응이야. 낙살라이트가 지금껏 개인 기업을 건드린 적은 없어."

"내가 첫 희생자가 되고 싶은 생각은 더욱 없어요, 아버지. 끊어요."

☎

"자간나트, 지방선거 결과를 봤나?"

"네, 총리 각하. 생각보다 좋지 않더군요."

"좋지 않다고? 이건 재앙이야. 우리 당이 칠십일 석을 잃었네. 어떻게 이런 일이 있을 수 있지? 다 잘될 거라고 했잖나."

"철저히 조사해보겠습니다. 아무래도 반대당이 선거 관리들을 매수한 것 같습니다. 무소속들두 선전은 했고."

"글쎄, 내 정보에 따르면 무슬림이 우리한테 등을 돌렸어. 그쪽에서 오십 석이나 날아간 거야."

"무슬림이 왜 그랬을까요? 우리도 꽤 공을 들였지 않습니까?"

"당신이 칸푸르에서 부추긴 지역 폭동 때문이지 뭐긴 뭐겠어? 뭐 힌두 쪽 표를 얻게 될 거라고? 제기랄, 우린 힌두 표로 단 한 석도 추기하지 못하고 무슬림만 날려버린 꼴이라고."

"걱정 마십쇼, 각하. 다음 선거에서 전세를 역전할 새로운 전략을 마련했으니까요."

"그게 뭔데?"

"기독교도들한테 구애할 참입니다. 이미 몇 가지 조처를 취해놓았으니 무슬림 표를 얻지 못해도 기독교 표로 충분히 메울 수 있을 겁니다."

"지금 제정신이야, 자간나트? 제기랄, 무슬림은 인구의 십팔 퍼센트고 기독교는 일 퍼센트노 안 돼!"

"허지만 양이 아니라 질을 보셔야쇼. 기녹교인을 만나면 왠지 마음이 푸근해지거든요. 아주 매력적인 사람들입니다."

작전명 '체크메이트' 263

"네 마음대로 해라. 하지만 절대로 당 문제엔 관여하지 마. 네놈한테 지방선거를 맡긴 건 지도부의 최고 실수였어."

"어디 저만 책임이 있겠습니까? 유권자들이 투표를 하지 않은 건 각하 때문이기도 하죠. 어쨌든 총리시잖습니까? 어디 모든 게 제 맘대로 한 건가요? 각하의 측근들이 내 결정에 반만이라도 협력했다면 기적이 일어났을 겁니다."

"네놈한테 말을 꺼낸 내가 잘못이지."

☏

"여보세요. 마샬 TV의 시마 비슈트 기자입니다. 장관님과 통화할 수 있을까요?"

"잠깐만요."

삐. 삐. 삐.

"안녕, 시마. 알로크가 내 휴대폰 번호를 일러주지 않던가?"

"알려주셨지만 아직 만나뵙지도 못한 분께 휴대폰으로 연락드리기가 뭣해서요."

"그럼, 만나지 뭐."

"네, 그래야죠. 라칸 타쿠르 의원의 죽음에 대해서 여쭤볼 것도 있구요."

"뭐라고? 라칸 타쿠르가 죽었어?"

"네. 오늘. 저희 방송에서 속보로 내보냈어요. 삼십 분 전에 집을 나오다가 총격을 당했다더군요."

"놀라운 소식이군. 그래 범인은 잡혔던가?"

"아뇨. 하지만 마우리아 경찰청장은 마피아가 배후 같다고 하더군요. 그런데도 만날 수 있는 건가요?"

"그럼, 당연하지. 곰티 나가르에 아주 멋진 영빈관이 있지. 오늘 밤 그곳으로 오겠나? 열시가 어때?"

"너무 늦지 않나요?"

"디너 미팅으로 하면 돼. 할 얘기가 많을 거야."

"좋아요. 거기서 뵙죠."

"좋아."

☎

삐. 삐. 삐.

"장관님, 프렘 칼라 씨 전화입니다."

"누구?"

"프렘 칼라, 〈데일리뉴스〉의 편집장입니다."

"오, 그 돼지 새끼? 좋아, 연결해."

삐. 삐. 삐.

"어이, 프렘. 오랜만에 날 기억해낸 모양이오."

"오래 괴롭히진 않을 겁니다, 장관님. 그저 루크사나 아프사르의 죽음에 대해 간단한 논평만 해주시면 됩니다."

"그래, 아주 슬픈 일이오. 성실한 당원이었는데."

"왜 자살했다고 생각하십니까?"

"내가 어떻게 알겠소? 그런 건 경찰한테 물어봐야지."

"그녀가 유서를 남긴 건 알고 계십니까?"

"……뭐라고 써 있는데?"

"'사랑하는 자간나트'라고 적은 다음 갈리브의 이행시를 적었더군요. 아주 멋진 시죠."

늦지 않겠다는 당신의 약속을 믿어요.
하지만 당신이 도착할 때쯤 난 죽어 있을 거예요.

"좋은 시로군. 하지만 그게 나와 무슨 상관이지?"
"그녀와 연애를 하다가 버리셨다는 소문이 있던데요."
"거짓말이야. 모두 생거짓말이지. 잘 알지도 못한 여자요."
"함께 다니시는 장면이 여러 차례 목격되었죠, 아마?"
"난 공인이야. 공인은 사람 만나는 게 직업이라고. 여자를 만난다고 해서 그들 모두와 재미를 본다고 단정할 순 없잖소? 난 행복한 결혼 생활을 하는 유부남이오."
"테이프도 하나 있습니다."
"……"
"……"
"무슨 테이프?"
"녹음 테이프입니다."
"무슨 내용이 있는데?"
"여러 가지 많죠. 장관님과 그녀의 대화 내용들입니다. 갈리브의 괜찮은 이행시도 있었지만, 제가 특별히 맘에 드는 부분은 총리에 대한 장관님의 견해였죠."
"어떻게 얻었지?"

"목숨을 끊기 직전 루크사나가 우편으로 보냈더군요. 장관님께서 그녀의 침대에 계실 때 녹음한 모양입니다."

"경찰도 테이프에 대해 알고 있소?"

"아뇨. 제가 보관 중입니다. 몇 마디 들어보시겠습니까?"

"……"

"장관님?"

"원하는 게 뭐요?"

"진실."

"허허허, 그야말로 기자의 상투어로군. 누구나 자기 가격이 있소. 당신 값을 불러요."

"현찰로 이백만 루피. 그리고 일 년간 우리 신분에 대한 정부 홍보 보장. 흥정은 없습니다."

"첫번째는 받아들이지. 두번째는 곤란해. 홍보는 홍보국에 얘기해야 하니까."

"그럼, 삼백만 루피로 올라갑니다."

"이백오십."

"좋습니다."

☏

"무크타르?"

"네, 대장님."

"네팔에서 위탁 무기 회수할 세 있나."

"쉽지 않습니다, 대장님. 요즘 국경에 짭새들이 바글거려요. 무

작전명 '체크메이트'

기를 빼앗기면 안 되잖습니까?"

"문제없을 거다. 내 공용차를 써. 청색 경광등 달린 걸로. 국경을 넘으면 곧바로 창고로 가고."

"그럼 충분합니다. 내무 장관의 차를 누가 막겠습니까?"

☎

"여보세요. 저 시마예요."

"안녕, 자기. 도대체 어디 있었어? 일주일 동안이나 못 봤잖아."

"바빴어요. 아와드 페스티발하고 러크나우에서 가장 큰 쇼를 취재했어요. 발리우드의 여왕도 왔더라구요."

"이런, 영화배우들은 뭐하러 쫓아다니나? 명예라고는 눈곱만치도 없는 애들인데. 돈만 주면 결혼식 피에로처럼 아무 데서나 흔들어대는 여자들이잖아."

"그래도 러크나우의 절반이 공연을 보러 왔어요. 샤브남이 단연 주인공이었죠."

"그게 누군데?"

"샤브남 삭세나. 현재 인도에서 가장 섹시한 여배우예요."

"요즘 여배우는 잘 몰라. 내가 본 마지막 영화가 〈조국 인도〉였으니까. 나르기스 연기가 기가 막혔지."

"장관님이야 여배우 이름도 모르지만, 아드님은 거물급 제작자잖아요."

"그래, 비키 놈이야 그런 걸 좋아하지. 난 관심 없어. 나야 여배우보다 자네가 훨씬 낫지."

"입바른 소리 마세요. 아무튼 제 부탁은 처리했나요?"

"무슨 부탁?"

"파파마우의 주류 계약 건. 삼촌 일로 부탁드렸잖아요."

"그래, 그래. 다 끝났다고 봐야 해. 하지만 그것 때문에 나도 희생이 컸다는 건 알아야 해."

"어떻게요?"

"파파마우의 주류 유통은 전통적으로 샤킬이라는 자가 쥐고 있어. 그자한테 이번엔 입찰하지 말라고 했지. 자기 삼촌을 위해서. 대신 그자한테는 다른 식으로 보상하기로 했어."

"그럼 전 장관님께 침대에서 보상해드릴게요."

"그래, 그러지고."

☎

"자간나트 라이 내무 장관님과 통화하고 싶습니다만."

"난데, 누구지?"

"경찰서장 나브니트 브라르입니다. 장관님. 지금 바라이크에서 전화 걸고 있습니다."

"오, 나브니트. 잘 지내나? 바라이크 근무로 정신을 좀 차린 모양이군. 그래, 과거의 실수를 사과하기 위해서 전화한 건가?"

"아닙니다, 장관님. 지금 막 장관님의 공용차를 체포했다는 소식을 알려드리려고 전화드렸습니다. 네팔에서 돌아오던 중에 제 담당 구역 검문소에서 걸렸더군요. 차 안에 은닉된 AK-47 소총 몇 정을 확보했습니다. 운전사는 용케 빠져나갔지만 물건은 모두

작전명 '체크메이트' 269

압수했습니다. 지금 범죄행위를 교사하고 지원한 혐의로 장관님에 대한 체포 영장을 신청하는 중입니다."

"뭐야? 네놈이 감히 내무 장관을 체포하겠다고?"

"제가 체포하려는 건 공직을 남용한 유명 인사 범죄자일 뿐입니다."

"나브니트, 나 같은 사람하고 얽혀봐야 네놈만 힘들어져. 제복을 입었다고 신분이 보장되는 게 아니야. 그런 환상은 애초에 버리는 게 좋아. 너 같은 파리 새끼는 몇 분 안에 으깨버릴 수 있으니까."

"어쩌시게요? 또다시 그 허수아비 마우리아 경찰청장을 시켜 전근이라도 보낼 겁니까? 음, 이번엔 그것도 힘들겠군요. 이미 총리 각하와 통화해 수사에 대한 전권을 받았으니까요. 다행히 소수나마 원칙 있는 정치가가 아직 남아 있더군요."

"그래? 그럼 네놈 멋대로 해봐. 나도 가만 있지는 않을 테니."

☏

"아버지?"

"그래, 비키."

"2월 15일 디데이까지 일주일밖에 안 남았어요."

"왜 그리 조급한 거냐? 판결은 이미 11월에 결정났다고 했잖아."

"추가 심문이 있었다고 들었어요."

"이건 게임이야. 사자라면 당연히 독수리의 먹이를 챙겨줘야지."

"그럼 두 발 뻗고 자도 돼요?"

"그래, 얼마든지. 아무튼 누가 나한테도 똑같은 소리를 해줬으면 좋겠다."

"왜요? 뭐 골치 아픈 일이라도 있어요?"

"미친 경찰놈 하나가 잠을 방해해. 겁 없이 체포 영장을 신청했다는구나. 나를 체포해봐야 당 이미지에 득될 게 없다고 총리를 설득하는 데 이틀이나 걸렸다."

"총리도 어떻게든 손봐야 하는 거 아니에요, 아버지?"

"그럴 거다. 하지만 경찰놈이 먼저지. 무크타르한테 맡겼어."

☎

"자간나드."

"예, 총리 각하."

"나브니트 브라르가 지뢰 폭발로 죽은 건 정말 큰 충격이야."

"그렇습니다. 무척 유능한 경찰이었는데 말이죠. 평생 테러리스트하고 싸웠는데 결국 놈들한테 당하고 말았군요."

"그럼 자네는 그 친구 죽음과 아무 관계 없다는 얘긴가?"

"무슨 말씀이십니까? 인도-네팔 국경에서 설치는 낙살라이트한테 당한 건 천하가 다 아는 노릇입니다."

"하지만 자네 최근에 브라르하고 부딪쳤잖아. 당신 차를 입수하고 체포 영장까지 청구하려 했었지."

"개인적인 감정은 없습니다. 애초에 브라르를 바라이크로 보낸 게 저라는 사실을 잊지 마십시오. 게다가 그 차도 저하곤 상관없었죠. 무기상들이 가짜 번호판과 뭐가 경광등을 이용했으니까요. 브라르는 그저 직무에 충실해 차를 조사한 것뿐입니다. 그 친구한테 사후 서훈을 내리자고 주장한 것도 바로 그 이유 때문입니다."

"어떻게 할 생각인가?"

"대통령 경찰 무공훈장을 주는 겁니다. 그리고 가족한테는 이백만 루피의 포상금을 내리고 미망인한테도 일급 직업을 제공하도록 하죠."

"알았네. 그건 그렇고, 내일 델리에 가서 자네 아들 판결을 지켜볼 생각인가?"

"아뇨, 러크나우에 가서 브라르의 장례에 참석할 겁니다. 내무 장관으로서 최소한의 역할은 해야죠."

"그래, 아주 좋은 생각이야, 자간나트. 행운을 비네."

"감사합니다."

☎

"아버지?"

"그래, 비키."

"그냥 고맙다는 인사 드리려고요. 면소 판결로 큰 짐 하나 덜었어요. 감옥에 갈지도 모른다고 생각했는데."

"나한테가 아니라 구루께 해라. 이게 모두 그분 축복 덕분이니까. 나한테 사파이어를 권한 후 기적이 연달아 일어나는구나. 경쟁자들도 모두 골로 갔고 말이야. 구루께서 최근에 외국 강연 여행에서 돌아오셨는데 내 직접 감사 인사를 할 생각이다."

"파티를 열 거예요. 면소 판결을 축하해야죠. 내 생애 가장 화끈한 파티가 될 겁니다. 점술가한테 물었더니 제일 좋은 날이 3월

23일이래요. 넘버 6에서 열려고 하는데 아버지도 오실 거죠?"

"그건 좋은 생각이 아니다, 비키. 아직 사건에 대한 관심이 식지 않았어. 사람들의 원성이 가라앉은 다음에 해도 늦지 않아."

"신경 안 써요. 판사가 이미 무죄를 선언했고 아무리 깽깽거려봐야 아무것도 달라지지 않으니까요. 달력에 적어두세요. 3월 23일. 그리고 약속하죠. 이 파티에선 아무도 총 맞는 사람이 없을 겁니다. 네, 끊을게요. 또 봬요."

"조심해라."

☎

"총리 관저입니다. 각하께서 내무 장관님과 통화를 원하십니다."
"이제야 축하 전화를 하시는 겁니까? 벌써 사흘이나 지났는데?"
"그걸 내가 이떻게 알겠어요? 선화나 연결해요."
"도대체 왜 그렇게 매일 짜증이오? 연결해주면 될 것 아뇨."
삐. 삐. 삐.
"안녕하십니까, 총리 각하."
"당신, 비키의 무죄판결에 대한 반응은 봤나?"
"네. 방송쟁이들이 어떤지 아시잖습니까? 죽어도 만족 못할 놈들이죠. 그래서 매일 부정적인 그림만 내놓는 겁니다. 멋대로 쓰라죠. 그런다고 판결을 뒤집을 수 있는 것도 아니니까. 비키는 살인죄를 벗었고 중요한 건 그뿐입니다."
"하지만 여론은 이낄 셈인가, 사산나트?"
"여론은 신경 안 씁니다. 써본 적도 없는걸요."

"하지만 난 신경 쓰여. 당도 신경 쓰고. 전국이 난리야, 자간나트. 비키의 판결에 항변하는 촛불시위가 암리차르에서 알레피까지 번졌고 시민단체가 주도하는 시위도 열여덟 개 주를 휩쓸고 있어. 러크나우 대학생들이 스스로 산 제물이 되겠다고 위협했네. 노동조합들도 무한 파업을 경고했고. 그뿐 아니야. TV 방송국들도 그 문제만을 집중 보도하는 데다 잡지들도 문자메시지 캠페인을 열고 있단 말일세. 심지어 〈데일리뉴스〉까지 나서서 희생자 유족을 위한 루비 질 펀드를 만들 정도라고. 인도 역사상 이처럼 세간의 관심을 받은 사건은 없어. 판사도 사방에서 공격받는 바람에 재심 얘기까지 나왔다더군. 우리도 더이상 버티기가 힘들어."

"그럼 어쩌라는 겁니까? 아들과 의절이라도 할까요?"

"자식이 망나니면 아비가 어려운 선택을 해야 하는 법이지."

"도대체 믿을 수가 없군요. 제 자식은 면소된 겁니다. 기소된 게 아니라."

"상관없네. 우린 여론전에서 지고 있어. 결국 정치가한테 중요한 건 여론이라고."

"하지만 각하, 언론은 미쳤어요. 놈들이 얼마나 침소봉대하는지 잘 아시잖습니까? 탄광에 갇힌 광부 쉰 명은 외면하면서 벽에 갇힌 고양이 한 마리는 머리기사로 내보내는 놈들이란 말입니다."

"그래, 알아. 하지만 지금은 언론의 영향력을 얘기하는 거잖아. 그자들은 사람들의 눈을 지배해. 여론을 만들고 깨는 게 그들이란 말일세. 이 문제에 대한 여론의 원성을 더이상은 감당할 수가 없어. 뭔가 조치를 취하지 못하면 정권을 빼앗기고 말 거라고."

"그럼 제가 어떻게 하면 좋겠습니까?"

"지도부에선 이미 결정을 내렸네. 당신은 비키와 장관직 중 하나를 선택해야 해. 내일 오후까지 내 책상에 사직서를 갖다놓게. 원한다면 건강 문제로 사임한다고 말해주겠네."

"건강에 문제가 있는 건 제가 아니라 각하십니다. 전 싸움꾼이에요. 이런 식으로 물러날 생각은 없습니다. 분명히 말씀드리죠. 날 몰아내면 내일 오후쯤 총리님의 내각도 박살날 겁니다."

"자간나트, 당신이 마피아일지는 모르지만 정치에선 피라미에 불과해. 얌전하게 항복하면 내일을 기약할 수도 있을 거야. 정치에선 누구나 복귀하니까. 하지만 지도부의 결정에 대항하면, 정치 인생은 물론 당신 범죄 인생까지 끝날 줄 알라고."

"그 협박은 당신 내각의 내시들한테나 하쇼, 총리 양반. 이 나라에서 나한테 대들 수 있는 놈은 하나도 없으니까."

"결국 나보고 문책 인사를 하라는 얘기로군."

"그럼 난 반역을 하게 될 거요."

"좋아. 그럼 전선(戰線)은 그어진 거야. 누가 이기는지 보자고."

"그래, 두고 봅시다."

☎

"잘 지내십니까, 구루?"

"신의 가호를."

"미투리엔 언제 들아오십니까?"

"알라히비드의 미그 멜라[*]가 끝나는 내토요. 왜, 무슨 일이 있습니까?"

작전명 '체크메이트'　275

"구루의 축복이 필요합니다."

"무슨 일입니까?"

"내 평생 가장 큰 전쟁이지요."

"전쟁은 이미 승리로 끝나지 않았습니까? 비키도 반지 덕분에 면소 판결을 받은 걸로 아는데요."

"그런데 총리가 날 쫓아내겠답니다. 그래서 나도 전쟁터에 발을 들여놓기로 했습니다. 끝까지 싸울 생각입니다. 둘 중 하나가 살아남을 때까지 말입니다."

"그럼 축복해드려야지요. 최근에 총리의 천궁도를 본 적이 있습니다. 그의 별들은 쇠퇴 중인데 장관님의 별들은 상승일로더군요."

"감사합니다, 구루. 구루께서 제 편이라면 총리가 아니라 그 누구라도 이길 수 있습니다."

"신의 가호를, 자간나트. 승리가 함께하기를!"

"신의 가호를."

☏

"이봐, 트리푸라리. 아직도 하르도이야?"

"네, 그런데 저하고 텔레파시가 통한 모양입니다. 바이이야. 오늘 의회에서의 활약을 축하드리려고 막 전화 걸려던 참이었거든요. 총리에 대한 공격이 기가 막혔습니다. 그런 걸 부드럽게 죽인다고 하는 거죠?"

---

* 갠지스 강에 몸을 담가 자신의 죄를 씻는 힌두교 축제.

"주사위를 던진 거다. 날 장관 자리에서 쫓아내겠다더군. 지도부에서 비키의 면소에 대한 부정적 여론을 걱정한다는 거야."

"어떻게 감히? 그럼 우린 정부의 벽돌을 하나씩 빼내 그따위 생각은 꿈도 못 꾸게 해야겠군요."

"그래서 네 도움이 필요해. 내일 장관직에서 물러나면 이번 주말에 총리도 의자에서 내려와야 해. 어떻게든 놈을 실각시켜야 한다는 얘기다. 뜻을 같이할 주 의원이 얼마나 될 것 같아?"

"셈은 간단해요, 바이이야. 내각을 붕괴시키려면 의인 열다섯 명이 있어야 하는데, 우린 이미 스무 명의 확실한 주 의원을 확보했거든요. 총리의 권력을 무너뜨리는 건 시간문제예요."

"그렇게 간단하지 않아, 트리푸라리. 실제로는 별로 승산이 없어. 단순히 총리를 끌어내리는 문제가 아니야. 내가 원하는 건 정말로 그 새끼 코를 똥통에 처박는 거라고. 그래서 나도 지명전에 나서기로 했다."

"주 총리 말입니까?"

"지난 십오 년 동안 이 시궁창에서 굴러먹은 이유가 뭐라고 생각해? 그 돈만 있으면 델리나 뭄바이, 아니 미국에라도 갈 수 있었어. 여기 있는 건 결정적인 전리품을 얻기 위해서라고. 그건 바로 총리직이지."

"그럼 정말로 큰 문제가 됩니다, 바이이야."

"그래, 나도 줄곧 그 생각을 했지. 그놈의 빌어먹을 내무 장관을 누가 기억하겠어? 십 년 후엔 내가 성무에 있었다는 사실조차 잊겠지만 총리가 누구였는지는 이십 년 후에도 기억한다고. 그건 역사의 일부가 된다는 얘기잖아. 사람들도 역사는 안 잊어. 자그담비카 팔을 보라고. 1998년에 그가 총리를 지낸 건 단 하루뿐이지만 그의 이름은 모든 역사책에 등장하잖아. 나도 그런 영광을 누리고 싶다고. 생각해봐라. 앞으로 백 년 후에도 역사책엔 총리로서 내 이름이 기록되는 거야. 그 정도면 싸울 가치가 있는 것 아냐?"

"물론입니다, 바이이야. 하지만 어떻게 하죠?"

"당을 쪼개야겠어. 이미 스물은 있다고 했지? 삼 분의 일을 채우려면 다섯이 더 필요해. 그럼 합법적인 분당이 가능하지. 반탈당 조항에 안 걸리잖아."

"하지만 어떻게 내각을 구성하죠?"

"야당 지도자들하고 얘기는 끝냈다. 특히 티와리하고. 최소 쉰 명의 주 의원을 거느리고 있는데 기꺼이 외곽 지원을 해주겠다고 했어. 그리고 무소속들도 있지. 결국 그중 절반이 내 덕분에 당선된 것이니까. 네 생각은 어때? 할 수 있겠어?"

"물론이죠, 바이이야. 기가막힌데요."

"그걸 작전명 '체크메이트'라고 부를 생각이다. 이제 네가 이 작전을 수행해야 한다."

"현실적인 문제부터 정리해보죠. 우선 우리 쪽 스무 명을 빼내고 분당에 필요한 다섯을 더 확보해야겠네요. 그리고 다른 당들로부터 장관님을 총리로 인정하겠다는 지지 성명을 받아내야 할 겁니다. 지금 당장 일을 시작하죠."

"좋아. 성공을 위해서라면 뭐든지 하라고."

"자금도 필요합니다. '체크메이트' 작전은 밑 빠진 독에 물 붓기가 될 수도 있습니다. 자금 여력은 어떻습니까?"

"돈 걱정은 마라."

"그럼 서류가방들을 준비할까요? 최소한 스무 개는 필요할 텐데."
"그래, 얼마든지. 그리고 내가 총리가 되면 네놈을 국립수화물 관리국 장관으로 만들어주마."

☎

"알로크 아가르왈 회장이오?"
"누구시죠?"
"나 자간나트 라이오."
"아, 장관님. 죄송합니다, 장관님인 줄 몰랐습니다."
"뭐요, 알로크. 장관에서 물러나니까 목소리도 잊어버리오? 당신 같은 대기업 총수들은 그런 식으로 사업합니까?"
"아, 그럴 리가요…… 그래 어쩐 일로 전화를 다 주셨습니까?"
"이봐요, 알로크, 난 늘 회장님을 동생처럼 생각해왔소. 요즘 내가 조금 곤란한 일이 있는데, 좀 도와주셔야겠습니다."
"뭘 도와드릴까요?"
"우타르프라데시의 총리로 나설 참이오."
"대단한 결심을 하셨군요."
"그래, 알아요. 모든 상황을 충분히 고려해 승산이 있다는 판단을 내린 거요. 그런데 몇몇 의원의 지지를 다지기 위해 콩고물이 필요하게 됐소. 회장께서 힘 한번 보태주셔야겠습니다. 이런 일이 어떻게 진행되는지는 잘 아시잖습니까?"
"이해합니다. 얼마면 되겠습니까?"
"일 억 이천에서 일 억 삼천 루피쯤."

작전명 '체크메이트' 279

"……그건 아주 큰돈입니다, 장관님."

"회장님 같은 분께야 어디 대수겠습니까? 어쨌든 빌리는 것으로 해둡시다. 총리가 되는 즉시 두 배로 돌려드리리다."

"그걸 걱정하는 게 아닙니다. 지금 그렇게 많은 현찰은 없습니다. 다드리 프로젝트를 따냈다면 사정이 달랐겠지만, 지금 상황이……"

"다드리의 결과에 실망하신 건 이해하지만 난들 도리가 없었잖습니까. 싱가니아의 판돈이 두 배나 되었으니 당연히 그쪽으로 갈 수밖에. 그럼, 지금 얼마나 변통이 가능하다는 얘깁니까?"

"일, 이천 정도. 많아야 삼천 정도입니다."

"맙소사, 그렇게 짠돌이 고리대금업자처럼 굴 겁니까?"

"솔직하게 말씀드리는 겁니다. 요즘 사업이 어렵습니다."

"그게 마지막 제안인 거요?"

"믿어주십쇼, 장관님. 더이상은 저희도……"

"더이상 말하지 맙시다. 애초에 당신 같은 쓰레기와 연을 맺은 게 잘못이지. 차라리 싱가니아 쪽 사람들하고 손을 잡았어야 했는데. 너, 임마, 똑똑히 들어. 오늘부터 우타르프라데시는 네 지옥이 될 거다. 여기서 사업할 생각은 안 하는 게 좋아. 내 주에 한 발짝이라도 들여놓으면 생닭처럼 껍질을 벗겨버리고 말 테니까, 알겠냐?"

"장관님. 다시 한번 얘기를……"

☎

"비키?"
"아버지, 제가 다시 전화할게요. 지금 중요한 회의 중이에요."
"회의는 집어치워. 지금 당장 할 얘기가 있다."
"잠깐만 쉬었다 하죠? 급한 전화가 와서…… 네, 아버지, 무슨 일인데요?"
"왜 그렇게 조급한 거냐?"
"조급한 거 없어요. 그냥 바빠서 그렇죠. 무슨 일인데요?"
"일억 루피가 있어야겠다."
"우와! 아버지가 인제부터 나한테 돈을 달라고 했어요?"
"비키, 나도 시간 없기는 마찬가지다. 주말까지 일억 보내줄 수 있겠지?"
"안 돼요, 아버지. 나도 거액을 융통하는 건 힘들어요. 자금이 모두 자르칸드의 경제특구에 들어가 있거든요. 그런데 그 돈이 왜 필요한데요?"
"나중에 말해주마."
"아무튼 못 도와드려요, 아버지. 그리고 죄송하지만 두 시간 동안은 전화 걸지 마세요."
"지금 그게 아비를 대하는 태도냐?"
"들어보세요, 아버지. 지금 난……"
"아니, 내놈이 들어. 세상엔 평생 아버지의 늦에 맞춰 살려고 애쓰는 아들도 있다. 만내로 아들 잘못을 수습하면서 늙어가는 아버지도 있지. 오늘 이후로 네 아비가 또다시 네 말썽을 덮어줄 거라

작전명 '체크메이트' 281

고는 생각하지 마라."

"그렇게 흥분할 필요 없잖아요, 아버지. 정말이에요. 할 수만 있다면 아버지를 도왔을 거예요. 게다가 이젠 더이상 내 뒤처리 걱정도 할 필요 없어요. 더이상 바텐더를 죽일 생각은 없으니까. 하하, 전화 끊을게요, 아버지."

☎

"안녕, 시마."
"안녕하세요."
"목소리가 왜 그렇게 싸늘해? 내가 장관이 아니라고 자기도 날 버린 거야?"
"아뇨, 그런 게 아니에요."
"그래, 자기, 우리 언제 볼 수 있지?"
"며칠 동안 델리에 가야 해요. 정리할 게 있어서요."
"그래? 말해봐, 내가 해결해줄 테니까. 주류 계약이 필요한 삼촌이 더 있는 거야? 하하."
"웃지 마세요. 변화를 위해서 뭐든 할 생각이에요."
"뭐? 말만 해. 내가 뭐든 해줄 테니까."
"모르겠어요. 가끔씩 숨이 막힐 때가 있어요. 쳇바퀴에 갇힌 것 같기도 하고 인생이 덧없게 느껴지기도 하고."
"그런 생각 안 하는 사람이 어디 있겠어? 구루 말마따나 중요한 건 중심을 잃지 않는 거라고."
"나는 늘 더 높은 곳에 어울린다고 생각해왔어요. 이런 하찮은 기자 따위로 인생을 끝낼 수는 없다구요. 젊고 예쁘잖아요. 대학 드라마 축제에선 최우수 여우상도 탔는걸요. 영화도 잘할 수 있을 것 같지 않아요?"

"이런, 영화계는 더러운 곳이야. 되도록 멀리하는 게 좋다고 했잖아."

"비키한테 한마디만 해주세요. 아버지 말을 거역하진 않겠죠."

"아니, 그렇겐 못 해. 비키도 내 말을 듣지 않을 거야. 이봐, 까다롭게 굴지 말라고."

"까다로운 건 당신이에요."

"이봐, 시마……"

☎

"새로운 소식이 있나, 트리푸라리?"

"만만한 일이 아닌데요, 바이야. 하루 종일 전화를 걸고 사람을 만나면서 친구와 적에 대해 많은 걸 배웠습니다. 역경이야말로 진정한 친구를 알 수 있는 척도라더니. 우리가 확신했던 스무 명조차 호락호락하지 않아요. 현재는 그중 여덟만 확실한 정도인데 그치들조차 설득하기 위해 온갖 술수를 동원해야 했다니까요. 최종 확인한 게 모두 열넷입니다. 여섯이 부족합니다. 분당에 필요한 다섯까지 더하면 아직 열하나가 부족한 형편이죠. 그래서 건드려봄 직한 의원들을 세밀하게 분석해 몇 가지 약점을 잡아냈고 그 점을 이용해 꽤 성과를 얻어냈습니다. 우리가 포섭한 첫번째 의원은 칠루푸르의 라마칸트 샤르마입니다. 부인이 야당에 가담한 후로 지도부의 의심을 받고 있었거든요. 아쇼크 자이스왈, 프라바 데비, 참파클랄 굽타, 마단 바이샤, 라스 비하리 등은 새 내각의 각료로 기용하겠다는 조건으로 매수했습니다. 라스 비하리는 특별히 농축산부를 희망하더군요. 그리고 수레시 싱 바겔하고도 접촉했습니다. 사탕수수조합장에서 쫓겨난 후로 총리와 사이가 좋지 않아 매우 적극적이었습니다. 라케시 야다브와 파푸 싱을 소개한 것도 바로 그치였죠. 마지막으로 이크발 미안이 살림 모하마드를 끌어들였습니다. 그래서 모두 열이 되었습니다."

"잘했다, 트리푸라리. 하지만 아직 하나가 부족해."

"압니다, 바이야. 저도 죽어라고 뛰었는데 당 소속 의원들 중엔 건드릴 대상이 더이상 없어요. 지금도 머리를 쥐어뜯으며 고민하고 있지만 그놈의 의원 하나가 오사마 빈 라덴만큼이나 잡히질 않네요. 이제 어떻게 하죠?"

잠시 침묵이 흐른다.

"트리푸라리, 너 지도자와 추종자의 차이를 아냐?"

"그게 뭡니까?"

"추종자는 지도자가 만들어놓은 길을 갈 뿐이지만 지도자는 새 길을 만든다. 네놈 문제는 바로 앞만 본다는 거야. 넌 한 수 앞도 못 보지만 난 벌써 세 수를 앞서가고 있다. 작년 자기 아들 생일에 우리를 클라크스 아와드 호텔로 초대한 의원놈 이름이 뭐냐? 내 기억이 맞다면 세 살 생일파티였는데."

"옛날 일이네요, 바이야. 어디 보자, 그게 작년 1월이었으니까…… 네, 기억납니다. 고팔 마니 트리파티였죠?"

"그래, 맞았어. 고팔 마니의 지역구는 바레일리일 거야. 그 친구하고도 얘기해본 거야?"

"무슨 말씀입니까? 그자야말로 총리의 열렬한 지지자 아닌가요? 산림부 장관이 될 거라는 소문까지 파다한걸요. 그런 자가 탈당에 동의하겠습니까?"

"아들에 대한 사랑은 종종 가장 커다란 동기가 될 수 있지. 트리푸라리, 네 돌대가리에 뭔가 들어갔냐? 아니면 그것까지 얘기해줘야 해?"

"됐습니다, 바이이야 바이이야한테 배운 게 이디 힌들입니까? 무크타르에게 맡길까요?"

"그래, 서두르라고 해. 그럼 열하나를 채울 수 있을 거야."

☎

"어긴 알라하바드입니다. 구투께서 자간나트 라이 내무 장관님과 통화하고 싶어하십니다."

"오, 구루께서 직접이요? 장관님께 연결해드리겠습니다."

삐. 삐. 삐.

"구루, 정말 구루세요?"

"자간나트, 나 지금 커다란 곤경에 빠져 있습니다. 도와주셔야겠어요."

"무슨 일입니까, 구루? 폭발 소식을 듣고 걱정하던 참이었습니다. 테러리스트들은 바느 벨라노 그냥 넘어가지 않는군요. 어쨌든 트리푸리리힌데 무사하시나는 연락은 받았습니다."

"네, 자간나트, 신의 가호 덕에 폭발이 저를 비켜갔죠. 하지만

작전명 '체크메이트' 285

오늘 마투라 본부가 급습당했습니다. 보건부에서 나온 자들이 내가 신도들한테 준 약초에 인간과 동물의 뼈가 들어 있다고 주장하는군요."

"그게 어떻게 가능합니까? 이건 구루를 음해하려는 다국적 제약회사들의 횡포입니다."

"제 생각도 그래요, 자간나트. 하지만 문제는 거기에서 끝나지 않습니다. 내 신도라고 주장하는 여인 셋이 — 한 번도 본 적 없는 사람들입니다 — 나타나 나한테 성희롱을 당했다고 고소한 겁니다. 내가 금욕 서약을 했다는 건 장관님도 잘 아시잖습니까. 그런 부도덕한 행위는 상상조차 못해봤는데, 느닷없이 장관님의 경찰들이 영장을 가지고 와 날 체포하려고 하는 겁니다. 지금 알라하바드의 한 제자의 집에 숨어 있는데, 어떡하면 좋겠습니까?"

"아무래도 구루를 노린 비열한 음모가 있는 것 같군요."

"아무래도 경쟁 캠프가 사주한 것 같습니다. 제 생각엔 스와미 브람데오 놈의 짓 같은데, 아시겠지만 그는 총리 측근 아닙니까? 그자 짓이 분명합니다. 이제 절 빼내줄 분은 장관님뿐이십니다."

"불행하게도 구루, 이젠 저도 체포를 막을 힘이 없답니다. 더이상 내무 장관이 아니니까요. 하지만 탈출을 도와드릴 수는 있습니다."

"탈출이라고요?"

"네, 당장 미국이나 유럽으로 빠져나가세요. 아니면 놈들은 구루를 일 년 이상 가둬놓을 겁니다. 성희롱은 아주 심각한 문젭니다. 요즘 시민단체들이 기승을 부리는 통에 그렇게 됐습니다."

"그래요? 그럼 서둘러야겠군요."

"애들한테 지시해 구루께 도피 차량을 보내고 한 시간 내에 접촉하라고 하겠습니다. 네팔 국경까지 모셔다드릴 겁니다. 그곳에서 카트만두로 가셔서 구루의 비자로 갈 수 있는 곳은 어디든 비행기를 타고 가세요."

"고맙습니다, 자간나트. 이 은혜 잊지 않겠습니다. 하나만 더 부탁할 게 있는데……"

"말씀하세요, 구루."

"제가 갖고 있는 가장 신성한 물건은 타밀나두 출신의 신도가 선물한 고대 쉬블링*입니다. 이틀 전 테러리스트의 기습으로 혼란한 와중에 도난당했습니다. 이 모든 난리가 빚어진 것도 모두 그 때문입니다. 어서 쉬블링을 찾아야 해요. 전에 경찰청장이 믿을 만한 측근이라고 하셨죠? 그분한테 부탁해서 찾아주시면 안 될까요? 잠깐 동안 알라하바드에 있을 겁니다. 일단 찾기만 하면 제가 돌아올 때까지 장관님께서 맡아주십시오. 가능하겠습니까?"

"기꺼이 맡아드리고 싶습니다. 하지만 구루께서는 제가 내무 장관직을 내놓은 바로 그날 총리놈이 마우리아까지 쫓아냈다는 사실을 모르시는군요. 이젠 경찰에도 아무 힘을 쓸 수 없답니다."

"이런, 불행한 일이군요. 하지만 걱정하진 마세요. 시바 신께서 모든 것을 바로잡아주실 겁니다. 약속드리죠. 총리의 시대는 얼마 남지 않았습니다."

"구루의 예언이 실현되었으면 좋겠군요."

"그래요, 그럼, 장관님 사람을 기다리고 있겠습니다. 신의 가호를."

---

* 시바 신을 상징하는 특별한 형태의 성상이나 제단.

작전명 '체크메이트' 287

"신의 가호를."

☎

"바이이야, 좋은 소식과 나쁜 소식이 있습니다."
"좋은 것부터 말해, 트리푸라리."
"좋은 소식은 분당과 창당에 필요한 의석수를 확보했다는 겁니다."
"잘했다. 그 친구들을 즉시 바다운의 영빈관에 연금시켜. 휴대폰도 빼앗고 아무도 접촉하지 못하게 해. 주지사가 의원들을 관저로 데려오라고 사정하면 그때 풀어줘라."
"이미 그렇게 조처해놨습니다. 버스로 모두 데려다놨고 감시자도 붙여놨죠."
"그럼 나쁜 소식은 뭐냐?"
"야당들이 장관님 지지 의사를 철회했답니다. 방금 티와리한테 연락이 왔습니다."
"뭐야? 내가 그자들과 직접 얘기할 땐 한 놈도 망설이지 않았는데. 티와리 놈은 내 결정을 칭찬해주기까지 했다고."
"바이이야 때문이 아닙니다. 비키 때문이죠."
"무슨 소리야?"
"TV 뉴스와 일간지들이 비키의 면소에 대해 연신 떠들어대잖습니까…… 유권자들이 동요하니까 결국 의원들도 냉담해진 거죠. 바이이야를 주 총리로 추대할 경우 자신들한테도 불똥이 튈까봐 걱정하는 겁니다."

"이런, 그 개자식들도 이미 썩을 대로 썩은 놈들이야. 그래봐야 오십보백보 아니냐?"

"알고 있습니다. 하지만 지금 그게 문제가 아닙니다. 그 사람들은 바이이야가 한동안 자숙해야 한다고 생각합니다. 사건이 잠잠해질 때까지 여론의 시야에서 사라져 있으라는 주문을 하더군요. 티와리는 이 시점에서 장관님이 내무 장관으로 복귀하는 것은 지지해도 총리 추대는 곤란하다고 했고, 무소속 몇 명도 같은 의견이었습니다. 비키가 가장 큰 적이 된 셈입니다."

"그래서 어떻게 하라는 거야?"

"티와리가 장관님 밀사 자격으로 총리를 만나겠답니다. 내무 장관 복귀를 끌어내겠다며 대가로 천만을 요구하더군요."

"개소리! 원래 자리로 돌아가는데 왜 돈을 내? 내가 기소된 것도 아니잖아."

"이따금 자식의 죄가 아버지한테 돌아가기도 하는 법이죠. 내무 장관직이 없으면 우린 풍전등화 신세입니다. 총리도 언제든 경찰한테 지시해 우리를 쑤셔댈 수 있습니다. 지금은 경찰청장 방패도 없지 않습니까. 제가 보기엔 티와리의 제안을 받아들이는 것 외에 다른 방법이 없습니다."

"알았다. 하지만 조금 시간이 걸릴 거라고 전해."

"상관없습니다. 바이이야 말씀만으로도 충분하니까요."

☏

"자긴 아직 델리에 있는 거야?"

작전명 '체크메이트' 289

"네, 러크나우에서 떠나오길 잘했어요. 기분 전환이 되네요. 도시의 생동감을 맛보니까 러크나우가 정말로 공동묘지같이 느껴져요."

"그런 말 하지 마, 시마. 그래도 내가 있는 곳이잖아. 자기가 그리워 미치겠다고. 구루도 거덜란드라는 데로 떠나서 쓸쓸하기 짝이 없는데."

"네덜란드겠죠, 장관 나으리. 네덜란드."

"어차피 거덜나면 내달리게 되는 법이야. 아무렴 어때. 내가 원하는 건 자기뿐인데. 언제 돌아올 거야?"

"보채지 마세요."

"그럼 나도 델리로 갈까? 그곳의 멋진 호텔에서 만나면 되잖아."

"아니, 안 돼요. 일이 끝나는 대로 갈게요."

"좋아, 자기. 그럼 키스나 해줘."

☎

"트리푸라리입니다. 바이이야. 티와리가 소식을 전해왔습니다. 협상이 잘됐답니다. 지도부가 장관님을 다시 복귀시키기로 했대요. 다만 총리 지명전에 나서지 않을 것과 총리지지 선언을 조건으로 내걸었습니다."

"내 눈에 흙이 들어가기 전엔 그렇게 못 해."

"하지만 선택의 여지가 없잖습니까? 총리를 끌어내릴 힘이 있었을 때에도 바이이야가 총리에게 도전하는 것은 역부족이었어요. 제발 차선책이라도 받아들이세요. 바이이야 체면을 망가뜨리지 않도록 저도 최선을 다할 테니까."

"제기랄, 살아서 이런 날까지 봐야 하다니."

"비키 같은 아드님이 없었다면, 지금쯤 총리가 되고도 남았을 겁니다. 연방 총리가 되셨을지도 모르는 일인데. 어쨌든 지금은 꿈을 접으셔야 할 때입니다."

"결국 1라운드는 총리의 승리로군."

"사실 그렇지도 않습니다. 그보다는 비겼다고 해야겠죠. 체크메이트 작전이 스테일메이트로 끝나고 만 셈이니까요."*

"패배를 인정할 수 없다, 트리푸라리. 결국 시합은 체크메이트로 끝나게 될 거야. 두고 보라고."

☎

"축하해요, 아버지. 내부 상관에 복귀하셨다면서요. 아버지가 그 자리에 안 계시니까 어떻게 하면 새로 산 람보르기니를 타고 시속 삼백 킬로미터로 노이다를 달려도 문제가 없을까 하는 걱정부터 앞서더라구요. 하하."

"비키, 네놈 때문에 내가 얼마나 곤경에 처했는지 알기나 하냐? 하마터면…… 아니, 그만두자. 그래서 3월 23일 파티는 예정대로 강행할 셈이냐?"

"물론이죠. 말씀드린 대로 초청장도 발송한걸요. 그런데 명청한

---

* 체스에서 '체크메이트'는 장군을 부르는 것이고, '스테일메이트'는 장군을 부를 수 없어 비기게 되는 것이다.

비서년이 실수를 해서 옛날 리스트를 사용했지 뭐예요. 결국 초대 손님에 모한 쿠마르와 싱가니아 같은 사람들도 포함됐어요. 전화를 걸어서라도 취소해야 할까요?"

"비키, 네놈 문제는 대가리가 아니라 상판대기를 보고 비서년을 뽑는다는 거다. 어쨌든 초대는 한번 하면 끝이다. 초대를 번복하는 건 우리 문화가 아니야."

"하지만 모한 쿠마르는 완전히 미친 데다 싱가니아는 사업 라이벌이라고요."

"옛말을 명심해. 친구를 가까이 하고 적은 더욱 가까이 하라. 게다가 쿠마르는 간디 바바 역할로 연회를 더욱 흥겹게 만들 수도 있어."

"간디 얘기가 나왔으니 말인데, 아버지, 그 재심 가능성에 대해서 걱정해야 하는 건가요?"

"저러다 시들해질 거다, 비키. 다 그렇잖아. 아비에 대한 자식의 사랑도 그렇고."

"돈을 드리지 않았다고 아직 화가 안 풀린 거예요?"

"아니다, 비키, 난 과거에 연연하는 사람이 아냐."

"그런데, 아버지, 시마 비슈트라는 여자 아세요?"

"그래, 잘 알지. 마샬이라는 삼류 방송국 기자야. 넌 어떻게 아냐?"

"어제 내 농장에 찾아와서 아버지 얘기를 하던걸요."

"그래, 델리에 간다고 하더라. 널 인터뷰하더냐?"

"인터뷰 이상의 일을 했죠. 다음 영화에 배역을 달라고 하던데."

"그래서 어떻게 했냐?"

"어떻게 했을 것 같아요? 하하. 아주 화끈하던데요? 세상에, 어찌나 엉겨 붙던지."

"……"

"아버지?"

☎

"시미예요. 이틀 동안이나 통화하려고 했어요. 축하드려요, 내무 장관님."

"네년이 감히 어디에 전화질이야, 이 싸구려 창녀 같은 년!"

☎

"여보세요? 여보세요?"

"노보텔 호텔에 전화해주셔서 감사합니다. 무엇을 도와드릴까요?"

"거기가 00-31-20-5411123인가?"

"네, 그렇습니다, 손님. 무엇을 도와드릴까요?"

"567호실 대주게."

"잠깐만요, 손님. 바로 연결해드리겠습니다."

"여보세요. 누구시죠?"

"여보세요? 구루와 통화할 수 있겠소?"

"구루는 지금 바쁘십니다. 절대 방해하지 말라고 하셨습니다."

"알고 있어. 그냥 러크나우의 자간나트 라이 전화라고 해. 급한 용무가 있다고."

"구루, 자간나트 라이라는 분 전화입니다. 구루께 급한 용무가 있으시답니다."

"전화기 이리 주고 넌 욕실에 들어가 있어라. 안녕하십니까, 자간나트. 세상에, 암스테르담까지 절 추적해내셨습니다그려. 허허. 신의 가호를."

"신의 가호를. 구루, 방금 전화 받은 여자는 누굽니까?"

"그앤…… 여동생 리나랍니다. 내 유럽 일정을 돕고 있죠. 장관님은 어떠십니까?"

"지난 며칠 동안 아주 나쁜 생각을 많이 했습니다."

"개의치 마세요. 존재의 근본을 깨닫지 못한 분들은 부정적 에너지에 고통받는 법이니까요."

"아무래도 미혹에 빠진 듯합니다. 구루께서 바른 길을 열어주셔야겠어요. 쿠루크세트라의 전쟁터에서 아르주나가 크리슈나께 찾아가 영적 지도를 구했듯, 저도 구루에게서 피난처를 찾으려 하는 겁니다. 비록 수천 킬로미터나 떨어져 계시지만 말입니다."

"정신이 혼란스러우면 이성은 파괴되고 미혹에 빠질 수밖에 없답니다. 그리고 미혹은 분노에서 비롯되죠. 왜, 신경 쓰이는 일이라도 있으십니까?"

"화나는 일이 어디 한두 가지겠습니까? 구루께서야 늘 마음을 편히 가지라고 말씀하시지만 그게 어디 쉬워야죠. 정치라는 게 원래 긴장의 세계잖습니까."

"총리 도전은 어떻게 되고 있습니까? 〈인디아 타임스〉에서 보니 장관님께선 주 의원들의 폭넓은 지지를 받고 있다던데요."

"옛날 얘기입니다, 구루. 지금은 다시 내무 장관으로 복귀했지요."

"오, 그거 듣던 중 기쁜 소식이군요. 그럼 제가 인도로 돌아갈 수 있는 겁니까? 체포령을 취소해주실 수 있으세요?"

"당장은 아닙니다, 구루. 아직 몇 가지 문제가 남아 있어요. 하지만 곧 총리가 될 복안은 갖고 있습니다."

"멋지십니다. 그럼 총리가 되신 후에나 귀국할 수 있겠군요. 그래, 장관님의 계획이 뭔가요?"

"그 말씀을 드리려는 게 아닙니다, 구루. 훨씬 더 중요하고 근본적인 대답을 듣고 싶어서 전화드렸어요. 제가 알고 싶은 건 존재와 삶에 대한 진실입니다."

"허허. 그거야 누구나 궁금해하는 일 아닌가요?"

"구루는 오랫동안 절 지켜보셨습니다. 정치에 입문하기 오래전부터. 대답해주십시오. 누군가를 죽이는 게 인간이 저지를 수 있는 최악의 죄입니까?"

"허허. 죽여요? 이 육신 말입니까? 자간나트, 제가 여러 번 말씀드렸듯 이 육신은 우주와 마찬가지로 허상이랍니다. 토끼의 뿔이나 신기루의 물만큼 거짓된 개념이죠. 육신은 잠시 존재하다 결국 소멸하고 말죠."

"하지만 구루는 죽은 자를 위해 슬퍼하지 않으십니까."

"현자는 산 자를 위해서도, 죽은 자를 위해서도 슬퍼하지 않습니다. 죽음이란 태어난 이들의 운명이고 탄생은 죽은 이들의 운명이니까요. 불가피한 도리를 아쉬워하는 건 어리석은 이들의 특징이죠."

"육신이 죽어도 영혼은 죽지 않는다는 말씀인가요?"

"네, 그렇습니다. 영혼은 불후, 불생, 불멸의 근본이죠. 육신이 파괴된다 해도 아트마를 건드릴 순 없답니다."

"그럼 누군가가 살해당해도 실제로 죽는 게 아니고 결국 다른 육신을 얻어 환생한다는 말씀인가요?"

"그렇습니다. 아트마가 불멸, 불후, 불생불사임을 아는 이들은 결코 사람을 살해하지도 교사하지도 않는답니다."

"살해당하는 이가 가까운 혈연이라면요?"

"혈연 같은 건 존재하지 않습니다. 요가의 근본은 초월이죠. 아들과 아내와 가족과 집을 초월하는 겁니다. 슬픔으로 수행이 흔들려서는 안 되니까요."

"구루, 이제 의심이 완전히 걷혔습니다. 제 영혼을 밝혀주셨어요."

"크리슈나가 아르주나에게 하신 말씀을 명심하십시오. '슬퍼하지 말아라. 내 너를 모든 죄로부터 사해주리라.'"

"구루님께서 제게 해주신 일입니다."

"끊어야겠습니다, 자간나트. 상담이 밀렸습니다. 영장 건도 살펴봐주세요. 영원히 외국에 나와 있을 수는 없잖겠습니까. 솅겐 비자*도 두 달 후면 만료됩니다. 망할 브람데오 놈이 종교 방송과의 인터뷰에서 나에 대해 온갖 모략을 퍼부었다더군요. 결국 제 짐작이 맞았던 겁니다."

"걱정 마십시오, 구루. 제가 총리가 되는 순간 스와미 브람데오는 체포 영장을 받게 될 겁니다. 신의 가호를."

"신의 가호를."

---

* 유럽 25개국 통합 비자.

☎

"무크타르?"

"네, 대장님."

"너 아직 러크나우에 있냐?"

"네, 대장님."

"혹시 너 독실한 무슬림이냐?"

"별로 그렇지 못합니다, 대장님. 그래도 금요일이 나마즈*는 빼먹지 않으려고 노력하긴 합니다."

"그럼 적어도 희생의 개념에 대해서는 잘 알겠구나. 너, 아브라함이라고 들어봤지?"

"무슬림이라면 누구나 알죠. 알라를 기쁘게 하기 위해 아들을 제물로 바친 성인 아닙니까?"

"그 사람도 무척 힘들었을 거야. 지금 너한테 맡기려는 임무도 내겐 마찬가지로 고통스러운 일이로구나."

"뭐든 말씀만 하십쇼."

"전화로는 안 돼. 지금 집으로 와야겠다."

"곧 가겠습니다, 대장. 신의 가호를."

"신의 가호를."

---

* 무슬림의 일상 기도.

작전명 '체크메이트'

4
통신판매 신부

 오후 3시 10분 정각, 유나이티드 항공 비행기가 뉴델리 공항에 착륙했다. 다른 승객들은 밖에서 공짜 사탕이라도 나눠주는 듯 서둘러 빠져나가려고만 했다. 나는 값비싸 보이는 기내 잡지와 안전 수칙이 적힌 카드를 느긋하게 가방 안에 챙겨 넣었다. 다른 승객들이 다 나간 뒤엔 화장실까지 다녀왔다.
 여권 심사대 앞에 줄이 길게 늘어서 있었다. 담당자는 다리 셋 달린 거북이보다 느려터진 데다, 10분마다 일을 제쳐두고 차를 마시거나 친구들과 노닥였다. 내 순서가 되었을 즈음에는 나도 복장이 터지기 일보 직전이었다.
 "안녕하세요." 그가 여권을 펼치며 건성으로 인사를 날렸다. 그러고는 나와 여권 사진을 번갈아 살피더니 말했다.
 "당신 사진이 맞습니까?"
 "네." 내가 대답했다.

"에, 실물하고 달라 보이는데요?"

"엄마가 최고로 잘 나온 사진을 붙이라고 했거든요. 고등학교 때 찍은 거라 그래요."

"잠깐 기다리세요." 직원은 이렇게 말하더니 자기 상사한테로 갔다. 그리고 10분이나 지나서 돌아왔다. 그가 여권을 돌려주며 말했다. "미안하지만 입국을 허가할 수 없습니다. 위조 여권으로 의심됩니다. 당신은 미국으로 다시 돌아가야 합니다. 일단 저기 벤치에 앉아 있어요."

"뭐요? 지금 나하고 농담하자는 겁니까? 이봐요, 난 여기 결혼하러 왔다고요!"

그가 고개를 저었다.

"미안하지만, 내가 해줄 수 있는 일은 없습니다."

"그런 말이 어딨습니까? 약혼녀를 만나러 와코에서 여기까지 날아왔다구요. 적어도 노력은 해봐야 하는 것 아니에요?" 내가 사정했다.

그러자 갑자기 그가 주변을 재빨리 둘러보았다. "음…… 어쩌면 방법이 있을지도 모르겠군요. 하지만 당신도 날 도와줘야 해요."

"말만 하세요."

"내가 외국 지폐를 모으는 중인데 미화 백 달러를 빼고는 다 모았거든요. 나한테 백 달러 한 장만 줄 수 있습니까? 여권 안에 끼워 슬쩍 밀어 넣어주면 되는데."

그의 수집품에 빠진 게 천 달러짜리가 아닌 게 얼마나 고마웠던지! 솔직히 그만한 돈은 나도 구경조차 못해봤으니 말이다. 나는 얼른 지갑에서 백 달러를 꺼내 여권에 끼워 건넸고 그는 재빨리 여권에 도장을 찍은 다음 돌려주었다.

"즐거운 여행이 되시길 바랍니다, 페이지 씨." 그가 미소를 지었다. 여권을 열어보니 지폐는 이미 사라진 후였다.

수화물 회전목마에서 가방을 찾는 데 20분이 걸렸고, 달러 몇 장을 루피로 바꾸는 데 다시 10분이 걸렸다. 나는 흔들의자로 가득한 방에 갇혔던 고양이처럼 안절부절못하며 터미널 건물을 빠져나왔다.

인도는 후텁지근한 바람으로 나를 맞아주었다. 여긴 후추공장보다 더 더웠다. 사람들은 손을 흔들며 고함을 질러댔고 택시 경적도 미친 듯이 울렸다. 유니폼 차림의 운전사들이 플래카드를 들고 돌아다니며, 만나는 사람마다 "택시? 택시?"를 연발했다.

나는 사람들 사이에서 사프나를 찾기 시작했다. 공항에 여자들은 많았으나 그녀를 닮은 사람은 없었다.

세 시간을 기다렸지만 내 신부가 될 여자는 결국 나타나지 않았다. 사람들이 하나 둘 떠나고 공항은 반쯤 비었다. 나는 터벅터벅 택시 승강장으로 걷기 시작했다. 혹시나 밖에서 기다리는 건 아닌가 기대했는데, 정말로 그녀가 그곳에 서 있었다! 붉은색 사리에 목걸이를 하고 합장한 자세로 환하게 웃고 있었다. 그녀의 사진 옆에 커다란 파란색 글자로 "인도에 오신 걸 환영합니다"라고 적혀 있었다.

나는 징징거리는 타입은 아니다. 1998년에 울었던 게 마지막이었다. 믹 폴리가 그 유명한 WWF 헬인어셀 매치에서 도살자 언더테이커한테 졌을 때였다. 하지만 지금 이 순간만큼은 정말로 목이 메었다. 엄마한테 달려가 목놓아 울고만 싶었다. 공항 직원이 미국으로 돌려보내려 할 때 돌아갈걸. 차라리 인도에 오지 말걸. 하지만 이미 엎질러진 물이었다. 일단은 머물 곳부터 찾아야 했다. 나는 천천히 택시를 향해 걸어갔다.

택시 운전사는 검고 짙은 콧수염에 턱수염까지 기르고 터번을 쓴 남자였다.

"값싼 여인숙에 데려다주시겠어요?" 내가 물었다.

"물론이죠. 손님한테 딱 맞는 곳을 알고 있지요. 어디에서 오셨습니까?"

"미국."

"미국 사람이 최고죠. 우리 동네 사람 절반이 뉴저지에 살고 있거든요. 뉴델리는 처음인가요?" 그가 물었다.

"인도 자체가 처음이에요." 내가 대답했다.

"그럼 타세요, 손님." 그는 뒷문을 열어주고는 가방을 트렁크에 넣었다.

택시 안의 쿠션은 여기저기 찢겨 있고 이상한 냄새도 났다. 계기반엔 길고 하얀 수염을 한 노인들의 사진 몇 장이 붙어 있었다. 운전사가 미터기를 누르고 차를 출발시켰다.

뉴델리는 와코보다 더 큰 도시 같았다. 자동차도 엄청나게 많았다. 승용차 외에 버스, 자전거, 오토바이, 스쿠터, 그리고 운전사가 오토릭샤라고 가르쳐준 이상한 탈것들이 서로 부딪치지도 않고, 길을 오가는 사람들을 치지도 않으며 잘도 달렸다. 어느 순간에는 반대 차선에서 거대한 회색 코끼리 한 마리가 우리 쪽으로 성큼성큼 걸어오기도 했다.

"아저씨, 저건 동물원에서 탈출한 건가요?" 내가 놀라서 물었다.

"아뇨, 손님. 여긴 동물원이 없어요. 눈에 보이는 동물은 모두 도시에서 필요로 하는 거죠. 저기 버팔로와 소도 보이죠?" 그가 먼 곳을 가리켰다.

택시는 거의 두 시간 동안 미친 듯이 달렸다. 어느 순간에는 공항으로 돌아온 것 같은 생각이 들기도 했다. 내가 걱정하자 운전사가 웃었다.

"시내가 공항에서 엄청 멀어서 그럽니다. 거의 백오십 킬로미터가 넘거든요. 걱정 마세요. 이제 다 왔으니까. 인도에서 지내려면 인내심을 키워야 해요."

마침내 차는 노란 백열등과 흰색 형광등으로 불을 밝힌 시장으로 들어갔다. 좁은 골목마다 사람들과 소가 바글거렸다. 지저분한 사내들이 보따리를 가득 실은 수레를 끌었고 뚱뚱한 여자들이 낡아빠진 오토릭샤를 타고 다녔다. 자전거들도 작은 종소리를 울려대며 들락거렸다. 시장은 과일, 야채, TV와 책을 파는 가게들로 즐비했다. 선풍기에서 향유까지 온갖 상품을 광고하는 간판들이 여기저기 붙어 있었는데, 삐딱하게 걸린 탓에 언제고 떨어져 사람들을 덮칠 것만 같았다.

운전사는 다 허물어져가는 노란 건물 앞에 차를 세웠다. '파하르간지의 루비 여관.' 그 밑에는 다음과 같이 적혀 있었다. '배낭여행객을 위한 최고급 위생시설 완비.'

"여기입니다, 손님. 아주 깨끗하고 값도 싼 곳이죠." 운전사가 이렇게 말하고는 천 루피를 요구했다.

내가 여관에 들어가려는데 크고 뚱뚱한 암소 한 마리가 앞을 가로막았다.

"이랴." 내가 외쳤으나 놈은 고개만 저었다. 가방으로 슬쩍 짐승을 밀어보았는데, 다음 순간 나는 하늘을 날아 구석에 서 있던 자전거를 들이받고 고꾸라졌다. 소가 다시 나를 노리는지, 코를 씩씩거리며 뒷발로 땅을 마구 파헤쳤다. 주변에 있던 사람들은 그저 웃기만 했다. 나는 천천히 일어나 바지를 털고 여관에 들어갈 다른 방도를 궁리했다. 소는 여전히 길을 막고 있었다.

나를 구해준 건 바나나 리어카를 끄는 장사꾼이었다. 소는 음메 하고 울더니 그에게 돌진했고, 나는 그 틈을 이용해 후닥닥 건물 안으로 뛰어 들어갔다. 매니저는 매끄러운 흑발에 뺀질뺀질한 인상의 청년이었다.

"저희 특급 여관에 오신 것을 환영합니다, 손님." 그가 나를 맞았다. 그는 일주일치 선불로 2천 루피를 요구하고는 2층의 조용한 방이라며 411호실을 내주었다. 더러운 바지 차림의 벨보이가 내 옷가방을 들고 삐걱거리는 계단을 올라 방으로 안내해주었다.

특별한 게 하나도 없는 방이었다. 골방보다 조금 더 넓은 정도인데, 싱글침대, 찬장, 작은 책상, 의자가 각각 하나씩 있었다. 벽은 칙칙한 회색이고 바닥에는 싸구려 카펫이 깔려 있었다. 냄새나는 화장실에도 수도꼭지, 양동이, 머그잔이 각각 하나씩이었다.

"아침 식사는 7시에서 7시 30분 사이 TV 라운지에 준비됩니다. 뭘 좀 갖다드릴까요? 식사? 여자? 코크? 담배?" 벨보이가 책상 위에 가방을 내려놓으며 물었다.

나는 잠시 생각하다 코크를 선택했다.

"오백 루피예요."

세상에, 콜라 한 캔에 10달러가 넘다니! 도무지 인도의 물가에 혀를 내두르지 않을 수 없었다. 난 마지못해 돈을 내줬다.

벨보이가 나간 후 암갈색 커튼을 젖히고 창문으로 바깥 풍경을 내다보았다. 제일 처음 눈에 들어온 건 복잡하게 얽힌 전선이었다. 전선은 마치 도로를 덮은 지붕처럼 이 건물 저 건물로 이어져 있었는데, 텍사스 전체를 감전시키고도 남을 위험천만한 배선이었다. 검은 스모그가 하늘을 뒤덮고 있었다. 바로 아래 지붕 위에서 두 사람이 큰 소리로 말다툼을 하고 있었다. 어디에선가 라디오에서 인도 노래가 흘러나왔다. 이런 소란 속에서 어떻게 잠을 잘 수 있을지 한숨부터 나왔다.

벨보이는 10분이 지나서야 돌아와 흰 가루가 담긴 작은 비닐봉지를 내밀었다.

"도대체 이게 뭐냐? 내가 부탁한 건 코크였잖아." 내가 따져 물었다.

"코크 맞잖아요! 최고급이라고요!" 벨보이가 소리치고는 재빨리 방을 빠져나갔다.

"야, 기다려!" 내가 소리쳤지만 그는 이미 사라진 뒤였다. 냄새를 맡아보았다. 아무래도 콜라 같지는 않았다. 물에 타서 마시는 건가 하고 있는데, 갑자기 문이 쾅 열리더니 뚱뚱한 경찰이 안으로 들어왔다.

"꼼짝 마! 손에 든 게 뭐냐?" 그가 잔뜩 목소리를 깔고 물었다.

"나도 몰라요. 코크를 시켰는데 이걸 줬어요." 나는 두 손을 번쩍 들었다.

"아하! 그럼 코카인을 주문한 게 맞다는 얘기로군!"

"코카인? 그게 무슨 소리죠?"

"순진한 척하지 마. 파하르간지에선 외국인이 담배를 주문하면 마리화나를 뜻하고 코크는 코카인을 뜻한다. 이 나라에서는 코카인 소지가 중죄야. 이제 네놈은 감옥에서 십 년은 썩을 거다."

10년? 코크 하나 주문했다고? 난 거의 기절할 지경이었다.

"자, 가자, 네놈을 경찰서로 연행해야겠다." 그러면서 경찰이 뒷주머니에서 수갑을 꺼내 들었다. 수갑을 보자마자 정신이 번쩍 들었다. 그 순간 공항에서의 일이 떠올랐다. 나는 열른 지갑에서 백 달러 지폐 한 장을 꺼내 경찰한테 흔들었다.

"이걸 달러 수집에 보태면 어떨까요?"

경찰의 얼굴이 환해졌다. 그가 투덜대며 지폐를 낚아챘다.

"이번만 봐주겠다. 인도에선 마약하면 안 돼!" 그가 경고를 날리고는 비닐봉지를 주머니에 넣고 방을 빠져나갔다. 곤봉으로 계단을 두드려대는 소리가 늘려왔다.

나는 침대에 드러눕고 말았다. 하루 종일 시달린 탓에 진이 다 빠졌다. 최초로 외국 여행을 왔건만, 사랑하는 여자에게 배신당하고, 공항에서 쫓겨날 뻔하고, 암소한테 들이받히기까지 한 데다, 급기야 체포 위기에서 간신히 빠져나온 것이다.

나는 감색 폴더에서 그녀가 보내준 사진들을 꺼내 여자의 두 눈을 들여다보았다. 샤프나든 샤브남이든, 이봐요. 도대체 나한테 왜 이러는 거죠?

다음 날 아침, 파닥거리는 소리에 잠을 깼다. 눈을 떠보니 침대 옆에서 비둘기 한 쌍이 일을 치르고 있었다. 나는 밖으로 놈들을 쫓아내고 창가에 기대 아침 풍경을 바라보았다. 해도 뜨지 않았는데 거리의 하루는 이미 시작되었다. 원피스 차림의 어린 소녀들이 수돗가에 모여 바쁘게 플라스틱 병에 물을 받았다. 인도에서 목욕하는 남자도 있었다. 그는 플라스틱 양동이 옆에 줄무늬 팬티 바람으로 서서 비누칠을 하고 머그잔으로 물을 끼얹었다.

잠시 후 나도 옷을 벗고 욕실로 들어갔다. 수도꼭지를 틀자 미지근한 물이 쥐새끼 눈물만큼 흘러나오기 시작했다. 5분 후에는 그마저 끊겨 샤워를 하다 말아야 했다. 이 도시에서 물이 금보다 귀한 이유를 알 것 같았다.

아침 식사 후 나는 카운터로 향했다.

"미국에 전화를 걸려고 하는데요." 내가 매니저한테 말했다.

"공중전화를 쓰세요, 손님." 그가 대답했다.

"어디 있는데요?"

"어디에나요. 이 근처에 많아요. 국제전화 걸기가 제일 편리한 곳이죠. 스물네 시간 쓸 수 있고요."

그래서 난 거리로 나갔다. 실제로 가게 하나 걸러 공중전화가 있을 정도였다. 파하르간지엔 휴스턴의 스트립바보다도 공중전화가 많았다. 나는 여관에서 제일 가까운 전화로 가서 엄마 전화번호를 돌렸다.

"래리, 내 예쁜 며느리는 언제 데려올 거냐? 나한테 결혼식 사진 보내는 거 잊지 말아라." 잔뜩 기대에 들뜬 목소리였다.

결혼식은 없다는 소식을 전할 생각이었지만 고백할 용기가 나지 않았다.

"잊지 않을게요, 엄마. 아무 일 없으니 걱정 말라고 전화드린 거예요." 나는 중얼거리고 전화를 끊었다.

시장이 문을 열자마자 귀국 티켓을 알아보러 여행사를 찾았다. 다행히 럭키 여행사라는 곳이 맞은편 작은 가게들 사이에 끼어 있었다. 주인은 친절해 보이는 사내였다. 그는 내 티켓을 조심스럽게 살펴보고는 한참 동안 컴퓨터 자판을 두들겨댔다.

"죄송합니다만, 페이지 씨의 티켓은 가장 싼 종류라 어느 비행기에도 남은 좌석이 없군요. 아시다시피 지금이 최고 성수기라서요. 가장 빨리 구할 수 있는 시카고 행 좌석이 11월 24일 거예요."

"하지만 그건 너무 늦어요. 한시라도 빨리 돌아가고 싶거든요. 가능하다면 오늘 당장이라도."

"편도 티켓을 새로 구매하면 지금 당장이라도 출발할 수 있어요. 타지키스탄 항공사에 특별 주문을 넣으면 되니까요. 델리-두샨베-뉴욕 비행기는 삼만 루피면 됩니다."

나는 지갑을 확인해보았다.

"나한텐 만 삼천 루피밖에 없어요."

"그럼 안됐지만 11월 24일까지 기다려야 합니다. 그때까지 여행을 즐기세요."

잔뜩 화가 나서 여행사를 나오는데, 우연히 간판 하나가 눈에 들어왔다. '셜록 탐정 사무소. 혼인 사기 전문.' 정신이 번쩍 들었다. 나한테 필요한 건 바로 탐정이 아닌가!

문을 두드리자 간판이 떨어질 것처럼 흔들렸다. 간판을 제대로 걸려고 하는데 문이 빼꼼히 열렸다.

실내는 마치 토네이도가 휩쓸고 간 것처럼 어수선했다. 종이 상자가 여기저기 놓여 있고 바닥에도 물건이 아무렇게나 흩어져 있었다. 사진 액자 몇 개, 신문다발 하나, 심지어 망치와 스크루드라이버 두 자루도 보였다. 벽은 몇 년 동안 한 번도 칠을 하지 않은 듯 지저분했고, 누군가가 소변을 본 듯한 악취까지 풍겼다.

게다가 방 안에 담배 연기가 어찌나 자욱한지, 순간 화재가 난 게 아닌가 하는 착각이 들 정도였다.

"들어와요, 들어와." 어디선가 목소리가 들렸다.

나는 목소리가 들린 쪽으로 다가갔다. 연기가 엷어지면서 트위드 재킷에 갈색 모자를 쓴 묘한 인상의 인도 남자가 책상 뒤에 앉아 있는 것이 보였다. 그는 한 손에는 파이프를 들고 한 손으로는 열심히 귀지를 파내고 있었다.

"셜록 탐정 사무소에 오신 걸 환영합니다. K. P. 굽타입니다, 굽타 탐정. 그래, 뭘 도와드릴까?"

"사람 좀 찾아주시겠어요?" 내가 물었다.

"그 정도야 기본이지, 친애하는 왓슨 씨."

"페이지."

"응?"

"내 이름은 왓슨이 아니라 래리 페이지예요."

"아 네, 물론 그렇겠죠. 찾으려는 사람이 누구신가, 래리 씨?" 그가 다시 한번 파이프를 빨았다.

"이사하는 건가요?" 나는 쌓아둔 상자들을 가리켰다.

"음, 이곳이 베이커 거리는 아니잖소? 게다가 여기 멍청이들은 내 사무실 이름을 쓸 수 있을 정도로 영어를 잘하지도 못한다오. 하지만 걱정 마쇼, 아무 데도 가지 않으니까. 그냥 내부 수리 중이오. 거기 의자에 앉지 그래요?"

나는 냄새나는 의자에 앉았다. 어찌나 의자가 삐걱거리는지 부서질 것만 같았다.

"나한테 이 사진을 보낸 여자를 찾고 싶어요." 나는 갈색 폴더를 그에게 넘겼다.

그는 얼른 내용물을 훑어보며 인상을 찌푸렸다.

"하지만 이 사람은 유명한 여배우 샤브남 삭세나인데? 왜 그녀를 찾으려고 하실까?"

그때서야 나는 사프나 싱과의 교제와 인도에 온 이유를 모두 설명했다.

"쯧쯧. 사프나란 여자한테 단단히 당한 거로군, 래리 씨. 그래서, 어떻게 해드리면 되나그래?"

"그 여자를 찾아줘요. 미국으로 돌아가기 전에 한 번만이라도 보고 싶어요. 할 수 있겠어요?"

"물론이지. 정부가 원한다면 오사마 빈 라덴도 찾아낼 수 있지. 이 여자가 쓴 편지도 갖고 계시나?"

"네. 하지만 주소는 알려줘도 내용은 보여줄 수 없어요. 사적인 내용이라서." 내가 가방에서 두툼한 편지다발을 꺼냈다.

"나는 사립 탐정이라오." 그가 씩 웃고는 다발을 낚아챘다. "델리 사서함을 이용했군. 아주 교활해. 하지만 나보다 똑똑할 수는 없지. 래리 씨, 당신 소원은 이뤄진 거요. 며칠 후 이 여자에 대한 모든 걸 알려드리겠소. 물론 비용은 좀 들겠지만."

"얼마죠?"

"정상가는 만 루피지만 당신은 우리 나라 손님이니까 오십 퍼센트 할인가로 모시지. 그러니까 오천 루피만 내셔. 선불로 반, 그리고 수사가 끝난 후에 반. 어떠셔?"

나는 지갑을 꺼내 2500루피를 셌다.

"좋아요. 그럼 10월 8일 월요일에 다시 오셔." 그가 끄덕이며 다시 한번 폼나게 연기를 내뿜었다.

나는 여관으로 돌아오면서 미친 소가 주변에 있는지부터 살폈다. 오늘은 길 한가운데에 섬처럼 앉아 있었는데 목에는 싱싱한 금잔화 목걸이까지 걸고 있었다. 자동차와 스쿠터 들이 열심히 경적을 울려대고 자전거들도 지나며 투덜댔지만 소는 여왕처럼 앉아 비닐봉지를 씹고 있을 뿐이었다. 나는 고개를 저었다. 세상에 암소를 여신처럼 떠받드는 나라라니! 내 고향에서라면 벌써 스테이크가 되었을 텐데.

여관에 들어오자마자 나는 TV 라운지로 향했다. 한 남자가 팔걸이의자에 앉아 있었다. 갈색 눈에 성긴 턱수염이 있는 미남이었다.

TV는 CNN에 맞춰 있었다. 엉망이 된 거리와 피와 붕대로 범벅이 된 사람들이 누워 있는 병원이 나오고 있었다.

"무슨 일이죠?" 내가 남자한테 물었다.

"바그다드에 또 자살폭탄이 터졌대요. 일흔 명이 죽었답니다." 그가 간단히 말했다. "당신이 미국에서 왔다는 래리 페이지요?"

"네, 어떻게 아시죠?" 내가 되물었다.

"숙박부에서 이름을 봤소."

"그쪽은요?"

"난 빌랄 베그라고 해요. 카슈미르 출신이오."

카슈미르가 어디인지 알 도리가 없었지만 어쨌든 고개를 끄덕였다.

"페이지 씨, 도대체 당신 나라는 왜 이라크를 내버려두지 않는 거요?" 빌랄이 불쑥 물었다.

"모릅니다. 그자를 잡으려고 하는 거 아닌가요? 사담인지 뭔지?"

"하지만 사담은 이미 교수형에 처해졌잖소!"

"오, 그래요? 죄송합니다. CNN 본 지가 오래라서요. 일 년 전인 가……"

그는 내가 자기 지갑이라도 훔쳐간 듯 흘겨보더니 밖으로 나가 버렸다.

그날 저녁 나는 길가 식당에서 식사를 하는 실수를 범하고 말았다. 감자와 피클 등으로 채운 호밀빵이었는데, 너무 뜨거워서 그만 꿀꺽 삼킨 바람에 곧바로 위장으로 직행한 것이다. 여관으로 돌아오자마자 나는 화장실로 달려가야 했다.

금요일과 토요일 내내 사상 최악의 복통을 끌어안고 방 안에서 죽치고 있어야 했다. 마치 5킬로그램들이 가방 안에 똥 10킬로그램을 채워 넣고 다니는 기분이었다. 나를 찾아온 사람은 빌랄이 전부였다. 그가 준 녹색 시럽이 회복에 도움을 주었다. 일요일 아침에는 설사도 그치고 밖으로 나갈 수 있을 만큼 좋아졌다.

파하르간지 거리는 일요일이 되자 더 조용해졌다. 심지어 새벽 7시면 부지런히 영업을 시작하는 오토릭샤 기사들도 휴식을 취하는지, 기사 두 명이 핸들에 발을 얹어놓고 잠에 빠져 있었다. 하지만 공중 수도에서 병과 양동이에 물을 채워 넣는 소녀들은 여전히 분주했다.

가게들도 대부분 문을 닫았으나 길가의 작은 식당들은 예외였다. 한 식당은 튀긴 오믈렛 샌드위치를 팔았고, 다른 한 곳은 프리첼 모양의 전통 인도 과자를 기름에 튀겨 설탕 시럽 항아리에 던져 넣고 있었다. 사람들이 따뜻한 차를 끓이는 난로 주변에 모여 있었다.

왜 그런지는 몰라도 인도 사람들은 밖에서 일하는 걸 좋아했다. 야외 이발소에서는 이발사가 구경꾼들 앞에서 비누칠을 하고 가위질을 했으며, 양복점에서는 재단사가 재봉틀을 인도에 내놓고 앉아 열심히 돌려댔다. 심지어 길가에서 귀지를 파주는 사람도 있었다. 더러운 옷차림의 노인이 뾰족한 물건을 손님 귀에 찔러 넣고 있는데, 보기만 해도 귀가 따끔거렸다.

나는 DVD를 파는 리어카에서 50센트라는 기막힌 가격에 〈스파이더맨 3〉〈배트맨 5〉〈록키 5〉를 골라냈다.

좀더 남쪽으로 내려가자 복작대는 청과물 시장이 나왔다. 여자들이 낡디낡은 삼베 방석에 앉아 토마토, 양파, 레몬, 콩을 진열해 두고 손님들을 불러댔다. "토마토가 킬로에 단돈 이십 루피…… 레몬 이 킬로그램에 오 루피! 맛있어요, 손님!" 그들은 검은 추가 달린 기형의 저울로 무게를 재고 받은 돈을 삼베 방석 밑에 꿍쳐두었다. 갑자기 목덜미가 쭈뼛해 돌아보니 망할 놈의 암소가 나를 바라보고 있었다. 난 놈이 움직이기 전에 냅다 뛰기 시작했다. 10분 후 내가 다다른 곳은 뉴델리 기차역이었다.

역은 또다른 세계였다. 인도의 가난이 망치처럼 내 머리를 강타했다. 보도에 비닐 천막을 치고 사는 가족도 있었으나 그 정도 여유조차 없는 사람도 적지 않았다. 도로 한가운데에 술주정뱅이처럼 뻗어 있는 남자도 보였다. 인도에 벌거벗고 앉은 남자는 가슴에

딱지처럼 앉은 진흙을 손톱으로 긁어내고 있었다.

한 남루한 여인이 다가왔다. 녹색 사리에 노란 블라우스 차림이었는데 장대처럼 야윈 데다 달걀 거품기로 빗었는지 머리가 엉망이었다. 그녀는 아이 하나를 안고 있었다. 1년은 먹지 못한 듯 뼈만 남고 눈이 퀭한 아이였다. 여자는 아무 말도 않고 두 손을 컵처럼 만들어 배에서 입까지 들어 보였다. 난 아무 생각 없이 지갑에서 5백 루피를 꺼내 건네주었다.

그 순간 난 거지 군단에 둘러싸이고 말았다. 그들은 〈세버이 거주〉에 나오는 좀비처럼 달려들었다. 그중에는 손발이 없거나 눈이 없어 바퀴 달린 널판지에 몸을 싣고 밀고 오거나 두 손으로 기어서 오는 거지들도 있었다. 과일 장수들이 오렌지와 사과를 들어 보이듯 그들은 갈라지고 고름이 흐르는 상처를 보여주고, 잘린 손발과 비틀린 등을 드러냈으며, 자신들 몸만큼이나 찌그러진 동냥 그릇을 내밀었다. 나는 더이상 앞으로 나아갈 수가 없었다. 그래서 다시 여관 방으로 피해 와 침대에 드러누워버렸다.

3일 만에 델리는 기어이 내 심장을 깨뜨리고 정신을 헤집고 뱃속까지 홀딱 뒤집어놓고 말았다.

월요일, 탐정은 나를 기다리고 있었다. 그때와 똑같은 옷을 입었으나 이번엔 파이프를 물고 있지 않았다. 상자들을 대부분 치워서 방이 월요일 아침의 교회만큼이나 허전해 보였다.

"약속한 대로 당신한테 편지를 보낸 여자를 찾아냈지." 내가 앉자마자 굽타가 선언했다.

"누구죠?" 내가 황급히 물었다.

"놀랍게도 그 편지들은 진짜 샤브남 삭세나의 작품이었어라."

"그 여배우요?"

"당근."

"어떻게 알죠? 확실한 거예요?"

"그녀의 이니셜 보셨어? S. S. 가명도 본명과 똑같은 이니셜을 쓰고 있지."

"맙소사, 그런 생각은 해보지도 못했는데!"

"하지만 나 같은 노련한 탐정은 그런 행태를 단번에 알아채지. 아, 물론 보다 확실하게 하기 위해 그녀의 친필과 당신이 받은 편지 필체를 대조해봤지. 완전히 일치하서."

"그 여자 친필은 어떻게 구했어요?"

그가 웃었다.

"우리 인도인이 매우 진보한 민족인 걸 모르셨어? 우리가 만든 원자폭탄은 당신네 CIA도 못 찾아내잖아. 데이터베이스가 탁월해서 읽고 쓸 수 있는 모든 인도인의 필체를 확보하고 있거든. 래리 씨, 내 장담하건대 이 편지의 주인은 샤브남 삭세나가 분명해."

"그럼 왜 공항으로 마중 나오지 않았을까요?"

"음, 그건 더 어려운 질문이로군. 그건 직접 물어보셔야지."

"하지만……"

"무슨 생각 하는지는 알겠어라. 유명 여배우가 평범한 미국인과 왜 친구가 되려 했는지 그 이유가 궁금한 거 아니오?"

"네, 이유가 뭘까요?"

"사랑엔 국경이 없다는 것도 모르서? 래리 씨, 샤브남의 과거를 알면 내 말을 이해할 거요. 그녀는 대도시를 열망한 시골 소녀였지. 아잠가르에서 태어나 자랐는데, 그곳은 인도 북부에 위치한 곳으로 조폭으로 유명하지. 그녀는 전형적인 중산층이었어. 아버지는 은행원이고 어머니는 초등학교 선생인데, 세 자매 중 둘째로 제일 예뻤지. 부모한테 들은 얘기라고는 딸 셋을 낳은 데 대한 불만과 한탄뿐이었다더군. 부모는 딸들을 시집보내려고 안달복달했다는데, 지참금 마련하는 게 장난 아니었겠지. 그래도 샤브남은 12학년을 마치고 러크나우 대학에 진학해 철학 학사 학위까지 받았지

졸업하고 아잠가르에 돌아와보니, 고향은 더럽고 야만적인 시골에 불과하지 않았겠어. 부모는 그녀가 결혼하기를 원했지만 청혼을 해온 건 그 시방 쌍패늘뿐이었고. 특히 아잠가르와 두바이를 장악한 조폭 하나가 집요하게 물고 늘어졌는데, 당근 그녀는 거부했지. 그런데 부모들이 살해 협박을 받기 시작한 거야. 결국 아잠가르에 머물나가는 기껏 조폭의 아내나 정부밖에 못 되겠다는 사실을 깨닫고 칠흑같이 깜깜한 어느 날 밤, 아버지 지갑에서 돈을 훔쳐 뭄바이로 달아났지. 영화계에서 성공할 포부를 안고 말이야. 고생이야 좀 했겠지. 어쨌든 결국 제작자 디파크 히라니의 눈에 들어 지금의 위치까지 온 거요. 그녀는 자신의 뿌리를 부인하고 싶어해. 부모는 그녀와 절연했고 친척들과도 아무런 왕래가 없다더라고. 지금은 뭄바이의 아파트에서 혼자 살고 있지. 뭐 감 잡히는 게 없으셔?"

"뭐요?"

"그녀는 사랑에 굶주려 있는 거야. 사-아-랑. 그래서 당신한테 편지를 쓴 거야. 당신하고 친구가 되고 싶어서."

"하지만 왜 진짜 이름을 쓰지 않았죠? 게다가 엄청 부자일 텐데 왜 내 돈을 뜯어낸 겁니까?"

"당신을 시험하고 싶었던 거 아니겠어? 그녀가 유명한 여배우라는 걸 알았다면 당신도 다른 인도 사람들처럼 그녀를 대했을 테니까. 그녀를 향해 군침 흘리는 사내들. 그녀가 원한 건 사랑과 존중이잖아, 래리 씨."

"네, 이제 조금 이해가 될 것도 같네요." 나는 고개를 끄덕였다.

"게다가 어쩌면 당신한테 뭔가 메시지를 보낸 건지도 모르잖아? 그러니까, 상황이 안 좋아서. 조폭들이 다시 괴롭힐 수도 있고. 그래서 가짜 신분을 이용해 당신한테 도움을 요청한 거지."

"오, 세상에! 그리고 보니 그런 것도 같네요. 그럼 내가 직접 그녀를 만나야 하는 건가요?"

"물론! 어쩌면 그녀가 원하는 바일 수도 있잖아? 그래, 휴대폰은 있으셔?"

"아뇨, 한 번도 사본 적 없어요."

"그럼 하나 사. 나한테 샤브남 삭세나의 전화번호가 있으니까. 이거 아무도 모르는 아주 개인적인 번호야. 남자들은 이 번호를 알아내려고 살인이라도 하려 들걸?" 그의 마지막 말은 거의 속삭이는 수준이었다.

"정말입니까?"

"당근. 이건 이천오백 루피짜리 정보야. 이 번호를 알고 싶다면 나한테 총 오천 루피를 지불하셔."

그 번호를 얻기로 결심하는 데는 1초도 채 걸리지 않았다. 나는 주머니에서 5천을 꺼냈고 탐정은 액수를 확인하고는 코트 주머니에 집어넣었다. 그가 종이쪽지를 하나 꺼내 읽기 시작했다.

"적어두셔. 9-8-3-3-3-8-1-2-3-4. 다 적으셨어? 어렵게 구한 번호니까 조심해서 사용하셔."

"지금 당장 공중전화로 걸어봐도 되나요?"

"당근. 하지만 연결은 되지 않을 거야. 지금 영화 촬영 때문에 케이프타운에 가 있다는 얘기를 들었으니까. 휴대폰은 그녀가 인도에 돌아와야 쓸 수 있을 거야. 일주일쯤 있다가 걸어보셔." 그가 머리 뒤로 손깍지를 꼈다

"이제 다 됐지?"

"네, 도와주셔서 고맙습니다." 내가 일어섰다.

"나야 잘되기를 바랄 뿐이지. 당신 여친은 모든 인도인의 꿈이잖아? 부러워, 아주 부러워." 사립 탐정은 정말로 부러운 듯 나와 격렬하게 악수했다.

나는 찍짓기글 마친 돼지처럼 매우 만족스러워하며 사무실을 나섰다. 처음으로 만사가 풀리는 기분이었다.

나는 그날 오후 선불 카드가 장착된 값비싼 노키아를 사서 방으로 돌아가 떨리는 손으로 숫자판을 눌렀다. 신호는 가는데 아무도 받지 않았다. 이윽고 녹음된 목소리가 들렸다. "지금 거신 전화는 고객의 요청에 의해 당분간 착신이 중지되어 있으니 나중에 다시 걸어주시기 바랍니다."

나는 실망해 전화를 끊었다. 탐정 말이 옳았다. 나중에 시도해야 되나보다. 일주일 후에.

나는 사모님의 번호가 적힌 종이를 조심스럽게 지갑에 넣었다. 지갑이 거의 비어 있음을 깨달은 것도 그때였다. 이제 남은 돈은

천 루피와 2백 달러가 전부였다. 이 상태로 이 도시에서 40일을 더 버텨야 하는 것이다. 그래서 그날 저녁 TV 라운지에서 빌랄에게 도움을 청했다.

"혹시 이 근방에서 지게차 기사 필요한 데 없을까요? 돈이 필요해서 그러는데."

"지게차까지 할 필요가 어디 있나? 영어 선생을 하는 게 훨씬 나을 거요. 어디 한번 알아보지." 그는 테이블에 놓인 신문을 집어 들고는 여기저기 뒤졌다. "여어, 이게 자네한테 딱 좋을 것 같군. 여기 구인란을 보게."

구인: BPO 선도 기업을 위한 억양 및 악센트 교정 전문가.
분야: 음성학, 문법 및 현지 문화 강의. 일일 강의 평가 및 훈련생 평가 등 철저한 일일 성취도 점검.
자격: 경력 및 전공 무관. 미국 영어 가능자 우선. 즉시 채용 가능. 이력서 및 신원보증서 제출 바람.

광고 문구가 잘 이해되지 않았다.

"BPO가 뭐죠?"

"업무처리 아웃소싱. 콜센터를 그럴듯하게 부르는 거라네. 자네 정도면 충분할 거야. 필요한 건 미국인처럼 말하는 것뿐이니까." 그는 이력서와 신원보증서도 필요 없이 인터뷰만으로 충분하다는 얘기도 덧붙였다.

나는 일주일이 어서 지나가기만을 기다리며 보냈다. 매일 50번도 넘게 샤브남에게 전화했으나 그때마다 녹음된 목소리뿐이었다. 열흘이 지난 후에도 녹음 목소리가 들려오자 마침내 인내심을 잃은 나는 탐정 사무소로 달려갔다. 하지만 사무실 문은 잠긴 채 온통 널빤지로 덮여 있었다. 문 밖에 안내문 하나가 펄럭이고 있었다. '최고급 사무실 임대. 즉시 입주 가능. 나브넷 부동산 9833345371로 연락 바람.' 그 번호로 전화를 걸었으나 굽타가 사무실을 내놓고 어디론가 이사를 했으며 연락처는 없다는 대답만 들었다.

처음으로 그놈의 사립 탐정이 사기꾼이어서 어쩌면 말도 안 되는 거짓말을 했을지도 모른다는 생각이 들었다. 하지만 신은 한쪽 문을 닫으면 반드시 다른 문을 열어주신다. 집으로 돌아오는 길에 가판대에서 〈필름페어〉라는 잡지를 발견했다. 표지에 샤브남의 사진이 실려 있었기에 당장 사버렸다.

3학년 때 담임이었던 헨리에타 로레타 선생님은 아주 아주 오래전 그리스라는 나라에 살았다는 아르키 뭐라는 미친놈 얘기를 자주 들려줬다. 욕탕에 다이빙했다가 사람이 들어가면 욕조의 물이 넘친다는 사실을 알아낸 괴짜라고 했다(그걸 모르는 사람이 어디 있다고). 그런데 진짜 웃긴 건 그가 어찌나 흥분했던지 그만 벌거벗은 채 밖으로 뛰쳐나가 "유레카! 유레카!"라고 외쳤다는 것이다. 샤브남 삭세나의 기사를 읽으면서 내가 느낀 기분도 정확히 그랬다. 그 잡지에서 금광을 찾아낸 것이다. 그곳엔 그녀의 인생 이야기가 모두 적혀 있었는데 토씨 하나 안 틀리고 사립 탐정이 들려준 것과 똑같았다. 그 친구는 돈값을 한 것이다. 게다가 잡지엔 굽타도 알아내지 못한 두 가지 정보가 더 있었다. 뭄바이의 수소와 생년월일인 3월 17일. 그녀의 생일은 사프나 싱이 알려준 생일과 정확히 일치했다! 사프나와 샤브남이 동일 인물임을 증명하기에 충분한 증거였다. 난 너무나 행복해 콜라를 무려 네 병이나 들이켰다!

그날 밤 나는 책상에 앉아 샤브남에게 편지를 쓰기 시작했다.

"친애하는 나의 사랑 샤브남. 우리의 사랑이 암탉의 이빨만큼이나 귀한 것임을 알고 있어요." 이렇게 시작한 편지는 무려 20페이지나 이어졌다. 편지를 봉투에 넣고 '친전'이라는 글자와 주소를 적은 다음 아침에 일어나자마자 우체국으로 달려갔다.

다음 날 샤브남에게 두번째 편지를 썼다. 이번에는 새장에 갇힌 새를 쏘는 것만큼이나 쉬웠다. 나는 일주일 동안 먹는 데보다 편지에 더 많은 돈을 썼다. 그리고 나니 빌랄한테 돈을 빌리는 신세가 되고 말았다.

"그보다는 BPO의 일자리를 얻는 게 좋을 텐데?" 그가 경고했다.

그래서 10월 25일, 최고급 옷으로 갈아입고 인터뷰를 위해 코너트 광장으로 향했다. 내가 들어선 곳은 요란한 그림과 고급 가죽소파와 예쁜 안내 도우미가 있는 화려한 사무실이었다.

나를 인터뷰한 사람은 빌 바크시라는 40대 대머리 남자였다. 그는 데님 청바지와 버펄로 빌스* 셔츠에 번쩍거리는 금속 테이블 앞에 앉아 있었다. 양키스 야구 모자를 쓰고 그가 놀란 얼굴로 나를 보았다.

"래리 페이지…… 난 자네가 인도 고아 출신의 기독교도일 거라고 생각했는데 진짜 미국인인가?" 말투도 싸가지 없는 뉴욕 출

---

* 뉴욕을 연고로 하는 미식축구팀.

신 양키와 똑같았다.

"네, 미국인입니다. 항상 그랬죠. 그게 문제가 되나요?"

"아니, 아냐…… 전혀 아니지. 미국 악센트를 가르치는 데 미국인이라는 것보다 더 완벽한 조건이 어딨겠어. 정말 미국인이 맞는지 궁금해서 그러네. 진짜 미국에서 사는 미국인 맞는 거지?"

"네, 인도를 방문 중이죠. 텍사스 와코에 살고 있습니다."

그가 미소를 짓더니 머리 뒤로 두 손을 깍지 꼈다.

"보다시피 난 버펄로 빌스 팬이라네. 자네는 어때, 케리? 미식축구 좋아하나?"

"두말하면 잔소리죠! 위대한 텍사스 주 출신으로 당연히 미국팀을 응원하죠. 댈러스 카우보이스. NFL 역사상 유일하게 사 년 동안 슈퍼볼에서 세 번이나 우승한 팀이죠."

"그래, 휴스턴 텍사스는 어떤가?"

"죄송합니다만 그들은 쓰레기예요."

"왜 그렇지?"

"매일 깨지니까요. 2004년 시즌에 기회가 있었지만 결국 클리블랜드 브라운스한테 22-14로 패해 종 치고 말았죠. 그후로는 거의 자멸 분위기예요. 레기 부시나 빈스 영 대신 마리오 윌리엄스를 영순위로 선택하다니, NFL 역사상 가장 멍청한 실수였죠. 그 친구는 골대가 어디 있는지도 모르고 볼을 던진다니까요!"

"와우, NFL 역사를 완전히 꿰고 있군그래. 전에 기업에서 일한 적은 있나? 여기가 첫 직상은 아니겠지?"

"지난 오 년 동안 월마트에서 일했습니다."

"월마트? 래리 페이지, 자네를 고용하겠네. 진심으로 환영하

통신판매 신부 321

네." 그가 일어나 악수를 청했다.

"감사합니다. 그런데 제가 할 일은 뭐죠? 그러니까, 사장님 회사에 대해 설명 좀 해주실 수 있으세요?"

"물론이야. 라이 IT 솔루션은 업무처리 아웃소싱 회사라네. 해외 고객들을 위해 많은 일을 하지. 우리가 하는 일도 전화 서비스 판매, 소비자 불만 처리, 시장 조사, 비행기 예약, 소득세 계산, 보험 불만 처리 등등 아주 다양해. 하지만 주요 업무 영역은 아무래도 지리 정보 시스템이고, 주 고객도 ARA, 그러니까 미국 도로 서비스 회사야. 들어본 적 있나?"

"네. 하지만 우리 회사는 AAA와 거래했죠."

"음, ARA도 AAA와 아주 비슷해. 자, 자네가 ARA의 고객이라고 상상해보자고. 자네 차가 고장나거나, ARA 등록 기간이 끝나거나, 아니면 고속도로에서 길을 잃었다고 하세."

"고속도로 어디에서요?"

"그런 건 상관없어. 알래스카나 하와이일 수도 있어. 우리한테는 모든 도로의 지도가 있으니까. 길을 잃으면 어떻게 하겠나? 1-800번에 전화를 걸겠지. 그럼 전화가 우리한테 넘어오는 거야. 구르가온의 콜센터에 말이야. 그럼 우리 고객지원팀이 전화로 미국 고객을 돕는 거지. 중요한 건 인도에서 전화를 받는 티를 내서는 안 된다는 거야. 고객들한테는 전화 받는 사람이 미국에 있는 미국인이어야 한다는 거지. 서비스가 제공되는 것도 미국이니까."

"솔직히 말씀드리면 길 안내에는 저도 젬병인데요. I-35에서 늘 길을 잃는걸요. 출구를 잘못 나와 늘 뉴멕시코로 빠져버리거든요."

"아니, 래리. 고객지원팀원에서 일하라는 게 아니야. 발음 교정을 맡아달라는 거지. 콜센터 신입사원들한테 미국에 대한 모든 걸 가르치라고. 미국인이 어떤 식으로 말하고, 어떤 놀이를 하고, 어떤 음식을 먹고, 뭘 구경하는 걸 좋아하는지 등등 말이야. 그래서 모라다바드의 디파크를 밀워키의 데릭이라고 해도 미국 고객이 의심하지 않게. 도와줄 수 있겠나?"

"물론입니다. 누워서 떡 먹기 같은데요."

"좋아. 자, 봐봐. 인도 사람들은 '누워서 떡 먹기' 같은 표현을 쓰지 않거든! 배일 갑사라…… 이건 완전 대박이야! 아, 친 가지 더! 인도의 콜센터들이 죽음의 교대조로 운영되고 있음을 이해해주기 바라네. 오전 여덟시부터 오후 여덟시까지. 그 이후에 가르쳐야 하는데 괜찮겠나?"

"네. 낮 시간에 자면 되니까요. 그런데 봉급이 얼마나 됩니까?"

"음, 인도인 강사한테는 이만 루피를 지불하지만 자네한테는 삼만 루피를 주겠네. 어떤가?"

3만 루피! 그건 한 달 안에 미국으로 돌아갈 수 있는 돈을 벌 수 있다는 얘기다! "언제부터 시작합니까?" 내가 물었다.

나는 그날 바로 라이 IT 솔루션의 구르가온 본사에서 일을 시작했다. 매일 아침 7시, 통근 버스가 피히르간지에서 나를 태우고 국제공항을 거쳐 쇼핑센터와 거대한 마천루로 가득한 시내로 데려가는데, 구르가온은 델리라기보다는 댈러스에 가까웠다.

본사도 인상적이기는 마찬가지였다. 코팅 유리와 대리석으로 된 건물 안에 있는 콜센터는 마치 월마트의 쇼핑 공간처럼 보였다. 에어컨이 나오는 거대한 홀에, 컴퓨터가 딸린 칸막이가 바둑판처럼 이어져 있었다. 수백 명의 젊은 인도인이 모니터 앞에 헤드셋을 쓰고 앉아 있는 광경 또한 장관이었다. 그곳은 총각파티의 스트립 쇼만큼이나 분주해 보였고 거대한 벌집처럼 웅성거렸다.

내 일은 똑똑한 젊은 남녀를 미국인처럼 말하도록 훈련하는 것이었다. 나는 바로 핵심부터 시작했다.

"세 종류의 학생이 있죠. 첫째, 독서를 통해 배우는 학생, 둘째, 관찰을 통해 배우는 학생, 셋째, 혼자서 전기 울타리에 오줌을 갈기는 학생이죠."

꽉 끼는 티셔츠 차림의 예쁜 여자가 손을 들었다.

"죄송하지만, 페이지 교수님, 전기 울타리에 오줌을 갈긴다는 게 무슨 뜻이죠?"

페이지 교수님? 그 말을 듣자마자 머리가 팽팽 돌기 시작했다. 자기 아들이 교수님이라 불리는 걸 엄마도 들었어야 하는데!

"그건, 인생엔 공짜가 하나도 없다는 뜻이죠, 아시겠어요? 계속 연습하면 딸꾹질만큼이나 빨리 말할 수 있을 겁니다. 좋아요, 친구들, 이제 그만 딴지 걸고 내가 하라는 대로 하세요."

쉬워도 너무 쉬웠다. 평생 그렇게 빨리 큰돈을 벌어본 적은 없었다. 나머지 일은 2층 사무실에 앉아 헤드셋을 쓰고 홀의 상황을 지켜보는 것이었다. 그러니까 '고객지원팀'에서 영어와 말하는 방식이 신속하게 개선되지 않는 사람들을 점검하는 일이다.

이 콜센터라는 곳은 기가 막히도록 멋졌다. 멋진 인도 이름을 가진 남녀들이 로버트, 수잔, 제이슨, 제인 등으로 통했는데, 그건 반드시 미국 이름을 사용해야 한다는 엄격한 규칙 때문이었다. 이 규칙은 휴식과 식사 시간에도 엄격히 지켜졌다.

한번은 데브두트라는 감독관이 이런 말을 했다. 짧은 선원 머리에 금속테 안경을 쓴 키 작은 50대 남자였다.

"그게 문제야. 이애들은 정말로 미국인이 되고 싶어한다네. 미국인처럼 말하고 옷을 입는 정도가 아니라, 아예 데이트도 미국인처럼 하려 들지. 페이지 군, 나는 비록 콜센터에서 일하지만 내 딸만큼은 절대 이곳에 발을 들이지 못하게 할 거야."

"왜요?"

"콜센터라는 곳이 부도덕과 타락의 소굴이 되었기 때문이지. 자넨 내가 매일 어떤 상황들을 겪는지 상상도 못할 걸세. 여자애들이 창녀처럼 옷을 입는 마당에 어떻게 규율 운운할 수 있겠나? 가슴이 다 드러나는 상의에 속옷이 보일 만큼 짧은 스커트를 입고 다니잖아. 이따금 여자애들의 핸드백을 무작위로 뒤지면 립스틱과 함께 콘돔까지 발견되더군. 몇몇은 식사 시간에 화장실에서 섹스도 하는 모양이야."

"그건 아무것도 아닙니다. 미국의 리치필드 고등학교에서는 교실에서도 하는 걸 봤는데요." 내가 말했다.

"허, 타락한 미국에서는 허용될지 몰라도 여긴 인도라네. 그런 식으로 문화와 전통에 반하는 행위들을 봐줄 수 없어." 그가 벽에 붙은 포스터를 자랑스럽게 가리켰다. 그곳엔 '사내 섹스 금지. 우리는 인도인이다'라고 적혀 있었다.

나는 그 사람을 보며 고개를 저었다. 너무도 편협한 사람이라 모든 것에 인도라는 색안경을 들이댔다.

"그래서 어떻게 하실 건데요?" 내가 물었다.

그는 교활한 여우처럼 웃었다.

"화장실에 CCTV를 설치할 걸세. 이런 식으로 하면 말들이 날뛰기 전에 헛간 문을 잠글 수 있을 거야."

"네, 하지만 조심하세요. 감독관님의 헛간 문이 열려 있으니까."

"뭐?"

"지퍼가 열려 있어요." 내가 지적했다.

그가 아래를 내려다보더니 얼굴이 빨개졌다.

미처 깨닫기도 전에 4주가 흘렀다. 내 삶도 어느덧 그럴듯한 일상으로 바뀌어 있었다. 콜센터에서 밤새도록 일하고 아침에 여관으로 돌아와 낮 시간 내내 잠을 잤다. 저녁이 되면 거의 기계처럼 샤브남에게 편지를 쓰고 휴대폰에 전화를 걸었다. 어느 쪽으로도 대답을 듣지 못했으나 난 희망을 버리지 않았다.

콜센터의 전문용어에도 꽤 익숙해졌고, 친구도 많이 생겼다. 대학을 갓 졸업하고 첫 직장에 들어온 젊은 친구들로 파티와 쇼핑을 좋아했고 항상 재미를 추구했다. 빈센트(벤카트)는 목소리가 얼마나 부드러운지 물에 빠져 죽는 사람한테 생수를 판다고 해도 믿을 정도였고, 에이제이(아제이)는 일 처리가 늦어 늘 고생이었다. 퍼넬러피(프리아)는 최고의 직원으로 누구보다 빠르게 주간 목표를 달성했으며, 지나(지타)는 남자 직원 절반이 군침을 흘리는 미인이었다. 레기(라그벤드라)는 키가 너무 작아 오리 엉덩이를 걷어차려 해도 벽돌에 올라서야 할 판이었다. 그리고 켈리(카말라)가 만든 삼바르 바다*는 지금껏 먹어본 최고의 요리라고 자신할 수

---

* 붉은 콩으로 만든 남인도 전통 요리.

있었다.

　남자 직원들과 함께 크리켓이라는 게임을 구경하기도 했다. 그것은 잔디가 자라는 걸 지켜보는 것만큼이나 지루했지만, 디왈리의 불꽃놀이는 미국의 독립기념일보다도 훨씬 재미있었다. 여자들은 나와 점심을 함께하며 그들의 비밀을 공유했다. 미혼 여자들은 좋아하는 남자에 대해 얘기해주었고 기혼 여자들은 시어머니 욕을 해댔다. 모두가 내게 짝을 찾아주려 했지만, 아무런 성과가 없었다.

　어느새 11월 23일이 되었다. 내일이면 미국으로 떠난다. 그런데 문득 그런 생각이 들었다. 가고 싶지 않아. 미쳤다. 암소들이 거리를 휘젓고 다니고, 거지들이 벌거벗고 잠들며, 콩나물 시루같이 빽빽한 이 도시가 갑자기 지구상에서 가장 신나는 곳으로 보이기 시작하다니! 모기가 득실대는 싸구려 여관도 고향 같고 콜센터 일도 백만 불짜리 직장처럼 느껴졌다. 인도는 나한테 기이한 경험을 제공해주었다. 나는 비스킷을 차에 찍어 먹고 마살라 도사*를 손으로 집어 먹기 시작했다. 양동이 목욕도 나름대로 재미있었고, 야외 이발소에서 머리 깎는 데도 스스럼이 없어졌다. 가끔은 파자마 차림으로 파하르간지 거리를 쏘다니기도 했는데 고향에서는 상상도 못했을 일이었다. 연장된 휴가와도 같았다. 지불해야 할 청구서도 없고, I-35 고속도로를 달릴 필요도 없으며, 요리를 하거나 조니 스카페이스와 말다툼을 벌일 일도 없었다. 게다가 돌아가봐야 반겨줄 진구가 있는 것도 아니잖은가. 심지어 엄마도 그렇다. 지난번

---

* 쌀과 렌즈 콩을 갈아 반죽한 요리.

전화 통화에서 엄마는 내 첫번째 결혼보다 당신의 네번째 이혼에 더 열을 올렸다. 그러나 미국으로 돌아가려 하지 않는 진짜 이유는 샤브남이었다. 난 그녀가 아직 케이프타운에서 촬영을 하고 있을지도 모른다는 희망을 버리지 않았다. 내 편지를 받지 못했을지도 모른다. 결국 나는 2주를 더 연기해 12월 5일로 다시 예매를 했다. 그때까지도 그녀 소식을 듣지 못한다면 그녀를 내 인생에서 몰아내고 귀향길에 오를 것이다.

솔직히 말하면 그후 열흘이 지나도록 샤브남한테서는 찍소리 하나 듣지 못했다. 그래도 난 12월 5일 비행기를 타지 못했다. 12월 3일에 아주 기이한 일이 벌어졌기 때문이다. 루피를 달러로 바꾸기 위해 은행에 가던 중이었다. 현찰을 지갑에서 모두 꺼내 휴대폰과 여권과 함께 전대에 넣고 허리에 두른 채 막 거리를 건널 때였다. 갑자기 거대한 무리가 나를 향해 다가오는 것이 아닌가! 행렬의 선두에는 너무나도 끔찍하게 생긴 소녀가 있었다. 흙덩어리처럼 일그러진 얼굴에 눈까지 먼 그 소녀는 지팡이를 짚고 간신히 걷고 있었다. 그녀 뒤를 따르는 사람 셋은 유령처럼 온통 하얀색 천을 뒤집어썼으며, 바로 뒤에 해골이 그려진 검은 옷을 입은 남자가 따랐다. 그 뒤로 학생처럼 보이는 젊은이들의 그룹이 보였다. 그들은 '보팔의 성전사'라고 적힌 플래카드를 높이 쳐들고 "보상이 아니면 죽음을" 등의 구호를 외치고 있었다.

행렬은 내 바로 옆에 멈춰 섰다. 그리고 흰옷 차림의 사람들이 길 한가운데에 누워 죽은 시늉을 하자 해골 청년이 그들 주변을 돌며 춤을 추었다.

"지금 할로윈 축제 중인가요?" 내가 청바지와 슬리퍼 차림의 여학생한테 물었다. 왼쪽 어깨에 헝겊 가방을 메고 이마엔 붉은 띠를 두른 소녀였다. 그녀는 마치 해충이라도 보듯 나를 흘겨보았다.

"뭐라고요?"

"이게 인도식 할로윈이냐고요. 미국은 10월 31일인데. 그런데 왜 이런 식의 보상을 해달라는 거죠? 사람들이 초콜릿이나 사탕을 주지 않나요?" 그녀가 화를 벌컥 냈다.

"야, 너 지금 우리를 비웃는 거야? 이건 역사상 가장 참혹한 산업재해에 대한 시위라고!"

"에이, 그렇다고 화를 낼 필요는 없잖아요." 나는 그녀를 달래려 했다.

"야 이 자식아! 지금 누구 약 올려? 너 다우 케미컬* 앞잡이지, 엉?" 그녀는 있는 대로 소리를 질렀다.

"무슨 얘긴지 모르겠네요. 다우 뭐라는 얘기는 들어본 적도 없어요. 애꿎은 사람한테 화풀이하지 말아요."

이번에는 염소수염 남학생이 내 어깨를 두드렸다.

"지금 뭐라고 했어? 내 친구가 지금 화풀이를 한다고?"

세번째 사내가 삿대질을 시작했다. 희한한 헤어스타일에 꽃뱀보다 사익한 표정을 한 사내였다.

"당신 미국인이지?" 그가 물었다.

"네." 내가 대답했다.

"이봐! 여기 워런 앤더슨의 개가 와 있다!" 그가 소리치더니 대

---

* 보팔 참사에 직접적인 책임이 있는 유니언 카바이드 사의 후신.

뜸 내 먹살을 움켜잡았다.

"야, 임마, 우리 돈 내놔." 더러운 쿠르타 차림의 남자가 말했다
"그래, 이제 더이상 못 참아!" 염소수염도 으르렁거렸다.
"아니, 이봐요. 이런 식으로 남의 돈을 갈취하려는 거요? 절대 그렇게는 못 해!"
"이 새끼가 돈을 내놓지 못 하겠단다. 손 좀 봐주자고!" 그의 고함 소리에 시위대가 생고기를 발견한 개 떼처럼 몰려들어 나를 두들겨 패기 시작했다. 여자들도 내 옷을 잡아 뜯으려 했다. 나는 그들을 떨쳐내려 애썼지만, 그래봐야 폭풍우 속의 나방 꼴이었다. 어느새 스웨터가 벗겨졌고 2분 후에는 셔츠가 찢어졌다. 조끼는 넝마가 되었으며 운동화 한 짝도 사라졌다. 나는 청바지를 벗기려는 뚱뗑이 여자와 실랑이한 끝에 간신히 그녀를 떨쳐낼 수 있었다. 바로 그 순간 전대가 사라진 걸 알았다.
헨리에타 로레타 선생한테 다른 나라 부족들의 기이한 풍습에 대해 배운 적이 있었다. 인간의 두개골을 먹는다는 아르헨티나의 아스텍족 얘기도 들었고 딸을 내다파는 멕시코의 마오리족 얘기도 들었다. 하지만 할로윈에 초콜릿을 주지 않는다는 이유로 미국인을 두들겨 패는 인도 부족이 있다는 얘기는 맹세코 듣도 보도 못 했다.
나는 터벅터벅 여관으로 돌아왔다. WWF 헬인어셀 매치에서 언더테이커한테 흠씬 얻어터진 숀 마이클스가 된 기분이었다.
"도대체 무슨 일이오?" 빌랄이 놀라서 물었다.
"미친놈들한테 당했어요. 돈도 다 빼앗겼고 여권도 사라졌어요. 이제 어떡하죠?"

"미대사관을 찾아가 새 여권을 받아야지." 빌랄이 조언했다.

차나키아푸리에 있는 미대사관은 멋진 건물이었다. 넓은 잔디밭엔 지상을 굽어보는 황금 독수리 분수대도 있었다. 정문의 해병대원들은 미국 동포를 만나도 전혀 반가운 표정이 아니었다. 그래도 여권과 비자 문제를 해결하려면 모퉁이를 돌아 다른 건물로 가라는 안내는 해주었다.

두 줄이 있었다. 하나는 인도인, 다른 하나는 미국인을 위한 줄이었다. 인도인의 줄은 끝없이 이어져 있었는데 마치 인도인 전체가 정장에 슬리퍼를 신고 대사관 앞에 모여선 것 같았다. 기도를 하는 시크교 가족도 있었고, 아이들에게 밥을 먹이는 지친 표정의 엄마와 그늘에서 카드를 하는 사내들도 보였다. 다행히 비자를 받으려는 미국인이 없는 탓에 난 10분 만에 정문을 통과할 수 있었다.

나는 먼저 교도소에 입소한 수감자처럼 신체검사를 받아야 했다. 그리고 4회에 걸쳐 보안 검사를 받은 후에야 간신히 접수실로 들어갈 수 있었다.

"래리 페이지라고 합니다. 여권을 잃어버렸어요." 나는 여직원에게 실명했다.

"잠깐만 앉아 계세요." 여자는 이렇게 말하고는 전화로 다른 사람을 불렀다. 3분 후 유리문이 열리더니 검은색 하이힐을 신은 키 큰 금발 여성이 들어와 인사를 건넸다. 회색 스커트에 황금 단추가 달린 회색 상의를 입은 그 여자는 폭죽만큼이나 섹시해 보였다. 그녀가 환한 미소와 함께 악수를 청했다.

"어서 오세요, 페이지 선생님. 선생님께서 나스콤 협의회를 위해 인도에 오셨다는 소식은 들었습니다. 저희 대사관을 방문해주셔서 영광입니다. 저도 선생님의 열렬한 팬이거든요. 이쪽으로 오시죠."

그녀는 복도를 따라 나를 안내했다. 엉덩이가 마치 가방 안에서 싸우는 두 마리 고양이처럼 흔들렸다. 그녀의 사무실은 가장 안쪽이었다. 그녀가 자기 카드로 문을 열고 나를 안으로 들였다.

나는 베이지색 소파에 앉아 주변을 둘러보았다. 방은 아주 크고 가구들도 고급인 듯했다. 벽은 온갖 지도들로 장식되어 있었고 책상도 길고 뾰족한 안테나가 달린 기기들로 가득했다.

금발은 내 옆에 앉았다.

"저는 대사관 영사과를 책임지고 있는 엘리자베스 브루크너입니다. 여권을 분실하셨다니 무척 불편하시겠어요. 저희가 하루 안에 새 비자를 준비해드리겠습니다." 그녀가 긴 다리를 꼬며 말했다.

"그래주시면야 고맙죠. 내일 비행기를 탈 생각이니까요." 내가 말했다.

"오, 이런. 767 전용기를 이용하시는 분이 비행 스케줄을 걱정하시다니 농담도 잘하세요." 그녀가 내 팔을 톡톡 치며 웃었다.

767이 뭔지는 몰랐으나 난 조용히 있기로 했다.

"그래, 세르게이 브린은 요즘 어떻게 지내세요?"

세르게이 브린은 들어본 적도 없는 이름이었다. 그래서 이번에도 입을 다물었다.

"말씀을 많이 안 하시나 봐요, 페이지 선생님."

"네, 어머니가 늘 그러셨죠. 입에 쓸 지퍼는 좋은 것으로 해야 한다고."

그녀가 재밌다는 표정으로 나를 보았다.

"제 사무실에 래리 페이지를 모시다니. 아세요? 전 늘 구글을 사용했죠. 벌써 몇 년 동안이나. 사실 2004년 IPO에서 약간의 배당금을 받기도 했답니다…… 좀 덥지 않으세요?" 그녀는 이렇게 말하더니 재킷 단추 두 개를 풀었다. 그러고는 두 눈을 게슴츠레 뜨고 수줍은 미소까지 지었다. "어디 머무세요, 페이지 선생님? 셰러턴?"

"저, 아가씨, 전 그런 사람이……"

"친구들은 저를 리지라고 부르죠. 그리고 여기 제 휴대폰 번호를 드릴게요. 언제든 전화하셔도 좋아요. 낮이든 밤이든." 그녀는 종이쪽지에 숫자를 휘갈겨 내게 건넸다. 나는 쪽지를 지갑에 넣었다. 물론 부활절 아침 예수의 무덤만큼이나 텅 빈 지갑이었다.

"어디에 묵고 계시는지 알려주지 않으시겠어요? 최근에 올해의 최고 혁신상을 수상하셨죠?"

"아뇨, 아가씨. 제가 수상할 뻔한 적이 있다면 작년 시스코에서 있었던 지게차 로데오 대회뿐입니다. 제 히스터 H130F로 트레일러를 채우고 비우는 분야와 깔판을 쌓는 분야에서 최고 점수를 얻었는데 필답 고사에서 점수가 개판이었죠. 문제가 아주 생뚱맞았거든요. 그러니까 '시속 백오십 킬로미터로 운행하는 지게차가 마른 표면에서 완전히 정지하는 데 칠 미터가 걸린다면 시속 삼백 킬로미터의 지게차는 얼마나 걸릴까?' 같은 문제가 있었죠. 난 7×2=14, 그래서 십사 미터라고 썼거든요. 그런데 정답은 지게차가 그런 속도로 달릴 일이 없다는 거였어요."

"정말 유머 감각이 대단하세요, 페이지 선생님. 아니, 래리라고 불러도 될까요? 지게차에 대해 어떻게 그렇게 많이 아세요?"

"텍사스 라운드록의 월마트에서 지게차 기사로 일하니까요. I-35의 251번 출구에 있는 지점인데, 혹시 아세요?"

"그럼 구글의 래리 페이지가 아니라는 말씀인가요?"

"제 말이 그거예요. 내 이름은 래리 페이지가 맞지만 구글의 그 남자는 아니거든요. 그냥 인도에 놀러왔는데 여권을 잃어버려서 돌아갈 수가 없게 된 거라고요."

"오!" 그녀가 비명을 지르고는 황급히 재킷 단추를 채웠다. 소파에서 일어설 때 그녀의 얼굴은 마치 일꾼을 꾸짖을 때의 조니 스카페이스를 닮아 있었다.

"페이지 씨, 오해해서 죄송합니다. DS-11과 DS-64 양식을 기재해야 합니다. 양식은 카운터에 있어요. 그리고 경찰에서 분실 신고서 사본도 받아와야 하고, 미국 시민이라는 사실도 증명해야 할 겁니다. 비용은 총 구십칠 달러이니 영사과 직원과 미리 약속을 정해서 처리하세요."

"그래도 내일까지 새 여권을 받기는 하는 거죠, 네?"

"아뇨, 페이지 씨. 급행 수속은 명사들에게만 허용됩니다. 비서가 나가는 길을 안내해줄 거예요."

나는 내 불운을 탓하며 대사관을 빠져나왔다. 주책없이 아가리를 놀리지 말걸. 교훈 하나. 사람들이 나를 미스터 구글로 생각하면 그냥 내버려둬라.

나는 럭키 여행사로 가서 다시 예약을 했다. 가장 빠른 비행기 편이 1월 15일에 있었다. 다시 40일 동안 인도에 머무르는 수밖에 없었다.

샤브남한테는 꾸준히 편지를 썼으나 답장이 없어 내용이 점점 더 짧아져만 갔다. 공중전화 부스에 가서 그녀의 휴대폰에 전화를 걸어도 답이 없기는 마찬가지였다. 유일한 희소식은 콜센터에서 들려왔다. 회사는 12월 15일자로 데브두트 씨를 해고했다. 컴퓨터에 벌거벗은 여자 사진을 쌓아두고 있다가 걸린 것이다. 게다가 2년 동안 회사 전화를 이용해 라스베이거스의 섹시 샘이라는 여자와 음란 전화를 한 사실도 밝혀졌다.

다시 시간은 흘러 이느새 12월 31일이 되었다. 휴가를 얻은 빈센트, 레기와 지나가 앞을 다투어 송년파티에 초대해줬지만 불운이 겹친 끝이라 별로 축하할 기분이 나지 않았다. 그때 말일에 회사를 지킬 자원자에겐 일당의 세 배를 지불하겠다는 공고가 났다. 나는 야근을 자원해, 평생 처음으로 프리야가 '핫시트'라고 부르는 고객지원팀 자리에 앉게 되었다.

콜센터의 전화를 다루는 건 보기보다 쉽지 않았다. 아니, 아주 골치가 아플 정도였다. 어떤 전화가 걸려올지 아무도 모르기 때문이다. 그날 밤 거리가 한산했기에 나는 두 시간이나 지나서야 첫번째 전화를 받았다. 짐 볼턴이라는 남자였다.

나는 헤드셋을 고쳐 쓰고 모니터에 부착해놓은 지시를 따랐다.

"미국 도로 응급 서비스의 래리 페이지입니다. 뭘 도와드릴까요?"

"뉴욕의 친구들을 만나고 신년파티를 위해 필라델피아로 돌아가는 길에 그만 눈보라에 갇히고 말았구려. 아무래도 방향을 잃은 것 같아요. 분명히 댈러스는 지났고, 화이트헤이번의 I-476을 탔는데…… 여기서 필라델피아까지 어떻게 가야 하는지 알려주겠소? 가능한 한 빨리. 휴대폰 배터리도 거의 떨어져가요."

"네, 물론입니다, 고객님. 댈러스부터라면 달나라까지라도 안내할 수 있죠. ARA 등록 번호를 일러주시겠습니까?"

남자는 등록 번호를 일러주었고 나는 컴퓨터에서 댈러스에서 뉴욕, 필라델피아까지의 방향을 불러냈다. 남자는 거의 2천 킬로미터나 궤도를 이탈한 듯 보였다. 설상가상으로 컴퓨터 지도에서 화이트헤이븐의 위치도 찾아낼 수가 없었다. 심지어 '블랙 헬'까지 시도했으나 결과는 마찬가지였다. 난 인조 잔디에 버려진 암소처럼 당혹스러웠다.

지원팀은 3분 내에 대답을 완료하도록 되어 있었으나, 10분이 지나도 볼턴 씨의 위치를 확인할 수가 없었다. 그도 점점 짜증을 내기 시작했다.

"도저히 고객님 위치를 파악할 수가 없네요. 혹시 와코로 우회하실 생각은 없으세요?" 내가 은근히 기대하며 이렇게 물었다.

결국 그도 열받고 말았다.

"잘 들어, 이 얼간이놈아. 삼십 분이 넘도록 네놈은 날 갖고 놀았어. 그냥 미국 도로에 대해 개뿔도 모른다고 고백하지 그래? 네놈은 래리 페이지도 아니야. 방갈로르의 뒷간 같은 사무실에 앉아 착한 미국 사람 껍질이나 벗겨 먹는 쓰레기 인도놈이지, 안 그래? 임마, 솔직히 까놓고 말해. 그럼 용서해줄지도 모르니까."

"아닙니다, 고객님. 제 이름은 래리 페이지이고 고객님과 같은 미국인입니다." 내가 대답했다.

"그래, 끝까지 미국인을 사칭하겠다 이거지? 내가 멍청인 줄 알아? 네놈들의 망할 콜센터가 어떻게 인도에서 운영되는지 다 알고 있어. 네놈 거짓말을 다 밝혀주겠다. 그래, 페이지 나리, 미국의 인구가 어떻게 되나?"

"모릅니다. 십억인가요?"

"틀렸어. 미국 헌법의 10대 개정안을 읊어봐."

"이런, 맙소사, 그건 중국 수학보다 어렵군요. 그나저나 개정안이라는 게 무슨 뜻입니까?"

"네놈은 권리장전도 들어보지 못했냐? 그럼 애국가를 지은 게 누구인지 물어봐도 소용없겠군."

"짐작으로 맞춰도 됩니까?"

"어디 해봐."

"스티비 원더?"

"또 틀렸어. 그래, 최소한 국가 성조는 알고 있겠지?"

"맙소사, 그런 거야 학교에서 불렀지만 그게 언젠데요? 제가 기억하는 거라곤 로켓이 공중 폭파되고 폭탄이 용자의 집에 들어온다는 내용뿐이라고요."

"그럴 줄 알았다. 더이상 참을 수가 없군. 네놈은 미국을 모욕했어."

"죄송합니다, 고객님. 하지만 전 불행하게도 고객님처럼 좋은 대학을 다니지 못한 것뿐입니다."

"교육이 문제가 아냐. 네놈한테 필요한 건 대갈통에 박을 총알 하나야. 그래, 네 진짜 이름이 뭐냐?"

"말했잖습니까. 제 이름은 래리 페이지라구요."

"이봐, 더이상 속여봐야 소용없어. 네놈이 미국인이 아니라는 건 증명됐으니까. 내 진짜 인도 이름이 뭐지? 시타람? 아니면 벤 카츠와미?"

"이봐요, 고객님. 오븐에 부츠를 넣는다고 비스킷이 되는 건 아닙니다. 말했듯이 제 이름은 래리 페이지이고 위대한 텍사스 주 출신의 미국인이에요."

"마지막으로 묻겠다. 진짜 이름이 뭐지? 네 인도 이름 말이다, 이 병신 새끼야!"

"저도 마지막으로 대답하죠. 전 래리 페이지이고 인도인이 아니라 미국인이에요."

"개똥 같은 인도놈들이 우리 일자리를 빼앗아가더니 이젠 미국인 행세까지 해? 천인공노할 놈 같으니!"

"이봐요, 고객님. 부끄러운 줄 아세요. 그런 더러운 말을 쓰시다니. 제 어머님 말씀이 같이 희다고 속까지 흰 것은 아니라고 하셨단 말입니다."

"잘 들어, 개자식아. 이제 네 검둥이 인도 엄마한테 기어 돌아갈 시간이다. 네놈이 그 똥통에 앉아 소중한 미국 시간을 빼앗는 것도 마지막이 될 테니까. 네놈 감독관이 누구야? 그자하고 얘기 좀 해야겠다."

"설교 다 하고 간섭까지 하시게요?" 내가 말했다.

"간섭이 뭔지 알려주마, 이 멍청아. 난 팀스터* 로컬 70의 조합장이야. 네놈을 끝장내고 말겠다. 회사가 네놈을 해고하지 않으면 네 개똥 같은 회사를 날려주지. 당장 감독관 바꿔. 그러지 않으면······."

전화는 갑자기 끊겼다. 아마도 휴대폰 배터리가 다 된 모양이었

---

* 강력한 운송 노조 중 하나.

다. 어쨌든 그런 역겨운 손님과의 대화가 끝나서 너무도 기뻤다. 그때 내 컴퓨터 모니터에 메시지가 떴다. '당장 내 사무실로 오게—MK.'

마다반 쿠티. 최고 감독관이자 성질 더러운 은발의 바른생활 사나이. 2층 사무실에 들어서니 그는 책상 옆에 서 있고 의자엔 다른 남자가 앉아 있었다. 이방인은 검은 가죽재킷 차림에 끝이 뾰족한 흰 구두를 신고 있었다. 나는 그가 장님인 줄 알았다. 새벽 1시에 선글라스를 끼고 있으니 우죽했겠는가. 얼굴은 에쁘깅됐는데 왼쪽 눈에서 뺨까지 기다란 흉터가 선명하게 나 있었다. 어쨌든 중고차 판매원만큼이나 미덥지 않게 생긴 사내였다.

미디빈은 크래커에서 떨어져나온 치즈 같은 인상이었다.

"이분은 비키 라이 회장님이시네. 지나가시다가 근무 상태를 점검하시기 위해 잠깐 들르셨지. 지금 무작위로 한 사람의 전화를 모니터링하셨는데 공교롭세노 사네 전화였지. 래리, 자네는 지금 전화 응대의 신기원을 달성했더군그래."

"설명할 수 있습니다. 그자는 미쳤어요. 아무리 미친 말을 탄 명청이라도 알 수 있는 사실입니다." 나는 변명을 시작했지만 그 번지르르한 놈이 잘라버렸다.

"이자하고 논쟁할 필요 없어요, MK. 래리 페이지, 넌 해고다." 그가 이렇게 내뱉고는 곧바로 사무실을 빠져나갔다. 그의 구두가 타일 바닥을 때리는 소리가 채석장 방망이 소리처럼 들렸다.

이틀 후, 여관 앞 도로에서 쌍통을 차며 빈둥거리고 있는데 빌랄이 다가왔다.

"이봐, 래리. 자네 콜센터 일도 그만뒀으니까 며칠 나하고 카슈미르에 가지 않겠어? 친구 두어 명하고."

앞으로 2주간은 별로 할 일이 없었다.

"네, 그러죠." 나는 이렇게 대답하고 깡통을 하수구 안으로 차 넣었다.

우리는 다음 날 밤 스리나가르에 도착했다. 버스에서 내리자 트레일러 주차장엔 토네이도 같은 바람이 불고 있었다. 청동 원숭이의 불알도 떼어낼 정도로 혹독한 추위였다. 얼음 같은 돌풍에 나는 기절할 지경이었다. 빌랄은 재빨리 내게 담요를 주고 얼른 가까운 집으로 데려갔다. 난 그곳에서 금세 곯아떨어졌다.

다음 날 우리는 관광지를 향해 출발했다. 매서운 추위였지만 빌랄이 내가 입을 만한 적절한 옷을 주었다. 피란이라고 부르는 소매를 말아올린 긴 가운이었다. 그 옷을 입고 개인용 난로를 하나 끌어안으니 보일러실의 쥐새끼만큼이나 포근했다.

스리나가르는 그림처럼 아름다웠고 사람들도 무척 친절해 보였다. 밝은색 숄을 걸친 아이들이 손을 흔들어주었다. 맑은 눈의 여학생들은 얼굴을 가린 채 수줍게 키득거렸다. 집으로 들어가자 은장신구로 잔뜩 치장한 여인들이 고개를 들어 우리를 보았고, 가운과 검은 모자 차림의 남자들은 빌랄을 향해 가벼운 인사를 건넸다. 모두 미소를 짓고 있었다.

첫번째 목적지인 달 호수는 그야말로 지금껏 본 중에 가장 기막히게 멋진 호수였다. 키 큰 나무들이 호수 주변을 에워쌌고 호수 위에는 작은 선상 주택들로 가득했다. 여기저기 피어난 연꽃과 잡초도 장관이었으며 황홀한 새들이 수면에 착지하는 모습도 대단한 구경거리였다. 작은 보트들이 노를 저어 연꽃을 헤치고 지나갔다. 안개가 걷히자 리버모어 산보다 훨씬 높은 설봉들이 위용을 드러냈다.

호수 반대쪽에는 하즈라트발이라는 이름의 모스크가 있었다. 사원은 확성기로 내뱉는 기도 소리로 시끄러웠는데 빌랄은 그곳이 예지자 무하마드의 머리카락을 모신 매우 신성한 장소라고 했다.

다음 목적지는 고대 도시 스리나가르 중심에 있는 자마 마스지드 모스크였다. 빌랄이 기도를 올리는 동안 나는 사원 밖의 저잣거리를 어슬렁거리며 시간을 때웠다.

빌랄은 점심을 하자며 나를 끌고 중심가로 갔다. 우리는 길가의 작은 식당에 들어가 맛있는 카슈미르 전통 음식을 먹었다.

저녁에는 버스 정류장에 폭발 사건이 발생해 오후 11시부터 통금이 실시되었다. 사실 통금의 의미는 없었다. 도시 전체가 6시 이후로는 문을 닫고 잠자리에 들기 때문이었다.

한밤중에 빌랄이 갑자기 나를 흔들어 깨웠다.

"일어나, 래리. 기습이 있을 거래. 달아나야겠다."

"무슨 일인데요?" 내가 물었다.

"누군가가 자네를 의심 인물로 신고했어. 군인이 잡으러 올 거야. 어서 안전한 곳으로 피신해야겠네."

나는 눈을 비비며 일어나 서둘러 집을 빠져나왔다. 거리는 공동묘지처럼 조용했다. 여기저기 쓰레기들이 불타고 있었고 구석에는 남자 둘이 석탄 난로에 눌러앉아 손을 쬐고 있었다. 집 없는 개 몇 마리가 짖어댔다. 도시를 손금처럼 잘 아는 빌랄은 나를 이끌고 미로처럼 얽힌 골목을 누비며 거리 몇 개를 지났다. 교각을 에둘러 가며 초소를 피하기도 했다. 마침내 우리는 작고 다 떨어져가는 녹색 대문 집에 다다랐다.

집 안에는 한 번도 만난 적이 없는 기이한 남자 셋이 와 있었다. 우두머리는 무성한 턱수염에 검은 터번을 쓴 덩치 큰 사내였는데, 얼굴이 험상궂고 이마에 이상하게 생긴 검은 상처가 있었다. 두번째 남자는 더 젊고 바지와 셔츠 위에 모직 재킷을 걸쳐 입고 있었다. 키는 나와 비슷했는데 뻐드렁니 때문에 울타리라도 갉아먹을 수 있을 것처럼 보였다. 그의 옆에는 반질반질한 미남형 얼굴에 키도 크고 인상도 강해 보이는 장발 사내가 서 있었다. 그는 펑퍼짐한 크림색 바지에 검고 기다란 셔츠 차림이었다.

빌랄은 서둘러 떠나려는 듯 보였다.

"내 일은 여기까지야. 이들은 내 친구들인데 자네를 안전한 장소로 데려다줄 걸세. 난 떠나야 해, 래리. 행운을 빌겠네." 그가 인사를 하곤 뭐라 말하기도 전에 사냥개에 쫓기는 여우처럼 재빨리 집을 빠져나갔다.

세 남자는 월마트의 보안 담당자 '미친개' 마이크 벤슨이 날강도를 보듯 나를 노려보았다. 빌랄은 친구라고 했으나 내가 보기엔 서로 싫어하는 것 같았다.

"피란 벗어." 터번이 명령했다.

"왜요?" 내가 물었다.

"무기가 있는지부터 확인해야겠다."

"굳이 원하신다면야." 나는 그렇게 대꾸하고 가운을 벗었다.

뻐드렁니가 내 셔츠와 청바지를 더듬었다.

"없어요." 공기에 감돌던 긴장감이 조금 누그러진 듯했다.

"안녕들 하쇼. 난 래리 페이지라고 합니다." 내가 자기 소개를 하면서 손을 내밀었다.

뻐드렁니가 키득거리며 웃었다.

"빌랄이 이름을 말해줬지만 믿을 수가 없었지. 정말 구글을 발명한 래리 페이지 맞아?" 나는 내 이름을 래리라고 지은 아버지를 저주했다(내 이름을 지은 건 아버지였다고 엄마가 그랬다). 하지만 인도 군대가 내 뒤를 쫓고 있고 딜큘 가능성이 이 세 명의 인생파들한테 달려 있다면, 얼마든지 장단을 맞춰줄 용의가 있었다. 미스터 뻐드렁니는 애기 똥과 버터 캔디를 구분할 능력도 없는 인간이었다. 나를 구글 발명자로 생각한다면 그러라지. 아무 문제 없었다.

"왜? 내가 뭐 엔진 하나 발명 못할 사람 같나요?"

그의 눈이 동그래졌다.

"그럼, 정말 진짜 래리 페이지라는 거야?"

"개구리 엉덩이는 방수요?"

"무슨 말이지?"

"그렇다는 얘기요. 내가 구글을 발명한 장본인이오."

뻐드렁니는 금방이라도 기절할 것처럼 보였다.

"제 이름은 리즈반입니다, 페이지 선생님. 하지만 다들 아부 테크니칼이라고 부르죠. 선생님을 뵙다니 정말 영광입니다. 전 구글의 열성 팬이거든요. 늘 그것만 쓰죠." 그가 속사포처럼 떠들어댔다.

"그게 슬라이스 식빵 이후 최고 발명품이라고 다들 그러더군요. 그런데 왜 별명이 테크니칼인가요?"

"저 친구는 컴퓨터예요. 모르는 게 없어요." 크림색 바지가 대신 대답했다.

"정말인가요?"

"보여줘, 테크니칼." 크림색 바지가 말했다.

"페이지 선생님, 전 이 세상 누구보다도 선생님에 대해 잘 압니다."

"설마."

"진짜예요. 증명할 수 있어요. 선생님은 1973년 미시간에서 칼 빅터 페이지와 글로리아 페이지의 아들로 태어났습니다. 스탠퍼드 대학 컴퓨터공학 박사과정에서 세르게이 브린을 만나 1998년 구글 검색 엔진을 함께 개발했죠. 국제경제포럼은 선생님을 내일의 국제 지도자로 선정했고, 현재는 구글의 생산 파트 대표이며, 약 천육백육십억 달러에 달하는 순가치자산으로 세계에서 스물여섯번째 부자죠."

세계에서 스물여섯번째 부자! 이 남자 진짜 제정신이 아니군. 엄마 말마따나, 다 까발려서 의심을 없애려 하니 아가리 닥치고 바보 취급을 당하는 게 훨씬 낫건만. 하지만 난 그를 치켜세워 장단을 맞춰주기로 했다.

"오, 놀랠 노자로군. 훌륭해요!"

"더 기찬 건 선생님의 페이지 랭크 테크놀로지죠. 도대체 어떻게 반복 알고리즘을 이용할 생각을 할 수 있었던 거죠? 그것 때문에 웹상의 표준화된 링크 행렬의 주 고유 벡터를 이용해 각 웹사이트의 순위를 결정할 수 있게 된 것 아닙니까?"

도대체 이 친구 뭐라고 지껄이는 거야?

"음…… 페이지 랭크, 기막힌 아이디어였죠. 슬라이스 식빵 이후 세번째로 훌륭한 발명품이니까." 난 두어 번 머리까지 끄덕여 보였다.

사내는 집요했다.

"획기적 전환점이 정확히 언제였죠, 페이지 선생님?"

"획기적 전환점?"

"선생님과 세르게이 씨가 승리를 확신한 때 말입니다."

"4일이었어요. 네, 4일. 그때 모두가 승리를 확신했죠."

이 대답에 그가 입을 다물었다.

"그럼, 이제 당신 친구들을 소개해주겠소?"

"아, 죄송합니다. 페이지 선생님. 이분은 아부 칼레드, 우리 대장이에요." 그가 터번을 가리키며 말했다.

"저 사람은?" 내가 크림색 바지를 가리켰다.

"저 사람은 아부 오마르죠."

"다들 형제인가요? 모두 아부라고 부르게?"

"형제가 아니라 전우죠. 혈연과는 거리가 멉니다. 심지어 언어도 다른걸요. 전 파키스탄의 라왈핀디, 아부 칼레드는 이집트, 아부 오마르는 아프가니스탄 출신입니다. 전 우르두어를 쓰지만 아부 칼레드는 아랍어, 아부 오마르는 파슈토어를 사용하죠. 그래서 서로 얘기할 땐 영어를 쓴답니다."

"그건 나한테도 다행이군. 그런데 카슈미르에선 뭘 하는 겁니까?"

"빌랄처럼 이교도와 성전을 벌이는 전사들을 돕습니다. 선생님이 저희 대의명분에 공감한다니 정말 기쁩니다. 선생님처럼 영향력이 큰 분의 지원을 받으면 든든하죠."

"도움이 된다니 기쁘지만 델리에는 언제 돌아갈 수 있는 거죠? 비행기를 타야 해요. 그러니까 내 전용 767기 말이오." 내가 윙크했다.

"곧 돌아갑니다. 아주 곧. 하지만 우선 선생님을 안전한 장소로 모셔야 해요. 지금은 쉬시는 게 좋습니다. 내일부터는 아주 아주 긴 여행을 떠나야 하니까요."

우리는 빌랄의 집 반만큼도 아늑하지 못한 작은 방에서 잠을 잤다. 설상가상으로 아부 테크니칼과 아부 오마르 사이에 누웠는데 둘 다 밤새도록 질문을 퍼붓는 통에 아주 죽을 맛이었다.

"전 일곱 살 때부터 미국에 가보는 게 꿈이었죠. 인터넷과 엑스박스 360의 산실이자 슈퍼컴퓨터 블루진과 인공지능 로봇 빅독의 고향이잖아요. 학교에서 세계 최초의 슈퍼컴퓨터 X-MP 사진을 처음 보고는 정말 눈물까지 흘렸거든요. 하지만 선생님은 빈턴 서프와 로버트 칸[*]의 업적을 훌쩍 뛰어넘었어요. 인터넷이 천국이라면 구글은 신이니까요. 선생님은 뭐가 된 줄 아세요?"

"뭐?"

"대부요."

아부 오마르의 관심은 다른 데 있었다.

"그래, 얼마나 많은 여자랑 잤습니까, 페이지 씨?" 그가 물었다.

"뭐라고요?"

---

[*] TCP/IP 인터넷 네트워크 프로토콜의 창시자들.

"얼마나 많은 여자랑 섹스해봤냐고요? 아부 칼레드 말로는 미국에선 여자들이 열 살, 열한 살이면 섹스를 시작한다던데, 그게 사실인가요?"

"모르겠는데요? 조카 샌디한테 물어봐야겠어요. 열 살짜리 여자애니까."

"이슬람교도로서 이러면 안 되지만 자꾸 부도덕한 생각을 하게 되거든요. 모두 그 인도 여배우 때문이에요."

"누구요?"

"샤브남 삭세나. 진짜 섹시해서 그년만 보면 미치겠거든요."

그 변태를 두들겨 패고 싶었지만 꾹 참았다.

"그 여자 영화를 본 적이 있나요?"

"아뇨. 영화는 비이슬람적이라서요."

"다행이로군." 나는 중얼거리고는 지갑을 손에 꼭 쥐었다. 샤브남의 사진과 전화번호가 그 안에 들어 있었다.

"대장한테는 비밀인데 카불의 비디오방에서 미국 영화를 본 적이 있어요. 〈데비, 댈러스에 가다〉라는 영화였죠. 봤습니까?"

"들어본 적도 없어요. 댈러스의 관광지를 소개하는 내용인가요? 알링턴의 야구장이 나왔으면 좋을 텐데. 또……"

"아니, 아니에요, 페이지 씨. 그 영화는 벌거벗은 여자들로 가득했어요. 탈레반이 비디오방을 폐쇄해서 다행이었죠. 안 그랬다면 난 헤어나오지 못했을 테니. 미국에선 야채가게에서도 그런 영화를 구할 수 있다던데 사실인가요?" 그는 포기를 몰랐다.

"모르겠어요. 우유와 빵만 사봐서." 나는 이렇게 대꾸하곤 그에게 등을 돌렸다.

통신판매 신부 347

테크니칼은 다른 쪽으로 나를 괴롭혔다.

"익명의 P2P 네트워크에 대해선 어떻게 생각하세요, 페이지 선생님? 〈피시 매거진〉은 그런 식의 네트워크가 증가할수록 네트워크 정보 기간산업에 치명적인 피해가 생길 거라고 하던데, 선생님 생각도 그런가요?"

이 친구는 아무래도 어휘의 설사병에 아이디어의 변비증까지 걸린 모양이었다.

"피 씨가 어떤 사람인지는 몰라도, 사람의 머릿속에 화약이 들어 있다고 했을 때 그 사람의 머릿속에는 모자 하나 날려버리지도 못할 분량의 화약만 들어 있었을 거요." 나는 그가 말뜻을 알아듣기 전에 후닥닥 담요를 머리 위로 끌어올렸다. "괜찮다면 나도 이제 눈 좀 붙입시다!"

난 두 명의 최첨단 사이코 사이에 낀 샌드위치 신세가 됐다. 테크니칼의 머리에 박힌 돌을 빼내 오마르 머리의 구멍을 메우면 딱 일 텐데. 어쨌거나 결국 잠이 든 모양이었다. 꿈속에서 눈에 뒤덮인 계곡에 서 있는 샤브남을 보았으니까.

다음 날 9시쯤 우리는 그 집을 떠났다. 몇 분 후, 집들이 무너지고 사원들도 모두 불에 탄 거리에 도착했다.

"도대체 무슨 일이 있었던 거죠?" 내가 물었다.

"힌두교 수도승을 모두 쫓아냈죠." 테크니칼이 씩 웃었다.

이들은 이 지역을 잘 아는지 초소들을 기가 막히게 잘 피해 다녔다. 한 시간 정도 부지런히 도시를 가로지른 끝에 우리는 야채 시장에 다다랐다.

그들은 나를 곡물 트럭에 태웠다. 난 밀가루 포대 사이에 숨어 파란 방수포까지 뒤집어썼다. 트럭이 도착한 곳은 포둔크였다. 사방이 산과 빽빽한 숲으로 둘러싸인 작은 마을.

우리는 오두막에서 밤을 보냈다. 밖에서 미친개 한 마리가 시끄럽게 짖어댔다. 이번에는 아부 칼레드와 한 방을 쓰게 되었는데 다행히 그는 한마디도 하지 않았다. 그렇다고 잠을 푹 잘 수 있었던 건 아니었다. 그가 밤새도록 화장실을 들락거리거나 기도를 했기 때문이다. 심지어 새벽 4시에 일어나 기도를 올리기도 했다.

"무슨 기도를 올리는 겁니까?" 내가 눈을 비비며 물었다.

"타하주드다. 기도가 의무는 아니지만 진정한 무슬림이라면 기도를 빼먹지 않지." 그는 무릎을 꿇고 이마를 땅에 박아댔다.

다음 날 아침 우리는 테크니칼이 어디선가 공수해온 무개형 지프를 타고 떠났다. 양옆의 숲이 거대한 파도처럼 우리를 향해 돌진해오는 듯했다. 구름이 어찌나 낮게 깔렸는지 손을 뻗으면 닿을 것 같았다. 다행히 바람은 불지 않았다. 그렇지 않았다면 이 따뜻한 피란조차 염소 똥구멍에 달린 자동차 와이퍼만큼이나 무용지물이 되고 말았을 터였다.

유일한 문제는 도로였다. 어찌나 엉망인지 말똥가리도 그 위를 날 수 없을 정도였으며, 너무 구불구불해서 자동차 엉덩이가 다 보일 정도였다. 곳곳에 팬 깊은 구멍에 빠지거나 길 옆으로 굴러떨어질 뻔한 위기가 여러 차례 있었다. 나는 굽잇길이 나올 때마다 눈을 질끈 감고 죽어라 자에 매달렸다.

나른 차는 서의 보지 못했다. 눈에 띄는 거라곤 밭을 가는 농부 하나와 소 치는 목동뿐이었다. 지프는 모스크 앞에서 급정차했고

통신판매 신부 349

칼레드는 내게 내리라고 명령했다. 테크니칼은 근처에 커다란 군 캠프가 있어 지프는 위험하다고 했다. 우리는 두 시간 동안 가파른 산길을 헤치고 나아갔다.

마침내 트레갬이라는 마을 근처에 도착했다. 언덕 위에 오르자 오마르가 나를 옆으로 데려가 저 멀리 마을을 가리켰다. 녹슨 양철 지붕 집들이 보였다.

"녹색 지붕인 단층 건물 보이죠? 거기가 내 애인 집이에요. 자기 엄마와 같이 살고 있죠." 오마르가 말했다.

"그럼 내려가서 만나보지 그래요? 무척 반가워할 텐데."

"정신 나갔습니까? 트레갬엔 놈들의 여단 사령부가 있는 데다 저 집도 철저한 감시를 받고 있어요. 가자마자 체포될걸요. 체포가 두렵지는 않아요. 죽는 것도 각오하고 있지만 고문만큼은 피하고 싶어요."

우리는 트레갬에 머물지 않고 또다른 산을 넘어갔다. 탈진해서 정신이 가물가물해지려는 순간 눈앞에 개간지가 나타났다.

몇 그루의 키 큰 나무 아래 은신처가 있었다. 2미터 깊이로 사각형 구덩이를 파고, 나무 기둥 두 개를 양쪽에 박아 지붕 대신 녹슨 양철 판을 덮은 곳이었다. 그 위를 가지와 이파리로 덮어 누가 봐도 작은 덤불숲 정도로 생각하게 해놨다. 입구 겸 출구가 하나 있었다. 구덩이 안으로 내려가니 이미 네 명이 있었다. 턱수염을 기르긴 했지만 모두 어렸다. 하나는 열심히 무전기를 손보는 중이었고 하나는 책을 읽고 있었으며 나머지 둘은 뭔가를 요리하고 있었다. 시설은 괜찮은 편이었다. 가스 스토브에 압력솥까지 있었으니 말이다. 흙벽을 따라 담요가 둘려 있었고, 총과 라이플, 그리고 탄창과 실탄 상자가 사방에 어지러이 흩어져 있었다. 저 정도 무기면 텍사스의 피델리티 은행 정도는 쉽게 털 수 있겠다는 생각이 들었다.

"좀 쉬세요, 페이지 선생님. 저희와 함께 한동안 여기서 지내셔야 합니다." 테크니칼이 말했다.

이곳은 여섯 명이 지내기에도 빡빡했으나 우린 모두 여덟이었다. 이 구덩이에서 기관총 처리된 고슴도치를 잔뜩 집어넣은 양동이 안에 맨발로 뛰어드는 게 나을 것 같았다. 나는 즉시 구덩이에서 뛰쳐나왔다.

"미안해요, 친구들. 하지만 아무래도 좋은 생각 같지가 않군요."

"하지만 갈 데가 없잖습니까?" 테크니칼이 따져 물었다.

"저 마을로 가는 게 좋겠어요. 호텔 같은 게 있겠죠."

"하지만 트레감에 가면 체포될 거예요."

나는 테크니칼의 눈을 들여다보았다.

"그건 말이 안 돼요. 줄곧 생각해봤는데 도대체 인도군이 왜 날 체포하려 하나요? 난 아무 잘못도 하지 않았는데?"

테크니칼은 한참 대답하지 않다가 마침내 고개를 끄덕였다.

"맞아요. 사실 군대기 쫓는 건 선생님이 아니라 우리니까요."

"왜?"

"몇 가지 일을 저질렀죠. 스리나가르 버스 정류장, 델리의 시장, 아크샤르담의 사원, 뭄바이의 증권거래소를 날려버렸죠. 우린 최근에 티하르 교도소를 탈출했어요."

"세상에! 당신들, 테러리스트로군! 그럼 더욱 같이 지낼 수 없지.

여기 있다가 괜히 나까지 테러리스트로 오인받으면 큰일이잖아!"

옆에 서 있던 아부 칼레드가 어깨에 손을 얹었다.

"멍청한 놈, 넌 친구가 아냐. 볼모일 뿐이지."

"볼모?"

"그래, 넌 납치된 거야."

나는 웃었다.

"농담도 잘해서. 교회에서 방귀 뀌는 소리로군그래."

"아니, 농담이 아냐. 넌 납치되었고, 우린 네 몸값으로 삼백억 달러를 요구할 생각이다. 또한 조지 부시에게 이라크에서 군대를 철수하고, 이스라엘을 팔레스타인에서 철수하게 하고 소말리아의 정치 개입도 포기하라고 말할 것이다. 그 밖에도 사우디아라비아의 비이슬람 정권을 물러나게 하고, 에 또……"

"세상에나, 세상에나. 잠깐만, 잠깐만." 말을 끊지 않을 수 없었다. 아무래도 이들을 진정시켜야겠다는 생각이 들었다. 그들이 대통령에게 달나라에 사람을 보내라고 요구하기 전에 말이다.

"당신들, 사람을 잘못 본 거요. 난 그 래리 페이지가 아니란 말이오."

"뭐?"

"난 그 래리 페이지가 아니라고요. 구글 발명가하고는 아무 상관없는, 땡전 한 푼 없는 빈털터리예요. 내가 시금치를 먹고 녹색 지폐를 쌀 거라고 생각했다면 다시 생각하는 게 좋을 거요." 내가 웃었다.

"다시 말해봐." 테크니칼이 말했다.

"부자가 아니라고요. 당신들은 속은 거예요. 세계 일주 하는 데 동전 한 닢이면 된다고 해도 솔직히 난 길 하나 건널 능력도 없는 놈이에요. 감 잡혀요?"

덩치 큰 사내는 정말로 전광석화 같았다. 그는 느닷없이 주먹을 휘둘렀고 난 눈뜬 장님처럼 아가리에 한 방 얻어맞았다. 나는 비척거리다 결국 도끼에 얻어맞은 랩 댄서처럼 무너졌다. 입에는 피가 흐르고 귀에선 윙윙 소리가 메아리쳤다. 얼굴을 만져보니 찢어진 입술이 불에 타는 듯 쓰라렸다.

아부 칼레드가 비열한 방운뱀처럼 나른 느려보았다.

"어…… 당신들, 신용카드라도 내드릴까?" 내가 머뭇거리다 이렇게 내뱉었다.

두뇌 회전이 빠르지 못한 테크니칼도 마침내 어떻게 된 일인지 깨달았다.

"그러니까 구글의 래리 페이지가 아니다? 어쩐, 처음부터 이상하다 싶었어. 도대체 넌 뭐 하는 자식이냐?"

"월마트의 지게차 기사요."

"젠장, 물건 실어 나르는 놈이로군. 이 새끼는 주당 사오십 달러도 벌지 못할 거야. 이런 놈을 억만장자라고 생각했으니! 게다가 빌랄 그 사기꾼놈한테 이 새끼 데려오라고 백만 루피나 줬으니." 테크니칼이 광견병에 걸린 하이에나처럼 실없이 웃기 시작했다.

아부 칼레드가 그를 가만히 지켜보다 입을 열었다.

"아부 테크니칼, 정신 차리고 이 이교도놈이 달아나지 못하게 지키기나 해."

이제 두 가지는 알겠다. 하나, 빌랄이 찢어죽일 개자식이라는 것. 둘, 내 신세가 브레이크 고장난 오토릭샤라는 사실.

 그들은 내 손발을 묶고 토굴 구석에 처박았다. 완전히 낡은 옷 보따리 취급이었다. 젊은 친구들은 재미있다는 듯 바라보더니 저마다 총을 들고 굴을 빠져나갔다.
 테크니칼과 아부 칼레드는 저녁 무렵에야 돌아왔다.
 "당신들, 진짜 정체가 뭐요?"
 "내 이름은 아부 알 칼레드 알 함자다. 라슈카르 에 샤하다트, 즉 순교 부대의 서열 3위 고위 간부다. 우린 알카에다 조직원으로 사령관은 아부 압둘라 오사마 빈 무하마드 빈 라덴이야. 그분 이름은 들어봤겠지?"
 "뉴욕의 그 건물을 날려버렸다는 그 친구?"
 "맞다."
 "대통령이 카불이라는 데에서 구워버릴 거라고 하던데?"
 "아프가니스탄 말인가? 그 전쟁에서의 승자가 우리라는 사실만 뺀다면 모두 사실이야. 네놈 나라는 지금 공포와 두려움과 광기로 불타고 있지만 우린 여전히 건재하니까. 아부 테크니칼, 이교도놈한테 양키 대통령이 내 머리에 포상금을 얼마나 내걸었는지 얘기해줘라."
 "천오백만 달러!" 테크니칼이 외쳤다.
 하느님 맙소사, 1500만 달러라니! 빌어먹을, 뻥을 쳐도 적당히 쳐야지. 그럼 난 진짜 래리 페이지다!
 "무슨 일을 하는 거죠?"
 "우린 혁명을 위해 싸운다. 이슬람 제국의 부활을 위해서. 우리 왕국은 코란과 순나에 기초한 샤리아 법*에 따라 통치될 것이며, 알라의 부름에 따라 대의 수호를 위한 성전에 임할 것이다."

"그 알라라는 친구가 도대체 누구죠?"

칼레드가 내 뺨을 후려쳤다.

"감히 우리의 신을 욕되이 부르다니."

나는 뺨을 어루만졌다. "나한테 원하는 게 뭡니까?"

"네놈이 악마 부시놈한테 미국인을 모두 이슬람으로 개종시키라고 얘기해줘야겠다. 또 고리대금 은행들을 폐쇄하고, 개돼지아 다를 바 없는 동성애자를 모두 감옥에 보내고, 벌거벗은 여자가 추잡한 잡지에 나오지 못하게 하고, 환경 보존에 힘쓰라는 것도. 그리고 또……"

"무슨 말인지 알겠어요, 칼레드 씨. 대통령이 당신 요구를 들어주도록 나도 최선을 다할게요. 하지만 이 똥통에 처박혀서야 무슨 일을 할 수 있겠습니까?"

칼레드가 이번엔 뺨을 두 대나 때렸다.

"이건 또 뭡니까?"

"하나는 내 말을 끊은 대가. 또하나는 내 나라를 모독한 대가."

"아무튼 날 어쩔 건가요, 네?"

"네놈이 몸값을 요구할 거다. 어만장자는 아닐지 몰라도 양키인건 분명하니까. 테크니칼, CNN에 내보낼 보도자료나 작성해라. 내일 비디오와 함께 보낼 테니. 부시놈한테 잊지 못할 교훈을 보내

---

* 이슬람의 법체계. 코란, 예언자 무하마드의 언행(순나)과 전승(하디스), 그리고 법학자 공동체의 합의(이즈마)를 기초로 한다.

줘야지."

나는 테크니칼을 돌아보았다.

"이봐요, 테크니칼. 난 당신들한테 아무 쓸모가 없어요. 대통령도 내 말에 귀 기울이지 않을 겁니다. 그냥 보내주는 게 좋지 않겠어요? 아무한테도 당신들 얘기 하지 않겠다고 맹세해요. 이번 일은 내 무덤까지 가져가겠소."

그가 눈을 백열등처럼 번득이며 나를 노려보았다.

"아니, 내 말 똑바로 들어, 래리. 우린 순교 부대야. 죽을 준비가 되어 있다는 얘기지. 그러니까 달아날 생각은 하지 않는 게 좋아."

그가 손으로 목을 긋는 시늉을 해보였다.

그 순간 난 테크니칼이 아부 칼레드만큼 위험한 인물임을 깨달았다. 둘은 한 항아리에 담긴 두 개의 완두콩 같았다. 그래도 묻고 싶은 욕구를 억누를 수는 없었다.

"그래도 당신은 미국을 좋아하잖소?"

"좋아하지. 하지만 미국놈은 싫어."

그 말에 입을 다물고 말았다.

저녁이 되자 토굴 안은 암소 뱃속보다 더 깜깜해졌다. 배가 어찌나 고픈지 배꼽이 등뼈에 달라붙을 지경이었다. 누군가가 손전등을 켜서 이곳의 식객들을 한 명씩 살펴볼 수 있었다. 아이들의 이름은 알타프, 라시드, 시칸다르 그리고 무니르였다. 16세에서 22세 사이로 모두 비쩍 마른 모습이었다. 알타프는 카슈미르의 나우푸라에서 왔고 나머지 셋은 파키스탄의 구지란왈라 출신이었다. 내가 보기에 다들 콜센터 청춘들 같은 사람이었다. 열정적이고 순수한 표정. 그런데 그들은 컴퓨터와 전화기 대신 총과 수류탄을 다루고 있었다.

다음 날 그들은 나를 풀밭으로 데려갔다. 그리고 검은 눈가리개로 내 눈을 가리고 무릎을 꿇리더니 두 팔로 몸을 끌어안으라고 명령했다.

"이제 살려달라고 사정해라." 아부 칼레드가 외쳤다. 테크니칼이 비디오카메라를 내게 들이댔다.

"전 알카에다놈들한테 납치당했어요. 이놈한테 엉덩이를 발릴 판이라고요. 엄마, 날 좀 살려줘요!" 내 연설은 곧바로 등허리의 발길질로 보상을 받았다.

"네 에미가 아니라 대통령한테 보낼 비디오야, 이 멍청아. 똑바로 안 해?" 칼레드의 고함 소리가 들렸다.

나는 거의 50일 동안 토굴에 갇혀 지냈다. 이따금 밖으로 나가는 게 유일한 낙이었다. 매일 아침 새들이 지저귀는 소리와 안개가 서서히 구름을 향해 떠오르는 장관은 잠시나마 내가 인질이라는 사실을 잊게 해주었다. 하지만 놈들은 항상 한 명을 딸려보내 나를 지키게 했다.

놈들이 제공하는 식사도 끔찍하기 이를 데 없었다. 어린 민병이 요리하는 밋밋한 로티, 달, 야채죽이 전부였다. 유일한 위안이라면 버터 우유였는데, 그건 손가락을 빨아 먹을 정도로 별미였다. 이따금 오마르가 농가에 가서 암소나 버팔로를 빼앗아 오면 진수성찬을 먹을 수 있었다.

테크니칼과 오마르는 어린 신병들한테 총과 실탄 다루는 법을 가르쳤다. 저녁 기도가 끝나면 아부 칼레드가 나무 아래에 앉아 설교를 했다.

"신은 당신의 땅을 위해 순교한 이들에게 보상을 주신다. 너희가 순교자가 되면 신은 일흔두 명의 처녀와 팔만 명의 하인 그리고 영원한 행복을 되돌려주신다."

"알라를 위해 순교할 각오가 되어 있습니다. 내 육신을 폭탄으로 만들어 이교도에게 본때를 보여주겠습니다." 시칸다르가 외쳤다.

라시드도 지지 않고 말했다. "그 돼지 새끼, 원숭이 새끼들의 육신을 터뜨려 상상도 못할 고통을 안겨주겠습니다."

젊은 애들이 자살에 대해 말하는 걸 듣노라면 등골이 오싹해졌다. 하지만 칼레드는 자랑스럽다는 듯 고개를 끄덕였다.

"너희 사진은 학교와 모스크에 걸릴 것이다. 목숨을 잃는 순간 천국에서의 내세가 시작된다. 오랫동안 갈구해온 삶과 영원한 행복의 시작이다. 처녀들이 너희의 행복을 지켜줄 것이다."

"알라후 아크바르. 위대한 신이시여." 나머지 사람들이 합창으로 대답했다.

오마르는 별로 기쁜 표정이 아니었다.

"나도 순교자로 죽고 싶은데. 하지만 지도부가 일을 맡긴 건 시칸다르와 라시드야."

"무슨 일?"

"얘기할 수 없다."

"왜 스스로 목숨을 바치려는 거지?"

"천국에 가면 일흔두 명의 처녀를 얻을 수 있으니까. 게다가 순교자로서 일흔 명의 친척을 하늘에 추천할 수도 있어."

"하지만 천국이 있는지 어떻게 아는데?"

"현자들이 늘 해온 얘기잖아."

"그럼 그 현자라는 사람들은 천국에 다녀왔대?"

"아니. 알려면 먼저 죽어야 해."

"음, 나라면 모험하지 않겠다. 천국이 홍등가라는 것도 신빙성이 떨어지고."

"라스베이거스는 정말로 그렇다며? 사촌 얘기를 들으니 네바다의 치킨 랜치라는 곳엔 여자들이 일흔두 명도 넘는다던데. 라스베이거스에 가본 적 있어?" 그가 솔깃해서 물었다.

그 근처 3천 킬로미터 안에는 들어가본 적도 없지만 난 그를 놀려주기로 했다.

"당근. 치킨 랜치에도 가봤지. 특별한 날엔 할인 행사도 있어서 두 명 값으로 여자 여섯을 데리고 놀 수도 있는걸."

오마르의 얼굴이 잔뜩 일그러졌고 난 씨익 웃었다.

테크니칼은 여자나 라스베이거스엔 조금도 관심이 없었다.

"도대체 어떻게 아부 칼레드 같은 자와 얽힌 거요?" 언젠가 그가 기분이 좋아 보일 때 불쑥 물어보았다.

"나는 핀디 대학 전자공학과 상학생이었지. 하지만 네놈 나라가 내 아버지를 빼앗아갔다. 아버진 지금 관타나모에 억류되어 있어. 아버지는 테러리스트가 아니지만, 미국은 나를 테러리스트로 만들어버린 거야."

시간이 지날수록 불안감이 커져갔다. 대통령한테서 아무 반응이 없다는 얘기도 테크니칼한테 전해 들었다. 내 납치를 다룬 TV 방송 하나 없었단다. 그러니까 난 완전히 지상에서 사라진 존재가 된 것이다.

그로 인해 아부 칼레드는 무척 화가 나 있었다.

"도대체 어떻게 된 놈의 나라가 그래? 너는 아예 안중에도 없는 모양이군. 우리 메시지에 대답하는 걸 잊었거나 내용을 전혀 이해하지 못한 모양이다. 하지만 2월 21일에는 우리의 능력을 전 세계에 보여줄 것이다."

"왜죠? 2월 21일이 무슨 특별한 날인가요?" 내가 물었다.

"아주 중요한 힌두 축제가 있지. 그날 이교도한테 아주 특별한 아픔을 맛보게 해주겠다."

"어떻게 할 셈인데요?"

"두고 보면 알아."

그들의 계획이 무엇인지 오랫동안 열심히 고민했지만 도저히 알아낼 수 없었다. 그러다 마침내 시칸다르한테서 힌트를 얻었다. 2월 21일이 일주일 앞으로 다가왔을 때 그가 검은색 가죽벨트를 차고 있는 것을 보았다. WWF 레슬러들이 챔피언을 먹었을 때 두르는 그런 대형 벨트였다.

"야, 그거 기가 막힌데? 어디서 난 거야?" 내가 물었다.

"아부 테크니칼 형이 만들어줬어." 시칸다르가 대답했다.

"와, 1월 26일에 RAW 타이틀 매치가 있나보군. 랜디 오턴도 참가하나?" 내가 흥분해서 외쳤다.

하지만 시칸다르는 랜디 오턴이 누군지 몰랐다. 그래서 난 몇 가지 동작을 가르쳐주기로 하고 벨트를 빼앗아 내 허리에 둘렀다. 그리고 막 버클을 채우려는데 시칸다르가 황급히 벨트를 빼앗았다.

"이런 병신, 우리 모두 죽을 뻔했잖아!" 그가 비명을 질렀다.

"죽어? 어떻게?" 내가 멍한 표정으로 물었다.

그때 테크니칼이 끼어들었다.

"이건 벨트가 아니야, 멍청아. 즉석 폭파 장치라고. 뇌관을 누르는 순간 오십 명은 날려버릴 수 있어. 버클은 바로 그 뇌관이고."

그 순간 난 시칸다르와 다시느의 임무가 뭔지 알아차렸다. 그들은 벨트를 차고 마을로 들어가 태그 레슬링에 도전할 것이다. 버튼을 눌러서 스스로를 날려버린다. 물론 얼마나 많은 무고한 사람들이 산산조각날지는 신만이 알 일이다.

그날 밤, 시칸다르가 옆에 누웠을 때 귓속말로 물었다.

"사람 죽이는 게 좋아?"

"내가 죽이는 게 아니야. 폭탄이 죽이는 거지." 그가 담담한 목소리로 대답했다.

"하지만 스위치를 누르는 건 너야."

"나는 군인이고 이건 전쟁이야. 군인은 적을 죽여야 해. 아니면 놈들이 우릴 죽일 테니까."

"넌 가족도 없어? 엄마는? 네가 죽었다는 걸 알면 엄마 심정이 어떨 것 같아?"

"오래전에 집을 나왔어."

"그래서? 집을 완전히 잊었다고?"

"네모난 창으로 햇살이 비쳤어. 거리 쪽으로 작은 현관문이 열려 있었고. 좁은 계단을 오르면 방이 하나 있었는데 거기 할아버지 사진이 있었어. 내가 기억하는 건 그게 전부야."

잃어버린 집에 대한 시칸다르의 기억은 고작 그뿐이었다. 그리고 며칠 후면 그 기억마저 그와 함께 묻혀버릴 것이다. 나는 그의 두 눈을 들여다보며 오한을 느꼈다. 얼음처럼 차가운 눈. 심장도 그 눈만큼 꽁꽁 얼어붙은 걸까?

그날 밤은 도저히 잠을 이룰 수가 없었다. 이 세상에는 내가 모르는 전쟁이 한둘이 아니었다. 사람들이 죽어가고 머리에 피도 안 마른 애들이 제 몸을 폭죽처럼 날려버리고 있는데 난 아직도 그들이 무엇 때문에 싸우는지조차 몰랐다. 그게 실제인 만큼 더욱 더 끔찍했다.

다음 날 아침 시칸다르와 라시드는 잔뜩 식량을 챙겨 들고 토굴을 떠났다. 머나먼 여행을 떠나는 아이들 같았다.

"이제 기다리는 일만 남았다." 칼레드가 두 손을 문지르며 말했다.

다음 날 오마르가 먹을거리를 마련하러 나갔다가 돌아오지 않았다. 테크니칼과 칼레드는 그가 군인한테 잡힌 건 아닌지 걱정하며 불면의 밤을 지새웠다.

"오마르를 보내는 게 아니었어요. 너무 멍청하잖아요. 두 손에 플래시를 들고도 자기 엉덩이를 찾아내지 못할 위인이었다고요." 내가 아부 칼레드한테 투덜거렸다.

오마르는 숫염소처럼 취해서 새벽에 돌아왔다. 그는 비틀거리며 들어와 담요 위에 모조리 토해놓았다.

두 시간쯤 지나자 조금 정신을 차린 듯 보였다.

"드디어 해냈어, 래리. 이제 난 진짜 사내라고." 그가 씩 웃었다.

불행하게도 아부 칼레드가 그 말을 엿듣고 말았다. 오마르와 지도자 사이에 한바탕 난리법석이 벌어졌다. 나중에 테크니칼한테 들으니, 오마르가 이제 겨우 열세 살밖에 안 된 소녀를 겁탈한 것이었다. 그래서 이제 30일간의 라마단 금식에 처해질 거라고 했다. 칼레드가 오마르의 공모자로 나를 지목한 탓에 나 역시 먹고 마실 것이 끊기고 말았다.

드디어 2월 21일. 납치자들은 위성 전화에 바짝 달라붙어 있었다. 정오 즈음 기다리던 소식이 들어왔다. 시칸다르와 라시드가 서른 명의 이교도와 함께 자폭했다는 소식이었다.

그날 밤 큰 축제가 벌어졌다. 무니르와 알타프가 소 한 마리를 통째로 잡은 것이다. 난 입에도 대지 않았다. 댈 수가 없었다. 시칸다르의 두 눈을 바라본 후가 아니던가. 그날 밤 토굴은 지옥보다 더 춥게 느껴졌다.

아부 칼레드의 4시 기도가 끝난 직후 우리는 은신처를 떠났다. 테크니칼이 갑작스럽게 이동하는 이유를 설명해주었다.

"군대가 동트기 전 비상 수색 작전을 벌일 거야. 당장 떠나야 해."

칼레드, 테크니칼, 오마르와 나는 북쪽 성사면을 타기로 했다. 무니르와 알타프는 뒤에 남아 은신처의 흔적을 모두 지우기로 했다. 테크니칼은 위성 전화를 들었고 칼레드와 오마르는 AK-47 소총들을 운반했다.

힘든 행군이었다. 인도 카슈미르에서 파키스탄 카슈미르까지의 이동은 내 평생 가장 위험한 여행이기도 했다. 우리는 밤에만 움직이고 낮에는 숨어 지냈다. 테크니칼이 적외선 암시경을 쓰고 무리를 이끌었다. 우리는 까막눈이 된 채 그의 뒤를 따라 산과 초원, 언덕과 도랑, 얼어붙은 강과 미끄러운 눈밭을 건넜다. 또 인도 지뢰지대, 조명탄, 인도 국경수비대 등도 피해야 했다. 고맙게도 그들은 나한테까지 부츠와 방탄 재킷은 물론, 동상에 걸리지 않도록 허벅지를 싸맬 헝겊까지 내주었다.

일주일 후 우리는 이름 모를 대초원의 한가운데에 서 있었다. 초원 너머로 검은 굴뚝이 딸린 오두막집이 한 채 보였다. 페인트가 벗겨지고 서까래가 부러져나갔지만 토굴보다 백 배는 나아 보였다.

"여기가 새 집이다. 파키스탄에 들어온 거야. 이제 숨을 필요도, 불안해할 것도 없다." 아부 칼레드가 말했다.

하지만 난 걱정이 태산이었다. 대통령한테서는 깜깜 무소식이고 이자들은 점점 더 조급해했다.

"양키놈들한테 시한을 정해줘야겠어. 이봐, 날짜를 정해봐." 칼레드가 테크니칼에게 말했다.

"3월 20일이 어때요? 밀라드 알 나비*잖아요?" 오마르가 대답했다.

"너무 늦어."

테크니칼이 나를 바라보았다.

"당신이 정해보지그래, 래리?"

"3월 17일."

---

* 무하마드의 탄생을 기념하는 이슬람 축제.

"특별한 이유가 있나?"

"아주 특별한 사람의 생일이에요."

"그것도 늦어. 3월 12일로 해." 칼레드가 말했다.

"이유는?"

"내 생일이야."

파키스탄 카슈미르는 인도 카슈미르와 완전히 똑같았다. 똑같은 유목민에 똑같은 오두막집, 똑같은 음시, 똑같은 기후. 나는 대통령의 소식을 기다리고 샤브남의 꿈을 꾸며 하루하루를 보냈다.

어느덧 3월 10일이 되었다. 오마르에게 물었다.

"이틀 안에 아무 반응이 없으면 어떻게 되는 거지?"

"간단해. 당신은 죽는다."

정말로 간단하기 짝이 없는 대답이었다.

이틀 밤 내내 잠을 잘 수 없었다. 뭔가에 집중하려고도 해봤으나 그때마다 망토를 쓰고 낫을 든 남자가 눈에 보여 나는 착압기처럼 부들부들 떨어야 했다.

설상가상으로 3월 11일부터 북풍이 강하게 몰아치기 시작하더니 지난 5개월 동안 내린 양보다 더 많은 폭우가 하루 종일 쏟아졌다. 천둥과 번개도 함께였다. 비의 장막이 집을 때리는 소리를 들으며 엄마 생각을 했다. 헨리에타 로레타 선생님도, 언더테이거도 생각했다. 와코에 내린 4월의 눈도 생각했고, 심지어 아버지 생각까지 했다. 하지만 그 누구보다 가장 그리웠던 건 지금껏 한 번도 보지 못했던 여인이었다.

  3월 12일 눈을 뜨자 테크니칼이 아직 아무 소식도 없다는 기막힌 소식을 들려주었다. 아침 식사는 최고급이었지만 난 손도 대지 않았다. 그리고 곧바로 아부 칼레드한테 끌려나갔다.

  "페이지 선생, 그쪽 사람들이 당신을 희생시키기로 결정한 모양이군. 이제 양키놈들한테 심장이 없다고 한 이유를 알겠지? 기도나 하지 그래?"

  "내가 죽이겠습니다, 대장." 오마르가 힘차게 말했다. 그는 소녀를 겁탈한 이후로 살짝 맛이 간 상태였다.

  "아니, 대장, 내가 하겠소." 테크니칼이 조용히 말했다.

  나는 집 밖의 공터로 끌려나갔다. 폭우가 지나간 후라 마당은 올빼미 똥보다 더 끈적거렸다. 오마르가 내게 삽을 건넸다.

  "어서 네 무덤이나 파라, 이 양키 돼지놈아." 그가 으르렁거렸다.

  30분 동안 난 노예처럼 도랑을 팠다. 이곳이 내 마지막 은신처이자 휴식처가 될 것이다. 마침내 무덤이 완성되었다. 그때 해는 중천에 떠 있었고 새 몇 마리가 햇빛을 받으며 조잘댔다. 누군가가 죽을 분위기처럼 보이지는 않았다.

  테크니칼이 바지에서 검은 천 조각을 하나 꺼냈다.

  "이걸로 눈을 가려주길 원하나?"

  "아니, 당신들이 하는 일을 보고 싶군." 내가 말했다.

  "아주 용감하군. 사담만큼이나." 그는 중얼거리며 AK-47 소총으로 내 다리를 한번 건드렸다. 난 용감한 척했지만 사실 속으로는 사시나무처럼 바들바들 떨고 있었다.

죽을 때가 되면 전 생애가 주마등처럼 눈앞을 스쳐 지나간다고 하지만 완전 헛소리였다. 내 눈앞을 스친 것은 까마귀 한 마리뿐이었다. 그것도 엄청 못생긴 놈이었다.

"이봐, 그냥 해치워, 아부 테크니칼." 오마르가 재촉했다. 그는 비디오카메라로 날 찍고 있었다.

아부 칼레드가 아랍어로 기도문을 낭독했다. 자신을 위한 기도인지 나를 위한 건지는 모르겠다.

"마지막 소원은?" 테크니칼이 낮은 목소리로 물었다. 그가 날 좋아하게 된 건 알고 있었다. 그러니까 애완견에게 정드는 그런 식일 테지. 어쨌든 때가 되면 애완견도 처치해야 하는 법이리라.

"마지막 소원 없나?" 테크니칼이 다시 물었다.

생각을 한번 해보았다. 그러나 이 오지에 초콜릿이 있을 리가 있겠는가. 그때 테크니칼의 주머니에 든 위성 전화가 눈에 들어왔다.

"전화 한 통화 할 수 있을까?"

"누구한테 걸게?"

엄마한테 걸 생각도 해보았지만 아무래도 길길이 날뛸 게 분명했다. 엄마의 저녁 식사를 망치고 싶지 않았다.

"죽기 전에 통화하고 싶은 사람이 딱 하나 있어. 내가 사랑하는 여인."

"그게 누군데?"

"샤브남 삭세나."

"샤브남 삭세나? 여배우?" 오마르가 갑자기 호기심을 보였다.

"그래, 내 약혼녀. 우린 결혼할 생각이었어."

"저 개자식 순 거짓말이야, 아부 테크니칼. 제까짓 게 어떻게 샤브남 삭세나를 안다고!" 오마르가 외쳤다.

"지갑에 그녀의 사진이 있어. 휴대폰 전화번호도." 내가 말했다.

"내가 살펴볼게." 오마르가 달려와 뒷주머니에서 지갑을 꺼냈다. 그의 휘파람 소리가 들렸다.

"거짓말 아닌데? 진짜 샤브남 사진이 들어 있어."

"이리 줘봐." 테크니칼이 오마르한테서 사진을 낚아챘다.

다시 휘파람 소리.

"맙소사, 내 평생 이렇게 아름다운 여자는 처음이야."

"아부 테크니칼, 마지막으로 그녀와 통화할 수 있을까?" 내가 끼어들었다.

오마르가 아부 칼레드를 돌아보았다.

"대장, 그년은 영화에 나올 때 거의 알몸이에요. 아주 비이슬람적이죠. 납치해올까요?"

"그 여자한테 볼일 없다." 아부 칼레드가 고개를 저었다.

"여자 번호 줘봐. 투라야*를 통해 스피커폰으로 연결할 테니까." 테크니칼이 말했다.

"싫어, 내가 얘기할 거야. 여기 그년 번호가 있어." 오마르가 테크니칼의 손에서 전화를 빼앗았다. 그가 내 지갑에서 꺼낸 종이쪽지를 보며 번호를 누르자 잠시 후 신호음이 들리기 시작했.

언제나처럼 녹음 목소리가 들릴 거라고 생각했건만 세상에, 누군가 전화를 받는 것이 아닌가!

"여보세요." 여자의 목소리! 가슴이 쿵쾅거리기 시작했다.

---

* 아랍 에미레이트 소재의 글로벌 위성 통신사.

"야, 이년아, 너 누구랑 통화하는지나 알아? 난 아부 오마르 사령관, 라슈카르 에 샤하다트 서열 5위다."

"여보세요?"

"너 이년, 조심하는 게 좋을 거야. 홀라당 다 벗고 야시시한 영화에나 출연하는 년 같으니. 네년을 납치해 고문하고 죽여버리겠다."

"지금 농담하는 겁니까?"

"농담 아니다, 샤브남."

"샤브남? 전화 잘못 걸었어요."

"잘못 걸어? 너 샤브남 삭세나 아냐? 그럼 누구냐?"

"난 미대사관의 엘리자베스 브루크너예요."

"엘리자베스 브루크너?" 오마르가 되물었다.

"엘리자베스 브루크너? 그게 누구야?" 칼레드도 되물었다.

"대장, 2006년부터 인도 CIA 지부장으로 있는 여자예요. 스탠퍼드 대학의 최우수 졸업생으로 1988년 CIA에 들어가 우크라이나, 요르단, 쿠웨이트 등지에서 근무했어요. 알카에다 전문가예요, 망할!" 테크니칼이 대답했다.

"그럼 이 개자식이 우릴 놀린 거야?" 칼레드가 내게 삿대질을 했다.

"죽여요. 당장 죽여버려요!" 오마르가 소리쳤다.

"안 돼. 먼저 CIA와 무슨 관계인지 알아내야겠다." 칼레드가 말했다

그래서 나는 10분 동안 내 지갑에 엘리자베스 브루크너의 전화번호가 들어가게 된 경위를 설명해야 했다. 마침내 칼레드가 신호를 보내자 테크니칼이 AK-47 소총을 내 머리에 들이댔다. 그는

일부러 시선을 피했다.

"걱정 마. 고통은 없을 테니. 순식간에 끝날 거야." 그가 속삭였다.

그때 갑자기 굉음이 들려왔다.

"이게 무슨 소리지?" 아부 칼레드가 물었다. 언덕 위로 이상한 물체가 구름처럼 떠오르고 있었다.

"대장, 아무래도 MQ-1 프레데터 같아요. 중고도 장기체공 무인기인데, 설상가상으로 저놈은 두 기의 레이저 유도 미사일 AGM-114 헬파이어까지 장착하고 있어요. 브루크너가 우리를 포착한 게 분명합니다. 그리고 지금 이 순간에도 미사일이 발……"

섬광과 거대한 폭발이 뒤를 이었다. 땅이 흔들리더니 뭔가 날카로운 물건이 다리를 치는 바람에 그만 무덤 속으로 떨어지고 말았다. 힘들여 파낸 흙도 따라 흘러내려 난 거의 매장된 꼴이 되고 말았다.

무덤에서 빠져나오는 데 거의 15분이나 걸렸다. 숨이 막혀 죽을 지경이었다. 눈과 귓속, 입 안에 진흙이 가득했다. 전기톱이 쓸고 지나간 것처럼 왼쪽 무릎 밑으로 3센티미터 깊이의 상처가 생겼고 피가 뚝뚝 떨어졌다.

마치 터미네이터가 나타나서 휩쓸고 지나간 것 같았다. 욕실만 한 분화구가 여기저기 드러나 보였다.

아부 칼레드와 아부 오마르는 산산조각나버렸고, 테크니칼은 구덩이 반대편에 피를 흘리며 누워 있었다. 나는 낑낑거리며 기어가 그의 머리를 내 무릎에 뉘었다. 헐떡이며 숨을 삼키느라 그의 가슴이 크게 오르내렸다.

그가 나를 올려다보며 이렇게 물었다.

"천국에도 광랜이 있을까, 래리?" 그러더니 눈이 감기며 고개가 한쪽으로 떨어졌다. 숨이 끊어진 것 같았다.

나는 나머지 성한 다리가 끊어져라 부지런히 걸어서 현장을 빠져나왔다. 바람이 진통 중인 여자처럼 울부짖었다. 나는 토담집들을 지나 마을로 향했다. 나를 보고 염소와 비둘기 떼들이 달아났다. 언덕을 내려가자 강이 나왔다. 나는 물속으로 뛰어들었다. 강 건너에 사밀밀이 있었다. 길을 따라 걸어가노니 창고처럼 보이는 건물이 나타났다. 입구의 녹슨 간판에 '하피즈 제재 및 목재 수출 공사'라고 적혀 있었다. 창고의 철문을 밀어보니 열려 있었다. 안에는 목재들이 잔뜩 쌓여 있었다. 사람은 보이지 않았다. "여보세요! 누구 없습니까?" 아무리 소리쳐도 메아리만 돌아올 뿐이었다. 나는 좀더 들어가보기로 했다. 전기톱, 도끼, 칼 등등. 바닥은 마른 윤활유와 기름때로 덮여 있었다. 기름 자국을 따라가보니 기막힌 물건이 나를 기다리고 있었다. 지게차! 닛산 노마드 AF30 모델로 탱크에 기름까지 가득 차 있었다. 엔진을 돌리자 정말로 움직이기 시작했다. 야호! 날아갈 것 같은 기분이 들었다. 2분 후 나는 정말로 "야호!"를 외치며 자갈길을 내려가고 있었다. 지게차의 주행 기록을 모두 갈아치우는 순간이었다. 시스코 로데오의 멍청이들한테 이 모습을 보여줘야 하는 건데! 지게차가 시속 17킬로미터로 20분 이상을 달려도 엔진이 터지지 않는다는 사실을 증명하고 싶었다.

다리에서는 여전히 피가 흘렀으나 난 흥분한 나머지 그 사실을 잊었다. 길을 따라 계속 달리자 삼거리가 나왔다. 왼쪽과 오른쪽

중 하나를 선택해야 했다. 나는 오른쪽을 선택했고 5분 후 군대와 마주쳤다. 파키스탄 병사 오십여 명이 지게차 주변으로 몰려들어 총을 겨누고 당장 내리라고 소리쳤다.

"잠깐만, 이봐요, 항복이오!" 나는 두 손을 올린 채 지게차에서 내렸고, 그대로 길바닥에 기절하고 말았다.

나중에 안 사실이지만, 그들은 나를 무자파라바드라는 마을의 육군 병원으로 데려갔다. 회복하는 데는 꼬박 일주일이 걸렸다. 그동안 엄마한테 전화해서 대통령한테서 전화를 받았다는 등등의 얘기를 해주었다. 하지만 엄마는 원하는 구두를 얼마든지 공짜로 신을 수 있게 되었다는 얘기를 떠벌리느라 정신이 없었다. 얼마 전 와코 읍내에서 구두 가게를 하는 힌슨 씨와 결혼했단다.

존 스미스라는 장교가 나를 만나러 이슬라마바드의 미대사관에서 왔다.

"당신을 알고 있습니다, 페이지 씨. 지난 두 달 동안 당신을 추적하느라 혼신을 다했죠."

"이제 찾아냈군요. 그래서 어쩌게요? 감옥에 처넣을 건가요?"

"아니, 아닙니다. 당신은 USAF기로 뉴델리로 갈 겁니다. 엘리자베스 브루크너가 이 사건 담당자입니다. 그녀가 속 시원하게 벗겨드릴 겁니다."

"맙소사, 그 여자가 이번엔 속옷까지 벗겨요?"

"그럴 리가요. 그건 샅샅이 까발린다는 뜻의 우리 은어입니다." 존 스미스가 설명했지만 나는 더욱 혼란스럽기만 했다.

이틀 후 3월 22일. 난 뉴델리 공항으로 돌아왔다.

추운 아침이었으나 브루크너가 기다리고 있었다. 활주로 오른쪽엔 잘빠진 리무진 한 대가 서 있었다.

"뉴델리에서 다시 뵙게 되어 영광입니다, 페이지 씨. 모습이 많이 달라지셨네요." 맞는 말이다. 그녀와 처음 만난 후로 무려 30킬로그램이나 빠졌으니 말이다.

"그쪽 말투도 달라졌는데요 뭐."

"좋은 소식과 나쁜 소식이 있습니다. 어느 쪽을 먼저 말씀드릴까요?"

"나쁜 소식은 충분히 들었어요. 좋은 소식 먼저 얘기해주세요."

"음, 일급 수배자를 포함한 테러리스트 세 명을 처치하는 데 지대한 공을 세우셨기 때문에, 선생님은 국무장관과 법무장관의 공동 추천으로 천오백만 달러의 포상금을 받게 되실 겁니다. 법무부 반범죄 프로그램의 일환이죠. 포상금은 현재 대사관에서 보관 중이고 모두 면세입니다. 축하드려요!"

그 소식을 소화하는 데 1분은 걸린 듯했다.

"천오백만 달러! 세상에! 그럼 나쁜 소식은 뭐죠?"

"정부는 알카에다와 다른 테러 조직들이 평생 선생님을 추적할 것으로 보고 있습니다. 따라서 선생님은 우리의 증인 보호 프로그램을 받아들이고 개조에 동의하셔야 합니다."

"그러니까 영화 〈이레이저〉에서처럼 말입니까?"

"비슷합니다. 앞으로 새로운 신분과 이름으로 생활하셔야 합니다. 원하신다면 새로운 얼굴도 가능합니다만."

"그건 문제없어요. 솔직히 이놈의 이름 맘에 안드니까. 제가 아널드 슈워제네거처럼 보일 수도 있는 겁니까?"

그녀가 미소 지었다.

"그건 조금 어렵겠죠. 아무튼 새로운 신분에 대해 원하시는 게 있나요? 그동안 하고 싶었던 일을 할 수 있는 절호의 기회잖아요. 천오백만 달러면 텍사스 농장에서 여유로운 은퇴 생활을 즐기실 수도 있을 겁니다."

"그거 알아요? 난 늘 피비 사람들을 부러워했죠."

"피비? 아, FBI 말씀인가요?"

"네, 1993년에 피비 사람들이 목장에서 사이코들을 포위할 때 카멜 산 근처에 있었어요."

"아, 다윗파 광신도들* 말인가요? 그곳에서 뭘 하고 계셨죠?"

"엄마는 아버지가 그들 틈에 끼어 있다고 생각했는데 그건 아니었어요."

"그래서 FBI 요원이 되고 싶다는 건가요?"

"네."

"죄송합니다, 페이지 씨. 그건 불가능합니다. FBI 요원이 되려면 학사 학위도 필요하고 최소한 관련 분야에서 삼 년간의 근무 경력이 있어야 하거든요."

"그럼 할리우드 제작자가 되는 데에도 학위가 필요한가요?"

"할리우드 제작자?"

"네, 영화 만드는 사람 말이에요."

"그렇진 않겠죠."

---

* 미국의 사교(邪敎) 집단 다윗파의 지도자 데이비드 코레시와 추종자 여든여섯 명이 집단 자살한 사건.

"그럼 그건 가능한가요?"

엘리자베스는 곰곰이 생각해보더니 말했다.

"그건 가능할 것 같군요. 일주일 내에 준비해드릴 수 있습니다."

"와, 대단하네요. 그럼 이제 아널드 슈워제네거도 보고, 해리슨 포드도 보고, 그리고……" 엘리자베스가 내 말을 끊었다.

"그 문제는 브리핑 때 다시 얘기하기로 하죠. 브리핑 시간은 오후 세시, 밀실에서 있습니다."

"밀실? 이번엔 또 뭐즈?" 나는 다시 겁이 더럭 났다.

"보안 시설이 있는 방을 부르는 은어예요. 특수정보 처리실이죠. 자, 이제 리무진에 타실까요?"

그날 늦게 대사관에 도착한 나는 대통령의 감사 편지와 1500만 달러가 들어 있는 샘소나이트 서류가방을 받았다. 난 대통령이 워싱턴에 사는 줄 알았는데, 알고 보니 백악관이라는 곳에 살고 있었다.

"선생님 소원도 이뤄졌습니다. 증인 보호 프로그램에 따라 캘리포니아 LA에 배치되실 겁니다. 시즐링 영화사에 선생님 이름을 올렸습니다. 앞으로 두 명의 FBI 감시팀이 선생님을 스물네 시간 감시하고 보호해드릴 겁니다."

"와, 기똥차네! 그럼 언제부터 브래드 피트와 줄리아 로버츠를 만나는 거죠?"

"그선 불가능할 것 같네요."

"왜요?"

"줄리아 로버츠와 브래드 피트의 출연료는 편당 이천만 달러입니다. 선생님의 천오백만 달러로는 할리우드 블록버스터를 생각하지 않는 게 좋을 겁니다. 저희는 선생님을 음…… 그러니까 성인영화 제작자로 지정해드릴 겁니다."

"어른 배우들만 나오는 영화라는 건가요?"

"아뇨, 사실은 포르노를 뜻하는 거죠."

"오, 말도 안 돼! 엄마가 알면 어쩌려고!"

"모르실 거예요. 선생님은 완전히 다른 신분으로 사셔야 하니까요. 그래, 성인영화 산업은 얼마나 잘 알고 계시죠?"

"개뿔도 모르죠. 그런 추잡한 영화를 보다가 걸리면 엄마한테 죽게요?"

"그럴 거라고 생각했습니다. 그래서 최신 인명사전을 준비했죠. 이 책은 미국 포르노 산업에 소속된 남녀배우를 집대성한 것입니다. 꼼꼼히 살펴보세요. 아니면 쫄딱 망하실 테니까." 엘리자베스가 빨갛고 두꺼운 책 한 권을 내밀었다.

나는 앞쪽 몇 페이지를 넘겨보다 한 페이지에서 멈추고 말았다. 젖소부인과 쭉빵녀 사이에 카우보이 모자 하나만 달랑 쓰고 있는 남자 때문이었다.

"오 맙소사!" 내가 탄성을 질렀다.

엘리자베스가 사진을 훔쳐보았다.

"이름이 '대물 해리'라고 적혀 있군요. 1989년부터 일을 시작했고. 아는 사람인가요?"

"네, 우리 아버지예요." 내가 숯불에 빠진 벌레처럼 움찔거리며 고백했다.

"분명해요?"

"네, 확실히 아버지를 닮았어요. 좀더 늙긴 했지만."

"랭글리*에 당장 신원 조사를 시키죠. 사십팔 시간이면 모든 행적이 드러납니다. 자, 이건 선생님의 새 신분증입니다." 그녀가 봉투를 하나 내밀었다.

봉투를 열어보니 릭 마이어스라는 사람의 여권이 들어 있었다.

"이봐요, 이건 다른 사람 여권이잖아요." 내가 외쳤다.

"아뇨, 그게 선생님 새 신분입니다. 릭 마이어스. 선생님을 고국으로 모셔갈 전용기도 대기 중입니다. 인도를 떠나시기 전에 특별히 하고 싶은 일이 있나요?"

"음, 하나 있긴 한데……" 내가 머뭇거렸다.

"말씀하세요, 마이어스 씨. 들어드릴테니까."

"돌아가기 전에 혹시 샤브남 삭세나라는 여배우를 만날 수 있을까요?"

"가능합니다."

"뭄바이에 사는데요?"

"음, 내일은 델리에 있을 겁니다."

"그걸 어떻게 알죠?"

"잊으셨습니까, 마이어스 씨? 전 CIA 지부장이에요. 아는 게 제일이죠. 하지만 솔직하게 말씀드리면 조금 전에 사업상의 친구에게 초대를 받았죠. 비키 라이라는 사람인데 내일 밤 메라울리의 농장에서 파티를 한다는군요. 그 여배우도 온다고 들었습니다. 발리우드에는 관심 없고 그 파티에 갈 생각도 없지만, 선생님이 참석할

---

* CIA 본부가 있는 도시.

수 있게 조정할 수는 있습니다."

"와, 그럼 정말 좋겠어요."

"좋습니다. 하지만 조심하셔야 해요. 인도는 알카에다의 사정거리 안에 있으니까요. 게다가 선생님이 인도에 계시는 동안엔 제 책임하에 있습니다. 선생님 사고 때문에 근속 훈장을 잃고 싶지는 않습니다. 자, 이 총을 받으세요." 그녀가 서랍을 열어 길고 흉측한 물건 하나를 꺼냈다. "아브락사스 티타늄 소음기가 달린 글록 23이에요. 모든 FBI 요원에게 지급되는 표준형입니다. 끝내주는 장난감이죠. 늘 지니고 다니세요. 주무실 때도요. 텍사스 출신이시니 총을 다룰 줄은 아시겠죠?"

"네. 일곱 살 때부터 갖고 논걸요." 내가 손을 저었다.

엘리자베스가 무슨 말인가 하려는데 그녀의 휴대폰이 울렸다. 귀를 기울이던 그녀의 입에서 욕설이 터져나왔다.

"망할!"

"무슨 일이죠?" 내가 물었다.

"기록해선 안 되는 정보예요. 토박이 하나를 티벳 국경 침투 작전에 박아두었는데 작전에 구멍이 뚫렸다는군요. 물꼬를 막기 위해서 구 밀리리터 펜션 플랜*을 수행해야 해요."

"그게 어떤 작전인데요?"

엘리자베스가 웃었다. "선생님한테는 당장 필요 없는 작전이죠. 그건 커다란 손실로 인한 작전 종결을 뜻하는 은어예요. 자, 전 가야겠습니다. 다른 사람이 안내해드릴 거예요."

---

* 사건에 책임이 있는 요원이나 아군을 처형하는 것을 말함.

엘리자베스는 자정을 맞은 신데렐라보다 더 빠르게 떠났지만, 날 데리러 오는 사람은 없었다. 나는 30분 정도 기다리다 결국 혼자 방을 나와야 했다. 밖에는 아름다운 정원이 있었는데 사람은 보이지 않았다. 한 손에 샘소나이트 가방, 다른 손엔 권총. 이건 완전히 얼치기 요원 꼴이었다. 일곱 살 이후로 장난감 카우보이 권총을 다뤄보긴 했지만 진짜 총을 손에 쥔 건 평생 처음이었다. 기가 막힌 물건이다. 총구도 개꼬리만큼이나 길었다. 탄창을 어루만지는데 갑자기 딱깍 하는 소리가 들리고 망할 놈의 총이 빌사뢰더니 깜짝 놀란 몽구스처럼 손 안에서 꿈틀거리는 것이 아닌가! 총구에서 가느다란 연기가 피어올랐다. 총은 정말로 자기 맘대로 움직이는 것 같았나. 난 얼른 총을 가방 안에 집어넣고 출구를 향해 걸어갔다.

계단 근처에 잘빠진 리무진이 서 있었는데, 머리가 하얀 청색 정장의 남자가 땅바닥에 바짝 엎드려 있었다. 그의 주변으로 경호원들이 개똥을 만난 파리 떼처럼 모여 있었다.

"무슨 일이죠?" 내가 노친네를 내려다보고 있는 경호원에게 물었다.

"지금 막 저격수가 대사님을 암살하려고 했어요! 엎드려, 엎드리란 말이오!" 요원이 외쳤다.

나는 뜨겁게 달궈진 프라이팬처럼 놀라 정문을 향해 냅다 뛰기 시작했다. 경비가 방문자 명찰을 돌려받고 나를 내보내주었다.

도로에 나오자마자 나는 가방을 어루만져보았다. 미친놈들이 사람들을 쏴내며 돌아다니고 있다면 기꺼이 내 자신을 보호할 테다. 엘리자베스가 준 총으로 알카에다 깡패놈들한테 '다. 가. 알.'

에 대해 가르쳐줄 것이다. 그건 다른 데 가서 알아보라는 뜻의 페이지 가문 은어다.

5
옹코보크웨의 저주

소안다만제도의 원주민은 칼리가트와 호라 다리 사이를 오가는 30호 전차에 앉아 있었다. 산들바람이 그의 얼굴을 쓰다듬었다.

10월 19일, 오전 9시 30분. 포근한 아침. 새벽의 스모그가 걷히자 구름 한 점 없는 하늘이 드러났다. 고층 건물의 삐뚤빼뚤한 스카이라인만 아니라면 흠 하나 없이 푸르른 하늘이었을 것이다. 부드러운 햇살이 에케티의 뺨을 어루만졌다. 그는 도시의 무겁고 시큼한 냄새를 한껏 들이마시고는 두 팔을 뻗으며 고개를 뒤로 젖혔다. 살아 있다는 게 현기증이 날 정도로 새삼 기분 좋았다. 때마침 회색 비둘기 두 마리가 나란히 머리 위로 날아올라 아침의 기쁨을 함께 나누었다.

그가 서 있는 곳은 대도시의 중심가인 에스플러네이드였다. 어디를 보든 사람들로 북적었다. 아이들은 신기한 듯 그에게 손가락질했고, 남자들은 넋을 잃고 바라보았으며, 여자들은 숨 죽인 채

두 손으로 입을 막았다. 그는 미소를 지으며 손을 흔들어주었다. 전차 주변에는 온통 탈것들뿐이었다. 자가용, 택시, 릭샤, 스쿠터, 자전거 등등이 수도 없이 경적을 울리고 브레이크를 잡아댔다. 잔뜩 찌그러진 버스도 떼 지어 거리로 몰려나왔는데 유니폼 차림의 안내양이 출입문 옆에 매달려 목청이 터져라 도착지를 외쳤다. 거리 위로 높이 걸린 전광판엔 치약, 샴푸 등의 광고가 관심을 가져달라며 고함을 질러댔다. 거리 양쪽의 낡은 빌딩들이 고대 언덕처럼 보여, 에케티는 마치 장엄한 꿈속을 떠다니는 기분이었다.

바네르지가 훔친 신성한 돌을 되찾아 오겠다고 자원한 지도 벌써 2주일이 흘렀다. 장로들은 복지관의 관리 아쇼크 라즈푸트가 자신들의 밀담을 엿들은 것을 알고 깜짝 놀랐는데 에케티를 데리고 인도로 건너가 잉게타이를 회수하는 걸 돕겠다고 자원하자 더 크게 놀랐다. 그들이 아쇼크의 제안을 받아들인 이유도 따지고 보면 그의 협박 때문이었다. 그는 계획을 알아냈을 뿐 아니라 바네르지의 주소를 아는 유일한 사람이기도 했다. 장로들은 에케티에게 그를 조심하라고 주의를 줬다. 신성한 돌을 찾을 때까지만 그를 이용하고 재빨리 내쳐버리라고 말이다.

여행 준비는 일주일 이상 걸렸다. 아쇼크도 휴가 허가를 받아야 했으며, 주술사 노카이도 에케티의 '비상용품'을 만드느라 시간을 잡아먹었다. 고사리와 곰고기 육포, 환약, 보디페인팅을 위한 붉고 흰 점토, 점토를 섞는 용도로 쓸 돼지가죽 주머니, 그리고 질병 퇴치용 부적 차우가 타. 그 부적은 위대하신 토미티의 진짜 뼈로 만든 것이다. 에케티는 이 모든 것을 허트 베이에서 구입한 검은색 짝퉁 아디다스 캔버스 가방에 담고 옷가지 몇 벌로 덮어두었다. 축제를 벌이면서 영웅의 출정식까지 마쳤다. 그리고 다음 날 아쇼크와 함께 공용 스피드보트를 타고 포트블레어를 향해 출발해 그날 밤 MV 자한기르에 몰래 올라탔다. 이는 한 달에 세 번 콜카타로 항해하는 대형 여객선으로 아쇼크가 선장과의 안면을 이용해 특실 하나를 얻어냈다. 물론 에케티는 엔진실과 붙은 3등칸의 비좁은 벽장에 숨어 지내야 했다.

"잊지 마. 네놈이 소안다만제도의 옹게족이라는 사실은 아무도 몰라야 한다. 그러니까 항상 모자를 눌러쓰고 터주끼고도 디셔츠 안에 꼭 감추고 다녀. 누가 물으면 소수 부족, 그러니까 자르칸드 출신의 지바 코르와라고 말해. 자르칸드는 네놈들처럼 수많은 원시 부족이 모여 사는 곳이니라, 알겠냐! 자, 네 새로운 이름이 뭐라고?"

"에케티는 자칸의 지바 코바다."

아쇼크가 그의 머리를 한 방 살렸다.

"멍청한 놈! 이렇게 말하란 말이야. '난 자르칸드 출신의 지바 코르와입니다'라고. 자, 모자 뒤집어쓰고 내 말을 스무 번 따라 해 봐."

그래서 에케티는 빨간색 모자를 쓰고 그 이름을 외울 때까지 반복해야 했다

배는 3일 동안 1,255킬로미터를 항해해 콜카타의 키더포어 부두에 닿았다. 그게 바로 어제 저녁의 일이다. 두 사람은 승객들이 모두 하선하고 밤이 오기를 기다렸다 몰래 배에서 내려 택시를 탔다.

택시가 부두를 떠나사마사 화려한 물꽃늘이 밤하늘을 수놓고 폭죽 소리로 땅이 흔들리기 시작했다.

"날 환영하는 거예요?" 에케티가 신이 나서 물었다. 하지만 아쇼크는 그를 입 다물게 한 다음 운전사의 어깨를 건드렸다.

"이십 일도 더 남은 디왈리를 왜 벌써부터 축하하죠?"

운전사가 웃었다.

"이런, 콜카타에 오시면서 이곳 최대의 축제도 모르세요? 오늘은 사프타미, 내일은 마하슈타미거든요."

"이런. 오는 날이 장날이라더니. 두르가 푸자* 도중이었군."

도시는 푸자의 열기로 한껏 들떠 있었다. 길모퉁이마다 자리한 웅장한 사원이 불 밝힌 궁전처럼 밤하늘을 화려하게 물들였다. 에케티는 앞자리에 앉아 천과 대나무로 지은 임시 사원들을 바라보며 그 현란함에 입을 다물지 못했다. 돔이나 첨탑 모양인 사원들은 남인도의 사원이나 티베트의 파고다를 떠올리게 했다. 그리스의 원형경기장 모양을 한 것도, 이탈리아의 팔라조 같은 것도 있었다. 사원으로 이어진 길에는 레드 카펫이 깔리고 조명판들이 장식되어 있었다.

거리는 인산인해를 이루며 소란스러웠다. 에케티가 평생 본 사람 수보다 훨씬 많았다. 사원마다 확성기가 터졌다. 여기저기 모퉁이에서도 북소리가 들렸는데, 그건 자기 친족들에게 보내는 집합 신호였다. 수백만의 사람들이 한결같이 풀 먹인 사리에 깨끗하게 다린 셔츠와 바지를 입고 있어 도시 전체가 거대한 페스티벌의 열기에 휩싸인 것처럼 보였다. 경찰이 거리를 모두 봉쇄해버려 택시

---

* 두르가 여신의 축일. 벵골 지방의 최대 축제로 5일간 지속된다. 사프타미는 축제의 이틀째, 마하슈타미는 사흘째를 가리킨다.

는 몇 번이나 우회로를 찾아야 했다. 등 뒤로 시민들을 향해 경고를 던지는 경찰의 메가폰 소리가 들려왔다.

한 시간 정도가 지난 뒤 택시는 수데르 거리에 멈춰 섰다. 곰팡내나는 호스텔과 야채, 기념품, 컴퓨터 부품 등을 파는 우중충한 가게들로 가득한 배낭족들의 집합소 같은 곳이었다. 아쇼크는 밀턴 호텔에 체크인했다. 암울한 분위기에 쇠락한 곳이었다. 매니저가 의심스러운 눈으로 에케티를 보며 여권을 요구했지만 아쇼크가 공무원 신분증을 내밀자 더이상 아무 말도 하지 않았다.

두 사람은 로비의 우중충한 복도를 지나 어느 방으로 들어갔다. 작은 테이블 양옆으로 침대 두 개가 놓인 아주 기본적인 구조였다. 거친 형광등 불빛 속에서 벽의 축축한 얼룩과 귀퉁이마다 걸쳐 있는 거미줄이 보였다. 화장실에서 물이 똑똑 떨어지는 소리가 들렸다.

"에케티는 이 호텔 싫어요." 그가 코를 말아 쥐었다.

아쇼크는 화가 치솟았다.

"뭘 바라냐, 검둥이? 그럼 널 오베로이에 있는 호텔에라도 데려갈 줄 알았냐? 이 쓰레기 여관도 너희 누더기 오두막보다는 나으니까 아가리 닥치고 바닥에 퍼질러 있어."

에케티가 시무룩한 얼굴로 지켜보는 동안, 관리는 룸서비스로 시킨 치킨 카레와 난을 맛나게 먹고 라이터를 꺼내 담뱃불을 붙였다.

원주민이 담뱃갑을 뚫어지게 바라보았다.

"에케티도 한 대 피워도 돼요?"

아쇼크가 눈썹을 치켜올렸다. "잉게타이를 찾을 때까지 담배 끊기로 했잖아?"

"네. 하지만 여긴 내 섬 아니에요. 내 마음대로 해도 돼요."

"안 돼, 깜둥이. 여기선 내 맘대로 한다. 그러니까 그냥 퍼질러 자."

에케티는 캔버스 가방을 베개 삼아 차가운 바닥에 누워 곰고기 육포 한 줄을 씹기 시작했다. 이윽고 아쇼크의 코고는 소리가 들렸다. 그는 잠을 이룰 수 없었다. 북소리가 점점 가까워져 나무 바닥을 흔드는 것만 같았다. 에케티는 일어나 창가에 앉아 멀리서 반짝이는 사원의 불빛을 내다보았다. 거리의 차양마다 마약중독자들과 집 없는 개들이 진을 치고 있었다. 그는 이 거대하고 신비스러운 도시의 공기를 들이마시며 짜릿한 전율을 느꼈다.

다음 날 아침 에케티는 아쇼크를 따라 호텔 주변을 돌아다녔다. 그는 두 시간 동안 흰색 돔의 비를라 천문관, 벽돌과 회반죽으로 된 8각형 구조물인 난공불락의 윌리엄 요새, 그리고 정원과 분수와 유적으로 가득한 마이단 광장을 둘러보았다. 사람들이 역기를 들어올리며 운동하고, 조깅을 하고, 줄넘기를 넘고, 개와 산책하는 모습도 보았다. 둥글게 모여 서서 큰 소리로 웃는 무리들을 지나칠 때는 그도 미소를 지어주었다. 장엄한 바로크 풍의 빅토리아 기념관 앞에서는 입을 다물지 못했다. 대리석 외벽이 이른 아침 햇살에 연분홍빛으로 물들어 있었다. 지금껏 본 어느 건물보다 크고 아름다웠다. 에케티는 그 장관에 몸까지 부르르 떨었다.

두 사람은 계속 걸어 마이단 광장 북쪽 끝에 있는 샤히드 미나르의 기둥 탑을 지나 에스플러네이드에서 걸음을 멈췄다. 부지런히 움직이는 수천 명의 사람들, 고층 빌딩들, 온갖 잡다한 불협화음들은 짜릿하고 황홀한 경험이 아닐 수 없었다. 특히 눈길을 끈 것은 도로 한가운데로 느릿하게 움직이는 전차였다.

"에케티도 타도 돼요?" 그가 소매를 잡고 애원하자 아쇼크도 마지못해 허락하고 말았다. 둘은 다음 전차에 올라탔다. 승객들이 꽤 많아서 비집고 들어가야 했는데, 다음 정류장에서 한 무리의 사람들이 한꺼번에 올라타는 바람에 에케티는 아쇼크와도 떨어져 서류가방을 든 직장인들 사이에 끼이고 말았다. 에케티는 질식할 것만 같아 숨을 쉬기 위해 수개들 다리 사이로 엉금엉금 기어 뒷문 쪽으로 조금씩 이동했다. 마침내 열린 문에 다다르자, 밖으로 몸을 날려 지붕 위에 올라 앉았다. 머리 위로 전깃줄이 복잡하게 지나가고 있었다. 캔버스 가방을 옆에 내려놓자, 비로소 새장에서 빠져나온 새가 된 기분이었다.

전차는 도시의 행정중심지이자 BBD 바그로 불리는 달하우지 꽹징 안으로 들어섰고, 그의 여행은 그곳에서 끝나고 말았다. 교통경찰 하나가 입을 쩍 벌리고 바라보더니 전차 앞으로 달려들었고, 전차는 급정거를 해야 했다.

아쇼크 라즈푸트는 마침내 빈자리를 잡았다. 그는 이마의 땀과 먼지를 훔치고, 이리저리 흔들리는 무리들을 바라보며 앞으로는 대중교통을 절대 이용하지 않겠다고 다짐했다. 콜카타는 아무래도 그와 맞지 않았다. 이 도시엔 목구멍에 엉겨 붙는 가래 같은 무인가가 있었다. 으르렁거리는 차들, 지긋지긋한 거지, 더러운 거리, 어느 하나 맘에 들지 않았다. 하지만 제대로만 된다면, 오늘 저녁엔 신성한 돌이 그의 차지가 될 것이다.

잉게타이에 대해서는 많이 조사해뒀다. 대략 70센티미터 길이의 남자 성기처럼 생긴 검은 사암 덩어리. 해독할 수 없는 상형문자가 새겨져 있는데 최소 7만 년 전으로 거슬러 올라갈 거라고 했다. 에케티를 시켜 바네르지에게서 돌을 훔쳐오게 할 생각이었다. 놈한테는 자이살메르의 조각가가 만들어준 정교한 복제품을 넘겨주면 그만이다. 놈이 복제품을 들고 소안다만제도의 지옥으로 떠나고 나면, 원본은 코슬라 골동품점에 팔아넘길 것이다. 이미 이 세계에서 제일 오래된 조각돌에 180만 루피를 주겠다고 약속하지 않았는가!

이제 아쇼크 라즈푸트의 생각은 그 돈으로 이루게 될 수많은 소망들로 넘어가고 있었다. 무엇보다 먼저 굴라보를 만나러 갈 생각이었다. 문명과 동떨어진 오지의 2급 관리 자리를 받아들이면서 그녀와 헤어져야 했다. 그녀가 그 자리를 포기하길 원했기 때문이다. 그녀를 못 본 지 벌써 5년이 넘었지만 지금도 라훌의 교육비로 매달 2천 루피를 우편환으로 송금하고 있다. 굴라보는 라자스탄과 안다만을 가로막은 수천 킬로미터의 대지와 바다를 뛰어넘어 그의 꿈을 어지럽혔으며, 여전히 그의 몸을 갈망으로 뜨겁게 달구어 놓았다.

이제 자이살메르로 건너가 그녀에게 천 루피 지폐다발을 건네면서 이렇게 비웃어줄 것이다. "내가 빈털터리 무능력자라고? 자, 봐, 이제 뭐라고 할 거지?" 그다음엔 그녀에게 다시 프러포즈를 할 참이다. 이번에는 그녀도 받아들일 것이다. 그것도 무조건. 그는 오지 진흙탕의 싸구려 일자리를 그만두고 라자스탄에 정착할 생각이었다. 잉게타이가 궁극의 행운을 가져오는 부적이라고 하니 그의 인생도 바뀌지 않겠는가.

그의 몽상은 전차가 굉음을 내며 급정거하는 바람에 산산이 깨지고 말았다.

"도대체 이게 무슨 짓이야?" 경찰은 에케티에게 내려오라며 고함을 질러댔다.

에케티가 지붕에서 내려오자 차장이 앞을 막아섰다.

"죽고 싶어 환장했어? 표 어딨어?" 승객들이 창밖으로 목을 길게 빼고 그를 바라보았다.

"이름이 뭐냐?" 경찰이 물었다.

에케티는 그저 고개를 젓기만 했다.

"이 친구 인도인이 아니야. 피부색이 까만 걸 보니 아프리카인 같은데? 가방 한번 조사해봅시다. 마약상일지도 모르니까." 그가 에케티의 어깨에서 캔버스 가방을 빼앗으려 했다.

"안 돼!" 에케티가 외치며 차장을 밀어냈다.

경찰이 그의 귀를 잡고 비틀었다.

"차표 있어?"

"네." 에케티가 대답했다.

"어디?"

"아쇼크 님한테요."

"그 사람은 어디 있는데?"

에케티가 선차를 가리켰다.

"아쇼크가 어디 있냐고 그래, 임마. 나하고 함께 경찰서에 가야겠다. 가서 가방 검사 좀 해야겠어." 경찰이 에케티의 목덜미를 움켜쥐었다.

그가 도로 반대쪽으로 에케티를 끌고 가려 할 때 아쇼크가 간신히 전차에서 빠져나왔다. 그가 황급히 경찰한테 달려갔다.

"죄송합니다. 이 친구는 제 동료예요. 저한테 차표가 있습니다." 그가 상의 주머니에서 차표 두 장을 꺼냈다.

경찰은 차표를 빼앗아 자세히 들여다보더니 마지못해 에케티를 놔주었다.

에케티가 경찰한테서 벗어나는 순간, 아쇼크는 원주민의 뺨을 있는 힘껏 갈겼다.

"잘 들어, 이 깜둥이 돼지놈아. 다시 한번 말썽을 부리면 평생 감옥에서 살게 해주겠다. 여긴 인도야. 네놈이 활개치고 다니던 정글이 아니라고."

에케티는 아무 말 없이 그를 노려보았다.

두 사람은 호텔로 돌아와 가벼운 점심 식사를 했다. 오후 6시쯤 아쇼크는 바네르지의 집을 조사해보기로 했다.

아쇼크는 오토릭샤를 불러 운전사에게 주소가 적힌 종이쪽지를 건넸다.

"톨리군게로 갑시다. 인드라니 공원과 JM 로드 모퉁이에 있소."

오토릭샤는 큰길 상인들의 호객 행위를 피해 조용한 뒷길을 지나 인드라니 공원 모퉁이로 향했다. 릭사에서 내리자마자 두 사람은 거의 동시에 찾고 있던 연못을 발견했다. 작은 웅덩이에 불과한 이 연못에는 더러운 빗물이 차 있고 썩어가는 갈대들이 가장자리를 에워싸고 있었다. 중요한 건 주변에 집이 다섯 채가 있고 제일 오른쪽 집 지붕이 연녹색이라는 사실이었다.

"바네르지의 집이에요!" 에케티가 외쳤다.

별 특징 없는 전형적인 중산층 집이었다. 벽돌집이었으며 작은 정원 주변에 나무 울타리가 쳐져 있었다. 낡은 정문에는 'S. K. 바네르지'라는 문패가 걸려 있었다.

"에케티가 들어가서 잉게타이를 가져와요?" 원주민이 물었다.

"무작정 들어가서 바네르지한테 신성한 돌을 달라고 하게? 그자는 돈을 훔친 거야. 그러니까 너도 훔쳐내야지." 아쇼크가 말했다.

"에케티가 어떻게 훔쳐요?"

"방법을 생각해내야지."

그후 한 시간 동안 두 사람은 집 주변을 샅샅이 조사했다. 열린 창문이나 뒷문을 찾아봤지만 특별한 약점은 보이지 않았다.

"에케티는 들어가는 방법 알아요." 원주민이 갑자기 말했다.

"어떻게?"

"저기로." 에케티가 지붕 위의 암갈색 굴뚝을 가리켰다.

"멍청한 소리. 저 좁은 굴뚝으로 들어가는 건 둘째치고, 지붕 위로 어떻게 올라가?"

"에케티는 해요. 당장 보여줄게요." 그가 울타리를 넘으려 하자 아쇼크가 그의 어깨를 잡았다.

"안 돼. 멍청아, 이 훤한 대낮에 남의 집에 들어가겠다는 거냐? 바네르지와 이웃 사람들이 잠들 때까지 기다려."

두 사람은 푸자 축제를 위해 거리에 세워진 시장을 싸돌아다니며 시간을 보냈다. 그리고 생선 카레와 밥으로 늦은 저녁을 먹은 다음 다시 바네르지의 집으로 돌아왔다.

연못 주변은 조용했고 이웃집들의 불도 꺼져 있었다. 오직 바네르지의 집에만 형광등이 켜져 있었다.

두 사람은 우유 가판대 차양 밑에서 기다렸다. 불이 꺼진 건 자정 직후였다. 에케티는 즉시 가방을 열고 적색과 황색 점토와 돼지가죽 주머니를 꺼냈다. 그러고는 모자와 옷을 벗기 시작했다.

"무슨 짓이냐?" 아쇼크가 놀라 물었다.

"에케티, 잉게타이를 찾아올 준비 한다. 옹게는 최고의 예를 바쳐야 한다." 그는 가판대 뒤로 사라지더니 30분 후 기저귀와 목걸이만 걸치고 돌아왔다. 그의 얼굴엔 적색과 황색의 가로줄무늬가 그려져 있었다. 가슴과 배 한가운데에도 하얀색 나뭇잎 무늬를 새겨 넣었다. 그러고 나니 마치 밤 그림자처럼 보였다.

"그런 모습은 아무한테도 보이지 않는 게 좋겠다. 나까지 다 소름이 끼치니, 원." 아쇼크는 부르르 떠는 시늉을 하곤 시계를 확인했다. "한시가 다 됐다. 지붕에 오를 시간이야."

에케티는 아무 말 없이 바네르지의 집을 향해 사라졌다.

그는 집을 에워싼 나무 울타리를 뛰어넘어 원숭이처럼 날렵하게 지붕으로 기어올랐다. 맨발이라 소리는 나지 않았다. 굴뚝이 매우 좁았지만 그는 몸을 비틀어 안으로 들어갔다. 검댕이가 그의 손에 묻어났다. 원주민은 손과 발을 교묘하게 이용해 굴뚝을 타고 내려가 부엌 조리대에 조용히 내려섰다.

칠흑 같은 어둠에 익숙해지는 데에는 몇 초밖에 걸리지 않았다. 그는 부엌문을 열고 복도에 들어섰다. 왼쪽으로 문 세 개가 보였다. 그는 첫번째 문으로 들어갔다. 텅 빈 욕실. 신성한 돌이 있을 것 같지 않았다. 그는 까치발로 나와 두번째 문으로 다가갔다. 문은 열려 있었다. 하지만 그가 안으로 들어서는 순간 딸깍 하고 스위치 켜는 소리가 들렸고, 갑작스런 밝은 빛에 그는 순간 눈을 감고 말았다. 언뜻 안경을 쓴 노인이 파란색 파자마 차림으로 침대에 앉아 있는 것이 보였다.

"어서 와라, 기다리고 있었다." 바네르지가 옹게어로 말했다. 중후한 목소리였다.

"잉게타이는 어디 있죠?" 에케티가 물었다.

"말해주마. 하지만 먼저 네가 누구인지 알아야지. 너희 부족이 유체 이탈을 통해 여행한다는 사실은 알고 있다. 넌 사람이냐, 그림자냐?"

"그게 무슨 상관입니까?"

"그래, 그 말이 맞겠군. 꿈 때문에 죽을 수도 있으니까. 그래, 신성한 돌을 옮겼으니까 날 죽일 셈이냐?"

"옹게족은 자라와스*와는 다릅니다. 에케티가 온 건 오직 신성한 돌 때문이죠. 어디 있습니까?"

"나한테는 없다. 열흘 전에 없애버렸지."

"뭐라고요?"

"저주받은 돌이잖아? 진작에 알았어야 했다. 아들을 잃기 전에." 바네르지의 목소리가 갈라졌다.

"무슨 말입니까?"

"아들은 미국에서 공부 중이었다. 두 주 전에 어처구니없는 교

---

*안다만제도의 원주민으로 무척 호전적인 부족으로 알려져 있다.

통사고로 목숨을 잃었지. 내가 저주받을 짓을 했다는 걸 알고 있다. 너희의 잉게타이를 훔치지 않았다면 아난다도 살아 있을 텐데." 바네르지가 흐느꼈다.

"잉게타이는 지금 어디 있습니까?"

"말해주지. 단, 조건이 하나 있어."

"뭡니까?"

"죽은 자를 돌아오게 하는 방법을 가르쳐다오." 에케티가 고개를 저었다.

"그건 노카이도 불가능합니다. 풀루가의 뜻에 도전하면 안 돼요."

"제발, 부탁하마. 아들의 죽음으로 아내도 미쳐가고 있어. 이런 식으로는 나도 더이상 버틸 수가 없구나." 바네르지가 두 손을 모으고 울기 시작했다.

"그건 옹코보크웨의 저주입니다. 당신이 자초한 일 아닙니까? 누가 잉게타이를 가지고 있습니까?" 에케티가 재촉했다.

"안 돼. 아들을 살려낼 수 없다면 잉게타이도 못 가져가." 바네르지가 갑자기 소리를 지르더니, 고양이처럼 날렵하게 침대에서 뛰어내려 재빨리 욕실로 달아나 안에서 문을 잠가버렸다.

"열어요!" 에케티가 문을 걷어찼으나 바네르지는 듣지 않았다. 원주민은 좌절감으로 씩씩거리며 집 안을 닥치는 대로 뒤지기 시작했다. 찬장 두 개를 망가뜨리고 도자기 조각상 몇 개를 깨뜨리기도 했지만 신성한 돌은 어디에도 없었다. 바네르지의 침실 협탁 위에서 검은 가죽지갑을 찾아내기는 했다. 그는 지갑을 집어 들고 앞문 걸쇠를 열고 정원으로 빠져나갔다.

2분 후 그는 우유 가판대로 돌아왔다.

"무슨 일이냐? 불이 들어오던데? 괜찮은 거야?" 아쇼크가 허둥대며 물었다.

"네."

"신성한 돌은 어딨지?"

"집에 없어요."

"집에 없어? 바네르지가 벌써 팔아버렸군. 그가 뭔가 가르쳐주더냐?"

"아뇨. 대신 이걸 가져왔어요." 에케티가 가죽지갑을 내밀자 아쇼크가 얼른 낚아채 뒤지기 시작했다. 현금은 거의 없었다. 마침내 그가 명함 한 장을 집어내더니 휘파람을 불었다. 그곳엔 '캘커타 골동품 중개인. 산지브 카울 교수. 700016. 콜카타 파크 스트리트 18B'라고 적혀 있었다.

"바네르지가 이 사람한테 넘긴 게 분명해."

"그럼 이제 어떻게 하면 되죠?"

"내일 찾아가봐야지."

파크 스트리트는 고급 옷가게와 전문 양장점으로 가득한 현대적인 고급 쇼핑가였다. 콜카타 골동품점은 콘디넨틸 레스토랑 바로 옆에 붙은 상당히 큰 건물이었다. 아쇼크 라즈푸트가 화려한 장식의 청동문을 열고 안으로 들어갔다. 가게 안은 대대적인 내부 수리 중이었다. 천장은 섬냉으로 까맣게 뒤덮였고 유황 냄새가 코를 지극했다. 고가 기다란 키 큰 미남이 호기심 어린 표정으로 그를 바라보았다.

옹코보크웨의 저주 395

"산지브 카울 씹니까?"

"네, 그렇습니다만."

"제 이름은 아쇼크 라즈푸트입니다. 안다만제도의 부족 복지관에 근무하고 있죠. 제가 여기 온 이유는 옹게족의 고대 돌조각이 사라졌기 때문입니다. S. K. 바네르지 씨께서 선생님께 팔았다고 하더군요." 그는 사무적으로 말하며 신분증을 내놓았다.

"네, 열흘 전쯤에요."

"혹시 선생님께서 골동품과 예술작품 보호에 관한 법령 1972조를 위반했다는 사실을 알고 계십니까?"

카울이 인상을 찌푸렸다.

"바네르지는 그게 안다만제도의 물건이라는 얘기를 하지 않았어요. 법을 어길 생각은 추호도 없었습니다. 그냥 고대의 돌조각인 줄 알았어요."

"지금 볼 수 있겠습니까?"

"어떡하죠, 지금 저한테 없습니다. 첸나이의 고객한테 팔았거든요."

"첸나이?"

"네."

"오, 맙소사. 그 돌을 사 간 사람에 대해 자세하게 말씀해주셔야겠습니다."

10분 후 그는 또다른 주소가 적힌 종이쪽지를 들고 가게를 나왔다. 호텔에 돌아갔을 때 에케티는 아직 자고 있었다.

"일어나라, 멍청아. 서둘러 짐 꾸려." 그가 말했다.

"어디로 가요?"

"첸나이. S. P. 라자고팔을 만나야겠다." 아쇼크가 대답했다.

"어떻게 가죠?"

"기차로."

축제 기간인 탓에 호라 역은 평소보다 붐볐다. 에케티는 북적이는 플랫폼을 구경하느라 정신이 없었다. 승객들이 차가운 바닥에 대자로 누워 있고, 장사꾼들이 잡지와 소다를 사라며 빽빽 소리를 질러댔다. 짐꾼들의 머리는 가방과 상자로 산을 이뤘다. 그들의 얼굴 위로 땀이 폭포처럼 흘러내렸다.

"저 사람들은 왜 저렇게 힘들게 일해요?"

"우린 너희처럼 공짜로 먹지 못한다. 첸나이로 가는 이 기차표 두 장이 얼마인지나 알아? 이 여행은 악몽이 될 거다." 아쇼크가 투덜댔다.

"그래도 에케티는 여행 좋아해요!" 하지만 막상 기차가 플랫폼을 향해 덜커덩거리며 들어오자 에케티는 놀라서 바짝 얼어붙었다. 그는 몇 번이나 아쇼크 뒤에 숨어 망설이다 간신히 침대차 안으로 뛰어 들어갔다. 그가 들어서자 여자들이 움찔하며 핸드백을 신경질적으로 끌어안았다. 아이들도 겁먹은 얼굴로 아버지한테로 달라붙었다. 에케티가 미소를 지어 보였다. 진주처럼 희양게 빛나는 미소. 그러자 기차 속에 흐르던 긴장이 풀어졌다.

그는 창가의 자리를 차지한 채, 여행하는 27시간 내내 꼼짝도 하지 않았다. 그는 두 눈으로 햇살을, 얼굴로 바람을 느끼며 암갈색 옥수수 밭들이 녹색 찬란한 논으로 바뀌는 색의 향연을 한껏 즐겼다. 수없이 많은 마을을 지났건만 목적지는 멀기만 했다. 밤이

다가오자 단조로운 기차 소리가 자장가처럼 들렸다. 에케티는 곧 잠이 들었다.

첸나이는 모든 것이 달랐다. 기후도 콜카타보다 덥고 습했다. 남자들은 피부색이 더 검고 콧수염을 길렀으며, 여자들은 화려한 사리 차림에 머리엔 꽃을 꽂았다. 아무도 힌두어를 하지 않았다.
  첸나이 중앙역의 검붉은 벽돌 건물을 빠져나오자마자 에케티는 허공을 향해 코를 킁킁거렸다. 북동쪽의 몬순이 여전히 강했고 바람에서 비 냄새가 배어나왔다.
  "이 근처에 바다가 있죠?"
  "그래. 어떻게 아냐?" 아쇼크가 물었다.
  "냄새로요."
  두 사람은 오토릭샤를 잡았다. 아쇼크가 눈감바캄의 스털링 로드에 있는 라자고팔의 집으로 곧장 가자고 했다. 역 밖의 복잡한 도로에 접어들자 거리를 뒤덮은 마천루와 화려한 상점들이 또다시 에케티의 눈을 휘둥그레지게 만들었다. 도시는 타밀나두 주의 최신 블록버스터 광고판으로 가득했는데 무엇보다 인상적인 건 거리 곳곳에 내걸린 거대한 합판들이었다. 주로 정치가와 영화배우의 사진인데 어떤 것은 2층 건물만 했다. 첸나이는 사진 컷들로 가득한 도시였다. 사리 차림의 미소 띤 여인이 검은 안경을 쓴 노인과 유권자의 표를 놓고 경쟁하고 있었고, 게슴츠레한 눈의 여배우와 콧수염을 기른 남자배우가 과장된 헤어스타일을 하고 거대한 조각상처럼 도로를 굽어보고 있었다.
  스털링 로드도 혼잡하기는 마찬가지였다. 상업 시설, 은행, 사무실도 많고 대형 주택도 군데군데 눈에 띄었다. 오토릭샤는 라자고팔의 집 바로 앞에 그들을 내려주었다. 녹색과 황색의 세련된 빌라였다. 제복을 입은 경비 둘이 무표정한 얼굴로 철문 양쪽에서 근무를 서고 있었다. 문은 무슨 이유인지 열려 있었다.

"장례식에 오신 겁니까?" 경비가 아쇼크에게 물었다.

아쇼크가 얼떨결에 고개를 끄덕였다.

"들어가세요. 중앙 응접실입니다."

"넌 여기서 기다려." 아쇼크가 에게디헌테 명령하고 성문 안으로 들어갔다. 잘 다듬어진 잔디밭 사이로 난 구불구불한 길을 따라가자 단단한 나무로 된 대문이 나왔는데 그 문 역시 열려 있었다. 기대한 응접실은 가구가 모두 치워져 있었다. 흰 천이 깔린 바닥에 쉰 명가량의 사람들이 앉아 있었다. 대부분 가벼운 색깔의 옷차림이었고 양쪽으로 남녀가 나뉘어 있었다. 제일 안쪽에는 짧은 머리에 두터운 곳수염을 기른 젊은 사내의 사진이 걸려 있었다. 액자는 붉은 장미 화환으로 장식되어 있었다. 액자 앞에 피워놓은 향이 가느다랗게 굽이치며 허공으로 치솟았다. 사진 옆에는 30대 초반의 통통한 미인이 앉아 있었다. 주름도 장식도 없는 평범한 흰색 사리 차림의 여자는 어느 모로 보나 슬픔에 찬 미망인 모습이었다.

아쇼크는 남자 자리의 맨끝에 앉고는 그럴듯하게 엄숙한 표정을 지었다. 다른 문상객들에게 슬쩍 물어보아 고인이 셀밤 팔라니 라자고팔이라는 기업가이며 이틀 전에 갑작스런 사업 손실에 충격을 받아 심장마비로 사망한 사실을 알아냈다.

아쇼크는 장례식이 끝날 때까지 두 시간을 기다렸다. 마침내 마지막 추도객이 떠난 뒤 그는 미망인에게 다가가 합장을 했다.

"저는 아미트 아로라입니다, 부인. 그의 죽음을 전해 듣고 너무도 안타까웠답니다. 정말 뭐라고 드릴 말씀이 없군요. 이제 서른다섯의 젊은이가 심장마비라니. 콜카타에서 만난 게 불과 열흘 전이었는데."

"네. 남편은 콜카타와 거래가 많았죠. 두 분은 어떻게 아는 사이죠?" 그녀의 허스키한 목소리가 묘하게 에로틱한 분위기를 풍겼다.

"마드라스 공과대학 선배셨죠."

"오, 그 대학 출신이군요. 그런데 남편이 왜 생전에 한 번도 선생님에 대해 얘기하지 않았을까요?"

"졸업 후에 거의 만나지 못했습니다. 늘 그렇잖습니까." 그가 두 손을 들어 보이곤 입을 다물었다.

"그럼 선생님도 첸나이에 사시나요? 이곳엔 북인도 사람들이 별로 없어요." 라자고팔 부인이 물었다.

"아뇨, 전 지금 콜카타에 있습니다. 졸업 직후에 첸나이를 떠났죠. 괜찮다면 여쭙고 싶은 게 있습니다, 부인." 아쇼크가 넌지시 화제를 돌렸다.

"네?" 그녀는 경계하는 눈치였다.

"선배는 콜카타의 골동품상한테서 돌조각 하나를 샀다고 했습니다. 잠시 볼 수 있을까요?"

"아, 그 돌이오? 어쩌나, 지금 없는데. 구루께서 가져가셨어요."

"구루? 그분이 누구죠?"

"스와미 하리다스요. 라자는 지난 육 년 동안 그분의 가르침을 따랐거든요. 어제 장례식에 오셔서 그 돌을 보시더니 가져가겠다고 하시더라고요. 그래서 드렸어요. 라자도 없는데 그 돌이 무슨 소용 있겠어요."

"구루가 어디 사시는지 아십니까? 가까운 곳인가요?"

"마투라에 사세요."

"마투라? 우타르프라데시의 마투라 말인가요?"

"네. 그곳에 수행자 마을이 있어요."

아쇼크는 맥이 빠졌다.

"결국 우타르프라데시까지 가야 한다는 이야기군요."

"왜요? 그 돌이 그렇게 중요한 건가요?"

"조금 복잡합니다…… 스와미 님의 마투라 전화번호를 가르쳐 주시겠습니까?"

"구루께시는 지금 마투라에 안 세요."

"그럼 어디 계시죠?"

"강연차 세계 여행 중이세요. 어제 첸나이에서 싱가폴로 떠나셨이요. 이후에는 미국과 유럽을 순회하실 예정이고요."

"마투라에는 언제 돌아오시나요?"

"이삼 개월 후에나 돌아오실 거예요."

"이삼 개월이나요?"

"네. 그분을 만나는 건 내년 1월에나 가능할 거예요. 알라하바드의 마그 멜라에서요. 회의 때문에 그곳에 갈 거라고 하셨어요."

"감사합니다, 부인. 다시 연락드리겠습니다." 아쇼크는 실망감을 애써 누르며 곧바로 자리를 떴다.

이쇼그기 정문을 빠져나왔을 때 에케니는 분밖 보도에 앉아 있었다.

"왜 이렇게 오래 걸렸어요?" 그가 아쇼크에게 물었다.

"신성한 돌이 다시 한번 우리를 속였다. 최악이야. 나라 밖으로 나가 삼 개월 후에나 돌아온단다. 아무래도 네놈을 섬으로 데려다 줘야겠다."

"섬으로 돌아가요? 잉게타이를 가지고 간다고 약속했잖아요." 에케티가 펄쩍 뛰었다.

"안다. 하지만 삼 개월 동안 네놈을 어쩌란 말이냐? 복지관과 문제를 일으킬 순 없지."

"하지만 에케티는 섬에 안 가요."

아쇼크가 그를 노려보았다.

"정신 나갔냐? 안 가다니?"

에케티도 지지 않았다.

"뭣 때문에 돌아가요? 에케티는 그 섬에서는 숨 막혀 죽어요. 학교 교과서에서 인도 사진을 보고 꿈을 꾸곤 했어요. 바다를 가로지르는 커다란 배들을 보며 그 배들이 어디로 가는지 궁금했어요. 외국인들이 와서 우리에게 카메라를 들이댈 때마다 난 미칠 것 같았어요. 그들의 배에 숨어들어 어디로든 떠날 생각도 했어요. 어디로든. 여기 온 이유도 그 때문인걸요. 섬에서 탈출하기 위해서요. 에케티는 돌아가지 않아요."

"그래서 그 돌을 찾겠다고 자원한 거냐?"

"네. 에케티는 인도에 오고 싶었어요."

"신성한 돌을 가지고 돌아가지 않을 경우 네 부족한테 어떤 일이 생길지 알 수 없는데도?"

"에케티는 잉게타이를 되찾도록 도와줘요. 그런 다음 나리가 갖고 돌아가고 에케티는 이 멋진 나라에 남을 거예요."

"그러니까 이 모든 게 가출 계획이었다는 거로군, 응? 네놈이 이 나라에서 뭘 할 건데?"

"에케티는 결혼할 거예요. 고향에선 노인들이 젊은 여자를 다 데려가서 도저히 여자를 찾을 수 없어요. 여기선 새로운 삶을 살 수 있고 아내도 얻을 수 있어요."

"별 개똥 같은 소리 다 듣겠군. 너 같은 쓰레기가 여기서 아내를 얻었냐고? 서울이다도 들여다보고 말에 이놈이. 너 같은 깜둥이 난쟁이하고 결혼할 여자가 어디 있어?"

"그건 풀루가의 뜻이에요." 에케티가 당당하게 대답했다.

마침내 아쇼크의 태도가 돌변했다.

"잘 들어, 병신아. 네놈은 관광하러 온 게 아니라 잉게타이를 찾으러 온 거다. 그런데 우린 돌을 못 찾았어. 그러니까 소안다만으로 돌아가는 거다. 내일 난카우리 호가 포트블레어로 떠나. 물론 네놈도 나와 함께 그 배에 타는 거다. 개소리는 집어치우고 따라오기나 해. 오늘 밤은 여관에서 잘 거야."

아쇼크가 오토릭샤를 불러 세웠으나 원주민은 한사코 올라타기를 거부했다.

"에케티는 안 가요." 그가 고집스럽게 말했다.

"두들겨 맞고 싶어 환장했구나, 아주." 아쇼크가 손을 들었다.

"맞아도 에케티는 가지 않아요."

"그럼 경찰을 부르는 수밖에. 원주민이 거주지 밖에서 잡히면 교도소로 끌려가는 건 알지?"

에케티가 두려움으로 눈을 깜빡였다. 아쇼크는 그 순간을 놓치지 않았다.

"어서 타, 깜둥이." 그가 이를 부드득 갈며 에케티를 릭샤 안으로 밀어 넣었다.

"에그모르로 갑시다." 그가 운전사한테 말했다.

오토릭샤가 한낮의 도로를 달리는 동안 에케티는 잔뜩 긴장해 있었다. 마치 출발선에 쪼그리고 앉은 단거리 선수라도 된 기분이었다. 오토릭샤가 번잡한 교차로에 다가서자 심장이 미칠 듯 뛰기 시작했다. 그리고 릭샤가 신호등에 멈춰 선 순간, 그는 검은 캔버스 가방을 들고 밖으로 뛰어내렸다. 그가 승용차, 버스, 스쿠터, 릭샤의 숲을 뚫고 나가 완전히 시야에서 사라지는 모습을 아쇼크는 멍하니 바라볼 수밖에 없었다.

에케티는 한참을 달렸다. 수레와 소를 피하고 텅 빈 운동장을 가로지르고 사람들로 빽빽한 극장 앞을 지나쳤다. 그리고 마침내 멈춰 서서 숨을 고른 곳은 자전거 수리점 앞이었다. 그는 잔뜩 몸을 웅크린 채 숨을 깊게 들이마신 다음 주변을 자세히 살펴보았다. 자전거 수리점은 시장 한가운데에 있었다. 멀리 커다란 동상이 서 있는 교통섬이 보였다. 한동안 그는 길가에 서서 지나가는 트럭과 승용차의 매연을 마시며 교차로에서 들려오는 소음에 귀를 기울였다. 문득 이 이방인의 세상에서 길 잃은 소년이 된 기분이었다. 배도 고팠다. 그때, 길 건너편에 있는 고급 선글라스를 쓴 키 큰 남자가 눈에 들어왔다. 펑퍼짐한 흰색 셔츠에 회색 바지를 입은 그는 버스 정류장 난간에 비스듬히 기대 담배를 피우고 있었다. 남자도 자기와 마찬가지로 짧은 곱슬머리였다. 그러나 무엇보다 흥미로웠던 건 남자의 피부였다. 숯처럼 새까만 피부!

에케티는 길 건너 버스 정류장으로 다가갔다. 이방인은 그를 보자마자 담배를 버리고 발뒤꿈치로 짓이겼다.

"이런 이런, 이게 누구신가? 아프리카 동포 아닌가?" 그가 탄성을 질렀다.

에케티가 초조한 미소를 지었다.

"형제여, 어디에서 오셨나? 세네갈? 토고? 파흘레 부 프랑세(불어 할 줄 아나)?"

에게디기 이께를 으쓱에 보이자 이방인이 다시 물었다.

"케냐에서 온 모양이군. 니나웨자 쿠세마 키스와힐리(난 스와힐리 말도 한다네)."

에리카가 고개를 저었다.

"난 자르칸드의 지바 코르와예요."

"오, 그럼 인도인? 그거 놀랍군. 그럼 힌두어를 하나?" 이방인이 손뼉을 쳤다.

에케티가 끄덕였다.

"난 8개 국어를 하는데 당연히 힌두어도 할 수 있지. 파트나 대학에서 공부했다네." 그가 완벽한 힌두어로 줄줄 늘어놓았다.

"아저씨 이름은 뭐예요?" 에케티가 물었다.

"마이클 부사리. 나이지리아의 아부사 출신이시. 친구들은 그냥 마이크라고 부른다네."

바로 그 순간 경찰 하나가 오토바이를 타고 지나가는 바람에 에케티는 본능적으로 버스 정류장 뒤로 숨었다. 경찰이 교차로를 완전히 지나간 후에도 그는 꼼짝하지 않았다.

마이크가 그의 어깨를 두드렸다.

"문제가 조금 있는 모양이군, 형제. 세상은 안전한 장소가 못 되지. 특히 우리같이 검은 사람들한테는 말이야. 하지만 걱정 말게. 내가 자네를 보호해주지."

나이지리아인의 태도엔 뭔가 믿음직스런 구석이 있었다. 에케티는 그 점이 맘에 들었다.

"이 도시를 잘 아세요?"

"그렇진 않네, 형제. 대부분 북인도에서 살았거든. 하지만 자네를 안내할 정도는 된다네."

"배가 고파요. 먹을 것 좀 주실 수 있어요?" 에케티가 물었다.

"마침 나도 점심을 먹을 참이었네. 자넨 뭘 좋아하나?"

"여기서도 돼지고기를 먹나요?"

"돼지고기? 그건 저녁 때 알아보기로 하고 점심은 맥도날드가 좋을 것 같군."

"그게 뭐죠?"

"빅맥을 먹어보지 못했단 말인가? 이런, 그럼 더더욱 꼭 가야겠군. 자네한테 기막힌 정크 푸드의 세계를 소개해주지."

마이크는 에케티를 가까운 맥도날드로 데려가 빅맥 세트와 아이스크림콘을 사주었다. 에케티가 맛난 버거를 게 눈 감추듯 해치우는 모습을 보던 마이크가 에케티에게 어깨동무를 했다.

"말해보게, 무슨 짓을 한 거야? 사람이라도 죽였나?"

"아뇨." 에케티가 프렌치프라이를 우적우적 씹으며 대답했다.

"그럼 강도짓을 한 거야?"

"아니에요. 그냥 아쇼크한테서 달아난 것뿐이에요." 이번엔 콜라를 꿀꺽꿀꺽 들이키며 말했다.

"아쇼크? 그게 누군데?"

"날 괴롭히는 사람이에요." 그가 입술을 깨물었다.

"음, 자네 고용주인 모양이군. 그에게 질려서 마을에서 도망친 거고."

"네, 네." 에케티가 열심히 고개를 끄덕이며 아이스크림을 먹기 시작했다.

"그런데 첸나이에는 어떻게 온 건가, 형제여? 자르칸드에서 아주 먼 거린네?"

"아쇼크가 일을 시키려고 여기로 데려왔어요. 무슨 일인지는 모르지만." 에케티는 신나게 트림을 했다.

"도피 중이라면 어디 머물 곳도 없겠군. 그렇지?" 마이크가 물었다.

"네. 여기엔 집이 없어요."

"걱정 말게. 내가 해결해주지. 자, 내 집으로 가자고."

그들은 녹색 시내버스를 타고 나이지리아인의 방 두 개짜리 셋집이 있는 T. 나가르로 향했다. 마이크는 에케티를 데리고 안으로 들어가 거실의 커다란 소파에 앉게 했다.

"잠 좀 자두게. 잠깐 나가서 저녁거리 좀 사올 테니까."

마이크가 선글라스를 벗자 처음으로 그의 눈이 보였다. 차갑고 아무 감정이 실리지 않은 눈이었다. 그러나 에케티는 그의 미소를 보고 다시 마음을 놓았다. 웃음만큼은 온정과 친절함으로 가득했기 때문이다. 또한 마이크는 훌륭한 요리사였다. 콩 수프와 매콤한 소시지 요리를 먹으며 에케티는 손가락까지 열심히 빨아댔다.

에케티는 그날 밤 느긋한 마음으로 푹신한 소파에 누워 이방인이 베푼 친절에 대해 풀루가께 감사했다. 아, 맛난 소시지에 대해서도.

마이크 부사리는 수다쟁이였다. 말을 하면서 에케티의 이름을 부르곤 했으나 에케티는 그가 마치 혼잣말을 하고 있는 것처럼 느껴졌다. 에케티는 그 혼잣말을 통해 마이크가 인도에 온 지 7년이 되었다는 사실을 알았다. 마이크는 몇 가지 벤처 사업을 하고 있으며 첸나이에는 J. D. 무누사미라는 보석상과 거래를 마무리하기 위해서 왔다고 했다.
"자네 도움이 필요할지도 모르겠네." 그가 에케티의 무릎을 톡톡 쳤다.
"뭔데요?"
"무누사미 씨한테 나이지리아 석유 사업에 대규모 투자를 하라고 설득했지. 그에게 엄청난 이익을 가져다줄 벤처 사업이야. 난 브로커로서 중개료를 받는 거고. 무누사미는 내 은행 계좌로 십만 달러를 넣기로 했었는데 마지막 순간 그가 현찰로 넘기겠다고 하더군. 그의 집에 가서 돈을 받아주었으면 하는데, 형제를 위해 그 작은 일을 해주겠나?"
"형님을 위해서라면 목숨을 걸 수도 있습니다." 에케티가 이렇게 말하곤 마이크를 끌어안았다.
"고맙네. 그럼 10월 26일 9시에 무누사미 씨와 약속을 잡도록 하지. 내일모레니까 그때까지는 마음껏 먹고 마시면서 즐기게." 에케티는 그의 조언에 따라 하루 종일 빈둥거리며 TV를 보고 소시지를 입에 달고 살았다. 저녁 즈음 에케티가 해변으로 데려가달라고 하자 마이크가 순순히 받아주었다.

두 사람은 버스를 타고 번쩍거리는 고층 빌딩, 화려한 네온의 쇼핑센터로 가득한 마운트 로드의 교통 체증을 통과했다. 시내버스가 낡은 집과 오래된 사원으로 가득한 트리플리케인의 좁은 도로에 들어서자 소금 냄새가 조금씩 진해지기 시작했다. 에케티는 정신이 아득해졌다. 그는 바다를 보기 위해 고개를 잔뜩 내밀었다. 도로를 채운 거대한 조각상에도 화려한 기념비에도 더이상 끌리지 않았다.

버스가 마리나 해변에 도착하자 에케티가 제일 먼저 뛰어내렸다. 밤이 깊었지만 해변에는 사람들이 적지 않았다. 해변에 앉아 저녁 식사를 하는 가족들도 있었다. 아이들은 말 등에 올라타 꽥꽥 소리를 질렀고, 그동안 엄마들은 네온을 밝힌 가게를 돌아다니며 장신구들을 구입했다. 등대 조명이 빙글빙글 돌며 바다를 비추고, 저 멀리 배들도 저마다의 불빛으로 밤하늘을 수놓았다. 파도의 포말이 잔잔하게 해변을 굴러다녔다. 에케티는 알싸한 바다 내음과 소금과 물고기의 향그런 냄새를 한껏 들이마셨다. 그 냄새가 머릿속에 섬 하나를 통째로 떠오르게 했다. 그는 100미터 정도 떨어져서 따라오는 마이크한테 손을 흔들어 보이고는 옷을 입은 채 바다에 뛰어들었다.

"이봐, 이봐! 돌아와!" 마이크가 외쳤으나 원주민 청년은 이미 저 멀리까지 헤엄쳐간 후였다.

그가 바다에서 나온 건 20분이나 지나서였다. 그의 젖은 몸이 진주처럼 반짝거렸다. 해초들이 옷에 달라붙어 있었고 모자에서는 모래가 뚝뚝 떨어져 내렸다.

"얼마나 걱정했는지 알아?" 마이크가 투덜거렸다.

"목욕을 해야겠다고 생각했어요." 그가 씩 웃었다.

"그런데 감추고 있는 게 뭐지?"

에케티가 등 뒤에서 오른손을 빼냈다.

"저녁거리!" 그가 외쳤다. 손에서 커다란 물고기가 퍼덕거렸다.

마이크가 콜라 두 캔을 사오고 에케티는 불을 피웠다. 두 사람은 잘 구워진 생선으로 맛난 식사를 했다.

"그래, 첸나이가 마음에 드나, 동생?" 마이크가 물었다.

"너무 좋아요! 이 아름다운 세계의 소리, 색, 빛깔 모두 너무 좋아요!" 그는 콜라를 조금 더 마셨다. 그러고는 막대기로 죽어가는 불씨를 들쑤시다 나이지리아인을 가만히 올려다보았다. "형님은 내가 만난 사람 중에서 가장 멋지고 친절한 분이시고요."

"자네와 난 형제야."

"내가 아내감을 찾을 수 있게 도와줄 수도 있어요?"

"아내? 물론이지. 내 작은 부탁을 들어주기만 한다면야 여자 열 명을 자네 앞에 세워놓고 고를 수 있게 해주지."

마이크의 호언장담에 에케티는 보석상으로부터의 수금 일을 가벼운 돼지 사냥 정도로 여겼다. 마이크가 도시 남서쪽에 있는 구인디 공원에 데려갔을 땐 거의 날아갈 지경이었다.

주택단지 깊숙한 곳에 위치한 무누사미의 집은 대로의 소란스러움과 대조적으로 매우 조용했다. 창백한 가로등 하나가 길 양쪽으로 길게 늘어선 복층 건물들에 음흉한 그림자를 던졌다.

마이크가 무누사미의 집을 가리켰다. 36번지. 그가 에케티한테 작은 봉투 하나를 건네주었다.

"저 모퉁이에서 기다리고 있을게. 여기 모든 설명을 적어놓았으니까 자넨 입 하나 뻥긋할 필요가 없네. 자, 파이팅!"

나이지리아인은 어둠 속으로 사라졌고 에케티는 무누사미의 집을 향해 걸어갔다. 하인이 기다리고 있다 그를 2층 거실로 안내했다. 중년의 대머리 사내가 크림색 소파에 앉아 있었다. 무누사미는 크림색 도티 위에 흰색 셔츠 차림이었다. 그의 둥근 얼굴엔 두 가지 눈에 띄는 섬이 있었나. 콧구녕에서 흘러내린 듯한 내모꼴의 작은 콧수염과 이마에 노란 점토로 그린 세 개의 가로줄.

"어서 와, 어서 와." 그가 에케티를 반겨주었다.

에케티는 고개를 끄덕이고 봉투를 건넸다.

무누사미는 재빨리 쪽지를 읽더니 실망한 표정으로 에케티를 보았다.

"위대한 마이크 부사리를 만나고 싶었건만 자네가 그 친구 대리인인 모양이군."

"돈 주세요." 마이크가 말했다.

"여기 있네." 무누사미는 다리 사이에 숨겨두었던 작은 가방을 꺼냈다.

에케티가 서류가방을 집어 드는 순간 번쩍하고 플래시 불빛이 터졌다. 그와 동시에 경찰 다섯 명이 사방에서 나타나 그를 덮쳤다.

"넌 체포되었다." 형사 한 명이 큰 소리로 말했다.

무슨 일인지 채 이해하기도 전에 그의 두 손엔 수갑이 채워졌고, 그는 경찰차로 끌려갔다.

지붕널을 얹은 낡은 경찰서에 도착하자 에케티는 커다란 감방에 던져졌다. 서툰 영어로 아무리 무죄를 항변해도 경찰들은 곤봉으로 그를 위협할 뿐이었다. 결국 그는 시멘트 바닥에 쪼그리고 앉아 마이크가 나타나기만을 기다렸다. 형님께서 모든 걸 설명하고 곧바로 유치장에서 꺼내줄 것을 추호도 의심하지 않았다.

다음 날 정오에 그를 찾아온 건 마이크가 아니라, 비하르 경찰서의 사티아 프라카시 판데이 형사였다. 똥배에 심술궂은 인상을 한 형사는 끊임없이 구장열매를 씹어댔는데, 곱슬거리는 콧수염을 기른 그의 얼굴은 인정사정없어 보였다. 그는 채찍질을 당하는 야수처럼 초조해했다. 단 한 가지 희망적인 게 있다면 그가 힌두어를 한다는 정도였다.

"널 파트너로 데려갈 생각이다. 살인죄로 마이클 부사리에게 수배령을 내린 곳이니까."

"살인이오?"

"그래. 그자가 사업가를 속여 자살하게 만들었다. 그리고 네놈은 부사리의 범죄를 고발할 우리 증인이 되어줄 것이다."

"하지만 마이크는 좋은 사람이에요."

"좋은 사람? 웃기는군. 네놈 두목 마이클 부사리 씨께서는 자랑스러운 사기꾼이시다. 일곱 개 주에서 열일곱 건의 사기죄로 수배 중이지. 지금까지 검은돈과 석유 사업 투자 사기로 여러 사업가를 울린 장본인이라고. 그래서 첸나이에 함정을 파놓은 거다. 무누사미를 미끼로 부사리를 낚을 생각이었는데 네놈이 대신 걸려든 거야. 너도 나이지리아 출신이냐?"

"아뇨. 난 자르칸드의 지바 코르와예요."

"자르칸드? 자르칸드 어디?"

"음…… 잘 모르겠어요."

"모른다고? 아, 걱정할 필요 없다. 이 손이 약손이라 지금껏 돌대가리 깡패새끼들 정신을 수도 없이 말짱하게 만들어줬으니까. 네놈 정도야 누워 떡 먹기지." 형사가 음흉한 미소를 지었다.

에케티는 다음 날 오후 수갑을 찬 채 기차역으로 끌려나와 파트나 행 기차에 올랐다. 일등석에는 그와 판데이 형사뿐이었다.

오후 3시 25분. 기차는 파트나까지 3일간의 여행을 시작했고 한 시간 후부터 형사는 취조에 들어갔다.

"좋아, 네놈에 대해 모든 걸 알아야겠다." 그는 이렇게 말하고는 창밖으로 피처럼 붉은 구장즙을 뱉어냈다.

"말했어요. 전 자르칸드의 지바 코르와입니다."

"그래, 첸나이엔 무슨 일로 왔지?"

"그냥 놀러 왔어요." 형사가 느닷없이 손바닥으로 그의 뺨을 때렸다. 에케티는 너무 아파 기절할 것만 같았다.

"솔직히 말하라고 했잖아, 이 자식아. 다시 묻겠다. 어디에서 왔어?" 형사가 으르렁거렸다.

"자르칸드."

"자르칸드 어디?"

"몰라요." 에케티의 대답은 또다시 따귀 한 대를 벌었을 뿐이었다.

"이번이 마지막이야. 또 거짓말하면 네놈은 이 기차에서 죽는다."

혹독한 신문은 저녁과 밤 내내 이어졌다. 다음 날 정오 즈음 에케티는 항복하고 말았다. 더이상 매질을 견뎌낼 도리가 없었다. 그는 훌쩍이면서 소안다만제도로부터의 여행과 아쇼크와 부사리와의 만남에 대해 사실대로 털어놓았다.

경찰은 끈기 있게 듣다, 마침내 입에 구장열매를 넣고는 만족스런 미소를 지었다.

"미친놈, 결국 진실을 기억해냈군. 내 손의 별명이 갈고리다. 용의자들로부터 사실을 긁어내는 솜씨가 죽이거든."

에케티가 뺨을 어루만졌다. "사람 때리는 걸 좋아하시나요?"

판데이가 어깨를 으쓱였다. "매가 없으면 범인도 없어. 그래서 이런 식으로 일할 수밖에 없지. 그러다가 결국 구장 씹는 것처럼 개똥 같은 습관이 되고 마는 거야."

"힘을 보여주기 위해서 때린다는 건가요?"

"솔직히 말하면 힘을 보여주기 위해서가 아니라 약점을 감추기 위해서다. 우린 기껏해야 약자와 가난한 자만 건드리거든. 보복할 능력이 없는 사람들이니까." 형사가 의외의 고백을 했다.

둘은 몇 시간 동안 한마디도 하지 않았다. 기차가 밤 속을 질주하는 내내 형사는 칸막이에 몸을 기댄 채 깊은 생각에 잠겨 있었다. 에케티는 창문을 열어놓고 차가운 바람으로 퉁퉁 불어터진 뺨의 통증을 달랬다. 그때 갑자기 형사가 그의 어깨를 건드렸다.

"멍청한 짓 하나 하기로 했다." 그가 숨을 내쉬고는 가죽총지갑으로 손을 가져갔다.

소름이 에케티의 전신을 휩쓸었다.

"나…… 나를 죽일 건가요?" 그가 물었다. 목에 생선 가시라도 걸린 기분이었다.

"그럼 더 쉽겠지." 형사가 처음으로 미소 지었다. 그가 총지갑에서 꺼낸 건 열쇠였다.

"그럼?"

"널 풀어주마."

에케티가 그의 눈을 똑바로 쳐다보았다.

"지금 놀리는 거죠?"

판데이가 천천히 고개를 저었다.

"놀리는 게 아니다, 에케티. 이건 네 인생이야. 그리고 내 인생도 별로 다르지 않아. 너처럼 나도 가끔 숨 막힐 때가 있으니까. 날이면 날마다 사회의 쓰레기를 만나는 직업이 별수 있겠나. 하지만 이따금 미망인의 눈물을 닦아주거나 실종된 아이를 엄마의 품으로 되돌려줄 때가 있다. 내가 버틸 수 있는 힘이지."

에케티는 창밖을 내다보았다. 지금은 기차 소리와 바람 소리, 그리고 눈앞을 가로막는 장막 같은 어둠뿐이었다. 지평선 근처 도시에서 아득한 불빛이 깜박이고 있었다.

"어린 아들이 둘 있어. 범죄자, 살인자와 싸우는 이 아비를 영웅이라고 생각하지. 하지만 난 이 사회 시스템과 싸우다 결국 지고 마는 평범한 남자에 불과해. 넌 무죄야. 그러니 널 풀어준다면 내겐 작은 승리가 되는 셈이겠지."

그가 시계를 쳐다봤다. "이제 곧 비리니시 외곽이다. 이 비상줄을 잡아당겨 기차를 세울 생각이다. 그럼 넌 기차에서 내려 어둠 속으로 사라지면 되는 거야. 사람들한테는 내가 잠든 사이에 달아났다고 하겠다."

"왜 나를 놓아주는 거죠?"

"네 꿈을 짓밟고 싶지 않아서다. 우리 아이들의 꿈을 살려주기 위해서이기도 하고. 파트나에 가면 넌 재판에 시달리다 최소 오 년은 감옥에서 썩게 될 거다. 그러니 기회가 있을 때 달아나라."

"하지만 어디로요?"

"바라나시가 좋겠지. 사람들이 죽기 위해 오는 곳이긴 하지만 널 보내는 건 그 반대의 이유라고 생각해라." 그는 열쇠로 에케티의 수갑을 풀고 손가락 하나를 들어 보였다. "하지만 잊지 말아야 할 게 있다. 이 나라는 이상하고도 고귀한 땅이다. 너는 이곳에서 세상에서 가장 착한 사람들과 나쁜 사람들을 만나게 될 거고 특별한 친절과 무자비한 폭력도 만나게 될 거다. 그러니까 이곳에서 살아남고 싶다면 사고방식을 바꿔야 한다. 누구도 믿으면 안 돼. 남에게 의지해서도 안 되고. 오직 자신만을 믿고 네 의지를 따르도록 해라."

"섬으로 돌아가야 하나요?" 에케티가 손목을 어루만지며 물었다. 수갑의 흔적이 아직 선명했다.

"그것도 네가 결정해야지. 인생은 추할 수도 있고 아름다울 수도 있으니까. 어느 쪽이든 네가 어떻게 하느냐에 따라 달라질 거야. 하지만 뭘 하든 경찰과는 부딪치지 말도록 해. 모든 경찰이 나 같은 건 아니니까."

"나 때문에 곤란해지면 어떡해요?"

"나한테 무능력과 태만의 죄를 물을지도 모르지. 그래도 상관없다. 쥐 사냥도 이젠 지겨워. 하지만 넌 이제부터 시작일지도 몰라. 행운을 빈다. 가방 잊지 말고 가져가."

에케티가 짝퉁 아디다스를 어깨에 짊어지자 판데이가 셔츠 주머니에서 지폐 몇 장을 꺼냈다.

"이걸 가져가라. 며칠 동안은 도움이 될 테니까."

"형사님을 잊지 못할 겁니다." 돈을 받는 에케티의 두 눈에 눈물이 글썽였다.

형사는 미소를 짓곤 잠깐 그의 손을 잡았다.

"자식, 거기 그렇게 서서 당나귀처럼 울고만 있을 거냐? 그 줄이나 잡아당겨." 그가 투덜거리고는 황갈색 담요를 머리끝까지 끌어올렸다.

다리가 욱신거렸다. 벌써 두 시간째 쉬지 않고 달렸던 것이다. 그는 도시의 반짝이는 불빛을 찾아 빽빽한 사탕수수 밭을 헤치고 잠든 마을들도 지났다. 간신히 바라나시의 심장부 초크에 다다랐으나, 화려한 불빛은 모두 꺼졌고 부산하던 거리는 텅 비어 있었다. 도시는 불길한 침묵으로 뒤덮여 있었고, 집 없는 개나 자동차만 간간이 눈에 띄었다. 셔터가 내려진 가게들 앞 인도엔 거지들이 잠을 자고 있었고, 어느 고대 사원의 정문엔 무장 경찰 한 무리가 보초를 서고 있었다.

이 시간, 이곳에도 영원히 꺼지지 않는 불꽃은 있었다. 24시간 약국. 에케티는 주차된 지프 뒤로 기어가 카운터에서 꾸벅꾸벅 졸고 있는 약사를 지켜보았다. 카운터 주변으로 상자와 병이 가득 진열된 유리 선반이 보였다.

한 여자가 약국으로 들어가 약사를 깨웠다. 잠시 후 여자는 갈색 종이 봉지를 들고 약국을 나섰다. 에케티는 여자의 얼굴을 보았다. 그렇게 희한하게 생긴 여자는 생전 처음이었다. 키는 거의 아쇼크만 했다. 눈에는 화장 먹을 칠했고 뺨에는 값싼 연지를 덕지덕지 발랐으며 입술은 쥐 잡아먹은 듯 시뻘겠지만, 넓은 턱 선은 남성적인 느낌이 났다. 그녀는 적색과 녹색이 섞인 사리에 어울리지 않는 황색 블라우스를 입고 있었다. 손이 컸고 털이 많았다. 사실 에케티는 배꼽에서 시작된 가는 털이 블라우스 속에 감춰진 것도 볼 수 있었다.

그는 호기심을 이기지 못하고 그녀를 뒤따르기 시작했다. 그녀는 조용한 뒷길과 더럽고 어두운 골목과 구불구불한 샛길을 지나, 마침내 밝고 북적거리는 거리 입구로 빠져나갔다. 길 양쪽으로 낡은 이층집이 죽 늘어서 있었는데 정교하게 조각된 발코니마다 음악 소리와 무용수의 발목에서 짤랑거리는 벨 소리가 새어나왔다. 골목엔 굳은 얼굴과 텅 빈 눈을 한 여인들이 목이 깊게 팬 블라우스와 페티코트를 입고 어두운 문간에 기대서서 자극적인 미소를 흘리며 행인을 유혹했다. 모퉁이엔 판* 가게도 있었다. 한 남자가 미리 준비해둔 삼각형 모양의 구장열매 묶음을 나눠주었다. 롤빵을 파는 가판대도 있고 선불 전화카드를 파는 가게도 보였다. 재스민 향과 튀긴 음식 냄새가 습한 대기에 섞여들었다. 깊이 잠든 도시 속 이 거리의 주민들은 파티를 열고 있는 것이다.

"달만디**에 오신 걸 환영합니다. 잠깐 들렀다 가시죠." 룽기*** 차림에 배꼽티만 걸친 남자가 에케티를 안내했다. 그의 등 뒤에서 핑크색 사리를 입은 여자가 키득거렸으나 에케티는 거들떠보지

---

* 인도의 길가에서 흔히 파는 청량제로 나뭇잎에 여러 향신료를 섞어 씹는다. 바라나시의 판이 유명하다.
** 바라나시의 홍등가.
*** 허리와 다리를 감싸는 남성용 천.

않았다. 그의 관심은 오직 그 여인뿐이었다. 그녀는 길 안쪽을 향해 걷다 막다른 갈림길에서 오른쪽으로 꺾었다. 에케티는 황급히 그녀를 쫓아갔다.

그때 갑자기 그녀가 홱 돌아서더니 에케티의 오른팔을 낚아챘다.

"왜 나를 따라오는 거지? 내가 창녀인 줄 알아?"

에케티는 깜짝 놀라 그녀의 손을 뿌리쳤다. 그녀의 힘은 사내만큼이나 강했다.

"미안 나요." 그가 외쳤다.

그녀가 그를 빤히 쳐다보았다.

"도대체 뭐 하는 놈이냐?"

"먼저 대답해줘요. 정체가 뭐죠?"

"그게 무슨 뜻이지?"

"그러니까…… 남자예요, 여자예요?"

그녀가 키득거렸다.

"다들 알고 싶어하는 미스터리지. 그걸 알고 싶어 돈을 주는 사내도 있으니까."

"이…… 이해할 수 없어요."

"내 이름은 돌리다. 힌즈라의 리더지."

"힌즈라? 그게 뭐죠?"

"환관이라는 말 들어봤냐? 도대체 어느 별에서 온 놈이야?"

"솔직히 환관이라는 말도 처음 들어요."

"우리는 제3의 성이라고 불린다. 남자와 여자 사이에 있는." 에케티가 눈을 동그랗게 떴다.

"남자도 여자도 아니라고요? 어떻게 그게 가능하죠?"

"이 나라에선 모든 게 가능해. 그래, 네놈은 정체가 뭐냐? 뭐 하는 놈이고 어디에서 온 거지?"

"전 자르칸드에서 온 지바 코르와예요."

"자르칸드라고? 옛날에 모나라는 여자친구가 있었어. 그애도 자르칸드 출신이었지만 너처럼 검지는 않았어. 지금은 출세하겠다고 뭄바이로 떠났지만."

"당신은 어디 살죠?"

"달만디 근처에."

"그건 뭐예요?" 에케티가 그녀의 손에 들린 갈색 봉지를 가리켰다.

"오, 이거? 어렵게 구한 약이다. 이 시간에 문을 연 약국이 거의 없어서 말이야. 레카라는 친구에게 주려고 산 거야. 지금 딸이 심하게 아프거든."

"어디가 아픈데요?"

"말라리아. 벌써 열흘째 고열로 고생하고 있어."

"말라리아? 난 말라리아를 고칠 수 있어요."

그녀가 그를 위아래로 훑어보았다.

"네가? 네놈이 의사라도 된다는 말이냐?"

"거짓말 아니에요. 진짜 잘 고쳐요. 우리 섬에서 말라리아로 죽어가는 아이를 고친 적도 있는걸요."

"섬? 섬이라니 그게 또 무슨 소리냐?"

"앗, 실수!" 에케티는 황급히 캔버스 가방을 열어 마른 잎 한 움큼을 꺼냈다. 실수를 덮기 위해서였다.

"이 풀이 말라리아를 고쳐요. 친구분께 절 데려가면 고쳐줄게요."

돌리는 잠시 생각해보다 마침내 고개를 끄덕였다.

"그래, 손해 볼 것도 없겠지. 따라와."

에케티는 다시 그녀를 따라 도시의 뒷길을 누비기 시작했다. 골목 두 개를 지나고 악취나는 배수로를 건너자, 어느새 힌즈라 공동체에 도착해 있었다. 깊은 밤인데도 모두 깨어 있었다. 사리와 살와르 카미즈 차림에 화장을 하고 희한한 헤어스타일을 한 사람들이 돌리에게 인사하면서 에케티를 신기한 듯 바라보았다. 적대적이리기보다는 호의적인 표정이었다.

집들은 작고 소박했다. 대개 벽돌과 시멘트로 만든 단칸방이었다. 돌리는 노란색 문 앞에 멈춰 섰는데, 때마침 힌즈라 한 명이 문을 열고 나와 돌리를 붙들고 울기 시작했다. 오렌지색과 파란색 사리 차림에 재스민 몇 송이를 땋은 머리에 꽂고 있었다.

"티나가 죽으려나봐요, 어떡하죠?"

돌리는 다른 힌즈라들과 얘기를 나누고는 에케티를 돌아보았다.

"조금 전에 의사가 티나를 진찰했는데 가망이 없다고 했대. 열이 뇌까지 뻗쳤다나봐. 힘들게 구해온 약도 아무 소용없게 됐어." 그녀는 힘없이 약봉지를 내버리고 두 손으로 얼굴을 감쌌다.

에케티는 앞으로 걸어가 노란색 문을 열었다.

직고 비좁은 방이있다. 한구석에 단지와 프라이팬이 쌓여 있고 다른 쪽엔 옷이 가득했다. 하지만 그의 눈길은 바닥에 깔린 매트리스로 향했다. 그 위에 어린 여자애가 담요에 싸여 누워 있었다. 여덟아홉 살 정도 되어 보였고, 둥근 얼굴에 아몬드 모양의 눈을 하고 있었다. 어찌나 마르고 힘이 없던지, 생명력이라고는 조금도 느껴지지 않았다. 목에는 크고 붉은 수포가 가득했다. 아이는 눈을 감고 있었지만 이따금 잠결에 헛소리를 중얼거리기도 했다.

에케티는 가방을 열고 마른 잎 한 주먹을 꺼내 소녀의 엄마한테 곱게 갈아 반죽을 만든 다음 익혀 오라고 지시했다. 그리고 붉은 점토를 돼지 기름과 섞어 소녀의 이마에 가로줄 몇 개를 그렸다. 돌리는 미심쩍은 눈초리로 지켜보았다. 에케티는 다시 노란색 흙을 아이의 윗입술에 바르고 익힌 마른 잎 반죽을 배꼽에 문질렀다. 그리고 마지막으로 뼈 목걸이를 벗으며 이렇게 말했다.

"이는 차우가 타, 위대하신 토미티의 유골로 이루어졌나니, 이로써 육신의 병을 치유하고 망령을 쫓아내리로다." 그는 목걸이를 돌리의 목에 걸어주었다.

"그러니까 주술사인 거냐?" 돌리가 불안한 표정으로 물었다.

"그냥 도우려는 거예요."

"이제 뭘 하면 되지?"

"아침까지 기다리세요. 저도 졸려요. 어디 눈 좀 붙일 곳이 없나요?" 그가 하품을 하며 물었다.

"집이 없니?"

"네."

돌리가 한숨을 쉬었다.

"그럴 줄 알았다. 이리 와, 우리 집으로 가자."

그녀의 집은 방이 두 개에 작은 부엌까지 딸린, 부근에서는 제일 큰 집이었다. 페인트칠한 벽은 신들의 사진 액자로 장식되어 있었다. 바닥엔 바랜 카펫이 깔려 있고 접이식 소형 테이블에 철제 의자까지 놓여 있었다. 벽시계가 새벽 3시 15분을 가리켰다. 에케티는 그대로 바닥에 쓰러져 곯아떨어지고 말았다.

다음 날 아침, 돌리는 벌써 일어나 분주하게 돌아다니고 있었다.

"네가 기적을 일으켰어. 티나가 열이 내려서 아주 좋아졌어." 그녀가 활짝 웃었다.

잠시 후 티나의 엄마 레카가 달려 들어와 에케티의 발밑에 엎드렸다.

"당신은 하늘에서 보내신 천사이십니다. 저희는 당신께 평생의 은혜를 입었나이다." 그녀가 울부짖으며 에케티의 손을 잡았다.

그녀의 뒤로 다른 힌즈라가 따라 들어와 요염한 윙크를 해 보이곤 자기 팔을 내밀었다.

"팔에 물집이 있는데 이것도 치료할 수 있나요?"

"아뇨. 전 의사가 아닌걸요." 에케티가 투덜댔다.

"배고프지? 곧 아침 식사를 준비해줄게." 돌리가 말했다.

그날 늦게 돌리가 테이블에 앉아 야채를 썰고 있는데 에케티가 옆으로 다가갔다.

"궁금해서 미치겠어요."

"무슨 얘기냐?" 그녀가 눈을 치켜떴다.

"어젯밤 말씀하신 것 때문에요. 남자도 여자도 아니라면서요?"

돌리가 인상을 쓰고는 칼을 내려놓더니 느닷없이 사리를 걷어올렸다.

"직접 봐라."

에게디는 힉 하고 숨을 들이켰다.

"이…… 이런 식으로 태어나신 거예요?"

"아니, 나도 너 같은 남자로 태어났다. 하지만 언제나 내 자신이 남자의 몸에 갇힌 여자라는 기분을 떨칠 수가 없었지. 바레일리의 부유한 의류상의 삼남 이녀 중 막내로 자랐지만 사는 것 자체가 내 겐 고문이었어. 오빠와 언니 들도 놀려댔고 부모님조차 조소와 경멸로 대할 정도였으니까. 내가 남과 다르다는 걸 알면서도 사내아이처럼 행동하기를 바랐거든. 결국 열일곱이 되자 난 아버지 가게에서 돈을 훔쳐 러크나우로 달아났지. 그곳에서 구루를 만났고 그분이 수술을 해주셨어."

"수술이라뇨?"

"아주 고통스러운 수술이야. 하지만 이틀 정도 아편을 복용하면 어느 정도 고통을 이길 수 있단다. 그러고 나서 니르바나의 예를 거행하는 거야."

"그게 뭔데요?"

"부활이라는 뜻이야. 성직자가 칼로 성기를 잘라내지. 그렇게 해서 한 방에 내 성기를 잃었어." 돌리는 다시 야채를 썰기 시작했다. 에케티는 입을 다물지 못했다.

"수술이 끝나자 나는 여자로 부활했어. 그리고 구루를 따라 바라나시에 온 거야. 힌즈라 공동체를 만난 것도 이곳에서였지. 지금 십칠 년째 여기서 살고 있으니, 이젠 이곳이 내 고향이고 저들이 내 가족인 거지."

"그럼 실제로는 남자인가요?"

"본질적으로는 그렇겠지."

"이상한 기분은 안 들어요? 그러니까…… 거기 말이에요." 에케티가 머뭇머뭇 물었다.

그녀가 웃었다.

"이 나라에서 생존하는 데 필요한 건 성기가 아니야. 돈과 머리지."

"그럼 돈은 어떻게 벌어요?"

"우린 결혼식과 돌잔치, 집들이 같은 행사에서 노래를 부르고 축복을 내린단다. 사람들은 힌즈라가 불행과 불운을 몰아내는 힘이 있다고 믿거든. 이따금 은행 일을 해주기도 하고."

"어떤 일인데요?"

"사람들이 은행 돈을 빌리고 갚지 못하는 경우가 종종 있어. 은행은 우리 힌즈라들을 채무자의 가게 앞으로 보내지. 그럼 우리는 음란한 노래를 부르는 식으로 괴롭혀서 결국 돈을 갚게 만드는 거야."

"그거 재미있겠네요! 그런데 힌즈라가 되면 행복한가요?"

"행복 때문이 아니란다, 지바. 그건 자유의 문제야. 어쨌든 내 얘기는 그만두지. 그래, 넌 자르칸드에서 우타르프라데시까지 무슨 일로 온 거야?"

"마을에서 달아났어요. 이곳에 온 건 결혼 때문이고요."

"멋지다! 가출 이유치고는 기가 막히는구나. 그래서 여자는 찾았어?"

"아뇨. 하지만 언젠가는 찾을 거예요." 에케티가 수줍은 미소를 지어 보였다.

"어디에서 머물지는 정했고?"

"이 집에서 함께 지내면 안 돼요? 방도 많잖아요."

"나는 자선단체를 운영하는 게 아냐. 여기서 지내려면 방세를 지불해야 해. 돈은 있니?"

옹코보크웨의 저주 425

"네, 많아요." 그는 판데이 형사가 준 지폐를 꺼냈다.

돌리가 돈을 세어보았다.

"그래봐야 사백 루피에 불과해. 이 돈은 한 달 방세로 받아두지." 그녀는 그를 흘겨보고는 돈을 블라우스 안쪽으로 집어넣었다. "식비도 있어야 해. 매일 공짜로 먹여줄 순 없으니까."

"그럼 어떻게 하면 되죠?"

"일자리를 구해야지."

"구할 수 있게 도와주세요."

"그래. 지금 고급 호텔을 짓고 있으니까 내일 공사장으로 데려다줄게."

"그럼 오늘은 도시 구경을 해도 되나요?"

"물론. 내가 안내해주지. 먼저 카시의 가트*를 보는 게 좋겠다."

대낮의 시내는 완전히 다른 모습이었다. 거리는 사리, 책, 식기, 사탕 따위를 파는 가게와 가판 식당으로 가득했고 사람들로 북적거렸다. 릭샤와 자전거가 먼저 가겠다고 실랑이를 벌이는가 하면 소들이 자동차와 나란히 걸어 다녔다.

에케티는 처음에 사람들의 놀란 눈이 자기를 향하고 있다고 생각했지만 그건 돌리를 향한 것이었다. 여자들은 그녀를 보고 놀라 뒷걸음쳤고 남자들도 인상을 찌푸리며 빙 둘러 돌아갔다. 아이들도 그녀를 놀려댔다. 음란한 욕을 하고 손뼉을 치는 자들도 있었지

---

* 가트는 육지에서 강으로 내려가는 계단으로 목욕장, 화장터, 축제, 만남의 장소 등으로 다양하게 쓰인다. 카시는 바라나시의 다른 이름이다.

만 돌리는 그들을 완전히 무시하고, 복잡한 대로와 골목을 지나 마침내 갠지스 강으로 내려가는 가트에 다다랐다. 에케티가 가트를 본 건 그때가 처음이었다.

　강은 은을 녹여 부은 듯 어두운 빛을 발했다. 작은 보트들이 오리처럼 뒤뚱거리며 수면에 떠 있었다. 가트마다 순례자로 북적거렸다. 야자나무 잎으로 만든 파라솔 밑에 앉아 점성술사들과 논쟁을 벌이는 이들도 있었고, 강에 몸을 담근 이들도 보였다. 성직자들은 만트라*를 읊었고, 턱수염을 기른 현자들은 태양을 향해 복종을 맹세했으며, 땅딸막한 레슬러들은 체력 훈련을 했다. 가트는 강을 따라 끝없이 이어졌다. 멀리 화장장에서 피어오른 연기가 은은하게 대기에 걸려 있었다.

　"강은 순례자와 조문객을 하나로 만들어주지. 이 도시는 죽은 자뿐 아니라 산 자의 축전을 위한 곳이기도 해."

　"죽으면 이줌미도 천국으로 가나요?"

　"천국은 하나가 아니란다, 지바. 사람마다 저마다의 천국이 있어. 우리 힌즈라도 비밀리에 화장 의식을 거행하잖니?" 그녀가 선한 눈빛으로 그를 바라보았다.

　다음 날인 11월 1일. 에케티는 태어나서 처음으로 일자리를 구했다. 돌리는 그를 거대한 분화구처럼 생긴 곳으로 데려갔다. 공사장은 거대한 야수의 뱃속만큼이나 끔찍하게 생겼다. 여자들은 머

---

*힌두교 및 불교에서 정신 수양을 위해 명상이나 기도를 할 때 반복해서 외는 신성한 말이나 구절.

리에 무거운 짐을 지고 야수의 뱃속을 드나들었고, 남자들은 곡괭이로 한창 내장을 파내는 중이었다. 거대한 교수대처럼 솟은 비계들 사이로 괴물 크레인 몇 마리가 하늘을 향해 혀를 날름거렸다. 시큼한 땀 냄새. 철과 철이 부딪치는 소리.

바반이라는 십장은 돌리가 아는 사람이었다. 줄곧 인상을 쓰고 있는 이 사내는 에케티의 꿈틀거리는 근육을 보자마자 즉시 채용을 결정했다. 에케티는 삽을 받자마자 일꾼들이 구덩이를 파는 곳으로 떠밀렸다.

일은 쉽지 않았다. 땀 때문에 삽은 자꾸 미끄러졌고 노란 먼지 때문에 눈을 뜨기가 쉽지 않았다. 구덩이는 용광로 같았고 부드러운 흙도 화산재처럼 그의 맨발을 달구었다.

2시에 사이렌이 울렸다. 점심 시간. 에케티는 겨우 안도의 한숨을 내쉬었다. 점심은 찐득한 죽에 국물뿐이었지만 그늘에서 쉬면서 먹는 밥은 그런대로 먹을 만했다.

다른 일꾼들은 그의 옆에 모여 앉아 조용히 식사를 했다.

"이 호텔의 주인이 누구예요?" 에케티가 옆에 꼽추처럼 웅크리고 앉아 있는 말라깽이 사내한테 물었다. 그의 이름은 수라지였다. 그의 누더기에서 찐득한 땀 냄새가 진동했다.

"내가 어떻게 알아? 어떤 부자놈이겠지. 그게 무슨 상관이냐? 네가 이 호텔에 살 것도 아닌데. 자넨 이 동네 사람이 아니군. 전에 공사장 일 해본 적 있나?" 그가 에케티를 흘끔 쳐다보며 말했다.

"처음이에요." 에케티가 대답했다.

"어쩐지…… 하지만 걱정 마라. 이 판에서 벌써 삼 년째인데 나도 아직 실수투성이니까. 하지만 조심해. 안 그러면 너도 나처럼 영원히 꼽추가 되고 말 거야. 먼지도 마시면 안 돼. 몸의 기공을 틀어막고 때로는 오줌에 섞여 나오기도 하니까. 이 일 때문에 내 손발이 어떻게 되었는지 봐라." 수라지가 두 손을 내밀었다. 코코넛처럼 딱딱하고 거친 손이었다. 발에도 물집이 가득했는데 발바닥이 터져 피딱지가 져 있었다.

"그런데 왜 이 일을 하세요?" 에케티가 물었다.

"먹여야 할 입이 다섯이나 되니까. 돈을 벌어야 해."

"여기서 얼마나 주는데요?"

"굶어죽지 않을 정도."

사이렌이 울리자 일꾼들이 미적미적 일어섰다. 오후 내내 그들은 맨손으로 벽돌을 부리고 진흙을 쌓고 돌을 부수고 시멘트를 쉬고 땅을 파거나 메우며 조금씩 호텔을 지어나갔다.

저녁 6시, 십장이 마침내 작업 종료를 선언했다. 지친 사내들은 곡괭이와 삽을 어깨에 메고 여자들은 비구니와 아이들을 챙긴 후 도급업자 앞에 줄지어 섰다.

에케티도 빳빳한 10루피 지폐 다섯 장을 받아들고 돌리의 집을 향해 걷기 시작했다.

고급 쇼핑센터 앞을 지날 때였다. 문득 어느 가게의 진열장에 있는 포스터가 눈에 들어왔다. 무성한 녹색 숲과 호박색 바다로 둘러싸인 멋진 섬을 찍은 포스터였다. 그는 몇 분 정도 그 자리에 서 있다 과감하게 가게 안으로 들어갔다. 젊은 여자가 카운터에 앉아 손톱을 다듬고 있었다. 그녀의 등 뒤로는 기대한 세계지도가 붙어 있고 옆에 온갖 팸플릿이 잔뜩 쌓여 있었다. 그녀가 그의 너저분한 옷을 보더니 노골적으로 인상을 찌푸렸다.

"뭐가 필요하시죠?" 그녀가 물었다.

"진열장에 붙어 있는 섬에 가고 싶어요."

"거긴 안다만제도인데요?" 그녀가 코웃음을 쳤다.

"네, 알아요. 배로 가는 데 얼마나 들죠?" 그녀가 손톱에 입김을 불고는 똑같은 섬이 표지에 나온 팸플릿 하나를 집어 들었다.

"오 일간의 단체여행 패키지예요. 가장 싼 건 콜카타에서 출발하는 구천 루피짜리예요. 됐으면 어서 나가요. 괜한 시간 빼앗지 말고."

"이거 하나 가져가도 돼요?" 그가 팸플릿을 가리켰다. 여자는 얼른 하나를 줘버리고 그를 내쫓았다.

"그래, 일은 마음에 드니?" 그가 돌아오자마자 돌리가 물었다.

"이런 일 하려고 마을을 나온 게 아니에요." 에케티가 등을 주무르며 대답했다. 그는 주머니에서 50루피를 꺼내 돌리한테 맡겼다. "돈 좀 맡아주실 수 있죠?"

"물론." 돌리가 말했다.

"구천 루피를 벌려면 얼마나 일해야 하죠?"

돌리가 인상을 찌푸리며 재빨리 암산을 했다.

"육 개월 동안. 왜?"

"이 섬에 가게요." 그가 여행 팸플릿을 전리품처럼 치켜들었다.

등의 통증과 뭉친 발 근육을 잊게 해준 건 그 반들거리는 종이에 담긴 감미로운 약속이었다. 저녁을 먹은 후에도 그는 바닥에 누워 섬 사진을 바라보았다. 키 큰 야자수 사이로 산들바람이 불고 정글에서 매미 울음소리가 들렸으며, 혀끝에 거북이고기의 알싸한 맛도 느껴졌다.

다음 날 그는 공사장으로 가서 같은 일을 했다. 도시를 구경할 시간도 없고 돌리의 이웃들과 낯을 익힐 생각도 없었다. 심지어 아내감을 구하는 일까지 미뤄두었다. 일요일이든 월요일이든, 디왈리든 새해든 그에겐 모두 같은 의미의 날이었다. 50루피를 벌어다 돌리한테 갖다 맡길 수 있는 날.

두 달 반이 지났다. 호텔의 모양도 갖추어져가고 에케티의 희망도 덩달아 솟구치고 있었다.
"지금까지 얼마나 모였어요, 돌리?" 어느 날 저녁 에케티가 힌즈라에게 물었다.
"삼천 루피." 그녀가 대답했다.
"여행비까지 육천이 남은 기네요." 그가 내뱉었다. 그녀는 그의 목소리에 담긴 갈망뿐 아니라 새로 익힌 산수 실력에도 깜짝 놀라고 말았다.
돌리는 의심쩍은 눈초리를 보냈으나 아무 말도 하지 않았다. 하지만 그날 밤 그녀는 자신의 지갑에서 천 루피를 꺼내 에케티의 돈을 보관 중인 상자에 슬쩍 넣어주었다.

이틀 후 쇄석기에 돌을 퍼 넣고 있는데 갑자기 거대한 폭음이 들리더니 웅덩이 반대쪽에서 먼지구름이 일기 시작했다. 그는 사고 현장으로 달려가보았다. 건물 위쪽의 대나무 골조가 무너져 내렸고 일꾼 한 명이 먼지를 뒤집어쓴 채 바닥에 엎드려 있었다. 팔

다리가 기이한 각도로 꺾인 채였다. 다른 일꾼이 그의 몸을 뒤집어주었다. 에케티가 비명을 질렀다. 세상에, 수라지였다!

수라지의 죽음으로 이틀 동안 공사가 중단되었다. 그래서 돌리는 '은행일'을 가지 않겠느냐고 물었다. 두 사람은 다른 힌즈라 넷과 함께 벨루푸라의 혼잡한 시장을 지났다. 마침내 돌리가 전자제품을 파는 상점을 가리켰다.

"우리 목표는 저 가게 주인 라즈니시 굽타야. 에케티, 넌 그자를 가게 밖으로 나오게만 하면 돼. 나머지는 우리가 처리할 테니."

그래서 에케티는 안으로 들어가 쥐새끼같이 생긴 주인한테 밖에 기다리는 사람이 있다고 전해주었다. 그가 다소 미심쩍어하며 가게 밖으로 나온 순간 힌즈라들이 그에게 달려들었다. 돌리의 동료들은 그를 둘러싸고 박수 치고 노래하고 춤을 추었다. 그 동안 그 안에서는 돌리가 굽타의 뺨을 때리고 겨드랑이를 간질이고 욕을 퍼부어댔다. "자손들이 대대손손 망하고 사업은 실패할지어다. 몸은 병균에 파 먹혀 개처럼 죽게 되리라." 다른 가게 주인들이 나와 웃으며 야유를 퍼부었다. 놀랍게도 그들이 조롱하는 건 힌즈라들이 아니라 무기력한 굽타였다.

"열흘 안에 빚을 갚지 않으면 다시 찾아오겠다." 돌리가 손가락으로 주인을 쿡쿡 찌르고는, 땋은 머리를 멋들어지게 흔들며 동료들을 데리고 자리를 떠났다.

에케티는 굽타가 불쌍해졌다. 그는 빨갛게 물든 얼굴로 시장 한가운데에 서 있었다. 간신히 울음을 참고 있는 모습이었다.

다음 날 구덩이 안에서 작업이 시작되었으나 전과는 분위기가 확연히 달랐다. 수라지의 혼령이 공사장을 떠도는 탓에 일과는 더 길고 밥맛은 형편없었으며 삽도 무겁기 짝이 없었다. 한 번도 이 일이 맘에 든 적은 없었지만 이젠 두 손이 반항하기 시작했다.

그날 저녁 돌아왔을 때 집이 완전히 엉망이었다. 찬장은 완전히 뒤집어졌고 바닥엔 핏자국까지 있었다. 돌리는 보이지 않았다. 그에게 얘기를 들려준 건 레카였다. 그날 오후 라즈니시 굽타가 하키스틱으로 무장한 용역 셋을 데리고 쳐들어가 돌리를 죽도록 두들겨 팼다는 것이었다. 피도 엄청 흘리고 서른 바늘이나 꿰맸다고 했다.

"지금 카비르 차우라의 병원에 있어요. 생명이 위험하대요."

"안 돼! 안 돼!" 에게디스는 울부짖으며 무작정 뛰쳐나갔다. 그가 병원 문에 다다랐을 때 힌즈라 한 무리가 밖으로 나오고 있었다. 그중 넷은 대나무 들것을 들고 있었다. 그 위에 하얀 수의를 뒤집어쓴 사람이 누워 있었다. 힌즈라 셋이 뒤를 따르며 상송곡 〈람 남 사티아 하이〉*를 불렀다. 시신이 돌리임을 확인할 필요도 없었다. 그녀가 마지막 여행을 떠난 것이다. 마치 해머로 조종을 때리듯 장송곡이 그의 귓전을 울려댔다. 배를 얻어맞기라도 한 듯 숨을 쉴 수가 없었다.

그는 넋을 잃은 채 돌리의 집으로 돌아왔다. 돌아오자마자 강탈당한 찬장을 샅샅이 뒤져보았지만, 그가 모아둔 돈은커녕 동전 하나 찾을 수 없었다. 그는 한동안 그 자리에 서서 바닥의 핏자국을 내려다보며 오후의 참사를 그려보았다. 그러고는 갑자기 캔버스

---

* 인도에서 시신을 화장터로 옮길 때 부르는 곡으로 '신의 이름은 진실이다'라는 뜻.

가방을 집어 들고 마을을 빠져나왔다.

시내를 가로지르는데 어디선가 찬양 소리와 종소리가 들려왔다. 어두워져가는 하늘을 올려다보니 해는 이미 저문 후였다. 다사슈와메드 가트에서 저녁 기도 모임 강가 아르티가 시작된 것이다. 하지만 오늘은 강으로 산책할 기분이 아니었다. 돌리는 힌즈라들을 위한 특별한 천국으로 떠났다. 이 도시와 그녀의 인연은 끝났다. 그와의 인연도 끝났다.

바라나시 경계의 고속도로 부근에 트럭 한 대가 서 있었다. 마그 멜라로 향하는 순례자를 가득 태운 차였다. 검은 장발에 터번을 두른 시크교도 운전사가 펑크난 바퀴를 때우는 중이었다. 에케티가 사정하자 그가 마지못해 차에 태워주었다.

1월 22일 동트기 직전, 트럭은 갠지스 강을 굽어보는 콘크리트 교각 위에 인간 짐을 풀었다. 에케티는 또다른 도시에 들어오게 된 것이다.

신의 도시 프라야그 위로 느릿느릿 동이 트고 있었다. 바람은 상쾌했다. 강물이 모래 강둑을 가볍게 두드리고 서광이 무지갯빛으로 수면을 물들였다. 강가엔 목선들이 한가로이 몸을 흔들고 희미한 안개는 도시를 잿빛의 그림자로 채색했다. 새들이 솟아오르며 붉은 하늘에 검은 점들을 박아 넣었다. 다채로운 깃발과 사프란색 삼각기들도 일제히 바람에 펄럭였다. 멀리 고속열차가 질주하며 지나가자 나이니 교각도 서서히 기지개를 켜기 시작했다. 웅장하게 하늘을 가르고 있는 아크바르의 레드 포트가 가건물과 천막으로 뒤덮인 이 임시 마을을 더욱더 왜소하게 만들었다.

에케티도 지금이 마그 멜라, 즉 연례행사인 목욕 기도 기간이라는 것 정도는 알고 있었다. 모래 둑에 올라서자 무용수와 악단 행렬이 지나가는 모습이 보였다. 터번을 장대 높이 건 사자(使者)가 무리를 이끌고 있었다. 악대는 징과 북, 고둥과 트럼펫으로 불협화음을 만들며 나가 사두*들이 당도했음을 알렸다. 얼굴에 재를 바른 수도승들이 알몸에 금잔화 화환만 걸친 채 물속으로 뛰어들더니 칼과 삼지창을 휘두르며 외쳤다. "마하데브**께 영광을!" 벌거벗은 사두들이 나타나자 신도들은 놀라 물러서거나 경외심에 고개를 숙였다. 에케티는 꼼짝도 않고 서서, 사두들이 제 몸에 물을 끼얹고 모래 위를 뒹구는 광경을 지켜보았다. 에케티는 그들의 엉킨 장발과 두려움으로 가득한 충혈된 눈에 매혹되었는데, 그보다 그들이 옷차림에 전혀 신경 쓰지 않는 것이 더욱더 신기했다.

나가 사두 다음은 다양한 종파의 수장들 차례였다. 사프란으로 온몸을 두른 승려들이 온갖 탈것을 이용해 속속 도착했다. 덜거덕거리는 트랙터를 타고 온 사람이 있는가 하면, 어떤 이는 트레일러 뒤에 매달린 은으로 된 옥좌 위에 앉아 있었다. 보석으로 치장한 가마 안에 표범가죽을 깔고 앉은 이가 있는가 하면, 금빛 전차를 타고 비단 양산을 쓴 이도 있었다. 그들 뒤로 수백 명의 추종자가 찬양하고 바잔을 부르며 따라왔다.

이 모든 단체가 모이는 곳이 바로 상감이었다. 북쪽에서 흘러

---

* 힌두교 수행자의 일파로 나체로 돌아다닌다.
** 시바 신의 다른 이름.

들어오는 갠지스의 황갈색 강물과 남쪽 야무나의 암청색 강물이 만나는 지점을 가느다란 물줄기가 가르고 있었다. 얕은 물가는 신도들로 온통 북적댔다. 남자들은 여러 단계에 걸쳐 옷을 벗으며 속옷을 다 드러내고, 여인들은 합장하면서 정숙함을 유지하려 애썼다. 아이들은 진흙물 속에서 물장구를 치며 놀았다. 오렌지색 금잔화들이 우유팩과 비닐봉지와 함께 물 위를 둥둥 떠다녔다. 시바 신과 갠지스 강을 찬양하는 노랫소리가 하늘을 가득 메웠다.

에케티도 차가운 물에 살짝 몸을 담갔다가 강둑을 어슬렁거렸다. 부유한 신도들이 제공하는 푸리*와 잘레비** 등을 받아먹으며 느긋하게 햇볕을 즐기는 재미가 여간 아니었다. 햇빛이 뜨거워지기 시작하자 멜라 축제를 구경하기로 하고, 향과 음식 냄새가 진동하는 저잣거리로 곧바로 들어갔다. 시장 안에서는 여자들이 수백만 가지 색깔의 유리 팔찌를 껴보기도 하고 다양한 종류의 안료를 구입했으며, 아이들은 장난감 총과 유리 동물을 전시한 장난감 가게를 에워싸고 부모들한테 떼를 썼다. 길가의 점쟁이들은 온갖 부적을 내걸고 고객을 유혹했다. 싸구려 성전과 화려한 포스터를 늘어놓은 책 가판대들도 짭짤한 재미를 보았는데, 크리슈나, 라크슈미, 시바, 두르가 같은 고대 신들이 사친 텐둘카르, 살림 일리아시, 샤브남 삭세나, 실파 셰티 같은 신생 신들과 좋은 자리를 차지하기 위해 전쟁을 벌이고 있었다. 똑같은 곡을 수도 없이 불어대는 피리 장수, 부인들을 붙잡고 다목적 강판을 한번 써보라고 극성인 상인,

---

* 발효하지 않은 빵. 밀, 물, 소금으로 반죽해 손바닥 크기의 원반으로 만든 다음 식용유에 튀긴다.
** 시럽에 담가놓은 반죽을 튀겨 만든 과자. 북인도에서 흔히 볼 수 있다.

그리고 "한 잔만 마셔봐. 끝내줘"라는 식으로 뱀 기름 정력제를 광고하는 입담 좋은 도붓장수들……

또 커다란 천막들이 설치되어 가족들을 위한 볼거리를 제공했다. 거울의 집에서는 웃음소리가, 배가 없는 남자와 여자 머리가 달린 뱀이 나온다는 공포의 토굴에선 비명 소리가 터져나왔다. 심지어 대관람차와 사진관, 마술쇼도 있었다. 줄이 가장 길게 늘어선 천막에는 '랑길라 디스코쇼'라는 간판이 걸려 있었다. 남자들이 입구 위에 걸린 10미터 높이의 간판을 힐끔거렸는데 대형 브라에 핫팬츠만 입은 여자 둘이 자극적인 자세를 취하고 있는 사진이 인쇄되어 있었다. 천막 안에서 커다란 음악 소리가 들려왔다. 매표인이 에케티에게 음흉하게 윙크했다.

"한번 봐요. 이십 루피밖에 안 되는데."

"싫어요. 왜 여자 가슴 보는 데 돈을 내요?" 에케티가 웃으며 대답했다.

그는 오히려 활 쏘는 천막에 관심이 갔다. 활과 화살로 보드에 꽂힌 풍선을 맞춰 터뜨리면 테디베어를 상품으로 주는 게임이었다. 그는 몇몇 실패자를 구경하고 나서 천막 주인에게 남은 50루피 중 10루피를 건넸다. 아이들 몇몇이 그의 주변에 몰려들어 그를 응원했다. 겨냥을 하자 온몸의 근육이 팽팽하게 살아나며 섬에서 돼지 사냥을 하던 기억이 물밀듯 떠올랐다. 묘한 쾌감이 일었다. 그가 화살을 쏘자 보드 한가운데에 있는 풍선이 터졌다. 아이들이 환호하며 펄쩍펄쩍 뛰었다. 주인은 인상을 쓰며 테디베어를 내놓았다. 에케티는 장난감을 어린 여자애한테 주고 다른 화살을 집어 들었다. 그가 천막을 떠날 즈음 아이들은 스무 개의 테디베어

옹코보크웨의 저주 437

를 갖고 놀았고 주인은 눈물을 흘리며 천막을 접을 준비를 했다.

성공적인 활쏘기에 고무된 에케티는 자갈길을 신나게 누비며 돌아다녔다. 그리고 문득 마그 멜라와 완전히 다른 분위기에 들어와 있음을 깨달았다. 이곳에서는 만트라 주문과 딸랑거리는 종소리가 대기를 채웠다. 갖은 종파의 임시 본부가 설치된 구역이었다. 종파 지도자들은 저마다 온갖 선교 시스템을 동원해 대중의 관심을 끄느라 애를 썼고, 노골적으로 서로 실랑이를 벌이기도 했다.

나가 사두들을 다시 만난 것도 이곳에서였다. 그들은 벌거벗은 채 안마당에 모여 있었다. 다들 간이침대에 앉아 칠룸*을 즐기거나 운동을 하고 있었다. 마당 한가운데에 쌓여 있는 잿더미는 그들이 몸을 칠하는 데 이용했다. 잠시 후 사두들이 커다란 흰색 천막으로 들어가자 에케티는 당당하게 마당 안으로 들어섰다. 그는 옷을 모두 벗어 캔버스 가방에 집어넣은 다음 잿더미 속으로 다이빙하듯 뛰어들었다. 그는 진흙 목욕을 즐기는 버펄로처럼 잿더미 속을 구르며 얼굴과 몸과 심지어 머리카락까지 시꺼멓게 칠했다. 다시 벌거벗은 몸으로 복귀했다는 기쁨은 이루 말할 수 없었다.

막 떠나려는데 한 나가 사두가 천막에서 나왔다. 에케티는 궁지에 몰린 짐승처럼 마당에 웅크리고 앉았다. 사두는 몽롱한 눈으로 에케티를 바라보다 미소를 지으며 칠룸을 권했다. 에케티도 미소로 답하곤 힘껏 칠룸을 빨아들였다. 그도 섬에 있을 때 담배를 씹어보았으나, 마리화나가 갑자기 밀려 들어오는 것에는 미처 대비하지 못했다. 기분이 몽롱했다. 마치 머릿속에 작은 창문 몇 개를

---

* 인도 성직자들이 사용하는 파이프.

열어둔 것만 같았다. 색깔도 더욱 선명하게 보이고 소리는 더욱 섬세하게 들렸다. 그는 비틀거리다 사두에게 몸을 기댔다. 그는 씩 웃으며 "알라크 니란잔! 눈에 보이지도 않고, 더럽힐 수도 없는 자에게 영광을!"이라고 외쳤다.

그 순간 에케티는 사두들과 일체가 되었고 그들은 그를 자신들의 일부로 인정했다. 그들의 사회에는 어떠한 구분도 존재하지 않았다. 재가 만인의 차이를 지워버리고 획일적인 회색으로 만들어버리기 때문이었다. 그들의 도취는 계급과 카스트의 모든 구분마저 허물어뜨렸다.

에케티는 나체가 된 기쁨을 만끽하며 몸에 칠을 할 수 있는 자격을 지닌 자유로운 영혼처럼 마을을 어슬렁거렸다. 나가 사두처럼 사는 데는 혜택이 또 있었다. 신도들이 헌금을 바치고, 레스토랑 주인들은 공짜로 식사를 제공했으며, 하누만 사원의 경비들도 밤에 에케티가 베란다에서 자는 걸 말리지 않았다. 한 주가 지나자 그는 신도한테 축복을 내리는 방법도 배우고, 다른 나가들과 함께 삼지창을 휘두르고 춤을 추며 성화를 맴돌기도 했다.

무엇보다 좋은 건 칠룸이었다. 마리화나는 고통을 잊게 해주었다. 돌리와 아쇼크와 마이크도 잊고, 이제 어떻게 살고 어디로 갈 것인가에 대한 고민도 잊었다. 그 순간만큼은 그런 단순한 삶이 좋았다.

한 날이 훌쩍 지니고, 드디어 마기 푸르니마가 되었다. 마그 멜라 축제의 달에서 보름달이 뜨는 날이자, 마그 멜라가 끝나고 마하시브라트리*로 넘어가기 전의 주요 입욕일 중 마지막 날이었다.

에케티는 강둑에 앉아 강감에 몸을 담그는 순례자 행렬을 지켜보았다. 그 순간 땅이 흔들리더니 거대한 폭음이 천둥처럼 일대를 흔들었다. 폭발력이 너무 커서 그도 데굴데굴 구르고 말았다. 등 뒤에서 검은 연기가 치솟아 뭉게구름처럼 하늘을 뒤덮었다. 자리에서 일어나보니 사람들이 여기저기에서 피를 흘리고 비명을 질러댔다. 다리가 터져나간 청년도 있고 목이 잘린 채 쓰러져 있는 사람도 있었다. 강둑에는 깨진 유리와 피에 흠뻑 젖은 옷가지, 슬리퍼, 팔찌, 혁대 등이 어지럽게 널려 있었다. 녹슨 철로 지은 차 가판대는 잔뜩 우그러진 고철 덩어리가 되어버렸다. 얼굴에 피를 뒤집어쓴 사람들이 뛰어다니며 가족과 친지의 이름을 불러댔다. 여기저기에서 불길이 치솟았다.

순간적인 공습에 에케티도 놀랄 수밖에 없었다. 모든 게 한순간이었다. 멜라 축제는 완전한 아수라장이었다. 이미 강 부근에 작은 피난 행렬이 만들어졌다. 순례자들이 빠져나가기 위해 서로를 밀고 짓밟는 통에 소란은 더욱더 커져가기만 했다. 사방에서 경찰차의 사이렌이 들려왔다. 에케티도 얼른 붉은 티셔츠와 카키색 반바지를 입고 무리에 섞여 출구를 향해 달려갔다. 일단 안전한 대로로 빠져나오자 길가에 서 있는 릭샤를 불렀다.

"어디든 기차역으로 가요."

알라하바드 기차역은 마을 반대쪽에서 벌어진 학살 현장과는 완전히 다른 세계였다. 기차들이 떠나고 도착했으며 승객들도 오

---

* '시바 신의 밤'이라는 뜻으로 시바 신을 찬양하는 축제.

르내렸다. 짐꾼들도 여느 때처럼 이리 밀치고 저리 밀치며 분주하기만 했다.

에케티는 식수대에 기대서서 어느 기차를 탈지 고민했다. 인도의 도시에 대해선 아는 게 없었다. 돈도 없었다. 그때 그의 눈에 깡마른 남자가 들어왔다. 짧은 흑발에 깨끗하게 면도한 얼굴. 그는 조금 떨어진 벤치에 앉아 담배를 피우고 있었다. 다리 사이엔 회색 가방이 놓여 있었다. 바로 아쇼크 라즈푸트였다!

에케티는 달아날 수도 있었지만 그 대신 관리에게 가서 합장을 했다.

"안녕하세요, 아쇼크 님." 아쇼크는 그를 보더니 숨이 넘어갈 것 같은 표정부터 지었다.

"넌!" 그가 외쳤다.

"에케티가 어리석게도 아쇼크 님을 떠났습니다. 제발 고향으로 돌려보내주세요. 이젠 하루도 이곳에 더 있고 싶지 않습니다." 에케티는 정말로 회개한 태도였다.

아쇼크의 충격은 빠른 속도로 가라앉았고 이내 과거의 오만한 관리의 표정이 돌아왔다. 그가 담배를 집어던졌다.

"이 깜둥이 돼지 새끼. 지난 넉 달 동안 네놈을 찾아다녔다. 그런데 느닷없이 나타나 고향으로 돌려보내달라고? 망할 놈, 내가 여행사 직원이라도 되는 줄 아나?"

에케티가 땅바닥에 무릎을 꿇었다.

"에케티가 용서를 구합니다. 이제 아쇼크 님의 말은 뭐든 따르겠습니다. 그저 가우볼란베로 보내만 주십시오."

"그럼 명령에 무조건 복종하겠다는 맹세부터 해."

"에케티가 영혼의 피로써 맹세합니다."

그 말에 아쇼크의 기분도 풀어졌다.

"좋다. 널 소안다만제도로 데려가주지. 하지만 당장은 아냐. 아직 끝내지 못한 일이 있으니까. 그때까지 넌 내 하인 노릇을 해야 한다. 알겠느냐?"

에케티가 고개를 끄덕였다.

"알라하바드엔 무슨 일로 온 거냐?" 아쇼크가 물었다.

"그냥요. 그냥 시간을 때우는 중이었어요." 에케티가 대답했다.

"마그 멜라에 온 거야?"

"네. 지금 거기서 오는 길이에요."

"살아 있는 게 다행이군. 그곳에 테러리스트의 공격이 있었다. 끔찍했어. 폭탄 테러에 최소 서른 명이 희생되었다더라."

"아쇼크 님도 거기 계셨어요?"

"그래. 너보다 네 부족 걱정을 많이 하는 내가 아니냐? 신성한 돌을 찾기 위해 마그 멜라에 갔던 거다."

"찾았습니까?"

"아니. 폭탄 테러 와중에 도둑이 스와미 하리다스의 천막에서 훔쳐갔다."

"그럼 영원히 잃어버린 건가요?"

"그건 모른다. 도둑이 누군가에게 팔려고 하면 다시 수면 위로 떠오를지도 모르지."

"그럼 이제 어디로 가실 겁니까?"

"내 고향 자이살메르. 이제 너도 함께 가야 한다."

다음 날 아침, 기차가 자이살메르에 도착했다. 기차역은 마치 수산물 시장 같았다. 호텔 이름을 외쳐대는 릭샤 기사와 택시 운전사, 온갖 여관의 광고판을 높이 쳐든 호객꾼, 싼 가격에 공짜 지프 택시까지 내건 낙타 사파리 호객꾼. 거기에 곤봉으로 그들을 몰아내려 애쓰는 경찰까지 정신이 하나도 없었다.

아쇼크는 이글거리는 햇살에 얼굴을 찌푸리며 손수건으로 연신 이마의 땀을 닦아냈다. 2월의 마지막 주임에도 대기의 열기가 마른번개처럼 빠직거렸다.

아쇼크는 자이살메르의 사람을 모두 아는 것 같았다. "안녕하세요, 세카와트." 그는 기차역장한테도 인사했고, "오랜만이야, 자구" 하며 모퉁이 카페 주인한테도 인사했다. 카페 주인은 그를 따뜻하게 포옹하고 차가운 음료까지 제공했다.

"여기가 내 고향이다. 허튼짓을 했다간 당장 나한테 들통나니까 까불지 말고."

에케티가 고개를 끄덕였다.

"에케티가 영혼의 피로 맹세한 이상 약속을 지킵니다. 약속을 어기는 옹게는 옹코보크웨의 저주를 받는걸요. 그럼 죽어 망령이 되어 영원히 땅속에서 살아야 해요."

"그래, 당연히 그런 운명은 바라지 않겠지?" 아쇼크가 만족해하며 말했다. 두 사람은 고물 오토릭샤에 올라탔고, 릭샤는 엄청난 소음을 토해내며 마을의 좁은 거리를 휘저었다. 에케티는 점점이 흩어진 짐늘을 보았다. 소 몇 마리가 길가에 앉아 있고 머리에 물동이를 지고 가는 아낙네도 보았다. 그때 갑자기 그가 외쳤다.

"저것 보세요!"

옹코보크웨의 저주 443

"무슨 일이냐?" 아쇼크가 물었다. 갑작스런 방해에 언짢은 표정이었다.

"저기요." 에케티가 앞쪽을 가리켰다. 낙타 세 마리가 길을 따라 터벅터벅 내려오고 있었다.

"낙타를 처음 본 모양이구나. 하지만 저건 아주 온순한 짐승이다." 아쇼크가 웃으며 운전사에게 계속 가라고 지시했다.

몇 분 후 그들은 저잣거리에 들어섰다. 화려한 붉은색과 오렌지색 베일을 뒤집어쓴 라자스탄 여인들이 팔찌를 주렁주렁 매달고 옷 가게와 과일 가게 주변에 몰려 있었다. 다양한 색상의 터번을 쓴 사내들이 멋진 팔자 모양의 콧수염을 뽐내고 있었다.

그때 열기와 먼지 사이로 거대한 사암 요새가 아득한 신기루처럼 눈앞을 가로막았다. 거대한 성벽과 정교한 조각의 신전 탑, 그리고 수많은 보루가 꿀색 햇볕에 물든 광경이 마치 중세의 판타지에서 불쑥 튀어나온 것만 같았다.

"저게 뭐죠?" 그가 놀란 목소리로 아쇼크에게 물었다.

"자이살메르 요새다. 우린 그 안으로 들어갈 거야."

오토릭샤는 낑낑거리며 황금 요새가 서 있는 트리쿠타 언덕을 기어올랐다. 요새가 가까워올수록 에케티는 보루들이 실제로는 작은 탑이고 높은 포탑으로 둘러싸인 채 두꺼운 성벽과 연결되어 있다는 사실을 깨달았다.

그들은 거대한 정문을 지나 자갈이 깔린 요새 안뜰로 들어갔다. 안에는 수많은 샛들이 사방으로 뻗어 있었고 수많은 가판대에서 다채로운 누비 옷감과 돌조각, 애완동물을 팔고 있었다. 터번을 쓴 거리 악사들이 사랑기*와 만지라**를 연주하며 지나가는 외국인

관광객의 눈길을 끌었다. 사진을 찍는 사람도 보였다.

오토릭샤가 더 깊숙이 들어갈수록 요새는 도시 속의 도시가 되어 대형 저택이 심심치 않게 눈에 띄었다. 게시판, 깃발, 전선이 고대 저택들의 모습을 망가뜨렸지만 외관의 정교한 조각은 돌에 새겨진 시라고 할 만했다. 뱀처럼 은밀한 굽잇길도 살아 숨 쉬는 듯했다. 모퉁이의 작은 가게들은 비누에서 못까지 팔지 않는 게 없었고 길가의 과일상들도 사과와 오렌지를 산더미같이 쌓아놓고 있었다. 콧수염의 재단사들은 염소 울음소리에 맞춰 힘차게 재봉틀을 밟았다. 노변 레스토랑의 음악 소리가 근처에 있는 자이나교 사원의 염불 소리와 화음을 이루었다. 다 부서져가는 지붕 위에선 아이들이 연을 날렸고, 도로 한가운데에선 소들이 느긋하게 되새김질을 하고 있었다.

죽 늘어서 있는 페인트칠한 토담집을 지나친 다음부터는 아쇼크가 운전사에게 집까지 가는 길을 일러주었다. 대못으로 단단히 박은 조각된 나무 대문에 격자창까지 달린 낡은 2층집이었다. 문은 열려 있었다. 두 사람은 안마당으로 들어섰다.

쿠르타를 입은 깡마른 아이가 베란다에서 나오다가 "삼촌!" 하며 아쇼크에게 달려들었다. 아쇼크는 자상한 태도로 아이를 끌어안았는데 에케티에게는 낯선 모습이었다.

"라훌, 진짜 많이 컸구나!" 아쇼크가 외쳤다.

"삼촌, 벌써 오 년이나 지났잖아요!" 아이가 대답했다.

---

* 북인도의 대표적인 현악기.
** 손가락에 끼는 소형 심벌즈.

"엄마는 집에 계셔?" 아쇼크가 물었다.

"네, 부엌에 있어요. 불러올게요."

"아니다. 내가 놀래주는 게 낫겠다." 아쇼크가 말렸다.

"이 사람은 누구예요?" 아이가 에케티를 가리켰다.

"섬에서 데려온 하인이다. 당분간 내 일을 도와줄 거야."

"잘됐다! 마지막 하인 랄리트가 지난주에 달아났거든요. 그런데 왜 이렇게 새까매요?"

"내가 보낸 사진 못 봤니? 안다만제도의 원주민은 다 그래. 하지만 훌륭한 일꾼이야. 네가 뒤뜰에 있는 하인 숙소로 안내해주련?" 아쇼크가 말하곤 베란다 쪽으로 달려갔다.

열세 살 정도 된 아이가 에케티를 의뭉스런 눈초리로 노려보았다. "너, 식인종이지?"

"식인종이 뭔데?" 에케티가 되물었다.

"사람을 잡아먹는 사람 말이야. 삼촌 말로는 안다만 섬들엔 식인종이 들끓는다던데?"

"자라와 부족만 그래. 나도 그 사람들을 보진 못했어."

"그랬더라면 오늘 여기 서 있지도 못했겠지. 내 이름은 라훌이야. 따라와." 아이가 웃으며 말했다.

아이는 에케티를 데리고 대문을 지나 집과 나란히 이어진 옆길을 따라갔다. 조끼와 반바지 차림의 한 10대 소년이 커다란 셰퍼드를 데리고 길 위에 서 있었다. 개가 으르렁대기 시작했다.

"이봐, 라훌, 그 깜둥이는 누구냐?" 소년이 개줄을 바짝 당기며 외쳤다.

"응, 새로 온 하인이야." 라훌이 대답했다.

"어디서 데려왔냐? 아프리카?"

라훌은 대답하지 않았다.

"야만인! 합시*!" 소년은 에케티를 조롱하며 지나갔다. 개가 개 줄을 끊겠다고 버둥거렸다.

"비투 형 말은 신경 쓰지 마. 늘 사람들을 놀리니까." 라훌이 약간은 미안해하는 말투로 말했다.

하인 숙소는 집 뒤쪽에 있었다. 창문은 없고, 스프링 침대와 싸구려 담요만 달랑 놓인 어둡고 습한 방 두 개와 그 사이에 놓인 공동 화장실 하나가 전부였다. 아쇼크의 집은 요새의 아흔아홉 개 보루 중 하나와 아주 가까웠다. 하인 숙소 바로 뒤에 사암 난간이 있었는데, 거기에 소 한 마리가 묶여 있었다. 놈은 햇빛을 받으며 되새김질을 하거나 이따금 꼬리를 흔들어 파리 떼를 쫓았다. 에케티는 난간 밖으로 상체를 내밀어 요새의 성벽과 그 아래 가파른 암벽을 내려다보았다. 멀리 자이살메르 시가 갈색과 회색으로 짠 태피스트리처럼 펼쳐져 있었다. 이렇게 높은 곳에서 보니 평평한 지붕의 사각형 집들이 아무렇게나 뿌려놓은 성냥갑처럼 보였다. 지평선 근처로 타르 사막의 사구까지 보였는데 마치 꽁꽁 얼어붙은 파도 같았다. 그는 바람 냄새를 맡아보았다. 놀랍게도 모래 바다 근처에선 물의 흔적이 전혀 느껴지지 않았다.

갑자기 등 뒤에서 사나운 개 소리가 들려 돌아보니 셰퍼드가 잔뜩 이빨을 드러낸 채 날뛰고 있었다.

---

*인도의 이슬람계 아프리카인을 경멸적으로 부르는 별명.

"형! 뭐 하는 거야?" 라훌의 비명 소리도 들려왔다.

하지만 에케티는 겁먹은 기색 하나 없이 맹견의 등에 부드럽게 손을 얹었다. 개는 완전히 기가 죽어 낑낑 낮은 신음까지 내뱉으며 그의 손을 핥기 시작했다.

"어떻게 한 거야?" 라훌이 놀라서 물었다.

"동물은 우리 친구다. 우리가 두려워해야 할 건 이네네야." 에케티가 대답했다.

"이네네가 누군데?"

"네 친구 같은 사람." 그는 비투를 향해 고갯짓을 해보였다.

그때 무거운 굉음이 대기를 꿰뚫고 지축을 흔들었다. 고개를 들어보니 제트기 두 대가 하늘을 가로지르다 왼쪽으로 선회하더니 이내 구름 속으로 사라졌다.

"비행기다!" 에케티가 흥분해서 외쳤다.

"저건 비행기가 아니라 전투기야. 자이살메르에 커다란 공군기지가 있거든. 저 미그-21기는 매일 지나다니는데 폭탄도 실려 있대." 라훌이 친절하게 가르쳐주었다.

"알라하바드에서 폭탄 봤다. 서른 명이나 죽었어."

"겨우 서른 명? 저 전투기 폭탄은 한 방에 삼천 명도 죽이는데." 라훌이 비웃었다.

다른 전투기가 굉음을 내며 지나갔다.

"우리한테 폭탄을 떨어뜨리는 건가?" 에케티가 걱정스러운 표정으로 물었다.

라훌이 큰 소리로 웃었다. "당근 아니지. 따라와. 엄마가 기다려."

거실은 사각형의 작은 방으로 조각과 장식이 화려한 소파와 방석이 놓인 의자, 그리고 낮은 스툴 등 셰카와티*의 고가구들로 어지럽기 짝이 없었다. 바닥에 깔린 카펫에서는 케케묵은 곰팡내가 풍겼다. 벽난로 위엔 오래된 호피가 걸려 있었는데, 유리 눈이 박혀 있었고 벌어진 턱 밖으로 늘어진 혀와 이빨도 모두 가짜였다. 벽은 당당한 체구의 키 큰 남자 사진으로 도배되어 있었다. 주걱턱에, 양쪽 끝이 말려 올라간 짙은 콧수염이 인상적인 사내였다. 방은 마치 그의 사당처럼 보였다. 사내의 자세는 다양했으나 대부분 두 손에 기다란 라이플을 들고 있었다.

"누구지?" 에케티가 물었다.

"우리 아빠. 세상에서 제일 용감한 분이야. 벽에 걸린 호랑이가 죽 보여? 아빠가 맨손으로 죽인 거랬어."

"나도 맨손으로 멧돼지를 죽여봤다. 아빠는 지금 어디 있지?"

"하늘나라에."

"오, 어떻게 돌아가셨는데?"

라훌이 미처 대답하기 전에 그의 엄마가 아쇼크와 함께 방으로 들어왔다. 굴라보는 30대 초반의 매력적인 여성이었다. 계란형 얼굴, 우뚝 솟은 매부리코, 검은 눈, 짙은 눈썹과 얇은 입술. 입은 완고해 보였으나 검은 눈에선 짙은 슬픔이 배어나왔다.

굴라보는 붉은색 주름치마와 등이 팬 풍성한 흰색 블라우스를 입었고 오렌지색 베일을 썼다. 목과 팔목엔 장신구가 하나도 없었다. 늦은 오후의 햇살이 창문을 뚫고 들어와 회벽에 빛과 그림자의

---

* 라자스탄 북단에 위치한 유적지.

향연이 벌어졌다. 빛에 굴라보의 각진 얼굴이 강조되면서 더욱 엄격하고 오만한 느낌을 주었다. 결코 녹록하게 볼 여인이 아니었다.

그녀는 소파에 앉아 원주민을 훑어보았다.

"탸로 나암 카인 헤이?"

"힌두어로 하셔야 해요, 형수님. 네 이름을 말씀드려라."

"자르칸드의 지바 코르와입니다." 에케티가 앵무새처럼 읊었다.

"안다만제도에서 왔다고 들었는데?" 굴라보가 눈썹을 찡그렸다.

"맞습니다. 하지만 아무도 그 사실을 몰라야 하거든요. 그래서 가짜 이름을 쓰는 거예요."

"그래, 할 수 있는 일이 뭐지?" 굴라보가 에케티에게 물었다.

"뭐든 시키는 대로 할 겁니다, 형수님." 아쇼크가 다시 끼어들었으나 그녀가 그의 말을 끊었다.

"도련님한테 묻지 않았어요. 저애한테 물었지."

"뭐든 시키는 대로." 에케티가 대답했다.

그녀는 엄격한 목소리로 그가 할 일을 정해주고는 그의 반바지와 티셔츠를 가리켰다.

"그런 우스꽝스런 옷으로 뭘 하겠다는 거냐? 내일부터는 터번을 쓰고 제대로 된 옷을 입거라. 그럼 최소한 라자스탄 사람처럼 보일 수 있을 테니."

에케티의 새옷은 단추를 목까지 채운 하얀 셔츠와, 발목으로 갈수록 품이 좁아지는 바지, 그리고 오렌지색이 점점이 박힌 빨간색 기성품 터번이었다. 그는 거울 앞에 서서 얼굴을 찡그렸다.

그는 빗자루를 집어 들며 고향 생각을 했다. 예전엔 복지관 사람들이 강제로 떠맡긴 허드렛일을 끔찍이도 싫어했다. 하지만 공사장의 경험은 그를 완전히 개조해 지금은 게으름을 허락하지 않는 일꾼이 되었다. 그는 하루 종일 저택에서 마루를 닦고 설거지를 하고 옷을 다리고 침대를 정리했다. 5시쯤 모든 일이 끝나면 라훌과 함께 거실에 앉아 TV를 보았다. 라훌은 유혈이 낭자한 영화를 좋아했지만 에케티는 끔찍하기만 했다. 드물게 TV를 독점할 기회가 생기면 에케티는 끝없이 채널을 돌려댔다. 두르다르샨과 HBO, 디스커버리와 내셔널 지오그래픽 채널을 넘나들며 머나먼 세계의 영상을 보는 게 좋았다. 스위스의 만년설봉과 아프리카의 야생을 보았고, 베니스의 곤돌라와 이집트의 피라미드도 보았다. 하지만 끝내 그렇게도 원하던 화면은 나오지 않았다. 고향.

아쇼크의 가족은 채식을 했고 굴라보는 훌륭한 요리사였다. 그녀의 요리에서 라자스탄 특유의 알싸한 맛이 났다. 멧돼지와 생선 맛이 그립긴 했지만 에케티도 조금씩 달, 바티, 추르마*의 전통적인 맛에 길들여졌다. 굴라보는 미시 로티 빵**에 버터의 풍부한 향을 더했으며, 식사 때마다 버터 우유를 한 잔 가득 따라주었다. 그는 그녀의 디저트를 특히 좋아하게 되었다.

저택의 삶은 패턴이 정해져 있었다. 라훌은 학교에서 한나절을 보냈고 아쇼크는 굴라보와 함께 집 안에서 대부분의 시간을 보냈다. 에케티는 매일 저녁 성벽 옆에 앉아 난간에 한 팔을 기댄 채

---

* 가장 유명한 라자스탄 요리. 달은 콩 수프, 바티는 공 모양의 밀빵, 추르마는 달콤한 시리얼이나.
** 발효하지 않은 납작한 빵. 조와 콩가루로 만든다.

짙어지는 어둠을 바라보고, 산들바람이 요새의 총 안을 지나며 속삭이는 소리에 귀를 기울였다. 아쇼크가 집으로 데려갈 때를 기다리며.

3월 초 어느 따뜻한 날, 라훌이 학교에 가 있는 나른한 오후에 에케티는 굴라보의 방 바깥 복도를 닦고 있었다. 방 안에서 굴라보와 아쇼크의 대화가 들려왔다.

"저애처럼 성실한 하인은 처음이에요. 너무 맘에 들어요. 저애를 계속 데리고 있으면 좋겠는데."

"저놈은 섬에 돌아가고 싶어해요."

"하지만 도련님도 일을 그만둔다고 했잖아요."

"네. 더이상 필요없으니까요. 돈을 많이 벌 기회가 있어요."

"어떻게?"

"비밀입니다."

"저애 얘기 좀 더 해봐요."

"저놈 말고 우리 얘기 해요. 알잖아요, 굴라보, 당신을 사랑하는 마음."

"알아요."

"그럼 왜 결혼해주지 않는 거죠?"

"먼저 남자라는 걸 증명해봐요. 형은 맨손으로 식인 호랑이를 죽였지만 도련님은 뭘 했죠?"

"사랑만으로는 충분하지 않은 겁니까?"

"라즈푸트 가문의 여인에겐 명예가 사랑보다 훨씬 중요해요."

"너무 매정한 얘기군요."

"겁쟁이처럼 굴지 말아요."

"그게 마지막 답변인가요?"

"네, 그래요." 아쇼크는 잠시 후 어두운 표정으로 방에서 나와 밖으로 나가더니 저녁 늦게야 돌아왔다.

"곧 섬으로 돌아가게 될 거다. 잉게타이가 어디 있는지 알아냈다." 그가 에케티에게 말했다.

"어디죠?"

"지금 델리에 있어. 비키 라이라는 사업가한테. 짐을 싸라. 내일 떠날 테니까."

두 사람은 3월 10일 아침 일찍 뉴델리 역에 도착해 곧바로 메라울리 행 시내버스에 올라탔다.

버스가 수도의 풍경을 지나치는 동안 아쇼크는 에케티를 위해 짤막한 설명을 해주었다. 하지만 에케티는 뉴델리에 전혀 흥미를 느끼지 못했다. 빅토리아 풍이 코너트 광장, 인디아 게이트의 위용, 라이시나 언덕 꼭대기에 우뚝 솟은 장엄한 대통령궁에도 시큰둥했다. 에케티에게 이 넓디넓은 대도시는 유리와 콘크리트로 만든 영혼 없는 정글에 불과했다. 이제는 너무도 익숙해진 자동차의 포효와 불협화음으로 가득한 지옥이었다. 그의 소원은 오직 섬으로 돌아가는 것뿐이었다.

그들은 메라울리의 볼레나트 사원 앞에서 내렸다.

"우린 여기에서 묵을 거다. 사원 운영위원 중 한 분인 싱가니아 씨의 배려 덕분이다. 돈이 아주 많은 사업가지."

에케티도 사원마을 맘에 들었다. 시쇼그의 빙은 너욱너 인상석이었다. 넓은 귀빈용 스위트룸으로 대리석 바닥에 가구도 고급이

옹코보크웨의 저주 453

었으며, 화장실 부속도 모두 도금되어 있었다. 에케티는 그런 사치를 누릴 수 없었다. 청소부 숙소 옆에 붙은 빈 헛간으로 쫓겨난 것이다. 침대조차 없는 휑한 곳으로.

에케티가 캔버스 가방을 바닥에 내려놓는데 열린 문틈으로 음식 냄새가 흘러 들어왔다. 아침 식사를 준비하는 모양이었다.

헛간에서 나오니 곧바로 정원이었다. 사원은 이제 막 기지개를 펴고 있었지만 지성소엔 벌써 상당수의 신도가 와 있었다. 그때 아름다운 나무 아래 벤치에 한 소녀가 앉아 있는 것이 보였다. 등을 돌리고 있는데도 그녀는 그의 존재를 눈치 채곤 자리에서 일어나려 했다.

"아니, 가지 말아요." 그가 황급히 말했다.

그녀가 다시 앉더니 오른손으로 얼굴을 가렸다. 누에고치 같은 얼굴을 가린 손가락 사이로 검은 눈만 보였다.

"왜 얼굴을 가리고 있죠?"

"난 사람들하고 잘 어울리지 못해요."

그가 그녀의 옆에 앉았다.

"나도 마찬가지인걸요."

두 사람 사이에 한참 동안 서먹한 침묵이 흘렀다. 마침내 소녀가 먼저 입을 열었다.

"왜 자리를 피하지 않는 거죠? 다른 사람들은 늘 그러는데."

"왜 피해야 하는데요?"

"난 이렇게 생겼으니까요." 그녀가 갑자기 그를 돌아보더니 얼굴에서 손을 뗐다.

그녀의 두 뺨은 마맛자국으로 가득했고 얼굴 아랫부분은 언청이 입으로 뒤틀려 있었다. 그는 즉시 모든 상황을 이해했다. 그녀는 자신의 못생긴 얼굴로 그를 놀래주어 몰아내려 하는 것이었다.

"그래서요?" 그가 웃었다.

"이상한 사람이군요. 이름이 뭐죠?" 그녀가 물었다.

"사람들이 나를 부르는 이름은 많아요. 깜둥이, 식인종, 멍청이."

"왜요?"

"그들과 다르기 때문이죠."

"그렇군요." 그녀가 그렇게 말하곤 또다시 입을 닫았다. 햇살이 파파야나무 울타리의 무성한 이파리를 뚫고 들어와 정원에 얼룩무늬를 잔뜩 그려놓았다. 예쁜 오렌지색 새 한 마리가 푸드득거리며 정원에 내려앉았다. 그때 에케티가 목에서 깊은 소리를 만들어내자 새가 그가 내민 손 위로 뛰어올랐다. 그는 소녀의 무릎 위에 가만히 새를 내려놓았다.

"마술이에요?" 소녀가 물었다.

"아뇨. 새는 우리 친구예요."

"어디에서 왔죠?" 소녀가 새를 놓아주며 물었다.

"난 자르칸드의 지바 코르와입니다."

"자르칸드? 그건 새로 생긴 주 아닌가요? 아주 먼 곳이라던데."

"사실은 훨씬 더 먼 곳에서 왔지만 얘기하자면 길어요. 당신 이름은 뭐죠?"

"참피." 그녀가 대답했다.

"참피. 멋진 이름이군요. 무슨 뜻입니까?"

"잘 몰라요. 그냥 이름이니까."

"그럼 이름을 칠로메라고 바꾸지그래요?"

"왜요?"

"우리말로 칠로메는 '달'을 뜻해요. 당신은 달처럼 아름다우니까요."

"이런, 그만해요." 참피가 얼굴을 붉혔다. 한참 후 그녀가 다시 입을 열었다. "그거 알아요? 당신은 일 년 만에 처음으로 내게 얘기를 걸어온 이방인이에요."

"당신은 섬을 떠난 후로 내가 처음 얘기를 걸어본 여자예요."

"섬? 무슨 섬?"

"앗, 실수!" 에케티가 자기 머리를 때렸다. 그때 바깥채에서 날카로운 목소리가 들려왔다.

"얘야, 참피, 아침 다 됐다!"

"엄마가 불러요." 참피가 자리에서 일어났다. 그녀는 오른팔을 내민 채, 수없이 왔다갔다하며 머릿속에 새긴 길을 따라 걷기 시작했다. 그제야 에케티는 소녀가 장님이라는 걸 알았다.

아쇼크는 점심 식사 후 에케티를 데리고 비키 라이의 농장으로 출발했다. 도중에 산제이 간디 슬럼을 지났다. 좁고 어두운 미로 같은 골목에, 너덜거리는 대나무와 삼베를 엮어 만든 누추한 오두막이 빼곡히 들어차 있었다. 지붕들도 흉물스럽기는 마찬가지였다. 방수포, 비닐, 금속조각, 낡은 천 등 집주인들은 손에 닿는 대로 재료를 구해다 지붕을 덮고 바람에 날리지 않도록 여기저기 바윗돌로 눌러놓았다. 파탄* 차림의 사내들이 공터에 모여 게으름을

---

* 아프가니스탄 전통 의상. 무릎까지 오는 긴 셔츠로 헐렁한 바지 위에 입는다.

부리는 동안, 여자들은 공중수도에서 물동이를 길어 나르거나 야채를 다졌다. 벌거벗은 아이들은 먼지를 뒤집어쓴 채 개들하고 뛰어놀았다. 오물과 짐승의 배설물이 낙엽처럼 거리를 뒤덮고 나무와 배설물을 태우는 연기가 진동했다.

에케티가 아쇼크의 소매를 잡아당겼다. "사람들이 정말 이 헛간에서 사나요?"

아쇼크가 의아하다는 듯 그를 바라보았다. "당연하지. 빈민굴 처음 보냐?"

에케티가 천천히 고개를 끄덕였다.

"섬에선 새들이 지은 둥지도 이것보단 나아요."

슬럼 바로 맞은편에 넘비 6이 서 있었다. 웅장한 철문으로 가려진 3층짜리 대리석 저택은 이웃 사람들을 업신여기며 내려다보는 듯했다. 저택 뒤로 쿠투브 사원의 첨탑이 삐죽 솟아 있었다. 1킬로미터도 채 안 되는 거리였다.

아쇼크와 에케티는 농장을 좀더 자세히 조사하기 위해 길을 건넜다. 녹이 슨 듯한 장벽은 5미터 높이에 가시철망까지 둘려 있었다.

"이 집에 어떻게 들어가죠? 에케티도 이 벽은 못 넘을 거예요." 에케티가 걱정스럽게 물었다.

"걱정 마라. 들어갈 수 있으니까." 아쇼크가 큰소리를 쳤다. 정문에는 경찰복 차림의 경비병이 여섯이나 지키고 있었다. 그들은 지원용 출입구 쪽으로 향했다. 그곳엔 경비가 보이지 않았다. 아쇼크가 문을 흔들어보았지만 안쪽에서 단단히 잠겨 있었다. 가시철망 장벽은 5백 미터나 이어져 있었고, 개구멍이나 틈새 같은 건 전혀 없었다. 뒷벽을 돌고 있을 때 아쇼크가 뭔가를 봤는지 그 자리에 우뚝 멈춰 섰다. 시멘트벽 안쪽에 작은 갈색 철문이 숨겨져 있었던 것이다. 비상문인 듯했다. 페인트가 벗겨지고 가장자리가 잔뜩 녹슨 걸 보면 지금은 사용하지 않는 게 분명했다. 아쇼크가 녹슨 손잡이를 흔들어보았으나 열리지 않았다. 아니, 거의 움직이지 않는 것으로 보아 자물통으로 걸어놓았을 뿐 아니라 안쪽에 널빤지 같은 것까지 덧댄 모양이었다. 그는 뒤로 물러나 주변을 살폈다. 뒤쪽은 유칼리나무와 아카시아로 빽빽한 숲이었다. 넘버 6의 뒷마당은 온통 가시나무 숲이라 사람이 숨는 건 고사하고 안으로 들어갈 수조차 없어 보였다. 마침내 그가 한숨을 내뱉었다. "이 문을 열고 들어갈 수만 있다면 좋으련만."

"에케티가 벽을 넘어 문을 열 수 있어요."

"어떻게 벽을 넘는다는 거냐?"

"이걸 쓰면 돼요." 에케티가 키 큰 유칼리나무를 두드려 보였다.

"하지만 나뭇가지가 벽 너머로 이어진 것도 아닌데 어떻게?"

"보여줄게요." 에케티는 유칼리나무의 줄기를 타고 오르기 시작했다. 몇 초 후 꼭대기에 오른 그는, 튼튼한 가지 하나를 잡더니 자기 몸무게를 이용해 활처럼 팽팽해질 때까지 잡아당겼다. 그러더니 두 발로 나무줄기를 걷어차고는, 벽 바깥으로 삐져나온 자문나무 가지를 향해 인간 화살처럼 날아갔다. 아쇼크가 너무 놀라 입을 다물지 못하고 지켜보는 가운데, 에케티는 허공을 날아 자문나무 꼭대기에 안착했다. 그곳에서 마당까지는 아이들 장난에 불과했다. 잠시 후 녹슨 문이 삐걱 열렸다.

"이런 미친놈 같으니." 아쇼크가 문으로 들어가며 고개를 저었다. 에케티가 씩 웃었다. 온몸에 수없이 난 상처 따위는 신경 쓰지도 않았다.

넘버 6 안으로 몇 발짝 떼면서 아쇼크는 은근한 황홀경에 빠졌다. 델리에 도착한 지 몇 시간 만에 농장 안에 들어와 있다는 사실이 믿기지 않았다. 물 흐르는 소리와 잔디 깎는 기계의 부드러운 기계음이 들려왔다. 부지런히 잔디를 깎는 정원사가 눈에 들어왔다. 겨우 몇 미터 앞이었다. 그는 황급히 나무 뒤로 숨으려다, 문득 누구도 이 짙고 어두운 숲 속을 들여다보지 못한다는 사실을 깨달았다. 반면 그가 서 있는 곳에서는 저택의 전체 구조가 훤히 보였다. 정원사가 멀리 가버린 후 그는 에케티한테 주요 지점들을 가리켜 보였다. 저 멀리 3층 저택, 올림픽 경기상만 한 수영장, 망루, 잔디밭 오른쪽 귀퉁이에 세워진 작은 사당.

"잉게타이는 분명 저 안에 있을 거야." 그가 에케티한테 말했다.

"그럼 가서 가져와요."

"지난 오 개월 동안 뭘 배운 거냐? 저 정원사 안 보여? 이 집엔 저런 하인과 경비가 스무 명도 넘을 거다. 잡히는 건 시간문제야."

"그럼 밤에 하죠. 어두울 때."

아쇼크는 잔디밭에 일정한 간격으로 세워진 키 큰 전봇대를 가리켰다. "밤에는 저 조명들이 여기 전체를 대낮처럼 밝힐 거다."

"그럼 어떻게 하면 되죠?"

"인내심을 가져. 뭔가 방법이 있을 테니까."

두 사람은 숲을 탐색하면서 다시 15분을 보냈다. 숲의 북동쪽 맨 끝에 인공 폭포가 있었는데, 물은 커다란 옥석들을 따라 떨어져 자갈길 옆으로 이어진 길고 좁은 수로를 흘러갔다. 자갈길은 두 채의 차고와 정문으로 이어졌다. 아쇼크는 까치발로 차고에 다가가 주변을 정찰하고 다시 에케티한테 돌아왔다.

"계획이 있다. 하지만 네가 저 차고의 위치를 기억해야 해." 그는 잔뜩 흥분해 있었다.

두 사람은 뒷문을 통해 나가서 사원으로 돌아왔다.

에케티가 돌아왔을 때 참피는 뒷마당 벤치에 앉아 있었다. 그는 자석에 끌리기라도 한 듯 그녀에게 다가갔다. 그가 옆에 앉자 참피가 미소를 지었다.

"다시 왔군요."

"늘 여기에 앉아요?" 그가 물었다.

"좋아하는 곳이에요. 조용하잖아요. 사람들은 다들 앞마당만 찾으니까."

"앞을 못 보는 줄 몰랐어요. 다른 사람들 눈하고 똑같아서. 어떻게 된 거죠?"

"태어날 때부터 이랬어요."

"대화하는 사람 얼굴을 보지 못하니 힘들겠어요."

"이젠 어둠에 익숙해진걸요, 뭐."

"어쩌면 노카이 님께서 치료할 수 있을지도 몰라요."

"노카이가 누구죠?"

"우리 마을 주술사예요."

"정말 내 눈을 뜨게 해줄까요?"

"죽은 사람을 살리는 것 말고는 뭐든 다 해요."

"그럼 날 그분께 데려다줄래요? 자르칸드로요."

"사실 그분은 자르칸드에 안 계세요. 섬에 사시거든요."

"섬 얘기를 계속하는데 거기가 어디죠?"

에케티가 목소리를 잔뜩 낮추었다. "비밀을 지키겠다고 약속하면 얘기해줄게요."

"알라 신께 맹세해요." 참피가 자기 목을 꼬집었다.

"사실 난 자르칸드의 지바 코르와가 아니라 가우볼람베의 에케티 옹게예요." 그는 정말로 대단한 비밀이라도 누설하는 사람 같았다.

"그게 어딘데요?"

"소안다만제도."

"그건 또 어디죠?"

"바다 한가운데에 있어요. 큰 배를 타고 가는 곳이죠."

"그럼 여긴 왜 온 거예요?"

"섬에서 사라진 신성한 돌을 찾기 위해서요."

"그럼 신성한 돌을 찾은 다음에는요?"

"섬으로 돌아가야죠."

"오!" 참피가 짧게 내뱉곤 입을 다물어버렸다.

"처음엔 이곳에 머물 생각이었죠. 새 삶을 시작하고 결혼도 하고. 하지만 이젠 돌아가고 싶어요. 이곳 사람들은 자기들이 세상의 주인인 것처럼 굴고 날 짐승처럼 대해요."

"나는 그렇게 생각하지 않아요."

"그건 나를 못 봐서 그래요. 난 당신들하고는 달라요. 아주 나드죠. 사람들이 나를 깜둥이라고 부를 때미다 마음속에서 뭔가가 꿈틀거려요. 마치 죄라도 지은 기분이 들고요. 하지만 내 피부색을

옹코보크웨의 저주 461

내가 어쩔 수 있는 것도 아니잖아요?"

"맞아요. 내 얼굴이 어쩔 수 없는 것처럼요. 신의 뜻이니까." 참피는 이렇게 말하고는 오른손을 들었다. 그리고 검지를 그의 얼굴에 대고는 선을 따라 움직이기 시작했다. 경사와 굴곡 모두를 기억하려는 것이었다. "이제 당신이 보여요."

에케티는 그녀의 손길에 전율을 느끼며 그녀의 보이지 않는 두 눈을 들여다보았다.

"이봐요, 당신 결혼했나요?"

"무슨 질문이 그래요? 당연히 안 했죠." 참피가 키득거렸다.

"나도 안 했어요. 나하고 섬에 가지 않을래요?"

"그럼 나한테 뭘 해줄 건데요?"

"물고기를 잡아주고 과일을 따다줄게요. 거긴 당신을 괴롭히는 사람도 없고 일할 필요도 없어요."

"언젠가 당신 섬을 보고 싶군요. 하지만 지금은 안 돼요."

"왜요?"

"가족이 여기 있잖아요. 엄마와 문나 오빠. 그들을 떠날 순 없어요."

"그렇겠네요. 나도 아버지와 어머니가 무척 그리워요."

"하지만 노카이한테 내 얘기는 해줄 거죠?"

"그럴게요. 나하고 함께 갈 수 없다면 노카이 님을 이곳에 보낼게요."

"그건 또 무슨 얘긴데요?"

"노카이는 육신을 벗어나 원하는 곳은 어디든 갈 수 있어요."

"세상에! 이젠 당신 얘기가 TV에 나오는 알라딘 얘기처럼 들려요."

"정말이에요. 풀루가께 맹세해요. 노카이 님한테 그 마법을 배우긴 했는데 아직 해보지는 못했어요."

"정말 못 말릴 사람이네요!" 참피가 웃으며 집으로 돌아갔다.

그날 다시 보지는 못했지만 그녀는 그의 마음속에 남아 있었다. 그의 발걸음을 가볍게 하고 그에게 그리움을 선물한 맑은 영혼. 그날 밤 그는 오두막의 돌바닥에 누워 붉은 점토 한 덩이를 떼어내 돼지 기름과 섞은 다음 손가락으로 벽에 정교한 무늬를 그리기 시작했다. 아쇼크가 봤다면 그것을 알아봤을 것이다. 결혼을 의미하는 무늬를.

나흘 후, 아쇼크 라즈푸트는 응접실을 왔다갔다하며 안절부절못했다. 그는 차 가판대에서 얻어들은 소문 때문에 잔뜩 흥분해 있었다. 비키 리이기 3월 23일에 커다란 파티를 열 계획이라고!? 겨우 일주일 뒤였다. 그래, 이거야말로 하늘이 준 기회야. 이제 에케티에게 전기 배선에 대해 약간의 지식만 주입하면 되었다. 느리지만 분명하게 계획이 무르익어가고 있었다.

그날 정오, 두 남자가 에케티의 오두막으로 쳐들어왔다. 하나는 황갈색 머리에 꾀죄죄한 턱수염을 기른 40대였고 다른 하나는 뻣뻣한 머리에 체격이 보디빌더 같은 좀더 젊은 남자였다. 둘 다 평범한 바지와 셔츠 차림으로 어깨에 똑같은 갈색 황마 가방을 메고 있었다.

"네가 자르칸드에서 왔다는 얘기를 들었다. 정말이냐?" 40대 남자가 에케티한테 물었다.

"네, 난 자르칸드의 지바 코르와입니다." 그가 대답했다.

"안녕, 지바 동무. 난 바불리라고 한다. 이쪽은 우데이 동무다."

에케티가 초조하게 모자를 만지작거렸다.

"지바 동무. 우린 마오쩌둥 혁명센터에서 왔다. 이 나라에서 가장 진보적인 혁명단체지. 들어봤나?"

"아뇨." 에케티가 대답했다.

"자르칸드 출신이 어떻게 우리 단체를 모를 수 있지? 우린 그 지역 최대의 낙살라이트 조직이야. 게다가 자네 같은 사람을 깨우기 위해 싸우고 있는데."

"하지만 난 이미 깨어 있는걸요!"

"하! 어떻게 이걸 깨어 있다고 할 수 있나? 자네 삶은 제국주의 부르주아에 의해 통제되고 있어. 그자들은 자네를 고용해 고혈을 짜내지. 자네 땅을 빼앗고 여인들을 강간하고 있단 말일세. 우리가 그 모든 것을 바꿔놓을 거야."

"그래요. 우린 이 추악하고 공허한 부르주아 사회와 제도를 파괴하고 완전히 새로운 세계를 건설할 겁니다. 새로운 인도를 만드는 거죠. 그러려면 당신의 도움이 필요해요." 다른 남자가 덧붙였다.

"도와요? 어떻게?"

"우리의 무장 혁명에 동참하는 거지."

"그러니까 나한테 일자리를 주겠다는 건가요?"

"지바 동무. 우린 정부 기관이 아니야. 자네한테 일자리가 아니라 삶을 제공하는 거야. 영웅이 될 기회 말이야."

"그럼 뭘 해야 하는 거죠?"

"혁명 전사가 되어 인민의 전쟁에 참여해야지. 자네한테 총도 줄 수 있어."

"총은 싫어요. 사람을 죽이잖아요." 에케티가 고개를 저었다.

"지바 동무, 잘 들어보라고. 우리 투쟁은 자네의 삶을 더 낫게 만들려는 거야. 말해보게. 자네 인생에서 가장 갖고 싶은 게 뭔가?"

"아내."

"아내?" 우데이가 마치 이교도를 보듯 에케티를 노려보았다. "혁명 정신을 고취시키기 위해 왔는데 기껏 생각한다는 게 망할 여편네라는 건가?"

바불리가 그를 말렸다.

"좋아, 좋아. 지바 동무, 자네 욕구를 이해하네. 우리 조직에도 여성 동무가 많이 있지. 모두 젊은 전사일세. 자네한테 배필을 구해주겠네. 이 시점에서 우리가 원하는 건 우리 제안을 생각해보라는 것뿐이야. 이 자료들을 두고 갈 테니 일단 읽어보게. 후에 다른 동무가 자네를 찾아올 걸세. 우데이 동무?" 바불리가 우데이에게 손짓을 했다.

우데이가 가방을 뒤져 에케티한테 두툼한 전단지를 건넸다.

에케티가 종이를 만져보았다. 바라나시에서 얻어온 여행 책자만큼이나 윤이 나는 고급 종이였지만, 이 책자에는 잘린 머리나 사슬에 묶인 사람 같은 끔찍한 이미지뿐이었다.

"이런 사진은 싫어요. 악몽을 꾸게 될 거예요." 그가 몸을 부르르 떨었다.

바불리가 한숨을 내뱉었다. "우리의 대의를 믿는 사람이 아무도

옹코보크웨의 저주 465

없단 말인가? 오늘만 해도 자네까지 우리를 거절한 사람이 열 명이나 되네. 자르칸드 출신이라 적어도 자네만은 우리를 지지할 줄 알았는데."

하지만 우데이는 아직 패배를 인정하지 않았다. "이봐, 검은 친구. 우린 이 일을 쉬운 방법으로도 어려운 방법으로도 처리할 수 있다. 이미 굼라 지구에서 백여 명의 정치인을 살해했으니까. 네놈이 협조하지 않으면 네 마을에 찾아가 가족 모두를 몰살시켜버리겠다. 알아들어?"

에케티가 겁먹은 표정으로 고개를 끄덕였다.

"그러니 잘 생각해라. 두 주 후에 다시 찾아오겠다, 알겠나?"

에케티가 다시 끄덕였다.

"좋아. 충고 한마디만 하지. 다른 사람한테는 우리 얘길 하지 마라." 바불리가 말했다.

"안 그러면 네놈 가족을……" 우데이가 목을 베는 시늉을 해 보였다.

"혁명 만세." 바불리가 V 사인을 했다.

"맙소사!" 에케티는 얼른 문을 닫았다. 이 이상한 방문자에 대해서는 아무한테도 말하지 않을 생각이었다.

에케티는 매일 참피를 만났다. 그는 고향 얘기를 들려주며 그녀를 즐겁게 해주었고, 참피는 덕분에 생전 처음으로 맘 편히 웃을 수 있었다. 하지만 대개 두 사람은 가만히 앉아 무언의 교감을 나누는 쪽이었다. 둘의 우정엔 말이 필요하지 않았다. 침묵 속에서 더욱 단단해졌다.

3월 20일 저녁 아쇼크가 에케티를 방으로 불렀다.

"신성한 돌을 찾을 계획을 세웠다. 잘 들어. 사흘 뒤, 농장에서 큰 파티가 있을 거다. 그때 처리하자."

"에케티가 뭘 하면 되죠?"

"너한테 하얀 티셔츠와 검은 바지를 주겠다. 그 새옷을 입고 열 시쯤 뒷문을 통해 농장으로 들어가라. 그리고 한 시간 정도 숲 속에 있다가 아무 일 없다고 판단되면 정확히 열한시 삼십분에 전에 가르쳐준 차고로 걸어 내려가는 거야."

"사람들이 잡으면요?"

"그렇지 않을 거야. 파티엔 원래 손님, 웨이터, 요리사로 번잡하기 때문에 너 같은 놈을 신경 쓸 리 없다. 어쨌든 누가 물으면 샤르마 씨의 운전사라고 말해."

"샤르마 씨가 누군데요?"

"상관없다. 흔한 이름이니까 파티에도 분명 샤르마라는 사람이 있겠지. 자, 차고 사이에 배전함이 있다. 그걸 열고 퓨즈를 자르는 거야. 조명이 꺼지면 집 전체가 최소 삼사 분 동안 암흑 천지가 될 테니 그 틈을 이용해 정원의 사당으로 달려가 잉게타이를 빼내 다시 뒷문으로 나오는 거다. 어때, 간단하지? 충분히 할 수 있을 거다."

"아뇨. 에케티는 퓨즈에 대해 아는 게 없어요."

"걱정 마라. 가르쳐줄 테니까. 자, 따라와." 아쇼크는 사원 뒤로 에케티를 데려갔다. 건물 옆에 배전함이 붙어 있고 그 안에 회색 금속판이 들어 있었다. 아쇼크가 덮개를 열자 잔뜩 늘어선 전기 스위치가 보였다.

"이게 네 할 일이다. 그냥 이 하얀 선을 잡아당기면 되는 거야." 아쇼크가 첫번째 퓨즈를 가리켰다.

에티키가 조심스럽게 만져보았다.

"걱정할 것 없다. 감전되는 게 아니니까. 그냥 잡아당겨."

에케티가 휴즈를 당기자 사원의 조명이 한꺼번에 꺼졌다.

"잘했다." 아쇼크가 씩 웃었다. 그가 에케티에게서 퓨즈를 받아 다시 끼워 넣자 전원이 다시 들어왔다.

"에케티가 다시 해봐도 돼요?" 에케티가 이렇게 묻고는 다시 퓨즈를 뽑아버렸다. 그리고 사원이 어둠 속에 빠지자 아예 박수까지 치고 나서 퓨즈를 원래대로 돌려놓았다.

"멍청아, 지금 장난하자는 게 아냐." 아쇼크가 야단쳤다.

아쇼크의 방에 돌아오자 에케티는 다른 걱정을 토해냈다. "열한시 삼십분에 퓨즈를 뽑으라고 하셨는데, 열한시 삼십분이라는 걸 에케티가 어떻게 알죠? 시계도 없는데?"

"나한테 있다. 열한시 삼십분에 알람을 맞춰놓았다. 시계에서 벨이 울리면 때가 되었다고 생각하면 돼. 자, 가져가." 아쇼크가 소형 알람시계를 넘겨주자 에케티가 받아 주머니에 넣었다.

"에케티가 숲에 있을 때 아쇼크 님은 어디 계시죠? 농장에?"

"여기 내 방에서 네가 신성한 돌을 가져올 때까지 기다린다." 아쇼크가 대답했다.

"네? 에케티를 농장에 혼자 보낸다고요?"

"그래. 그건 네 돌이고 네 통과의례야. 이 임무는 완전히 너 혼자 치러야 한다. 행여 누가 묻는다 해도 넌 나를 모르고 나도 너를 모르는 거야. 약속해라. 뭔가 잘못되거나 네가 잡힌다고 해도 절대 내 이름을 불지 않기로."

"에케티는 영혼의 피에 맹세해요. 하지만 에케티가 잉게타이를 되찾으면 섬으로 데려가주겠다고 약속해주세요."

"물론이다. 직접 널 데려다주마."

에케티가 잠시 턱을 어루만졌다. "에케티가 다른 사람을 데려가도 될까요?"

"다른 사람? 누구?"

"참피."

"오, 그 눈먼 절름발이?"

"참피는 눈멀지 않았어요. 눈민 건 나쁜 사람들이죠."

"그애가 이 도시에서 제일 못생겼다는 것도 모르냐?"

"그녀는 다른 사람들 모두를 합해놓은 것보다 아름다워요. 에케티는 그녀와 결혼하고 싶어요."

"오, 정말? 사람들이 그럼 너희를 뭐라고 부를지나 아냐? 꼴갑 부부!" 아쇼크가 이렇게 말하고는 박장대소했다. 그가 간신히 웃음을 멈춘 건 에케티의 눈이 알 수 없는 경고의 빛으로 이글거렸기 때문이다. 오늘 밤 깜둥이 원주민한테선 뭔가 어둡고 은밀한 기운이 느껴졌다. 아쇼크는 그를 달래주기로 했다. "좋다. 표를 하나 더 구입하마. 그러니까 가서 자. 3월 23일까지 이제 사흘밖에 남지 않았어. 이제 할 일이 생긴 거다."

에케티에게 그날 밤은 미술을 넘어 서의 꿈과도 같았다. 에케티는 바닥에 누워 참피와 고향을 생각했다. 가우볼람베에 돌아가 주술사가 될 가능성도 따져보았다. 모든 건 노카이가 참피의 눈을 고칠 수 있느냐에 달려 있었다. 주술사가 해내지 못한다면 그가 직접 방법을 찾아내야 할 것이다.

그때 갑자기 바삭거리는 발소리가 들렸고 그는 잔뜩 긴장했다. 잠시 후 이웃채에서 낯선 목소리가 희미하게 들려왔다. 참피의 집에서 무슨 일이 생긴 모양이었다.

이윽고 찢어질 듯한 비명 소리도 들렸다. 분명 참피의 목소리였다. 그는 미친 코끼리처럼 헛간을 빠져나와 이웃채 뒷문을 박차고 들어갔다. 마치 방에 태풍이 휘몰아친 것 같았다. 매트리스가 뒤집혀 있었다. 참피의 오빠 문나는 바닥에 대자로 뻗어 있고 참피의 엄마도 의식을 잃은 채 구석에 누워 있었다. 녹색 살와르 카미즈 차림의 참피는 반짝거리는 크림색 셔츠의 키 작은 남자를 마구 때리고 있었다. 검은 바지 차림의 건장한 사내는 한쪽에 서서 그냥 바라보고만 있었다.

그는 곧바로 참피를 괴롭히는 자에게 달려들었다. 그는 팔로 상대의 목을 감아 허공으로 번쩍 들어 올린 다음 눈알이 빠져나올 정도로 조르기 시작했다. 키 큰 사내가 나이프를 꺼내 허공을 몇 번 휘저었다. 에케티는 작은 사내를 나무 테이블 위로 내던지고 천천히 껑다리를 향해 다가갔다. 남자가 나이프를 휘두르자 에케티의 옷 위로 가느다란 한 줄기 피가 배어나왔다. 하지만 에케티는 개의치 않고 계속 다가갔다. 그는 야수처럼 이를 드러내고 으르렁거리며 사내의 손에서 나이프를 빼앗고, 새하얀 이로 남자의 왼쪽 어깨를 물어뜯었다. 이제 사내가 고통의 비명을 내뱉기 시작했다. 그동안 땅딸보가 씩씩거리며 일어나 에케티의 등을 머리로 들이받았다. 그 때문에 에케티가 잠시 균형을 잃은 순간, 두 남자는 황급히 방에서 뛰쳐나갔다.

에케티가 그녀를 안아 들고 방을 빠져나왔다. 시원한 밤공기 속에서 에케티에게 안긴 참피는 계속 떨기만 했다. 그는 굴모하르나무 아래 벤치에 앉아 사시나무처럼 떨고 있는 참피를 안고 달래주었다.

"날 데려가요, 에케티. 이곳에서 데려가줘요. 이곳을 떠나 당신하고 결혼할게요. 더이상 이곳에 있고 싶지 않아요." 그녀가 훌쩍거렸다.

"쉬…… 아무 얘기도 하지 말아요."

"노카이가 내 눈을 고쳐주지 못해도 상관없어요. 당신 섬에서 당신과 영원히 살 수만 있다면 뭐든지 할래요."

"당신을 데려갈게요. 이틀 후에. 그때까지 이걸 매고 있어요." 그는 턱뼈로 만든 검은 목걸이를 풀어 참피의 목에 걸어주었다. "이제부턴 풀루가가 당신을 보호해줄 거예요."

"그럼 당신은?"

"내 걱정은 말아요. 잉게타이가 보호해줄 테니까. 이제 곧 찾을 수 있을 겁니다."

"어디에 있는데요?"

"비키 라이라는 사람의 농장에."

6
신데렐라 프로젝트

8월 8일

람 둘라리를 데려오기 위해 볼라를 파트나로 보냈다. 나와 똑같이 생긴 아이. 보고 싶어 미칠 것 같다.

8월 9일

오늘 로지 마스카레나스는 〈빅 브라더〉의 아류인 〈셀러브리티 하우스〉가 6개월 후에 촬영을 시작할 리얼리티 쇼에 내가 참여해줄 것을 요청했다는 소식을 전해주었다. 그녀는 내가 수락해야 한다고 우겼다.
"〈빅 브라더〉 출연 후에 실파 세티가 얼마나 떴는지 잘 알잖아. 지금은 영국 여왕과 수상을 만나고, 명예 학위까지 받을 정도야.

심지어 그녀의 전기 영화를 만들자는 얘기까지 나오고 있다니까."

"내 경력에 그런 뻥튀기가 왜 필요해?" 내가 투덜댔다.

"스포트라이트 좀더 받는다고 해될 것도 없잖아. 발리우드의 여배우들은 다들 〈셀러브리티 하우스〉에 들어가고 싶어 안달이 나 있는데, 자기한테 그냥 갖다 바치겠다는 거잖아. 대본도 끝내준다고. 다른 경쟁자하고 대판 아웅다웅하다 발끈하고 빠져나오면 된대. 일주일이면 끝나는 일이지만 몇 달 동안 짭짤하게 우려먹을 수 있어."

"리얼리티 TV라고 안 했어?" 내가 물었다.

"그래. 하지만 그걸 누가 알겠어?" 홍보 담당이 멋쩍게 웃었다.

"그런 따분한 일까지 할 정도로 한가하지 않아." 나는 그렇게 말하며 거절하라고 지시했다.

리얼리티 TV는 디지털 시대의 새로운 대안으로 한창 주가를 올리고 있었다. 원래는 사람들을 실제 상황에 몰아넣고 정말로 울고 웃게 한다는 새로운 장르였으나, 사전 조작의 유혹에 굴복한 지 이미 오래다. 지금은 기껏해야 출연자가 보이지 않는 통제자의 통제에 따라 거짓눈물을 흘리고 억지웃음을 터뜨리는 식으로, 냉담한 시청자들로부터 손톱만 한 관심이라도 끌어내기 위해 발악하는 시트콤에 불과했다. 요즘에는 모든 엔터테인먼트가 사전 조작된다. 심지어 전쟁도 그렇다. 죽음마저 사람의 마음을 움직일 힘을 잃었다는 것이 별로 놀랍지도 않다.

람 둘라리를 애태워 기다리는 이유도 그 때문이다. 모든 것이 인위적이고 뻔한 세상에서 그녀만이 나를 놀라게 할 힘을 갖고 있다.

8월 10일

람 둘라리가 오늘 도착했다.

기차로 그녀를 데려온 볼라도 당혹스러운 표정이었다. 내가 아님을 확신하기 위해 제 살을 꼬집었고, 로비의 경비 아저씨도 내가 촬영에서 돌아오는 줄 알고 인사까지 했단다.

닮아도 어쩌면 이렇게 닮을 수 있는 건지. 그녀는 날씬했고 엉덩이가 나보다 좀 작았지만 키는 완전히 같았다. 163센티미터. 마치 거울을 들여다보는 느낌이었다.

1인 2역으로 쌍둥이 자매 역을 해본 적은 있지만 람 둘라리 앞에 서면 예술이 삶을 모방하는지, 삶이 예술을 모방하는지 헷갈릴 정도였다. 여기 시타와 지타, 앙주와 망주, 람과 시암*이 한 장면에 함께 존재하니, 이제 특수효과 따위 없이 쌍둥이 동생을 때릴 수도 머리채를 잡아당길 수도 손을 잡아주고 입술에 립스틱을 발라줄 수도 있는 것이다.

불쌍한 소녀는 떨고 있었다. 지치기도 했고 내가 모르는 두려움도 있기 때문일 것이다. 낡은 녹색 사리 차림이었는데 분명 사진을 찍어 보냈을 때와 같은 옷일 것이다. 짐이라곤 다 망가진 가방이 고작이었다. 하지만 그 안에도 비슷한 넝마 조각만이 들어 있을 게 뻔했다. 나는 그애를 내 방 옆에 붙은 작은 침실로 데려가 입지 않는 사리 두 벌을 내주고 이제부터 나와 함께 지내게 될 거라고 말해주었다. 그녀는 방의 화려함에 놀란 토끼눈을 하더니 내 발밑에

---

* 모두 유명한 힌디 영화에 쌍둥이로 나온 등장인물이며 1인 2역으로 촬영했다.

쓰러져 감사의 눈물을 흘렸다.

저녁이 되자 부르지도 않았는데 내 침실로 들어와 카펫에 앉더니 내 발을 마사지하기 시작했다. 그럴 필요 없다고 말렸지만 막무가내였다. 한 시간 꼬박 람 둘라리가 원하는 대로 두었다가 마침내 강제로 그만두게 했다. 하지만 그애는 곧바로 화장실 타일을 걸레로 훔치기 시작했다.

한참 후 저녁을 들고 찾아갔을 때 그녀는 바닥에 잠들어 있었다. 태아처럼 잔뜩 웅크린 자세였다. 그녀의 아이같이 순수한 모습을 보자 묘한 감정이 북받쳐올랐다. 자애심과 동정심이 어우러진 기분이었다. 나는 그녀 옆에 앉아 그녀의 머리카락을 쓰다듬으며, 이잠기르의 더러운 골목길에서 뛰어놀던 내 어린 시절의 순수한 모습을 떠올려보았다.

도대체 이애를 어떻게 해야 하지?

8월 12일

람 둘라리의 문제는 저절로 해결되었다. 지난 3년 동안 일하던 요리사가 임신을 해 그만두겠다고 한 것이다. 람 둘라리는 자연스럽게 그 자리를 맡아 점심 식사로 카디*와 수지 카 할와**를 만들었다. 오랫동안 잊고 지냈던 메뉴여서 아주 맛있게 먹었다. 맛도 맛이지만 엄마의 손맛, 우타르프라데시와 비하르의 진정한 맛을

---

* 콩가루와 요거트로 만든 톡 쏘는 맛의 수프.
** 인도식 아이스크림.

신데렐라 프로젝트 475

느낄 수 있는 요리였다.

　나와 마찬가지로 람 둘라리도 채식주의자다. 그녀를 만난 건 최고의 행운이라고 말해도 될 것 같다.

8월 24일

　람 둘라리가 내 집에 온 지 2주일. 정말로 복덩이다. 세상에 그런 아이가 존재한다는 사실이 믿기지 않는다. 그녀는 훌륭한 요리사일 뿐 아니라 근면하고 헌신적이며, 의무와 충성의 낡은 가치를 신봉한다. 하지만 아무래도 그런 식의 순진무구함과 타인에 대한 맹신은 말썽의 소지가 있겠다. 이 도시는 그런 그녀를 통째로 삼켜 버리고 말 테니까.

　그녀를 보면 여동생 생각이 난다. 사프나를 위해선 아무것도 해줄 수 없었지만 적어도 람 둘라리를 위해선 뭔가 할 수 있을 것이다. 그녀는 고아다. 그녀를 동생으로 삼을 생각이다.

8월 26일

　람 둘라리를 위해 해줄 수 있는 일이 무엇인지 궁리한 끝에 결론을 내렸다. 이 촌스런 시골 미인을 나긋나긋한 도시 처녀로 만들어줄 생각이다. 샤브남 삭세나가 될 수는 없겠지만 적어도 샤브남처럼 말하고 걸을 수는 있으리라. 그러고는 그녀에게 걸맞은 신랑감을 찾아서 화려한 결혼식을 올려줄 것이다.

　물론 대단한 과제가 될 것이다. 지금은 무지한 촌뜨기에 불과하니 말이다. 하지만 난 그녀에게서 수줍은 품위를 엿볼 수 있었다. 결국 그녀는 미천한 카스트가 아니라 하얀 피부를 가진 브라만이 아닌가. 손만 조금 본다면 얼마든지 최상품으로 바꾸어놓을 수 있다. 목소리가 거칠고 갈라지긴 했지만 그 역시 부드럽고 감미롭게 바꿀 수 있다. 경험이 없는 풋내기이긴 해도 모방을 통해 도회지의 세련미를 다질 수 있다.

이 촌스런 소녀를 숙녀로 만들어내는 미션을 위한 완벽한 이름도 고안해냈다.

'신데렐라 프로젝트.'

8월 27일

나는 람 둘라리를 침실로 불러 내 계획을 설명했다.

"너를 새로운 사람으로 만들어줄 생각이야. 날 봐. 너한테 나처럼 될 기회를 줄 거야. 네 생각은 어떠니?"

"왜요, 언니? 하녀가 어떻게 주인처럼 돼요? 그건 옳지 않아요. 전 지금이 좋은걸요." 그녀가 대답했다.

"아냐, 지금의 모습은 내가 맘에 안 들어. 내가 주인이라면 내 바람에 따라야 하지 않겠니?"

"알았어요, 언니. 언니가 원하신다면." 그녀가 고개를 숙였다.

"좋아, 그럼 내일부터 시작하자."

8월 28일

오늘 변신의 첫 단계가 시작되었다.

우선 미용실부터. 나는 람 둘라리의 긴 흑발을 싹둑 자르고, 내 전용 헤어디자이너인 중국인 로리가 이름 붙인 '어깨 길이의 부드러운 브루넷 파도 퍼머'로 바꿔버렸다.

몸매가 드러나는 핑크색 드레스도 입혀보기로 했다. 영화 〈인터내셔널 몰〉에서 내가 입은 옷인데 앞쪽은 코르셋 리본으로 묶고 허벅지까지 트인, 행커치프햄라인으로 된 드레스로 가장 야한 옷 가운데 하나다. 나는 그녀에게 욕실에 들어가 입어보라고 했다.

15분이 지났는데도 람 둘라리는 욕실에서 나올 생각을 안 했다. 난 노크를 하고 들어갔다가 우스워 죽는 줄 알았다. 드레스를 블라우스와 페티코트 위에 입으려고 하는 것이 아닌가! 그녀는 옷과 사투를 하면서 가느다란 어깨끈과 깊게 팬 목선, 그리고 탁 트인 등판 때문에 브라를 할 수 없다는 사실을 깨닫는 중이었다.

"이런, 옷 다 벗어봐." 내가 손가락을 튕겼다.

그녀는 블라우스를 벗고 가만히 서 있었다. 나는 손짓으로 브라까지 벗으라고 했다. 그녀는 온몸을 비비 꼬며 브라의 후크를 끌렀다. 브라는 길거리에서 파는 10루피짜리 싸구려였다. 그녀가 두 손으로 가슴을 가리려고 해서 두 손을 떼어내버렸다.

그녀의 가슴은 크고 오뚝했으며 갈색 젖꼭지는 작은 원으로 둘러싸여 있었다. 사이즈는 36C 정도로 보였다.

"자, 이제 페티코트도 벗어버려." 내가 명령했다.

그러자 그녀는 울면서 사정했다. "언니, 그것만은 제발요."

문득 상황이 묘하다는 생각이 들었다. 모르는 사람이 보면 레즈비언 영화의 한 장면 같을 게 아닌가. 결국 내가 지기로 했다.

"좋아, 없던 걸로 하자. 네가 꼭 서양 옷을 입을 필요는 없겠지."

람 둘라리는 마치 능욕이라도 당한 여자처럼 사리와 블라우스를 집어 들고 제 방으로 달려갔다. 잠시 후 문틈을 통해 우는 소리가 들려왔다.

보나마나 람 둘라리는 처녀다. 다른 사람 앞에서 옷을 벗은 것도 처음일 것이다. 그런 그녀가 악랄한 복종심 때문에 금기를 깨고 만 것이다.

내가 도대체 무슨 짓을 한 거람. 저 촌년을 강제로 깡촌에서 끄집어내자까지 이 사악한 도시의 불빛 속에 내던져버리려 들다니.

하지만 다른 식으로 보자. 람 둘라리는 처녀림이자 아직 깨어나지 못한 영혼이며 전인미답의 대지이다. 내가 원하는 어떤 모습으로든지 변할 수 있는 무형의 점토이기노 하다. 엄마들은 딸을 꾸미고 자기 이미지에 따라 아이의 마음과 몸을 만들어내지만, 그건 십여 년의 기간을 두고 끈기 있게 해내야 할 일이다. 신데렐라 프로젝트는 불과 10개월 내에 그와 같은 결과를 만들어내야 한다.

1단계는 터무니없는 실패로 끝났으나 그렇다고 모든 걸 잃은 건 아니다. 다만 순서를 잘못 정한 것뿐이다. 람 둘라리는 몸이 아니라 마음을 먼저 바꿔야 한다.

8월 30일

나는 기본적인 영어 교육부터 시작했다. 다행히 어느 정도 교육을 받은 탓에 기초부터 시작할 필요는 없었다. 우리는 곧바로 문장 구성, 통사론, 문법으로 넘어갔다.

그녀는 영리한 학생이다. 섬세하고 통찰력도 있다.

"넌 잠재력이 큰 아이야. 매일 나와 한 시간씩 앉아 가르쳐준 문장을 연습해야겠다. 자, 이제 영어로 문장 전체를 만들어봐. 네 머릿속에 떠오른 대로."

"영어를 공부를 좋아하는." 그녀가 머뭇머뭇 단어를 나열했고 나는 기뻐서 박수를 쳐주었다.

2단계는 제대로 먹히는 것 같다.

9월 14일

〈필름팬〉에 내가 허영의 여왕이라는 기사가 실렸다. 지난 호에서 나를 인터뷰한 데비아니의 말을 인용하자면 다음과 같다. "샤브남은 자신의 미모와 사랑에 빠져 있다. 자신의 복숭아빛 피부에 넋이 나간 것이다." 그래서 어떻다는 건가. 난 아름답다. 그건 나도 알고 세계도 인정하는 사실이다. 여성의 내면과 미를 분리하려는 논리야말로 완전히 개소리가 아니고 뭐란 말인가. 결국 그 여자의 논리는 못생기고 말 많은 기자의 열등심을 감추기 위한 발악 같은 것이다. 못생긴 여자한테 그녀의 내면을 통해 뭘 느낄 수 있는지 물어보라. 화이트닝 크림의 도움만으로 겨우 세상을 버텨내는 검은 피부의 여자들의 마음을 밝혀줄 내면의 빛이란 존재하지 않는다.

9월 23일

오늘 람 둘라리는 콩트 하나를 완벽하게 읽어냈다. 무려 세 페이지나 되는 이야기를. 만세!

10월 11일

스타들이 대거 출연한 나의 최근작 〈헬로, 파트너〉이 박스오피스 성적은 형편없었다. 〈트레이드 가이드〉에 따르면 영화는 조만간 간판을 내릴 것 같다. 뭐, 그렇다고 통탄할 일만은 아니다. 어차피 유명한 엄마의 후광을 입은, 재능이라고는 눈곱만큼도 없는 여배우의 데뷔작으로 기획된 영화가 아닌가. 더군다나 감독이라는 작자도 쓴맛을 톡톡히 봐야 할 쓰레기였다. 최종 편집에서 내 중요한 장면을 셋이나 잘라내다니!
한편 신데렐라 프로젝트는 순항 중이다. 람 둘라리는 전화를 받을 수 있을 만큼 영어 실력이 늘었다.
나야말로 진짜 스타 제조기가 아닐까?

10월 25일

오늘 '친전'이라고 적힌 두툼한 편지 한 통이 배달되었다. 어린애 같은 필체의 편지였다. "친애하는 나의 사랑 샤브남. 우리의 사랑은 암탉의 이빨만큼이나 귀한 것임을 알고 있어요."
나는 배를 잡고 웃었다. 편지를 놓치는 바람에 창밖으로 날아가버렸는데 주워올 생각은 전혀 들지 않았다.

11월 24일

발리우드 여배우는 벙어리 3년이라는 말이 있다. 섹스 심벌은 말할 것도 없다. 사내들을 지성으로 겁주면 끝장이기 때문이다. 그런데 어제, 명사를 내세운 광고의 문제점을 다루는 KTV의 답답한 프로그램에서(도대체 로지가 왜 나를 그런 쇼에 내보냈는지 이해할 수가 없다) 난 황금률을 어기고 말았다.

쥐새끼처럼 생긴 중년의 남자 사회자가, 내가 동물애호단체인 PETA를 홍보한 사실을 공격하기 시작한 것이다.

"당신 같은 분들이 그런 단체나 대의명분에 대한 진정한 고민 없이 오직 인기를 위해 홍보에 열을 올리는 게 문제입니다." 사내는 제멋대로 넘겨짚더니 느닷없이 이렇게 묻기까지 했다. "관타나모 만에 대해 들어보신 적이 있죠?"

"네, 미국 어딘가에 있는 군사 감옥 아닌가요?"

"틀렸습니다. 그건 쿠바의 남동쪽 끝에 있죠. 그것만으로도 제 논리가 분명해집니다. 당신 같은 발리우드 백치 미인들은 현 정세에 완전히 무지하다는 사실이죠. 걱정거리라곤 패션과 최신 헤어스타일뿐이니까요."

어쩌면 그는 의도적으로 날 도발한 건지도 모르겠다. 하지만 나는 그런 식의 오만함을 눈감아줄 만큼 자비롭지 못하다. 나도 그를 공격했다.

"좋아요. 그럼 올해 칸 영화제에서 황금종려상을 탄 영화가 뭔지 아세요?"

"어…… 아뇨." 그가 버벅거렸다. 반박을 예상하지 못한 것이다.

"그럼 사회자란 분들은 예술에 대해 아무것도 모르는, 독선적이고 야비한 멍청이라고 결론지어도 될까요?"

"그건 사과와 오렌지를 비교하는 격입니다. 우리는 자신의 능력으로 이 자리에 와 있지만 당신들은 오직 얼굴이 예쁘다는 이유로 대우를 받고 있잖습니까?"

"그게 사실이라면 〈플레이보이〉의 브로마이드 모델은 모두 할리우드로 가서 성공했어야 하지 않나요? 영화는 미가 아니라 재능을 숭배합니다." 나는 이렇게 반박하고는 계속해서 마틴 하이데거의 철학(그는 들어본 적도 없단다), 오시프 만델스탐의 시(이것도 마찬가지다), 버나드 맬러머드의 소설(같은 대답), 그리고 김기덕의 영화(딩동!)에 대한 질문을 퍼부어댔다. 그리고 그 개자식이 개떡이 될 때쯤 달아날 지구멍을 열어주어 너무 심한 망신을 낭하지 않도록 해주었다.

로지도 화가 났다.

"기뻐해. 〈스타더스트〉가 널 샤브남 박사님으로 추대할 테니."

학문의 금자탑이 곧바로 글래머 사업의 핵폭탄이 된다니 기가 막힐 노릇이다.

12월 15일

오늘 러크나우에 왔다. 내 인생 최고의 황금기 3년을 보냈던 도시. 거리의 아이들을 돌보는 재단을 위해 안누 시르의 군악대와 자선 공연을 하기로 되어 있다.

6년 전 처음 왔을 땐 아잠가르를 탈출한 직후였기 때문에 우타르프라데시의 주도 러크나우가 세계에서 제일 큰 도시로 보였다. 대형 서점도 많고, 화려한 시장과 우아한 정원도 있었다. 하지만 무엇보다 맘에 든 건 교양과 문화가 흐르는 분위기였다. 난 러크나우의 고급 취향과 세련된 문화에 흠뻑 빠져들었다. 무지하고 무례한 아잠가르와는 완전히 다른 세상이었다. 도시의 퇴폐적인 매력은 그후로도 내 상상력의 멋진 보고가 되어주었다.

지금은 이미 세계의 반을 돌아다닌 터라 다른 시각에서 러크나우를 볼 수밖에 없다. 뭄바이에 비하면 러크나우는 불결하고 옹색한 시골 마을에 불과했고 삼류 인도의 혼란과 혼돈으로 가득한 곳이었다. 하지만 그렇다 해도 내 마음속엔 영원히 특별한 곳으로 기억될 것이다. 내 인생을 만들어준 도시가 아닌가. 아잠가르를 내 꿈의 도살장이라고 한다면 러크나우는 내 야심의 요람이었다. 이곳에서 나는 자신을 믿고 하늘 높이 도약하는 법을 배웠다.

나티아 칼라 만디르 홀은 사람들로 미어터졌다. 사회자가 우타르프라데시의 딸이자 러크나우의 자랑이라고 나를 소개하자 거대한 환호성이 터지고 비명 소리가 대포처럼 홀 안을 흔들어댔다. 한 소녀가 내 손을 잡고 늘어지고 다른 소녀는 나를 가까이에서 보고는 졸도까지 했다. 러크나우에서의 그날 밤도 그랬다. 마두리 딕시트*를 처음 본 나는 그녀의 신비스러운 아름다움에 정신을 차릴 수 없었다.

---

* 인도의 여배우. 미모와 춤 솜씨로 1990년대를 풍미했다.

오늘은 내가 마두리 딕시트이며 만인의 우상이다. 수많은 인파가 내 춤을 보기 위해 이곳에 와 있다. 오늘은 나도 긴장하지 않을 수 없었다. 공연에 집중하기도 어려웠다. 공연 내내 앞줄을 훔쳐보며 아는 얼굴을 찾았다. 아잠가르는 러크나우에서 220킬로미터밖에 떨어지지 않았다. 아버지와 엄마와 사프나가 공연 소식을 듣고 찾아올 수도 있지 않겠는가. 하지만 수많은 얼굴 중 과거의 유령은 아무도 없었다. 내 눈에 비친 건, 아그라에서 암스테르담까지 모든 공연에서 맞닥뜨렸던 음탕한 미소와 유란한 시선뿐이었다.

나는 오늘 밤 이 도시에 진 빚을 모두 갚았다. 다시는 돌아오지 않을 것이다.

12월 31일

올해의 마지막 날. 모지가 태리 베이시라는 얼간이가 보낸 편지 다발을 가져왔다. 10월 이후로 매주 다섯 통씩 편지를 썼다는데 더욱 놀라운 점은 그가 미국인이라는 사실이다. 적어도 그의 주장으로는 그렇다.

완전히 모자란 사내다. 내가 사프나 싱이라는 가명으로 그와 펜팔을 했으며 심지어 결혼 약속까지 했다고 주장한다. 도대체 최고의 여배우가 그런 멍청이한테 마음 줄 일이 어디 있다고. 그 불쌍한 작자는 "당신을 위해서라면 온몸에 개구리 오줌을 바르고 뱀 굴에라도 기어 들어갈 겁니다"라는 식으로 사랑을 널어놓기도 했다.

인생의 교훈을 설피한 글도 적지 않았다. 예를 늘어 "삶이 그대에게 레몬을 주면…… 레모네이드를 만들어요." 또다른 명언. "인생은 개똥 샌드위치와 같아요. 많이 먹을수록 먹어야 할 똥은 줄어드는 법이죠."

하지만 이 정도면 충분하다. 로지는 이자가 사이코일지 모른다며 심각하게 걱정했다. 그리고 나도 대법원으로 달려가 스토커 래리 페이지 씨에 대해 접근금지 명령이라도 받아야 하나 걱정이 들기도 했다. 오늘은 경비한테 신경 써서 방문객을 살펴보라고 지시해두었다. 조금이라도 미국인처럼 보이는 자가 오면 출입을 막고 곧바로 안데리 경찰서로 데려가라는 말도 덧붙였다. 볼라한테도 고드볼레 형사한테 연락해 그 사이코가 전과가 있는지 확인해보라고 할 생각이다.

이런 게 바로 유명세가 아니겠는가!

1월 7일

람 둘라리는 매우 유능한 학생이다. 이제 여행 가이드만큼이나 영어가 유창하고 저녁 테이블에서는 귀부인 못지않게 나이프와 포크를 능숙하게 사용한다. 15센티미터 하이힐로 턴을 할 수도, 젓가락으로 잡채를 집을 수도 있다.

10개월 내에 신데렐라 프로젝트를 완성할 생각이었는데 람 둘라리는 불과 다섯 달 만에 완벽하게 끝내버린 것이다.

축하해줄 일이다.

1월 13일

오늘은 끔찍한 날이다. 느긋하게 목욕을 즐기고 욕조를 나서는 순간 그만 발을 헛디뎌 발목을 삐고 만 것이다. 걷는 건 고사하고 발가락 하나 까딱할 수가 없다.

람 둘라리는 부기를 빼야 한다며 아침부터 지금까지 퉁퉁 부은 왼쪽 다리에 연고를 바르고 뜨거운 찜질을 해주느라 법석을 떨었다. 굽타 박사는 적어도 열흘은 치료해야 한다고 했다. 다행히 1월 10일부터 들어가기로 한 구두 다노아의 영화는 당분간 보류 상태라 취소할 필요가 없었다. 하지만 내일 아이맥스 영화관에서 있을 신작 영화 〈러브 인 캐나다〉 시사회는 참석이 불가능하다. 제작자 디파크 시르는 존경해 마지않는 대부님이기도 한데, 그분께 큰 타격을 주게 생겼다. 하지만 여배우가 깁스를 하고 나타날 수는 없는 노릇 아닌가? 그것만 아니었다면 나노 영화관에 어떻게든 모습을 드러낼 것이다.

결국 디파크에게 전화를 걸어 백배사죄하는 수밖엔 도리가 없었다. 그때 볼라가 나를 말리고 나섰다.

"나한테 생각이 있어."

"뭐?"

"시사회에 람 둘라리를 보내면 어때?"

"뭐하러?"

"내 말은 네 대신에 보내자는 거야. 샤브남 삭세나로."

나는 볼라를 잡아먹을 듯 노려보았다. 그건 누드 촬영에 대한 계약 조항을 자의적으로 해석하려는 제작자를 대할 때의 눈빛이었다.

"미쳤어? 람 둘라리가 어떻게 내가 돼?"

"생각해봐. 그앤 너하고 똑같이 생겼어. 키와 몸매와 피부색까지 모두. 화장을 하고 네 옷을 입히면 아무도 알아보지 못할 거라고."

"하지만 그애가 요리사라는 건 누구나 다 알아."

"누가 알아? 아무도 몰라. 람 둘라리는 집 밖에 나가본 적이 없어. 경비도 그애를 본 적이 없단 말이야."

그의 말이 옳았다. 우린 정말로 람 둘라리를 비밀처럼 집 안에 꽁꽁 감춰두고 있었다.

"이봐, 완벽한 계획이야. 시사회에 참석한 건 람 둘라리지만 다들 샤브남 삭세나가 온 줄 알 거라고. 스태프들도 행복하고 디파크 시르도 흡족해할 거야. 걱정할 거 없잖아?"

볼라는 열심히 떠들었지만 난 여전히 확신이 서지 않았다.

"어떻게 그렇게 확신해?"

"내가 람 둘라리와 함께 가서 끝까지 지켜볼 거니까. 그앤 거의 할 일도 없어. 뒷문으로 들어가 팬들을 피하고, 무대에 올라가 출연진들과 사진 몇 장 찍는 게 고작이야. 영화를 다 본 다음에 재빨리 뒷문으로 도망쳐 나오면 돼."

"누군가가 그애한테 질문이라도 하면?"

"람 둘라리는 아무 말도 안 해. 네가 목이 아프다는 얘기를 퍼뜨릴 테니까. 장담해, 이건 완벽한 계획이야."

그래도 불안하기는 마찬가지였다.

"그러다 일이 틀어지면? 들키면 어쩌지? 그애가 짝퉁이라는 걸 살만이나 아크셰이가 알아보면?"

"그렇다 해도 이벤트였다고 얼버무리면 그만이야. 영화의 인기도 훨씬 높아질 테니 디파크 시르도 불만 없을 거고."

미친 짓이었지만 난 이미 덫에 걸려들고 있었다.

내가 한숨을 내쉬었다.

"좋아, 그렇게 하자. 하지만 조건이 하나 있어."

"뭔데?"

"그 모든 과정을 비디오로 봐야겠어."

"좋아. 테이프를 가져다줄게."

1월 14일

람 둘라리는 완벽했다. 나라도 그렇게 못했을 거다. 미소가 필요할 땐 미소를 지었고, 공손한 태도로 램프를 밝혔으며, 사진기자들을 위해 포즈를 취해주기노 했다. 얼굴에 플래시가 터지는데도 움찔하지 않았다. 사람들과도 공주처럼 우아하게 악수를 나누었다. 다른 발리우드 스타를 대할 때도 동료 배우로서의 차분함을 잃지 않았다.

람 둘라리가 힌두 영화를 보지 않은 건 너무도 다행이었다. 다른 여자애들이었다면 살만이나 아크셰이와 얼굴을 맞대는 것만으로도 기절하고 말았겠지만 그녀는 전혀 흔들림이 없었다. 그녀는 그 자체로 스타였다. 신데렐라 프로젝트로 창조된 스타.

대역 담당인 아짐 바이 감독노 시사회에 참석했는데, 문득 그에게 전화해 키메라맨조차 못 알아볼 정도의 역대 최고 대역을 만들어냈다고 자랑하고 싶을 정도였다.

신데렐라 프로젝트 489

1월 16일

볼라는 마치 피 맛을 본 호랑이처럼 굴었다. 오늘도 나한테 와서 말도 안 되는 제안을 늘어놓는 것이 아닌가! 섬유업계의 거물 B. R. 비르마니는 나에게 자기 회사에서 새로 시작한 청바지 브랜드의 홍보 대사가 되어달라고 요청했다. 금요일 새로 문을 여는 리퀴드 진 매장에 5분 정도 머물러주면 50만 루피를 지불하겠다고 했다. 불과 내일모레의 일이다.

"비르마니의 홍보 담당 라케시 다타니하고 잘 아는데, 그 친구 얘기가 이번에 거절하면 프리앙카한테 갈 수밖에 없대. 천적 아니야? 설마 그걸 원하지는 않겠지?" 볼라가 말했다.

"하지만 어쩔 수 없잖아. 난 깁스를 한 몸이라고."

"아니, 갈 수 있어." 그가 윙크를 하고 람 둘라리를 가리켰다.

"그건 미친 짓이야. 매장 앞에 몰려들 팬들을 저애가 어떻게 다룰 수 있겠어?"

"간단해. 비르마니한테 철저한 보안을 부탁해서 아무도 곁에 오지 못하게 할 테니까."

"하지만 리본을 자를 땐 뭐든 한마디 해야만 해."

"알아. 딱 세 마디. 람 둘라리?" 그가 그녀에게 눈짓을 보냈다.

"너무 기쁜 자리예요. 리퀴드 진을 사랑해요. 물론 여러분도 그러리라 믿어요." 람 둘라리가 읊조렸다. 비록 마네킹처럼 뻣뻣한 자세이기는 했지만 대사 자체는 나쁘지 않았다.

"도대체 무슨 짓들이야? 지금 둘이 내 등 뒤에서 음모라도 꾸미는 거야?"

"아냐, 샤브남. 람 둘라리는 아무 잘못 없어. 내가 시킨 거니까. 저애한테는 네가 시킨 일이라고 했어. 하지만 네가 싫다면 그만둘게. 네게서 신뢰를 얻는 일은 우리한테 오백만 루피 이상의 가치가 있는 거니까."

이번에도 난 지고 말았다.

"알았어. 그 돈은 람 둘라리의 결혼을 위해 쓰지 뭐. 어쨌든 비디오테이프는 잊지 마."

1월 18일

오늘 저녁 테이프를 보았다. 람 둘라리는 이번에도 완벽했다. 매장에는 최소한 3백 명이 있었고 그것도 대개가 대학생이었다. 그녀는 찬사와 환호와 박수갈채를 서커스 사회자처럼 받아넘겼고, 청바지를 입은 채 패션쇼의 모델처럼 미끄러지듯 연단으로 다가갔다. 한마디 할 것을 요청받았을 때 살짝 떠는 듯했으나 말을 더듬지는 않았다. 게다가 목소리도 나와 비슷했다. 그녀는 정치가처럼 노련하게 리본을 끊었다. 사람들이 홀이 떠나가도록 박수갈채를 보냈다.

람 둘라리가 일으키는 집단 히스테리를 보며 마치 그녀가 샤브남 삭세나이고 내가 가짜라는 기분이 들었다. 아니, 진짜는 나다. 저애는 짝퉁에 불과하다.

그런데 그녀가 떠나려 할 때 악간의 말썽이 생겼다. 갑자기 10대 여자애들이 방어선을 뚫고 그녀에게 달려든 것이다.

"사인해줘요, 샤브남 언니!" 아이들은 환호를 지르며 그녀에게

신데렐라 프로젝트 491

수첩과 종이쪽지 등을 내밀었다. 람 둘라리는 잠시 얼어붙었고 카메라는 그녀의 표정을 잡았다. 시험 시간에 답을 모르는 여학생처럼 당황하고 황당해하는 복잡한 표정. 볼라가 그녀의 팔을 끌어당겼다. 팬들의 실망에 찬 비명 소리가 그 뒤를 쫓았다.

1월 20일

"사인이 뭐예요, 언니?" 점심을 먹는데 람 둘라리가 물었다.
"내가 네 무기고에 넣는 걸 깜빡한 마지막 무기란다." 내가 말했다.
"사인하는 법도 가르쳐주실 거예요?"
그래서 나는 그녀의 이름과 내 이름을 어떻게 사인하는지 가르치기 시작했다. 잔뜩 휘갈긴 S자, 삐뚜름하게 쓰는 habna, 그리고 마지막에 다소 장식적인 서체로 쓴 m까지. 그녀는 매우 빠른 속도로 터득해 하루가 가기도 전에 아주 그럴듯한 사인을 복제해냈다. 어찌나 비슷하던지 로지 마스카레나스가 팬레터에 답신을 보낼 때마다 반복하는 서명 작업을 그녀에게 넘기고 싶어졌을 정도였다.
"왜 자꾸 언니 흉내를 내는 자리에 내보내는 거죠?" 잠자리에 들 준비를 하는데 그녀가 물었다.
"장난이야, 람 둘라리. 그냥 장난이라고." 내가 지친 목소리로 대답했다.
순간 그녀의 얼굴에서 또다른 표정을 본 듯도 했다. 좌절과 반감이 뒤섞인 듯한. 하지만 그녀는 곧바로 미소를 짓고 침실에서 물러났다.

1월 21일

발목은 거의 나았으나 굽타 박사는 3일은 더 깁스를 하고 있으라고 했다. 시네블리츠 영화제에도 갈 수 없다는 뜻이다. 난 〈여인의 복수〉로 최우수 악역 여우상을 수상하기로 되어 있었다.

이번에 람 둘라리를 보내기로 결정한 건 나였다. 이번이 그녀의 궁극적인 실험이 될 것이다. 이번에도 해낸다면 그녀는 어디에서든 살아남을 수 있다.

어떻게 말하고 어떻게 처신할 것인지에 대해 내가 직접 가르칠 것이다. 그리고 생방송을 통해 모든 과정을 지켜볼 것이다.

1월 24일

나는 침대에 지리를 깁고 TV를 겼다. 젊은 여자 앵커가 안데리 스포츠센터 바깥에서 스타들이 차에서 내려 카메라를 향해 포즈를 취하는 장면을 생중계하고 있었다.

5분 후 은색 E500 메르세데스 벤츠가 도착하고, 가장자리에 세퀸 장식이 달린 희고 섹시한 사리를 입은 람 둘라리가 내렸다. 커다란 환성이 스피커에서 흘러나왔다.

잔뜩 치장을 하고 레드카펫을 걷는 내 모습을 보는 기분이 묘했다. 손을 흔드는 그녀를 보고 수천의 광팬이 내 이름을 환호할 때는 소름까지 돋았다. 카메라를 향해 미소 지을 때는 수백만 개의 플래시가 얼굴 위로 디져 눈을 뜰 수조차 없었다. 그녀가 내 상을 받는 모습을 지켜보며 난 그녀에게서 크나큰 자부심을 느꼈다. 그건 미켈란젤로가 다비드한테서, 레오나르도 다빈치가 모나리자에게서, 나보코프가 롤리타에게서 느꼈을 벅찬 감동이었다. 자신의 피조물이 살아 있음을 목격한 예술가의 기분이 다 그렇겠지만, 내 감동은 그 어느 화가나 소설가보다 더 클 수밖에 없었다. 내 피조물은 단어의 공허한 집합이나 캔버스 위의 물감 얼룩 이상이기 때문이다. 그녀는 죽은 대리석이 아니라 살아 있는 유기체이며, 생각하고 호흡하고 움직이는 원형질이다. 그녀는 예술이 추구하기는 해도 결코 재현해내지 못할 생명력과 활력으로 채색되어 있었다.

"샤브남…… 샤브남!"을 환호하는 수천의 팬들 위로 카메라가 흔들리며 다시 앵커의 목소리가 들려왔다.

"우리는 이미 누가 최고의 스타인지를 확인했습니다. 올해는 아무래도 샤브남 삭세나의 해인 것 같군요. 오늘 그녀는 그 어느 때보다도 젊고 아름다워 보입니다. 이미 최우수 악역 여우상을 거머쥠으로써 연기력을 인정받았습니다만 내년에는 더 많은 상을 타고 더 많은 팬의 마음을 훔칠 것으로 보입니다." 람 둘라리가 'I ♥ Shabbo'라고 적힌 티셔츠의 가슴 부분에 사인을 해주자 팬들이 열광하고 방송이 잠깐 중단되는 사태까지 일어났다.

"경험에 대한 동경으로서의 경험은 아무 의미가 없다. 경험을 하는 동안 자신을 돌이켜보아서도 안 된다." 스승님이 그런 말을 했었다. 그리고 지금 나 자신의 정지 화면을 보며 그의 말뜻을 이해했다.

그 순간 나는 유명인의 가면을 벗어냈다. '얼굴을 갉아먹는' 가면. 그리고 생전 처음으로 심리적 부담감 없이 나 자신을 지켜볼 수 있었다. 나는 내 밖에서 내 인기를 한껏 만끽했다. 그건 묘한 스릴이었다. 마치 육신을 떠나지 않고 유체 이탈의 경험을 하는 것 같았다.

오늘 밤 람 둘라리가 샤브남 삭세나를 해방시켜주었다.

람 둘라리와 볼라는 새벽 1시에 돌아왔다.

"잘했어, 람 둘라리. 실수 하나 없이 너무 완벽했어. 정말로 네가 자랑스럽구나." 나는 그녀에게 환한 웃음을 전했다

람 둘라리가 가만히 나를 바라보았다.

"그런데, 언니, 연기는 언제 가르쳐주실 거예요?"

난 내 귀를 의심했다. 얘기 정신이 나긴 긴가? 나는 즉시 화난 선생의 표정을 지었다. 무례한 팬들을 대할 때와 같은 표정이다.

"나하고 닮았다고 나처럼 연기할 수 있는 건 아니야, 람 둘라리." 나는 불도 얼릴 듯한 말투로 쏘아붙였다.

"할 수 있어요, 언니. 이것 좀 들어보세요." 그녀는 〈인터내셔널 몰〉에서의 대사 일부를 외워 보였다.

아무래도 내 영화 DVD를 꽤나 오랫동안 연구한 모양이었다. 정말 대단한 연기였다. 대사 처리도 흠잡을 데 없었고 감정의 표출도 적절했다. 그녀가 최고의 연기자임을 인정해야 했다. 예기치 않은 질투가 심장을 옥죄기 시작했다.

"오늘은 충분히 즐겼잖아. 이제 나가봐. 내일 점심에 쓸 강낭콩도 불려둬야지." 난 그녀를 내쫓았다.

그녀가 방을 떠나자마자 볼리를 노려보았다.

"이제 그만. 람 둘라리의 대역 놀이는 끝났어. 아무래도 그애를

너무 띄워준 것 같아."

"알았어. 더이상 내보내지 않을게." 그가 멋쩍은 표정으로 동의했다.

람 둘라리는 분수를 깨달아야 한다. 그녀는 요리사에 불과했고 내 명령에 따라 신데렐라로 변신한 것뿐이다. 자정을 알리는 종소리가 울리면 신데렐라의 놀이가 끝나듯, 그애도 이제 부엌데기로 돌아올 때인 것이다.

이 글을 쓰면서도 그녀를 어떻게 해야 할지 고민이다. 그애는 재미로 만들어낸 장난감이다. 싫증난 장난감을 어떻게 처리하더라? 생각하고 숨 쉬고 움직이는 단백질 덩어리를 어디에 버린다?
제페토가 피노키오를 어떻게 했지? 그때 원작의 줄거리가 떠올랐다. 피노키오는 끔찍하게 죽었다. 수많은 잘못을 저질러 교수형에 처해졌던 것이다.

2월 15일

오늘은 메부브 스튜디오에서 라가반의 영화를 촬영하는 날이다. 하지만 아무도 일에 집중하는 것 같지 않았다. 묘한 긴장감이 돌고 있었는데 알고 보니 다들 비키 라이 사건의 판결을 기다리는 중이었다.
점심 시간, 모두가 영사실로 몰려갔다. 메이크업 밴에 있다 홀 안으로 들어가니 바르카 다스가 대형 스크린 속에서 잔뜩 인상을 찌푸리고 있었다.

"지금 막 법정에서 전해진 소식에 의하면 비키 라이는 루비 질 살인에 대해 면소 판결을 받았습니다." 그녀가 맥없이 중얼거렸다.

스튜디오의 분위기는 순식간에 가라앉았다. 아무도 뉴스를 믿지 못하는 분위기였다. 바르카 다스조차 처음으로 할 말을 잃은 듯 보였다.

"음, 할 말이 없군요. 이해할 순 없지만 전혀 예상 못했던 판결은 아닙니다. 오래전부터 인도의 부자와 권력가는 법을 주물러대고 살인을 자행했으니까요. 오늘 비키 라이가 그 명단에 추가되었을 뿐입니다. 아무래도 보통 사람들에게 정의는 아직 꿈에 불과한 모양입니다. 오늘은 루비 질의 가족뿐 아니라 인도 국민 모두에게 슬픈 날입니다."

루비 질을 만난 적은 없지만 판결은 묘하게도 나를 슬프게 만들었다. 머나먼 나라에서 비행기가 추락했다는 소식을 들었을 때와 같은 기분.

2월 16일

다른 사람도 아닌 제이 차테르지가 자신이 아테나 바에서 주최하는 파티 초청장을 보내왔다. 비키 라이의 면소 판결을 축하하는 파티라니! 불쾌할 따름이다. 사람들은 사법의 타락을 한탄하고 있는데, 제이 차테르지처럼 지적인 예술가가 비키 라이 같은 범법자의 친구라니. 이를 통해 새로운 깨달음을 얻었다. 발리우드의 스필버그에게도 치명적인 결함이 있다는 것.

나는 공손하게 거절 편지를 보냈다. 물론 이 일로 인해 차테르지의 신작에 캐스팅되는 일이 요원해질 수도 있다는 건 잘 알고 있다. 아직도 제2의 살림 일리아시를 찾고 있다는 그 영화. 하지만 내게도 원칙은 있다.

한계도 있다. 그날 늦게 로나발라에서 사진 촬영을 하는데 대학생 무리가 다가왔다.

"대통령한테 비키 라이 사건의 재심을 요청하는 청원서를 보낼 생각입니다. 우리 목표는 청원서에 천만 명의 서명을 받는 거예요. 서명해주실 거죠, 샤브남?" 그들이 요청했다.

"아뇨, 정치 문제에 얽히고 싶지 않아요." 나는 얼굴을 붉혔다.

"이건 정치 문제가 아닙니다. 정의에 대한 거예요. 오늘은 루비였지만 내일은 샤브남이나 제가 될 수도 있다고요." 열정적인 표정의 학생이었다.

"여러분의 명분엔 동의해요. 하지만 그렇다고 내 이름을 내걸 수는 없어요." 나는 이렇게 말하곤 양해를 구했다. 학생들은 낙담한 표정으로 돌아갔다.

난 비서 라케시의 조언을 따랐을 따름이다. 정부에 대한 어떤 비판에도 개입하지 말 것. 그건 내 목을 옥죄는 올가미이며 정부는 언제든 그 줄을 당길 것이다. 소득세 폭탄을 맞거나 여권 보류 조치를 원하는 사람이 어디 있겠는가?

내가 루비 질의 운명이 될 리는 없지 않은가. 바르카 말마따나 부자와 명사는 사람을 죽이고도 교묘히 넘어간다. 그들이 살해당하는 경우는 없다.

2월 17일

3주 예정으로 호주에 가기로 했다. 마헤시 시르의 영화 〈메트로〉에 들어갈 노래 장면 세 컷을 리티크와 함께 찍기 위해서다. 호주는 처음이라 그동안 얘기로만 듣던 장소들을 모두 돌아볼 생각이다.

람 둘라리 혼자 아파트에 남기 때문에 볼라에게 집과 그녀를 더욱 잘 챙기라고 지시해두었다.

2월 20일

시드니는 세계에서 제일 큰 도시일 것이다. 오페라하우스와 하버브리지의 첫인상은 환상적이었고, 본다이 비치는 지상의 어느 해변보다 찬란한 햇살을 자랑했다. 호주 사람들은 무척이나 쾌활했다.

그야말로 최고의 여행이다.

금발에 파란 눈의 호주 소녀들이 나와 함께 인도 음악에 맞춰 엉덩이를 흔들어대는 모습이 특히 재밌었다. 갈색 피부 배우들의 권유에 따라 서양의 백인 무희들이 함께 격렬한 춤을 추고 노래하는 장면을 적어도 하나 정도 넣는 것이 발리우드의 공식이다. 오늘 촬영에는 호주의 금발 무희들이 리티크 발밑에서 네 발로 기며 발정난 암캐처럼 헐떡이고 키스를 요구하는 장면도 있었다.

이런 게 소위 전도된 식민주의라는 걸까?

3월 4일

오늘은 꽤나 흥미로운 일이 있었다. 루치오 롬바르디라는 은발의 중년 신사가 호텔 스위트룸으로 나를 찾아와 아주 유창한 영어로 자신이 어느 아랍 왕자의 비즈니스 매니저라고 소개했다(왕자의 이름은 잊어버렸다).

그는 왕자라는 사람이 내 사진을 보고 홀딱 빠졌다며, 3월 15일 왕자의 생일에 함께 하룻밤을 보내는 대가로 10만 달러를 내놓겠다고 제안했다. 전용기로 영국 도체스터로 날아가 왕자와 하룻밤을 보내면 3월 16일 곧바로 뭄바이로 데려다주겠다고 했다.

롬바르디 씨는 대본을 설명하는 감독처럼 이런 얘기를 사근사근 늘어놓았다. 돈과 연줄은 많은 사람 같았으나 인도 디바의 성질은 생각하지 못한 모양이었다.

"정말 터무니없는 제안이로군요. 그 왕자라는 작자는 날 어떻게 보고 이런 무례한 짓을 하는 거죠? 내가 싸구려 창녀처럼 보여요?" 나는 롬바르디의 무례함에 크게 화난 척했으나 사실 그건 아니다. 남정네들의 의식 속에 내가 창녀와 아내 사이의 모호한 위치를 차지하고 있다는 사실 정도는 알고 있다. 아내는 유혹할 수 있고 창녀는 돈으로 살 수 있다. 나 같은 여배우에게는 비즈니스로서만 제안할 수 있다. 그리고 롬바르디가 하는 일이 바로 이것이다.

그는 내가 거절하리라고는 예상조차 못한 모양이었다. 그는 집요하게 물고 늘어져 가격을 20만 달러까지 올렸다가, 급기야는 50만 달러에 반은 즉시 현찰로 지불하겠다고까지 했다.

마지막 카드로 그는 왕자의 사진을 내놓았다. 솔직히 지독한 성병에 걸린 추물을 상상했는데, 사진 속의 사람은 아랍인 특유의 길고 펑퍼짐한 가운과 체크무늬 모자를 쓴 젊은 남자였다. 짙은 갈색 콧수염에 길고 잘생긴 얼굴.

솔직히 왕자는 매력적이었고(다소 유약해 보이기는 했지만) 50만 달러는 의미 있는 액수다. 계산해보니, 롬바르디가 하룻밤의 쾌락으로 부른 액수는 무려 2천만 루피에 달했다.

내 은행에도 6천만에 가까운 예금이 있지만 그 돈을 모으는 데 3년 반이라는 세월이 걸렸다. 그런데 단 하룻밤에 그 3분의 1을 벌 기회가 생긴 것이다.

하지만 도대체 저 '하룻밤'의 의미가 뭐겠는가? 그건 본질적으로 두 차례의 섹스를 뜻한다(아무리 왕자라도 세 번까지 물고 늘어질 힘은 없을 것이다). 최대 22분일 테니, 내가 버는 돈은 분당 22,727달러, 초당 378달러라는 얘기다. 와우! 그런 식으로 계산하면 무하마드 알리 정도가 그보다 좀더 벌 것 같지만, 그래도 그의 일은 링에 올라가 잔뜩 깨지고 터지는 일이 아닌가. 난 그냥 즐기기만 하면 된다.

그래도 난 거절했다.

롬바르디는 낙담한 표정이었다.

"이 너그러운 제안을 거부하시다니 큰 실수를 하시는 겁니다, 삭세나 양. 이미지 때문에 그러십니까? 그렇다면 극도의 보안을 약속드리죠."

"그렇지 않아요." 내가 대답했다.

"그럼 구태의연한 도덕성 문젠가요? '배꼽 아래로는 종교도 진실도 없다'는 이탈리아 속담을 들어보신 적 있습니까?"

"난 사고파는 물건이 아니에요, 롬바르디 씨. 왕자님께 그렇게 전해주세요." 나는 이렇게 말하고 문을 닫아버렸다.

배꼽 아래로 종교나 진실은 없을지 몰라도, 이마 뒤에는 두뇌라고 부르는 게 있다. 오늘 왕자를 거부함으로써 그의 욕정은 배가될 것이며, 다음 생일엔 분명 백만 달러를 들고 달려들 것이다!

그럼 정말로 인도판 〈은밀한 유혹〉*이 되는 건가?

그런데 왜 발리우드는 그 영화를 리메이크하지 않지?

3월 8일

세상에, 내 인생 최악의 날을 어떤 식으로 설명해야 한담!

저녁 8시 싱가포르에서 돌아왔을 때 뭔가 잘못되었음을 직감했다. 볼라는 공항으로 마중 나오지 않았고 차에는 운전사뿐이었다.

"볼라는 어디 갔나요?" 내가 운전사한테 물었다.

"모르겠습니다, 아가씨. 일주일이나 보지 못한걸요. 아가씨를 모셔오라는 얘기도 라케시한테 들었습니다."

30분 후 아파트에 도착했을 때 집 안은 불빛 하나 없이 깜깜했다. 스위치를 켜는 순간 난 놀라 숨을 들이마셨다. 집은 엉망이었다. 거실의 소파는 모두 뒤집혀 있었고 애지중지하던 워터포드 수정 꽃병도 산산조각난 채 바닥에 뒹굴고 있었다. 식당에서는 썩은 고기 냄새가 진동했다. 먹다 남은 칠리 치킨과 양념 돼지고기 상자

---

* 로버트 레드포드와 데미 무어가 주연한 1993년 할리우드 영화. 극중에서 로버트 레드포드는 하룻밤을 위해 데미 무어에게 백만 달러를 제시한다.

가 국수 가락과 뒤엉켜 테이블에 놓여 있는 걸 봤을 땐 입을 다물 수가 없었다. 부엌엔 더러운 그릇과 프라이팬이 산더미같이 쌓여 있었고 스튜 냄비는 구석에 처박혀 있었다.

하지만 최악의 참사는 내 침실에 벌어져 있었다. 침대 시트는 벗겨지고 매트리스는 끔찍한 칼자국으로 가득했으며 서랍은 튀어나와 있고 찬장은 모두 열려 있었다. 카펫 위에는 종이, 머리핀, 옷이 어질러져 있어 발 디딜 틈이 없을 정도였다. 화장대는 완전히 비어 있었다. 애써 모은 향수와 화장품이 모조리 사라진 것이다. 나는 화들짝 놀라 의상실로 달려갔다. 벽장에는 바닥금고가 있었는데 걱정할 필요조차 없었다. 육중한 금고 문은 용접기로 뜯겨나가고 남은 것이라곤 뻥 뚫린 구멍뿐이었다. 다행히 현찰과 값비싼 보석 대부분을 은행 금고에 맡겨두긴 했지만 그래도 잃은 돈이 10만 루피, 3천 달러, 5백 파운드와 유로 약간에 달했다. 또한 에메랄드 목걸이와 브라이틀링 시계도 없어졌다. 하시만 벽장에 진열해둔 구두와 핸드백 모두가 사라진 걸 확인했을 땐 정말로 가슴이 미어졌다. 마놀로 블라닉, 크리스천 루부탱, 발렌시아가, 그리고 지미 추까지 모두 사라졌다.

의상실의 참사를 보는 순간, 끔찍한 생각이 아랫배를 강타했다. 강도가 들어와 집 안을 들쑤시고 값비싼 물건을 챙긴 다음, 느긋하게 중국 음식까지 시켜먹고 볼라와 람 둘라리를 죽인 것이다!

나는 집 안의 차가운 침묵에 휩싸인 채 서서 욕실 문을 열고 피 낭자한 욕조에 난자당한 채 퉁퉁 불어 있을 두 구의 시체를 확인하기 위해 용기를 그러모으려 노력했다. 오, 내 욕소!

도저히 용기가 나지 않았다. 나는 경찰을 부르기 위해 침실로

신데렐라 프로젝트 503

돌아와 협탁으로 향했다. 그 순간 전화기에 테이프로 붙여놓은 메모지 한 장을 발견했다. 눈에 익은 필체였다.

'경찰을 부르기 전에 화장대 오른쪽 제일 아래 서랍에 있는 비디오테이프를 보는 게 좋을 거다.'

나는 화장대로 달려가 오른쪽 제일 아래 서랍을 열었다. 정말로 비디오테이프가 하나 있었다. 커버도 라벨도 없는 검은 테이프. 그 익명성 자체가 너무도 위협적이었다.

무슨 이유에선지 전자제품은 하나도 손대지 않았다. TV, 음향기기, DVD 플레이어까지 그대로 있었다. 나는 떨리는 손으로 플레이어 안에 테이프를 집어넣고 TV 스위치를 켰다. 욕조에 둥둥 떠 있는 람 둘라리의 시체를 예상했는데 전혀 의외의 내용이었다. 욕조 속이긴 한데 그 안에 떠 있는 건 바로 나였다. 완전한 나신.

비디오는 20분 동안 목욕을 즐기는 내 모습을 낱낱이 보여주었다. 샤워 꼭지를 만지작거리고, 몸에서 거품을 떼어내고, 외로운 젊은 여자가 욕실에서 하는 행동이 모두 담겨 있었다.

카메라에 그런 내 모습이 담겼다는 것도 끔찍했지만 그보다 더 끔찍한 건 그게 바로 내 욕실에서 일어나고 있다는 것이었다.

나는 욕실 문을 열고 안을 들여다보았다. 대리석 욕조엔 시체 대신 기이한 침묵만이 맴돌았다. 수도꼭지에서 물방울 떨어지는 소리가 규칙적으로 들려왔다. 나는 천장에 오목하게 들어가 있는 조명들을 올려다보았다. 언뜻 다 똑같아 보였지만, 난 금방 그것들 가운데 욕조 바로 위 물방울처럼 빛나는 카메라 렌즈를 식별해냈다.

나는 침실로 돌아와 다시 한번 쪽지를 확인했다. 그리고 필체를 알아보았다. 볼라. 위장하려고는 했지만 비스듬한 'i'는 어쩔 수 없었다.

조금씩 상황이 분명해졌다. 볼라는 침실과 욕실에 카메라를 몰래 설치하고, 9개월 동안 나를 촬영했다. 테이프가 얼마나 많을지는 신만이 알 것이다. 그는 내가 없는 틈을 타, 집 안을 들쑤시고 약탈해 도둑이 든 것처럼 보이게 만들었다. 그리고 이제 경찰에 알리면 테이프를 공개하겠다고 협박하고 있다.

그렇게 나를 충실하게 따랐던 자가 공갈범이라니. 타깃도 기가 막히게 골랐다. 지금 이 순간 나보다 내 상황을 더 잘 이해할 사람은 없다. 섹시미의 비밀은 섹시함을 드러내 보이지 않는 데 있다. 란제리 차림이 누드보다 더 섹시해 보이듯, 감질맛이 포르노가 되는 순간 신비감은 사라지고 만다. 인도 영화 산업은 전적으로 정숙한 감질맛을 기본으로 한다. 이따금 가슴의 굴곡을 드러내고 허벅지를 내비칠 수는 있지만, 전적인 노출은 당연히 금기다. 발리우드 여배우는 섹시해 보이되 절대로 천박해 보여서는 안 된다.

이 테이프가 공개되는 순간 내 명성은 박살나고 배우 경력은 나락으로 곤두박질쳐 회복 불가능하게 될 것이다. 경찰엔 알릴 수 없다.

볼라의 휴대폰에 전화를 걸어봤지만 소용 없었다. "지금 거신 번호는 더이상 없는 번호이며……"라는 녹음 목소리가 흘러나왔다. 볼라는 이미 새 휴대폰을 구입했을 것이다. 어쩌면 인도에 없을지도 모른다.

어떻게 이런 실수를 할 수 있담. 교활한 독사놈을 개인 비서로 두다니. 하지만 이미 엎질러진 물이다. 스승님 말씀처럼 결코 후회

신데렐라 프로젝트 505

해서는 안 된다. 후회는 최초의 실수를 되풀이할 뿐이다.
 아직 해결하지 못한 문제가 하나 있다. 볼라가 불쌍한 람 둘라리를 어떻게 한 걸까?

3월 12일

 람 둘라리가 납치된 지 4일이 지났다. 아무래도 죽은 모양이다. 느낄 수 있다. 볼라는 그녀를 살해해 사체를 토막낸 다음 자루에 집어넣어 무거운 돌과 함께 바다에 내던졌을 것이다. 지금쯤 물고기들과 함께 있을 게 분명하다.
 경찰이 말하듯 실종된 사람을 찾는 데도 공소시효라는 게 있다. 그 시점을 넘어서는 순간 희생자를 찾아낼 가능성은 곤두박질치고 만다. 납치된 아이가 돌아오기를 몇 달, 몇 년 동안 기다리는 부모들이 안타까울 따름이다.
 인생은 상실감을 떨쳐내고 계속 살아가는 것이다. 나는 그렇게 살아왔다.
 람 둘라리여, 편히 쉴지어다. 볼라, 넌 지옥에서 썩어버려!

3월 13일

 발리우드의 소프트 포르노 황제로 더 유명한 루트라 감독을 만났다. 숨을 몰아쉬면서 말을 하는 비만의 사내는 연달아 네 번의 빅히트를 기록했다.
 "그래, 샤브남, 우리 4월 15일부터 들어갈 수 있는 거지?" 그가 헐떡이는 목소리로 물었다.

"뭘 들어가요?"

"내 영화. 〈섹시 넘버원〉."

"감독님, 감독님 영화는 못 한다고 육 개월 전에 말씀드렸잖아요. 그런 식의 키스와 목욕 신들은 감당이 안 된다고요."

"하지만 마음을 바꿨잖아. 이미 선불로 오백만 루피도 받아놓고 왜 그래? 그것도 현찰로."

"오백만 루피라뇨?"

"지난달에 당신 비서 볼라가 당신이 허락했다면서 당장 돈을 내놓으라고 했다고. 4월과 5월 중에 날짜까지 못 박았는걸. 제작은 한 달 후에 들어가. 자기한테 당신과 의상 문제를 얘기해보라고 하지. 알겠지만 조금 야하긴 해. 대본 자체가 어느 정도 노출을 요구하니까. 하지만 샤브남이 나오는 신은 가능한 한 미학적으로 처리하겠다고 약속하지."

난 머리를 굴리기 시작했다. 볼라가 5백만을 꿀꺽하고 나를 더러운 B급 영화에 처넣은 것이겠지? "죄송해요, 아마 혼선이 있었던 모양이군요. 전 볼라한테 감독님 프로젝트에 사인할 권한을 맡긴 적이 없어요. 제 일정은 볼라가 아니라 라케시가 담당하거든요."

"무슨 말이야, 샤브남? 계약서에 사인까지 해놓고. 그것 때문에 선불까지 내준 건데."

"계약서요?"

"그래, 바로 이거." 그가 서류가방을 열더니 서류 한 장을 내밀었다. 내 표준 계약서지만 누드 불가 규정이 완전히 삭제되어 있었

신데렐라 프로젝트 507

다. 서류 아래에 내 사인과 날짜가 적혀 있었다. 2월 17일. 내가 호주로 떠난 바로 그날이다.

사인을 확인해보았다. 그 계약서를 본 적도 없는데, 사인은 진짜처럼 보였다. 그때 어떤 생각이 뇌리를 스쳤다. 볼라가 람 둘라리를 협박해 사인을 하게 만든 거야! 팬들에게 해주는 사인을 완벽하게 재현해내는데 서류 사인이라고 못할 게 어디 있겠는가!

"보세요, 감독님. 전 이 영화를 할 수 없어요." 내가 단호하게 선을 그었다.

감독도 가만있지 않았다.

"그럼 계약 위반으로 고소할 수밖에." 그가 씩씩거리며 말했다.

"좀더 우호적으로 해결하죠. 이 계약서를 찢어버리면 돈을 돌려드릴게요. 그리고 선의에 대한 보답으로 감독님 영화에 이 분 정도 출연할 수도 있어요. 물론 우정 출연이죠." 감독은 내 제안을 곰곰이 생각해보았다.

"좋아, 하지만 조건이 있어. 내일까지 계약금을 돌려줘. 전액 모두 현찰로."

"약속드릴게요. 내일 아침 일어나는 대로 은행으로 달려갈 테니까."

이 위험천만한 계약서에서 탈출했다는 사실에 안도의 한숨이 절로 나왔다. 루트라가 그렇게 쉽게 동의할 거라고는 기대도 하지 않았는데. 내 출연료 10분의 1 정도면, 검열을 간신히 통과할 포르노 수준의 영화에 몸을 던질 여자는 얼마든지 있다. 영화계에는 당장이라도 옷을 홀렁홀렁 벗어던질 10대 아이들로 넘쳐난다. 감독이 던져주는 어떤 의상이든 걸쳐 입고 라스베이거스를 무색게 할

폴댄스를 출 애들이다. 살색 팬티 차림으로 엉금엉금 기는 연기까지 서슴지 않을 것이다.

3월 14일

고급 정장 차림의 은행 매니저는 여느 때와 달리 눈에 띌 정도로 냉랭한 표정이었다. 나는 내 계좌에서 현찰로 5백만 루피를 인출하고 싶다고 했다. 그는 차가운 미소를 짓더니 내게 그런 거액의 어음 초과 발행은 곤란하다고 대답했다.

"어음 초과 발행? 계좌에 돈이 있는데 왜 그래야 하죠?"

"잊으셨습니까, 샤브남 양? 2월 16일 이곳에 오셔서 돈을 모두 인출해가셨잖습니까. 타 은행으로 옮기실 생각이라면서 정기예금까지 모두요."

"하지만…… 내가 어떻게, 몇 달 동안 은행에 온 적도 없는데요."

"비서와 함께 오셨죠. 볼라 스리바스타바 씨 말입니다. 바로 이 방이었고, 전 정기예금의 이자를 모두 잃게 되실 거라는 설명까지 드렸습니다. 기억하실 겁니다. 샤브남 양께서 모든 서류에 사인하고 현금을 받아가셨으니까요. 지하 금고의 귀중품까지 모두 찾아가셨죠."

매니저의 말 한마디 한마디가 해머처럼 머리를 두들겨댔다. 6천만 루피가 사라지고, 귀금속도 모두 증발한 것이다. 24캐럿짜리 금반지도, 백금 펜던트도 모두, 심지어 난 할 말까지 빼앗기고 밀았다.

"어…… 어…… 어떻게, 이…… 이런…… 일이."

신데렐라 프로젝트 509

나는 멍한 상태로 아파트에 돌아와 라케시한테 오늘 약속을 모두 취소하라고 얘기한 다음 침대 위로 무너지고 말았다.

볼라가 도대체 얼마나 많은 제작자와 계약을 하고 돈을 챙겼을지 상상도 되지 않았다. 나는 가구들을 돌아보았다. 간신히 제 자리로 돌려놓은 터였다. 채무자들의 고발로 이 집에서 퇴거 명령을 받고 모든 것이 경매에 붙여질 때까지 시간이 얼마나 남았을까?

본질적으로 인생은 전쟁이다. 내 재정적 파산과 배우 경력의 계획적인 파괴를 이렇게 지켜보고 있을 수만은 없다. 경찰에 가서 볼라에 대해 모든 것을 얘기할 것이다. 어떻게 나를 속이고 재산을 갈취했으며, 람 둘라리로 하여금 내 흉내를 내게 했는지부터 어쩌면 그녀를 죽였을지도 모르겠다는 얘기까지 전부 말이다.

테이프가 공개될 경우에도 대비할 생각이다. 당혹스럽긴 하겠지만 나를 파멸로 이끌 정도는 아니다. 나를 죽이지 못하는 것은 나를 강하게 만들 뿐이다.

나는 고드볼레 형사를 만날 작정을 했지만, 그건 3월 18일에 할 일이다. 볼라의 배신도 내 생일을 망칠 수는 없다.

3월 17일

오늘은 내가 스물셋이 되는 날이다. 하루 종일 제작자와 감독들이 전화로 축하 인사를 전해왔다. 화환 10여 개가 배달되어 집 안이 장미와 백합 향으로 가득해졌다.

로지 마스카레나스는 팬레터가 산더미같이 쌓였다는 얘기를 해주었다. 거의 3만 장. 그건 과거의 기록을 모두 갈아치운 쾌거다.

오늘 저녁 디파크 시르가 셰러턴에서 생일파티를 열어준다고 했다.

하지만 내 마음은 어둡기 짝이 없었다. 아잠가르에서는 아무도 축하 전화를 걸어주지 않을 것이다. 뭄바이에서의 첫해 3월 17일에는 아침부터 밤 늦게까지 전화기를 떠나지 못했다. 혹시나 하고 아버지와 엄마의 전화를 기다렸지만 끝내 벨은 울리지 않았다. 가족은 나와 철저하게 의절하는 쪽을 택했고, 내 생일조차 기억하지 못하는 모양이었다.

3월 18일

오늘 저녁 DHL로 소포가 배달되었다. 안에는 깔끔한 포장에 리본까지 매단 작은 꾸러미가 들어 있었다.

금색 포장지를 찢자마자 난 다시 충격에 빠지고 말았다. 이번에도 비디오테이프였다. 마찬가지로 커버도 라벨도 없는 검은 테이프였다. 테이프 밑바닥에 작은 쪽지가 붙어 있었다.

'늦었지만 생일 축하한다. 아직도 경찰에 갈 생각이라면 이 테이프를 먼저 보도록.' 역시 볼라 특유의 비스듬한 필체였다.

나는 테이프를 플레이어에 넣으며, 〈외로운 소녀의 물장난〉 속편쯤일 거라고 생각했다. 하지만 화면에 나타난 장면은 청천벽력이었다.

내가 어떤 남자와 다양한 성행위에 몰두하고 있었다. 사내의 얼굴은 보이지 않았지만 구릿빛 피부에 털북숭이 올챙이배로 미루어 볼라가 분명했다. 매우 생생하고 대담했다. 어찌나 노골적인지

이전의 목욕 테이프는 정말로 디즈니 영화에 불과할 정도였다.

그 테이프로 인해 몇 가지 사실이 밝혀졌다. 하나, 람 둘라리는 살아 있었다. 둘, 그녀는 이 모든 범죄의 공모자였다. 그 수줍던 아이가 어떻게 저런 색광이 되었는지는 미스터리였으나 그녀의 배신은 볼라의 배신보다도 더 혹독했다.

볼라와 람 둘라리. 정말로 기가 막힌 팀이다. 두 사람은 현대판 보니와 클라이드이자 분티와 바블리*였다. 마을을 피로 물들이고, 갈취하고, 강간하고, 거짓말로 일관하며 기어이 6천만 루피를 거머쥔 추악한 도망자들. 그들은 내가 지불해야 할 청구서까지 남겼다.

나는 한참 동안 꼼짝 않고 침대에 누워 있었다. 나한테 어떤 선택의 여지가 있는지 곰곰이 생각해보았다. 욕실 카메라는 나를 노렸지만 이번 건 람 둘라리가 주연이다. 내 도플갱어의 행동까지 내가 책임져야 한다는 건가? 내가 경찰에 신고하고, 볼라가 테이프를 공개할 경우 최악의 상황은? 최근의 경향으로 본다면 테이프는 인터넷 동영상으로 전 세계에 퍼져 포르노광의 영원한 마스터베이션 도구가 되어줄 것이다.

나는 파멜라 앤더슨과 패리스 힐튼 생각도 해보았다. 그 엄청난 공짜 홍보와 기록적인 박스 오피스 수입에 대해서도 생각해보았다. 나는 세상에서 가장 유명한 인도 여배우가 되고 이 추악한 히트작으로 최악의 오명을 뒤집어쓰게 될 것이다. 물론 그 책임은 람 둘라리에게 넘겨버릴 것이다.

---

* 1967년 할리우드 영화 〈보니와 클라이드〉에 영향을 받아 2005년 만들어진 발리우드 블록버스터 〈분티와 바블리〉에 나오는 남녀 주인공.

아냐, 아냐, 아냐. 그럴 수는 없어. 도대체 무슨 생각을 하는 거야? 여긴 인도야. 배꼽만 드러내도 타락한 여자 취급을 하는 곳이란 말이다. 여자가 비키니를 입었다고 거리 시위를 하는 나라가 아닌가. 게다가 테이프의 내가 '가짜'라는 사실을 어떻게 증명하지? '진짜' 목욕 테이프가 있는 판국에?

법적인 문제도 있다. 재판이랑 교도소 생각도 해야 한다. 사회단체의 도덕성 제고 운동의 희생양이 될 수도 있다. 그들은 내 인형을 태우고 영화 포스터들을 갈가리 찢어발길 것이다. 어쩌면 영화계의 왕따로 찍혀 영원히 쫓겨날 수도……

망할!

생각해! 방법을 생각해내란 말이야! 제발!

3월 20일

4년 동안이나 기다렸던 전화가 걸려왔다.

전화벨이 울린 건 오후 9시 20분. 지친 목소리의 교환원이 샤브남 삭세나인지 물었다.

"네, 샤브남 삭세나 맞아요."

"그럼 말씀하세요. 상대방이 연결되어 있습니다." 그녀가 심드렁하게 내뱉었다. 지금 인도 최고의 명사와 얘기를 나누었다는 사실 따위는 아무렇지도 않은 듯했다.

"얘야, 엄마다. 지금 공중전화야."

엄마 목소리를 듣는 순간 심장이 몸 밖으로 튀어나오는 줄 알았다. 엄마는 내게 당장 아잠가르로 와달라고 애원했다.

"큰 사고가 있었단다. 아버진 지금 병원에서 사경을 헤매고 있어. 전화로는 자세히 말할 수 없으니 어서 내려오거라. 내 딸아, 어서."

"네, 엄마. 지금 갈게요." 나는 애써 눈물을 참았다.

3월 21일

아잠가르에 돌아왔다. 내 고향. 뭄바이에서 바라나시까지 비행기를 타고 와서 택시로 90킬로미터를 달렸다. 사람들이 알아볼까 봐 청바지 위에 부르카*까지 걸쳐 입었다.

러크나우는 3년 동안 크게 변했으나 아잠가르는 7년 전과 똑같았다. 다 쓰러져가는 집들과 퇴락한 슬럼으로 가득한 시궁창 같은 고향. 도로는 여기저기 웅덩이가 파여 있고 모퉁이마다 쓰레기가 가득했으며 하수구는 오수로 넘쳐흘렀다. 길거리를 점령한 소 떼와 벽마다 붙어 있는 가짜 웃음과 합장으로 꾸민 정치가들의 찢긴 포스터.

고향집이 있는 쿠르미톨라는 이미 폐쇄 공포증을 일으킬 정도의 지옥으로 변해 있었다. 릭샤와 자전거로 북적였던 좁은 길은 이제 자동차와 용달차의 경적과 타이어 끌리는 소리로 가득했다. 폐허에 가까운 집들마다 비둘기가 푸드득거리고, 지저분한 광고판은 야한 영화 포스터와 성인용품 광고로 도배되어 있었다. 솜씨 좋은 기술자들이 허름한 옷을 입고 낡은 작업장에서 일을 하고 있

---

* 이슬람 문화권 여성들이 온몸을 감싸기 위해 두르는 의상.

었다. 오물로 덮인 인도엔 한 늙은이가 낡은 물담배를 물고 있었는데, 그 광경은 마치 잊힌 과거에서 실수로 튀어나온 것처럼 보였다.

집을 찾기는 어렵지 않았다. 집은 아이들이 크리켓과 축구를 하는 들판 끝에 있었다. 비바람에 시달린 대문을 두드리자 엄마가 밖으로 나왔다. 마지막으로 봤을 때보다 더 늙고 머리색까지 바랬다. 우리는 서로 끌어안고 조금 눈물을 흘린 다음 안뜰에 있는 낡은 평상에 앉았다. 어릴 적 사프나와 내가 사방치기를 하던 곳이다. 엄마가 나를 부른 이유를 설명했다.

이틀 전 사프나가 학교에서 돌아오다 납치당했다. 동생은 사라이 미르에 있는 작은 집에 갇혔다. 그곳은 깡패 소굴로 악명이 높은 작은 교외 마을이다. 납치범은 사프나를 강간하려 했으나 동생은 간신히 깡패에게서 총을 빼앗았고, 그만 그를 죽여버렸다.

동생은 납치 후 몇 시간 만에 귀가했는데, 아버지가 그 소식을 듣고 심장발작을 일으킨 것이다. 지금 아버지는 병원에 있다. 사프나는 집에 숨어 경찰이 잡으러 올까봐 덜덜 떨고 있다. 절망감에 빠진 엄마가 최후의 수단으로 내게 도움을 청한 것이다.

"사프나가 돌아왔을 때 얼마나 바들바들 떨던지 도저히 그애의 눈을 쳐다볼 수 없었단다. 이 도시는 완전 무법천지라 여자애들이 살 수가 없구나. 그 내무 장관이라는 놈부터가 악명 높은 범죄자이니 오죽하겠니. 네 아버지는 여지껏 인정하지 않았지만, 솔직히 말해 네가 뭄바이로 달아난 건 정말로 잘한 일이야. 그때 차라리 네 동생도 데리고 떠나지 그랬니? 그럼 오늘 이 꼴도 당하지 않았을 텐데."

"사건은 늘 옳고 그른 것 사이에서 일어나요, 엄마. 그 자체로는 옳을 것도 그를 것도 없어요. 우리는 어쩔 도리가 없어요."

"그래, 네 말이 맞다. 올 일은 어차피 올 테니까."

"사프나는 어디 있어요?"

"골방에 숨어 도통 나올 생각을 안 해. 벌써 이틀째 아무것도 먹지 않았단다. 어쩌면 네 말은 들을지도 모르겠다."

내 기억에 골방은 집에서 가장 어두운 곳이다. 창문이 없어 방 안 공기조차 어둡고 눅눅하며, 먼지와 퀴퀴한 곰팡내로 가득했다. 사프나와 내가 숨바꼭질을 할 때면 숨을 곳으로 최고였지만 둘 다 그 소름 끼치는 밀실에서 10분 이상 견뎌내지 못했다. 그런데 이틀 내내 그 안에 처박혀 있다니!

나는 골방으로 향하는 계단을 뛰어 올라가 찌그러진 문을 두드렸다. 여기저기 페인트가 벗겨진 지 오래였다.

"나야, 사프나. 문 열어."

잠시 침묵이 이어지더니 마침내 사프나가 문을 열고 내 품에 뛰어들었다. 동생은 마르고 초췌했다. 두 팔로 어찌나 세게 끌어안는지 손가락이 척추를 파고드는 것 같았다. 내 등을 통해 어린 시절을 다시 느껴보려고 발버둥 치는 것이리라. 그러더니 결국 털썩 주저앉아 울고 말았다. 가냘픈 몸이 한참을 들썩였다. 눈물이 하염없이 흘러내렸다. 나는 아무 말 없이 동생의 머리카락을 어루만지며 함께 슬픔을 나누었다.

내 성화에 못 이겨 사프나는 결국 식사를 했고, 그런 다음 함께 아버지가 있는 병원으로 향했다. 사프나도 나처럼 검은 부르카를 입었다.

중환자실은 어두침침하고 조용했다. 사리타 언니도 와 있었다. 마지막으로 봤을 때와 마찬가지로, 버릇없는 세 아이를 둔 불행한 유부녀의 얼굴 그대로였다. 지칠 대로 지친 표정. 언니는 생각보다 더 따뜻하게 나를 안아주었다. 한 번도 가까웠던 적이 없었지만 아무래도 내 명성이 우리의 거리를 메워준 모양이었다.

아버지는 철제 침대에 녹색 시트를 덮고 누워 튜브로 숨을 쉬고 있었다. 옛날보다 많이 쪼그라든 모습이었다. 세월이 새긴 이마와 손의 주름이 이번 사고로 더욱 깊어진 듯했다. 머리두 많이 벗어져 군데군데 맨머리가 드러났다. 아버지는 잠결에 이따금 신음을 했다.

영화 속에서 수없이 많은 역할을 히먼시 임종을 앞둔 아버지의 착한 딸 역할도 해보았다. 하지만 진짜 병원에 오자 여느 때의 그 방부제 같은 미소를 전혀 지을 수가 없었다.

하얀 가운을 입고 안경을 쓴 외시기 들이와 침내에 부착된 차트를 확인했다.

"좀 차도가 있나요, 선생님?" 내가 물었다.

의사는 부르카 차림의 여인이 갑자기 영어로 질문하자 상당히 놀란 모양이었다.

"네. 회복 속도는 좋습니다. 그래도 사흘 정도는 좀더 지켜보는 게 좋겠군요."

"부디 최상의 치료를 부탁드립니다. 비용은 걱정 안 하셔도 됩니다."

사실 우스운 말이었다. 돈 걱정을 하지 말라니. 은행에 땡전 한 푼 없는 데다 빚까지 산더미가 아니던가. 하지만 살인 같은 근본적인 문제에 맞닥뜨리게 되면 돈 걱정은 하찮아 보일 수밖에 없다.
 의사가 떠난 후, 난 사프나의 손을 잡았다. "아버지는 괜찮을 거야. 이제 사라이 미르에 가자. 네가 끌려갔던 집에."
 동생이 손을 뿌리쳤다. "싫어, 언니. 그곳엔 죽어도 안 갈 거야."
 "해야 해, 사프나. 네가 그 집에 있었다는 증거를 모두 없애야 해."
 "그 남자를 또 어떻게 봐! 아무리 죽었다고 해도."
 "약속할게. 십 분도 걸리지 않을 거야."
 한참을 설득한 끝에 사프나는 사라이 미르에 가는 데 동의했다. 오토릭샤를 타고 어린 시절의 익숙한 풍경을 지나자 옛 기억이 주마등처럼 밀려들었다. 인터 칼리지 앞에서 사 먹던 팥빙수, 학교를 땡땡이 치고 딜라이트 극장에서 몰래 본 영화들, 아시프 간지에서의 윈도쇼핑, MG 로드의 나투 스위트에서 먹던 야채만두.
 사프나는 사라이 미르의 시장 앞에서 릭샤를 세웠다. 거기서부터는 걸어가야 했다.
 전형적인 무슬림 거리지만 부르카를 입고 다니는 여자는 많지 않았다. 집은 대부분 허물어져가는 오두막 수준이었다. 부서진 발코니엔 빨래가 펄럭였고 지붕마다 TV 케이블이 복잡하게 얽혀 있었다. 동굴과 다름없는 야채가게와 밝은 조명의 약국, 작은 비디오 대여점과 버섯처럼 자라난 공중전화 들이 보였다. 훈제 요리를 파는 가판대에서 막 구운 고기 냄새가 퍼져나왔다.
 사프나는 물에 빠진 사람이 지푸라기라도 잡듯 내게 달라붙었다. 살갗을 파고드는 손톱을 통해 동생의 절박감을 느낄 수 있었다. 그리고 어린 여동생이 결국 순결을 빼앗기고 말았다는 사실도. 동생에게 아잠가르의 세계는 순식간에 낯선 지옥이 되고 말았을 것이다. 이제 동생의 피난처는 오직 나뿐이다.

볼라가 내게 한 짓은 사실 동생이 당한 일에 비하면 아무것도 아니었다. 나는 유명세의 대가를 치른 셈이지만 동생은 성장의 대가를 치른 것이 아닌가. 발정난 남정네로 가득한 마을에 여자로 태어난 죄.

엄마 말처럼 이곳에선 어떤 여자도 안전하지 못했다. 심지어 세 살짜리 아이도 거리를 활보하는 변태한테 걸려 강간당하고 난자당할 수 있다. 내 동생한테서 시장에 놀러가는 작은 행복조차 앗아가버린 악마들이 너무도 저주스러웠다.

사프나는 골목 입구에서 멈추더니 불안한 듯 좌우를 살폈다. 멀리 모스크의 녹색 돔과 첨탑으로 이어지는 기나긴 골목의 입구였다. 그때 갑자기 날카로운 아잔* 소리가 대기를 흔들었고 비둘기 떼가 첨탑 난간에서 푸드득 날아올랐다. 턱수염을 기른 한 무리의 신도들이 모스크를 향해 움직이는 것이 보였다.

우리는 행렬이 줄어들 때까지 기다렸다. 이윽고 사프나가 자갈이 깔린 골목길에 있는 평범한 단층집 앞으로 나를 안내했다. 문은 열려 있었다. 우리는 죽은 구아바나무가 서 있는 안마당으로 들어섰다. 마당을 지나자 빗장이 달린 현관문이 나왔다. 내가 조심스럽게 밀자 사프나가 두 손으로 얼굴을 가렸다. 파리 떼와 썩은 고기 냄새가 엄습했다.

작은 방의 천장에는 선풍기가 달려 있었다. 녹색 시트가 깔린 침대, 책상, 그 위에 물이 담긴 사기그릇과 따지 않은 럼주 병, 나

---

* 이슬람교에서 신도에게 예배 시간을 알리는 소리.

무 찬장이 눈에 들어왔다. 벽엔 달력은커녕 사진 같은 개인 물건 하나 걸려 있지 않았다. 추억 대신 비인격적인 밀회만이 가능한 공간이었다.

남자는 돌바닥에 얼굴을 박은 채 누워 있었다. 흰색 쿠르타 차림에 키도 크고 건장해 보이는 사내였다. 시체 옆에 검은색 피스톨 한 자루가 놓여 있었다.

죽은 사람을 가까이에서 보는 건 끔찍한 일이다. 특히 썩기 시작한 시체라니. 나는 베일을 걷고 코를 막은 다음 총을 집어 들었다. 베레타 3032 톰캣, 작고 가벼운 모델이다.

"네가 쏜 총이니?"

사프나가 고개를 끄덕이며 부르르 떨었다.

"내가 언니 동생이라는 걸 안다고 했어. 샤브남을 건드릴 수는 없지만 최소한 샤브남의 동생을 먹었다고 자랑할 수는 있다면서." 동생은 입술을 파르르 떨며 흐느꼈다. 나는 그녀의 손을 다시 잡아주었다. 내게도 책임이 있다. 이 개자식의 공범자인 것이다.

"얼굴을 봐야겠다." 내가 말했다.

"난 싫어." 사프나가 울부짖었다.

"어서, 나 좀 도와줘." 남자의 허리를 잡고 뒤집으려 했으나 만만치 않았다. 크고 둔한 바윗돌 같아서 그의 배 쪽에 다리를 받치고 있는 힘껏 밀어야 했다. 간신히 그를 똑바로 눕히는 데 성공했다.

퉁퉁 불어터진 시체를 보는 순간 쓴물이 목구멍을 넘어왔다. 놈의 배는 헬륨 풍선처럼 부풀어 올랐고 두 손과 두 발은 시멘트같이 딱딱해졌다. 입과 코와 눈과 귀에서 흘러나온 체액이 끈적끈적하게 굳어 있고, 피부는 기분 나쁜 청록색을 띠기 시작했다. 두 눈이 부패해서 두개골 안으로 함몰된 탓에 얼굴은 거의 알아볼 수 없었다. 식별 가능한 특징이라곤 깨끗하게 면도한 커다란 얼굴뿐이었다. 어린 시절의 병 때문인지 마맛자국이 안면을 덮고 있었다. 왼쪽 귀는 누군가가 칼로 베어낸 듯 깊은 상처가 나 있었다. 그리고 이마 한가운데에 작은 동전만 한 구멍이 나 있었는데 총알이 뚫고 들어간 자리 같았다. 의외로 피는 거의 없었다.

"아는 남자야?" 내가 입으로 숨을 내쉬며 물었다.

"아니. 한 번도 본 적 없어. 학교에서 나오는데 뒤에서 잡고는 택시 안으로 밀어 넣더라고. 내가 납치당하는 걸 본 애들이 스무 명은 되는데 아무도 도와주지 않았어. 소리를 지르지도 않았고."

"네가 여기 끌려오는 걸 본 사람은?"

"몰라. 나를 묶고 재갈까지 물렸거든. 이 집에 끌려오는 동안 정신을 잃었던 것 같아."

"저항하기는…… 한 거지?"

"응. 나한테 옷을 벗으라고 했어. 내가 싫다고 하니까 달려들어서 카미즈를 반으로 찢어버렸어. 그때 베개 밑에 있는 총이 보여서 집어 들었어. 그자는 미친 황소처럼 나한테 달려들었는데…… 총이 발사된 거야. 언니, 맹세해. 정말로 죽일 생각은 없었어. 그냥 달아나려고 했을 뿐이야."

"이웃 사람들이 총소리를 들었을까?"

"들었을 거야. 하지만 사라이 미르에선 총소리가 흔해서 아무도 관심을 갖지 않아."

"그럼 찢어진 카미즈 차림으로 어떻게 집에 간 거니?"

"옷장에서 저 남자 쿠르타 하나를 꺼내 입고 대로로 달려가 오토릭샤를 잡아탔어."

 나는 머릿속으로 그 상황을 그려보고는 옷장으로 다가가 문을 열었다. 안에는 가느다란 옷걸이에 셔츠와 바지 몇 벌이 걸려 있었다. 선반은 모두 비어 있었으나 더 깊숙이 들여다보자 제일 아래 선반 안쪽에 검은 캔버스 가방이 보였다. 나는 가방을 꺼내 지퍼를 열었다. 새로 찍어낸 백 루피 지폐다발이 가득 들어 있었다.

 돈을 보자 사프나의 눈이 동그래졌다.

 "세상에, 언니, 그게 얼마나 되는 돈이야?"

 "글쎄다. 적어도 칠팔십만 루피는 될 것 같은데. 이 개자식이 누군지부터 알아내야겠다." 나는 죽은 자의 쿠르타 주머니를 뒤져 낡은 검은색 가죽지갑과 볼품없는 푸른색 노키아 휴대폰을 꺼냈다. 지갑에는 3,325루피와 동전 몇 개가 들어 있었으나 그의 신분을 말해주는 건 아무것도 없었다. 휴대폰도 꺼져 있었다. 충전부터 해야 할 것 같았다.

 "좋아, 이제부터 우리가 온 흔적을 없애야겠다."

 우리는 어떤 지문도 남지 않도록 30분 동안 구석구석을 닦았다. 총도 깨끗하게 손수건으로 문질러 캔버스 가방 안에 넣었다.

 "언니, 어쩌려고? 돈을 훔칠 생각이야?" 사프나가 소리쳤다.

 "저놈보다는 우리한테 더 필요해." 나는 놈의 지갑까지 가방 안에 넣었다.

 우리는 아까처럼 방문을 닫고 빗장도 깨끗하게 닦은 다음 안마당을 지나 골목으로 빠져나왔다. 그런데 거리에 나가자마자 회색 파탄 정장의 턱수염 사내가 두툼한 손가락으로 나를 가리키는 것이 아닌가!

"샤브남 삭세나 아냐?" 그는 함께 있던 사람에게 이렇게 말했고, 그도 나를 보고는 입을 쩍 벌렸다.

"그래, 샤브남이야. 샤브남이 왔다!" 그가 목청이 터져라 외쳐댔다.

"빌어먹을!" 나는 작은 소리로 욕설을 내뱉었다. 베일로 얼굴을 가리는 걸 잊은 것이다. 황급히 얼굴을 가리기는 했지만 사람들이 이미 나를 보기 시작했다. 나는 사프나의 팔을 잡고 달리다시피 골목을 빠져나갔다. 가방이 자꾸만 아래로 처졌다. 다행히 빈 오투리샤가 보여 내가 먼저 올라타고 사프나를 끌어올렸다.

"쿠르미톨라로 가요, 어서. 오백 루피 줄게요."

운전사는 깜짝 놀라더니 마치 제임스 본드의 차라도 된다는 듯 영광의 릭샤를 몰기 시작했다.

오늘 저녁 돈을 세었다. 모두 백만 루피. 난 전리품을 엄마한테 건넸다. 나보다 엄마한테 더 필요한 돈이다. 하지만 사프나는 여전히 낙담해 있었다. "이제 언니까지 얽혀들게 됐어. 경찰이 언니도 잡아갈 거야." 동생이 흐느꼈다. 그후 아버지 침실에서 잠잘 때까지만 해도 내게서 떨어질 생각을 하지 않았는데 아침에 깨어보니 사프나가 보이지 않았다. 동생은 욕실에 있었다. 젖은 바닥에 주저앉은 채 아버지의 면도날로 손목을 그으려 하고 있었다.

"무슨 짓이야, 사프나." 나는 비명을 지르며 달려가 동생의 떨리는 손에서 면도날을 낚아챘다. 동생은 마치 끔찍한 열병에라도 설린 듯 온몸을 떨었다. 나는 동생을 부축해 침대에 눕히고 나노 옆에 누워 두꺼운 담요를 머리끝까지 끌어올렸다. 추위와 나의 흐느

신데렐라 프로젝트 523

낌을 막기 위해서였다.

그 어두운 담요 안에서 동생의 가녀린 심장박동을 들으며 나는 생전 처음 진정한 깨달음을 얻었다. 명성의 덧없음과 가족의 진정한 의미가 너무도 선명하게 다가왔다. 나는 사프나가 겪은 비극의 불가피성과 혹독한 불안감의 근원을 보았다. 그리고 그 순간 무슨 일이 있더라도 동생을 보호하겠다는 결심이 섰다. 비록 그것이 살인을 부른다 할지라도.

그와 동시에 바르카 다스의 말도 생각났다. 부자와 권력자가 어떻게 법을 주무르고 살인을 자행하는지. 난 우리의 어려움을 한번에 뒤집을 히든카드가 남아 있기를 기도했다. 우리를 도와줄 수 있는 고위 인사. 시체를 처리해주고 모든 것을 잠재워줄 강력한 존재. 그 순간 뇌리를 스치는 존재가 있었다. 취미로 영화를 제작하고, 간간이 살인을 저지르며, 성추행을 일상으로 삼는 사람. 더 중요한 건 그가 우타르프라데시의 경찰력을 통제하는 내무 장관의 아들이라는 것이다. 비키 라이.

3월 22일

나는 휴대폰으로 그에게 전화를 걸었다. 다행히 전화가 연결됐다.

"정말 당신이야, 샤브남? 설마 발신자 표시가 날 갖고 노는 건 아니겠지?"

"비키, 도움이 필요해요."

"결국 내셔널 어워드가 탐나는 거로군."

"아뇨, 그것보다 더 중요한 일이에요."

"정말? 설마 살인이라도 한 거야? 하하, 그냥 농담이야."

"전화로는 얘기할 수 없어요. 만나야겠어요."

"음, 나야 오래전부터 당신을 보고 싶어 안달이 나 있지."

"오늘 만날 수 있어요?"

"오늘? 아니, 오늘은 안 돼. 내일 넘버 6으로 바로 오지 않겠어?"

"넘버 6?"

"그래. 메라울리에 있는 내 농장이야. 델리의 택시 운전사라면 다 알아. 내일 밤 지상에서 제일 호화로운 파티를 열 생각이거든. 식방 숙하 파티지."

"개인적으로 만나야 해요. 파티가 아니라."

"물론 몰래 만날 거야. 하지만 파티부터 끝내고."

"날 도와줄 거죠?"

"물론 약속하고말고. 당신이 원하는 건 뭐든지. 하지만 대가를 치러야 해."

"얼마든지요."

"〈플랜 B〉에 출연해달라는 부탁 같은 게 아냐."

"당신이 뭘 원하는지 알아요, 비키."

"좋아. 그럼 내일 보자고. 3월 23일 오후 여덟시. 넘버 6."

"좋아요."

"하나만 더, 샤브남."

"네?"

"섹시한 옷을 입어줘, 알았지?"

됐다. 이제 주사위는 던져졌다. 왕자와의 잠자리는 거부하고 살인자와의 동침은 허락한 것이다. 동생에 대한 사랑은 끝장의 대가를 요구했고 난 기꺼이 대가를 지불할 생각이다.

나는 죽은 자의 베레타를 꺼내 버튼을 눌러 탄창을 빼냈다. 영화에서 수없이 다뤄본 덕분에 총에 대해서는 잘 안다. 총알은 여섯 발이 남아 있었다. 탄창을 다시 넣은 다음 조심스럽게 핸드백에 집어넣었다.

살인자의 집에 갈 것이다. 절대 후회도 포기도 없다. 나의 플랜 B.

증거

사실은 없다. 오직 해석뿐.
— 니체, 『여명』

1
복귀

모한 쿠마르는 시계를 확인하고 쿠르타 주머니에 손을 집어넣는다. 피스톨의 차가운 감촉. 그가 완수해야 할 임무를 시의적절하게 알려주는 알림이다.

넘버 6의 정문을 통과한 지 한 시간도 더 지났다. 농장 외부에 동원된 경찰력엔 놀랐으나 다행히 초대장을 지닌 손님한테까지 금속 탐지기를 들이대지는 않았다.

비키 라이는 언제나처럼 과장된 태도로 그를 맞았다. "어서 오세요, 쿠마르, 아니, 이젠 간디 바바라고 불러야 합니까? 아무튼 초대에 응해주셔서 고맙습니다."

두 사람 사이에 적대감이 안개처럼 피어올랐다. 잠깐 동안 그 자리에서 비기 라이를 쏴버릴까 하는 생각도 들었지만, 갑자기 손이 미비되고 심장이 미친 듯이 날뛰는 게 아닌가! 결국 소용히 성원 안쪽으로 슬금슬금 달아나는 수밖에 없었다.

저녁 내내 그의 마음은 이런 식으로 흔들렸다. 한순간 결심이 굳어지는가 하면 다음 순간 맥을 놓고 마는 것이다. 확신과 절망 사이에서 갈팡질팡하는데 낯선 이들이 그를 계속 괴롭히는 통에 갈등은 더욱 깊어져만 간다. 간디 바바로서의 활약상에 찬사를 보내거나, 아니면 뭔가를 요청해온다. "노벨 평화상을 받으셔야 합니다, 간디 바바." "7월에 있을 세계 지도자 회의에서 연설해주시겠습니까?" 모두에게 미소를 짓기는 하지만 마음속 불안은 더욱 커져만 간다. 한시라도 빨리 일을 끝내고 싶건만.

살인의 부담감을 벗기 위해 다시 한번 행동 계획을 되짚어봤다. 파티는 생각보다 훨씬 규모가 크다. 넘버 6의 광대한 잔디밭에만도 최소 4백 명이 있고 집 안에도 백 명은 있을 것이다. 그 많은 사람이 다 보는 앞에서 비키 라이를 쏴야만 한다. 그러나 두렵지는 않다. 오히려 공개 처단을 통해 미래의 비키 라이들에게 적절한 교훈을 줄 수도 있으니까. 그는 다시 발터 PPK의 손잡이를 잡고 손에 전해지는 짜릿한 힘을 느껴본다.

그는 망루 쪽으로 움직인다. 적당한 위치를 물색하기 위해서다. 수영장이 조명을 받아 유리처럼 반짝인다. 파란색 비키니를 입은 여자가 느닷없이 물속으로 뛰어드는 바람에 그에게 물이 튄다. 그가 조끼에서 물방울을 털어내는데 갑자기 얼굴 바로 앞에서 플래시가 터져 순간 장님이 되고 만다. 그가 중심을 잃고 수영장으로 떨어지려는 찰나 누군가 그의 팔을 잡고 부축해준다. 몇 초 동안 아무것도 보이지 않는다. 눈을 깜박여보니 구원자는 웨이터다. "고맙소." 그가 중얼거리며 얼굴을 붉힌다. 아무래도 좀더 조심해야겠다.

수영장 주변에도 많은 사람이 모여 와인을 마시고 음악에 맞춰 몸을 흔들고 있다. 다들 스물다섯도 안 되어 보여 왠지 괜한 곳에 왔다는 자괴감마저 든다. 막 돌아서려는데, 꽉 끼는 드레스 차림의 금발 미인이 패션모델처럼 통통 튀는 발걸음으로 다가온다. "간디 바바! 선생님을 여기에서 뵙다뇨. 전 리사라고 해요. 카마수트라 사진 촬영을 위해 인도에 왔어요. 어때요, 제가 재미있는 자세 몇 가지 가르쳐드릴까요?" 여자가 느릿느릿 말하며 유혹적으로 한 바퀴 도는데 입에서 술 냄새가 난다. 여자는 깔깔 웃더니 갑자기 그에게 키스하려 한다.

"오, 신이여." 그가 황급히 뒷걸음치다가 이번에는 다른 사내에 부딪힌다. 하필이면 위스키 여섯 병을 접시에 빚쳐 들고 가던 웨이터다. 그의 손에서 접시가 떨어지며, 위스키가 모두 시멘트바닥에 박살나고 만다. 주변이 알코올 냄새로 진동한다. 술기운이 어찌나 자극적인지 현기증이 날 지경이다. 그는 비틀거리며 수영장을 빠져나간다. 욕지기가 나고 이상하게 어지럽다. 그는 잔디 아래로 달려가며 군중으로부터 계속 멀어졌다.

어느새 그는 정원의 조명조차 닿지 않는 깊은 숲 속에 들어와 있다. 나무 위로 거대한 원반처럼 걸린 보름달의 분필같이 하얀빛만이 숲의 어둠을 조금이나마 밝혀주고 있다. 어딘가에서 폭포 소리가 들리지만 자신의 고통스런 숨소리가 더 가깝게 들린다. 내내 달려온 탓에 숨도 고르지 못하고, 뇌에서도 일종의 화학반응 같은 무슨 일인가가 진행되고 있다. 머릿속은 시시각각 변하는 상념과 이미지가 뒤얽힌 만화경이다. 오랫동안 억눌린 기억이 표면으로 기어오르고 안개도 피어오른다. 그러나 아직까지는 모든 것이 단

편적이기만 하다.

그때 무언가가 발에 밟힌다. 삐걱거리는 소리와 나뭇가지 부러지는 소리가 들리더니 곧이어 쉿 하는 작은 소리가 이어진다. 아래를 내려다보니 뱀이 한 마리 있다. 머리가 큰 것으로 보아 코브라가 분명하다. 놈은 그의 오른발 앞에서 미끄러운 혀를 날름거리고 있다. 그는 그 자리에 얼어붙는다. 혈관의 피가 완전히 멈춘 기분이다.

뱀이 머리를 뒤로 젖힌다. 이젠 죽었다. 그때 또다시 나뭇가지 소리가 들리더니 어디선가 손이 불쑥 나와 뱀의 머리를 잡아챈다. 코브라는 한참을 허공에서 버둥거리다 저 멀리 날아간다.

"누…… 누구야?" 그가 뿌연 어둠 속을 들여다본다.

그림자가 흔들리더니 이상하게 생긴 청년이 앞으로 나온다. 흰색 셔츠와 검은색 바지를 입고, 빨간색 갭 모자를 쓰고 어깨엔 검은 가방을 둘러멨다. 피부색이 어찌나 검은지 어둠과 구분하기 어려울 지경이다. 그러나 두 눈의 흰자위만은 횃불처럼 빛난다.

"난 자르칸드의 지바 코르와입니다." 그가 대답한다.

"여기서 뭘 하는 중인가?"

"기다립니다."

"고맙다. 네가 내 목숨을 구했구나."

"아저씨는 누구죠?"

"나는 모한…… 모한다스…… 카란…… 쿠마르. 아니, 아냐. 그건 틀려. 다시 말하지. 난…… 모한…… 쿠마르라고 한다. 맞아. 그리고 뱀을 싫어하지."

"뱀은 제가 없앴어요. 그런데도 아저씨는 여전히 두려워하고 있군요."

"어떻게 그걸 아니?"

"두려움의 냄새를 맡을 수 있어요. 그림자 때문이에요?"

"어떤 그림자?"

"저 달처럼 집요하게 따라다니는 그림자요. 엠베크테."

"엠베크테? 그게 뭐지?"

"사람이라면 누구나 두 개의 영혼이 있죠. 에카와 엠베크테. 사람이 질병 같은 자연적인 이유로 죽으면 에카가 되어 땅 밑에서 살게 되요. 하지만 살해당한 것같이 갑자기 죽으면 엠베크테가 나와 새로운 육신을 찾으려 하죠. 그 영혼은 살아 있는 육신에 들어가 잠시 머물기도 하는데, 여기 사람들은 그걸 유령이라 부르더군요. 지금 그 유령이 아저씨 육신을 잡고 있어요."

"맙소사, 정말로 유령을 볼 수 있니?"

"아뇨, 유령을 보는 건 아니에요. 제가 보는 선 유령의 그림자죠. 좋은 영혼이에요, 나쁜 영혼이에요?"

"아주 나쁜 유령이야. 내가 온갖 해괴망측한 일을 하게 만들지. 네가…… 처리해줄 수 있을까?"

"어쩌면요."

"의사들은 해리성 정체 장애라고 하지만 난 정말로 귀신이 들린 거야. 나한테 필요한 건 정신과 의사가 아니라 무당이야. 정말 귀신 몰아내는 방법을 알고 있니?"

"네. 저도 예비 주술사니까요. 그림자 정도는 없앨 수 있어요."

"그럼 그렇게 해다오. 내 삶을 되찾고 싶어. 그렇게만 해주면 네가 원하는 건 뭐든 해주지."

복귀 533

"돈을 줄 수 있나요?"

"얼마나?"

"구천의 두 배."

"그건 만 팔천이야. 큰돈이지. 왜 그 돈이 필요하지?"

"고향으로 돌아갈 표를 사야 해요."

"좋아. 날 고쳐주기만 하면 그 돈을 주겠다."

"그럼 누우세요."

"여기, 땅바닥에?"

"네. 셔츠도 벗으시고요. 아저씨 가슴과 얼굴에 붉은 점토를 바를 거예요."

"네가 내 생명을 구해줬는데 지시를 거부할 수야 없지." 그는 쿠르타와 조끼를 벗고 딱딱한 바닥에 눕는다. 다리를 기어오르는 개미와 등을 찌르는 나뭇가지 따위는 개의치 않는다.

원주민은 검은색 캔버스 가방을 열고 붉은 점토 덩어리를 꺼내 돼지 기름과 섞는다. 그러고는 모한 쿠마르의 가슴에 멋진 삼나무 잎을 그리고 얼굴에 가로줄을 몇 개 긋는다.

"뭘 하는 거냐?" 모한이 걱정스럽게 묻는다.

"영혼들을 불러내고 있어요. 엠베크테를 몰아내줄 영혼이에요. 자, 이제 눈 감고 아무 말도 하지 마세요." 원주민은 뼈로 만든 마법 목걸이를 벗어 모한의 목에 걸고 왼손을 쿠마르의 머리에 갖다 댄다. 오른손에는 작고 하얀 뼈를 들고 있다. 그가 주문을 외우고 몸을 앞뒤로 움직이면서 조금씩 속도를 높인다.

모한은 끔찍한 고통에 휩싸인다. 머릿속을 송곳으로 후벼 파고 살갗을 산 채로 벗기는 것만 같다. 그는 신음하다 결국 기절하고 만다.

그가 눈을 뜨자 원주민이 옆에 앉아 그를 물끄러미 바라보고 있다.

"끝난 거냐?" 모한이 묻는다.

"네, 엠베크테를 쫓아냈습니다."

모한이 관자놀이를 만져보니 통증이 느껴지지 않는다. 기분도 깨끗하다. 그는 일어나 앉아 옷을 입기 시작한다.

"넌 세상 누구도 할 수 없는 일을 해냈다. 그 유령 때문에 큰 곤란을 겪고 있었지. 아주 유명한 남자이긴 했지만."

"남자?"

"그래, 나한테 씐 건 모한다스 카람찬드 간디의 유령이었거든. 마하트마 간디는 들어봤겠지?"

"아뇨, 잘못 아셨어요. 아저씨를 사로잡은 건 남자가 아니라 여자였어요."

"여자? 네가 그걸 어떻게 알지?"

"얘기해봤으니까요. 고집이 대단하더라고요."

"이름이 뭐라든?"

"루비 질."

"루비 질!" 모한은 기겁한다. 그는 쿠르타 주머니의 총을 만지며 생각에 잠긴다. "결국 나를 여기까지 이끈 건 루비 질이었군. 마하트마 간디인 척하면서…… 이제 말이 돼."

원주민이 그의 소매를 잡는다.

"돈은 주실 거죠?"

복귀 535

"그래, 그래, 물론. 나한테 만 팔천 루피를 달라고 했지? 이만 루피를 주겠다. 그 정도면 런던 행 티켓도 살 수 있을 거다." 그가 검은 가죽지갑에서 천 루피 지폐다발을 꺼낸다.

원주민은 돈을 받고 감사의 마음으로 고개를 숙인다.

"정말 고맙습니다."

모한 쿠마르는 손수건으로 얼굴의 붉은 점토 자국을 닦아낸 다음 도티의 먼지도 털어낸다.

"이런 멍청한 옷을 입는 것도 이번이 마지막이다."

그는 다시 잔디로 돌아가며 시간을 확인한다. 11시 15분. 파티는 절정에 이른 듯 보인다. 수영장 안엔 대여섯 명의 여자애가 놀고 있고, 바 주변은 손님들로 북적거린다. 그는 재빨리 망루를 향해 걸음을 옮긴다.

"시바스 리갈도 있나? 있으면 스카치 한 잔 가득 따라줘." 그가 바텐더에게 말한다.

그는 단숨에 위스키를 삼키고 쿠르타 소매로 입술을 닦으며 한 잔 더 달라고 한다. 그는 라이 텍스타일 사의 CEO인 라하를 알아보고 가볍게 등을 때린다.

"그래, 라하, 잘 지내나?"

라하가 고개를 돌리고는 금속테 안경을 고쳐 쓴다. 깜짝 놀라는 걸 보니 모한 쿠마르를 만난 게 의외인 모양이다.

"파티에 오실 줄은 몰랐네요, 쿠마르." 그가 차갑게 대꾸한다.

"지난 일은 지난 일로 하자고, 라하. 나도 정신 혼란으로 고생했지만 이젠 완전히 치료했네. 사실 그간의 일을 비키한테 모두 설명할 참일세. 혹시 그를 봤나?"

"지금 막 샤브남 삭세나와 집 안으로 들어갔어요."

모한은 두번째 잔을 비우고 집 쪽으로 걷기 시작한다. 그에게 키스하려 했던 금발 모델이 다시 길을 막아선다. 딸기 칵테일처럼 생긴 음료를 홀짝이면서.

"간디 바바, 돌아오셨군요." 그녀가 은밀한 목소리로 말한다.

그가 그녀에게 미소를 보낸다.

"그래, 돌아왔다. 그리고 지금 모종의 행위에 대한 기대감으로 온몸이 불타고 있지. 자네는 언제가 좋겠나?" 그녀가 거의 입술이 맞닿을 정도로 다가선다.

"지금 당장은 어때요?"

"우선 몇 가지 남은 일 좀 정리하고. 하지만 기다리는 자에게 복이 있다지?" 그가 윙크를 하곤 그녀의 엉덩이를 꼬집는다.

그녀가 비명을 지른다.

2
면소

"안녕하세요! 릭 마이어스입니다." 나는 인사를 했다. 코너트 광장에서 산 아르마니 정장 때문에 팬티를 입은 코끼리처럼 불편했다.

나와 비슷한 검정색 고급 정장에 보라색 타이를 한 주인이 마치 오래전에 잃어버린 동생을 맞이하듯 나를 세게 안아주었다. 재킷 안주머니의 글록이 오발이라도 될까봐 간담이 서늘했다.

"넘버 6에 오신 걸 환영합니다. 오신다는 얘긴 엘리자베스한테 들었죠." 그가 나를 자세히 바라보다가 갑자기 턱을 어루만졌다. "우리가 어디서 본 적이 있던가요, 마이어스 씨?"

얼굴 왼쪽에 길게 이어진 흉터 때문에 그를 쉽게 알아보았다. 콜센터에서 나를 해고한 바로 그놈.

"그럴 리가요. 이 이름을 얻은 게 어제였는걸요."

"어제? 그게 무슨 말이죠?"

내가 황급히 정정했다.

"이 나라에 발을 디딘 게 어제였습니다. 그러니까 우리가 만났을 가능성은 희박하겠죠. 그것도 쪽박 찬 희박함 정도로요."

"유머 감각이 대단하시군요, 마이어스 씨. 저도 비슷한 일을 합니다. 영화를 제작하죠. 조만간 함께 일할 수도 있겠군요." 그가 옆에 서 있는 사내를 가리켰다. "제 아버님을 소개하죠. 자간나트 라이, 우타르프라데시의 내무 장관이십니다."

아비라는 자는 뚱뚱하고 털이 많았고, 둥근 얼굴엔 짙고 곱슬거리는 콧수염을 길렀다. 그는 인사 대신 합장을 했는데 튀긴 돼지기름만큼이나 느끼했다.

나는 정원으로 들어갔다. 농장은 기가 막힐 정도로 크고 아름다웠다. 3층 저택은 완전히 대리석으로만 지어졌고, 잔디밭은 미식축구장의 4분의 3 넓이는 되어 보였다. 수영장도 거의 와코의 연못만 했으며, 사원과 망루는 미국 독립기념일처럼 화려하게 소명을 밝혔다. 저 멀리로 숲까지 있었는데 그곳만 해도 오스틴의 주지사 저택만큼은 되어 보였다. 그런데 이곳을 왜 농장이라고 부를까? 가축도 농부도 없는데 말이다.

잔디밭에는 셀 수 없을 만큼 많은 사람이 모여 있었다. 모두 고급 옷을 입은 거물이었다. 대형 스피커에서 음악이 흘러나왔다. 웨이터들은 온갖 산해진미를 받쳐 들고 이리저리 돌아다녔다. 나는 엘리자베스의 경고를 떠올리곤 알카에다 얼간이들이 어슬렁거리고 있는지 부디 살피기로 했다. 내가 숲 속을 들어나보며 나무 하나하나를 살피고 있을 때였다. 청색 정장 차림의 사내가 슬금슬금 벽에 가까이 붙어 잔디밭을 가로지르는 것이 아닌가! 두 손에 가방

면소 539

까지 들고! 문득 진짜 FBI 요원이 된 기분이 들었다. 나는 〈리셀웨폰〉의 멜 깁슨처럼 그의 뒤를 쫓기 시작했다. 내 총으로 잡고 싶었다. 그는 잔디 모퉁이에 있는 작은 사당으로 들어갔다. 따라가보니 인도의 신 앞에서 합장을 하고 절을 올리는 중이었다. 기도를 올리기 위해 들어온 모양이었다.

나는 아쉬운 마음을 접고 바가 설치된 망루 쪽으로 갔다. 술이라도 한잔 할 참이었다. 수영장 근처엔 카메라와 플래시로 무장한 기자들이 돌아다니며, 레드카펫 위의 여배우처럼 포즈를 취하는 미인들을 열심히 찍어댔다. 나는 샤브남을 찾아보았다. 한 손에 카메라를 든 멀대 같은 놈이 나를 보더니 눈이 휘둥그레졌다.

"죄송하지만, 마이클 제이 폭스 씨 아닙니까?"

"아뇨, 난 릭 마이어스입니다. 할리우드 제작자죠." 내가 대답했다.

그 말을 하는 순간 여자들이 우르르 몰려들더니 질문을 퍼붓기 시작했다.

"인도에서 영화를 만드실 건가요?"

"저한테 역할 하나만 주세요."

"절 데리고 할리우드에 가주세요, 제발."

이렇게 많은 여자한테 둘러싸인 건 초등학교 3학년 때 내 고추를 보겠다고 여자애들이 잔뜩 몰려들었을 때가 처음이자 마지막이었다. 헨리에타 로레타 선생님이 아이큐 테스트라는 새로운 종류의 시험을 내줬는데 내가 바보처럼 베시 월턴한테 너보다 높은 점수를 얻겠다고 큰소리를 친 것이다. 사실 둘 다 밑바닥에서 헤맸지만 그래도 내가 그애보다는 똑똑하다고 생각했다. 그런데 나는

48점을 받고 그녀는 50점을 받는 바람에 지고 말았다. 나는 반 아이들 앞에서 속옷을 내려야 했고, 그건 지금까지 가장 쪽팔린 기억으로 남아 있다.

발정난 여자들한테서 빠져나갈 궁리를 하는데 바에서 시끄러운 소리가 들려왔다. 웨이터가 술이 가득 담긴 쟁반을 통째로 떨어뜨리고 인도 전통복 차림의 키 큰 사내가 경련을 일으키더니 호박밭에 빠진 눈먼 망아지처럼 비틀거렸다. 그리고 잠시 후 그는 불에 덴 똥개마냥 잔디밭 너머로 달아났다.

머리에 피도 안 마른 여자애가 내 팔을 건드리더니 입술을 샐쭉거리며 물었다.

"힐리우드 스타 중에 아는 분 있어요?"

"네. 아널드 슈워제네거와 아주 친하죠." 그녀는 거의 기절할 듯한 표정이었다. 다른 여자애가 느닷없이 내 뺨에 키스를 했다.

"자기 호텔 방이 어디예요? 찾아갈게요."

난 향수도 뿌리지 않았건만 이 여자들은 불알 넷 달린 염소보다 더 달아올랐다. 나는 미안하다고 말하고는 후닥닥 저택을 향해 달아났다. 샤브남을 찾기 위해서. 안으로 들어가니 크고 둥근 홀이 나왔는데, 세상에, 바닥 대리석이 아기 궁둥이보다 더 부드러웠다. 소파는 모두 구석으로 치워진 상태였고 양쪽으로 커다란 창문이 있었다. 창문은 잔디밭과 진입로 쪽으로 나 있었는데 모두 열려 있었다. 홀에도 많은 사람이 있었다. 그들은 얘기를 나누거나 술병이 가득 진열된 카운터에서 술을 마셨다. 샤브남은 그곳에도 없었다. 나는 다시 정원으로 빠져나와 일빠진 여자애들이 없는 조용한 자리를 차지했다.

11시쯤 잔디밭에서 소란이 일더니 사람들이 일제히 집을 향해 움직이기 시작했다.

"무슨 일이에요?" 내가 웨이터한테 물었다.

"샤브남 삭세나가 왔대요." 그가 대답했다.

나는 빠르게 홀 안으로 달려 들어갔다. 5분 후 내 꿈의 여인이 걸어 들어왔다. 그녀는 사진에서보다 훨씬 아름다웠다. 꽉 끼는 드레스 차림에 사슴가죽 핸드백을 들고 있었는데 난 50미터 밖에서도 그녀의 향기를 맡을 수 있었다.

샤브남이 빈 소파로 가자 비키 라이가 그녀 옆에 앉았다. 그의 손이 팔을 스칠 때 움찔하는 것으로 보아 샤브남이 그를 좋아하지는 않는 것 같았다. 글록을 꺼내 놈의 머리통을 날려버리고 싶었다. 두 사람은 조용조용 얘기를 나눴는데 샤브남은 여러 번 고개를 저었다. 짙은 턱수염의 웨이터가 쟁반 가득 음료를 들고 가자 샤브남이 오렌지 주스를 골랐다. 비키 라이는 데킬라를 달라고 했다. 나는 샤브남의 시선이라도 잡아볼 요량으로 주변을 알짱댔다. 15분이 지났지만 비키 라이는 소파에서 꿈쩍도 하지 않았다. 혹시 그의 등판에 초특급 슈퍼 울트라 접착제라도 붙은 게 아닌가 의심하던 차에 그의 아비가 들어와 그에게 일어나라고 말했다.

"이크발 미안이 왔다. 너를 만나야겠다고 하는구나."

비키 라이가 인상을 찌푸리고는 마지못해 자리에서 일어났다. 드디어 기회가 온 것이다. 나는 언더테이커가 상대방에게 초크 슬램을 먹일 때보다 더 빨리 소파에 가서 털썩 주저앉았다.

샤브남은 최신 기계를 점검하는 창고 관리인처럼 나를 훑어보았다. 내가 손을 내밀었다.

"안녕하세요, 전 릭 마이어스입니다. 할리우드의 제작자죠. 몇 년 동안 샤브남 씨를 만나려고 했습니다. TV에서 〈러브 인 캐나다〉를 봤답니다."

그녀가 따뜻하게 악수를 받아주었다.

"인도에는 어쩐 일이세요, 마이어스 씨?"

"안 믿으셔도 좋지만, 샤브남 양을 만나러 왔답니다."

"미국 영화의 배역을 주시게요?"

"네."

"영화 제목이 뭔데요?"

"음…… 〈와코의 연정〉이 어떨까 생각 중입니다."

그녀가 미소 지었다. 나는 그녀에게 바짝 다가가 목소리를 잔뜩 낮추었다.

"이봐요, 샤브남. 당신이 큰 위험에 처해 있다는 사실을 알고 있습니다."

그녀는 파리지옥에 붙은 파리보다 더 놀란 표정을 지었다.

"그게 무슨 말씀이죠?"

"사프나에 대해 다 알고 있습니다."

내가 사프나 이름을 거론하는 순간 그녀는 허물어지고 말았다. 바람 빠진 풍선처럼 그녀는 순식간에 기운을 잃어버렸다.

"그걸 어떻게?"

"굽타라는 사립 탐정이 알려줬죠. 그 친구 그래 봬도 부엉이 떼가 올라앉은 나무보다 똑똑하답니다."

"사실이에요. 큰 곤란에 처해 있죠. 비키 라이한테 온 것도 그의 아버지에게 도움을 청하기 위해서랍니다. 그런데 값을 너무 많이 부르는군요." 그녀가 손을 비비 꼬며 실토했다.

"그자에게 도움을 청하느니 차라리 연쇄살인범한테 도움을 청하겠습니다. 얼음 위의 미꾸라지보다 약삭빠른 놈이잖습니까."

"그럼 어떻게 하죠?"

"제가 도와드리죠. 당신을 위해 왔으니까요."

"할리우드 제작자께서 뭘 할 수 있는데요?" 나는 재빨리 주변을 둘러보곤 상체를 더욱 기울였다.

"사실은 할리우드 제작자가 아닙니다. 월마트의 지게차 기사였죠. 하지만 지금은 FBI의 증인 보호 프로그램 아래에 있습니다."

그녀가 두 눈을 크게 떴다.

"도대체 FBI가 무슨 이유로 그런 프로그램을 제공하죠?"

"내가 파키스탄에서 진짜 개자식들을 날려버렸거든요. FBI는 그 보상으로 천오백만 달러를 줬고 대통령도 기가 막힌 편지를 나한테 써 보냈죠."

샤브남이 손을 휘저었다.

"이런, 이제 보니 날 놀리려는 거로군요."

"믿지 못하겠습니까? 증거를 보여드릴까요?"

그녀가 고개를 끄덕였다. 그래서 나는 정장 주머니에서 대통령의 편지를 꺼냈다.

그녀가 편지를 읽고 다시 나를 보았다. "하지만 이건 래리 페이지라는 분한테 보낸 편지잖아요. 어디선가 들은 이름이긴 한데." 그녀가 인상을 찌푸렸다.

"래리 페이지는 과거의 이름이죠. 지금은 FBI가 새 이름을 줬어요. 릭 마이어스. 이젠 그 이름으로 살아가야 한다는군요."

샤브남은 내 말은 들을 생각도 않다 마침내 손가락을 튕겼다.

"래리 페이지…… 나한테 그 엄청난 편지를 써 보낸 사람이군요, 그렇죠?"

나는 그녀의 눈을 똑바로 바라보며 대답했다.

"네, 바로 접니다. 미치도록 당신을 사랑합니다."

그 말은 임신한 장대높이뛰기 선수만큼이나 부질없이 곤두박질치고 말았다. 샤브남은 술 취한 치타보다 빠르게 일어나 내게 삿대질을 하기 시작했다.

"내게 가까이 오지 말아요, 페이지 씨. 당신하고 말하고 싶지 않으니까."

그녀는 곧바로 등을 돌리더니 검은 턱수염의 키 큰 얼간이와 얘기를 시작했다.

나는 엉덩이 걷어차기 대회의 외발다리처럼 당혹스러웠다.

3
희생

"트리푸라리?"

"네, 바이이야. 어디서 전화하시는 겁니까? 비키 라이 파티에 가시기로 한 거 아니에요?"

"그래, 그래. 지금 넘버 6에서 전화하는 거야. 이봐, 무크타르와 연락은 하고 있나?"

"무크타르요? 아뇨. 지난 이 주 동안 얘기해본 적도 없는걸요. 무슨 일이죠? 목소리가 심상치 않으신데요."

"일주일 전 3월 17일에 무크타르한테 시킨 일이 있다. 너한테 돈을 받으러 온 적도 없고?"

"아뇨, 바이이야. 그런데 무슨 일을 맡기셨죠? 저한텐 아무 말씀도 않으셨잖습니까?"

"나중에 말할게. 지금은 그놈부터 찾아봐. 나한테 전화하라고 해. 사흘 동안 계속 연락했는데 휴대폰이 꺼져 있어."

"어딘가에서 계집하고 나뒹굴고 있을 겁니다. 잔뜩 취해서요."
"어디 있든지 찾아내, 알았지? 찾으면 연락하고."
"네, 바이이야."

4
복수

　부자와 빈자는 사는 방식은 달라도 죽는 방식은 똑같다. 총알은 왕과 거지, 사장과 직원을 구분하지 않는다. 나는 넘버 6의 철문 앞에 서서 농장의 화려한 조명을 보며, 정성들여 닦아놓은 진입로를 통해 값비싼 수입차들이 드나드는 광경을 지켜보았다. 총의 당당함이 부럽다. 한 방이면 비키 라이의 허장성세도 끝이다. 단 한 방으로 끝!
　나는 바리케이드 뒤에서 무전기를 들고 서 있는 경찰들을 보고는 걸음을 재촉했다. 길에는 호기심 많은 구경꾼이 잔뜩 몰려 있었다. 곧 샤브남 삭세나가 도착한다고 했다.
　나는 왼쪽 옆길로 돌아가 직원용 출입문 앞에서 리투가 나오기를 기다렸다.
　대로의 혼돈에 비하면 옆길은 주차된 차들로 가득했지만 평화롭고 조용한 편이었다.

11시 5분 전, 철문이 삐걱 열리며 리투가 나왔다. 붉은색 살와르 카미즈 차림에 파란 가방을 들었다. 몸은 아직 완전치 않아 보였다. 두 눈은 충혈되고 퉁퉁 부어 있었다. 한바탕 운 모양이었다. 우리는 조용히 서로를 끌어안았다. 물론 왼손은 재킷 안쪽에 조심스레 감춘 채.

"가자, 문나." 그녀가 내 팔을 잡고 대로 쪽으로 이끌었으나 내가 가만히 그녀를 붙잡았다.

"난 역에 가지 않아."

"응?"

"그 말을 하러 왔어. 뭄바이에 못 가게 됐다고."

"왜?"

"농장 안으로 들어가. 다 말해줄 테니까."

그녀는 당혹스런 표정을 짓고는 다시 직원용 출입문으로 발걸음을 돌렸다. 그녀는 조심스럽게 안을 엿본 다음 문을 열고 나를 안으로 이끌었다.

저 멀리 잘 다듬어진 잔디밭 위에서 웃고 떠드는 사람들이 보였다. 심지어 수영장까지 있었고 그 안에선 여자들이 놀고 있었다. 망루 주변으로 웨이터들이 분주히 돌아다녔다.

리투는 나를 데리고 키 큰 자문나무 뒤로 갔다. 무성한 이파리 덕분에 잔디밭에 있는 사람들한테 들킬 염려는 없었다. 오른쪽 임시 천막에선 요리사들이 음식을 하느라 분주했다.

"지금 상황에 대해 날 확실하게 이해시켜야 할 거야, 문나. 집에서 빠져나오기 위해 얼마나 큰 위험을 무릅썼는지 지기는 상상도 못해. 오빠가 알면 난 죽어." 그녀가 마구 몰아세웠다.

그녀의 울분은 짐작한 바였다.

"알아, 리투. 내가 온 것도 자기를 공포에서 해방시켜주기 위해서야."

"그게 무슨 뜻이지?"

"곧 알게 돼."

"또 수수께끼처럼 말하네. 왜 뭄바이로 가지 않겠다는 건지 분명하게 말해줘. 뭐가 잘못된 거야?"

"모든 게 잘못됐어, 리투." 나는 발밑을 내려다보았다. 그녀의 눈을 쳐다볼 수가 없었다. "다른 여자가 생겼어. 결혼할 여자가."

그녀가 놀란 표정을 지었다.

"왜 그런 말을 하는 거야, 문나? 안 그래도 힘들어 죽을 지경인 거 안 보여?"

"하지만 사실이야."

"그래서? 더이상 날 사랑하지 않는다고?"

나는 고개를 끄덕인 다음 이별의 독백을 늘어놓기 시작했다.

"그래. 모르겠어? 사랑은 정말 쓰레기 같은 거야. 우리 같은 사람한테 결코 이룰 수 없는 꿈만 보여주지. 어쩌면 가난한 사람한테는 사랑할 권리조차 없는지도 몰라. 이제야 자기 말을 알겠어. 맞아. 우린 금지된 사랑을 한 거야. 여기서 달아날 수 있을진 몰라도 결코 현실을 피할 수는 없어. 날 만났다는 사실을 잊어버려, 리투. 이 순간부터 자기 인생에서 나를 완전히 지워버리라고."

그녀는 내 말이 끝날 때까지 조용히 듣고 있다 무섭게 쏘아보았다.

"칠판을 지우듯 그냥 지워버리라고? 그게 가능하다고 생각해?

우리 사이에 아무것도 없었던 것처럼 하는 게?" 그녀가 가까이 다가섰다. "그거 알아, 문나? 사랑이 왜 가장 소중한 선물이 되는지? 그건 두 사람을 하나로 만들어주기 때문이야. 사랑하는 사람은 몸과 마음이 모두 하나가 돼. 그래서 난 자기보다 자기를 잘 알아. 난 알 수 있어. 자기가 지금 하는 말은 모두 거짓말이야."

나는 다시 그녀의 눈을 피하려 했다.

"자기와 난 절대로 하나가 될 수 없어. 그러기엔 계급차가 너무 크단 말이야."

"세뇌 서슷말만 할 거야? 내 눈을 보고 말해, 문나. 그리고 내 목숨에 맹세하고 날 사랑하지 않는다고 말해봐." 그녀가 맹렬하게 따지고 들었다. 내가 대답을 못하자 그녀는 내 재킷 안에서 원필을 끄집어냈고, 결국 깁스가 드러나고 말았다.

"이게 뭐야? 어쩌다 다친 거야?" 그녀는 곧바로 근심어린 표정으로 돌아갔다.

"아…… 아무것도 아니야. 그냥 넘어졌어." 난 거짓말을 했지만 리투는 여전히 믿지 못하는 표정이었다. 그녀가 두 손으로 내 얼굴을 더듬기 시작했다. 감춰진 상처를 찾으려는 것이었다. 그리고 마침내 뒤통수의 붕대를 건드리고 말았다.

"아아아!" 내가 고통스럽게 신음을 내뱉었다.

"세상에, 도대체 무슨 짓을 한 거람?" 그녀가 울부짖었다.

"아니야, 아무것도. 내 말 믿어. 걱정할 것 하나도 없어."

"오빠야, 그렇지? 나를 때리는 데 만족하시 못하고 지기한데까지 이런 짓을 한 거야. 자기가 왜 헤어지려 하는지 알겠어." 그녀의 목소리에서 슬픔이 서서히 분노로 바뀌는 것을 느낄 수 있었다.

복수 551

"넘겨짚지 마, 리투. 솔직히 말해서 그자들이 누군지도 몰라."

"아니, 내가 알아. 자기를 건드리다니. 이제 죽어도 오빠를 용서하지 않겠어. 그리고 이 세상 어떤 힘도 날 자기한테서 떼어내지 못해." 그녀가 선언했다. 그녀의 눈은 새로운 광채로 번득였다. 절대 확신.

"따라와, 문나. 이 사람들 앞에서 자기랑 결혼하겠다고 선언할 거야."

"그래서? 청소부 아들과 결혼한다고 사람들이 박수갈채라도 보내줄 것 같아? 이건 영화가 아니야, 리투. 삶이라고. 삶은 영화와 달리 해피엔딩이라는 게 없어."

"하지만 내 삶이야. 오늘부턴 내 맘대로 살겠어. 아버지와 오빠라는 이름의 범죄자들한테 절대 휘둘리지 않을 거야."

"우리 약속 하나 해. 절대로 경솔하게 행동해선 안 돼, 알겠지? 약속하면 상처가 회복되는 대로 여기서 자기를 데리고 나갈게."

"그날을 기다릴게, 문나."

잔디밭을 건너온 가벼운 산들바람이 리투의 검은 머리카락을 간질이자 얼굴 위로 머리카락 몇 가닥이 흘러내렸다. 그 순간, 내 앞에 서 있는 여인이야말로 나를 축복해주고 내 병든 삶을 치료해주기 위해 하늘이 내린 천사라는 생각이 들었다. 그렇다, 아무리 발악한다 해도 그녀 없이 사는 건 불가능하다. 하지만 그녀를 위해 죽을 수는 있다.

그때 잔디밭 쪽에서 동요가 일었다.

"오, 샤브남 삭세나가 왔나봐." 리투가 말했다.

"나도 볼 수 있을까?"

"바보 같은 소리. 자긴 들키기 전에 빠져나가. 몸 조심해, 문나. 사랑해." 그녀는 재빨리 내 입술에 키스하고 집으로 달려갔다. 나는 어둠 속으로 더 깊이 들어가 총을 꺼냈다. 다시 한번 총의 힘을 느끼고 싶었다. 비키 라이를 죽이겠다는 의지를 다지기 위해.

"나라면 그 총을 쏘지 않겠네." 그때 등 뒤에서 목소리가 들렸다. 나는 너무나 놀라 그만 총을 떨어뜨리고 말았다.

지저분한 턱수염의 사내가 앞으로 나섰다. 연회색 쿠르타 바지에 바랜 황갈색 숄을 어깨에 걸치고 있었다.

"걱정 말게나, 젊은이. 난 경찰이 아니야. 아무튼 사랑스런 리투와의 대화를 우연히 엿듣고 말았네."

나는 얼른 총을 집어 들어 재킷 주머니에 넣었다.

"평생 그렇게 감동적인 대화는 처음이었어." 그는 잠시 턱수염을 어루만졌다. "자넨 타고난 배우로군. 어디 한번 보세. 조금만 불빛 쪽으로 나와보겠나? 그래, 완벽해. 오, 세상에, 이런 기적이. 마침내 주인공을 찾았어."

"누구시죠?"

"난 제이 차테르지. 영화감독이라네. 지금 자네를 다음 영화의 주인공으로 캐스팅하기로 결심했네. 상대역으로 샤브남 삭세나를 생각하고 있네만 자네에 비해 좀 나이가 많은 것 같군. 아무래도 여자 주인공은 새로 고민해봐야겠어."

"샤브남 삭세나? 주인공? 도대체 웬 뚱딴지 같은 말씀입니까? 지금 이거 그 역겨운 몰래카메라 같은 겁니까?"

"제이 차테르지는 몰래카메라 같은 거 안 하네. 사넨 당장 스타덤에 오를 준비나 하게. 자네의 미래는 확실하게 보장되어 있으니까. 아무튼 이름은 바꿔야겠군." 사내가 심각한 표정으로 말했다.
 "그건 왜요?"
 "문나 같은 이름은 영화계에 어울리지 않아. 오늘부터 자네는 그러니까…… 치라그가 되는 거야. 어린 양 말일세. 그래, 맘에 들어!" 그가 지갑에서 약간의 지폐를 꺼냈다. "여기 이만 달러야. 일단 가계약금이라고 생각해두게, 치라그."
 나는 떨리는 손으로 돈을 받았다. "도…… 도저히 믿을 수가 없네요."
 "인생이 다 그런 거야. 모퉁이 너머에 뭐가 있는지 누가 알겠나?"
 "하지만 난 청소부 아들에 불과한걸요."
 "그래서? 조니 워커는 버스 운전사였지. 라지 쿠마르는 하급 관리였고, 메무드*는 택시 운전사였어. 행운의 여신이 노크할 땐 문만 보지, 그 문 뒤에 누가 있는지까지 챙기진 않아."
 제이 차테르지는 내 휴대폰 번호를 적은 후, 어슬렁거리며 잔디밭 쪽으로 걸어갔다. 그는 두 손으로 상상의 피아노 건반을 두드리고 있었다. 나는 한참 동안 나무 아래 서 있었다. 흥분을 감당하기가 어려웠다.
 머릿속에 미래의 시나리오가 바쁘게 펼쳐졌다. 나는 뭄바이에 있다. 리투와 함께. 메르세데스 벤츠 주변으로 소녀들로 구성된 수천의 광팬이 비명을 지르고 있다. 경찰이 곤봉으로 밀어내는데도 물러서지 않고 사인을 부탁하거나 영원한 사랑을 호소한다. 나는 차 밖으로 나와 손을 흔든다. 경찰들이 물러선다. "치라그! 치라

---

* 모두 과거에 유명했던 인도 영화배우들이다.

그! 치라그!" 거대한 환호가 일고, 폭죽 열다섯 발이 비명을 지르며 한꺼번에 하늘로 치솟는다.

두 눈을 뜨니 아직 델리였다. 하지만 머리 위로는 진짜 폭죽이 솟아오르고 있었다.

저건 비키 라이를 위한 걸까? 아니면 나를 위한 걸까? 도대체 무슨 헛소리야? 정신 차려!

5
회수

에케티는 카담나무 아래 웅크리고 앉아 알람이 울리기를 기다렸다. 조용한 숲 속으로 잔디밭의 웃음소리가 흘러들어왔다. 시간이 얼마나 흘렀는지 알 수 없었지만 그는 인내심을 갖고 기다렸다. 농장에 들어온 후로 많은 일이 있었다. 뱀을 죽였고 성공적으로 유령을 쫓기도 했다. 노카이조차 그를 자랑스러워할 성공이었다. 그리고 무엇보다 섬으로 돌아가기 위해 굳이 아쇼크에게 의존할 필요가 없어졌다. 그와 참피를 위해 표를 구하고도 남을 돈이 생긴 것이다.

참피를 생각하자 얼굴엔 미소가 떠올랐지만 가슴엔 아련한 아픔이 스쳤다. 내일이면 함께 콜카타로 건너가 소안다만제도 행 배에 오를 것이다. 점토, 뼈, 환약 모두가 가우볼람베의 냄새를 불러 일으켰다.

갑자기 캔버스 가방에서 삐삐 하는 소리가 작게 들려왔다. 그는 깜짝 놀라 얼른 알람을 껐다. 그리고 자리에서 일어나 바지의 먼지를 털고 가방을 어깨에 짊어진 후 임무를 완수하기 위해 출발했다.

그는 차고로 이어진 자갈길을 걷다가 우뚝 멈춰 섰다. 길 한가운데에 설치된 작은 천막에서 요리사들이 분주히 움직이고 있었다. 가스 스토브에서는 커다란 알루미늄 냄비가 부글부글 끓는 중이었다.

에케티는 천막 뒤로 돌아 길 아래쪽으로 걸어갔다. 두 개의 차고까지는 어렵지 않게 다다랐다. 주인 없는 플라스틱 의자 하나가 보였는데 바로 그 위쪽 벽에 파란색 배전함이 있었다. 그가 배전함 문을 여는데 누군가가 그의 어깨를 쳤다.

"꼼짝 마!" 등 뒤에서 거친 목소리가 터져나왔다.

황급히 돌아보니 하얀 셔츠에 회색 바지를 입은 시커먼 남자가 그를 노려보고 있었다. 오른손에는 하키스틱을 들고 있었다.

"뭐 하는 놈이냐?" 그가 으르렁거렸다.

"전 샤르마 씨 운전사입니다." 그가 간신히 숨을 들이켜며 대답했다.

"그런 놈이 여긴 왜 어슬렁거려? 운전사는 모두 바깥 천막에서 먹도록 되어 있는 거 몰라? 어서 꺼져!" 그가 정문을 가리키며 으르렁거렸다.

"네." 그가 얼른 대답하고 뛰다시피 하여 그곳을 빠져나갔다. 모퉁이를 돌자마자 벽에 기대섰는데 아직도 충격으로 몸이 부들부들 떨렸다.

정신을 차리고 보니 바로 정문 진입로였다. 차들이 줄지어 서 있었으나 운전사는 하나도 보이지 않았다. 그들은 모두 왼쪽 입구

회수 557

바같에 세워진 천막에서 식사를 하는 중이었다. 주랑현관에 흐르는 죽음과도 같은 침묵은 정원에서 새어나오는 음악 소리와 웃음소리 때문에 더욱 깊게만 느껴졌다.

에케티는 대리석 기둥 뒤에 숨어 자갈길을 엿보았다. 회색 바지는 배전함 아래에 놓인 플라스틱 의자에 앉아 손수건으로 목덜미를 훔치고 있었다. 하키스틱은 왼쪽 다리에 기대놓았다. 손님처럼 보이지는 않았다. 아무래도 배전함을 지키는 직원인 듯했다. 에케티는 어떻게 해야 할지 난감했다. 볼레나트 사원으로 돌아가 아쇼크한테 물어봐야 하나? 아니면 조명을 무시하고 잉게타이를 향해 달려들어야 할까? 쉿 하고 바람을 가르는 소리가 들려 고개를 들어보니 거대한 녹색 꽃이 하늘에서 터졌다. 뒷마당에서 불꽃놀이가 시작된 것이다.

그는 주랑현관 안으로 들어가보았다. 커다란 여닫이창이 모두 열려 있었다. 안을 들여다보니 술을 마시며 잡담을 나누는 사람들로 가득했다. 그때 갑자기 스피커에서 웅 하는 소리가 들리더니, 검은 정장에 보라색 타이를 맨 키 큰 사내가 창문 바로 뒤에 놓인 마이크를 향해 다가가는 것이 보였다. 남자는 돌아서서 사람들을 마주 보고는 마이크를 한두 번 두드렸다. 그가 연설을 시작했다.

"친구 여러분, 오늘 여러분은 제 면소 판결을 축하해주시기 위해 이곳에 오셨습니다. 저는 그동안 줄곧 무죄를 주장해왔는데 이제야 법원이 그 사실을 확인해준 거죠. 남은 평생을 음침한 감방에서 지내야 할지도 몰라 불안해하면서도 지금까지 견딜 수 있었던 건 모두 여러분이 저를 믿어주신 덕분입니다. 다시 한번 여러분께 감사드립니다. 하지만 제가 가장 감사해야 할 분은 아버님이십니다. 지금의 저를 만들어주신 분이시죠. 아버지, 잠깐 올라오셔서 한 말씀 해주시겠어요?"

쿠르타 차림의 체격이 큰 장년의 남자가 마이크로 걸어와 정장 남자를 끌어안았다. 아들도 마치 마지막 만남이라도 된다는 듯 아버지를 끌어안았다. 정장 남자의 뺨에 눈물까지 흘러내렸다. 이윽고 쿠르타 차림의 남자가 연설을 시작했다.

"정치가한테 마이크를 넘기는 건 늘 큰 실수요." 그의 말에 여기저기서 키득거리는 소리가 들렸다. "다행히 오늘은 우타르프라데시의 내무 장관이 아니라 평범한 아비의 신분으로 이 자리에 섰습니다. 자식이 잘사는 모습을 지켜보는 것보다 더 큰 기쁨은 없지요. 전적으로 조작된 시간에 연루된 아들의 고통을 지켜보는 것보다 가슴 아픈 것도 없을 겁니다. 이제 기나긴 어둠이 지나고 아들이 자유인으로 돌아오게 되어 정말 기쁘군요. 이건 헌법과 정의를 믿는 모든 이의 승리입니다. 아들의 승리를 축하합니다. 여러분 모두에게 시바 신의 은총이 함께하기를."

사람들이 여기저기서 고개를 끄덕이며 중얼거렸다. 뒤이어 커다란 폭죽 소리가 들렸고 하늘은 다시 밝은 오렌지색 호박으로 빛났다.

에케티는 다시 벽으로 돌아와 배전함 쪽을 엿보았다. 회색 바지의 남자가 떠났기를 바랐지만 여전히 그 자리를 지키고 있었다. 그러나 지금은 자리에서 일어나 열심히 좌우를 살피고 있었다. 주변 상황을 확인하는 듯한 모습이었다. 삼시 후 사내가 배전함 쪽으로 돌아서더니 덮개를 열고 뭔가를 열심히 매만졌다. 그 순간 농장이 완전한 암흑 속으로 빠져들었다.

에케티는 기뻐서 춤이라도 추고 싶었다. 지금이야말로 절호의 기회였다. 그는 자갈길을 따라 소리 없이 잔디밭까지 달려갔다. 그곳에도 칠흑 같은 암흑이 깔려 있었다. 정원을 반쯤 지났을 때 에케티는 그만 나무 탁자에 발이 걸려 대자로 넘어지고 말았다. 그때 집 안에서 커다란 굉음이 들렸다. 마치 엔진이 역발을 일으키기라도 한 듯한 소리였다. 그리고 어두운 그림자가 잔디를 따라 달려 내려오는 게 어렴풋이 보였다. 왼발을 크게 다쳤지만 에케티는 애써 통증을 참고 사당까지 걸어갔다. 지금은 어둠에도 어느 정도 익숙해졌다. 그는 캔버스 가방을 바닥에 내려놓고 벽을 더듬어나갔다. 움푹 들어간 벽에는 다양한 신의 조각상들이 진열되어 있었다. 잉게타이를 찾는 데는 1분도 채 걸리지 않았다. 그는 부드러운 돌을 더듬어 위쪽의 무늬까지 확인했다. 손가락도 흥분했는지 욱신거리기 시작했다. 신성한 돌을 집어 들 때 아무 생각도 나지 않았다. 그는 캔버스 가방에 돌을 넣고 어깨에 둘러멘 다음 잔디밭 아래로 달리기 시작했다. 그의 가슴은 노래를 불렀다. 이제 고향으로 돌아간다. 참피에게로. 가우볼람베로.

숲 가장자리에 다다랐을 때 다시 조명이 들어왔다.

"멈춰!" 누군가가 등 뒤에서 외쳤다. 돌아보니 곤봉을 치켜든 경찰이 그를 향해 달려오고 있었다.

그는 안전한 숲으로 달아나고 싶었으나 하필 그때 다친 다리가 말썽을 일으키고 말았다. 그는 앞으로 곤두박질쳤고 경찰은 순식간에 그를 따라잡았다.

"지금 무슨 짓을 한 거냐, 이 도둑놈." 경찰이 씩씩거리며 따졌다.

"아무것도 안 했어요." 에케티가 대답했다. 그의 얼굴이 통증으로 잔뜩 일그러졌다.

"가방 내놔." 그리고 경찰은 곤봉으로 그의 왼쪽 다리를 후려쳤다.

에케티는 비명을 지르며 가방을 놓치고 말았다. 경찰이 가방을 집어 들었다. 가방의 무게에 놀라는 눈치였다.

"도대체 안에 뭐가 든 거야? 어디 한번 볼까?" 그가 중얼거리며 지퍼를 열었다. 그는 내용물을 하나씩 점검했다. 저새끼 백색 짐도 약간, 돼지 기름 주머니, 뼈 목걸이, 그리고 마지막으로 신성한 돌. "오, 이건 보물처럼 보이는데? 어디서 훔친 거냐?"

하지만 에케티가 대답하기도 전에 경찰은 다시 가방 안을 더듬었다. 그의 손에 뭔가 딱딱한 금속이 만져졌다. 그가 인상을 찡그리며 가방에서 은빛 총 하나를 꺼냈다. 사제총 카타였다.

"이런 세상에, 이게 뭐야?"

"모르겠어요. 내 총 아니에요." 에케티가 대답했다. 그도 놀란 표정이었다.

"그럼 네 가방에 왜 들어 있는데?"

"그게 왜 거기 있는 거죠?"

"아, 상관없다. 어차피 우리가 알아낼 테니까." 경찰이 이렇게 말하곤 주머니에서 수갑을 꺼냈다. "이봐, 깜둥이, 네놈을 체포한다."

회수 561

6
피신

3월 24일

나는 체포되었다. 비키 라이 살인 혐의로.

이건 영화 대본도 소설도 아니다. 지금 나는 이 글을 메라울리 경찰서 기록실의 삐걱거리는 의자에 앉아 쓰고 있다. 나는 다섯 명의 다른 용의자와 함께 구금되었다. 넓은 방이다. 4.5미터 높이의 철제 선반엔 파일이 가득 쌓여 있고, 구석마다 거미줄이 보인다. 나무 천장엔 낡은 선풍기가 하나 매달려 있다. 자료실의 퀴퀴한 냄새뿐 아니라 시체공시소의 악취까지 공기에 배어 있는데, 작은 철창을 통해 이따금 불어 들어오는 바람이 그나마 위안이 되어준다. 타닥타닥 빗물 떨어지는 소리가 끊임없이 들려온다. 벌써 두 시간째 저렇게 비가 내리고 있다.

난 세련되게 파티에 조금 늦게 등장했다. 농장에 들어선 건 11시

직후였다. 잔디밭은 사람들로 빽빽했다. 델리의 모든 유력자가 비키의 면소 판결을 축하해주러 온 듯했다. 자간나트 라이도 와 있었다. 하얀 쿠르타 파자마를 입은 수행원들을 잔뜩 달고 있었다. 그런 식으로 정치 세력을 과시하는 건 역겨운 일이다. 정의에 대한 모독이기도 하고. 하지만 그보다 더 역겨운 건 비키 라이였다. 그를 가까이에서 본 건 그때가 처음이었다. 왼쪽 뺨에 길게 그어진 비늘 같은 흉터. 흥분할 때마다 입가에 맺히는 침. 그런 자에게 도움을 청하기로 한 나 자신이 혐오스러웠다. 동생은 구하기 위해 성밀도 비싼 대가를 치러야 할 모양이었다.

세상에서 가장 이상한 미국인도 만났다. 마이클 제이 폭스를 빼닮은 귀여운 인상에 돈도 많았다. 이제 막 1500만 달러가 생겼다고 했다. 게다가 내게 푹 빠져 있기까지 했다. 그런데 알고 보니 로지가 경고한 바로 그 사이코가 아닌가! 정체가 래리 페이지인지 릭 마이어스인지는 모르겠지만, 어쨌든 그가 인사하며 달려들려고 해서 재빨리 차버렸다.

자정이 되자 정원에서 불꽃놀이가 시작되고 홀에선 연설이 있었다. 비키 라이와 그의 아버지는 마치 상호 찬사 협회 회원처럼 수작을 부렸다. 서로를 향한 진부한 찬사에 소름이 다 끼쳤다. 그리고 비키는 카운터에 돌아가 마실 것을 타기 시작했는데, 바로 그때 조명이 모두 꺼져 농장 전체가 암흑 속으로 곤두박질쳤다. 뭄바이에 살고부터는 툭하면 전력이 끊겼던 아잠가르 시절을 거의 잊고 지냈다. 하지만 넘버 6의 정전은 괴 부하에 따른 우발적 사고 같지 않았다. 그건 계획된 참극의 서막이었다.

"무슨 일이죠?" 내가 소리 질렀다.

피신 563

"퓨즈가 나갔나봐!" 누군가가 외쳤다.

곧이어 총소리가 들렸고 "아아아아안 돼!" 하는 자간나트 라이의 비명 소리도 들렸다. 밖에서 때마침 폭죽이 터졌는데 소리가 어찌나 큰지 마치 방 안에서 들리는 것 같았다. 귀청이 먹먹했다.

칠흑 같은 암흑에 덮여 있던 3분간 농장은 그야말로 아수라장이었다. 마침내 불이 들어왔다. 갑작스런 불빛에 눈을 뜰 수 없었다. 내가 처음 본 것은 비키 라이의 시체였다. 그는 카운터 옆 창문 아래에 쓰러져 있었다. 또다시 비명 소리가 들렸는데 알고 보니 내 목소리였다. 그 순간 경찰 열 명이 홀 안으로 밀고 들어왔다. 곱슬 콧수염 형사가 상관인 모양이었다.

"꼼짝 마! 아무도 움직이지 마라!" 형사가 외쳤다. 이게 무슨 〈CID〉*라도 되는 줄 아는지, 그는 비키 라이의 시체를 보자마자 그 옆에 앉아 조사를 시작했다. 그는 팔목을 만져보고 눈꺼풀을 들어 올리더니 방 안의 손님들을 둘러보았다. "죽었습니다. 물론 범인은 이 안에 있겠죠. 지금부터 농장을 폐쇄하고 경찰이 여러분을 조사할 겁니다. 조사가 끝날 때까지 아무도 넘버 6을 떠나실 수 없습니다. 프리탐 싱, 수색을 시작해."

이 말을 듣는 순간, 난 두 손이 꽁꽁 얼어붙는 것만 같았다. 내 옆에 가까이 있던 미국인이 제일 먼저 몸수색을 당했다. 경찰은 그에게 두 팔과 다리를 벌리라고 했다. 경찰이 몸을 더듬는 동안에도 그는 허수아비 같은 미소를 짓고 있었는데, 놀랍게도 그의 정장 안쪽에서 소음기가 달린 검은색 글록이 나왔다.

---

* 경찰청을 무대로 한 인도의 TV 연속극.

"이게 뭐야?" 경찰이 검지로 피스톨을 들고 소리쳤다.

"이봐요, 맹세코 그 총이 왜 거기 있는지 몰라요. 어떻게 사용하는 건지도 모른다구요." 래리가 외쳤다.

"연행해서 신문해." 형사가 부하한테 지시하고 나를 돌아보았다. "샤브남 양, 실례가 되지 않는다면 핸드백 좀 보여주시겠습니까?" 그는 내가 미처 저항하기도 전에 손에서 사슴가죽 핸드백을 낚아채갔다. 그리고 핸드백을 열더니 세관 관리처럼 능숙하게 뒤졌다. 곧이어 그가 창녀촌에서 수녀를 발견한 신부마큼이나 놀란 표정을 지었다. "오! 여기도 총이 하나 있군요."

총을 검사하는 형사의 눈에 교활한 빛이 스쳤다.

"하나만 묻겠습니다, 샤브남 양. 파티에 총을 들고 온 이유가 뭐죠?"

"호신용이에요." 내가 차갑게 대답했다. 그가 제발 내 심장박동 소리를 듣지 못하기만 바라면서.

그는 탄창을 빼내 조사하고 냄새도 맡아보았다.

"흠…… 총알이 하나 비었군요. 비키 라이한테 사용한 거 아닙니까?"

"당연히 아니죠." 내가 대꾸했다. 수작을 걸어오는 놈팽이를 대하듯 한껏 경멸을 담아.

"아무튼 서까지 동행하셔야겠습니다. 미타, 모시고 가라." 그가 추레해 보이는 여경한테 손짓했다.

미타와 함께 가다 모힌 쿠마르 씨를 보았다. 지금은 간디 바바로 더 유명한 사람이다. 그런데 간질 받자인 있는지 입가에 거품이 일었고 필사적으로 입 속에서 뭔가를 꺼내려 했다. 그 옆에 형사가

피신 565

번쩍이는 발터 PPK를 들고 서 있었는데 간디 바바의 쿠르타 주머니에서 나온 총 같았다. 비폭력의 전도사가 농장에 총을 가지고 들어왔다는 사실을 어떻게 설명할 수 있을까? 그가 주장하는 건 도대체 어떤 버전의 간디라는 말인가?

자간나트 라이도 비슷한 처지였다.

"이봐, 그건 허가받은 웨블리 & 스콧이야. 이십 년 동안 늘 갖고 다니던 거라고." 그가 열심히 설명했으나 경찰은 나무 손잡이가 달린 회색 리볼버를 살펴보느라 여념이 없었다. 하소연이 먹혀들지 않자 자간나트 라이는 형사한테 화살을 돌렸다. "어떤 놈이 내 아들을 죽였다. 그런데 살인자를 잡기는커녕 나를 살인자로 몰아? 이 아버지를? 난 우타르프라데시의 내무 장관이다. 네놈들 모두 감방에 처넣고 말겠다."

"장관님. 여긴 장관님 마음대로 할 수 있는 우타르프라데시가 아닙니다. 여긴 델리고 우리 식대로 해요. 사건 현장에서 총을 지니고 있던 자는 누구든 살인 용의자입니다. 물론 장관님도 예외는 아니고요. 프리탐 싱, 이분도 연행해."

우리는 모두 철창이 달린 청색 밴에 실려 메라울리 경찰서로 연행되었다. 기록실은 경찰서에서도 가장 음침한 방이었지만 그래도 유치장보다는 견딜 만했다. 남은 두 명의 용의자를 만난 건 이 방에서였는데, 무척이나 흥미로운 존재였다. 하나는 자르칸드의 난쟁이 원주민이다. 세상에, 그렇게 까만 피부는 처음이다. 그는 땅바닥에 앉은 채 계속해서 참피라는 소녀의 소식을 캐물었다. 나는 아예 안중에도 없는 듯했다. 지나가는 형사마다 붙잡고 하소연하는 바람에 경찰한테 계속 욕설과 협박을 들어야 했다.

두번째 용의자는 문나 모바일이라는 호리호리하고 잘생긴 청년이다. 긴 곱슬머리에 경쾌한 매력이 살림 일리아시를 떠올리게 했지만 어딘가 불편한 오만함 같은 게 엿보였다. 그는 나한테 정전이 되었을 때 바깥 정원에 있었다고 주장했다. 하지만 주머니에 카타가 들어 있었던 이유에 대해서는 만족스런 대답을 내놓지 못했다.

경찰들이 계속해서 기록실을 들락거렸다. 모두 열심히 파일을 뒤지는 척했지만 사실은 나를 훔쳐보기 위한 것이었다. 이 더러운 경찰서를 빛내주는 가장 위대한 스타가 아닌가.

간디 바바 모한 쿠마르는 길 잃은 아이처럼 방을 어슬렁거리다 내 옆에 앉더니 묘한 눈초리로 쳐다보았다.

"샤브남, 결국 〈플랜 B〉에 출연하기로 결정한 거지?"

그의 교활한 말투가 어찌나 비키 라이와 비슷하던지 기절하는 줄 알았다. 세상에 이렇게 소름 끼치는 인간이 나 있다니!

나는 그 즉시 다른 의자로 옮겨 갔다. 그곳엔 래리 페이지가 깊은 생각에 잠겨 있었다. 그 순간 스승님의 말씀이 떠올랐다. "인간의 가장 큰 불행이 뭔지 아나? 그렇게 많이 알면서도 아무것도 통제할 수 없다는 것이다." 감옥에 갇힌 사형수에게 가장 괴로운 게 무엇인지 알 것도 같았다. 국가 권력에 대해 느끼는 무력감. 천박한 경찰들이 마음속으로 내 옷을 벗기는 동안, 목구멍에서 묵직한 두려움이 스멀거렸다. 저들이 아잠가르에서 시체를 찾아내는 것은 시간문제다. 그렇게 되면 내게서 가져간 총이 살인 무기라는 것도 밝혀질 거고 난 결국 살인죄로 기소될 것이다. 그럼 내 운명은 저 추악한 시선의 경찰들 손에 넘겨지고 말겠지. 벌써부터 나를 신

피신 567

문할 생각에 군침부터 흘리는 저 추악한 자들에게 말이다. 어쩌면 내 옷을 벗기고 강간할지도 모른다.

용케 살인죄를 벗어난다 해도 파산은 피할 수 없다. 오늘 아침, 볼라에게 돈을 건넨 제작자가 루트라 말고도 최소한 넷이 더 있다는 사실을 새롭게 알아냈다.

자간나트 라이는 구석에 서서 자신의 변호사와 얘기하느라 바빴다. 하지만 나한테 필요한 건 변호사가 아니라 탈출 마술사다.

선택 가능성이 급격히 줄어들자 난 옆에 앉은 미국인을 재평가해보기로 했다. 별 볼일 없는 지게차 기사라고 주장했지만, 글록을 소지했던 것으로 보아 FBI의 위장 요원이 분명했다. 그것도 1500만 달러의 포상금과 미국 대통령의 감사 편지까지 받을 정도로 능력 있는 FBI 요원. 지금은 멍청이로 위장하고 있는 게 분명하다. 영화와 소설책에 나오는 얼치기 형사같이 말이다. 그렇다. 어쩌면 이 사람이야말로 내 안전을 보장해줄 수 있는 유일한 사람일지 모르겠다.

나는 그의 옆으로 다가갔다.

"래리, 아까 증인 보호 프로그램에 있다고 했죠? 나도 당신하고 함께 갈 수 있을까요?" 그는 깜짝 놀라 의자에서 굴러 떨어지는 연기도 완벽하게 했다.

"다시 한번만 말해보세요."

"그러니까, 나를 미국으로 데려갈 수 있냐고 물었어요."

"이제야 내 편지를 이해했군요. 당장 알아볼게요." 그가 떨리는 손가락으로 휴대폰 번호를 눌렀다.

10분도 채 안 되어 답이 돌아왔다.

"엘리자베스와 얘기했어요. CIA 지국장이죠. 몇 군데 연줄을 이용해 당신도 증인 보호 프로그램에 포함시키겠다고 하네요. 아니, 이 말을 하는 순간에도 이미 우리를 여기서 빼낼 공작을 하고 있죠. 우리를 미국으로 데려다줄 USAF 757기가 대기 중입니다. 하지만 문제가 하나 있어요."

"그게 뭔데요?"

"엘리자베스 말로는 당신이 프로그램에 합류하려면 합법적인 부부여야 한답니다." 그가 무릎을 꿇고 내 손을 잡았다 "사비나, 나와 결혼해줄래요?"

나는 사랑에 빠진 얼굴을 물끄러미 바라보다 의자에서 일어나 철창으로 걸어갔다. 비는 멈췄고 창백한 안개가 대기에 설려 있었다. 대지가 깨어나고 온 세상이 기지개를 켰다. 진흙과 풀 냄새가 상큼했다. 밤이 지나고 이제 막 지평선 너머로 새날이 떠오르기 시작했다. 그래, 이제 새로운 삶이 시작되는 거야. 나는 결심했다.

나는 깊은 숨을 내쉬었다.

"그래요, 래리, 당신과 결혼하겠어요."

"볕에 내놓은 돼지보다 더 기뻐요. 모두 당신 덕분이에요. 정말 날 위해 영화를 포기할 수 있겠어요?" 그는 좋아서 기절할 것 같은 표정이었다.

내가 미소 지었다.

"당신을 위해 조국까지 버리잖아요." 이 남자가 맘에 들었다. 조만간 사랑하게 될지 누가 알겠는가.

래리는 가볍게 춤을 추더니, 갑자기 뭔가 생각난 듯 우뚝 멈춰 섰다.

피신 569

"엘리자베스가 한 가지 더 말한 게 있어요."

"뭔데요?"

"당신도 샤브남으로 남을 수 없댔어요. 증인 보호 프로그램에서는 모두 새로운 신분을 받아야 하거든요. 새 이름을 고르면 그녀가 순식간에 새 여권을 만들어줄 거예요."

새 이름에 대해 생각해봤다. 산뜻하고 간단한 이름. 하지만 내 영화 인생과 완전히 단절할 수 있는 이름이자 샤브남 삭세나와 정반대의 이름이어야 했다. 그 이름은 바로 떠올랐다. 내가 손가락을 튕겼다.

"새 이름을 생각해냈어요."

"그게 뭐죠? 어서 말해줘요." 래리가 호들갑을 떨었다.

"람 둘라리." 내가 당당하게 말했다.

해결

이 도시에 살고 싶다면, 그 전에 미리 세 번의 반전을 생각하라.
그리고 나서 거짓의 이면에서 진실을 봐야 하며,
다시 그 진실의 이면에서 거짓을 볼 수 있어야 한다.
-비크람 찬드라, 「신성한 게임」

1
드러난 진실

아룬 아드바니 칼럼

3월 27일

살인, 섹스 그리고 녹음 테이프

쉽게 해결되는 살인 사건이 있다. 인과관계가 예측 가능한 경우인데, 예를 들어 돈, 여자, 또는 부동산같이 동기가 깔끔한 경우.

현대사회의 사건들은 좀더 복잡하다. 연쇄살인범, 색광, 마약중독자와 사이코패스가 거리를 활보하는 시대가 아닌가. 단순히 재미로 살인하는 정신나간 사람들. 수치도 점점 늘어나, 인도만 해도 3분마다 폭력 사건이, 16분마다 살인 사건이 발생한다. 더욱 충격인 건, 매일 보고되는 90건의 살인 사건 중 내나수가 미제로 남는다는 사실이다.

다행히 비키 라이 살인 사건은 이런 운명을 벗어날 것이다. 일찍이 이 칼럼에서 약속한 대로 내가 사건을 해결해 진실을 알아냈으니까.

하지만 먼저 사건을 풀어가는 과정에서 일종의 신성한 힘이 작용했음을 고백해야겠다. 우리 조사기자들이 활용하는 주요 기자재가 숨겨놓은 마이크와 소형 녹음기라고 생각하는 사람이 많지만, 그건 사실과 다르다. 우리에게 가장 중요한 자원은 이따위 장비가 아니라 시민들의 후원과 협조다. 시민들이야말로 살인 사건 해결의 단초가 되는 익명의 정보를 제공하는 장본인이며, 빈틈없는 눈과 귀로 결정적인 용의자를 지목해내는 탐정이다. 우리가 인도 역사상 가장 유명한 살인 사건의 뚜껑을 열도록 도와준 것도 역시 시민들의 감시와 관심이었다.

어제 아침 집으로 두터운 소포가 배달되었다. 평범한 노란색 상자에 타자기로 내 이름과 주소를 친 소포였다. 상자 안에는 녹음 테이프 여덟 개가 에어캡에 포장된 채 들어 있었다. 나는 어제부터 오늘 새벽까지 꼬박 테이프를 듣고 받아 적었다.

전체적인 내용은 내일 이 지면을 통해 발표할 생각이니 서둘러 구입하기를 당부하는 바이다. 일명 '자간나트 라이 테이프'에는 매머드급 폭탄이 들어 있으니까.

비키 라이 사건의 용의자는 모두 여섯이지만 살인자는 한 명이다. 아직 탄도 보고서가 넘어오지 않았지만 이젠 그것도 필요 없게 되었다. 이미 살인자의 이름이 밝혀졌기 때문이다. 무크타르 안사리. 우타르프라데시에서 활약하는 악명 높은 청부살인업자다. 그리고 이번 일을 청부한 장본인은 다름 아닌 우타르프라데시의 내무 장관이자 비키 라이의 부친인 자간나트 라이다.

  자간나트 라이 테이프는 한 아버지의 타락사를 보여주는 연대기일 뿐 아니라 우리 정부의 추악하고 참혹한 면모를 여실히 드러내며, 우리 인도에서 가장 번성한 주 우타르프라데시의 삐걱거리는 거짓 민주주의를 가능하게 한 냉소적인 음모와 뻔뻔스러운 간계를 그대로 폭로한다. 나는 지금부터, 수사력의 무딘 칼날과 황색 언론의 보호막으로 단단히 감싸여왔던 우타르프라데시의 천박한 이면을 낱낱이 고발할 생각이다. 테이프의 메시지는 안쓰러기 짝이 없었다. 유려한 갑옷을 입은 영웅은 존재하지 않는다. 우린 모두 무기력하게 발가벗겨져 있다. 그러나 책임은 시민과 유권자의 몫일 수밖에 없다. 정치의 범죄화를 초래하고, 자간나트 라이 같은 마피아 두목이 선거에서 승리해 주 의원이 되고 장관이 되어 주 전체를 자신의 봉토로 삼아 마음껏 불법을 저지를 수 있도록 허락한 것이 바로 우리의 냉담과 무관심이기 때문이다. 비키 라이의 죽음에 연루된 것은 내무 장관이 저지른 전체 범죄에 비하면 빙산의 일각에 지나지 않는다. 하지만 그의 살인과 호색 행각을 알려면 독자들은 내일까지 기다려야 할 것이다.

  3월 23일의 운명적인 밤에 실제로 어떤 일이 있었는지, 그 여덟 개의 테이프를 통해 추론해보았다. 자간나트 라이는 자신의 빙퉁한 아들을 제거할 결심을 한다. 이유는? 주 의원들의 지지를 유지하여 주 총리가 되기 위해서다. 그는 심복인 청부살인업자 무크타르 안사리에게 처리를 맡긴다. 계획은 산난하다. 비키 라이 농장의 뒷문을 열어 무크타르 안사리가 몰래 들어오도록 한 후, 정확히 12시 5분에 농장의 전원을 끊는다. 그 순간을 이용해 무크타르는 일을 처리하고, 경찰이 몰려와 출구를 봉쇄하기 전에 재빨리 뒷문으로 빠져나간다.

여섯 명의 용의자가 비키 라이 농장에 총을 반입한 이유에 대해서는 아직까지 짐작만 가능하지만 이것 하나는 확실하다. 비키 라이를 죽인 건 그들이 아니다. 살인자 무크타르 안사리는 유유히 빠져나와 활보하고 있다. 물론 그가 또다른 범행을 저지르기 전에 체포해야 할 것이다.

내게 테이프를 보내준 착한 사마리아인께 감사드린다. 자간나트 라이한테는 "잘 가시오"라고 말해주련다. 녹음 테이프 공개는 그의 정치와 범죄 행각의 종지부가 될 것이다. 그로써 우리 의회에서 가장 많은 의석을 차지하고 있는 주의 유감천만한 역사에도 종지부를 찍어야 한다.

자간나트 라이 테이프의 공개가 우리의 지도자와 시민 모두에게 경종을 울리기를 바라마지 않는다. 정치에서 범죄 요소를 제거하고 범법자가 입법자로 변신하는 불행이 없도록 해야 할 것이다. 우리의 민주주의를 보호하고 강화하는 유일한 길은 오직 그뿐이다. 자손들에게 물려줄 자랑스러운 나라를 만드는 길도 역시 그뿐이다.

2
속보

3월 28일, 10:07

이는 속보용 대본이므로, 최종본과 다르거나 내용이 추가될 수 있음을 양해 바랍니다.

바르카 다스: 아룬 아드바니가 공개한 자간나트 라이 테이프는 그야말로 핵폭탄이었습니다. 테이프에서 이름이 거론된 러크나우의 정치가들은 서둘러 해명 자료를 내놓고 있습니다. 정말 숨 막히는 하루였습니다. 우타르프라데시의 내무 장관 자간나트 라이는 비키 라이, 프라디프 두베이, 라칸 타쿠르, 나브니트 브라르, 루크사나 아프사르를 살해하고 고팔 미니 트리파디의 아들을 납치한 혐의로 전격 체포되었습니다…… 러크나우 통신원 아난드 라스토기가 대기 중입니다. 아난드, 새로운 소식이 있나요?

아난트 라스토기: 네, 바르카. 자간나트 라이는 막다른 골목에 다다른 것 같습니다. 이십 년 동안의 철권통치를 통해 우타르프라데시를 공포와 억압의 생지옥으로 만들었지만, 결국 법망에 걸리고 말았습니다. 국민복지당 또한 그런 범죄자를 용인했다는 책임을 모면하기는 어려울 것으로 보입니다.

바르카 다스: 하지만 자간나트 라이는 이 모든 혐의가 조작된 것이며 증거가 없다고 주장한다고요? 바로 주 총리의 음모라고 말입니다.

아난트 라스토기: 그렇지만 테이프를 부정할 수는 없습니다. 이미 전문가들에 의해 그의 목소리임이 증명되었으니까요. 현재 총리 또한 피해를 최소화하기 위해 발 빠른 행보를 보이고 있습니다.

바르카 다스: 그렇군요, 아난트. 제가 조금 전에 총리와 직접 통화했습니다. 직접 들어보시죠.

우타르프라데시 주 총리: 우리 국민복지당은 자간나트 라이의 혐의에 크게 당혹해하고 있습니다. 그 모든 것이 사실로 밝혀진다면 당연히 엄중한 처벌을 받아야 할 겁니다. 자간나트 라이는 내무 장관에서도 해임되었을 뿐 아니라, 당원 자격도 박탈당했습니다. 범죄자의 의회 진출은 불행한 현실이며 이에 대해서는 현재 어느 정당도 자유로울 수 없습니다. 공직자 정화를 위한 첫 단계로, 국민

복지당은 향후 전과 기록이 있는 의원이 장관직에 지명될 수 없도록 강령을 개정했습니다.

바르카 다스: 반가운 소식이 아닐 수 없습니다. 다른 정당들도 적절한 조치를 취하길 기대해봅니다. 그와 별도로 자간나트 라이의 사주를 받고 살인을 저지른 무크타르 안사리의 추적도 계속되어야겠죠. 경찰 특별 수사팀이 곧 국민을 안심시킬 만한 성과를 내놓으리라 믿습니다. 새로운 소식이 들어오는 대로 시청자 여러분께 알려드릴 것을 약속드립니다. 지금까지 ITN 속보의 바르카 다스였습니다.

3
속보

3월 28일, 14:35

이는 속보용 대본이므로 최종본과 다르거나 내용이 추가될 수 있음을 양해 바랍니다.

바르카 다스: 비키 라이 살인 사건 수사에 극적인 진전이 있었습니다. 경찰은 무크타르 안사리를 추적하던 중, 오늘 아침 아잠가르의 변경 사라이 미르의 한 주택에서 심하게 부패된 그의 시신을 찾아냈다고 발표했습니다. 법의학팀의 조사 결과 사인은 총상이며 시신은 최소 일주일 이상 방치되어 있었다고 합니다. 그게 사실이라면 무크타르 안사리가 3월 23일 비키 라이의 농장을 방문했을 가능성은 없다고 봐야겠죠. 그럼 도대체 누가 비키 라이를 죽였을까요? 이 질문에 대한 답을 얻기 위해 델리 경찰 K. D. 사하이 국

장님을 화상으로 연결해보겠습니다. 국장님, 인터뷰에 응해주셔서 감사합니다. 비키 라이 살인 사건에 대한 새로운 뉴스가 있으시다고요?

K. D. 사하이: 네, 바르카. 우선 시청자들께 신문에 실린 모든 기사를 믿지는 말라고 당부 말씀부터 드리고 싶군요. 어쨌든 조사기자 아룬 아드바니의 유명한 가설은 완전한 날조로 드러난 셈입니다.

바르카 다스: 굳이 변호하자면 아룬 아드바니는 무크타르 안사리가 살해당한 사실을 몰랐으니까요. 그럼 새로운 증거가 나온 겁니까?

K. D. 사하이: 증거요? 우린 사건을 해결했어요! 시청자들께 누가 비키 라이를 살해했는지 말씀드릴 수 있습니다. 아시다시피, 살인이 벌어진 날 밤 총을 지니고 있던 용의자 여섯 명의 신병을 확보해둔 상태입니다. 그리고 범행에 쓰인 탄환도 찾아냈죠. 총알은 비키 라이의 몸을 관통해 나무 카운터에 박혀 있었습니다. 어제 나온 최종 탄도 보고서에 의하면 비키 라이 살해에 쓰인 것은 32구경입니다. 그리고 그것과 일치하는 총의 주인은 자르칸드의 원주민 지바 코르와였죠. 그는 사제 32구경 리볼버, 속칭 카타를 지니고 있었는데 그것이 살인 무기였음이 증명된 겁니다. 시바 코르와는 배전함 근처에서 목격되기도 했습니다. 그러니까 먼저 불을 끈 다음 홀 안으로 들어가 비키 라이를 쏜 것으로 보입니다.

바르카 다스: 그날 밤 지바 코르와가 농장에 들어간 이유는 뭐죠?

K. D. 사하이: 지금은 말도 안 되는 엉뚱한 소리만 늘어놓고 있습니다. 부족의 재산인 돌을 되찾으러 왔다고 주장합니다만, 비키 라이한테는 애초부터 그 돌이 없었습니다. 다른 주 정부 경찰에 의뢰한 결과, 코르와의 전과가 수도 없이 드러난 상태입니다. 사건 당시에도 타밀나두에서의 사기 혐의와 비하르 지역에서의 살인 혐의로 수배 중이었습니다. 하지만 무엇보다 결정적인 증거는 코르와의 숙소를 수색하면서 드러났다고 봐야 할 겁니다. 그곳에서 상당량의 낙살라이트 문건이 발견되었으니까요. 우리는 그를 마오쩌둥 혁명센터의 핵심 중 하나로 보고 있습니다. 자르칸드에서만 백여 명에 달하는 경찰을 죽인 악명 높은 낙살라이트 패거리죠.

바르카 다스: 하지만 왜 낙살라이트가 비키 라이 같은 인물을 목표로 삼았을까요?

K. D. 사하이: 비키가 자르칸드의 경제특구에 투자를 했기 때문입니다. 그에게 살해 협박을 보내기도 했는데 이번에 결국 시행을 한 거죠. 하지만 범인은 잡혔습니다. 낙살라이트의 리더 지바 코르와입니다.

바르카 다스: 감사합니다, 국장님. 사건을 해결하신 걸 축하드립니다. 지금까지 K. D. 사하이 경찰국장님과 말씀 나눴습니다. 비

키 라이 사건은 이렇게 종지부를 찍는 것일까요? 지금까지 ITN 속보의 바르카 다스였습니다.

4
속보

3월 31일, 13:21

이는 속보용 대본이므로 최종본과 다르거나 내용이 추가될 수 있음을 양해 바랍니다.

바르카 다스: 긴급 속보입니다. 유명 여배우 샤브남 삭세나와 그의 비서 볼라 스리바스타바가 무크타르 안사리의 살해범으로 오늘 뭄바이 카르에 있는 아파트에서 긴급체포되었습니다. 범행을 입증하는 테이프 몇 개도 함께 발견된 것으로 전해지고 있습니다. 뭄바이에 통신원 라케시 바이디아가 나가 있습니다. 라케시, 소식 전해주세요.

라케시 바이디아: 네, 바르카. 1993년 산제이 두트가 연쇄폭파범

으로 기소된 이래, 이번 사건은 인도 영화계를 강타한 최고의 스캔들이 될 것 같습니다. 영화계는 깊은 충격에 빠져 있습니다. 샤브남에게 수백만 루피를 제공한 제작자들도 무척 당혹해하고 있고요.

바르카 다스: 그런 유명 배우가 범행을 저지를 만한 어떤 동기라도 있습니까?

라케시 바이디아: 네, 경찰은 현재 여러 가지 가능성을 두고 수사를 벌이고 있습니다. 들리는 바로는, 샤브남이 그녀의 비서와 심각한 관계인 것 같습니다. 비서 볼라 스리바스타바는 그녀와의 외설적인 행위를 담은 테이프를 다수 보관하고 있었는데, 그 테이프들이 우연히 무크타르 안사리의 손에 들어갔고 그래서 협박을 받고 있었던 것 같습니다. 그래서 샤브남이 직접 아잠가르로 가서 무크타르를 죽이고 테이프를 회수한 거죠. 아잠가르에서 어떤 일이 있었는지는 밝혀진 바 없습니다만, 샤브남이 범행 현장을 떠나는 모습을 본 목격자가 속속 나타나고 있습니다. 아시다시피 그녀는 비키 라이 살인 사건의 주요 용의자로 지목되기도 했습니다만, 탄도 검사 결과 그녀의 무기는 비키 라이의 살인과 무관한 것으로 밝혀졌습니다. 하지만 경찰은 그 총이 무크타르 안사리를 죽이는 데 사용되었다는 결정적인 증거를 확보한 것으로 보입니다. 볼라 스리바스타바의 아파트에서 테이프들이 발견된 것으로 보아 모든 정황이 일치합니다.

바르카 다스: 샤브남의 반응은 어떻습니까? 혐의에 어떤 반응을 보이고 있나요?

라케시 바이디아: 네, 이상한 건 샤브남 삭세나가 현재 자신이 샤브남 삭세나가 아니며 비하르 출신의 람 둘라리라고 주장하고 있다는 사실입니다. 자신은 샤브남의 대역이며 평생 아잠가르에 가 본 적도 없다고 합니다. 물론 그 터무니없는 주장을 믿는 사람은 아무도 없습니다. 정신이상을 빌미로 무죄판결을 이끌어내려는 속셈으로 보입니다만, 분명한 것은……

바르카 다스: 잠깐만요, 라케시. 조금 전 경찰이 악명 높은 낙살라이트 리더인 지바 코르와를 살해했다는 속보가 들어왔군요. 그는 메라울리 경찰서 유치장에서 탈출을 시도했답니다. 마오쩌둥 혁명센터가 경찰을 비난하고 보복을 경고했다는 소식도 함께 알려드립니다. 다시 샤브남 삭세나 소식으로 돌아가죠. 사건이 점점 흥미롭게 진행되는 것 같습니다.

라케시 바이디아: 그렇습니다, 바르카. 아쉽지만 이제 샤브남 삭세나의 신작을 보지 못하게 될 것 같습니다.

바르카 다스: 소식 감사합니다, 라케시. 다시 정리해드리겠습니다. 샤브남 삭세나와 그녀의 비서이자 연인인 볼라 스리바스타바가 악명 높은 암살자 무크타르 안사리의 살해 혐의로 현재 유치장에 갇혀 있습니다. 이 사건이 앞으로 어떻게 전개될지 예측하기는

어렵지만 그야말로 블록버스터급 뉴스임은 분명해 보입니다. 새로운 소식이 들어오는 대로 다시 소식 전할 것을 약속드립니다. 오늘 저녁 7시 〈인사이트〉 스페셜에 채널을 맞추십시오. 오늘은 발리우드와 범죄의 유착 관계를 특별 조명합니다. ITN 속보의 바르카 다스였습니다.

5
드러난 집실

아룬 아드바니 칼럼
4월 1일
나는 고발한다!

친애하는 대통령 각하,

위대한 민주국가의 성실한 시민으로서, 각하께 이 공개 편지를 쓰지 않을 수 없었습니다. 각하께서는 이 땅의 최고위 공무원이시며 헌법을 수호하실 막중한 책임을 짊어지고 계시니까요. 따라서 어제 헌법 21조에 보장된 '생명과 자유의 권리'가 심각하게 훼손되었음을 알려드리는 게 제 의무라고 생각합니다. 지바 코르와라는 인도 시민의 이야기입니다.

지바 코르와 누구? 각하께서는 이렇게 물으실 수도 있습니다. 경찰에 따르면 그는 불법 단체인 마오쩌둥 혁명센터의 악명 높은 테러리스트이며, 어제 비제이 야다브 형사에게 총살당한 청년입니다. 사업가 비키 라이의 살인 사건과 관련해 억류되어 있던 메라울리 경찰서 유치장에서 탈출을 기도했다는 이유였죠. 이미 탄도 보고서에서 비키 라이를 죽인 총알이 사건 당일 밤 코르와의 수중에 있던 총에서 발사된 것이라고 결론지었고, 총살당하기 전 자백 진술서에 사인까지 받았으니, 그가 죽음으로써 사건은 깔끔하게 마무리된 것입니다. 제가 이 편지를 쓰는 동안에도 경찰은 힘들게 법원을 들락거릴 필요 없이 민감한 살인 사건을 손쉽게 해결한 데 대해 서로 등을 두드려주고 있을 것입니다. 어쩌면 용감한 비제이 야다브 형사와 그의 팀에게 무공훈장이 수여될지도 모르겠군요. 공포의 낙살라이트를 총살함으로써 우리 공동체를 더 안전하고 안락한 공간으로 만들었으니까요. 언론도 이제 다른 기삿거리에 눈을 돌리는 듯 보입니다. 자르칸드의 지저분한 오지 출신 테러리스트의 목숨 따위에 누가 관심을 두겠습니까? 게디기 데리리스드의 죽음은 너무도 흔한 일이라, 우리는 그것을 한두 번 건드려보다 이내 샤브남 삭세나의 허튼 주장이나 최근 내각 교체의 뒷얘기 같은 흥미로운 기삿거리로 관심을 돌리고 말죠.

셰익스피어의 말을 인용한다면, "저는 지바를 묻으려고 왔습니다. 그를 찬양하기 위해서가 아니라". 그런데 경찰이 살해한 청년이 지바 코르와가 아니라면 어쩌죠? 더욱이 낙살라이트 테러리스트와는 전혀 상관없는 사람이라면요? 그가 단지 잃어버린 유산의 수호자이자 인류 최초 종족의 마지막 후손이라면 대통령 각하께서두 관심을 좀 기울이시겠습니까?

지바 코르와의 진짜 이름은 에케티였습니다. 자르칸드가 아니라 벵골 만의 소안다만제도에 속한 작은 섬 출신이죠. 아직도 활과 화살로 수렵 생활을 하는 옹게족 원주민이었습니다. 최근 조사 결과, 옹게족은 겨우 97명이 생존해 있었는데 이제 비제이 야다브 형사 덕분에 96명이 되고 말았습니다.

어떻게 그 사실을 아는지 물으시겠지요. 그가 살해되기 전날 직접 그를 만났습니다. 3월 30일 오후 3시, 전 메라울리 경찰서에 찾아가 국내 안보와 낙살라이트 조직에 특별한 관심이 있는 정보국 공동 국장인 아키레시 미슈라의 신분증을 제시했습니다. 라즈비르 싱 경찰서장께서 친절하게 저를 지바 코르와가 갇혀 있는 유치장으로 안내해주시더군요.

유치장은 가로 3미터, 세로 2.5미터의 작고 폐쇄적인 공간이었습니다. 곰팡이로 뒤덮인 벽과 깨진 바닥, 그리고 하늘이 손바닥만큼만 보이는 작은 철창으로 된 공간에는 다 찢어진 매트리스가 놓인 철제 침대, 물을 담은 질그릇, 더러운 플라스틱 양동이만 달랑 놓여 있더군요. 날이 워낙 더운 탓에 감방의 열기는 사람을 질식시키고도 남을 정도였습니다. 하지만 더위보다 더 지독했던 건, 무시와 방치라는 이름으로 빚어진 추악하고 역겨운 냄새였습니다.

"망할 놈이 옷도 안 입고 목욕도 안 해요. 고향에서는 방향제 같은 것도 쓰지 않는다더군요." 싱 서장이 설명했습니다.

죄수는 창문 아래 바닥에 잔뜩 웅크리고 누워 있었습니다. 우리를 등지고 있어 얼굴을 볼 수는 없었습니다. 피부는 마치 잘 닦은 흑단처럼 새까맸고 머리는 짧은 후추열매 같았죠. 티셔츠 자락을 이용해 만든 빨간 허리가리개 차림이었습니다. 그는 우리를 의식하지 못했고, 서장이 곤봉으로 찔러도 깨어날 생각을 하지 않더군요.

"일어나, 임마!" 서장은 이렇게 소리 지르며 서너 번 그의 등을 걸어찼습니다. 전 움찔했지만 정작 당사자는 그런 충격조차 전혀 느끼지 못하는 듯했습니다.

"때릴 필요까지 없잖습니까?" 제가 말하곤 죄수의 어깨를 가볍게 다독여주었습니다.

그게 마법의 주문이라도 된 듯 죄수는 즉시 돌아서서 일어나 앉았습니다. 150센티미터도 안 되어 보이는 아주 작은 사람이더군요. 또 놀랍게도 무척 어렸습니다. 이목구비가 뚜렷한 계란형 얼굴에, 광대뼈가 높이 솟았고, 입술이 두툼했지요. 격투사같이 날렵하고 균형 잡힌 근육질 몸엔 경찰한테 맞은 채찍 자국이 선명하게 나 있었습니다. 치아는 고르고 눈부실 정도로 하얬지만 지를 사로잡은 건 무엇보다 두 눈이었습니다. 작고 까만 홍채에 순백의 눈자위. 두 눈에서 마치 원시의 힘이 새어나오는 듯했습니다. 네, 그의 눈은 두 개의 레이저처럼 지를 꿰뚫어 혼을 완전히 빼놓고 말았습니다. 잘 다린 셔츠에 갈색 코르덴바지를 입고 있었지만 그의 앞에선 무기력하게 모든 것을 드러낸 기분이 들었습니다.

그때였습니다. 그의 두 다리가 침대에 사슬로 묶여 있고 두 손에도 수갑이 채워져 있음을 본 것은.

"우리를 보호하기 위해서죠. 낙살라이트의 주모자 아닙니까? 너무 위험해서요." 서장이 이렇게 말하고는 유치장을 나갔습니다. 죄수와 둘이 있도록 배려해준 겁니다.

저는 제 소개도 않은 채 그의 손을 잡고 두 눈을 바라보았습니다.

"지네가 낙살라이트가 아님을 알고 있네. 미기 라이를 죽이지 않았다는 것도."

그가 순수한 호기심으로 저를 바라보았습니다.

"자네의 이야기를 들려주게. 그럼 이곳에서 나갈 수 있도록 도와주겠네." 전 그렇게 약속했습니다.

처음엔 수줍어하고 망설이던 그도 제 부드러운 설득에 마침내 입을 열었죠. 사흘간의 집요한 고문에도 불구하고 경찰에게 하지 않은 얘기를 세 시간 동안 제게 모두 털어놓은 겁니다. 단지 자신을 저와 같은 인간으로 대해주었다는 이유만으로요. 처음에는 머뭇머뭇 얘기를 시작하더니, 일단 말문이 터지자 그를 막을 수가 없었습니다. 지금부터 6개월 전, 이 반도의 해안에 발을 디딘 이후 내면에 단단히 가둬두었던 감정이 봇물처럼 터지고 만 것입니다. 그는 지금껏 그가 만난 사람들과 겪은 일들에 대해 얘기했습니다. 꿈과 희망, 상처와 굴욕, 무력감에 대해 털어놓았고, 무엇보다 고향 섬에 대한 그리움과 참피라는 눈먼 기형 소녀를 향한 사랑을 얘기했습니다. 우리에겐 보팔의 얼굴로 더 잘 알려진 소녀이지요.

대통령 각하, 옹게라는 단어가 '사람'을 뜻한다는 사실을 알고 계십니까? 에케티는 진정한 사람이었습니다. 이 지상에서 멸종 위기에 처한 종족이었죠.

그는 알려진 바와 같이 이국땅에 발을 디뎠습니다. 잠깐 동안 화려한 문화에 눈멀고 현대화의 달콤한 유혹에 매료되기도 했지만, 곧 피상적이고 인위적인 표피를 꿰뚫고 우리 문화와 가슴에 곪아 있는 어둠을 보게 되었죠. 그는 전쟁과 종교라는 이름으로 서로에게 가하는 가혹 행위를 두려워했고, 여성을 성적 대상으로 삼고 욕망의 해소를 위해 여성에게 폭력을 가하는 모습에 충격을 받았습니다. 6개월 동안 너무도 많은 것을 본 것이죠. 그는 섬으로 돌아가고 싶었습니다. 부족함은 있으되 전쟁은 없고, 질병은 있으되 착취는 없는 고향의 원시생활로 말입니다.

　그는 예언자이자, 인류의 실패를 지적해준 스승이었습니다. 그러나 아무도 그의 말에 귀를 기울이지 않았습니다. 그는 우리를 치유하려 했으나 우리는 그를 더럽히려 했습니다. 그가 내민 우정의 손에 우리는 사슬을 감고 수갑을 채웠습니다. 아니, 우리의 이해를 호소하는 그를 죽이기까지 했군요. 그의 죽음은 우리 문화의 현주소이자 우리의 잘못을 낱낱이 폭로한 고발장입니다. 대통령 각하, 이것이 진정한 진실입니다. 소름 끼치는 진실입니다.

　훨씬 더 끔찍한 사실은 그가 비키 라이의 살인과 아무 관련이 없다는 겁니다. 에케티는 고대의 돌을 찾아오겠다고 서야하고 인도 본토에 왔습니다. 이 신성한 돌은 지금까지 수 세기 동안 그의 부족을 보호해왔건만, 소안다만제도에 부임한 인도 관리의 탐욕으로 사라져버리고 만 것입니다. 아쇼크 라즈푸트라는 또다른 관리가 이 돌을 찾는 걸 돕기로 하고 에케티를 몰래 밀입국시켜주었습니다. 신성한 돌 잉게타이를 되찾기 위한 모험은 콜카타에서 첸나이로, 바라나시의 가트에서 알라하바드의 마그 멜라와 자이살메르의 사막으로 에케티를 끌고 다녔고, 급기야는 델리에까지 이르게 했습니다. 신성한 돌이 마지막으로 목격된 곳은 알라하바드의 스와미 하리다스라는 타락한 구루의 집으로 그곳에서 아쇼크 라즈푸트의 손에 넘어갔습니다. 에케티는 모르고 있었지만 아쇼크 역시 돌에 흑심을 품고 있었던 겁니다.

　대통령 각하, 아소크 라즈푸트가 키쇼레 라즈푸트, 즉 12년 전 라자스탄의 야생보호구역에서 일하던 산림 경비원의 동생이라는

드러난 진실　593

사실을 아십니까? 그는 물소 두 마리를 죽인 비키 라이를 고발했다는 이유로 죽임을 당한 성실한 공무원이었습니다. 아쇼크 라즈푸트는 형수 굴라보를 사랑했죠. 하지만 강인한 성격의 미망인은 그에게 결혼 조건을 내걸었습니다. 먼저 비키 라이를 죽여 형의 복수를 해야 한다는 것이었습니다. 대통령 각하께서는 라자스탄 여인들이 어떤 사람인지 잘 아시리라 믿습니다만, 저도 복수에 대해 알고 있는 사실이 하나 있습니다. 복수엔 시효가 없다는 겁니다.

그래서 아쇼크 라즈푸트는 잉게타이가 비키 라이의 집에 있다는 거짓 정보를 주고 에케티를 델리에 데려갑니다. 에케티는 한동안 메라울리 농장 근처의 볼레나트 사원에서 지냈습니다. 그곳에서 장님 소녀 참피와 가까워졌고, 아쇼크 라즈푸트는 계획을 짜는 데 몰두했습니다. 살인이 있던 날 밤, 그는 청색 정장 차림으로 에케티보다 훨씬 전에 농장에 잠입해 있었습니다. 비키 라이의 정원에 설치된 작은 사당에 신성한 돌을 넣어두고 다른 손님들 사이에 숨어 있었죠. 에케티가 할 일은 10시에 농장 안으로 들어가, 자정 직후에 전원을 끊고 사당에서 신성한 돌을 회수한 다음 재빨리 뒷문을 통해 빠져나오는 것이었습니다. 아쇼크 라즈푸트가 직사 거리에서 비키 라이를 쏜 건 바로 그때였습니다. 그리고 홀에서 재빨리 에케티가 와 있는 사당으로 건너와 범행 무기를 에케티의 캔버스 가방에 집어넣었죠. 에케티는 신성한 돌을 가방에 넣으면서 자기도 모르게 총까지 갖게 된 겁니다. 아쇼크 라즈푸트는 에케티가 범행 무기를 농장 밖으로 들고 나와주기를 바랐던 겁니다. 하지만 원주민은 경찰에 잡혀서 살인죄를 뒤집어쓰고 말았습니다.

경찰은 사흘 동안 고문했지만 그는 끝내 라즈푸트에 대해 한마디도 하지 않았습니다. 우리가 이미 오래전에 던져버린 신의라는 것을 지키기 위해서 말입니다.

경찰에 따르면 어제 에케티는 수갑을 부수고 사슬을 끊고 이빨로 철창을 물어뜯어서 빠져나가려 했습니다. 우연히 경찰서 뒤에 서 있던 야다브 형사가 에케티가 달아나는 걸 목격하고 정지 명령을 내렸지만 원주민이 그에게 달려들자 어쩔 수 없이 그를 쏴 죽인 것입니다.

대통령 각하, 혹시 야다브 형사와 그의 부하들이 원주민의 너덜거리는 시체를 바라보며 씩 웃는 사진을 보셨습니까? 기이하게 일그러진 얼굴은 탈출이 실패했음을 보여주고 있었습니다. 잔뜩 찡그린 채 굳은 표정은 우리의 정의를 비웃고 있었습니다.

어떤 점에서 우리는 모두 에케티의 죽음에 책임이 있습니다. 불의에 대한 침묵과 관용을 통해 공모자가 된 겁니다. 우리 사회에 만연한 무관심의 전염병은 이제 더 많은 에케티를 낳게 될 겁니다. 그 전에 우리는 사회의 도덕률을 바로잡기 위해 뭐든 해야 합니다.

편지가 길어졌습니다, 각하. 이제 마무리를 짓도록 하겠습니다. 먼저 옹게족으로부터 신성한 돌을 훔쳐낸 S. K. 바네르지를 고발합니다. 그로 인해 에케티는 인도 본토로 위험천만한 여행을 떠나야 했고 결국 죽음을 맞았습니다.

에케티를 고문하고 끝내 살해한 비제이 싱 야다브를 고발합니다. 이 땅의 법을 철저히 무시하고 적절한 절차를 제멋대로 생략한 사형 집행이었기 때문입니다. 그에게는 가학 행위 전력도 있습니다. 지난 몇 년간 수감 중인 피고인들을 죽게 만들었지요. 이제 그의 옷을 벗겨 살인죄로 재판에 넘길 때입니다.

경찰서장 K. D. 사하이도 고발합니다. 그 역시 에케티 죽음의 공모자입니다. 경찰서 유치장에서 그의 안전을 책임지지 못한 데다, 글을 쓰지도 못하는 에케티의 진술서를 받아들였으니까요.

제대로 조사하지도 않은 채 에케티를 낙살라이트로 몰아세운 라즈비르 싱 형사도 고발합니다. 형사들이 아마추어 인류학자가 될 필요까지야 없겠지만, 상식이 있는 사람이라면 자르칸드에는 후추열매 머리에 피부가 칠흑같이 까만 부족이 없다는 사실 정도는 알았을 겁니다.

에케티와 아쇼크 라즈푸트의 관계를 밝혀내지 못한 현장 수사관들 또한 직무 유기로 고발합니다.

마지막으로 아쇼크 라즈푸트를 비키 라이를 살해하고, 무고한 원주민을 유치장에 갇히게 한 혐의로 고발합니다.

이렇게 다른 이들을 고발하고 있으나, 저 또한 비난에서 자유롭지 못함을 알고 있습니다. 법을 어기고 공무원을 사칭한 죄가 있으니까요. 하지만 정의를 수호하기 위해 이런 위험을 모두 감내할 생각입니다.

저를 체포해도 좋습니다. 기다리고 있겠습니다. 하지만 제 목소리는 멈추지 않을 겁니다. 어떤 일이 있어도, 전 끝까지 진정한 진실을 드러낼 것입니다.

대통령 각하께 제 충정을 바칩니다.

성실한 인도 시민
아룬 아드바니 올림

6
속보

4월 2일, 15:37

이는 속보용 대본이므로 최종본과 다르거나 내용이 추가될 수 있음을 양해 바랍니다.

바르카 다스: 1898년 1월 13일, 프랑스 대통령에게 보낸 에밀 졸라의 유명한 독설 편지는 드레퓌스 사건의 뚜껑을 열고 '역사상 가장 위대한 소요'를 초래했습니다. 비키 라이의 살인범으로 오인받아 억울하게 죽은 원주민 에케티를 위해 조사기자 아룬 아드바니가 대통령에게 보낸 감동적인 공개 편지 역시 전국을 강타했고, 급기야 정부에서도 수습에 나섰습니다. 비세이 야나브 형사는 에케티 8개의 살인죄로 기소되고 라즈비트 싱 형사와 K. D. 사하이 경찰서장은 모두 정직에 처해졌습니다. 아쇼크 라즈푸트 수배령

도 전국에 내려졌습니다. 통신원 자틴 마하잔이 메라울리 경찰서 앞에 나가 있습니다. 새로운 소식이 있는지 알아볼까요? 자틴, 경찰서 밖에서 시위가 열리고 있다면서요?

자틴 마하잔: 믿을 수 없는 일이 일어났습니다, 바르카. 지금 저는 아주 특별한 장면을 보고 있는데요. 산제이 간디 슬럼의 모든 주민들이 거리로 뛰쳐나와 비제이 야다브 형사를 성토하고 있습니다.

바르카 다스: 시위대를 이끄는 사람은 누군가요?

자틴 마하잔: 문나 모바일입니다. 아시다시피 그 역시 비키 라이 살인 사건의 용의자였습니다. 수많은 학생들도 현재 산제이 간디 슬럼의 주민들과 합류했습니다. 에케티의 죽음에 대한 분노가 극에 달한 상태입니다. 그들은 더이상 경찰의 폭력과 강압적인 태도를 묵과하지 않을 것이며, 부자와 빈자에게 서로 다른 잣대의 정의를 들이대는 행태 또한 용납하지 않겠다고 외치고 있습니다.

바르카 다스: 알겠습니다. 지금은 정부에서도 여론을 의식해 부자와 명사가 석방된 재판들을 모두 재조사하라고 지시해놓은 상황입니다. 경찰 내부와 증거 수집 체계 전체를 개혁하기 위한 특별위원회도 구성되었습니다.

자틴 마하잔: 한 가지 더 있습니다, 바르카. 정부는 보팔 가스 참

사 희생자들의 보상 문제를 전면 재검토하겠다고 발표했습니다.

바르카 다스: 에케티의 죽음으로 보팔의 얼굴, 참피 보팔리에게 시선이 쏠리고 있습니다. 에케티와 그녀가 사랑하는 사이이며, 그가 그녀의 눈을 고쳐주겠다고 약속한 사실이 알려졌기 때문입니다. 그의 죽음에 대해 그녀는 어떤 반응을 보였습니까?

자틴 마하잔: 네, 바르카. 참피는 여전히 에케티의 죽음을 받아들이지 못하고 있습니다. 지금도 매일 밤 그가 찾아와 함께 얘기를 나눈다고 주장하고 있습니다.

바르카 다스: 이 시대의 기막힌 아이러니 아닙니까? 지금껏 그녀는 보팔 가스 참사에서 보상받지 못한 희생자들의 곤경을 공론화하는 역할을 해왔으면서도, 정작 그녀의 곤경에 대해서는 아무도 신경 쓰지 않았으니 말입니다.

자틴 마하잔: 바로 그렇습니다, 바르카. 우리는 그녀를 보팔의 얼굴로 기억하지만 아무도 그녀의 고통을 덜어줄 생각을 하지 않았습니다. 그러나 이제 시민과 시민 단체가 그녀를 돕기 위해 나섰습니다. 이미 그녀의 성형수술을 위해 성금이 모인 상태입니다. 심지어 각막이식 수술로 그녀에게 시력을 되찾아주자는 얘기까지 나올 정도입니다. 에케티는 죽음을 통해 살아 있는 우리가 해줄 수 있는 것보다 더 많은 선물을 그녀에게 준 셈입니다.

바르카 다스: 네, 에케티의 죽음은 분명 우리 모두에게 경종을 울렸습니다. 이제 정말로 새로운 인도의 모습을 볼 수 있게 되는 걸까요? 오늘 밤 9시 뉴스가 끝난 후 〈심층 취재〉에서 그 주제를 다룰 예정입니다. 여러분의 많은 의견과 참여 부탁드리겠습니다. ITN 속보의 바르카 다스였습니다.

7
함정수사

"어서 와요, 어서, 싱가니아. 이 사탕과자 좀 들어봐요. 오늘은 내 생애 최고의 날이오. 총리에 취임했던 날 다음으로 말이지."

"알고 있습니다, 총리 각하. 조금 전에 라디오에서 소식 들었습니다."

"그래. 자간나트 라이는 프라디프 두베이, 라칸 타쿠르, 나브니트 브라르 살인과 고팔 마니 트리파티의 아들 납치 건으로 공식 기소되었지. 루크사나 아프사르의 자살 사건까지는 밝히지 못했지만 상관없어요. 트리푸라리 샤란이 증언을 결심한 이상 자간나트 놈의 목을 매다는 건 시간문제니까. 이제 그에게 빌붙었던 주 의원들도 발등에 불이 떨어졌지. 그들을 다시 받아들이는 조건으로 각각 이천만 루피를 요구했다오. 자신들의 어리석음에 대해 응당한 대가를 치러야지."

"그럼 다음 선거까지는 각하 자리가 안전한 겁니까?"

"다음 선거뿐이겠나? 〈데일리뉴스〉의 여론조사 못 봤소? 부패 장관 모두를 실각시키겠다는 내 결정으로 지지도가 육십칠 퍼센트까지 치솟은걸? 지도부에서도 이미 내게 전권을 부여한 상태요. 재임도 따놓은 당상이지."

"자간나트 라이의 몰락은 그야말로 눈 깜짝할 새더군요."

"그 개자식은 자신이 아주 영리하다고 생각했지. 더러운 일은 모두 무크타르한테 떠맡겼으니까. 하지만 깡패놈들이 우리 프로 정치인을 이길 수는 없소. 그 얼간이놈은 내무 장관의 직위가 법 위에 군림한다고 믿었겠지만 지난 삼 년 동안 내가 자신을 도청해 왔다는 사실은 꿈에도 몰랐겠지. 사람들은 전화에 대해 늘 경솔한 법이라오."

"그래서 전화로는 사업 이야기도 안 하시는 겁니까?"

"조심해서 나쁠 것 없지 않소, 싱가니아? 물론 총리의 전화를 도청할 간 큰 놈이야 없겠지만. 하하."

"그럼 아드바니한테 테이프를 보내신 것도 각하시겠군요."

"그럼 누구겠소? 뱀을 잡는 데는 뱀이 제격인 법. 아드바니가 발 빠르게 테이프를 공개한 덕분에 자간나트의 정치 인생도 끝나고 나도 골치 아픈 정적의 위협에서 벗어날 수 있었지. 무크타르가 비키 라이를 살해하지 못한 건 유감이야. 기막힌 승리가 될 수 있었는데. 그런데 샤브남 삭세나는 왜 그런 어리석은 짓을 했을까?"

"샤브남 삭세나를 신경 쓸 여력은 없었습니다. 저한테 제일 골칫거리는 아쇼크 라즈푸트였죠."

"아쇼크 라즈푸트? 비키 라이를 죽인 친구? 자네가 그자와 무슨 관계인데?"

"그자는 비네이 라즈푸트의 아들입니다. 그녀는 저희 아버지의 마사지사였죠. 우린 둘 다 라자스탄 출신입니다. 자이살메르에서 키쇼레와 아쇼크와 함께 자랐죠. 키쇼레가 죽었을 때 아쇼크에게 복지관의 일자리를 구해준 것도 접니다."

"그가 형수와 결혼하고 싶어한다는 얘기가 사실이오?"

"네, 각하. 굴라보는 약간 이상한 여자입니다. 아쇼크에게 비키 라이를 살해하라고 종용한 것도 그녀였죠."

"아하! 그러니까 라즈푸트가 자네한테 이미 범죄를 고백한 거로군."

"네, 그렇습니다. 두번째 시도라더군요. 육 년 전 총을 들고 농장에 들이가긴 했는데 마지막 순간에 겁을 집어먹고 일을 그르쳤답니다. 그래서 이번에는 원주민 에케티를 이용하기로 한 거죠. 실제로 파티에서 아쇼크를 봤습니다. 청색 정장 차림이었죠. 넘버 6에 초대되었다는 사실이 의아하기는 했시만 비키 라이를 죽이기 위해 왔다는 생각은 못했습니다. 그는 3월 24일부터 미루트에 있는 제 영빈관에 숨어 있습니다. 경찰이 에케티를 체포하면서 살인 혐의를 벗었다고 생각했는데 아룬 아드바니가 너무 영리했던 거죠. 어떻게 그런 정보들을 긁어모았는지 정말 놀랐습니다."

"라즈푸트를 어떻게 할 참이오?"

"경찰에 자수하라고 설득 중입니다. 하지만 그 친구는 아직도 기적을 바라고 있습니다. 각하께 한 말씀만 전해달라고 부탁하더 고요."

"그게 뭐지?"

"각하께 이 신성한 돌을 드리고 싶답니다. 교수형을 면하게 해주는 조건으로 말입니다."

"이건 그날 밤 원주민이 훔쳐내려고 한 그 돌 아닌가?"

"아닙니다, 각하. 하하. 아쇼크 라즈푸트는 자이살메르의 조각가에게 복제품을 만들게 했죠. 비키 라이의 사당에 심어둔 건 그 복제품입니다. 지금 보시는 게 진품입니다. 알라하바드의 스와미 하리다스에게서 훔친 바로 그 물건입니다."

"오! 대단한 물건이로군. 아주 훌륭해. 그런데 여기 새겨진 이상한 글자들은 뭐지?"

"옹게족 전설에 따르면, 최초의 인간이 새겨놓은 겁니다. 총리 각하, 이 돌은 우리나라에서 가장 귀하고 오래된 보물입니다. 가치를 논할 수 없을 정도죠."

"좋아, 그렇게 하지. 대가로 당신 친구를 구해주리다. 어차피 무죄이니까."

"어떤 근거로 그렇게 말씀하십니까, 각하?"

"델리 경찰서장 사하이가 몰래 보고한 내용이 있소. 사하이와 난 오랜 친구라오. 경찰이 당시 비키의 농장에서 또다른 32구경 탄피를 찾아냈다더군."

"하지만 라즈푸트는 한 발만 쏘지 않았습니까?"

"맞아. 그날 밤 비키 라이에게 총을 쏜 자가 더 있다는 얘기겠지."

"말이 되는군요. 저도 첫번째 총성 직후에 또다른 소리를 들었습니다만 다른 사람들은 폭죽 소리라고 했죠."

"실제로 비키 라이를 죽인 건 두번째 총알이었소. 총알은 정확히 그의 몸을 뚫고 나가 잔디에 박혔지."

"하지만 그럼 경찰이 또다른 총을 찾아냈을 텐데요!"

"그게 바로 문제요! 사하이 말로는 첫번째 총성을 듣자마자 현장을 봉쇄했다더군. 때문에 살인자가 빠져나갔을 가능성은 없소. 당시 농장을 샅샅이 뒤지고 넘버 6에 초대된 사람 하나하나를 꼼꼼히 조사했소. 정원과 도로에 세워둔 차도 빠짐없이 살폈고. 그런데도 여섯 명의 용의자가 지니고 있던 여섯 자루의 총 외에는 아무것도 찾아내지 못한 거요. 그 때문에 경찰은 확보한 유일한 가능성에 매달리기로 하고 원주민에게 죄를 뒤집어씌운 거지. 두번째 총알과 일곱번째 총에 대한 가능성을 모두 덮어버리고."

"오, 맙소사! 그럼 진짜 살인자가 누구죠?"

"싱가니아, 당신은 돈은 많지만 머리는 별로인 모양이구려. 이제 내가 비키 라이를 죽인 진짜 범인이 누군지 얘기해주지."

"그게 누굽니까?"

"자간나트의 딸 리투요."

"리투 라이? 하지만 어떻게? 그 사실을 어떻게 아시죠?"

"새로운 친구 트리푸라리 샤란이 알려준 얘기요. 하지만 우선 이 얘기부터 들어보시오. 나한테도 껄끄러운 일을 해주는 친구가 있다오. 초투 로찬이라는 애지."

"오, 그 악명 높은 조폭 말입니까?"

"난들 어쩌겠소? 정치라는 게 돈과 근육을 필요로 하니 말이야. 아무리 총리라도 애완견 몇 마리는 길러둬야 한다오. 자간나트한테 무크타르가 있다면 내겐 로찬이 있는 거지."

"계속 말씀해보세요. 점점 흥미로워지는데요."

"로찬은 지난 1월 20일 누이다에 공장 네 개를 갖고 있는 사업가의 일곱 살 난 아들을 납치했소. 몸값으로 칠백오십만 루피를 요

함정수사 605

구했고 1월 26일 건국일에 아버지가 직접 돈을 배달했다더군. 돈을 검은색 서류가방에 담아 메라울리의 고엥카 초등학교 뒷골목에 있는 쓰레기통 안쪽에 숨겨두었소. 로찬의 부하 브리제시가 돈을 회수하기로 했는데 그만 브리제시의 휴대폰을 문나 모바일이 훔쳐간 거야. 그러고는 로찬이 전화로 돈의 위치를 얘기할 때 문나가 듣고 가방을 찾아서 줄행랑을 친 거지."

"세상에, 휴대폰 도둑놈이 칠백오십만 루피를 챙겼다는 얘깁니까?"

"그래요. 게다가 그 돈으로 놈은 리투 라이를 꼬드겨 연애까지 시작했다오."

"그래서 어떻게 되었죠?"

"늘 하던 대로지. 로찬은 결국 문나 모바일을 찾아냈소. 부하들의 촉수가 이르지 않는 곳이 없는 자니까. 그래서 부하 셋을 보내 문나를 죽도록 두들겨 패고 손가락을 부러뜨린 다음 가방을 회수했소."

"슬픈 일이군요. 조폭이 맘에 들지 않는 게 바로 그런 점 때문입니다. 결국 폭력에 의존하거든요. 전 폭력을 싫어하죠."

"어쨌든, 문나는 리투에게 돈가방 얘기를 꺼내지 않았고, 리투가 부모한테 문나와 결혼하겠다고 우기는 데서 얘기가 꼬이기 시작하오. 비키도 자간나트도 그 결혼엔 절대 반대였으니까. 트리푸라리 말로는 그 일로 오빠와 여동생이 매일 다퉜다더군. 그런데 문나의 부상을 본 리투가 오빠가 부하들을 보내 손봐준 것으로 단정 짓고 분노한 거야. 리투는 총을 귀신같이 다루는 아이라오. 그애가 주 대항 사격대회 우승자라는 사실 알고 있소? 파티가 있던 날 밤,

그녀도 총을 갖고 홀 안에 있었지. 예정된 시간에 중앙 배선함의 퓨즈를 끊게 만든 것도 그녀였소. 조명이 꺼지자마자 그녀는 32구경으로 오빠를 쏘고 범행 무기를 집 안의 비밀 장소에 감춰둔 거요. 물론 경찰은 상상조차 못하는 곳이겠지."

"기가 막히는군요! 그럼 리투는 처벌을 받지 않는 겁니까?"

"충분히 고생했잖소? 자간나트의 딸로 태어나서. 이제 그녀는 문나와 결혼할 거요. 그 친구 이번에 영화 주인공이 된다더군. 최소한 해피엔딩이 하나는 있다는 얘기겠지."

"그럼 아쇼크 라즈푸트한테는 뭐라고 얘기할까요?"

"내가 전략을 짜낼 때까지 처박혀 있으라고 전해요. 돌은 고맙다고 하고 오늘부터 이 집에도 보문 하나 키우게 됐군그래."

"최고의 행운을 가져다주는 부적이라더군요."

"그래, 벌써 긍정의 전율이 느껴지는군. 시바 신의 축복을 받아 여생 동안 총리로 남을 수 있으면 좋겠구먼."

"시간 괜찮으시면, 바다움 시멘트공장 건에 대해 상의드리고 싶습니다만."

"직물공장 프로젝트 얘기도 할 수 있소. 이제 이 주는 당신 거나 다름없소, 싱가니아. 자간나트가 제거된 이상 얼마든지 열매를 나눠먹을 수 있지. 하하."

고백

이 세상에 진실을 말하는 것보다 어려운 일은 없다.
-도스토옙스키,『죄와 벌』

진실

내가 경찰에 알려준 이름을 밝힌다 해도 여러분은 그게 누군지 모를 것이다. 차라리 내가 입고 있었던 옷이 더 확실한 실마리가 될 수 있다. 흰색 셔츠 위에 놋쇠 단추가 달린 붉은색 조끼, 그리고 검은 주름 바지와 에나멜 구두. 그 구두는 꼭 기억하기 바란다.

나를 주목한 사람은 아무도 없었다. 그저 묵묵히 대규모 파티를 보조하는 얼굴 없는 직원에 불과했으니까. 선거 유세나 종교 행사가 있을 땐 길거리를 가득 메우는 무리 중 한 명이 될 수도 있다. TV 카메라가 크리켓 시합의 관중석을 훑을 때 보이는 모호한 색깔에 섞여 있기도 하고, 선거 투표소 앞에 길게 늘어선 익명의 줄 속에 끼어 있을 수도 있다.

좀더 구체적으로 얘기해달라고? 얼마든지. 파티에서 나는 턱수염을 기른 웨이터였다. 그리고 조명이 꺼졌을 때 비키 리이 옆에 서 있다가 직사 거리에서 그를 날려버렸다.

내 말이 충격적이라면 사과한다. 살인, 그러니까 인간의 생명을 강제 종결하는 데에는 늘 섬뜩한 뭔가가 있다. 그건 우리의 양심과도, 형법 시스템과도 늘 마찰을 일으킨다. "살인하지 말라." 성서에도 있지 않은가. 하지만 아무리 그렇다고 해도 살인이 정당화될 뿐 아니라 필수적일 때도 있는 법이다. 아, 그렇다고 국가가 테러리스트를 처형한다든가 전쟁에서 적을 살해하는 것처럼, 법적으로 보장된 살인을 가리키는 건 아니다. 내가 말하는 건 정의의 의식으로서의 살인이다. 『마하바라타』에서 아르주나는 크샤트리아*로서의 임무를 띠고, 쿠루크셰트라 전장에서 악한 카우라바스와 싸웠다. 사회의 악에 맞서 정당한 전쟁을 치른 것이다. 비키 라이를 죽인 행위 역시 내게는 의무이자 다르마**라고 할 수 있겠다.

정말로 비키 라이와 개인적인 원한 관계는 없다. 그가 10대 때 쓸어버린 여섯 명의 노숙자와도 아무런 관계가 없고 산림 경비원 키쇼레 라즈푸트와는 만난 적도 없다. 루비 질 역시 내 동료도 동생도 연인도 아니다. 그녀를 알지도 못하고 만난 적도 없다.

내 행동이 자경단식 정의로 보일 수도 있을 것이다. 당국의 개입이 충분치 못할 경우 개인적으로 법의 심판을 내리는 시민의 객기 말이다.

그렇다. 국가 기관의 처신은 분명히 못마땅한 수준이었다. 비키 라이는 상습적으로 법을 어겼고 상습적으로 면소 판결을 받았다.

---

* 전사 계급.
** 종종 적절한 품행이나 올바른 생활 방식으로 해석된다. 넓은 의미로는 우주의 기본 질서이자 그 질서와 조화를 이루려는 시도를 뜻한다. 여기서는 자신에게 주어진 특정 임무를 수행한다는 뜻으로 쓰였다.

끝내는 루비 질 살인 사건에서조차 풀려났으니 더 할 말이 어디 있겠는가.

우리의 위대한 서사시들은 악이 만연할 때 신이 내려와 질서를 회복한다고 말한다. 아무리 좋게 봐줘도 개소리에 불과하다. 하늘에서 누군가가 내려와 지상의 혼란을 정리해주는 축복을 지금껏 한 번도 본 적이 없다. 우리가 싼 똥은 결국 우리가 치워야 한다. 우리 스스로가 구두를 벗고 바지를 걷고 찜찜한 똥통으로 들어가야 한다.

내가 한 일은 그런 것이다. 양심상 선택의 여지는 없었다.

중산층은 국가의 양심이다. 따라서 상류층의 방종과 하류층의 패배주의를 바로잡는 도덕적 횃불 역할을 떠맡아야 한다. 현실에 도전하는 건 늘 중산층이었으며 그들에 의해 역사상 가장 위대한 혁명들이 탄생했다. 프랑스, 중국, 러시아, 멕시코, 알제리와 베트남. 하지만 인도는 아니다. 우리 중산층은 현실에의 안구를 냉소한다. 삶의 기준이 저하되는 현실에도 무관심하고, 가난한 사람들의 곤경에도 냉담하다. 그들은 오직 마구잡이식 소비에만 탐닉한다. 인도는 이미 관음증 환자들의 국가가 되었다. 교활한 시어머니와 고통받는 며느리를 그린 허망한 연속극에 빠지고, 타인의 불행이 낳은 시체를 뜯어먹으며, 유명 연예인의 파탄난 결혼에 군침을 흘린다. 그러는 동안 깜빡거리는 TV 화면에 비친 뇌물수수 정치가의 행태에도 조금씩 관대해지는 것이다.

관음증 환자들을 비난하는 건 아니다. 나도 어렸을 땐 또래 여학생의 목욕 장면이 보고 싶어 종종 옆집을 훔쳐보러 했으니까. 하지만 여학생 대신 이웃집 주인이 자기 아내를 목 졸라 죽이는 장면을 보게 된다면? 그럼 당신은 겁먹은 도둑이 되어 침대 속으로 달아날 것인가, 아니면 이웃집으로 달려가 범죄를 막을 것인가?

이는 비키 라이의 대화 테이프를 들었을 때 내가 겪은 딜레마였다. 나는 지난 2년간 그의 전화를 도청해왔다. 총리가 자간나트 라이의 전화를 도청했던 것처럼.

처음 도청을 시작했을 때만 해도 뭐가 걸려나올지 짐작하지 못했다. 그저 정보를 캐내는 안전하고도 쉬운 방법 정도로 생각했을 뿐이다. 인도는 도청의 천국이다. 자유와 프라이버시, 자료 보호 침해에 대해 아무도 개의치 않는다. 팔리카 시장 어디에서나 파는 장비와 전화국에 사소한 연줄만 있으면 누구나 도청을 할 수 있다. 난 지금도 잠무에서 자발푸르까지, 모두 일곱 건의 사건을 도청하고 있다.

지난 2년간 매일 비키 라이의 목소리를 들었다. 특혜가 교환되고 뇌물이 지급되고 협잡이 횡행하고 여자들이 거래되었다. 어떤 식으로 법을 어기고 법망을 피하며 증거가 조작되고 정의가 짓밟히는지 귀가 따갑도록 들었으며, 강간하고 약탈하고 팔아넘기는 과정들을 신물나도록 지켜봐야 했다. 그가 저지른 모든 범법은 철사줄처럼 내 심장을 후벼 팠다. 그의 불의는 대못이 되어 내 온몸에 박혔다.

그리고 마침내 3월 17일, 결국 내 온몸을 불살라야 할 대화를 엿듣고 만 것이다. 그 테이프 내용을 조금 공개할 테니 잘 듣기 바란다.

"여보세요, 비키, 날 기억하나?"

"무크타르 형?"

"그래, 비키. 이렇게 늦게 전화해서 미안하네만……"

"무슨 일이야, 형? 잔뜩 겁먹은 목소리잖아."

"기억해, 비키? 우리 러크나우에서 함께 뛰어놀곤 했잖아. 네가 내 등에 올라타면 난 피풀나무까지 달려갔어. 그럼 넌 또다시 '이번에는 저기까지 태워줘.'"

"설마 어린 시절 얘길 하려고 새벽 한시에 전화한 건 아니겠지? 할 말이 뭐야, 형. 또 문제를 일으킨 거야?"

"아냐, 비키. 문제가 있는 건 너야."

"무슨 말이지?"

"대장님이 한 시간 전에 전화했어."

"그래? 아버지가 이 시간에 또 누굴 날려버리겠대?"

"바로 너야, 비키. 대장님이 너를 죽이라고 했어."

"형 미쳤어?"

"아냐, 비키. 죽은 내 아버님께 맹세해. 대장님의 요구는 정확히 그거였어."

"……못 믿겠어."

"나도 그랬어. 난 네가 크는 모습을 지켜봤어, 비키. 내가 어떻게 네 목숨을 끊어버리겠어?"

"아버지가 날짜까지 말했어?"

"3월 23일. 네가 넘버 6에서 파티를 열고 있을 때."

"그렇군."

"……대장님한테 무슨 일이 있는 거지? 옛날의 그분이 아냐. 총리와의 싸움 때문에 머리가 어떻게 된 모양이야."

진실 615

"무크타르 형, 날 위해 일 하나만 해주겠어?"

"물론, 비키."

"자간나트 라이를 죽여. 같은 날 같은 장소에서. 아버지가 준다는 돈의 백 배를 줄 테니까. 내 청부를 받아줄 거지?"

"비키, 내가 어떻게······"

"지금 당장 십만 루피를 보낼게. 나머지는 일이 끝나는 대로 주고. 그럼 이후로 청부를 받을 필요도 없잖아. 어때, 계약한 거지?"

"어떻게 말해야 할지 모르겠어, 비키."

"가장 쉬운 청부가 될 거야, 형. 뒷문을 열어둘게. 총을 들고 그리로 들어와. 난 중앙 홀 바에 있을게. 그리고 아버지가 반대편 모퉁이에 있도록 유도할게. 진입로가 보이는 퇴창 옆에 말이야. 정확히 열두시 오분에 내 심복 샹카르가 전원을 끌 텐데, 이미 그때쯤엔 불꽃놀이가 한창일 거야. 조명이 모두 꺼지자마자 일을 수행하고 뒷문으로 빠져나가. 이보다 더 쉬운 일이 어디 있겠어?"

"······"

"할 거야, 무크타르?"

"네, 대장님."

"좋아. 그럼 당분간 잠적해 있어. 아버지 전화도 받지 말고."

"네, 대장님. 사라이 미르에 숨어 있겠습니다. 그런 다음 23일에 넘버 6으로 가죠."

"좋아. 선불은 미리 아잠가르로 보낼게."

"감사합니다. 신의 가호가 있기를."

이 테이프를 듣는데 머릿속에서 뭔가가 탁 하고 울렸다. 이런

이야기를 얼마 동안이나 아무 감정 없이 들을 수 있겠는가? 얼마나 오랫동안 이 나라의 시민도 아니고 의식 있는 사람도 아닌 척하며 버틸 수 있단 말인가? 그래서 난 조용히 중얼거렸다. "이제 그만." 난 비키 라이를 죽여 정의를 행사하기로 결심했다. 부정한 아비가 죽어야 한다면 방탕한 아들이라고 살아남을 이유가 없다.

사람을 죽이는 데는 세 가지가 필요하다. 분명한 동기, 강한 심장, 그리고 좋은 총. 동기도 충분하고 의지도 있었다. 내게 필요한 건 믿을 만한 총뿐이었다. 나는 사제총 암시장으로 가서, 바마우르에서 조립한 소형 반자동 32구경을 구했다. 싸고 믿을 만하며 절대 추적 불가능한 총이다. 그다음엔 아크람 바이를 찾아갔다. 자마 마스지드 뒤에서 작은 기게를 운영하는 이 늙은 구두쟁이는 특수 신발 제조의 달인이다. 그는 교묘한 신발을 만들어주었다. 안창을 들어내면 뒷축에 돈다발이나 금궤, 또는 소형 피스톨 등을 숨길 수 있는 빈 공간이 있는 신발이다.

그리하여 3월 23일, 넘버 6에 들어갔을 때 내 주머니에도 피스톨이 들어 있었다. 농장에 들어가는 건 식은 죽 먹기였다. 나는 가짜 턱수염을 달고 엘리트 텐트 하우스 레스토랑의 웨이터 유니폼을 입고 열린 뒷문을 통해 슬며시 안으로 들어갔다. 그 레스토랑이 뷔페를 맡았다는 건 이미 도청을 통해 알고 있었다. 나는 접시를 들고 정원 주변을 어슬렁거리며, 손님들이 웃고 떠들고 술이 넘쳐나는 광경을 지켜보았다. 전형적인 부자의 파티였다. 특별할 것 없는 에어 키스와 의미 없는 포옹, 그리고 의례적인 명함 교환과 물주를 잡기 위해 한껏 몸매를 드리내고 배회하는 여자들.

자정 직전, 불꽃놀이가 시작되었다. 폭죽이 비명을 지르며 날아가 화려한 꽃무늬를 수놓으며 비키 라이의 면소를 축하해주었다. 자정 종소리가 울리자, 그가 마이크 앞에서 연설하는 모습이 보였다. 그는 아버지한테 연설을 요청하고는 홀 맨 끝의 바 카운터로 건너갔다. 그가 칵테일을 만들고 있을 때 난 그에게 조금씩 다가갔다. 홀은 영화배우 샤브남 삭세나를 비롯해 사람들로 미어터졌는데 이런 상황에서 그를 쏘면 결국 잡히고 말 것이다. 근육이 팽팽해지고 뱃속에 커다란 덩어리가 맺히는 기분이었다. 나는 조명이 꺼지기를 기다렸다. 정확히 12시 5분이 되자 불이 모두 꺼졌다. 나는 재빨리 총을 꺼냈다. 총소리가 들리고 자간나트 라이의 비명 소리가 들렸다. 그 순간 나는 무크타르가 임무를 완수했다고 생각하고 그대로 비키 라이를 쏴버렸다. 그가 열린 창 바로 앞에 있었기 때문에 내 총알은 그를 뚫고 나가 바깥으로 깨끗이 사라졌을 것이다. 때마침 커다란 폭죽까지 터져 내 총소리를 묻어버렸다.

사람을 쏘는 건 오히려 쉽다. 어려운 건 거사 후 마음의 평정을 잃지 않는 일이다. 어찌나 두 손이 떨리고 심장이 방망이질치는지 심장발작이라도 일으킬 것만 같았다. 나는 떨리는 손으로 왼쪽 구두를 벗어 안창을 들어내고 빈 공간에 권총을 박아 넣었다. 막 구두끈을 맨 순간 조명이 들어오고 경찰이 밀어닥쳤다. 그들은 내 이름과 주소를 물었다. 나는 가짜 웨이터 신분증을 보여주었다. 그들은 샅샅이 몸수색을 했으나 아무것도 못 찾고 결국 나를 보내주었다.

무크타르 안사리가 약속을 지키지 못했을 거라는 사실을 알았다면 계획이 달라졌을까? 모르겠다. 불이 들어오고 자간나트 라이가 버젓이 살아 있음을 보고 나서야 난 뭔가 틀어졌음을 직감했다.

물론 첫번째 총을 발사한 것이 아쇼크 라즈푸트라는 사실은 밝혀졌다. 그의 총도 사제 32구경이었으나 비키 라이를 살짝 스쳐 카운터에 박히고 말았다. 실제로 비키 라이는 두번째 총알, 즉 내 총에 의해 살해되었다. 경찰이 현장을 철저히 조사했다면 정원 어딘가에서 32구경 탄알을 찾아냈을 것이다.

여러분이 그 아이러니를 알았으면 좋겠다. 비키 라이가 루비 질 살인 사건에서 면소 판결을 받은 이유는 두 개의 총알이 두 개의 총에서 발사되었다는 경찰의 주장 때문이었다. 하지만 아슈크 라즈푸트는 경찰이 두 개의 총 가설을 외면한 탓에 체포되고 만 것이다! 그가 실토하지 않고 유능한 변호사만 고용했더라면 빠져나올 수도 있었을 것이다.

오래전에 본 영화가 생각난다. 제목은 잊었지만 카메라가 천천히 돌아가며 보통 사람들의 세세한 일상을 보여주는 예술영화였다. 대화도 거의 없었다. 예를 들면, 딩 빈 흔들침내가 흔들리는 모습을 2분 동안 보여주는 식이다. 영화는 봉건 영주에게 착취당하는 어느 가난한 마을에 대한 얘기였다. 지금은 장면 대부분이 모호한데 마지막 장면만은 여전히 기억난다. 한 어린 소년이 영주의 집에 돌을 던져 창문을 깨는 장면이었다. 당시는 너무 어려서 그 돌의 의미를 이해하지 못했으나 지금은 알 수 있다. 위대한 혁명은 늘 작은 불꽃에서 시작되는 법이다.

내가 행한 일은 작은 불꽃이다. 이제 혁명이 진행되고 있다. 문니 모바일 같은 젊은이들이 혁명의 보병이 되어줄 것이다. 그들은 큰 소리로 권리를 요구하고 있다. 디이싱은 불의를 침묵으로 감내하지 않을 것이다.

모든 혁명에 영웅이 있듯 부차적인 피해도 있다. 아쇼크 라즈푸트에 대해서는 일말의 안타까움을 느낀다. 에케티의 죽음에 대해서도 진심으로 애도를 표하는 바이다. 그를 도우려 했으나 어차피 때도 늦은 데다 지엽적인 문제에 불과했다. 그의 죽음은 내가 영원히 짊어져야 할 십자가로 남을 것이다. 하지만 그의 희생이 헛된 것만은 아니다. 비키 라이는 죽었고, 자간나트 라이도 죽은 것이나 진배없다. 정의가 이루어진 것이다. 앞으로는 돈 많은 범법자들이 두 발 뻗고 잠드는 일은 없을 것이다. 언제라도 보복이 뒤따를 수 있음을 그들도 알기 때문이다.

완전 범죄를 실현했다는 데 약간의 자부심을 느껴도 될 듯싶다. 아무도 내 거사를 눈치 채지 못했다. 아내는 물론 신문사 동료들도 마찬가지다. 나는 여느 때처럼 같은 시간에 출근하고 늦게까지 남아 있다. 점심 시간에는 동료 기자들과 함께 식사를 하고, 그들의 진부한 농담에 웃어주며, 정치와 진급에 대한 멍청한 토론에도 끼어든다. 그렇지만 그들의 하찮은 가십과 얄팍한 관심이 역겹고, 독선과 무사안일에 혀를 내두르게 되는 건 어쩔 수 없는 노릇이다. 성실한 조사기자가 되는 것이 어떤 의미인지 아는 사람은 정녕 나 혼자뿐인 걸까? 사명감을 지닌 이가 나밖에 없다는 말인가?

내가 고독한 전사라는 사실은 알고 있다. 하지만 난 계속 싸워 나갈 것이다. 아직도 수많은 불의가 남아 있지 않은가. 지금도 전화 대화를 엿듣고 있다. 피를 끓게 하고 머릿속에서 웅웅 소리가 나게 만드는 대화들.

그렇다. 살인에도 중독성이 있다.

작가의 말

어려운 작업이었다. 두번째 책이기 때문만은 아니다. 서로 무관한 여섯 명의 삶을 탄탄한 구조 안에 짜 넣겠다는 야심이 엄청난 과제가 되어버린 것이다. 이렇게 작가의 변을 늘어놓을 수 있기까지, 친구와 동료로부터 적잖은 지원을 받았다. 그리고 이 책을 헌정한 아내 아파르나와 두 아들 아디티아와 바룬한테도 잘 이해해줘서 고맙다는 인사를 하고 싶다.

『슬럼독 밀리어네어』의 편집자 제인 로슨과 에이전트 피터 버크먼은 소설의 윤곽을 잡을 때부터 열심히 지지해주고, 내가 포기하지 않도록 격려해주었다. 그후 새 편집자 로셸 베너블스(제인은 행복한 출산 휴가 중이었다)와 트랜스월드 출판사 직원들이 이 책의 출간을 위해 열의와 헌신을 다해주었다.

에케티는 안전한 허구 인물이지만 옹게족에 대해서는 마두스리 무케르지의 탁월한 저서『벌거벗은 사람들의 땅: 석기시대 섬주민들과의 조우』(펭귄 인디아, 2003)에서 많은 도움을 받았다. 안다만제도 원주민의 의례와 관습을 다룬 비시바지트 판디야의 인종학 연구 저서 『밀림을 넘어』(옥스퍼드 대학 출판부, 1993)와 바달 쿠마르 바수의 연구 논문 『옹게족』(시걸 북스, 1990)에서도 유용한 정보들을 얻을 수 있었다. 이 주제에 대해 좀더 알고 싶다면, 조지 베버의 웹사이트(www.andaman.org)를 추천한다. 안다만제도 부족들에 관한 더할 나위 없이 훌륭한 보고(寶庫)라고 확신한다.

동료 나브디프 수리와 J. S. 파르마르에게서도 귀중한 조언을 많이 얻었다. 그리고 다몬 갈구트, 크리스 코파스, 아비아시 모나니, 마노지 말라비야, 사르바기아 람 미시라, 수바시 고우니얄 대위, R. K. 라티, 로파 바네르지, 우마 디아니, 라티 반 트리파티, 바킬 람다스, 베로니크 카르디, 그리고 롤런드 갈라하르그에게도 감사의 말을 전하고 싶다. 물론 구글은 언제나 막강한 도구가 되어주었다.

마지막으로 남아프리카의 멋진 이웃들에게도 감사를 전한다. 그 비옥한 땅에서 주말과 휴일을 보내며 소설의 모습을 갖춰나갔다.

옮긴이의 말

조금 전 영화 〈슬럼독 밀리어네어〉를 보고 왔다. 『6인의 용의자』를 번역하고, 소설 『슬럼독 밀리어네어』를 읽고, 이제 영화까지 감상했으니, 비카스 스와루프에게 내가 할 수 있는 예는 다한 셈이다. 영화를 보고 집에 돌아와 초고 수준의 '옮긴이의 말'을 마저 정리해 출판사에 보내야겠다고 생각했는데, 문득 초고의 내용이 맘에 안 들었다. 내레이터의 문학적 역할이 어떻고, 정치가 사회 갈등의 해결자가 되지 못했을 때 중산층의 사회적 역할이 어떻고 하는 이야기들…… 비카스 스와루프의 첫 소설 『슬럼독 밀리어네어』는 영화와 소설이 여러 면에서 차이가 있었지만, 그럼에도 두 표현 매체를 관통하는 흐름은 같았다. 바로 서정성이다. 비록 현대 인도 사회가 갖고 있는 계급적 갈등을 우의적으로 드러내고 그 안에서 해결 가능성을 다진하고는 있지만, 그래도 작가가 원했던 건 슬로건 위주의 참여문학이 아니라, 분명 등장인물들의 성격과 정서를 충분히 드러내 독자와 호흡하는 소설이었다. 스와루프가 인도 작가로서 드물게 세계적 보편성을 획득할 수 있었던 것도, 전 세계 독자들에게 정서적으로 호소하는 데 성공했기 때문일 것이며, 그 점에 있어서는 오늘 본 영화도 크게 다르지 않았다.

사실 스와루프의 두번째 소설 『6인의 용의자』는 첫 작품보다 조금 더 시사적이고, 사회 개혁을 향한 목소리를 높이고 있다("위대한 혁명은 늘 작은 불꽃에서 시작되는 법이다"). 처음에 옮긴이의 말을 빙자해 본문까지 인용해가며, 실패한 정치와 뒷걸음치는 민주주의에 대한 어줍잖은 투정을 늘어놓았던 것도, 그가 전하는 인도의 저급한 정치 현실이 현재 우리나라의 정치 상황과 많은 점에서 닮아 있기 때문이었다. 그런데 오늘 영화를 보고 돌아오면서 생각한 건, 이번 소설 역시 첫 소설만큼이나 서정적이며, 또한 소설 전체를 아우르는 주제의식도 인도의 특수한 사회 상황과 문화에 대한 선전이나 광고가 아니라 전 세계인이 공감하고 호흡할 수 있는 정서의 환기에 있다는 것이었다. 그래서 나는 옮긴이의 말을 처음부터 다시 쓰기로 했다. 좀더 서정적으로.

영화 〈슬럼독 밀리어네어〉에서 가장 인상적인 장면은 첫 장면이었다. 달아나는 아이들을 카메라가 원거리와 근거리로 쫓아다니면서 인도의 비루한 슬럼을 샅샅이 훑던 장면. 『6인의 용의자』에도 그런 장면이 나온다. 옹게 부족의 원주민 에케티의 눈으로 보여주던 힌즈라 마을의 묘사도 그랬고, 미국 청년 래리 페이지가 들여다본 슬럼과 시장의 모습도 남다른 광경이 아닐 수 없었다. 아니, 그건 특이해서가 아니라 그 반대로 너무도 익숙했기 때문이다. 영화 속 슬럼독 자말이 동네 아이들과 달아나며 보여주었던 슬럼과 래리 페이지가 델리 외곽의 허름한 여관방에서 내려다본 시장 골목의 풍경은 1970년대 내가 살던 동두천과 서울 금호동 언덕 마을을 그대로 옮겨놓은 듯 생생하기만 했다. 전깃줄이 빼곡히 들어찬 동네 골목길, 허름한 동네 이발소와 러닝 차림의 이발사 아저씨, 아침마다 길게 줄이 늘어선 공중수도, 지붕을 뒤덮은 검은 방수포와 지붕이 날아가지 않게 눌러둔 돌과 벽돌 쪼가리……

아주 옛날에 〈신상〉이라는 인도 영화를 본 적이 있다. 코끼리가 온갖 오해와 핍박을 무릅쓰고, 주인에게 충성하고 주인의 아들까지 구해낸다는 거의 신파 같은 영화였다. 그 영화를 본 건 정확히 1976년 3월 경기도 연천군 전곡면의 어느 허름한 동시상영관(이름이 '전곡극장'이있다)에서였다. 재미있는 건, 무려 33년이 지난 지금까지도 영화의 주요 장면을 비롯해 거의 대부분을 기억하고 있다는 사실이다. 심지어 "찰 찰 찰미리 샤키……"로 시작하는 주제가 〈나무는 내 친구〉를 서의 보씨 하나 틀리시 않고 부를 수노 있다. 영화를 보고 감동한 나머지, 해적판을 구해 며칠 내내 뜻도 모르면서 힌두어 가사를 받아 적고 수도 없이 연습한 덕이겠지만. 어쨌든 스와루프의 소설 『슬럼독 밀리어네어』와 『6인의 용의자』는 당시 17세 철부지 시절의 내 모습을 통째로 되돌려주었다. 고등학교에 진학하지 못한 동두천 기지촌 출신의 친구 셋이 기차를 훔쳐 타고 전곡이라는 곳에 놀러가 질퍽거리는 길을 마구 싸돌아다니다가, 무슨 생각에서인지 느닷없이 역에서 백여 미터 떨어진 허름한 극장으로 들어가버렸던 그때의 기억들을 말이다……

영화 덕분에 개인직인 낯두리가 쉬이긴 했시만, 스와루프의 매력은 특히 우리나라 독자들에게 더 큰 호소력이 있을 것 같다. 낯설면서도 낯설지 않은 풍경과 서양 소설에서 볼 수 없는 정서적 동질감은 작업하는 내내 내 머리를 끄덕이게 만들어주었다. 우리의 삼촌이나 아버지가 걸었음직한 거리들과 겪었을 법한 고통들…… 아니 어쩌면 지금도 어느 어두운 골목을 지나치면 들려올 것만 같은 웃음소리와 신음 소리들……

『6인의 용의자』는 몰래 기차에 올라타, 낯선 사람들의 마을과 삶을 훔쳐보는 것 같은 그런 소설이다. 역자가 입바른 칭찬을 하지 않더라도, 현지 출간 즉시 스타필드 프로덕션이 발 빠르게 영화 옵션을 챙기고, BBC 라디오도 소설에 기초한 라디오 드라마를 준비 중일 만큼 소설은 충분히 재미있다. 인도 신비주의에 뿌리를 둔 판타지 요소와 요즘 우리 사회와 견주어도 고개를 끄덕일 만큼 저급한 정치 현실, 그리고 작가 자신이 "세 번의 반전을 각오하라"고 호언장담했을 정도의 기막힌 반전 등 소재 면에서도 다채로운 재미와 감동을 확보해두고 있다. 다소 장황하기는 하지만, 완전히 이질적인 용의자 여섯이 펼치는 기상천외하고 엉뚱한 개성도 조미료 같은 맛이 있었다. 모한 쿠마르에 접신한 마하트마 간디의 엉뚱한 활약과, "우리의 사랑은 암탉의 이빨만큼이나 귀한 것임을 알고 있어요"로 대변되는 래리 페이지의 기기묘묘한 비유들, 그리고 인도 최고의 여배우 샤브남 삭세나의 아슬아슬한 도발이나 슬럼 출신 문나 모바일의 신파조 러브스토리 등을 옮기면서 나도 모르게 "찰 찰 찰미리 샤키……"라고 콧노래를 흥얼거리기도 했다.

『6인의 용의자』와 함께했던 여행은 더없이 즐겁고 벅찬 시간이었다. 그리고 이제 내 영혼의 두번째 〈신상〉은 이렇게 내 손을 떠나고 있다. 지금껏 수십 권의 소설을 번역하고 수십 번의 옮긴이의 말을 쓸 때마다 늘 아쉽고 허전했지만, 이번은 (아직 가시지 않은 영화의 여진 때문인지) 그 증세가 더욱 심하다. 아직 추억해야 할 것도, 되새길 것도 많건만…… 이런 멋진 작품을 맡겨주고 채찍질해주신 문학동네 편집부에 특별히 감사드린다.

2009년 6월 남양주에서
조영학

옮긴이 **조영학**
한양대학교 영문학과 박사 과정을 수료했다. 현재 추리소설, 호러, 스릴러 등 장르문학 전문번역가로 활동하고 있다. 『스트레인』『모든 일은 결국 벌어진다』『나는 전설이다』『듀마키』『스켈레톤 크루』『고스트라이터』『임페리움』『링컨차를 타는 변호사』『살인예언자』『가라 아이야 가라』 등 30여 권의 작품을 번역했다.

문학동네 세계문학
6인의 용의자

1판 1쇄 2009년 6월 5일 | 1판 3쇄 2009년 8월 31일

지은이 비카스 스와루프 | 옮긴이 조영학 | 펴낸이 강병선
책임편집 김진경 오영나 류현영 | 저작권 김미정 한문숙
마케팅 장으뜸 정민호 한민아 김정민 정소영 | 제작 안정숙 서동관 김애진

펴낸곳 (주)문학동네 | 출판등록 1993년 10월 22일 제406-2003-000045호
주소 413-756 경기도 파주시 교하읍 문발리 파주출판도시 513-8
전자우편 editor@munhak.com | 전화번호 031) 955-8888 | 팩스 031) 955-8855

ISBN 978-89-546-0814-5 03840

www.munhak.com

KO
SWARU

Swarup, Vikas.
6-in ui yonguija = Six
suspects
Central World Lang CIRC -
1st fl
06/11